W0251379

NOS SOIRÉES

ALAN HOLLINGHURST

NOS SOIRÉES

Traduit de l'anglais (Royaume-Uni)
par David Fauquemberg

ALBIN MICHEL

« Les Grandes Traductions »

© Éditions Albin Michel, 2025
pour la traduction française

Édition originale anglaise parue sous le titre :
OUR EVENINGS
Chez Picador, an imprint of Pan Macmillan
© Alan Hollinghurst, 2024

Tous droits réservés.

E. L. H.

1919-2016

Pas de répétition ce matin, si bien que nous sommes restés au lit – j'ai préparé le thé et, assis le dos bien calé, nous avons cherché sur nos téléphones les articles consacrés à Mark. Pourquoi nous avions besoin de les lire, je ne sais pas vraiment : peut-être le fait de connaître une personne célèbre vous inclut-il dans l'histoire, et on voudrait que celui ou celle qui la raconte en prenne vraiment la mesure, et la rapporte fidèlement. Le sujet de la veille, à la fin du journal télévisé du soir, avait été sérieux mais expéditif, quarante-cinq secondes par un jeune correspondant sans connaissance directe du sujet. C'était déconcertant d'apprendre ainsi la mort d'un ami. J'ai coupé le son, Richard a passé son bras autour de mes épaules, et nous sommes restés assis là sans rien dire, tandis que défilaient les images du cricket puis de la météo.

Richard n'a rencontré Mark qu'une seule fois, lors du dîner organisé à la Tate Gallery pour son quatre-vingt-dixième anniversaire, à l'occasion duquel deux cents invités avaient pris place dans une salle où étaient accrochés pour l'occasion ses dons au musée. Mark avait une apparence et une voix fragiles en prononçant son discours, mais nous étions tous là pour le soutenir, et il s'est montré modeste et généreux, portant également un toast à Cara, d'un jour son aînée. Je n'aurais su dire ensuite, quand nous avons brièvement échangé avec eux, s'ils étaient blessés ou secrètement soulagés que Giles ne soit pas là.

L'histoire de Mark Hadlow s'est toujours distinguée, du point de vue de la presse, par une exaspérante absence de scandale – un homme d'affaires intègre, grand philanthrope, marié à la même femme pendant soixante-dix ans ; pas un ermite, non, un « hôte généreux » même, mais sans goût aucun pour le feu des projecteurs : il aurait, dit-on, refusé les titres de chevalier et de pair du Royaume-Uni, et pas une des galeries et salles de concert dont il a été le donateur ne porte son nom. On ne peut l'atteindre, pour ce qui est des ragots intrusifs, qu'à travers ses enfants. Personne n'a grand-chose sur Lydia, hormis le fait qu'elle est jadis apparue seins nus dans un film de Warhol, et qu'elle est morte dans un accident de voiture en France il y a cinq ans. Mais Giles, bien sûr, est omniprésent, et si farouchement opposé à tout ce que représentait son père que Mark a vu l'œuvre de toute une vie éclipsée par la carrière destructrice de son fils. « Mark Hadlow : mort du millionnaire, père du ministre du Brexit », annonçait le *Times* ; le *Mail*, lui, plaçait Giles en tête de la phrase : « Giles Hadlow : son père disparaît à l'âge de 94 ans. » La photo des deux hommes ensemble, et mal à l'aise, datait des années quatre-vingt. Il serait insensé de dire que Giles a tué Mark, mais je me suis demandé quels pouvaient être ses sentiments à l'égard de son père, maintenant – la même sempiternelle bravade, ou une sorte de chagrin coupable ?

« Tu vas appeler Cara ? a demandé Richard.

– Je devrais, oui », ai-je dit, mais la question m'a fait douter : c'était une longue et inébranlable amitié que la nôtre, et pourtant je n'osais pas lui téléphoner. « Je vais peut-être plutôt lui écrire une lettre » – puis j'ai senti qu'il y aurait presque trop à dire. Je me suis tourné vers le miroir qui reflétait le lit, et qui semblait nous encadrer dans un espace plus grand et plus beau. « Avoir de l'argent et ne faire que le bien avec – c'est rare, non ?

– Je crois même que c'est du jamais-vu », a dit Richard.

J'ai pensé, imprécisément, à tout ce que Mark avait fait pour moi, avant même notre première rencontre à Woolpeck, alors que je n'étais encore qu'un jeune adolescent. Je me suis revu lors de ce week-end ensoleillé, mon anxiété déguisée en assurance, mon intelligence cachée par la nervosité à ceux qui espéraient la voir. « Le fait est qu'il a changé ma vie », ai-je dit. Je sais pleurer sur commande, devant une caméra ou sur scène, soir après soir ; mais là, je me suis surpris moi-même. « Je n'imagine pas où j'en serais sans lui.

– Oh, chéri..., a dit Richard avec un geste réconfortant. Il était comme le père que tu n'as jamais eu, c'est ce que je me dis parfois.

– Nous n'avons jamais été proches à ce point, ai-je dit, circonspect face à cette idée. Tout s'est fait par hasard – si je n'avais pas reçu la bourse Hadlow, jamais je ne serais entré dans cette école.

– Et tu n'aurais jamais rencontré Giles. »

J'ai repensé à ce qu'avait dit maman, juste avant de mourir, au moment du lancement de la campagne : « Dire que nous pourrions tous être à la merci de ton terrible ami !

– Ils ne gagneront pas, maman, avais-je dit.

– Eh bien, ça ne m'affectera pas, moi. Je ne serai plus là, mais toi – et Richard... »

Je me suis tourné de nouveau vers le miroir et ces deux vieux hommes au lit. Maintenant maman est partie, Mark est parti, et voilà que Giles est dans tous les journaux, dans tout le pays, réduisant à néant notre avenir et nos espoirs.

*

Ce soir-là, j'ai trouvé en ligne une photo de Mark qui devait dater de l'époque où je l'ai rencontré ; c'était aussi délicieusement sidérant que de voir un cliché inconnu de moi jeune homme : j'avais oublié que je l'avais connu comme ça. Sa bouche donne une impression de détermination, d'impatience même, nuancée par les grands yeux marron vaguement amusés. Sa manière de prêter la plus grande attention allait de pair avec son besoin, une fois qu'il l'avait fait, de passer à autre chose. L'attachement proche de l'amour que j'éprouvais pour lui, enfant, survit et me revient clairement à travers l'affection constante des années ultérieures, quand l'habitude de l'amitié a pris le pas sur les autres aspects de ce lien.

Au gré de la cinquantaine et de la soixantaine, vos figures paternelles disparaissent peu à peu – celles qui ont autorisé et rendu possible votre vie, en ont été témoins –, et nul ne peut les remplacer. Roland, Raymond, Mark, tous partis – et aucune chance que je devienne moi-même une figure paternelle. Mes deux filleuls sont des adultes désormais, mariés et pères de famille, et nous nous connaissons à peine ; nos rares rencontres sont d'une formidable cordialité, nous nous étreignons férocement et sourions par-dessus le golfe qui sépare leurs vies d'hommes d'affaires et celle de la vieille énigme excentrique que je suis. On me témoigne un grand respect, et mes obscurs succès sont mentionnés d'un ton encourageant, un peu comme si c'était moi, le filleul. Pour le reste, j'assure ma part d'enseignement, et quand je participe à un spectacle, je régale les jeunes acteurs de vieilles anecdotes de théâtre, et je les fais répéter subrepticement, parfois, en coulisses. Ma chaleur est amicale, plutôt que paternelle – ou amoureuse : j'ai senti le moment, il y a quelques années, où ma manière de flirter est devenue plus inquiétante que séduisante.

*

Deux semaines déjà que je répète pour *Bajazet*, à l'Anvil Theatre – nous nous réunissons dans une salle à deux pas de là, une porte bleue tout abîmée entre une boucherie et un magasin d'antiquités (« Le théâtre contemporain dans toute sa splendeur », dixit Richard). J'interprète le vieil Acomat, le grand vizir, un rôle tombé du ciel, et me demande quand j'ai prononcé pour la première fois la phrase : « Je joue le vieux Untel » – il y a un certain temps, déjà. L'homme du *Telegraph* a écrit l'an dernier que je « jouissais de l'automne doré de ma carrière », même si j'y vois plutôt un heureux enchaînement de rôles de composition qui marquent aussitôt les esprits. Des metteurs en scène ont décrété qu'ils pouvaient m'utiliser et Martin, mon agent, s'est glissé dans le rôle de celui qui avait toujours cru en moi.

Je devrais déjà jouer sans le texte à présent – jamais avant que les répétitions commencent, chose que m'a apprise Ray il y a quarante ans : mieux vaut « sceller » les répliques lors des deux premières semaines de répétitions, telles qu'on les dira à ces acteurs-là en particulier. J'ouvre la pièce et j'ai six pages de vers blancs dans les dix premières minutes – des histoires compliquées de complots, d'armées et d'empires que le public, dans son ignorance avide du début, absorbera avec une intense attention, sachant que le reste de sa soirée en dépend. Rien que moi et mon confident, Osmin, interprété par Keith Mackle, un jeune acteur métis (Glasgow, Ghana) qui me fait penser à Hector par la beauté de son visage et sa concentration ; et il est d'une absolue patience quand je demande l'aide du souffleur (nous n'en sommes encore qu'au début) ou que je saute directement, par erreur, à une réplique qui vient plus tard, au sujet des troupes babyloniennes. Le fait est que ma mémoire légendaire n'est plus tout à fait ce qu'elle était. Je me souviens d'hier en détail, et d'il y a cinquante ans avec une clarté aussi nouvelle qu'inattendue, mais un corps flottant me trouble l'esprit, rendant à moitié floue la semaine dernière. Je laisse mon texte sur une chaise en arrivant, puis je le ramasse et le trimbale avec moi comme si j'étais quelqu'un d'autre.

*

J'ai fini par envoyer une lettre à Cara, et n'ai pas eu de retour, puis, alors que la pièce était dans sa dernière semaine, elle a téléphoné : elle m'a expliqué sans détour qu'elle avait eu un cancer, une opération à la gorge six semaines avant la mort de Mark. « Ma voix n'est plus la même. Je le sais », a-t-elle dit. « Je ne trouve pas », ai-je répondu avec cette forme de galanterie qui l'a toujours impatientée. « Oh, a-t-elle dit, c'est très gentil à toi. » Ses mots m'ont paru légèrement déformés, ou empêchés, avec cette impression d'effort propre au grand âge. Elle a poursuivi : « Peux-tu venir déjeuner demain ? – ou n'importe quel jour d'ailleurs », un vide inattendu. J'y suis allé trois jours plus tard, et seul.

J'avais à ma disposition toute ma tendre compréhension de maman au long de ses dernières années, et la compétence avec les personnes très âgées que j'avais acquise auprès d'elle. Mais bien sûr, Cara n'était pas maman. Avec Cara, il y avait la franchise, mais pas d'intimité – ni l'indulgence qui l'accompagne à l'égard de la faiblesse ; et puis, Cara avait des gens pour s'occuper d'elle. J'ai été accueilli à la porte par une jeune femme silencieuse, qui a pris mon manteau et m'a conduit au salon, avec ses hautes fenêtres ouvrant sur le jardin et ses grands tableaux abstraits qui se toisaient de part et d'autre de la moquette blanche. Cara était assise au coin du feu, lunettes sur le nez, en train visiblement de taper un texto ; elle fronçait les sourcils devant son téléphone, en piquant les lettres du doigt. J'ai donc eu un moment pour me faire à son apparence – le large front blanc avec un turban rouge enveloppant sa tête, un foulard de soie autour du cou, le côté droit de sa bouche légèrement tiré en arrière, le visage carré, familier, à la fois plus doux et plus émacié. « Bonjour ! » a-t-elle lancé avec une chaleur touchante, sans relever les yeux, puis elle a appuyé sur Envoyer et a tendu la main vers moi. Je me suis approché, l'ai embrassée sur la joue, et elle en a profité pour m'agripper le bras l'espace d'une seconde.

« Tu ne bois pas, je sais, a-t-elle dit.

– Disons que je ne bois pas beaucoup, ai-je répondu.

– Je veux dire, prends quelque chose, c'est juste que moi, je ne peux pas ces temps-ci. »

La fille rôdait. « Juste un peu d'eau, peut-être ? » ai-je dit. C'est donc ce que nous avons pris tous les deux ; je me suis assis et nous nous sommes regardés. Mon regard était compatissant, espérais-je, avec un éclat amusé, le sien étrangement abstrait – je n'arrivais pas à savoir par où elle voudrait commencer.

« Vous avez pu travailler ces derniers temps ? ai-je demandé.

– Oh, je ne peux plus peindre », a-t-elle répondu et, d'un geste qui semblait mal assuré, elle a levé sa main droite aux jointures épaisses et blanches, aux doigts durs à redresser. « Je dessine un peu, mais ça ne vaut pas grand-chose.

– Je suis désolé, ai-je dit. Je me souviens si bien de votre travail.

– Tu m'en as toujours parlé avec gentillesse.

– Oh, je ne suis pas le seul », ai-je répondu, même si j'étais conscient que je l'avais surtout aimé parce que je la connaissais.

Je voulais en savoir plus sur les funérailles de Mark, en proie à un étrange nœud de sentiments – la curiosité, le regret de ne pas avoir été présent, et l'atroce, l'inadmissible vexation de ne pas avoir été invité. « Eh bien, cela s'est vraiment fait dans l'intimité, a dit Cara, c'est ce que Mark souhaitait.

– Je comprends parfaitement.

– Et je n'étais pas au mieux ; plus, je n'aurais pas pu. Il n'y avait vraiment que la famille – et trois ou quatre autres personnes.

– Évidemment, ai-je dit d'un ton léger.

– Il y a eu du Bach, et du Rameau, je crois. C'est le vieil ami de Mark, Mike Kidstow, je ne sais pas si tu vois, qui a prononcé le discours.

– Eh bien, je le connais de nom. Je ne l'ai jamais rencontré.

– Pas de cantiques ni rien de tout cela, naturellement. Giles a lu un court texte.

– Ah, je me demandais… »

Elle m'a regardé. « Il s'exprime très bien.

– Oui, c'est vrai, ai-je dit, et j'ai senti que je pouvais ajouter : Il a beaucoup pratiqué dernièrement !

– C'était bien là le problème, Dave, il n'était évidemment pas question d'avoir des foules de gens, et la presse sur le dos.

– Non, je comprends tout à fait.

– Ils n'ont pas laissé un seul photographe franchir le portail du crématorium.

– Ah, c'est bien.

– Je veux dire, ce n'est pas pour Mark qu'ils étaient là… Nous sommes repartis dans un blizzard de flashs. » Elle a levé sa main noueuse pour protéger ses yeux.

*

Nous avons déjeuné dans la salle à manger, qui dans mon souvenir était beaucoup plus sombre, avec d'autres tableaux : Hadlow et son sentiment inquiet qu'on pouvait toujours changer les choses, et les améliorer. Cara marchait avec une canne – je lui ai offert mon bras pour traverser la salle, mais d'une voix calme elle a dit : « Ça ira. » Nous nous sommes assis face à face à un bout de la grande table à rallonge – le moulage en plâtre d'un espace vide, une caisse ou un placard peut-être, signé Rachel Whiteread, trônait à l'autre extrémité. J'ai songé que j'aurais sans doute trouvé un peu glaciale cette enfilade d'immenses pièces d'un blanc cassé, sans un mari dans les parages.

Nous avons été servis par un jeune homme nommé Rihaan, qui murmurait de temps à autre à l'oreille de Cara, et dont le rôle auprès d'elle semblait ne pas s'arrêter là. Je me suis souvenu d'Ashok, en ce même lieu, plusieurs décennies auparavant, de son sourire d'allégeance et de cette sensation, aussi, que nous avions tous notre place. Cara tenait à recevoir comme il se doit, mais sans chichis ; le repas était simple et digeste, sole, pommes de terre nouvelles, une salade verte et, à boire, un pichet d'eau. Elle avait beau être très riche, elle n'en était pas moins la fille d'un fermier, qui n'avait jamais perdu la hantise du gaspillage commune à ceux qui avaient connu la guerre.

J'ai chaleureusement évoqué l'immense exposition *La Nouvelle Peinture européenne* à la Hayward Gallery, dont Mark avait été le parrain invisible.

« Je suis heureuse que tu l'aies vue, c'était vraiment son dernier grand tour de piste.

– Oh, c'était merveilleux, ai-je dit, du ton engagé qu'avaient toujours eu les Hadlow eux-mêmes au sujet de l'art contemporain. Un véritable exploit. » L'exposition avait rassemblé des œuvres de chacun des vingt-huit États membres de l'UE – l'idée était noble, exemplaire, même si, comme l'avait fait remarquer Richard, on ne pouvait s'empêcher de regretter, à mi-parcours, que plusieurs pays n'aient pas fait aussi leur Brexit.

Un peu plus tard, elle a dit : « Nous nous connaissons depuis longtemps, Dave.

– Cinquante… -quatre ans, ai-je répondu.

– Je suis heureuse que nous soyons restés en contact.

– Oh, moi aussi ! » Comme Mark, elle avait toujours fait taire mes paroles de gratitude, mais j'ai senti qu'une déclaration sans affect lui apporterait peut-être un peu de réconfort. J'ai regardé à la dérobée son large visage, penché vers le bas, que la grande fenêtre éclairait vivement depuis la droite. « Je dis toujours que je vous dois tellement, à Mark et à vous – vous rencontrer a vraiment changé ma vie. » Ces mots lui ont fait froncer les sourcils, l'espace d'un instant, mais j'ai senti, aussi, qu'elle les autorisait.

« Tu sais bien, Dave, que Mark était toujours si fier de toi, et s'intéressait à tout ce que tu faisais. C'était merveilleux pour nous de te voir réussir des choses qui n'étaient pas du tout faciles, surtout au début, je le sais.

– Eh bien, merci ! » Ce n'était pas la première fois qu'elle me disait ces mots, quasiment à l'identique, mais ils n'en étaient pas moins émouvants – j'ai senti que pour Cara, ils avaient toujours la nécessité et la chaleur de ce qui est dit pour la première fois. « Cela me touche profondément.

– Je m'en veux d'avoir raté cette pièce de Racine – les critiques étaient merveilleuses.

– Ne vous en faites pas pour ça.

– Eh bien… » Et elle a souri avec une pointe d'incertitude, aussi nouvelle que touchante. « Je me demande parfois ce que tu pouvais bien penser de nous, à l'époque.

– Oh, ce séjour à Woolpeck, avec vous tous, était formidable. »

Elle a cligné des yeux, s'efforçant peut-être de visualiser la chose. « C'étaient des bons moments pour toi ? Je me rappelle avoir dû panser tes plaies, après l'une de ces crises un peu plus violentes que les autres de notre ministre.

– Mon Dieu…, ai-je soupiré, mais heureux de cette plaisanterie inattendue.

– Avant que tu nous connaisses, je crois que nous avions vécu des moments plus heureux là-bas. Mais Giles et Lydia n'ont jamais été d'accord sur rien, et c'étaient tous les deux des adolescents difficiles, bien plus, j'en suis certaine, que tu ne l'étais toi.

– Certes, mais je suis devenu difficile un peu plus tard.

– Tu étais beaucoup plus proche de ta mère, a dit Cara. Je crois que Mark et moi, d'une manière qui m'échappera toujours, n'avons pas été de bons parents pour nos enfants.

– Cara, vous étiez les parents rêvés ! » ai-je dit.

Elle m'a regardé. « Mon Dieu, quelle conversation mélancolique. Je suis désolée. » Je me suis de nouveau demandé, alors, si elle avait à qui parler, dans l'air social raréfié de ses quatre-vingt-dix ans.

Le dessert était une grande tarte garnie de *lemon curd*. « L'un de tes desserts préférés, je m'en souviens », a dit Cara, tandis que Rihaan lui en coupait une part, et posait un bon tiers du reste devant moi, avec une grande cuillerée de crème fouettée blanche sur le dessus.

« Quelle mémoire incroyable », ai-je dit – meilleure que la mienne, à vrai dire. Cela faisait au moins trente ans que je n'avais pas mangé de *lemon curd*, mais j'ai souri et m'y suis attaqué avec un enjouement qui mimait ma gratitude plus générale.

*

Après le déjeuner, nous avons pris le café dans un cube de verre épuré qui s'avançait dans le jardin. Cara s'est assise en geignant, a calé la canne contre sa chaise et contemplé distraitement la pelouse, dehors, pendant qu'on nous servait. J'ai vu que nous pourrions aisément nous séparer sans avoir abordé plus avant le sujet du ministre, mais en ayant tous deux le sentiment d'avoir laissé passer une chance, ou esquivé une responsabilité.

« Retournez-vous parfois à Woolpeck ? ai-je demandé.

– Oh… plus depuis des années, depuis que mon frère Peter est mort. Merci…, lâcha Cara alors qu'on refermait de nouveau la porte. Je ne peux pas, Dave, vraiment… tu sais.

– Mais c'était votre maison, ai-je dit.

– En effet, il y a longtemps – enfin, je suis née là-bas, comme tu le sais peut-être. Mais elle appartient à Giles, maintenant.

– Je me demande s'il y est souvent ? » ai-je dit. J'en éprouvais une véritable indignation, en son nom à elle, mais aussi, d'une certaine manière, personnellement. J'ignorais si Cara l'avait vu dans l'émission *Newsnight*, un sujet consacré à l'impact du Brexit sur l'agriculture, là-haut sur les remparts circulaires, immémoriaux, des Rings, en Barbour verte, une badine de frêne à la main, les cheveux battus par le vent. « Je cultive toutes ces terres, disait-il, aussi loin que porte le regard. » « Vraiment ? » répondait l'intervieweur – la caméra faisant un lent panoramique sur les vastes étendues de la vallée. « Dans cette direction-là », disait Giles, le bâton maintenant pointé vers la longue forêt, à moins d'un kilomètre.

« J'ai cru comprendre que Laura s'en moquait. Il a un très bon chef d'exploitation, évidemment.

– Pour s'occuper de toutes les subventions de l'UE…

– Oui, effectivement », dit Cara dans un murmure. Elle ne s'étonnait même plus de la folie de tout cela.

J'ai senti qu'elle ouvrait la voie à une vraie conversation sur Giles. Dans ma vie, il était entré et sorti, puis hélas revenu, mais il m'arrivait de l'oublier pendant des années entières ; Cara devait penser à lui plusieurs fois chaque jour. « Mais dis-moi, Dave – elle a détaché les yeux de sa tasse et les a plantés dans les miens –, quand tu repenses à l'époque, si lointaine, où nous nous sommes tous rencontrés, es-tu surpris par la tournure qu'a prise la carrière de Giles ? »

J'ai ri pendant une demi-seconde. Cara appréciait la franchise, mais n'espérait certainement pas entendre que son fils avait toujours été un salaud. « Je pense qu'il a sans doute toujours eu le goût du pouvoir, oui, et celui de punir son prochain.

– Tu veux dire que c'était quelqu'un d'autoritaire, déjà à l'époque.

– Dans mon souvenir, il adorait vraiment être chargé de la discipline, à l'internat. Et ça le contrariait beaucoup de n'avoir jamais été désigné président des élèves.

– Ça, il ne l'est toujours pas », dit Cara, et cette idée, cette possibilité, nous a tous deux fait grimacer. « Mais il était intelligent, n'est-ce pas ? » C'était comme si elle ne l'avait pas connu du tout, ou doutait profondément de ce qu'elle croyait connaître.

« Je crois, oui…, ai-je dit. Je ne me souviens plus comment il s'en est sorti à Oxford… »

Elle a baissé les yeux. « Eh bien, il était très pris par la politique, le cercle des débats et tout le reste. Mais il a décroché de justesse une mention, il me semble.

– Bon… », ai-je dit, circonspect. Je ne croyais guère, concernant Giles, à ces recherches simplistes d'une clé à même d'expliquer son comportement – et je ne suis pas certain qu'elles satisfaisaient Cara, même si en discuter la consolait peut-être un peu de ses tourments, de ce désarroi ancien tapi sous un chagrin venu plus tard.

I

1

Nous étions là-haut au milieu des fortifications à demi effacées des Rings, à faire la course, à jouer à des jeux de guerre sans nous être accordés sur les règles. Giles a crié quelque chose depuis le sommet du talus et s'est mis à courir, j'ai filé dans la direction opposée, trébuché, glissé au fond d'une cavité calcaire et me suis accroupi – mon pouls battait au creux de mes oreilles et le vent se déchaînait sur les remparts envahis par les herbes. Étais-je censé traquer Giles, ou bien était-il à mes trousses ? J'ai fait pivoter ma montre autour de mon poignet et attendu que l'aiguille des secondes fasse deux fois le tour du cadran. Aucun bruit de pas, même si de temps à autre un cliquetis d'engins agricoles résonnait à quelques champs de là. Un cri disgracieux m'a fait lever la tête – tout là-haut, sombre sur le fond bleu ennuagé, une buse planait, semblant noter nos positions ; elle a battu des ailes et décrit deux cercles avant de s'éloigner par-delà la crête de la colline et l'à-pic de trois cents mètres, de l'autre côté. Presque aussitôt, un léger bruit cadencé s'est fait entendre, qui se rapprochait, le petit ballottement révélateur du podomètre de Giles dans la poche de son pantalon. Il venait vers moi par-derrière, se déplaçant rapidement le long du talus, et je n'ai pas pris le risque de lever la tête – je suis resté tapi au fond de mon trou tandis qu'il marquait une pause, à guère plus de trois mètres, savourant son avantage… mais il ne semblait pas m'avoir vu, il a juré entre ses dents et, au bout de dix secondes, est reparti au petit trot. Quand je me suis redressé pour ramper à quatre pattes hors du fossé, je l'ai aperçu cent mètres plus loin, à l'autre extrémité du cercle fortifié, découpé sur le ciel, flânant à découvert. Il avait les mains dans les poches, comme pour dire que le jeu était terminé, ou qu'il n'y avait jamais vraiment participé.

Nous nous sommes rejoints à la borne géodésique. Giles, dans un claquement désordonné de talons sur la surface lisse du ciment, s'est hissé dessus et il s'est assis. Dans ce paysage nu, balayé par le vent, le petit pilier de la borne était un monument, aussi énigmatique à sa manière que les pierres préhistoriques qui jalonnaient les collines crayeuses, pelées, des Downs. J'ai examiné le petit repère en cuivre enfoui dans son flanc, une flèche et un chiffre. Les rainures destinées à accueillir un théodolite sur le sommet plat du pilier formaient un symbole à trois branches, presque invisible maintenant sous les cuisses de Giles. « On pourrait installer une mitrailleuse ici, a-t-il dit. Des Allemands montant depuis la ferme n'auraient aucune chance. »

J'avais cru comprendre que je jouais le rôle d'un Japonais ; nous avions donc combattu sur des fronts différents. J'ai demandé : « Toutes ces terres sont à vous ? »

Il a regardé autour de lui, comme pour s'en assurer. « Tout est à nous, oui, a-t-il dit. Là-bas, bien sûr, on entre sur celles des Denham. »

En contrebas des Rings, le sentier qui courait sur toute la longueur des collines s'estompait vers l'ouest en un fin sillon blanc, coupé à quatre cents mètres par la piste qui descendait jusqu'à Woolpeck. Un Land Rover la négociait lentement, à présent, roulant et tanguant au passage des ornières profondes. Les bâtiments de la ferme se dressaient beaucoup plus bas, le long L des granges et les trois pignons de la maison, minuscules mais distincts, le court de tennis sur la gauche, délimité en blanc. Une petite silhouette, simple fétu de paille, était en train de traverser la cour et a disparu derrière la maison, où j'imaginais la cloche au bout de sa corde qu'on sonnait à l'heure du goûter, son tintement emporté dans le scintillement du vent et de la distance. J'ai jeté un nouveau regard à ma montre puis, en plissant les yeux, à Giles en haut de son pilier, qui était beau avec le soleil derrière lui. Il n'avait que trois mois de plus que moi mais grandissait plus vite, et il en imposait. « Tu ne crois pas qu'on devrait redescendre ? » ai-je demandé. Il est resté assis là à contempler la vue comme pour me signifier que je n'avais pas saisi l'intérêt d'être là, de toute cette randonnée peut-être.

Mrs Hadlow m'avait dit au petit déjeuner que par une journée comme celle-ci, la vue depuis les Rings portait à plus de quatre-vingts kilomètres, mais j'ai quand même posé la question à Giles.

« D'ici ? On voit à cent vingt kilomètres à la ronde, a-t-il dit.

– C'est vraiment beaucoup, cent vingt kilomètres, non ? » ai-je dit. C'était la distance jusqu'à Londres, ou Birmingham.

« Par temps clair, a répondu Giles, on peut voir cinq comtés, même si j'imagine que leurs noms ne te diront rien. Il y a le Berkshire, l'Oxfordshire, bien sûr… » Il a scruté le paysage.

« Le Gloucestershire, ai-je complété. Le Wiltshire.

– Le Wiltshire, a repris Giles en se retournant à moitié, le front plissé comme si quelque chose avait attiré son attention.

– Et le Buckinghamshire ! »

Il m'a dévisagé avec une pointe de moquerie, voire de doute, tandis que je regardais plus ou moins dans la direction du Gloucestershire. Impossible de deviner où se trouvaient les frontières séparant un comté de l'autre dans les étendues étincelantes de la plaine à nos pieds, où les détails se perdaient bientôt, lessivés par la lumière d'avril. Je frissonnais, j'avais la chair de poule sous ma chemise malgré le soleil ; même si, de temps à autre, il y avait une accalmie, dix secondes de tiédeur parfumée, dans le vent froid qui déferlait continuellement sur l'Angleterre. J'ai couru quelques mètres plus loin et contemplé le cercle indistinct derrière nous, l'herbe dépenaillée parsemée de crottes de mouton, même si on ne voyait ni n'entendait aucune bête. Quand je me suis retourné, Giles avait bondi de la borne géodésique et marchait déjà vers la piste, criant des mots que je n'ai pas pu déchiffrer.

Je suis descendu derrière lui, sautant et m'aidant de mes mains, ne contrôlant presque plus rien dans le boyau calcaire escarpé de la piste, Giles loin devant, puis hors de ma vue, si bien que j'ai abandonné la poursuite ; c'était un soulagement de le laisser partir. J'ai senti un début de point de côté, et attendu une minute, mains sur les hanches, le temps de reprendre mon souffle. D'ici, à mi-descente, je distinguais le bêlement des brebis et des agneaux dans les pâturages en contrebas et, quand j'ai jeté un coup d'œil derrière moi, la masse nue de la colline s'élevait plus haut dans le ciel. J'étais plus heureux seul. Ces jeux avec Giles avaient été sapés dès le départ par le sentiment que nous étions trop vieux pour y jouer. Et sa violence lorsqu'il m'attrapait, ses brûlures indiennes ou sa manière de me rabattre les doigts vers l'arrière, me les faisaient en outre redouter. Je suis resté planté là à écouter le chant des oiseaux, puis j'ai poursuivi mon chemin, évitant de longues flaques vaseuses au fond des ornières, sur la partie basse de la piste ; les lointains baignés de lumière étaient désormais invisibles et les endroits qui, dix minutes plus tôt, s'offraient à nous tels des objets sur un plateau s'étaient retirés derrière les bois et les haies, mystère quotidien du paysage.

Au pied de la colline, un portail ouvrait sur un champ, à droite, et en m'engageant dans les herbes touffues j'ai aperçu par-dessus les broussailles une étroite bande de la route de campagne déserte, en contrebas, et l'entrée principale de la ferme ; mais aucun signe de Giles. La maison proprement dite se trouvait à l'écart de la route, par-delà une prairie et la sombre haie rectangulaire de son jardin. Elle était en briques rouges, et on voyait, à une légère différence de couleur, que sa partie gauche, avec le troisième pignon, était un ajout plus tardif. La maison scrutait la colline de ses dix fenêtres carrées. La cour de ferme avec tous ses bruits et son activité se déployait derrière elle, mais c'était la vaste réalité primitive de la colline, devant elle, qui semblait la situer, la définir, l'ensorceler presque.

La campagne bruissait de dizaines d'événements divers se produisant sans le savoir, avec en arrière-plan le soupir, comme une vague qui se forme, d'une voiture à l'approche – une DS rouge est soudain apparue au coin de la route et l'a remontée à vive allure juste en dessous de moi ; le soleil a scintillé sur son pare-brise quand elle a ralenti pour s'engager dans l'allée de la ferme. Je n'avais jamais vu ce cabriolet, avec son toit noir, souple – autre détail frappant, entr'aperçu l'espace d'une seconde, le conducteur était assis du côté gauche. J'ai tout de suite su qu'il s'agissait du père de Giles, il était attendu et maintenant, il était là : comme les feux de stop s'allumaient et que la voiture tournait dans la cour derrière la maison, je me suis mis malgré moi à répéter la scène, dans le hall d'entrée ou la cuisine, où nous allions enfin nous rencontrer, et où j'aurais l'occasion de le remercier. Mon pouls s'affolait rien que d'y penser, mais la répétition m'a redonné de l'assurance. J'ai eu un moment d'inquiétude, de culpabilité presque, après toute cette journée à faire les idiots ici, sans lui, mais j'étais soulagé, aussi, qu'il soit arrivé pour prendre les choses en main. C'était une avancée soudaine vers l'ordre et la raison, une touche de discipline apportée aux vacances et pour moi, peut-être, une certaine protection vis-à-vis de Giles. La brise se levait à présent dans mon dos et froissait la haie, il y a eu une petite secousse et un grognement, il n'a rien dit et je l'ai à peine entrevu, rien qu'un œil et des dents, et voilà que j'étais à plat ventre dans l'herbe pierreuse, souffle coupé, une douleur lancinante au niveau du bras gauche, et Giles perché sur moi, qui cherchait mon bras droit puis le tirait en arrière. « Je te tiens, sale bâtard, a-t-il dit. Je te tiens ! Ça, c'est une clé de nuque ! »

2

Le couloir carrelé de rouge traversait toute la maison, depuis la porte d'entrée percée d'une fenêtre, rarement utilisée, jusqu'à l'obscurité boueuse de la porte de derrière, par où les gens entraient et sortaient, arrachant leurs bottes en caoutchouc sur le vieux tire-botte rustique avant de les jeter sous une rangée de manteaux accrochés. La cuisine se trouvait sur la droite, les toilettes et un lugubre petit bureau sur la gauche ; remonter ce couloir par-delà l'escalier et la porte de la salle à manger, vers le salon situé à l'avant de la maison, c'était s'avancer dans la lumière. Le père de Giles est sorti de la salle à manger, simple silhouette avant qu'il ne nous voie et se fende d'un sourire.

« Papa, a dit Giles, ce misérable individu est Dave. Comme tu l'auras sans doute compris.

– Ravi de faire ta connaissance, Dave », a dit Mark Hadlow, il m'a serré la main, hochant lentement la tête en me fixant dans les yeux pendant cinq longues secondes, un regard aussi chaleureux qu'inquisiteur. J'ai senti qu'il était totalement soulagé par ce qu'il voyait là, et n'osait pas, en outre, regarder le reste de ma personne. « Nous sommes tous vraiment enchantés que tu aies pu te joindre à nous.

– Qu'est-ce que tu voulais qu'il fasse d'autre, papa, franchement ? est intervenu Giles.

– C'est moi qui vous remercie de m'accueillir, monsieur », ai-je dit en le jaugeant rapidement – cheveux d'un brun soyeux, bouche fine et résolue mais de la gentillesse dans ses grands yeux marron. J'avais une sensibilité particulière pour les pères, leur regard et ce qui émanait d'eux, ce qu'ils autorisaient à leurs enfants et à ceux des autres, la qualité de leur attention. On ne voyait jamais qu'une petite partie d'eux, bien sûr, ils exerçaient des métiers dont on ne saisissait pas tout, mais ils étaient la preuve d'une vie de famille, et que tout cela fonctionnait. Les pères avaient leur caractère, comme les professeurs, pesant, drôle ou distant, mais leur pouvoir était d'un autre genre. En règle générale, ils étaient gentils avec vous et vous traitaient avec plus de considération que leur propre enfant, celui qui était votre ami. En ce premier instant, Mark Hadlow dégageait quelque chose d'extrêmement rassurant, un sentiment d'équité.

« Tu me donnes un coup de main, mon vieux ? » a-t-il lancé à Giles, et il nous a ramenés avec lui dans la cour. La DS 19 était rangée près de la Riley de Mrs Hadlow – elle se profilait là, rutilante, affaissée sur sa suspension spéciale, au ras du sol. Mark a ouvert le coffre tandis que je me laissais dériver autour de l'engin, jetant un coup d'œil au tableau de bord noir et chromé, au cerceau vide du volant, à l'inattendue absence de ronce de noyer et de luxe ostentatoire. Le capot était encore chaud du trajet depuis la capitale, et toute l'importance de Londres semblait en irradier. « Grimpe dedans si tu veux, Dave », a dit Mark, mais j'ai répondu : « Oh, ce n'est pas peine, monsieur », puis : « Puis-je vous aider ? » Giles a montré qu'il était capable de porter une caisse de vin français, et son père en a calé une autre sur son genou levé le temps de rabattre le coffre. Je n'avais jamais vu personne acheter une caisse entière de vin. J'ai trottiné derrière eux en me sentant superflu, mais pardonné.

Une fois les caisses rangées dans le cellier, nous sommes restés un moment debout dans la cuisine. « Alors, Giles s'est-il bien occupé de toi ? a demandé Mark, et j'ai senti que c'était sans doute un peu plus qu'une question de routine.

– Je suis monté avec lui aux fortifications, a dit Giles, et il a sorti son podomètre. Dix kilomètres huit cents, papa.

– Tu sais qu'il faut ajuster l'appareil à ta propre foulée, n'est-ce pas, Giles ? » – et il m'a lancé un regard qui était presque un clin d'œil. « Mais enfin, c'est une petite trotte quand même, vous mourez sûrement d'envie de prendre le goûter – moi oui, en tout cas, a-t-il ajouté en se dirigeant vers la porte. Audrey n'est pas encore là ?

– Pas avant six heures, papa.

– Va mettre la bouilloire à chauffer, mon vieux, si tu veux bien, a dit Mark. Bon, où est ta mère ? » – et il s'est engagé dans le couloir en appelant : « Cara… Cara… », scandant presque, comme s'il s'agissait d'une chanson, et j'ignorais, en lui emboîtant le pas, que c'était le prénom de Mrs Hadlow, même si je savais, bien sûr, ce qu'il voulait dire en latin. Ils sont tombés nez à nez sur le pas du salon, et quand ils sont revenus vers moi, l'austère Mrs Hadlow du déjeuner semblait métamorphosée par le fait que son mari soit rentré et ait crié son nom. Dans cet instant d'illumination, j'ai compris que l'étape suivante de notre rencontre allait démarrer sans que j'aie eu le temps de prononcer mon petit discours, qui était pour moi la partie cruciale de la première étape. J'ai dit :

« Je voulais juste vous remercier, vraiment, Mr Hadlow… », mais Mrs Hadlow, Cara, a tout de suite repéré ce qui avait échappé à Mark, la manche déchirée et souillée de ma chemise.

« On dirait que tu as fait une petite chute, Dave.

– Oh, Seigneur ! a dit Mark. Que s'est-il passé là-haut ? » Giles rôdait, intimidant, dans mon esprit, tandis que je tendais mon bras avec le tissu déchiré et la longue écorchure constellée de rubis, dessous.

« Je suis vraiment désolé, Mrs Hadlow », ai-je dit. Je me suis entendu refuser cette ouverture étroite dans laquelle clarté et justice auraient pu s'engouffrer. « On jouait juste à un jeu sur la colline.

– Hmm. » Elle a repoussé vers le haut la manche déchirée, examiné l'entaille et l'écorchure avec le jugement suspendu de la mère d'un camarade d'école. « Les jeux de Giles sont parfois assez mouvementés, j'en ai peur. Allons nettoyer tout cela », et elle m'a ramené vers la cuisine, où Giles était en train de manger un biscuit, alors que la bouilloire reprenait vie dans un craquement sur le vieux poêle Rayburn. Elle a sorti de sous le buffet une boîte en fer noir ; j'étais écartelé entre un noble silence et l'envie de faire tout un plat de la piqûre du désinfectant. « Ça cicatrisera mieux sans pansement », a déclaré Mrs Hadlow.

Giles rôdait à présent en chair et en os autour de moi, froidement intrigué. « Ce n'est pas grand-chose, pas vrai, Dave ? » a-t-il dit, et une fois que ses deux parents se sont éloignés, il a souri et m'a assené un coup de poing dans l'épaule.

*

« Nous aimons bien rencontrer les lauréats de la bourse, a dit Mark Hadlow quand nous nous sommes assis pour prendre le goûter dans la salle à manger. Mais nous ne considérons pas qu'ils nous appartiennent, vous savez. Nous vous considérons comme des nôtres, pas comme nôtres.

– Oui, tout à fait, ai-je dit, comme si j'étais habitué à une telle franchise.

– C'est pour cette raison que nous ne proposons de vous rencontrer qu'une fois que la première année est déjà bien avancée. Nous pensons qu'il faut d'abord vous laisser trouver vos marques. Ensuite, notre espoir est de devenir bons amis.

– Ça ne marche pas toujours, a fait remarquer Lydia.

– Julian Donnington, a ajouté Giles, en roulant de gros yeux.

– Nous n'avons pas perdu tout espoir en Julian Donnington, a dit sa mère.

– Tu as rencontré Andrew Ward ? m'a interrogé Mark. Et Peter Sealyham ?

– Oui, Monsieur. Enfin, Mr Yule nous a présentés. » Le truc, c'est qu'il était contraire à la norme d'adresser la parole à un aîné, à moins d'être son bizut ou un petit allumeur, si bien que je ne pouvais pas vraiment être ami avec les précédents lauréats de la bourse Hadlow. Quand j'avais recroisé Ward dans les toilettes d'en haut, il avait fait semblant de ne pas me voir.

« J'ai l'impression que tu t'es bien adapté à l'internat, non ?

– Oui, très bien adapté, monsieur », ai-je dit, et j'ai aperçu sous cette phrase le dortoir obscur. La chose pressante que je savais ne pas pouvoir lui dire, et encore moins à Giles, c'était que la maison me manquait, la nuit surtout après l'extinction des feux, d'autant que cela risquait de provoquer une autre inquiétude – qu'ils croient qu'elle me manquait également ici, à Woolpeck.

« Bampton est un établissement convivial, et civilisé, a poursuivi Mark. Son intérêt tient pour moitié à cela.

– Oh oui, ai-je acquiescé, trouvant assez curieuse cette vision de l'endroit.

– Ce n'est pas une fosse aux lions, comme certaines autres écoles privées. Et bien sûr, elle est beaucoup plus petite que la plupart d'entre elles. Tu n'as pas eu de problème à cause… enfin, tu sais… ? » – et de nouveau, il m'a fixé droit dans les yeux, avec beaucoup de chaleur et de fermeté. « Non, j'imagine que non. »

Giles a grimacé et s'est tortillé sur sa chaise. « De toute façon, il y a plein de, hem… » Et il s'est éclairci la gorge de manière forcée.

« Eh bien… », ai-je dit, peu sûr de moi. J'ai jeté un coup d'œil de l'autre côté de la table, à Cara, à son frère silencieux Peter, propriétaire de la ferme, et à Lydia, avec cette manière blasée qu'elle avait de se pencher en arrière sur sa chaise en secouant la tête de temps à autre. L'atmosphère pas encore délétère de mes quatre années à la Bishop Alfred's School ne m'avait pas préparé aux ricanements méprisants, aux plaisanteries et à la violence aléatoire qui avaient cours à Bampton, de jour comme de nuit.

« Et ta mère s'y fait bien ? a insisté Mark.

– Papa, quand même..., a soupiré Lydia.

– Cela doit être dur pour elle, ma chérie, de se retrouver seule, et Dave si loin de la maison. Tu n'avais jamais été en pension, je crois ? »

C'était presque trop compréhensif. « Non, monsieur... Je crois qu'elle a été plus chamboulée que moi au début.

– Eh bien, je peux l'imaginer », a-t-il acquiescé en regardant Cara cette fois, mais elle s'est contentée de froncer les sourcils, comme pour dire : Cela ne m'a jamais dérangée. Durant les périodes scolaires, ma mère se résumait à l'image invoquée par ses lettres du mercredi – les mots écrits à la main incarnaient eux-mêmes sa présence, plus vivants que la poignée de choses décrites dans la lettre, avec force points d'exclamation – le travail, une visite à Wantage, de petits événements ordinaires qui recouvraient deux feuilles recto verso de papier Basildon Bond bleu, en évitant courageusement le vrai sujet : que non seulement je lui manquais, mais qu'elle savait à quel point elle me manquait plus encore.

« Nous avons une assez bonne opinion de leur prof d'art – Gregson, a dit Cara.

– Oh oui, il est très gentil, ai-je dit.

– Il y a aussi ce nouveau professeur d'anglais – Hudson ? a dit Mark. On nous en a dit beaucoup de bien.

– Oui, je ne l'ai pas encore eu, ai-je répondu.

– Hudson est une foutue chochotte, a dit Giles.

– Surveille ton langage, Giles, s'il te plaît», a dit Mark, et j'ai rougi, même si je ne savais pas au juste quel aspect de son langage il désapprouvait.

«Prends un autre sandwich, Dave, a proposé Cara. Confiture ou pâte à tartiner… ? Les deux, peut-être ?» – et elle m'a gratifié d'un de ses rares sourires en poussant le plateau vers moi.

*

J'aidais à débarrasser le goûter quand un jeune homme nommé Roly a frappé à la porte de derrière – il était venu en voiture de Challow pour jouer au tennis avec Lydia, et portait un survêtement. «Tu connais un peu la région ? m'a-t-il demandé, quand elle a fait les présentations.

– Il habite à Foxleigh, a dit Lydia. Il connaît la région depuis qu'il est tout petit.

– À Foxleigh, vraiment ? Ça alors… », et il a hoché la tête en m'enveloppant d'un regard assez plaisant. «J'ai toujours trouvé que Foxleigh était une jolie petite ville.

– Allons jouer avant qu'il ne fasse noir», a dit Lydia.

Je suis retourné dans la salle à manger pour voir s'il restait des choses à desservir, ne sachant trop ce qui était prévu maintenant, mais Mark a dit : «Je vais juste faire le tour du jardin, Dave, si tu n'es pas trop fatigué par ta marche de dix kilomètres huit cents de tout à l'heure.

– Oh merci, monsieur, ai-je répondu, et nous avons partagé un rire idiot.

– Tu auras peut-être besoin de ta veste.»

Je suis revenu en courant avec, Mark a déverrouillé la porte d'entrée avec son panneau de verre borduré, et m'a entraîné dans l'allée. Nous sommes passés devant la fenêtre de la salle de jeux, avant de traverser un carré de pelouse pour aller inspecter l'étang. L'allure de Mark avait encore quelque chose de londonien, avec ses chaussures en daim marron, son pantalon de flanelle gris, sa veste sport et sa cravate en soie rouge.

Plantés côte à côte, nous nous sommes penchés pour examiner l'eau, le visage de Mark, mi-ombre, mi-reflet, remplissant la bande pâle au-dessus du mien. Le moment semblait opportun pour réessayer, s'il n'était pas déjà trop tard : « Je tenais vraiment à vous remercier, monsieur, pour tout le soutien… », mais les mots sont sortis avec rigidité, et Mark les a étouffés d'un geste avant que j'en aie terminé.

« Non, non, Dave, ne me remercie pas. C'est mon père qui a doté ces bourses, je ne fais qu'entretenir le mouvement.

– Oh, je vois…, ai-je dit, ne sachant trop si le père de Mark était toujours vivant, pour pouvoir être remercié.

– La meilleure manière de nous remercier est de profiter pleinement de ton temps à Bampton.

– Merci, monsieur, ai-je tout de même répondu.

– Tire le meilleur parti de tout ce que cette école a à offrir. Si au bout du compte tu décroches une bourse d'études à Oxford, nous en serons ravis. Mais si tu veux faire autre chose, cela nous ira très bien aussi. » Il a posé la main sur mon épaule et m'a dévisagé d'en haut, pragmatique mais bienveillant. « Ah, chérie », a-t-il repris, mais il regardait par-dessus moi à présent – Cara était sortie nous rejoindre. « Hé, salut ! » s'est-elle écriée, comme si elle n'avait pas été avec lui cinq minutes plus tôt. Nous avons poursuivi à travers la pelouse en discutant, Cara d'un côté de moi et Mark de l'autre, sur un rythme traînant qui donnait l'impression que la marche elle-même importait autant que la destination – puis nous avons longé la berge jusqu'à l'abri rustique installé à l'extrémité du court de tennis, pour regarder Roly et Lydia échanger des balles.

*

Ce soir-là, je suis entré le premier dans la salle de bains, j'ai fermé la porte de ma chambre avec un sentiment de sécurité précaire, puis me suis déshabillé et glissé dans mon pyjama, résolument sourd à ce qui, je le savais, m'attendait quand j'éteindrais la lumière et me recroquevillerais face à la fenêtre, dans l'obscurité glaciale : ce sentiment qui monte au-dedans, l'émotion honteuse qui submerge tout, referme sa poigne sur le cœur et la gorge, indicible. Alors j'ai entendu le cliquetis de la poignée de porte, un bref éclat de lumière par-dessus mon épaule et une voix roucoulante : « Winny ? »

3

Après le petit déjeuner, je suis resté assis un long moment dans les toilettes du bas, à écouter distraitement les voix tandis que mes yeux traçaient des carrés sur le motif du linoléum. Dans la vitre de la fenêtre, un petit ventilateur tournait par intermittence, laissant entrer une odeur brute et froide qui venait de la cour de ferme, de l'autre côté. Je ne savais pas ce qui était prévu ensuite, et au désir d'échapper à une nouvelle marche ou à un nouveau jeu se mêlait la crainte de créer des problèmes ; je me disais que je me ferais tout autant remarquer par mon absence que si je suivais le mouvement. Il y avait un panier posé par terre avec de vieux exemplaires des revues agricoles *The Field* et *Berkshire Life*, dont le papier glacé était bizarrement ramolli par l'humidité ; en bas de la pile, les pages avaient même fusionné en une liasse rigide et gonflée qui a craqué et crissé quand je l'ai pliée. Ainsi les minutes ont-elles défilé.

Je suis ressorti dans le couloir au moment où l'oncle de Cara, George, descendait l'escalier avec précaution. Il m'avait salué d'un hochement de tête amical la veille, à mon arrivée, mais il prenait visiblement ses repas dans sa chambre, et je ne l'avais plus revu depuis. « Tu n'as pas aperçu ma canne, j'imagine… », a-t-il grommelé.

J'ai levé les yeux sur sa masse sombre encadrée par l'espace étroit de la cage d'escalier, murée des deux côtés. « C'est celle qui a un pommeau argenté, monsieur ? » J'ai couru vers l'endroit où je l'avais vue posée contre le mur, dans un coin du salon.

« J'ai pas besoin de ce fichu truc, a râlé George quand je lui ai tendu la canne. Mais Cara dit qu'il faut que je la prenne. » Il s'est éloigné en la tendant devant lui, sans qu'elle touche le sol, tel un objet purement cérémoniel. Je me suis retrouvé à le suivre, puis à le regarder lever la main vers sa casquette et l'imperméable marron qui était accroché dessous. « Alors, comment ça se passe pour toi ? a-t-il demandé, me redonnant la canne un bref instant.

– Oh très bien, monsieur, merci », ai-je dit.

Il m'a gratifié d'un regard bienveillant mais dubitatif, tandis qu'il enfilait sa veste d'un coup d'épaules. « Tu as fait la connaissance d'Ernest, je suppose ?

– Ernest ? ai-je répondu. Je ne suis pas sûr.

– Alors viens donc échanger deux mots avec lui, a dit George en pivotant vers la porte de derrière.

– Je devrais peut-être prévenir Giles ? ai-je dit. Je crois que nous étions censés… » Mais le dilemme s'est résolu de lui-même et, au bout d'un moment, je lui ai emboîté le pas, soulagé de me trouver sous la protection du vieil homme et m'efforçant de ne pas penser à la vengeance de Giles, aux formes qu'elle pourrait prendre ce soir-là. Je tenais encore dans ma main la canne sombre au pommeau argenté quand nous avons traversé les mauvaises herbes à l'arrière de la maison ; j'ai essayé de m'appuyer dessus un pas ou deux.

Quand nous avons atteint le portail donnant sur la cour de la ferme, George a dit : « Je n'ai pas très bien compris d'où tu venais.

– Eh bien, je suis dans la même école que Giles, monsieur », ai-je répondu.

Il s'est éclairci la gorge et a baissé les yeux sur moi. « Giles m'a l'air plus vieux que toi.

– Oui, je vais avoir quatorze ans ce mois-ci.

– Pourtant, j'ai cru comprendre que tu étais dans la classe d'au-dessus. Donc tu es plus intelligent que lui.

– Oh ça, je ne sais pas », ai-je répondu avec tact. Je craignais que mes mots ne parviennent d'une manière ou d'une autre aux oreilles de Giles.

Nous sommes passés devant la vaste grange ouverte qui abritait la falaise en cours d'amenuisement de la paille de l'année dernière. La lieuse se dressait à l'autre extrémité, poussiéreuse mais dangereuse, le large tapis en toile de l'élévateur incliné vers le toit. « Mais tes parents, a repris George. Sont pas anglais. »

Là encore, la réponse exigeait du tact. « Ma mère est anglaise, je vis avec elle.

– Oui, je vois…, a dit George, plein de tact à son tour, mais sans renoncer pour autant. Elle est séparée de ton père, peut-être… »

C'était une décision à prendre, à chaque fois, et le fait est que je ne savais que ce que je savais. « Le problème, à vrai dire, ai-je expliqué tel un vieil homme à un enfant, tout en faisant tourner la canne entre mes mains, c'est que mon père était originaire de Birmanie, mais j'ai bien peur qu'il soit mort, aujourd'hui.

– Donc tu es à moitié birman, a conclu George sans en faire une histoire. Tu peux, je crois, m'accorder ça. » Je lui ai rendu la canne, rougissant malgré moi. « Ah, attention à la gadoue, on n'a pas mis nos bottes. » Nous étions en train de franchir les grilles ouvertes de la grande étable d'où une épaisse couche de paille et de bouse de vache se déversait dans la cour. À l'intérieur, à peine visible dans la pénombre, un homme a levé sa fourche en réponse au salut de George. J'étais content que les vaches soient sorties, pas parce qu'elles m'effrayaient le moins du monde, mais parce qu'on n'allait pas me demander d'en apporter la preuve. J'ai songé que l'homme à la fourche était peut-être Ernest, mais George a dit : « Lui, c'est Stanley, au fait, il a travaillé ici toute sa vie.

– Je crois que Giles m'a parlé de lui », ai-je répondu. Stanley était un salopard, qui ne laissait jamais Giles et ses copains grimper sur les tracteurs ou construire des forts avec les balles de paille.

De l'autre côté de la grange, un chemin en béton strié menait aux pâtures des vaches ; George s'y est engagé. Il était intéressant, à sa manière, mais pas très joli. « J'ai cette promenade, a-t-il dit, qui prend à peu près dix-huit minutes, sauf si je fais la causette avec un des gars. Si j'ai envie d'une plus longue balade, je marche vers la ferme des Denham, ce qui peut prendre une heure ou plus. Tu es déjà monté sur la colline ?

– Oui, monsieur, nous y sommes allés hier. Les anciennes fortifications, vous voulez dire.

– Je ne monte plus trop là-haut. Ça t'a plu ?

– Oui. Il y avait beaucoup de vent.

– Oh, je vois ce que tu veux dire », a répondu George, le front plissé, se concentrant déjà sur ce qui se trouvait par-delà la grange principale. Quand nous avons tourné au coin du bâtiment, il m'a fallu un moment pour voir de quoi il s'agissait, un mur en parpaings à peu près aussi haut que moi et, de l'autre côté, une masse grossière, un tas de charbon recouvert d'une bâche marron, qui a tressailli puis glissé de côté – ma confusion n'a duré qu'un instant, mais il m'a semblé glisser moi aussi, comme si la terre avait bougé. « Doucement, Ernest, du calme », a dit George, s'approchant de l'enclos tandis que je restais en arrière. Le mur lui arrivait à la poitrine, il s'est penché par-dessus pour gratter l'épaule d'Ernest avec le pommeau argenté de sa canne. Ernest a bougé, tressaillant et tapant du sabot avec un temps de retard, mais il ne pouvait pas tellement reculer à cause de l'exiguïté de l'espace dans lequel il se trouvait. Tout ce que je pouvais voir à cinq mètres de distance, c'était un immense dos marron, avec l'épaisse racine d'une queue à une extrémité et la bosse du cou, haute et large, à l'autre, tachetée d'un blanc sale, comme de la neige en train de fondre sur un champ labouré. C'était donc un taureau, formidable terreur tout droit sortie d'un conte, plus puissant que n'importe quelle créature hors d'un zoo. La tête du taureau pendait, invisible sous le joug démesuré, tout en muscles, de l'encolure et des épaules. « Je t'ai amené de la visite », a dit George ; puis, à moi : « Fais le tour et dis-lui bonjour. »

Une grille d'acier à cinq barreaux fermait l'enclos, son loquet ordinaire renforcé par une chaîne épaisse et une corde en nylon rouge, nouée autour du poteau. La tête blanche et hirsute d'Ernest s'est dressée derrière les barreaux. Je ne savais pas s'il me voyait – si j'étais énervant ou insignifiant ; ses petits yeux marron sous leurs cils blancs semblaient d'une inquiétante inadéquation, concentrés sur la monotonie abrutissante de son enclos mais peut-être aussi sur un plus large projet impliquant la violence. De ses naseaux roses et humides dépassaient des brins de la paille dans laquelle ses pattes de devant étaient enfoncées, jusqu'à ses genoux protubérants. Mais ses oreilles étaient dressées, en alerte, une étiquette jaune vif agrafée à celle de gauche, et il secouait nerveusement la tête de temps à autre comme s'il était déterminé à s'en défaire. Dans ce mouvement, les caroncules blanches plissées qui pendaient tel un rideau froncé de son menton jusqu'à ses genoux se balançaient lourdement d'un côté puis de l'autre.

« Il vit là tout le temps ? ai-je demandé.

– Comment ça ? Non, non, a répondu George. Il sortira pour son prochain boulot. Pas vrai, Ernest ? » Je me suis fendu d'un hochement de tête responsable. « Gratte-le un peu, il aime ça. » J'ai produit un sourire crispé, sans esquisser le moindre geste. C'est donc à George lui-même qu'il est revenu de montrer à quel point ils s'entendaient bien tous les deux. « On l'a raboté, tu vois, a-t-il dit. Faut pas s'inquiéter pour les cornes. » Derrière les oreilles, j'ai aperçu deux bosses proéminentes – dans quelle direction avaient poussé les cornes, et quelle avait été leur longueur, je ne pouvais que l'imaginer. J'avais l'impression que lorsque Ernest baissait la tête, il était persuadé de les avoir encore.

Il se tenait tout près du mur de l'enclos, avec juste assez d'espace pour accueillir une autre créature de sa taille. George s'est mis à lui assener des claques sur la croupe, fortes mais avec un air complice, de sorte qu'au bout d'un moment, Ernest a fait demi-tour, dressé brusquement la tête dans un mugissement féroce, et levé la queue pour lâcher un lourd tas de bouse dans la paille. Il a manqué trébucher en reculant et son épaule s'est écrasée contre les barreaux d'acier tandis qu'il s'efforçait de se retourner, au point que la grille a chanté et claqué sur ses gonds. Je me suis rendu compte que si Ernest venait à baisser pour de bon la tête et à aplatir la grille, je me retrouverais en plein sur sa route. Nous avions vu un film sur la tauromachie à l'école – un taureau, comme un navire, met du temps à faire demi-tour. Je suis donc retourné auprès d'oncle George, à l'abri du muret.
« Je me demandais, monsieur : combien peut-il peser ?

– Ernest ? Ooh, il doit bien faire dans les sept cents.

– Vraiment, monsieur… » J'ai assimilé l'information sans être tout à fait convaincu, une tonne ou quasi, tandis que nous restions là à le regarder. Au bout d'un moment, George s'est penché en avant et Ernest a laissé le vieil homme lui donner une ou deux caresses sur le mufle avant d'agiter les oreilles et de se remettre à piétiner. Un petit silence s'est fait, ni l'hôte ni son invité ne sachant si l'affaire était arrivée à son terme.

« Mais quand même, bon sang, a repris George. La Birmanie… Tu as passé du temps là-bas ?

– Oh… non, monsieur, pas du tout », ai-je dit, et j'ai étudié de près Ernest dans la confusion des sentiments que cet endroit, le simple nom de cet endroit, faisait naître en moi.

« Tu as entendu parler de cette nouvelle affaire ?

– Eh bien, un peu, oui, à l'école en fait. Le coup d'État, vous voulez dire ?

– Le coup d'État, a répondu lentement George, exactement. » Il a gratté la tête d'Ernest entre ses cornes disparues, et le taureau s'est de nouveau ébranlé et a titubé de côté pour s'éloigner de nous. « C'est terrible, tout ça.

– Oui, vraiment », ai-je acquiescé, un fourmillement d'inadéquation descendant le long de mes bras jusqu'à mes mains inoccupées. George a posé sur mon épaule sa propre main consolatrice, et j'ai contemplé dans une sorte d'embarras composite l'inatteignable sujet de la Birmanie et le dessous du taureau, le grand triangle de chair suspendu qui portait et dissimulait son machin et, derrière sa chose, difficile à appréhender, la forme massive, lourde comme des haltères, violette comme un foie, qui se balançait et cognait contre ses jarrets au gré de ses mouvements. George a retiré sa main, j'ai dit : « Eh bien, merci beaucoup, monsieur », et nous avons rebroussé chemin en repassant devant les granges. Nous avions pu rester là deux minutes ou bien davantage – et j'avais le sentiment étrange d'avoir échoué à un test d'oncle George, ou de n'avoir pas saisi ce qu'on attendait de moi.

« En fait, Mr Pollitt, ai-je dit, je suis le nouveau lauréat de la bourse Hadlow.

– Ah, vraiment ? Oui, je crois que j'étais au courant. Eh bien, j'ai dit que tu étais intelligent » – aimablement, comme si son intelligence à lui avait été brièvement mise en doute. « Quelles sont tes matières préférées ? »

C'était une question d'adulte standard, mais il l'avait posée sans la condescendance habituelle. « Eh bien, l'anglais, ai-je répondu.

– Oh, l'anglais, oui.

– Et le français aussi.

– Tu es déjà allé en France ?

– Non, monsieur, pas encore… Et je dirais aussi l'histoire.

– Vous étudiez quoi en histoire ?

– Eh bien, en ce moment, la première révolution anglaise.

– Ah oui, terrible affaire, a-t-il dit en secouant la tête, comme s'il s'en souvenait personnellement et regrettait le rôle qu'il y avait joué. Alors, es-tu une Tête-Ronde ou un Cavalier ? »

J'ai soupesé la chose. « Un Cavalier, je crois, ai-je répondu, et j'ai pris un air solennel à cause du sens anatomique que ces mots avaient à l'école. Et vous, monsieur, si je peux me permettre de vous poser la question ?

– Oh, moi aussi j'étais un Cavalier à ton âge. Tu deviendras peut-être une Tête-Ronde plus tard, au moins pour un temps. En tout cas, c'est ce qui m'est arrivé. » J'ai songé que c'était peu probable, mais pris note de l'avertissement du vieil homme. « Combien de temps restes-tu parmi nous ? » a-t-il demandé, tandis que nous retraversions la cour. J'ai répondu que je rentrais chez moi lundi. « Et tu vis à Foxleigh ? Eh bien, ce n'est pas très loin. Tu reviendras peut-être nous voir cet été.

– Merci, monsieur, ai-je dit, sans être sûr qu'il s'agissait d'une invitation.

– Tu joues au tennis ?

– Pas vraiment.

– Peter est un bon joueur de tennis. Lydia aussi, d'ailleurs. Elle a l'envergure qu'il faut. »

Nous nous étions de nouveau arrêtés à quelques mètres de la porte de derrière. L'aile basse, qui faisait saillie à l'arrière de la maison, fermait la cour, percée du large porche ouvert où était accrochée la cloche, pareille à celle d'une école, avec, pendue sous son battant, une corde grossière. George a levé sa canne pour désigner une fenêtre à l'étage. « C'est ma chambre, a-t-il dit. Je suis à l'écart là-haut, mais, bien sûr, je peux voir les allées et venues de tout le monde. » Une fine ellipse de lumière émanant d'une lampe d'architecte brillait derrière la vitre, mais sans montrer grand-chose de la pièce. « Comme ça, je peux me consacrer à mon travail, a-t-il dit, et son sourire m'a fait penser que je l'en empêchais. Ça ne t'intéresse peut-être pas trop… enfin, tu vois… mais n'hésite pas à frapper à ma porte à tout moment, si tu ne sais pas quoi faire. Nous pourrions peut-être avoir une autre petite conversation avant ton départ. » Il a souri pensivement, non pas à moi mais à un espace juste au-dessus de mon épaule gauche. Puis, d'un petit coup sec de sa canne, comme s'il chassait un chien, il a pivoté sur ses talons et est rentré dans la maison.

4

Je suis resté planté là une minute, sous la cloche, à me dire que si je levais la main vers la corde et la faisais sonner, Giles se présenterait sûrement – puis, juste à temps, j'ai songé que je pourrais toujours dire que je l'avais cherché et que je ne l'avais pas trouvé. J'ai ouvert la porte du vestiaire, tout poussiéreux et envahi de toiles d'araignées, avec la boue séchée déposée par les bottes sur le sol en pierre, une odeur d'huile de moteur et d'engrais, et j'ai fouiné un moment parmi les seaux et les cartons. J'entendais des bruits de pas au-dessus – sans doute ceux d'oncle George de retour dans sa chambre –, une chaise que l'on traînait, puis la voix étouffée d'une radio. J'ai tiré péniblement la lourde porte du fond pour l'ouvrir, et descendu quelques marches menant à une allée en briques sous des pommiers, où picoraient des poules. C'était une partie de la ferme que je n'avais pas encore vue. D'un côté se dressait la haie d'ifs bombée qui protégeait l'extrémité la plus proche du court de tennis – un étincelant désert ensoleillé à dix mètres de là que je me suis représenté avec une sorte d'émerveillement, moi qui errais dans la pénombre au milieu des poules. Celles-ci disposaient de deux enclos grillagés, avec une petite niche en bois rudimentaire à un bout et, à l'opposé, une petite porte guillotine pour les y enfermer la nuit. Pour l'heure, elles traînaient dehors au hasard, guettant et picorant des graines éparses, des morceaux de terre et d'herbe, caquetant des objections grincheuses tandis que j'évoluais parmi elles ; l'une d'elles plastronnait devant moi, l'air sournois et préoccupé, et, cinq secondes plus tard, elle a grimpé les marches en sautillant pour me suivre dans le vestiaire – j'ai bondi en arrière, redoublant sa panique par mes cris et mes gesticulations, au point qu'elle s'est mise à brailler et a sauté sur la table, renversant des tuteurs en bambou, puis a criblé de coups de bec la vitre de la fenêtre pendant quelques secondes, avant de se précipiter dans le verger par la porte restée ouverte, dans une série de gloussements ébouriffés qui semblaient dire *Oh mon Dieu*, et elle m'a laissé là avec le sentiment d'un délit mineur sans témoin, qui aurait vite pu dégénérer en scandale et en réprimande. J'ai bien refermé la porte derrière moi et suis redescendu parmi les arbres.

Au fond du verger se dressait un mur de briques rouges, surmonté d'une toiture en ardoise moussue, une vieille dépendance qui semblait avoir dérivé loin de la maison, tout aussi invisible depuis la cour de ferme qu'elle l'était d'une personne servant et volleyant de l'autre côté de la haie. Il y avait quelque chose que j'avais très envie de faire, tout seul, et j'ai songé que l'endroit s'y prêtait fort bien ; puis j'ai caché cette pensée en entendant des voix. J'ai suivi le chemin qui contournait la dépendance – laquelle possédait une grande fenêtre, ouverte à angle droit, dont l'unique vitre contenait l'image d'un très jeune garçon se reflétant en transparence sur la verdure ; l'expression de son visage était difficile à lire, dans les ombres des arbres.

Un grognement de rire a résonné à l'intérieur – « Oh, ne va pas t'imaginer des choses ! », une voix que j'ai bizarrement mis deux ou trois secondes à reconnaître comme étant celle de Lydia : je suis resté là à me contempler moi-même, doublement incertain à présent de ce qu'il fallait faire. « Je n'imagine rien du tout, ma chérie », a dit une voix plus grave, Cara, bien sûr, mais d'un ton patient, plein d'humour. « Je veux dire... tu peux faire ce que tu veux. » Un bruissement, un raclement, une gorge éclaircie. « Mm, bon… » Mon esprit les imaginait se livrant à une tâche commune, un travail routinier auquel cette dépendance était destinée, et qui comblait par de petits grattements et autres froissements les vides dans leur conversation. Celle-ci était alerte, mais son rythme endormi. « Tu sais, a repris Cara, papa est tout à fait prêt à payer aussi pour Roly. » Après une nouvelle courte pause, elles ont repris en chœur : « Eh bien merci, maman. / Il faudra juste être prudente… » La peur de me faire prendre m'a poussé à filer devant la fenêtre comme si je me dirigeais vers un autre endroit.

« On explore ? » – c'était Cara, d'une voix beaucoup plus brillante et sonore, si bien que je me suis retourné. Elle se tenait debout sur le pas de la porte, dans un pantalon bleu élimé, avec un pinceau brandi d'une main et un chiffon froissé au creux de l'autre ; elle penchait la tête de côté comme pour entendre ma réponse. Était-ce une bonne chose d'explorer, ou bien allait-elle s'emparer de la prévisible excuse justifiant ma présence ici pour la retourner contre moi ? Ces trois syllabes brillantes étaient un modèle d'ambiguïté. « J'ai bien peur que Giles ne t'ait abandonné.

– Oh, je ne sais pas trop, ai-je dit.

– Ça, c'est tout lui, maman », a dit Lydia. Je me suis approché. À travers la porte, je l'ai aperçue de profil, assise sur une chaise de jardin, sa main la plus proche, la droite, levée à hauteur de l'épaule. Contrairement à Cara, elle avait l'air très habillée pour cet endroit et ce moment, avec sa robe rouge et ses pendants d'oreilles, ses cheveux ondulés relevés et ramenés en arrière, mais elle s'était débarrassée de ses chaussures. Je ne voyais la toile que de biais, mais j'ai compris que Cara était en train de peindre son portrait.

« Faisons une pause », a-t-elle dit. Sur ces mots, Lydia s'est levée, enchâssant ses orteils dans ses chaussures, et s'est dirigée vers la maison, sa robe de soirée rouge balayant les jeunes orties. Cara est restée sur le seuil, à peser le pour et le contre. « La peinture t'intéresse ? m'a-t-elle demandé.

– Oui, beaucoup, ai-je répondu.

– Vraiment ? Quels peintres aimes-tu ?

– Eh bien, au dernier trimestre, j'ai beaucoup apprécié sir Lawrence Alma-Tadema, ai-je dit.

– Oh, je vois…

– Nous l'avons étudié avec Mr Gregson.

– Je commence à me poser des questions sur Mr Gregson.

– Et j'aime aussi beaucoup Francis Bacon. »

Son rire s'est changé en un raclement de gorge. « Bon, tu ferais mieux d'entrer.

– Oh, vous êtes sûre ? Je ne savais pas que c'était ici, Mrs Hadlow », ai-je dit, et je me suis avancé dans la pièce sans être tout à fait à mon aise – les murs de brique blanchis à la chaux et la charpente apparente la rendaient deux fois plus grande qu'on ne s'y attendait. Il y avait une forte odeur chimique, peintures et térébenthine, une table couverte de tubes et de pinceaux dans des bocaux, et dans l'arrangement de ce chevalet, de cette chaise et cette cruche de tulipes, quelque chose de nouveau dans mon expérience, mais que j'ai reconnu aussitôt – une artiste au travail.

Cara avait un paquet de cigarettes dans la poche de son gilet, elle en a allumé une avec un briquet et est restée sur le seuil tandis que je déambulais. J'avais la sensation que cette cigarette fixait la limite du temps que je devrais passer là, et de sa tolérance de ma visite. « Je travaille essentiellement ici. À Londres, il se passe toujours trop de choses.

– Oh oui, j'imagine », ai-je dit. J'ai examiné le portrait de Lydia, qui n'était encore qu'un tourbillon de lignes rouges où seul le visage avait été dessiné en détail, sans trop ressembler à Lydia, du moins telle que je la connaissais ; mais je n'avais jamais vu un vrai tableau à un stade aussi précoce. Puis j'ai contemplé deux toiles posées contre le mur, des natures mortes représentant des poteries marron brisées, une truelle et un vieux panier de jardin, certainement sortis du vestiaire où je venais tout juste de fureter, et présentés sous un jour tout à fait nouveau.

« Tu n'es pas obligé de dire quoi que ce soit, a soufflé Cara. Les jeunes peuvent être des critiques impitoyables.

– Non, ai-je protesté. C'est très intéressant.

– La plupart de ces toiles ne sont pas terminées, et les critiques prématurées sont toujours malvenues, tu comprends ?

– Oui, évidemment, ai-je dit.

– Attendez d'avoir vu le tableau achevé avant de ramener votre fraise. »

J'ai souri nerveusement. « Eh bien, merci de m'avoir laissé les regarder », ai-je dit.

Elle a soufflé un jet de fumée et écrasé le reste de la cigarette parmi d'autres mégots, dans une soucoupe. « Giles est-il odieux avec toi ? Je le soupçonne de l'être.

– Oh ! » me suis-je exclamé, tout à la fois gêné, contrarié et soulagé. La vie ici semblait inclure de telles invitations à la déloyauté, habituelles peut-être dans les familles nombreuses, dont je n'avais pas l'habitude. J'ai opté pour une phrase de maman : « Je crois que parfois, Mrs Hadlow, il ne mesure pas sa force !

– Hmm, je n'en suis pas si sûre…, a-t-elle dit, et elle m'a regardé comme s'il représentait un problème pour nous deux. Il te maltraite à l'école ?

– Non, pas vraiment, ai-je répondu précipitamment, et cela semblait mériter une explication. Nous ne nous voyons pas tant que ça à l'école, vous savez, comme nous ne sommes pas dans la même classe.

– Oui, j'imagine. »

Je suis resté un moment à contempler le visage rosâtre de Lydia sur la toile, qui était à mes yeux un mystère de famille tout autant que de l'art. C'était sur les yeux que Cara avait le plus travaillé, et ils soutenaient le regard de manière déconcertante. Cara a entrepris de nettoyer son pinceau dans un chiffon avant de le plonger dans un bocal de térébenthine, le rose se troublant de gris. Elle a dit : « Bien sûr, Giles est à un âge difficile.

– Oui, ai-je dit, absorbant timidement cette confidence.

– J'ai l'impression qu'il est très populaire à l'école ?

J'ai secoué la tête. « Oh, je crois que oui », ai-je répondu. Il y avait des sujets qu'on ne pouvait pas aborder avec des parents, comme l'opinion que certaines personnes avaient de Giles, ou celle qu'il avait de lui-même.

« Mais il faut que j'arrête avec mes interrogatoires !

– Non, ça ne me dérange pas.

– Nous n'arrêtons pas de le faire.

– Pas vraiment.

– Eh bien, on se revoit à l'heure du déjeuner.

– Oh… oui, ai-je bredouillé, rougissant tandis que j'intégrais cette instruction. À tout à l'heure ! » – et je suis sorti de la dépendance, puis j'ai regagné d'un bon pas la maison, les poules laissant échapper d'inquiétants murmures sur mon passage. « Ne faites pas attention à moi », ai-je dit, quand je me suis arrêté pour jeter un coup d'œil derrière moi. Cara rentrée dans son studio, j'étais seul, et cette envie irrépressible que j'avais ressentie la veille sur le court de tennis, de m'enfoncer dans la haie d'ifs, est de nouveau montée en moi maintenant que je me trouvais de l'autre côté de celle-ci. J'avais entraperçu des tunnels sombres là-dedans, sous les branches les plus basses, dans lesquels un chien pouvait se faufiler, et peut-être un garçon de ma taille. De ce côté-ci, des bandes de grillage ployées empêchaient les poules de traverser. La terre avait l'air sèche quand je me suis mis à genoux, et, en l'espace d'une minute, même si la pression était douloureuse sur mon bras gauche blessé, j'avais rampé en me tortillant dans la poussière jonchée d'aiguilles jusqu'au centre de la haie. Je suis resté allongé là, les genoux relevés, avec une vue éblouissante au ras du sol sur le court de l'autre côté, le filet pendant, détendu, entre les poteaux, et deux pies patrouillant le long de la ligne de fond.

5

Pendant le petit déjeuner, ce matin-là, j'avais entendu Cara rappeler à oncle Peter qu'Élise aimait le whisky irlandais et, plus tard, à Mrs Over : « Vous savez qu'Élise a le pudding en horreur » ; mais je n'ai découvert qui était cette Élise que juste avant le déjeuner. « Ta mère arrive à quatre heures moins cinq, n'oublie pas », a dit Cara. Les Hadlow n'expliquaient jamais rien les concernant, cela faisait partie de l'aventure d'être ici.

Mark a regardé sa montre d'un œil critique, puis redressé les épaules. « On va chercher mamie à la gare ? » a-t-il lancé. Giles avait l'air plutôt partant, et j'y ai vu la chance de faire un premier tour dans la DS ; même si, derrière l'image excitante du moment où celle-ci s'élèverait sur sa suspension hydropneumatique, j'entrevoyais déjà un nouveau défi se profiler dans la présence inattendue d'une autre invitée. Il y avait une heure à tuer après le déjeuner, et nous avons traîné dehors, pour nous retrouver finalement sur le court de tennis, où Giles m'a fait remonter le filet à coups de manivelle aussi haut que je le pouvais, puis a travaillé son service. « T'en fais pas si t'arrives pas à les toucher », a-t-il dit, tandis que j'allais et venais péniblement pour récupérer les balles.

À trois heures et demie, nous nous sommes présentés dans la cour, où Mark était en train de préparer la voiture. Le toit noir de celle-ci se repliait dans un surprenant espace ménagé derrière la banquette arrière ; une housse en cuir rouge le recouvrait, qui se boutonnait comme un gant.

« Je déclare officiellement que cette voiture est un OVNI, a dit Giles.

– La voiture du futur, a dit Mark, et il l'a gratifié d'un doux sourire, un bonheur partagé que je n'avais pas vu jusqu'alors.

– Objet Vraiment Naze Importé », a dit Giles.

J'ai levé les bras au ciel, le regard ferme, très sûr de moi. « Je ne sais pas comment il peut dire une chose pareille, monsieur.

– Eh bien…, a dit Mark, inspirant une grande bouffée d'air.

– C'est la plus belle voiture que j'aie jamais vue.

– Oui, merci Dave, vraiment, a répondu Mark. Ça me fait de la peine de le dire, mais mon fils n'a aucun sens de la beauté. »

Giles souriait en coin de sa provocation, et j'ai senti qu'il absorbait en secret les louanges adressées à la voiture de son père. « Achète plutôt une Jag, papa », a-t-il dit, tandis qu'il faisait basculer le siège vers l'avant pour que je grimpe à l'arrière, avant de s'installer lui-même sur le siège passager.

Mark est monté à gauche, bien sûr. « Tu es bien installé, derrière ? » a-t-il demandé avant de mettre le contact, et c'était le moment que j'attendais, celui où toute la carrosserie de la voiture se soulevait tel un aéroglisseur et se stabilisait confortablement au-dessus du sol. Giles s'est retourné pour m'adresser un petit sourire suffisant, malgré lui, et Mark a dit en douceur, par-dessus son épaule : « Voilà, Dave, c'est aussi simple que cela. » Nous nous sommes aussitôt mis en route, flottant par-dessus les nids-de-poule de la cour puis les aspérités calcaires de la longue allée.

La nouveauté ne se limitait pas à cette sensation de flottement. Je n'étais jamais monté dans une décapotable – il y avait la surprise du départ, d'abord, l'air s'agitant déjà autour de nous et, une fois sur la route de campagne, l'absence de quoi que ce soit entre nous et les arbres et les portails et le paysage qui se réorganisait rapidement à mesure que nous prenions de la vitesse, tandis qu'arbres et portails créaient leur propre brouhaha rythmique, des motifs rapides, irréguliers, faits de souffles et de battements : je me sentais plein d'air, presque asphyxié. Il régnait ce jour-là une chaleur subreptice, quasi estivale, mais le temps que nous grimpions jusqu'à la grand-route et que nous nous y engagions, je frissonnais – j'ai rendu à Mark son sourire quand nos regards se sont de nouveau croisés dans le rétroviseur. Puis nous avons ralenti à l'approche d'un carrefour et il faisait bon, et l'odeur du moteur s'est mêlée, l'espace d'un instant, aux senteurs complexes de l'aubépine dans les haies. Le pare-brise incliné et les vitres latérales levées semblaient envelopper Giles et son père dans un cockpit de calme et de silence, tout en canalisant le violent courant d'air vers la banquette arrière, qui lissait et ébouriffait mes cheveux. Nous longions la route qui passait au pied des collines crayeuses, le formidable flanc nu de la pente se dressant sur la droite, et l'infini de la vallée se déployant jusqu'à l'horizon sur la gauche. La route elle-même ne cessait de plonger et de remonter, avec des lignes continues en haut des crêtes aveugles et au fond des creux que Mark respectait à peine. Il devait faire de grands écarts pour voir par-delà la camionnette ou le tracteur ou la remorque devant lui, Giles jouant le rôle du guetteur. « Double-la, papa, double-la ! » criait-il, tandis que nous fondions sur une Morris Oxford en difficulté dans la pente, et j'écrasais mon pied sur le frein à l'arrière. Au bout de dix minutes, Mark a mis son clignotant, ralenti, et tourné sur une route secondaire où un pont étroit enjambait la voie ferrée, offrant une vue sur les rails déserts. Trente secondes plus tard, nous étions garés dans l'avant-cour de la gare de Challow.

Le train n'était pas encore annoncé, et nous avons traîné sur le quai. Un couple qui attendait, avec un chat dans une caisse, a gratifié Mark d'un sourire modeste trahissant qu'ils ne le connaissaient pas personnellement mais savaient qui il était.

Mark leur a répondu d'un sourire détaché en passant devant eux. J'ai senti la gloire réfléchie d'être à ses côtés, et la curiosité du couple à mon égard aussi. Je me suis penché pour regarder le chat dans sa caisse et j'ai eu de la peine pour lui. Giles marchait tout au bord du quai, les bras écartés pour s'équilibrer. Un calme campagnard régnait ici, avec de nouveau dans l'air des chants d'oiseaux et le bêlement des agneaux, puis soudain, au détour d'une courbe huit cents mètres plus loin sur les rails, l'avant aplati de la locomotive est apparu, et trois ou quatre wagons se sont matérialisés en tremblant derrière elle. Mon cœur s'est mis à battre, sans que je sache pourquoi.

« Ne regrettes-tu pas le romantisme de la vapeur, Dave ? a demandé Mark.

– Si, monsieur ! » ai-je répondu, même si je ne me souvenais que d'un seul voyage en train à vapeur, des années auparavant, quand maman et moi étions allés à Maidenhead pour la journée.

Le train est entré en gare, puissant, crasseux, et assez romantique à mes yeux. Le rugissement du moteur quand la locomotive est passée au ralenti devant nous avant de s'arrêter était inhumain, mais dans la lumière qui étincelait à travers les wagons, trois ou quatre silhouettes, debout, se dirigeaient vers les portes. « Voilà mamie ! » a crié Giles. Elle avait déjà baissé la vitre pour tendre la main vers la poignée quand Giles a tiré brusquement sur la porte – un homme derrière sa grand-mère l'a rattrapée par le bras. Elle est descendue, petite mais impressionnante, avec ses cheveux auburn ramenés en arrière et ses yeux presque noirs, proéminents ; dans son manteau court et sombre et ses escarpins noirs, elle introduisait dans cette petite gare de campagne une touche d'élégance impossible à ignorer. Mark s'est approché pour l'embrasser, sur les deux joues, tandis qu'elle tendait sa valise à Giles. Lorsque Mark m'a présenté en disant : « Maman, je te présente Dave Win, un ami de Giles de la Bampton School », elle m'a lancé un bref regard dubitatif, comme si j'étais un énième exemple de la malice de son petit-fils. J'ai tendu la main et dit : « Enchanté, Mrs Hadlow », et elle a plissé le nez et répliqué : « Pas Hadlow, mais passons », d'une voix douce et rauque. Elle m'a serré la main d'un unique coup sec, en haut en bas, comme si elle essayait de s'en débarrasser, et, l'espace d'un instant, j'ai senti les arêtes de ses bagues sous le cuir fin des gants.

Quand elle a vu la voiture qui attendait, toit baissé, elle a penché la tête de côté, comme déchirée entre glamour et inconfort. « Mes cheveux ! s'est-elle écriée.

– Ça va aller, n'est-ce pas, maman ? a dit Mark.

– Je viens juste d'aller chez le coiffeur, a-t-elle répondu d'un ton paisiblement outré.

– Tu seras très bien devant, mamie, a dit Giles. Je vais m'asseoir derrière avec Winny. » C'était la première fois qu'il utilisait mon surnom de l'école devant la famille, et sa grand-mère m'a une nouvelle fois regardé bizarrement. Elle a sorti de la poche de son manteau un foulard bleu fin comme une brume et l'a noué lâchement autour de sa coiffure avant que nous ne démarrions. Et elle a paru apprécier le trajet retour, que Mark a abordé de manière plus posée. Il y a juste eu ce moment où il a franchi trop vite le sommet d'une bosse et nous avons tous laissé échapper un cri nauséeux. Elle s'est à moitié retournée et m'a fixé droit dans les yeux – « Tout cela est très excitant ! » a-t-elle lancé, et c'est alors que j'ai réalisé, à la manière dont elle l'a dit, qu'elle était sûrement française.

*

Nous nous sommes tous retrouvés pour un apéritif avant le dîner, où elle a transformé très nettement l'atmosphère – le ton était plus vif, mais contraint ; elle était au centre de l'attention et se comportait, de manière déconcertante, comme si elle était chez elle. Elle portait des talons hauts, noirs, et ce que maman aurait appelé une robe de cocktail, rouge foncé, avec une broche d'argent en forme d'étoile. Mark lui a tendu un whisky avec beaucoup de glaçons, et nous l'avons tous regardée le goûter. « Ah, c'est mieux », a-t-elle dit, et son petit frisson et son sourire mystérieux nous ont en quelque sorte aidés à imaginer l'alcool fort et froid se déversant en elle.

« Nous ne sommes pas obligés de rester debout. Maman, prends ce fauteuil confortable. » Dans la mêlée irrésolue qui s'en est suivie, j'ai été le dernier à trouver ma place, à côté d'elle, sur le pouf en cuir noir qui a lâché un vent étouffé quand je me suis assis dessus.

« Quand même, Dave…, a dit Giles.

– Oh ma chérie, puis-je goûter une des tiennes ? » a dit Élise, et Cara s'est levée pour lui offrir une cigarette. « Merci », a-t-elle dit, recrachant la première fumée dans un hochement de tête vif et répété, comme si elle cherchait ses mots avant de se lancer. « Eh bien, c'est charmant d'être à nouveau ici, après tout ce temps, a-t-elle repris en balayant l'assistance d'un large sourire.

– Cela faisait trop longtemps », a acquiescé Mark, et Cara a ajouté : « Je sais bien, une éternité » – mais comme si l'on ne pouvait rien y faire. « Nous ne sommes pas tellement venus non plus cette année, Mark était tellement occupé.

– Peter va-t-il se joindre à nous ? a demandé Élise.

– Pete a passé la journée à la ferme des Denham, a dit Cara. Vous le verrez peut-être tout à l'heure.

– Ah, oui », a dit Élise – l'arrivée d'oncle George coupant court à tout supplément d'explication. Il a pris acte de sa présence de son hochement de tête et de son sourire plaisants, comme s'il ne savait plus vraiment s'il l'avait déjà saluée. Il y avait comme un léger éclat de galanterie entre ces deux figures d'âge avancé, ainsi qu'une insistance tacite, dans les regards espiègles d'Élise, sur le fait qu'elle avait tout de même dix bonnes années de moins que lui. Je me suis retrouvé happé, de manière à peine consciente, par les ressemblances familiales, Mark en tant que père et maintenant en tant que fils, la mâchoire arrondie et la large bouche d'Élise ayant indéniablement été transmises à Giles.

« Alors, des nouvelles de la pièce, mamie ? a lancé Lydia, qui ne lui ressemblait pas du tout.

– Oh, je ne sais pas, a dit Élise, écartant le sujet d'un revers de main, ce qui n'a fait que redoubler notre intérêt.

– Ce serait formidable si tu la faisais », a dit Mark.

Accroupi sur le pouf, à siroter mon petit verre de cidre, j'étais un simple figurant, mais assis là à côté d'elle, j'attirais l'attention. Je regardais les cendres s'allonger au bout de sa Kensitas, me demandant s'il fallait intervenir, mais quand elle l'a tapotée distraitement au-dessus du cendrier, j'ai vu à quel point elle contrôlait la situation. « Oh, ils veulent que ce soit moi, tu sais, mais est-ce vraiment le genre de chose que je devrais faire ?

– C'est quoi, déjà ? » a questionné Giles.

Sa grand-mère a fixé, comme fascinée, un point sur la moquette, et nous sommes restés à la regarder avec, soudain, un intérêt anxieux pour sa réponse. « Eh bien, le père de l'*Orestie*, a-t-elle dit, mais très modernisé, bien sûr.

– Modernisé à quelle époque ? a demandé Cara.

– Mais c'est quoi ? » a répété Giles.

Mark a traduit. « Eschyle, a-t-il dit d'un ton calme. *Agamemnon*, n'est-ce pas, maman ?

– Plus ou moins l'époque actuelle, a dit Élise. Des habits d'aujourd'hui, enfin, vous voyez », avec un geste simple, une pirouette de la main droite, comme s'il s'agissait de porter ce qu'elle avait sur elle à l'instant.

Oncle George a dit : « Et bien sûr, vous serez Électre… »

Élise a ri sèchement en entendant ces mots. « Mon cher George… Le metteur en scène semble plutôt me voir en Clytemnestre.

– C'est un grand rôle, mamie », a dit Lydia.

Élise l'a regardée avec une dureté taquine. « Tu m'imagines vraiment en train de manier la hache ?

– Absolument ! » s'est exclamée Lydia, et j'ai jeté un coup d'œil par en dessous à Élise, ne sachant jusqu'à quel point on pouvait la taquiner. Cela me semblait risqué, mais elle a poursuivi d'un ton raisonnable :

« C'est vrai que les *rôles** [1] se font rares de nos jours pour les femmes de plus de cinquante ans.

– Il y a la reine Marguerite de Shakespeare, n'est-ce pas, a dit Cara d'un ton tout aussi pondéré. Et, comment s'appelle-t-elle déjà… Volumnia ?

– Un jour, sans aucun doute, j'en viendrai à ces rôles-là, a répondu Élise.

– Je veux dire, quel âge a Clytemnestre, en fait ? a demandé Lydia.

– Eh bien… » – Mark a froncé les sourcils comme s'il s'efforçait de le calculer avec exactitude. Si elle se révélait être plus jeune qu'Élise, alors tout irait sûrement pour le mieux – ou bien cela ne ferait-il qu'attirer l'attention sur le fait qu'Élise était déjà trop vieille pour la jouer ?

« Personnellement, j'attends toujours votre Portia avec impatience, a dit oncle George.

– Vroum, vroum ! a grondé Giles.

– Pas Porsche, espèce d'idiot », a dit Lydia, même si tout le monde trouvait très drôle cette plaisanterie, qui avait fini par devenir tellement éculée à l'école au cours du dernier trimestre.

*

Il y avait du vin au dîner pour les adultes, après le whisky et le gin, et la conversation n'a pas tardé à se faire plus sonore.

---

1. Les mots en italique suivis d'un astérisque sont en français dans le texte. *(N.d.T.)*

Mrs Over a entrepris de nous servir depuis le buffet, et je me suis levé d'un bond pour l'aider, par politesse et parce que le cidre avait provoqué en moi une déconnexion pétillante et une excitation. « Merci », a dit Mrs Over, mais j'ai senti qu'elle m'en voulait. J'ai porté les assiettes de manière théâtrale, Mark et Cara se sont prêtés au jeu, Élise a dit que c'était beaucoup trop pour elle et a renvoyé son assiette, et Lydia a demandé : « Mais enfin, pourquoi Dave fait-il le service ?

– Ça ne me dérange pas ! » ai-je lancé en posant son assiette devant elle.

J'ai servi Giles ensuite, qui m'a regardé gentiment et a dit : « T'es une super bonne à tout faire, Winny. Bravo ! »

Mrs Over a éteint la lampe du plafond en sortant, et nous nous sommes retrouvés égarés un moment dans la quasi-obscurité des bougies avant que les détails ne réapparaissent peu à peu, alors les yeux se sont écarquillés, soudain brillants, les ombres en arrière-plan se sont remplies de vagues touches de couleur, et la conversation, qui avait chancelé pendant quelques instants, a repris de plus belle. Nous commencions juste à manger quand oncle Peter est entré, s'est arrêté à l'orée du cercle pour prendre ses repères, a répondu d'une phrase et d'un grognement aux questions de George sur où il était passé, et il a pris sa place en face de moi. Je lui ai adressé un grand sourire, pour le mettre à l'aise, et il a semblé un instant s'attarder sur moi alors que son regard faisait le tour de la table. Mrs Over est revenue – « L'assiette est chaude, faites attention », a-t-elle prévenu, elle l'a servi en légumes et en sauce, le couvant de soins maternels sans qu'il semble le remarquer. J'avais presque oublié, comme tous les autres apparemment, que c'était à la table de Peter que nous étions assis.

J'étais à côté de Lydia, qui m'avait plus ou moins ignoré jusqu'ici, en tant qu'ami de Giles, mais qui tout à coup m'a glissé, sur le ton de la confidence : « Maman dit que Giles passe son temps à te tabasser.

– Oh… je ne dirais pas tabasser, non, pas vraiment», ai-je répondu, sans regarder Giles, mais tendant l'oreille pour voir s'il avait entendu ; il était en train parler politique avec son père, de se disputer presque, ayant bu lui aussi un verre de cidre.

« Tâche de ne pas trop t'en faire, a dit Lydia. C'est juste de la jalousie. »

Alors j'ai jeté un rapide coup d'œil à Giles, beau et déjà adulte ce soir à la lueur des bougies, avec son allocation mensuelle, et tout le reste qui attendait dans l'ombre derrière lui. «Je ne crois pas que ça puisse être de la jalousie, vraiment, ai-je dit.

– C'est… eh bien, ce sont plusieurs choses à la fois, n'est-ce pas ? a répondu Lydia. C'est toujours tellement bizarre quand les nouveaux lauréats de la bourse viennent passer leur week-end ici ; maintenant, en plus, il est lui-même dans cette école – et comme tu es à l'évidence bien plus intelligent que lui…

– Oh, Giles est très intelligent», ai-je protesté – comprenant à moitié que je voulais dire par là que Giles connaissait le métro londonien et le Marché commun, et participait déjà aux réunions du club de débats, auxquelles je n'osais pas encore me rendre.

« Et puis tu es entré directement en deuxième année, alors que Giles se retrouve coincé au niveau inférieur – tu vois, je suis au courant de tout ! » Elle possédait la fermeté, l'absence de sentiments de tous les Hadlow, et autre chose aussi – cette manière qu'elle avait de se moquer d'eux. Pourtant, j'ai senti que je ne pouvais pas évoquer la principale raison pour laquelle Giles voulait me faire du mal, même si, en scrutant le visage de Lydia, je me suis demandé si cela n'était pas aussi évident pour elle que pour moi.

*

Quand nous sommes passés au salon à la fin du dîner, Élise m'a paru beaucoup plus amicale. J'ai essayé de me glisser discrètement devant elle, mais elle m'a enveloppé d'un sourire chaleureux. « Tes cheveux sont si fins et soyeux », a-t-elle dit, en passant ses longs doigts dans ma frange, comme si j'étais son enfant. Je lui ai souri en retour, anxieusement. « Lydia m'a dit que tu venais de *Birmanie* », a-t-elle poursuivi, et le soupçon d'un *r* guttural a semblé colorer ce pays de ses suppositions sur lui, quelles qu'elles soient.

« Eh bien en fait..., ai-je répondu, je ne *viens* pas de Birmanie... Voyez-vous, c'est mon père qui était de là-bas » – et j'ai enchaîné aussitôt : « Nous allons faire *La Nuit des rois* au prochain trimestre. » La présence d'une actrice célèbre avait agi sur moi comme un alcool durant le dîner, tandis qu'elle parlait de films et de réalisateurs ; le fait que je n'aie jamais entendu parler de la grande Élise Pleynet rendait d'autant plus convaincante cette soudaine exposition à sa célébrité.

« Faire... ? a-t-elle dit.

– Monter cette pièce, je veux dire. Vous savez, au théâtre de l'école.

– Ah, la fameuse pièce de fin d'année. Comme c'est amusant !

– Bon, c'est juste la pièce du collège...

– Et Giles jouera dedans – n'est-ce pas ?

– Oui, je crois.

– Alors... Orsino. Bien sûr. Tu le vois d'ici, non ? » – et elle a fait l'un de ses petits gestes de la main, comme si elle se moquait de Giles mais en croyant tout de même en lui. « Tu sais, m'a-t-elle confié, Mark a joué dans la pièce de fin d'année à Bampton, dans le temps. » Elle l'a regardé, pour voir s'il entendait. « Il interprétait le duc de je ne sais plus quoi dans *Henri V*, je crois ; il avait fière allure dans sa grande robe, tout le monde l'a dit d'ailleurs, mais dès qu'il a posé le pied sur scène, il était évident que Mark n'était tout simplement pas un acteur. » Elle a secoué la tête en tendant la main vers son sac, dont elle a sorti son étui à cigarettes. « Même pas besoin d'ouvrir la bouche, cela se voyait, c'est tout. Il était juste… Mark !

– Oh, ai-je soufflé… », et je me suis senti une nouvelle fois un peu déloyal.

Elle a fait claquer un briquet argenté, relâché un premier filet concentré de fumée. « Eh bien, il faudra que je vienne voir si Giles a le truc !

– Oui, si vous pouvez, ai-je dit, sentant que cela faisait grimper, aussi, les enjeux de ma première apparition sur scène.

– Je ne sais pas pourquoi, mais j'ai l'impression qu'il sera plus doué que son père… » Elle m'a souri. « Et ce sera si utile pour toi. Tu apprendras des choses sur les lumières… ou les costumes peut-être… » – elle a haussé joyeusement les épaules devant tous ces possibles.

« Mr Clark m'a choisi pour le rôle de Fabien, ai-je dit, mais en fait, j'aimerais jouer Antonio. »

Elle m'a regardé, méditant la chose. « C'est sûr, personne ne se souvient de Fabien… » Puis : « Tu as déjà joué ?

– Pas vraiment, ai-je répondu. Pas dans une vraie pièce. » À l'école, imiter les gens – les professeurs pour l'essentiel, plutôt que mes camarades – m'avait valu d'improbables amitiés et même un avant-goût magique de ce qu'était la popularité. Je n'étais pas le seul à les imiter, mais je le faisais mieux, avec le sentiment secret de posséder un don qui n'avait rien à voir avec être bon en français et en histoire, ou lauréat d'une bourse Hadlow.

« Je me demande… », a-t-elle repris. Elle semblait un peu triste, mais pleine de ressources. « Après tout, pourquoi pas ? » Elle a balayé le salon du regard. « Asseyons-nous… », en se repliant avec une vive élégance, un peu raide, sur le canapé, où je me suis posé à côté d'elle, excité mais espérant qu'on viendrait me sauver d'ici une minute ou deux. Les autres étaient encore debout près de la porte, oncle George expliquant quelque chose sur la carte encadrée du comté qui était accrochée là. « Si tu as le don, a-t-elle dit, alors tout est possible. Mais ce ne sera pas facile pour toi. » Elle m'a gratifié du regard circonspect de qui a besoin d'être franc tout en apportant son soutien. « Pas à cause de ton talent, non : à cause de la manière dont les gens te voient… Crois-moi, j'ai travaillé avec… j'ai travaillé avec toutes sortes de gens, des Algériens, par exemple, et aussi des acteurs indiens absolument fascinants. Ce n'est pas facile pour eux. Enfin, en Inde, bien sûr, ils font leurs propres films, mais en France et en Angleterre, globalement, ces acteurs sont cantonnés à ce que nous appelons les *mauvais rôles**… tu comprends ?

– Oui, je crois.

– Bien sûr, tu pourrais aussi faire de la radio.

– Oui…, ai-je dit, en songeant que nous allions un peu vite en besogne.

– Là, personne ne te verrait !

– Eh bien… », ai-je bredouillé en fixant un instant sa peau claire et poudrée, sa chevelure auburn, sans suivre totalement ce qu'elle était en train d'affirmer avec tant d'assurance, l'ampleur de ce problème auquel je n'avais jamais pensé.

« À l'école, c'est peut-être différent, j'imagine que vous devez tous *mettre la main à la pâte*. Pourquoi ne pas avoir un Roméo de couleur ! Dans mon école, à Grenoble, nous avions cette fille très belle du Sénégal qui jouait dans toutes les pièces – Molière, Rostand… » Élise semblait la voir juste à côté de moi. « Elle rêvait d'une vie sur scène, la pauvre, mais les seuls rôles qu'elle ait jamais décrochés étaient ceux d'une servante de couleur, tu vois, ou d'une esclave, ce genre de choses. Ce n'est que dans notre petit *lycée** qu'elle pouvait être Bérénice.

– Ou Clytemnestre », ai-je dit.

Élise m'a dévisagé, j'ai cru que j'avais fait une gaffe, mais elle a éclaté de rire et dit : « Elle était faite pour Clytemnestre », si bien que j'ai songé qu'elle avait sans doute décrété que nous étions amis et, plus encore, que j'avais saisi la sagesse de son conseil. Mark nous a rejoints, et j'ai senti qu'il était content que nous nous entendions si bien ; j'étais moi-même ravi de l'attention qu'elle m'accordait, et du privilège que cela représentait, que jamais je ne devais oublier. Je me suis levé pour faire de la place à Mark, et c'est alors seulement, au moment où j'ai tourné la tête, que je me suis autorisé à ressentir vraiment ce qui venait de se passer.

*

J'étais au lit, la lumière encore allumée, quand Giles est de nouveau entré dans ma chambre – un tour de poignée discret et il s'est glissé à l'intérieur, avant de refermer la porte derrière lui. « Ah, Winny ! » a-t-il chuchoté, et il m'a souri, la tête penchée de côté. Ce soir, il portait le pyjama rouge à passepoil noir que je connaissais de l'école, un peu serré sur lui désormais, veste déboutonnée.

J'ai dit : « Je t'ai vu voler ce verre de porto après le dîner.

– On ne peut pas voler des choses dans sa propre maison, Winny, pour l'amour du ciel ! Allez, pousse-toi un peu.

– Enfin, ce n'est pas ta maison », ai-je répliqué.

Il tirait sur les draps, que j'essayais de retenir. « Eh bien, ce sera ma maison, en fait, si mon oncle Peter meurt sans descendance. C'est moi qui hériterai de tout ça… maintenant, pousse-toi », et après cinq secondes de lutte, il était plus ou moins sous les draps avec moi. « T'es plutôt fort, hein, pour une… » – il a scruté mon visage comme pour trouver le mot.

« Dégage, Hadlow ! » ai-je protesté. J'ai envisagé un instant de le crier, même si la pression dure et chaude de son corps contre moi dans le lit n'avait plus rien à voir avec sa rudesse lors de nos bagarres en plein air. Il fallait que je lui fasse de la place, sauf à tomber de l'autre côté du lit, si bien que je me suis accroché. Il portait encore sur lui l'odeur de la journée. « Aïe, mon bras ! » – là encore, je l'ai juste soufflé, toujours bon joueur. Arc-bouté dans l'attente du coup du lapin, de la brûlure indienne, je faisais semblant, le cœur battant, d'être blasé et ennuyé, mais pas apeuré, chamboulé que j'étais à l'idée que Giles savait peut-être quelque chose sur moi et me menait en bateau.

« Là, on est *vraiment* bien au chaud, a-t-il dit.

– Hmm », ai-je grommelé, tendu par la nouveauté d'être au lit avec un autre garçon. L'éclat nyloneux de son pyjama aurait pu être beau si Giles avait été un autre, Morgan par exemple, ou Roberts.

« Je suis désolé pour ton bras, Winny », a-t-il dit en faisant courir ses doigts dessus, de haut en bas, avec gentillesse presque. Je me suis écarté à nouveau, même s'il était plus lourd et plus corpulent que moi, une lutte furtive a éclaté qui a dû faire un peu de bruit, puis il s'est retrouvé à moitié hors du lit. « T'es vraiment un petit allumeur, Winny », a-t-il dit, haletant, avec un sourire amer, et j'ai dit : « C'est pas moi l'allumeur, c'est toi », et alors il s'est hissé sur moi et m'a embrassé, il a plaqué ses lèvres sur les miennes et les a fait glisser, tandis que j'essayais de dégager ma tête – j'ai réussi, j'ignore comment, à m'extirper de dessous lui, tombant à moitié du matelas sur la fine descente de lit. Aussitôt, Giles s'est drapé dans sa dignité. Il s'est levé et a boutonné sa veste de pyjama. « J'en ai marre de toi, Winny, vraiment marre », a-t-il dit, et il est parti sans complètement refermer la porte.

6

Le lendemain soir, j'étais le premier arrivé au salon, et même s'il faisait encore bien jour dehors, j'ai fermé les rideaux et allumé les lampes, avec l'impression de savoir désormais comment les choses se passaient, ici. Il régnait dans cette pièce une atmosphère différente de celle du reste de la maison – papier peint à rayures rouges et blanches, gravures de chasse encadrées, vitrine où étaient exposées des assiettes et des figurines en porcelaine. Au-dessus de la cheminée était accroché un grand miroir qui, la journée, reflétait la haie et le flanc abrupt des collines crayeuses, dehors, mais qui maintenant, avec les rideaux fermés, suscitait une étrange sensation de claustrophobie. Le feu avait été préparé, mais pas allumé ; je me suis assis devant, provisoirement, et j'ai ouvert mon exemplaire du *Grand Meaulnes*, sans vraiment assimiler ce que je lisais. Au bout d'une minute ou deux, des pas ont résonné dans le couloir, et Élise est entrée, dans sa robe de soirée rouge, avec un sac à main noir et un châle assorti passé autour de ses épaules. Je me suis levé d'un bond et j'ai dit : « *Bonsoir, madame** » ; elle a hoché la tête et traversé le salon avec un sourire fin, comme si elle différait sa réponse tant qu'elle ne se serait pas servi un verre. Comme elle étudiait les bouteilles, elle a frissonné et rabattu les pans du châle sur sa poitrine.

« Il n'y a pas de feu ? s'est-elle étonnée.

– Oh, je suis désolé, ai-je dit. Voulez-vous que je l'allume ? »

Elle m'a lancé un regard. « Normalement, je crois que c'est la femme de chambre qui s'en charge » – et, de fait, à ce moment précis, Mrs Over a frappé à la porte avant d'entrer, elle s'est agenouillée et a approché une allumette du papier roulé en boule, puis s'est assise sur ses talons pour le voir s'embraser. Nous l'avons regardée installer la grille de protection devant l'âtre, puis elle a hoché la tête et est ressortie sans un mot. La première odeur de papier et d'aiguilles de pin brûlés a paru se mêler dans la pièce à son sentiment manifeste que nous aurions pu allumer ce feu nous-mêmes.

Élise a contourné le sofa, serrant dans sa main son épais verre de whisky, et nous sommes restés plantés côte à côte à regarder les premiers crépitements et sifflements, les petits jets de fumée aspirés vers le haut, les flammes flânant paresseusement le long d'une brindille, le glissement et le doux fracas du feu s'effondrant sur lui-même à mesure que le petit bois se consumait. Puis elle a regardé autour d'elle, dans une brève indécision sur l'endroit où chacun de nous allait s'asseoir. « Tu étais là-bas, a-t-elle dit.

– Oh… ça m'est égal », ai-je répondu, ramassant mon livre pour lui faire de la place au plus près du feu. Elle a secoué la tête et s'est fendue d'un sourire gracieux, mais il flottait dans l'air, outre les senteurs encourageantes du feu, un étrange embarras. L'espace d'un instant, elle s'est dirigée vers une petite chaise dure un peu plus loin, avant de faire volte-face, dans un haussement d'épaules, et de s'asseoir dans le fauteuil en face de moi, comme si cela n'avait aucune espèce d'importance. Je lui ai souri, mourant d'envie d'en savoir plus sur ce dont elle avait parlé la veille, et espérant en même temps éviter absolument le sujet.

« Que lis-tu donc ? a-t-elle demandé.

– Oh, c'est *Le Grand Meaulnes* », ai-je répondu, et je me suis redressé pour lui tendre le livre. L'idée m'avait traversé l'esprit, la veille, qu'elle aurait sans doute quelque chose d'utile à m'apprendre sur ce texte, que je n'aurais pas pu obtenir d'un Anglais. Elle l'a tenu à bout de bras, avec un sourire moqueur, comme s'il lui rappelait de lointains souvenirs, puis me l'a rendu en hochant rapidement la tête. Bien sûr, elle n'avait pas mis ses lunettes.

« *Et il vous plaît, monsieur, ce roman* ?*

– *Ah… ! Oui, beaucoup, madame !* ai-je répondu, sans trop savoir si son *monsieur* était flatteur ou railleur. *Et à vous aussi ?*

– *En France, il est très connu, tout le monde l'a lu* », ce qui ne répondait pas à ma question, mais j'ai senti qu'il aurait été grossier d'insister. « *Vous l'étudiez à l'école, j'imagine ?*

– *Oui, oui, absolument* », ai-je répondu, avec cette nouvelle personnalité, mondaine et expérimentée, qui s'emparait de moi dès que je parlais en français. « *Nous avons étudié la première partie le trimestre passé, et il nous faudra avoir lu le reste avant que nous ne retournions à l'école à la fin des vacances.* » Cette phrase se contentait de relier une série de points, et j'espérais l'avoir conclue par le bon subjonctif ; l'expression d'Élise était à mi-chemin de l'amusement et d'une légère indignation. Mais c'est alors que tous les autres sont arrivés en même temps, et mon nouveau personnage si charmant est aussitôt rentré dans sa cachette.

« Ne t'ai-je pas entendu pratiquer ton français, Dave ? a demandé Mark.

– Il parle très bien français, a dit Élise.

– *Ah… merci, madame* », ai-je dit, et Giles a ricané et dit : « *Oui, oui, sacrebleu.* »

Élise m'a regardé, clignant des yeux tandis qu'elle choisissait ses mots. « Sa grammaire, a-t-elle dit, est… tout à fait remarquable. Mais il doit travailler, travailler, travailler son accent.

– Je crois qu'ils n'ont pas tellement l'occasion de parler français à l'école, maman, a dit Mark.

– Non, monsieur, pas vraiment, ai-je acquiescé.

– On n'apprend que des listes de vocabulaire, a dit Giles. Et des verbes.

– Tâche de te rappeler, Giles, a dit Élise, que tu es toi-même un quart français. » J'aurais voulu lui expliquer qu'elle était la première personne totalement française que j'avais jamais rencontrée, mais j'avais trop honte à cause de son commentaire au sujet de mon accent.

*

Comme nous prenions place à la table du dîner, Cara a dit : « Nous devrions vraiment jouer à un jeu de société, tout à l'heure.

– Cela fait une éternité », a approuvé Mark. Imaginant les boîtes qui patientaient dans les rangements de la banquette aménagée sous la fenêtre, j'ai ressenti le mélange d'effroi et de détermination inquiète qui s'emparait de moi dès que l'on proposait un jeu que je ne connaissais pas, ou qu'on battait énergiquement deux jeux de cartes ensemble.

Lydia a dit : « Mais pas au Vingt-et-un, papa, je t'en supplie.

– C'est peu probable, a dit Cara. Nous ne voudrions pas ruiner ce pauvre Dave !

– Ni moi d'ailleurs ! a dit Élise. Merci bien », de sorte que la menace autrement plus sérieuse de jouer aux cartes en misant de l'argent semblait déjà planer dans la pièce.

« Giles nous a tous plumés la dernière fois que nous avons joué au Vingt-et-un, a expliqué Cara : combien nous as-tu pris au bout du compte, espèce de brute, vingt-cinq livres ?

– Vingt-six livres et dix shillings, maman. » Sa réponse m'a fait sourire et Giles, savourant ma gêne, a poursuivi d'un ton plaisant : « Dave pourrait bien nous faire tous subir le même sort, ce soir.

– Je suis sûr qu'il serait fort embarrassé si cela arrivait, a fait remarquer Élise, et cela a suffi à me faire rougir.

– Je n'ai jamais joué à ce jeu, ai-je dit, au cas où une partie de Vingt-et-un resterait encore une option.

– Et je ne crois pas que ta mère aimerait que tu y joues, n'est-ce pas ? » a dit Mark.

Avec une grimace, j'ai répondu : « J'ai bien peur que non, monsieur », et je lui étais puérilement reconnaissant d'avoir pensé à elle, malgré le regard moqueur de Giles depuis l'autre côté de la table. Si j'avais perdu la totalité de mes quatre livres au profit des Hadlow, qui, de fait, finançaient ma scolarité, elle aurait vu cela comme un petit désastre social, mais *les plumer tous* aurait à coup sûr été plus infamant encore.

*

J'ai pensé que, peut-être, ils allaient oublier, mais à la fin du repas, Mark a lancé : « *Plutocracy*, alors ? », montrant par son large sourire que lui en tout cas était partant, et je me suis surpris à débarrasser les napperons et à balayer les miettes sur la table comme si j'étais impatient de jouer. Lydia est allée chercher la boîte dans la salle de jeux, oncle George nous a salués d'un geste de la main avant de remonter dans sa chambre, et Cara, dans l'une de ces brusques indications de mise en scène dont elle avait le secret, a demandé : « Tu t'occupes de ces brebis, dis-moi, Pete ? » « Oui, je vais passer voir les brebis maintenant », a répondu Peter, comme si l'idée venait de lui. Il s'est levé, a quitté la pièce et, quelques instants plus tard, je l'ai entendu souhaiter bonne nuit à Mrs Over dans le couloir.

Plutocracy était à l'évidence un classique familial : les coins de la boîte avaient été rafistolés maintes fois avec de l'adhésif, et à l'intérieur, outre le plateau, les cartes, les pions et l'argent, il y avait une liste des nombreuses parties passées, et de qui l'avait emporté. Mark avait cédé la place à Giles au cours de l'année écoulée, même si Cara avait gagné une partie à Noël dernier (un « coup de bol » entre guillemets accompagnait son nom, de l'écriture de Giles). À présent, Lydia distribuait des cartes avec des images dessus, sacs, cadres de tableaux, lingots d'or. « Je ne vais même pas essayer de t'expliquer toutes les règles, a dit Cara. Il faudra juste que tu les apprennes au fur et à mesure.

– C'est assez simple, en fait, Dave, a dit Mark. Il faut que tu te constitues des réserves dans la monnaie la plus forte possible.

– Oui, d'accord, ai-je répondu en secouant la tête, pensant que j'arriverais sans doute à me débrouiller en imitant les autres.

– Tu devrais quand même lui expliquer cette histoire de taux de change », est intervenue Lydia, qui avait terminé d'installer le plateau sur la table au milieu de nous, et pinçait entre ses doigts des colonnes de jetons rouges, blancs et noirs. Cela ressemblait un peu au *Monopoly*, dont je connaissais les règles, mais au lieu de cette lutte à angles droits de la misère jusqu'à la richesse, à travers les quartiers de Londres, le plateau de *Plutocracy* représentait une carte du monde entier. Tous les pays et leurs frontières y étaient dessinés, même si certains ne portaient pas de nom ; mes yeux sont passés rapidement sur le blanc de la birmanie pour examiner le Japon, où Tokyo était marqué d'un cercle rouge cerné de bleu.

« Les cercles rouges symbolisent les principales places boursières, a expliqué Mark. Tokyo ouvre en premier, évidemment.

– Et ferme en premier aussi, a ajouté Lydia, d'un air entendu.

– Oh… oui, bien sûr, ai-je bredouillé. Absolument », et Giles m'a dévisagé un moment avec le sourire d'un compétiteur pour qui les appels à l'amitié ou au remords n'ont plus aucune valeur.

Lydia a consulté sa montre. « Huit heures quarante-cinq.

– J'espère que nous ne terminerons pas trop tard, a dit Élise en s'enveloppant dans son châle.

– Vous n'avez qu'à me laisser gagner, mamie, a dit Giles. Et vous pourrez tous aller au lit.

– Je dois te prévenir, Dave, que ce jeu peut prendre un certain temps. Certaines parties ont duré plus de trois jours. Mais puisque tu nous quittes demain matin, nous nous efforcerons de t'envoyer au lit avant minuit.

– Oh, merci beaucoup, monsieur », ai-je répondu, et je les ai tous observés discrètement, avec leurs expressions secrètes et compétentes, leur air d'ennui presque, devant les simples préliminaires de ce jeu.

« Donc, maman, c'est toi qui commences », a annoncé Giles.

Cara s'est défaussée d'un sac et d'un baril, elle a secoué brusquement le dé dans le gobelet en plastique et l'a fait rouler sur la Russie. C'était un quatre. « Ah, ah ! » s'est-elle écriée en tirant sur sa cigarette, avant d'étudier le plateau à travers la fumée. Elle a donné mille livres à Lydia et a reçu en retour une minuscule locomotive, qui ressemblait à une breloque. Avec une expression réjouissante quoique concentrée, elle l'a fait sauter de Londres à Douvres, puis Calais, puis Paris et enfin Francfort.

Lydia a soufflé tout bas : « Bien joué », puis m'a adressé un hochement de tête : « Bon – à toi, Dave.

– Donc..., ai-je dit, il faut, hem... » – j'ai jeté le dé et, aidé par quelques éléments de coaching marmonnés par Cara, me suis lancé dans l'inconnu.

Après coup, j'étais incapable de me souvenir de cette partie de manière tant soit peu cohérente et, bien que j'aie fini par l'emporter, j'avais passé l'essentiel de mon temps à prendre des risques inutiles, à enfreindre des règles inexpliquées et à payer des amendes colossales. « Dave joue gros, là », a fait remarquer Mark, au bout d'une heure environ, alors que j'atteignais un bref apogée de progression et d'accumulation éclair, volant en jet privé, dès l'aube, d'une place boursière à l'autre – l'espace d'un instant, j'ai cru que c'était peut-être aussi simple que cela ; l'espace d'un instant, j'ai contemplé le monde de derrière une formidable muraille d'œuvres d'art et de lingots d'or, et me suis levé, tout tremblant, pour me servir un verre de sirop.

« Oh, c'est pas de chance, Winny ! » s'est exclamé Giles et, me retournant, j'ai vu tout mon argent et mes jetons être rabattus vers le petit assortiment amassé devant lui. C'était presque un soulagement. Une demi-heure plus tard, il a fait bien pire à sa mère, j'avais du mal à comprendre comment, et Lydia a dû consulter les règles, mais la chose était apparemment plus ou moins autorisée.

Cara a poussé tous ses biens à travers la table, visage figé, comme se rappelant à elle-même qu'elle jouait avec des enfants – elle s'est rassise au fond de sa chaise, a allumé une nouvelle cigarette, puis s'est levée et dirigée vers le plateau de boissons, comme si elle abandonnait le jeu. « Si vous n'y arrivez pas… », a-t-elle commencé, et tous les Hadlow se sont bruyamment joints à elle : « *Prenez donc un gin !* » J'ai ri en la regardant plisser les yeux dans la fumée, tandis qu'elle arrachait la bouteille du plateau.

À onze heures du soir, Élise bâillait derrière ses cartes, et j'ai senti que son numéro de bonne joueuse pour faire plaisir à la famille commençait à se fissurer : elle jouait ses coups de manière extrêmement décidée, mais je n'étais pas sûr qu'elle maîtrisait beaucoup mieux les règles que moi. Je m'investissais dans ce jeu avec une étrange politesse surplombante dont j'espérais qu'elle camouflait ma confusion et, à mesure que la soirée s'éternisait, un certain désarroi. Les autres continuaient d'aller joyeusement de l'avant, comme si j'apprenais de mes erreurs. J'étais le lauréat de la bourse Hadlow, après tout, et je devinais qu'ils voyaient dans mes transactions absurdes et mes fusions vouées à l'échec l'audace d'un esprit anticonformiste. Le ton de leur jeu trahissait un amusement de plus en plus tendu, entre triomphes émergents et haletants dilemmes ; il y avait d'étranges cris d'horreur et de joie qui s'estompaient bien vite, suivis d'un petit va-et-vient de commentaires grommelés qui démontraient leur totale absorption dans cette partie, à tel point que le monde du non-jeu cessait quasiment d'exister. Je souriais mais étais au bord des larmes, quand j'ai annoncé que je devais aller aux toilettes, et je suis resté debout un moment dans ce réduit glacial avec son ampoule nue et l'odeur de la cour de ferme toute proche, le temps de me ressaisir.

À mon retour, j'ai constaté que la partie avait continué sans moi – je ne savais pas si j'en étais blessé ou secrètement ravi. Une minute plus tard, Élise était réduite à néant – d'un seul coup, il ne lui est plus rien resté. « Je me retire », a-t-elle annoncé, levant les mains comme devant quelque horreur qu'elle n'aurait jamais imaginée, tandis que Mark, dans un « Désolé, maman » murmuré, absorbait ses derniers jetons et cartes avant de reprendre de plus belle. Elle m'a gratifié d'un petit sourire rusé lorsqu'elle s'est levée pour aller se verser un dernier verre – j'ai envié sa liberté alors que c'était à nouveau mon tour, et j'ai joué un coup à l'aveugle et, espérais-je, suicidaire : il y a eu une grande inspiration autour du plateau. « C'était osé », a dit Cara.

J'ai relancé le dé. « Ah, bien joué, quand même », a dit Mark, avec un sourire de compétiteur. À ce moment-là, j'étais peut-être vraiment entré dans mon rôle – mon six m'a propulsé lestement vers l'est au-dessus de la verte Thaïlande et de la noire Birmanie : j'ai atterri sur Tokyo sans trop savoir si j'avais fait quelque chose d'intelligent ou, mieux encore, commis l'erreur la plus stupide de ma vie.

« Oh là là, oh là là... », a soupiré Giles, ce qui pouvait signifier tout et son contraire.

« Je crois bien que tu l'as eu », a déclaré Cara.

J'ai souri en contemplant mes avoirs, comme si j'évaluais tranquillement mes différentes options. Sans que Cara ni Lydia m'aient dit de le faire, je crois, je me suis surpris à crier : « Capital ! », avant de les regarder tour à tour pour observer l'effet.

« Attends une minute », a grogné Giles, outré, mais les autres se sont affalés sur leurs chaises, clignant des yeux dans l'effort de leur calcul mental, et, au bout de cinq secondes, sont partis d'un rire en canon. « Eh bien, eh bien – bravo, Dave ! » a dit

Mark, plein d'une admiration discrète. Alors ils se sont penchés en avant, tous les trois, et d'un lent geste collectif ont poussé toutes leurs piles de jetons et leur argent devant moi, en vrac, jusqu'à former une seule et grande muraille. C'était une victoire trop accidentelle pour que je puisse m'en délecter, et le sentiment qui l'emportait était le soulagement que la partie soit enfin terminée, tout juste teinté d'une pointe inattendue de honte de les avoir tous privés – même Giles – du plaisir de gagner.

*

Comme Giles et moi leur souhaitions bonne nuit, Élise m'a adressé un sourire étroit. « *Vous partez quand** ? a-t-elle demandé.

– *Oh... demain matin, madame, à dix heures*, ai-je répondu, répugnant presque à le rappeler à Mark.

– *Ah, moi aussi*... Si tu as un moment, nous pourrions répéter une scène ensemble demain matin, avant de repartir chacun de son côté ? "Voilà votre chemin, et voici le nôtre", pour citer la fameuse pièce.

– Oh oui... merci, ai-je dit, *merci, madame !* » – j'ai levé les yeux sur Mark, qui souriait de cet heureux dénouement, et j'ai songé que, peut-être, la grande Mme Pleynet avait vraiment envie de m'aider, à sa manière aussi impatiente qu'alarmante.

Dans un coffret de porcelaine sur la coiffeuse, j'ai trouvé trois vieilles clés, et quand j'ai testé la deuxième dans la serrure de ma chambre, le verrou a tourné aussitôt dans un joli claquement huilé, et j'ai suffoqué d'une sensation de sécurité tout droit sortie d'un conte de fées, et d'une bouffée de regret pour les nuits précédentes. En revenant de la salle de bains, j'ai verrouillé la porte aussi silencieusement que j'ai pu, et le sentiment que j'avais redouté, une fois seul, s'est trouvé repoussé, semblait-il, par l'éclat embarrassant de ma victoire, en bas, et le don de cette clé.

J'ai sorti l'exemplaire de *La Nuit des rois* qu'on m'avait donné à l'école et me suis hissé sur le lit. Le texte avait été copieusement annoté, d'un bout à l'autre, par le garçon qui avait interprété Malvolio dans une mise en scène antérieure, avec ses répliques soulignées au stylo-bille rouge et des notes au crayon gommées dans les marges, mais encore à moitié lisibles. Les répliques de Fabien se déployaient, sans aucune marque, entre celles de Malvolio, comme si elles servaient juste de bouche-trous à ce rôle. Elles étaient presque toutes en prose, jusqu'à un peu avant la fin, où quatorze lignes en vers, que j'avais déjà apprises par cœur, expliquaient à Olivia la manière dont Malvolio avait été leurré. « Daignez, madame, m'écouter un moment » – à partir de ces premiers mots, le vers semblait lui-même m'indiquer comment l'interpréter. Je me suis rendu compte que j'avais également appris la courte réplique en prose du Bouffon qui venait ensuite, mais celle-ci, il était plus difficile de savoir comment la dire. J'ai songé qu'Élise était restée un peu vague au sujet de *La Nuit des rois*, mais à la simple pensée que j'allais répéter sous sa direction le lendemain matin, j'ai eu du mal à trouver le sommeil.

7

À neuf heures et demie, nous sommes entrés dans le salon, en laissant la porte entrebâillée. La pièce avait une tout autre allure le matin, la lumière du soleil se déployant en biais sur l'un des murs, Mme Pleynet en tailleur bleu marine, prête pour le voyage, les cheveux étincelants dans l'éclat du matin, la vue sur les Downs se reflétant dans le miroir, et le tic-tac de l'horloge. « Bon, nous n'avons pas beaucoup de temps, a-t-elle dit, d'un ton assez sévère.

– Oh, ce n'est pas grave, ai-je répondu. C'est très gentil à vous de m'aider ainsi. » Ma réplique durait moins d'une minute, mais je savais qu'elle aurait sûrement des critiques et autres conseils détaillés à me délivrer, et le court laps de temps qui nous restait ne serait sans doute pas suffisant pour aller au fond des choses, et corriger ce qui devait l'être.

« J'ai le texte avec moi…

– Oh, vous l'avez…

– Il faut que tu me donnes la première réplique » – et elle m'a tendu une liasse de feuilles défraîchies, qui s'échappaient d'un grand trombone, avec une longue colonne de vers sur la première page. « Ou tu peux lire le Chœur, pourquoi pas, a-t-elle poursuivi, ce sera un bon exercice pour toi », m'arrachant à moitié le texte des mains pour l'étudier à nouveau avant d'enlever ses lunettes et de regarder fixement par-dessus ma tête avec une distance nouvelle, impressionnante, vis-à-vis du salon et de l'autre chœur dont nous devions tous deux être conscients, les vaches qui se massaient et se bousculaient dans la cour derrière la maison. « Réplique ?

– Oh !… hem… », et je me suis lancé, déstabilisé mais l'esprit vif, du moins en avais-je l'impression, et d'une voix sonore, étant le Chœur tout entier :

Je rendrai grâces aux Dieux plus tard,
Car je désirerais entendre et admirer encore ces paroles,
Si tu voulais les redire…

« Non, non, non, m'a-t-elle interrompu, tu es trop près. Il ne faut jamais *encombrer* la vedette » – avec un sourire fugace et un infime geste de la main droite. J'ai reculé le long du canapé et me suis positionné entre le téléviseur et la table où était posé le plateau de boissons. Elle m'a regardé, puis a acquiescé du chef, et j'ai déclamé à nouveau mes trois lignes de texte : malgré ma honte, j'ai eu la sensation de m'en être mieux tiré la deuxième fois. Il y a eu une pause durant laquelle Élise a semblé esquisser toute une série d'objections à ce que je venais de dire, mais alors, ses yeux ont balayé la pièce, elle a jeté un bras en l'air, et voilà qu'elle était partie :

En ce jour les Achéens sont maîtres de Troie.
Je crois entendre les clameurs opposées qui emplissent la Ville.
De même, quand le vinaigre et l'huile sont versés
dans le même vase,
La discorde se met entre eux et ils ne peuvent s'unir.
Ainsi les vainqueurs et les vaincus poussent les cris discordants
De leurs destinées dissemblables.

C'était une voix si nouvelle, rapide, plongeant vertigineusement, presque gutturale par moments, puis remontant précipitamment dans les aigus comme à bout de souffle, que je suis resté planté là souriant et terrifié, incapable de rien saisir de ce qu'elle racontait, même si j'ai noté au passage qu'elle s'était trompée sur plusieurs mots.

« Certains se jettent sur le sol… sur les… – elle a lancé un brusque coup d'œil dans ma direction.

– Hem… Les uns, ai-je dit, se jettent sur les cadavres…

– … se jettent sur les cadavres des maris, des frères, des proches ; et les enfants sur ceux des vieillards… *et puis ?*

– Ceux qui subissent la servitude…

– Ceux qui subissent la servitude, se *lamentent*… – elle a gémi ce mot – … se *lamentent* sur le destin de ceux qui leur étaient très chers… »

Je suis passé à la page suivante, où la réplique de Clytemnestre se poursuivait sur vingt bonnes lignes encore, et j'ai commencé à m'ajuster, pénétré que j'étais de la folie et de l'excitation qu'il y avait à tempêter contre Troie dans ce salon après le petit déjeuner, et puis très vite, c'était de nouveau à moi de dire ma réplique, le cœur battant maintenant que je comprenais mieux ce qu'exigeait le jeu d'acteur : « Femme, tu as parlé avec prudence ! » – je l'ai dévisagée, tressaillant juste un peu quand elle a soutenu mon regard – « Et comme l'eût fait un homme sage ! »

Ses épaules se sont affaissées, sa tête s'est effondrée dans un soupir. « Oui, oui. Mais tâche de te rappeler : tu n'es pas un personnage – tu es le Chœur. C'est moi qui joue. »

Elle a tendu la main pour récupérer son texte et a parcouru les pages suivantes en quête de sa prochaine grande réplique, tandis que je jetais un coup d'œil à ma montre, sachant que Mark allait bientôt venir me chercher. J'espérais que jamais elle ne devinerait mon petit fantasme de dire la réplique de Fabien, pour profiter de ses conseils. « Je crois que nous avons encore le temps », a-t-elle déclaré en me rendant la liasse de feuilles, avant d'ôter ses lunettes, ce qui, devinais-je, nous changeait, le salon tout entier et moi, en une masse indistincte : aucune chance qu'elle repère la version cornée de *La Nuit des rois* dans la poche de mon blouson. « Bon, ici, tu vas encore devoir m'aider, a-t-elle dit. Lis le Héraut, là, tu vois ? »

J'ai trouvé l'endroit et me suis éclairci la gorge, sans trop savoir si incarner le Héraut, c'était « jouer » ou pas : « Ô sol du pays d'Argos, ô ma patrie...

– Je crois qu'il faut *t'agenouiller*, a-t-elle coupé.

– Oh...

– C'est mieux pour moi. Oui, parfait » – elle a baissé les yeux puis redressé la tête.

« Ô sol du pays d'Argos, ô ma patrie... » Il y a eu un coup discret à la porte, et, jetant un coup d'œil par-dessus mon épaule, j'ai vu Mark passer la tête dans l'embrasure.

« Je suis vraiment désolé, maman... » – et elle l'a regardé fixement, avec un petit sourire crispé qui m'a paru chargé d'une longue histoire. Je suis resté à genoux, mes yeux allant de la mère au fils, même si pour moi, bien sûr, Mark gardait toute la présence et l'autorité d'un père. « J'espérais juste pouvoir écouter Dave dire la réplique de Fabien avant qu'il s'en aille. »

Elle a baissé les yeux sur moi avec une inquiétude soudaine. « Oui, oui bien sûr, il *faut* qu'il le fasse », comme choquée d'avoir été tenue dans l'ignorance de ce plan.

« Oh... eh bien... si vous voulez..., ai-je bredouillé. C'est une réplique *très courte* », tandis que je me relevais, en songeant à l'insolence de cette remarque. Mark est entré, s'est perché sur la banquette de la fenêtre, et j'ai rendu *Agamemnon*, trouvé le passage dans *La Nuit des rois*, et tendu le livre à Élise. Elle l'a tenu avec méfiance, à bout de bras, la tête renversée en arrière, puis a brusquement remis ses lunettes. Je ne savais plus vraiment, cette fois, si elle jouait, j'ai essayé de me la représenter comme Olivia, et pas juste la grande Élise Pleynet, dont je commençais à comprendre qu'elle était un rôle à part entière.

Je me suis lancé : « Daignez, madame, m'écouter un moment... », et il m'a semblé, à la manière dont elle retroussait les lèvres, qu'elle avait entendu l'humble protestation dans ces mots – « … et ne permettez pas qu'aucune querelle, aucune discorde / Vienne troubler la joie de cette heure fortunée, / Dont les aventures m'ont rempli d'admiration » –, j'ai souri et tendu mon bras droit en réponse à l'envolée si élégante de cette courte phrase, sentant sans même regarder le regard de Mark sur moi : l'espace d'un instant, son attention a constitué un défi, mon esprit se vidant soudain, puis tout à coup, elle est devenue une invite, une motivation, un besoin de ces mots qui jaillissaient de moi sans heurt, au sujet de Tobie et de Maria, du complot à l'encontre de Malvolio ; la conviction que je pouvais le faire a renversé la peur d'en être incapable. « … c'est Maria / Qui a écrit la lettre, pressée par les importunités de sir Tobie, / Et en récompense, il l'a épousée. » Élise elle-même a semblé surprise par cette révélation, et Mark a souri. « Toutes les malignes plaisanteries qui en ont été la suite / Méritent plutôt d'exciter le rire que la vengeance, / Si l'on veut bien peser avec justice les torts réciproques / Dont les deux parties ont à se plaindre. »

Il y a eu, alors, un moment chargé de nervosité, rien n'était planifié, mais j'ai fixé Élise, qui a dit magiquement, sans même regarder le texte : « Hélas, pauvre homme, comme ils se sont moqués de toi ! » Et en cet instant, où non seulement je jouais mais l'on jouait avec moi, j'ai ressenti comme une effervescence en moi, une certitude qui allait au-delà du jeu d'acteur, tandis que j'enchaînais sur la réplique en prose difficile du Bouffon, imitant les phrases de la fausse lettre : « Quoi ! il est des hommes qui naissent dans la grandeur, d'autres qui parviennent à la grandeur, et d'autres que la grandeur vient chercher d'elle-même » – des mots que tout le monde connaissait, de toute façon, et que j'ai scandés sur un ton plein d'ironie. « C'est ainsi, ai-je conclu, que les pirouettes du temps amènent les vengeances. »

Étrangement, Élise et moi nous sommes tous deux tournés vers Mark, qui s'est redressé sur la banquette, a tendu l'index et dit : « Je me vengerai de toute votre meute ! », de sorte qu'Élise souriait elle aussi lorsqu'elle a conclu, secouant de nouveau la tête : « Il a été cruellement joué ! »

Je suis resté planté là sans savoir que faire, tout s'était passé si vite, et mon pouls se précipitait encore bien que la scène fût achevée. « Eh bien, c'était drôlement bon, je dirais – qu'en penses-tu, maman ? » a dit Mark. Et je me suis rappelé les commentaires d'Élise la veille au soir sur mon français, que je connaissais les mots mais ne savais pas comment les dire, et j'étais soudain convaincu que cette fois, je lui avais donné tort. Dans un coin de mon esprit, je savais qu'il faudrait encaisser toutes les critiques qu'elle émettrait. Elle a penché la tête d'un côté puis de l'autre, a fait sa petite moue, son petit froncement de sourcils, qui semblaient vaciller entre l'indifférence et l'incapacité de raisonnablement trouver quoi que ce soit à redire.

« Tu as une bonne diction, a-t-elle dit. C'est une réplique très courte, bien sûr.

– Mais qui contient une foule d'intentions différentes, est intervenu Mark, encourageant.

– Et une foule d'informations, a complété Élise. Mais, comme je te l'ai dit, tu les as fait passer avec une grande clarté. Il sait projeter sa voix, a-t-elle ajouté en s'adressant à Mark, ce que peu d'enfants de son âge sont capables de faire.

– Effectivement », a dit Mark.

Elle a de nouveau parcouru les lignes de la réplique : « Tu dis, “les importunités de sir Tobie” », en gonflant la phrase. « Là, tu pourrais en tirer davantage. »

Et j'ai répété, sentant qu'une correction aussi infime était un éloge de tout le reste : « les *importunités* de sir Tobie », en exagérant le ton, sachant aussi qu'elle se trompait, ces « importunités » n'avaient rien de tragique, elles signifiaient juste le fait d'être pressant ou, tout simplement, d'*importuner* – nous l'avions vu en classe. Mais j'ai gardé cela pour moi.

« Il nous faudra ton Hamlet, pour juger véritablement ! a-t-elle dit.

– Eh bien, merci… », ai-je répondu, rayonnant un instant avant de comprendre qu'elle était persuadée que je ne jouerais jamais, au grand jamais, ce rôle.

« Bon, tu ferais mieux d'aller chercher tes affaires, Dave, a dit Mark. Ton sac est prêt ?

– Oui, monsieur. » J'ai attendu d'avoir récupéré mon livre. « Merci, *madame Pleynet** » – et elle a souri et effleuré ma joue, comme si elle me « voyait » soudain, moi, et tout mon potentiel.

Comme je m'éloignais dans le couloir, je l'ai entendue dire : « Quel adorable petit visage solennel il a – on dirait un petit chat brun », et Mark a demandé : « Tes affaires sont prêtes, maman ? Cara veut être sûre que tu arriveras bien à l'heure pour le train de dix heures trente-cinq. »

*

Giles est sorti dans la cour pour me dire au revoir. Il avait les mains dans les poches, et l'expression de celui qui reprenait déjà possession de sa vie ici, après mon séjour imposé. « On se revoit au prochain trimestre, Winny », a-t-il dit, et il a souri, imaginant à coup sûr les horribles traitements qu'il comptait alors m'infliger. Pour l'heure, le rituel annuel était terminé, et au printemps prochain, le nouveau boursier aurait un an de moins que Giles, et très probablement une apparence physique plus acceptable. La valise d'Élise était chargée dans la Riley de Cara, qui est sortie me serrer la main, et nous avons tous pris congé les uns des autres.

« Bonne chance pour la pièce ! a dit Élise.

– Merci beaucoup, ai-je répondu, à vous aussi », et elle m'a paru légèrement déconcertée.

J'ai ouvert la portière droite de la DS – ça, je l'avais compris –, et Mark a lancé sa mallette en cuir souple sur la banquette arrière à côté de mon petit sac de voyage. Il faisait trop froid ce matin-là pour baisser la capote, nul ne verrait qui nous étions tandis que nous foncions sur les chemins de campagne ; mais une fois que le bouton a été pressé, que la voiture s'est élevée sur ses suspensions et que nous avons flotté à travers la cour puis le long de l'allée, j'ai eu la sensation plus magique encore d'avoir Mark pour moi tout seul pendant les quinze minutes, ou plus, du trajet jusqu'à la maison.

8

Nous sommes entrés, à toute vitesse, sur la place du marché. « Où veux-tu que je te dépose ? a demandé Mark.

– Oh, n'importe où par ici, monsieur », ai-je répondu en levant les yeux sur la fenêtre de ma chambre au dernier étage. Sur le trottoir, dehors, des enfants contemplaient, à travers la vitre autrement plus grande du magasin Harding, les transistors, les gramophones et trois téléviseurs aux écrans vierges.

« Mes hommages à ta mère », a dit Mark quand je suis descendu. J'ai songé que je devrais vraiment lui proposer de rencontrer maman, mais j'ai senti à son sourire aussi plaisant que fixe qu'il n'avait pas envie de s'éterniser. Quand je suis arrivé devant la porte d'entrée, la DS dévalait déjà la longue place en pente ; deux ou trois hommes devant le Bull se sont retournés pour la suivre des yeux, et lorsqu'elle a tourné sur London Street, elle s'est découpée l'espace d'une seconde sur la vitrine de la boutique des Morley, du rouge se perdant dans le gris. Scruté par les autres enfants, j'ai cherché ma clé et me suis glissé à l'intérieur ; puis je suis resté figé avec mon sac dans l'étroit couloir, où la lumière du monde extérieur n'entrait que de biais, à travers la vitre carrée au-dessus de la porte.

La première chose que j'ai entendue en montant l'escalier, c'étaient les couinements et gémissements secs de la planche à repasser sous pression, et les sifflements de la vapeur. À travers la porte de la salle à manger, j'ai aperçu Mavis, en tablier, en train de repasser une jupe, faisant glisser le nez du fer sous chaque pli étroit, dans l'ordre, puis par-dessus. « Ah, te voilà rentré », a-t-elle dit. Une odeur de coton propre et chaud et de vieille transpiration flottait dans la pièce. « Ta mère est avec une cliente. » J'ai poursuivi mon chemin, franchissant la porte quasi fermée du salon où maman (à genoux, évidemment, des aiguilles plein la bouche) était en train de murmurer et une autre femme de grommeler et de rire, puis j'ai emprunté encore un escalier jusqu'à ma chambre, et refermé la porte. J'ai laissé tomber mon sac sur le lit et baissé les yeux sur mes affaires, comme si, ici aussi, j'étais un invité – le tapis chiffon, l'édredon d'un bleu étincelant, la pagode se répétant en diagonale de haut en bas du mur, la carte de la Terre du Milieu et celle, plus détaillée, du Mordor et du Gondor, scotchées au-dessus du bureau : tout était petit et bien net. Puis, au bout de quatre ou cinq secondes, ces éléments factuels de la pièce ont perdu leur étrangeté, j'ai ouvert mon sac et en ai sorti mes livres, mes chaussures et mes vêtements roulés en boule, maculés de boue et de sang.

*

Pendant le déjeuner, maman n'a pas arrêté de parler de sa nouvelle cliente, Mrs Croft : « Originaire du Hertfordshire. Une femme très élégante, avec un sacré sens de l'humour. »

Mavis avait un avantage sur elle en matière de ragots. « J'ai vécu toute ma vie dans cette ville, a-t-elle dit. Elle habite dans l'impasse de Marlborough Close, enfin, elle habitait.

– Crackanthorpe Lodge, a dit maman d'un ton guindé. Et que savez-vous de Mr Croft ?

– Je ne crois pas qu'il y en ait un », a répondu Mavis, et, sourcils froncés, elle a baissé les yeux sur sa soupe, sur laquelle elle avait mis trois ou quatre morceaux de pain à flotter.

« Esme Croft, a dit maman, poursuivant sur sa lancée.

– Esme… Elle s'met en quatre ? » a répliqué Mavis, dans un gloussement.

Maman s'est fendue d'un demi-sourire avant de se tourner vers moi. « Mrs Hadlow t'a bien nourri, mon chéri ?

– Oui, merci maman, très bien, ai-je répondu, puis, avec un sentiment de vague fanfaronnade : Même s'ils ont une cuisinière, en fait.

– Ah, voyez-vous ça…

– Mrs Over, ai-je ajouté.

– Dieu du ciel, Audrey Over, a dit Mavis. Je l'ai connue pendant la guerre.

– Bien manger à la ferme, c'est quand même le minimum, a dit maman.

– Comment s'organisent les choses, ces temps-ci ? Tes amis snobs n'habitent pas là-bas, j'imagine ?

– Non, non, Mr Hadlow est un homme d'affaires très important. Ils vivent à Londres – même si, ai-je ajouté, il fait une grande partie de ses affaires en France. » J'ai gardé pour moi l'information que Mark était lui-même à moitié français. « Ils passent juste un peu de temps à Woolpeck pendant les vacances. C'est la ferme de Mr Pollitt.

– C'est un célibataire bien sûr, ce Pete Pollitt, a dit Mavis.

– D'où la nécessité de Mrs Over, sans aucun doute, a fait remarquer maman.

– Mrs Hadlow est la sœur de Mr Pollitt, ai-je précisé. Leur oncle George vit également là-bas.

– Un célibataire, lui aussi ? Ou un veuf, peut-être… »

Je n'en avais pas la moindre idée, et même Mavis a secoué la tête.

« Il est en train d'écrire un livre sur l'histoire du Berkshire, ai-je repris.

– Ils sont tous un peu bizarres, ces Pollitt, a soupiré Mavis.

– Il est gentil », ai-je dit. J'aurais voulu leur parler de l'intéressante discussion sur la Première Guerre mondiale que j'avais eue dans la chambre d'oncle George, et de mon triomphe à *Plutocracy*, et de ma répétition d'*Agamemnon* avec une célèbre actrice française, mais je voulais encore davantage garder ces choses pour moi, préservées de tout ce que Mavis, ou même ma mère, pourrait trouver à dire.

*

J'ai moi-même rencontré Esme Croft une semaine plus tard. Elle venait pour le tailleur qu'elle avait commandé, et maman l'a « kidnappée » pour les dernières retouches. Mon livre en français se trouvait dans le salon, mais on ne m'a pas laissé entrer tant que les affaires des femmes n'étaient pas terminées. Cette fois encore, j'ai entendu des rires étouffés, puis des bribes de paroles plus sonores, pleines de soulagement, suggérant que l'opération touchait à sa fin. La porte s'est ouverte brusquement et maman en a surgi, elle est passée devant moi pour se rendre dans la cuisine. Presque entre ses dents, elle a annoncé : « Mrs Croft prendra une tasse de thé. »

Ne sachant trop si Mrs Croft était dans une tenue décente, j'ai attendu une minute, une fois le plateau apporté, avant de me risquer dans la pièce. Maman se tenait debout à côté d'elle, devant la grande fenêtre à guillotine, contemplant la place en contrebas, Mrs Croft plus grande et plus corpulente qu'elle, avec des cheveux bruns ondulés, coupés court, et le fermoir de son collier de perles sur l'espace nu et blanc entre le col et la permanente. Elle riait, d'une manière douce et moqueuse. La vue du dehors, sur la place et la halle surélevée du marché, l'arrêt de bus, la boucherie et la pharmacie, les deux pubs, le Crown et le Bull, et les allées et venues incessantes des badauds, des voitures et des camionnettes, faisait partie de la routine de nos vies ; mais aux yeux de Mrs Croft, l'angle et l'intérêt semblaient tout neufs. Elle tenait d'une main sa tasse et sa soucoupe, suivant des yeux quelqu'un sur le trottoir d'en face. « La pauvre, elle ne sait pas ce qu'elle fait… Voilà qu'elle y retourne encore… Oh, mon Dieu ! Les femmes ont l'air tellement idiotes parfois, et perdues, vous ne trouvez pas ? »

Je me suis glissé derrière elles pour récupérer mon livre sur la chaise où je l'avais laissé, de l'autre côté de la cheminée par rapport à maman. Mrs Croft a dû m'entendre, car elle s'est retournée et m'a vu, a dressé le menton et s'est exclamée : « Ah… ! », comme ayant détecté un petit problème et sachant aussitôt comment le résoudre.

Maman s'est tournée à son tour, et a dit : « Oh, Mrs Croft, je vous présente mon fils David. »

Mrs Croft a eu un sourire pincé, comme soupçonnant une plaisanterie. J'ai dit bonjour, et nous nous sommes serré la main. « Qu'as-tu donc là ? » a-t-elle demandé. Je lui ai tendu *Le Grand Meaulnes*, qu'elle a tenu un moment à bout de bras, avant de me le rendre.

« Je suppose que c'est pour tes devoirs, n'est-ce pas ? a demandé maman. David étudie depuis cette année à la Bampton School. » Notre tactique tacite consistait à supposer que toute personne déroutée par mon apparence physique était en fait perplexe devant un autre mystère ; il s'agissait alors de le résoudre pour elle, de sorte qu'elle ne pouvait plus rien dire. L'approche de Mrs Croft se révéla assez originale.

« Il tient beaucoup de sa mère, a-t-elle déclaré d'un ton chaleureux.

– Mm, je trouve aussi, a dit maman.

– Ta mère est vraiment dans mes petits papiers, a repris Mrs Croft.

– C'est très gentil, a dit maman.

– Non, vraiment, Mrs Win, je n'aurais jamais pensé que nous avions une couturière de votre calibre dans notre morne petite ville. »

Maman a rougi légèrement, et répondu : « Oh, ce n'est pas un si mauvais endroit, n'est-ce pas ? »

Alors Mrs Croft l'a regardée, faisant mine de réfléchir avec un humour manifeste. « Mm. Eh bien, vous avez peut-être raison, ma chère. »

*

Nous n'avions guère d'amis dans cette ville, et cela ne semblait pas nous manquer. Mrs Wiley, du magasin Stimpson, avait plus d'une fois snobé maman – je le savais, et aussi qu'une partie des autres parents à la Bishop Alfred's School l'avaient évitée, baissant les yeux ou changeant de trottoir, du moins les premiers temps. Pendant un moment, j'étais rentré à la maison après l'école avec Sally Pike, qui voulait se marier avec moi, mais Mrs Pike se montrait fermement opposée à ce projet, et glaciale avec maman lorsqu'elle venait me récupérer après le goûter. « David a été un membre très populaire et très apprécié de sa classe, avait écrit miss Bird dans son ultime appréciation, et je sais qu'il s'épanouira dans le cadre plus prestigieux de la Bampton School. Tous nos vœux l'accompagnent ! » Je revois encore maman lire ces mots avec fierté, puis chercher un mouchoir dans sa manche et quitter la pièce.

Toute cette première année à Bampton, quand j'imaginais maman, elle se trouvait chez nous dans l'appartement, je n'arrêtais pas de la voir, son visage un peu flou mais ses gestes aussi nets que familiers, cousant au coin du feu, guidant un ourlet sous la machine à coudre ou sortant du four les deux moules arrondis en fer-blanc, brûlants, de génoise au chocolat. Le midi, elle avait encore Mavis à nourrir, et nous connaissions tous deux ce sentiment de soulagement, vers cinq heures de l'après-midi, le soupir et le sourire ferme, quand le claquement de la porte d'entrée derrière Mavis se répercutait depuis le bas de l'escalier.

Je ne pensais pas souvent aux soirées de maman, à ces centaines de dîners, déjà, qu'elle avait mangés seule.

Pendant les vacances, elle continuait de travailler, et nos soirées étaient le seul moment que nous passions ensemble. Même alors, il lui arrivait de coudre à la main, assise en face de moi, ou dans la pièce d'à côté devant sa machine, installée de manière quasi permanente sur la table de la salle à manger. Mais pour l'essentiel, je la vois au coin du feu, tête courbée sur son ouvrage dans l'éclat vif de la lampe, attirant mon attention de temps à autre lorsqu'elle nouait un fil ou cherchait du regard son étui à aiguilles ou ses ciseaux. Je vois ses cheveux sombres et son grand front mais toujours pas vraiment son visage, qui m'est pourtant plus familier que celui de n'importe qui d'autre ; et je vois ses mains aux jointures épaisses, tout aussi familières à leur façon, puissantes, nerveusement révélatrices.

La boîte à couture en teck était ouverte à côté d'elle, avec ses coussinets de velours rebondis tout hérissés d'aiguilles, et sur le dessus un plateau qui se soulevait pour dévoiler une réserve de fils colorés sur des bobines et des cartes de rangement. La boîte était l'une des rares choses qu'elle avait rapportées de Birmanie, et l'odeur aussi nette que lointaine qui s'en dégageait lorsqu'on soulevait le couvercle était un peu d'air birman stocké là et qui ne s'évaporait jamais. Le couvercle était orné de deux éléphants noirs en marqueterie de part et d'autre d'un palmier, et les côtés marqués de motifs géométriques. Bien des années plus tôt, maman avait vu vingt éléphants que l'on baignait ensemble dans une rivière, avec un petit garçon assis sur chacun d'entre eux, derrière les oreilles. J'aurais tellement aimé voir cela de mes propres yeux, et être l'un de ces garçons.

Les autres trésors birmans étaient des vêtements que l'on composait à mesure qu'on les enfilait, des longueurs de tissus brillants rangés dans le chiffonnier, mais qui, dans les grandes occasions, étaient dépliées et enroulées autour de maman, la jupe qui portait le nom de *longyi* et le *gaung baung* de deux mètres de long enroulé autour de sa tête dans le sens des aiguilles d'une montre, l'extrémité dépassant telle une langue ou un pétale tombant. Contrairement aux vêtements anglais, ceux-là étaient portés en Birmanie aussi bien par les hommes que par les femmes – une fois ou deux, maman a arrangé sur moi le *gaung baung* et m'a assis devant sa coiffeuse, moi amoureux de ce moi magnifique, comme un frère dans le miroir, maman m'admirant, tendue, pendant une minute, avant de le défaire précipitamment.

Il y avait en outre deux essuie-mains en coton avec GOOD MORNING imprimé en rouge dessus, un bracelet en or, deux grandes bagues et un collier – « sûrement sans valeur, disait toujours maman, je ne l'ai jamais fait évaluer » – léger, attirant l'œil, merveilleusement différent de ce que portaient les autres mères. Et puis il y avait « Un geste tragique », l'impression couleur d'une peinture représentant une danseuse vue de profil, son bras gauche tendu et la main étrangement tordue. Le rose et le violet tropicaux de sa robe s'étaient fanés en un bleu pâle sous le soleil anglais ; on pouvait lire, en petits caractères penchés juste au bord du passe-partout : « D'après la peinture à l'huile originale de sir Gerald Kelly PRA ». Quand j'avais huit ou neuf ans, maman a acheté des billets pour me faire une surprise et nous avons roulé jusqu'à Oxford pour assister à une « Soirée de danse birmane » – qui s'est révélée ne pas être seulement de la danse mais aussi de l'opéra, avec des numéros burlesques et des marionnettes aussi, et un orchestre qu'on appelait le *hsaing waing*, des tambours et des cymbales frappées avec une baguette, et un hautbois strident jouant de manière assourdissante du début à la fin. Maman m'a dit qu'elle avait assisté à ce genre de soirées à Rangoon, c'était comme un spectacle de variétés, mais toute l'excitation que j'avais ressentie depuis des semaines à l'idée d'aller voir ce spectacle a été réduite à néant en l'espace de quelques minutes par la déconcertante monotonie de la chose. Nous ne comprenions pas la langue, ne supportions pas le *hsaing waing*, maman fixant la scène d'un regard indulgent tandis que je me redressais sur mon siège puis me laissais retomber au fond, oscillant sans cesse entre attention féroce et ennui à devenir fou. Un homme qu'on appelait un *mintha*, maquillé de blanc, avec une haute coiffe, des boucles d'oreilles gigantesques et un collier, n'arrêtait pas de revenir pour relancer le mouvement, juste au moment où nous pensions que ça allait être l'entracte, et l'occasion de nous échapper. Les danseuses pivotaient sur elles-mêmes et repoussaient d'un coup de pied les épaisses traînes de leurs robes ; leurs bras, dessinant un angle ou flottant avec grâce, signifiaient l'amour et le désespoir, et, par intermittence, à travers mes bâillements, je guettais un Geste tragique – les bras déployés et la main, paume vers le bas, doigts recourbés, le pouce bagué d'or désignant fatalement le sol.

*

En cette dernière semaine des vacances de printemps, il faisait désormais jour jusqu'à neuf heures du soir, et je pouvais me percher sur la banquette de la fenêtre pour regarder les hommes passer et discuter en bas dans la rue, pendant que maman était courbée sur sa couture, absorbée par ses propres sentiments. « Je n'ai jamais aimé le printemps, a-t-elle soupiré. Il ne m'a jamais réussi, je ne sais pas pourquoi. » Il y avait des bruits sur la place, des claquements de portières, des conversations qui montaient et retombaient à portée d'oreille tandis que je travaillais à ma traduction en anglais de passages imposés du *Grand Meaulnes* : « *We left the country nearly fifteen years ago / It will soon be fifteen years since we left the country / since we left the area, and we will certainly never come back there / we will never go back there.* » La différence entre *go back* et *come back* restait suspendue quelque part, hors de ma portée, tandis que le dernier soleil faisait une percée sur toute la longueur de la place, embrasant tel l'éclat froid d'un projecteur le toit d'ardoise de la halle du marché, les plaques aux lettres blanches du monument aux morts au fond de l'arcade en dessous, où étaient assis trois ou quatre adolescents, qui fumaient en attendant le bus de Swindon. J'aurais tant voulu être là-bas, à les regarder tandis que nous nous baladions dans la chaleur déclinante des rues.

« Bon, nous ferions mieux de sortir avant qu'il soit trop tard », a dit sèchement maman. Elle a posé son ouvrage et s'est levée, dans un obscur effort de self-control. Si bien que pour moi, les préparatifs soudains – enfiler le blouson, changer de chaussures et descendre l'escalier – étaient empreints de la gêne, proche de la culpabilité, qu'on m'accorde ainsi une faveur.

« Alors, par où ? » a-t-elle demandé d'un ton brusque, après avoir claqué la porte. J'ai pensé à oncle George et à ses trois promenades, chronométrées avec exactitude. Nous en avions neuf ou dix, une douzaine, partant du bout des quatre principales grand-rues qui rayonnaient depuis la place en embranchements et en boucles, le chemin de l'église, la gare de marchandises, la retenue d'eau avec son banc sous un abri, où il y aurait peut-être des garçons jouant avec un transistor ou un couple en train de flirter, qui continuait de se bécoter quand nous tournions le dos pour contempler pendant dix secondes peu naturelles la vue sur la vallée. Du côté où nous habitions, on était sorti de la ville en cinq minutes pour se retrouver sur des chemins de ferme et, peu après, si l'on obliquait en direction du soleil couchant, sur des sentiers traversant des bois de noisetiers qui étaient à présent verts au-dessus et tout autour, le sol de la forêt se couvrant lui aussi d'une dense verdure de pousses printanières et de jeunes orties ; des voix entendues parfois, des silhouettes entraperçues à travers le sous-bois renaissant, un homme et une fille sur le chemin devant, se séparant un moment tandis qu'ils avançaient vers nous, et le bras de la fille s'enroulant de nouveau autour de la taille de l'homme, et des rires retenus, quand je jetais un regard en arrière.

Ce soir-là, maman avait opté pour Ansell's Farm, ce qui supposait une plus longue marche en montée à travers la ville. Nous nous sommes arrêtés comme toujours devant le Regal, où j'ai contemplé gravement les photographies d'Alan Bates dans *Un amour pas comme les autres*, pendant que maman étudiait celles du prochain film, affichées de l'autre côté : *Au rythme des tambours fleuris*, avec Nancy Kwan. « Il est censé être charmant, je crois, a-t-elle dit. Nous pourrions même aller le voir. »

Nous avons admiré ensemble la petite photo en couleur de Nancy Kwan, avec la sensation tendue, flottante, d'un sujet presque abordé. La légende la décrivait comme une « petite boule de feu délicieuse ». « Elle est chinoise ? ai-je demandé.

– De mère anglaise, a répondu maman, je crois l'avoir lu quelque part. »

Tout à coup, les portes se sont ouvertes, et les spectateurs d'*Un amour pas comme les autres* sont sortis du cinéma, pas très nombreux, plusieurs hommes seuls, de jeunes couples encore en train d'assimiler le film, et j'ai scruté leurs visages en quête d'un indice sur ce qu'ils venaient de vivre, et que les photos en noir et blanc, à l'évidence, ne pouvaient montrer. Juste après eux, Mr Rodgerson est sorti le visage presque enfoui dans le col en fourrure de son épouse, tandis qu'il lui mordillait le cou et lui serrait fort la taille pendant que personne ne regardait. Puis il m'a repéré et, une seconde plus tard, me remettant, a vu maman ; il nous a gratifiés d'une expression incertaine et pleine de pitié avant de hocher sèchement la tête et d'entraîner Mrs Rodgerson vers le trottoir d'en face – elle lui a dit quelque chose et a jeté un coup d'œil par-dessus son épaule. « Je ne comprends pas comment ils peuvent passer des films X pendant les vacances scolaires », a râlé maman, tandis que nous reprenions notre marche – passant devant l'épicerie Jennifer's Pantry, et les deux pompes à essence aux yeux de verre devant le magasin des Lynall, et un peu plus loin le parvis de Bishop

Alfred, où nous avons ralenti le pas par égard pour le passé récent, la cour de récréation silencieuse, les grandes vitres propres des salles de classe à l'étage reflétant le soleil du soir.

Nous avons traversé la grand-route tout en haut de la ville et enjambé le portail donnant sur le sentier qui sillonnait les terres d'Ansell's Farm. « Nous avons le droit de passage », récitions-nous généralement, comme si nous nous attendions à ce qu'il soit remis en cause. Le sentier, semé puis piétiné à nouveau chaque année, coupait le coin d'un champ en direction d'une trouée dans la haie et d'un échalier franchissant une clôture vers le champ d'à côté. Les pousses vert tendre de part et d'autre ne dépassaient pas les chevilles, orge ou blé, il était trop tôt pour le dire, même si je revoyais ce champ ou le suivant en plein mois d'août, dans les dernières semaines précédant la moisson, quand les tiges de blé m'arrivaient à la poitrine et se bousculaient dans les rafales de vent. Maman évoquait avec précaution le trimestre d'été, qui commençait dans quatre jours, et la tenue blanche de cricket qu'elle m'avait confectionnée pour économiser de l'argent – « J'espère que ça ira », a-t-elle dit. « Elle est parfaite, maman », ai-je répondu, et la tenue était vraiment belle, et à ma taille, contrairement au blazer de mon uniforme, acheté large pour qu'il m'aille longtemps, et je n'arrivais pas à admettre, à ma grande inquiétude, que la flanelle légère et éclatante de cette tenue était trop fine et voyante pour l'école. Même si peut-être, lorsqu'on sortait déjà du lot, il n'y avait pas de mal à en sortir encore davantage – je ne savais pas vraiment. Dans le champ suivant, nous avons vu une femme seule s'approcher sur l'étroit sentier, et une étrange pression sociale a paru interrompre notre conversation et raidir nos visages tandis que nous nous préparions à sourire et à la saluer. Je n'avais pas l'impression de la connaître, une dame aussi âgée que miss Bird mais beaucoup plus fine, qui portait un foulard et un imperméable marron avec une ceinture. Il y avait quelque chose sur le visage de maman, quand je lui ai jeté un coup d'œil, que je connaissais déjà et dont j'étais presque gêné, une fermeture d'ensemble, un pincement des lèvres. La femme elle-même a semblé sidérée par mon sourire quand je me suis poussé pour la laisser passer – comme si j'avais fait une plaisanterie à ses dépens, et quand maman a dit « Bonsoir », elle a retenu son souffle, très discrètement, a fait elle aussi deux ou trois pas à l'écart du sentier pour nous éviter, avec un hochement de tête glacial qui tout à la fois prenait acte de cette courtoisie et la récusait. « Une vieille bique, maman », ai-je dit tandis que nous reprenions notre marche, et pour la première fois de ma vie, je l'ai prise par le bras – mon cœur battait de l'insulte qui nous avait été faite à tous les deux, mais aussi de mes douloureux efforts pour ressentir cette insulte comme maman la ressentait, dissimulant aussitôt sa propre blessure pour me protéger.

*

Arrivés au chemin de campagne à l'autre bout du champ suivant, nous avons fait demi-tour vers l'orée de la ville. L'air ici était rendu crémeux et aigre par l'aubépine, blanche tout au long des haies. « Cette odeur… », a soupiré maman en frissonnant, et j'ai senti que l'odeur qu'elle détestait se mêlait désormais au cuisant souvenir de la femme croisée sur le sentier. « Moi je l'aime bien », ai-je répliqué, et je me suis vu à cette heure, dans une semaine, déjà au lit, le soleil brillant encore à travers les rideaux sans doublure du dortoir.

Bientôt, nous étions en vue des lotissements où habitait Mavis, dans la dernière des maisons mitoyennes tournées vers les collines crayeuses ; puis venaient des maisons plus imposantes, celle du docteur Grahame avec sa vieille Rover 90 grise dans l'allée, les entrées poussiéreuses ou goudronnées, les différentes humeurs des clôtures et les jardins entraperçus, l'intérêt à demi oublié d'un garage ou d'une mare à poissons, et la connaissance secrète, plus celle de maman que la mienne, mais partagée de temps à autre, de femmes pour lesquelles elle avait confectionné des habits, et qui vivaient dans certaines des maisons que nous étions en train de longer. Dans leurs chambres, abandonnées, au moment où nous passions, par l'ultime caresse du soleil, des robes et des chemisiers signés Avril Win étaient suspendus dans des garde-robes, en attente, ou gisaient sur la chaise où on les avait jetés. Au croisement de la grand-route, elle a demandé : « On continue un peu plus loin ? » puis a tourné à droite, et je lui ai emboîté le pas, sans savoir ce qu'elle avait en tête ; nous avancions en file indienne à cause de la circulation, avec la sensation d'une discussion remise à plus tard.

Peu après, un chemin étroit partait sur la gauche entre deux hautes palissades en mélèze, et nous avons débouché à l'autre bout sur l'aire de retournement d'une impasse obscure. « Je croyais qu'il y avait moyen de traverser », a dit maman ; je n'avais aucune idée, d'abord, de l'endroit où nous trouvions. Les maisons ici étaient assez récentes, spacieuses et en retrait de la rue, l'une d'elles avait des lions sur les montants de son portail, et l'herbe des accotements était tondue. On avait l'impression que leurs propriétaires avaient dépensé beaucoup d'argent pour ne pas être vus, et même entre les maisons se dressaient des haies de grande taille, épaisses. Maman a poursuivi son chemin d'un pas nonchalant, avec une expression mi-inquiète, mi-malicieuse, ne trouvant pas ce qu'elle cherchait – elle s'est arrêtée un instant, à l'approche de l'avant-dernière maison sur la droite. Le portail était ouvert sur la vaste cour de gravier, et le garage vide aux portes béantes a provoqué en moi le sentiment tendu que ceux qui vivaient là étaient sur le point de rentrer et de nous surprendre en train de regarder. C'était une grande maison sans apprêt, en briques rouges, avec des fenêtres métalliques peintes en blanc et un porche aux piliers blancs, et l'on distinguait d'un côté, tout au fond, une pelouse fermée par une grande haie de sapins. J'ai déchiffré le nom en fer forgé sur le portail : *Crackanthorpe Lodge*.

« Oh…, ai-je bredouillé. Mais c'est la maison de Mrs… hem…

– J'étais curieuse de voir, c'est tout », a répondu maman.

*

Quand nous sommes rentrés, j'ai préparé du cacao et maman a travaillé tard, une robe à finir pour l'anniversaire d'une fille – Mandy Wiseman, qui avait été dans la classe au-dessus de moi à Bishop Alfred. « Elle est costaude », a dit maman en vérifiant une nouvelle fois que les mesures étaient les bonnes. « Depuis toujours », ai-je répondu. À ma grande gêne, la fameuse poitrine de Mandy semblait présente dans les bonnets en satin jumelés de la robe, qui tressautaient sur les cuisses de maman tandis qu'elle cousait une fleur pourpre sur l'épaule. Elle a soulevé son œuvre pour voir comment elle tombait. « Dans le temps, a-t-elle dit, tu l'aurais essayée pour moi.

– Mais plus maintenant, maman… », et mon sourire las en pensant à ce moi de l'enfance n'a pas vraiment suffi à empêcher mes joues de rougir. « C'était il y a longtemps !

– Tu te souviens, chez tante Susan ? » a demandé maman, et j'ai tout de suite saisi dans quelle direction elle allait, mais pas encore jusqu'où.

« Oh, maman…, ai-je protesté.

– Dès qu'on est arrivés chez elle, tu as filé à l'étage, tu savais exactement où elle rangeait ces chaussures de soirée en velours noir.

– Il faut dire qu'elle a des pieds minuscules, ai-je dit. Elle chaussait à peine du trente-cinq.

– Tu avais une sacrée allure quand tu es redescendu en faisant claquer les talons, dans sa jupe rouge qui sur toi, bien sûr, descendait jusqu'au plancher. » Le vague sourire de maman, tandis qu'elle changeait de position sur sa chaise et secouait la robe de Mandy pour la remettre à plat, était essentiellement nostalgique, mais le battement de ses cils semblait vouloir repousser quelque contrariété, ou honte, à présent réveillée. « Ah, quel adorable petit garçon tu étais.

– Merci, maman », ai-je dit, et je lui ai tiré la langue. Elle n'allait pas, visiblement, répéter ce qu'oncle Brian avait lancé, visage de marbre, absolument pas amusé par la vue de son neveu de six ans dans les plus beaux atours de son épouse : *Bon Dieu, Avril, on n'est plus à Rangoon maintenant.*

*

« Ça ne sert à rien de ressasser le passé », telle était la ferme conviction de maman, maintes fois réaffirmée. Mais parfois, ces soirs-là, l'atmosphère s'y prêtait – on se laissait aller à de brèves réminiscences au coin du feu. Ses souvenirs de Rangoon étaient généralement des anecdotes que j'avais déjà entendues, les éléphants, la limousine du gouverneur, les Birmanes fumant d'énormes cigares, mais parfois elle racontait un détail inédit, qui me faisait m'interroger sur toutes les autres choses qu'elle gardait pour elle ; et parfois, très rarement, elle évoquait mon père d'une manière franche et directe, comme si nous parlions de lui tous les jours. Quand j'ai décroché la bourse Hadlow, elle a dit : « Tu tiens de ton père, évidemment – c'était un homme intelligent.

– Vraiment ? ai-je demandé.

– Je ne sais pas ce qu'il me trouvait.

– Tu es intelligente aussi, maman », ai-je répliqué, et je le pensais vraiment, tout en mesurant qu'en partie je voulais dire qu'elle était très forte pour garder les choses pour elle.

« La politique n'avait pas de secrets pour lui, toute la situation dans le pays après la guerre, à laquelle je ne comprenais pas grand-chose – je n'étais pas obligée, d'ailleurs, je n'étais qu'une humble dactylo !

– Mais tu as quand même dû apprendre des choses, ai-je fait remarquer.

– J'avais une liste de tous les noms qui revenaient souvent, les fonctionnaires et les hommes politiques birmans, punaisée au-dessus de mon bureau, pour être sûre de bien les épeler. J'ai un peu appris qui était qui, j'imagine, grâce à sir Hubert, à lady Rance aussi qui maîtrisait tout ça, elle était bien obligée, vu qu'elle recevait des gens tout le temps et devait savoir comment s'adresser à eux. Les noms birmans peuvent vraiment prêter à confusion, parfois. »

J'ai souri à maman, anxieusement presque, dans le cercle de lumière, en me disant que je pourrais peut-être la presser un peu, poser des questions faciles et générales, et obtenir cette fois une réponse plus détaillée que « J'aimerais pouvoir t'en dire davantage, mon chéri ».

La seule chose sûre que nous possédions en commun sur mon père, c'était la photographie, encadrée mais rangée dans le tiroir de la coiffeuse de maman, sous des mouchoirs et des foulards. Je la sortais quelquefois en cachette quand elle s'absentait de la maison. Un jeune homme à la peau foncée, la mine grave, avec un éclat de lumière sur ses lunettes rondes ; impénétrable, mais me ressemblant juste un peu dans le miroir de la chambre silencieuse. En de rares occasions, il se retrouvait en bas dans le salon, à côté d'un petit vase de freesias ou d'œillets. Puis il disparaissait à nouveau – je me rends compte à présent qu'il oscillait sans cesse entre l'utile et l'inavouable. Parmi les clientes régulières de maman, certaines exprimaient un intérêt pour son histoire et étaient touchées qu'on leur montre la photo de son mari ; la plupart trouvaient le sujet trop délicat, aucun besoin de l'aborder, elles prenaient exemple sur la farouche discrétion de l'intéressée.

*

« Il faut que j'apporte des échantillons chez Mrs Croft, a annoncé maman deux jours après l'essayage.

– OK », ai-je répondu – cette visite avait à mes yeux l'aspect déprimant de toutes les interactions sociales entre adultes, à l'époque, d'épreuves qu'on endurait parce qu'on y était plus ou moins obligé, avec une politesse empressée et un lancinant picotement d'ennui. « On y va en voiture ?

– Tu ferais mieux de rester ici, mon chéri. Pour avancer dans tes traductions ! »

Maintenant que j'étais exempté, j'avais l'impression de rater un événement d'un intérêt inexpliqué. « Ça ne me dérange pas », ai-je répondu, voulant dire par là que ça ne me dérangeait pas de l'accompagner, mais j'ai laissé la roue s'arrêter là où elle devait.

« Esme Croft s'est mis en tête que je serais contente de lui confectionner des housses de sièges.

– Oh, maman, tu as horreur de coudre des housses.

– Ça va être ennuyeux au possible… » Ses lèvres se sont retroussées. « Mais je vais la faire payer.

– Bien, ai-je dit. Elle est vraiment riche ?

– C'est l'impression que j'ai… pas toi ? » Elle m'a regardé. « Tu l'aimes bien ? »

J'ai haussé les épaules, puis souri. Je ne pouvais m'appuyer que sur deux brèves minutes de discussion, quelque chose de physique et de catégorique chez elle. « Ça va, ai-je répondu.

– Mm, difficile à dire pour l'instant, hein ? Allez, je vais me changer.

– Tu es très bien comme ça, maman.

– Je peux être un peu mieux », a-t-elle répliqué.

Assis sur la banquette de la fenêtre, j'ai entendu le claquement sourd de la porte d'entrée en bas et je l'ai regardée s'éloigner à pied sur la place du marché, en balançant le sac en toile contenant les carnets d'échantillons – quelqu'un lui a adressé la parole mais elle ne s'en est pas rendu compte, elle a poursuivi prestement son chemin, avec ces petits coups de tête, mi-nerveux, mi-résolus, que je connaissais si bien.

Elle était partie depuis dix minutes quand le téléphone a sonné. Ou plutôt, a émis un petit cliquetis bourdonnant, comme une envie de sonner aussitôt réprimée. Sortant dans le couloir, je suis resté planté devant à le regarder pendant une minute ; alors, avec la plus grande précaution, j'ai décroché le combiné.

« Décidément, ça arrive sans arrêt : désolé, la ligne est occupée, a dit une voix d'homme.

– Oh pardon, ai-je répondu.

– Réessayez plus tard, d'accord ? a dit l'homme – nous allons rester en ligne pendant la demi-heure qui vient. »

J'ai posé le doigt sur la barre et, au bout de quinze secondes, avec encore plus de précaution et de lenteur, je l'ai soulevé à nouveau, l'écouteur toujours collé à mon oreille. (Le danger, ici, était que mon souffle, ou quelque bruit plus lointain dans l'appartement ou même dehors, un cri, le klaxon d'une voiture, soit audible ; mais d'un autre côté, une main sèche plaquée sur le gobelet noir du microphone risquait également de produire un petit bruit suspect.) L'autre homme parlait, à présent :

« Oui, on pourrait faire ça, Chouchou, si tu penses que ça n'embêtera pas Jill.

– Nous nous enfoncerons dans les bois, tu sais, la plupart du temps. Nous n'aurons pas de mal à semer Jill. Et alors, nous pourrons faire tout ce que nous voulons.

– Ooh, j'ai hâte… Il faudrait sans doute qu'on évite de parler de ça au téléphone.

– Ça devrait aller pendant un petit moment. Tu sais que j'ai découvert qui étaient ces gens.

– La Poste ne donne pas cette information, n'est-ce pas ?

– Non, non, c'est confidentiel, pour d'évidentes raisons.

– Je ne sais pas pourquoi ils ne peuvent pas tout simplement ouvrir plus de lignes, si c'est ça le problème.

– Bref, il s'agit d'une petite dame de la ville, pas commode, une modiste apparemment – elle vit avec son fils, je crois. »

Je suis resté immobile, le visage pétrifié, à tout nier, le cœur à battant tout rompre.

« Il n'y a pas de mari, tu veux dire ?

– Il est sans doute au travail – non pas que je passe mon temps à écouter les gens en douce. Elle est souvent en ligne après le déjeuner, des histoires de mesures, tout ça ; je suis tombé plusieurs fois sur elle alors que j'essayais de joindre Desmond, d'ailleurs, au sujet de ce week-end coquin. C'est comme ça que j'ai appris son nom – Mrs Avril Win.

– Oh, tu vois bien que tu espionnes les gens !

– J'ai juste entendu son nom par hasard, a répliqué le premier homme dans un gloussement, "*Merci de libeller le chèque à l'ordre de Mrs Avril Win*".

– Tu parles d'un nom…

– Je sais…

– C'était donc le fils à l'instant, tu penses ?

– Oui, c'est un adolescent – un *jeune* adolescent, Jeffrey ! Avant que tu ne te fasses de vilaines idées –, ça s'entend, on dirait que sa voix commence à peine à muer…

– Laisse-lui encore quelques années, Chouchou », a dit Jeffrey, et j'ai raccroché – ai-je déclenché un tintement au tout dernier moment, les figeant net, pleins de méfiance ? J'ai couru dans ma chambre à l'étage, le pouls affolé, confus et excité par la culpabilité et l'audace d'avoir ainsi écouté en douce, mais aussi par ce que ces hommes avaient paru se dire, d'un ton si joyeux et confiant. Je les avais sûrement vus en bas, sur la place, ou au cinéma peut-être, fumant dans le noir. Je les entendais plus que je ne les voyais au milieu des bois où nous nous promenions, dans les fourrés verdoyants et la lumière du soir, en train de semer Jill.

Il faisait presque nuit quand maman est rentrée, et à peine avait-elle ôté son manteau qu'elle a enfilé son tablier. « Œuf-frites ? » a-t-elle demandé, d'un ton brusque, mais pour me faire plaisir.

Je nous ai installés sur la table de la cuisine, la salle à manger étant impraticable. « Alors, ai-je demandé, tu as rencontré Mr Croft ? » Cela m'était assez égal, mais j'avais besoin d'être distrait de mes pensées au sujet des hommes, au sujet de Jeffrey et de l'autre, Chouchou. J'avais l'impression de m'être réveillé mais que le rêve continuait.

Maman avait allumé le gaz sous la friteuse, et le disque gris tacheté de vieux saindoux est devenu peu à peu doré et translucide sur la flamme. Elle a tapoté les épaisses frites dans un torchon pour les sécher, en a lâché une dedans – pas de grésillement encore – et m'a lancé un regard en coin comme si j'avais dit quelque chose qu'il ne fallait pas. Puis j'ai vu qu'elle réfléchissait simplement à la manière de mettre en mots quelque chose de probablement comique. « *Eh bien*..., a-t-elle dit. Je n'ai pas voulu poser la question, évidemment, mais au bout de cinq minutes c'est elle qui a abordé le sujet.

– Qu'est-ce qu'elle t'a dit ? »

De nouveau, elle a semblé trouver la question un peu délicate. « Elle a dit que bien sûr elle avait été mariée, mais qu'elle ne l'est plus. J'ai l'impression que Mr Croft n'était pas vraiment le genre d'homme à se marier », et elle m'a regardé presque timidement.

« Il a fait une drôle d'erreur, alors, ai-je fait remarquer.

– Oui... ou bien c'est elle, je ne sais pas... En tout cas, Mrs Croft dit qu'elle a obtenu le divorce il y a quelques années. J'ai le sentiment qu'elle s'en est plutôt bien sortie.

– Elle a des enfants ?

– Non, je suis sûre qu'elle n'en a pas », a répondu maman en secouant légèrement la tête.

Je n'aurais jamais pensé rencontrer de femme divorcée, et maintenant que j'en avais rencontré une, l'ennui et la sensation de défi que m'avait d'abord inspirés Mrs Croft semblaient soudain prendre tout leur sens.

« La maison est comment, à l'intérieur ? » ai-je demandé.

Maman a réfléchi quelques instants, a testé une autre frite, la graisse était prête. « Oh, c'est très joli, tu sais – très confortable, en tout cas. Je ne dis pas que je raffole du motif qu'elle a choisi, mais n'empêche.

– Lequel c'est ? ai-je demandé. Pas le Sunningdale, quand même ?

– Pire, a-t-elle répondu, en versant les frites dans l'huile. Le Ladies in Waiting.

– Oh, maman… »

9

Manji m'a demandé : « Quel est ton souvenir le plus ancien ? », et j'ai répliqué aussitôt : « Et le tien ? », devinant que c'était pour cela qu'il avait posé la question. Il semblait conserver, clair et intact, tout un système d'images, de personnages, d'histoires de sa vie à Bombay – des gens qui me paraissaient désormais à moitié familiers, que je me représentais fidèlement et dont je me moquais comme si je les connaissais réellement, sans jamais les avoir rencontrés, ce qui avait d'ailleurs peu de chances d'arriver un jour. Je savais tout de la maison, des tantes qui habitaient chez eux et de celles qui vivaient dans d'autres quartiers de la ville, des cyclo-pousses qui bloquaient la Lagonda avec chauffeur de son père sur le chemin du bureau, de son oncle à la campagne qui possédait des éléphants, du cornac qui s'en occupait et emmenait parfois Manji faire un tour. Toutes ces choses, je me les représentais moi-même, on ne m'avait jamais montré aucune photographie de ces gens ni de ces endroits.

« Oh, c'est un souvenir de rien du tout, a dit Manji, quand j'avais trois ou quatre ans. Je t'ai déjà parlé du Maïdan à Bombay, le grand Maïdan où on joue au cricket…

– Oui, tu m'en as parlé, ai-je acquiescé.

– Mon grand-père, ce devait être lui, le père de mon père, m'a emmené voir un match de cricket. C'est tout – je ne sais pas qui jouait, ni rien de tout ça, juste une image que j'ai de l'herbe, une herbe très brune, pas comme ici en Angleterre, et des palmiers et des joueurs de cricket qui semblaient être très, très loin. »

Nous avions atteint l'autre bout de notre propre terrain de cricket, où Mr de Pury était en train de transvaser avec précaution du blanc de chaux dans le réservoir du traceur de lignes ; il s'est remis lentement en route, courbé en avant, les yeux fixés sur la roue tandis que celle-ci dessinait le dernier arc de cercle marquant les limites du terrain. C'était l'heure éclatante après l'étude où chacun pouvait faire ce qu'il voulait, mais le Match des pères du lendemain la teintait ce jour-là d'une sensation de malaise.

« À ton tour maintenant, Win, a dit Manji.

– Laisse-moi réfléchir… » Je me suis arrêté et j'ai jeté un coup d'œil à la résidence derrière moi, au cèdre sombre et asymétrique planté sur la pelouse à droite, au fameux séquoia géant qui dominait les bois sur la gauche. Les fenêtres à guillotine levées et baissées étaient autant d'éclats et de profondeurs sur l'immense façade dépouillée du bâtiment ; au pied de celui-ci, on apercevait les petites silhouettes d'élèves plus âgés, tout en blanc, qui montaient au filet. Elles bloquaient mes propres images fragiles, les premiers visages qui tressautaient comme sur les vieux films d'actualités. Il y avait le frisson, juste avant le tourbillonnement d'une jupe comme une robe de bal autour de mes jambes nues, de quelque chose qui n'était en fait pas une jupe mais un *longyi* d'enfant, en tartan rose et bleu, enroulé et noué, et une porte qu'on ouvrait devant moi ; mais la pièce dans laquelle j'entrais était un flou brun, pas l'appartement d'aujourd'hui mais un endroit où j'avais vécu avant. J'avais la sensation, plus obscure encore, que cela n'avait pas été un succès, cette surprise et ce costume, et le flou de la pièce était aussi un murmure de résistance. « J'imagine que ça doit être un truc aussi barbant que Noël, ai-je dit. Tu sais, chez mon oncle et ma tante », ce qui donnait presque l'impression que Susie et Brian étaient les égaux des riches Manji. « Mais comme toi, c'est juste une image. »

Manji a réagi d'un hochement de tête, il n'en attendait pas davantage ; nous avons poursuivi notre marche le long des limites du terrain, et je ne l'écoutais plus guère à présent, tandis que Manji papotait de plus belle, avec sa merveilleuse aisance d'adulte que tous les autres raillaient et imitaient, mais pas moi, l'autre garçon foncé de la résidence et son ami reconnaissant quoiqu'un peu réticent.

*

Le Match des pères est arrivé comme l'un de ces rêves où j'étais nu au déjeuner parmi les professeurs et les autres garçons entièrement habillés. Personne ne le remarquait au moment où je m'asseyais, puis on me demandait d'aller chercher quelque chose au passe-plat et je me tournais, soulevais mes genoux pour m'extraire de ma place sur le banc et traversais le réfectoire sans savoir si on se moquait de moi, si on avait pitié ou si, tout simplement, on ne me voyait pas. Le soulagement, qui était comme un rêve en soi, tenait au fait que la fin de ce match marquerait le début des vacances de mi-trimestre, où les parents pouvaient repartir avec leurs fils. Dans la lettre à ma mère de cette semaine-là, j'exposais les règles avec tout le respect d'un nouvel élève pour les moindres détails. On espérait que le plus grand nombre possible de parents assisteraient d'abord au match ; aucun garçon ne pourrait quitter l'école avant la fin de celui-ci. Dans sa réponse, maman écrivait qu'elle arriverait le plus tôt possible, « et j'amènerai peut-être une connaissance ! » – le signe, me suis-je dit, qu'elle était aussi anxieuse que moi à l'idée de cette journée. Mais qui pouvait bien être cette connaissance ?

Le lundi précédant le match, je traînais autour des tableaux d'affichage quand la composition des équipes avait été annoncée, et j'avais lu les noms et les avais considérés d'un œil peiné mais impartial. Un petit nombre de garçons se retrouvaient dans la drôle de situation d'avoir un père qui jouait. Celui de Pinsent était le capitaine du XI des Pères ; Randall et Hamilton-Martin, tous deux sélectionnés dans le premier XI de l'école, avaient une chance d'éliminer leurs propres paternels. Pinsent avait l'air fier du fait que son père ait été nommé capitaine, mais cela le rendait par ailleurs un peu fuyant. « Je me demande quelle équipe tu supporteras, Pénis ? a lancé Harris.

– Quelle équipe je *soutiendrai*, a corrigé Pinsent. Laquelle, à ton avis ?

– Je ne saurais vraiment pas le dire, avec un type aussi sournois que toi », a répondu Harris.

Pinsent s'est exclamé : « Va te faire foutre, Harris ! » et il s'est éclipsé. Je trouvais pourtant la question tout à fait pertinente. Je songeais que si j'avais eu un père, j'aurais prié toute la semaine pour qu'il élimine cinq de nos batteurs et catapulte dans les arbres toutes les balles des lanceurs de l'école. La confusion m'a fait rougir en constatant que M. A. Hadlow figurait dans l'équipe des pères « (Interne 1939) », malgré le fait que je n'avais reçu aucune nouvelle des parents de Giles durant le trimestre, et que Giles, obnubilé qu'il était par Harris, n'avait plus beaucoup de temps pour me maltraiter. J'avais compris, à une remarque de Harper, que Giles s'était fait charrier quand les autres avaient appris qu'il m'avait accueilli chez lui pendant les vacances, qu'il avait « perdu la face » vis-à-vis d'un certain nombre de personnes, et que c'était pour cela qu'il se comportait désormais comme s'il me connaissait à peine, même pendant les répétitions avec Mr Clark pour *La Nuit des rois*, où il avait été choisi pour interpréter le Capitaine du vaisseau naufragé. Je me demandais si Harris avait également interrogé Giles pour savoir quelle équipe il soutiendrait.

J'étais apparemment le seul garçon à n'avoir pas du tout de père, même s'il y avait ceux dont les familles étaient hors de portée. Manji séjournerait chez les Holmes à Worcester pendant ces vacances, et Cox, dont les parents vivaient à Ottawa, allait devoir passer ces cinq jours seul avec le directeur de l'école et son épouse. Il s'attaquait méthodiquement depuis tout à l'heure à son assortiment de biscuits, seul, le visage impassible ; à présent, il nous tendait la boîte quasiment vide. « Merci beaucoup, Cox », ai-je dit, laissant le dernier fruit-crème, avec son noyau de confiture poisseux, et ramassant le Garibaldi brisé en plusieurs morceaux. Il y avait entre nous une solidarité prudente, et une partie de moi sentait que j'aurais dû proposer à Cox de venir chez maman et moi, jusqu'à ce que je me raisonne en me rappelant que ce n'était pas vraiment un ami.

« Ton papa joue au cricket ? » m'a demandé Cox, et j'ai senti comme un frissonnement dans l'air.

Manji l'a regardé, le front plissé. « Bien sûr que non, a-t-il dit.

– Eh bien, il aurait pu, a répliqué Cox.

– Il n'a pas de père, Cox, a dit Manji.

– Ben si, il en a un, a insisté Cox.

– Non, je n'en ai pas, suis-je intervenu, et la pièce s'est soudain brouillée autour de mon numéro d'acteur.

– Le père de Win a été assassiné, bon Dieu », a dit Manji. C'était un mot à sensation, mais j'aurais préféré qu'il le garde pour lui.

« Ouais, mon père a été tué, malheureusement, ai-je dit.

– Oh, je ne le savais pas », a soupiré Cox. Il m'a dévisagé un moment avec un sourire figé. « Ça s'est passé en Australie, a-t-il repris, pour donner un sens à cette information.

– En Birmanie, a rectifié Manji. Il y a des années maintenant.

– Il travaillait pour le gouvernement, ai-je ajouté. Comme secrétaire. Enfin, pas un secrétaire ordinaire, évidemment.

– Plutôt un genre de secrétaire d'État à l'Intérieur, a dit Manji.

– Je croyais que tu m'avais dit qu'il était pilote de chasse, a dit Cox. En Australie…

– Je sais, je sais, ai-je répondu. Parfois, je suis obligé de dire des choses comme ça, car je ne veux pas que les gens sachent la vérité.

– C'est trop douloureux », a ajouté Manji.

Cox se sentait manifestement à la fois excité et trompé. « Eh bien désolé, Winny », a-t-il dit, et il m'a tapoté l'épaule, pensant peut-être encore que l'histoire du pilote était plus vraisemblable. Son air soudain digne et plein de retenue laissait transparaître une touche de méfiance, mais il n'a plus posé de questions. « Tu ne veux pas ce fruit-crème ? a-t-il proposé.

– Si tu insistes…, ai-je répondu. Merci beaucoup, et j'ai scruté son visage comme s'il était vraiment un ami. Mais n'en parle à personne, d'accord ?

– Assassiné », a-t-il répété, et j'ai vu ce mot faire son œuvre en lui, et le besoin de le répandre qu'il éprouvait déjà.

*

Tous les élèves des classes supérieures connaissaient la marche à suivre, et je leur ai emboîté le pas, réactif au possible, comme si je l'avais déjà fait. À onze heures, j'étais sur les terrains de sport avec tous les autres, attendant que les premières voitures débouchent de la trouée au milieu des bois. Les imposantes grilles devant le pavillon Buckley avaient été ouvertes, de sorte que les parents pouvaient arriver par l'ancienne allée de derrière, directement sur les terrains. Une zone avait été délimitée pour servir de parking, du côté de Tadmoors, mais il sautait aux yeux que les meilleurs emplacements où se garer et s'installer pour la matinée se trouvaient aux abords immédiats du terrain de cricket. Je suis resté à l'écart tandis que les premiers à reconnaître les Wolseley et les Jaguar de leurs parents leur faisaient signe, grimpaient à bord et se faisaient conduire autour de ce tracé ovale pour trouver une place. La honte latente que m'inspirait notre Morris Minor bleue était éclipsée par mon désir de la voir surgir, rutilante, d'entre les arbres. Cette attente au milieu d'une vaste foule dispersée était comme un jeu en soi, même s'il n'était évident de discerner qui des parents ou des garçons étaient les concurrents. Boxwell s'est précipité vers une Riley, puis il a infléchi sa courbe pour s'en écarter, tandis que les frères Pierce s'en approchaient sans hâte et y montaient – alors Boxwell a marché à l'écart pendant un moment, trop mortifié pour se joindre à nouveau à ceux qui attendaient. Tout le tour de l'immense terrain ovale n'a pas tardé à se remplir, les hayons des grands breaks ont été déployés, des chaises pliantes et des paniers de pique-nique descendus. Ces parents faisaient cela chaque année, savaient quand arriver, où se trouvaient les meilleurs emplacements. En retrait des autres maintenant, comme si je n'avais pas plus envie que cela d'apercevoir ma mère, j'ai vu la DS des Hadlow jaillir en plein soleil, capote rabattue, et Mark et Cara parader autour des limites du terrain tels des membres de la famille royale, venant s'arrêter de l'autre côté de celui-ci, en face du pavillon de cricket, au centre de tout mais gardant tout de même un peu leurs distances. Bientôt, des Triumph, des Daimler et une Alpha Romeo se sont rangées autour d'eux, comme des gens rassemblés pour une garden-party, aléatoire en apparence mais possiblement planifiée, qui déballaient maintenant leurs affaires et se mélangeaient – je jetais parfois un coup d'œil dans cette direction, Mark allait et venait dans sa tenue de cricket et avait tout à fait l'allure d'un élève particulièrement âgé sous sa casquette immaculée. Puis j'ai vu Giles qui s'approchait avec Harris pour le présenter à ses parents.

Toujours aucune trace de la Morris quand la partie a commencé, et je suis resté un bon moment assis en tailleur dans l'herbe à contempler la piste de lancer. Je craignais que maman n'ait pas compris les instructions concernant le portail du pavillon Buckley, et qu'elle ait tenté d'arriver de l'autre côté par l'entrée principale. Je me suis repassé ma lettre, convaincu d'avoir tout expliqué clairement. Les garçons avaient gagné le tirage au sort et choisi de commencer à la batte ; un père aux cheveux gris, de haute taille, couvrait la partie du terrain qui se trouvait tout près de moi, quasiment à portée de sourire lorsqu'il errait dans l'herbe après chaque lancer. Je percevais vaguement la dramaturgie du match de cricket, ses bruits abrupts et amortis, le père au visage rougeaud avec sa petite course d'élan paresseuse et l'effet mortel qu'il imprimait à la balle, les coups bas et différés de Knapton à la batte, mais je n'arrivais pas à me concentrer. Quand j'entendais les gens applaudir, j'applaudissais à mon tour et me tournais vers Taylor, qui accrochait et décrochait déjà sur le tableau d'affichage les chiffres blancs tracés au pochoir – lesquels, sur leurs ardoises à double face, étaient étalés en demi-cercle dans l'herbe. J'ai songé qu'il serait formidable de se voir confier cette mission une année, tous ces gens dépendant de votre rapidité et de votre exactitude.

Sur ma gauche, près d'une énorme Wolseley noire, Roberts était assis sur une couverture de pique-nique, les genoux relevés, et Morgan est venu le rejoindre, un chatoiement dans l'air tandis qu'il serrait les mains des parents de Roberts et papotait avec eux, puis s'asseyait à côté de Roberts sur la couverture ; une minute plus tard, il avait roulé son blazer pour en faire un oreiller, et s'allongeait près de son ami les bras derrière la tête. Les parents de Morgan vivaient en Malaisie occidentale, et nous avions eu un jour une discussion totalement inattendue, unique, près des courts de Fives, au sujet de mes origines ; à présent, il allait sûrement partir chez Roberts pour les vacances de mi-trimestre – c'était leur dernière année ici, leur dernier trimestre, et chaque fois que je les apercevais, ils étaient ensemble. La chemise de Morgan était remontée, dévoilant le creux de son ventre – chaque fois que je tendais le cou pour guetter les voitures retardataires, je m'attardais deux secondes sur l'espace entre l'ourlet de sa chemise et sa ceinture, ses poils duveteux argentés au soleil. Morgan a tourné la tête pour lever les yeux sur Roberts et, au passage, j'en étais persuadé, il m'a vu, et savait qui j'étais, et même s'il n'en a rien laissé paraître, le fait que je sois là n'a pas semblé le déranger. Je me sentais à la fois plus voyant que jamais et, assis dans l'herbe ce jour-là sous les arbres imposants, presque invisible.

*

Le match en était à sa quatrième ou cinquième série de lancers quand un soudain éclat de soleil s'est reflété sur un pare-brise arrière en mouvement – une grande Humber Super Snipe verte avait surgi des bois et décrivait un large cercle autour du terrain, ralentissant de temps à autre comme si elle avait repéré un espace libre. Les spectateurs la regardaient passer puis reprenaient leurs discussions. La voiture a finalement décrit une courbe pour s'insérer dans un espace étroit à côté de l'écran de visée, a fait marche arrière, s'est avancée à nouveau, puis immobilisée. Lourde mais élégante, avec sa carrosserie vert sombre et ses chromes étincelants, elle ne passait pas inaperçue. La portière du conducteur s'est ouverte la première, et une femme est descendue qui ressemblait fort à Mrs Croft, puis s'est indéniablement révélée être elle – saluant d'un hochement de tête les parents inconnus les plus proches, puis se campant mains sur les hanches pour étudier les lieux. Dans la voiture se trouvait une seconde silhouette, simple lueur mouvante derrière le pare-brise, tendant le bras pour attraper quelque chose sur la banquette arrière, qui, avant même de descendre, malgré la distance, était intensément ma mère. Elle avait enfilé un petit chapeau de soleil blanc, un peu comme celui que portait Mr Clark, qui arbitrait la partie. Je me suis levé et dirigé vers elle le long du terrain, paniqué presque tandis que je marchais, tête basse, devant les autres familles, vaguement conscient des différentes manières dont elles me regardaient, entérinant simplement ma présence, me fixant ou souriant avec indulgence… Le lanceur entamait sa course d'élan quand Mrs Croft, avec son air de jauger l'endroit, est passée tranquillement devant l'écran de visée. Chargé de recevoir la balle, Jackson l'a bloquée d'un coup de batte, l'air blasé, puis a fixé l'importune en secouant la tête, tandis que je trottinais vers elles – mon propre embarras m'empêchait de mesurer l'intense gêne de ma mère : d'être arrivée en retard, de ne connaître quasiment personne dans le vaste cercle des spectateurs, qui étaient des parents comme elle, de n'avoir aucun mari à exhiber et à partager avec eux, peut-être même songeait-elle, en mettant sa main en visière pour regarder les joueurs, que jamais elle n'aurait mis les pieds ici si son fils n'avait pas décroché une bourse d'études. Elle est venue à ma rencontre avec un semblant de comédie dans le sourire et la tête penchée de côté, mais son étreinte, et le bras qu'elle a gardé autour de moi quand nous avons fait demi-tour pour regagner la voiture, étaient empreints de son ardente chaleur. « J'ai amené Mrs Croft, a-t-elle dit. Enfin, c'est plutôt elle qui m'a amenée ! » Pendant un moment, j'ai ignoré cette autre femme, mes bonnes manières dissoutes dans un spasme d'amour et de perplexité. « Elle avait vraiment très envie de voir où tu vis et ce que tu fabriques », a ajouté maman. Je me suis senti penaud et désarçonné, mais Mrs Croft a d'abord gardé une distance pleine de tact, et quand elle a déployé une couverture en tartan devant la voiture et m'a envoyé chercher le panier de pique-nique dans le coffre, un état d'esprit consentant, étrange mais pas inconnu, s'est emparé de moi. J'avais faim, aussi.

« Je suis désolée que nous soyons arrivées en retard, David, a dit Mrs Croft, s'agenouillant devant le panier pour déballer le pique-nique. C'est entièrement ma faute. J'ai insisté pour que nous passions à l'épicerie Hubbard acheter un peu de *lemon curd*, dont ta mère m'a dit que c'était ton dessert préféré. » Le sourire de maman était un mélange d'excuses et de justification. « Et les Hubbard n'en avaient plus du tout, si bien que nous avons dû faire tout le tour de la ville pour en trouver.

– Merci beaucoup, ai-je dit.

– Je ne voulais pas abandonner », a ajouté Mrs Croft, dans un sourire sévère. Puis elle a disposé boîtes et gobelets sur la couverture, a fait passer de lourdes assiettes en porcelaine et des serviettes à carreaux. « J'espère qu'un verre de Lucozade te fera plaisir. » On aurait dit que c'était elle, ma parente, et maman une amie timide venue l'accompagner. « Je ne sais pas pour vous, Avril, mais je vais me servir un bon verre » – proposition que maman a accueillie avec un enthousiasme déroutant. « J'ai déjà fait le mélange, a dit Mrs Croft en dévissant le couvercle d'un thermos. Mais il faudra me le dire si c'est trop fort.

– Je n'y ai encore jamais goûté, a répondu maman, et elle s'est apprêtée à boire une petite gorgée.

– C'est une boisson idéale pour l'été, a ajouté Mrs Croft.

– Oh là là ! » Le choc a fait basculer sa tête en arrière.

« Qu'est-ce qu'il y a, maman ? » ai-je demandé.

Elle a avalé une autre gorgée, a posé la main sur sa poitrine comme pour recevoir des compliments. « On appelle ça du Pimm's, c'est ça ?

– Certains le noient dans la limonade, a répondu Mrs Croft, mais je ne vois absolument pas l'intérêt. Bon, chacun a son verre. » Elle s'est allongée en travers de la couverture, appuyée sur son coude, et a enveloppé d'un regard tolérant les piquets de bois du guichet – j'ai soudain réalisé qu'elle portait le tailleur que maman avait confectionné pour elle. « Qui sont les batteurs, David ? » a-t-elle demandé.

Alors je lui ai répondu – Jackson et Van Oss, face à face – en me sentant confusément faux et soulagé d'être dans deux endroits à la fois : l'école avec toutes ses règles importantes et compliquées, et le monde extérieur d'une femme d'âge mûr qui les ignorait totalement et n'en avait pas peur.

*

« Tu devrais courir là-bas, a dit maman, quand les premiers joueurs de champ sont sortis en trottinant après le déjeuner, et dire bonjour à Mr et Mrs Hadlow » – mais juste à ce moment-là, j'ai aperçu Mark qui traversait lui-même l'aire de jeu, jambières enfilées, batte dans la main droite, tapotant le sol devant lui de temps à autre comme oncle George avec sa canne. « Vas-y », a insisté maman.

Je me suis levé précipitamment et j'ai marché à sa rencontre. « Dave, formidable ! » s'est écrié Mark, me serrant la main et m'emboîtant le pas pour que je lui présente maman, qui s'est levée aussitôt, tandis que Mrs Croft étudiait Mark depuis sa couverture, protégeant ses yeux du soleil avec sa main. J'étais radieusement conscient de l'envie qu'avait ma mère de noyer Mark sous les remerciements, et de celle qu'avait Mark d'esquiver toute démonstration de gratitude – il en faisait presque trop, comme s'ils n'étaient que deux parents d'élèves sans lien particulier. « Tu sais lancer, Dave, n'est-ce pas ? a-t-il demandé au bout d'un moment.

– Oui, monsieur.

– Alors viens avec moi, tu vas m'aider à m'échauffer. Si vous voulez bien me le prêter dix minutes, Mrs Win… » – en lui rendant son sourire et en pinçant la visière de sa casquette pour la saluer tandis que nous nous mettions en marche.

La journée était soudain chargée, aveuglante pour l'esprit, soleil brûlant et ombre, le champ extérieur embrumé de fleurs et de pollen en suspension, et au centre le match, sur le point de reprendre – maman et Mrs Croft campant quelque part derrière nous, devant la Super Snipe – partout, l'intimité détendue des parents avec leurs fils – et Mark, tout de blanc vêtu, à la fois pratique et élégant, m'imprégnant brusquement de l'importance qu'avait pour lui cet événement, tandis qu'il me guidait vers les filets d'entraînement. Nous marchions d'un pas vif devant les familles en plein pique-nique, Mark saluant d'un hochement de tête ou d'un petit geste de batte une ou deux personnes au passage, sans s'arrêter pour discuter. « Vous battez en quelle position, monsieur ? ai-je demandé.

– Je suis cinquième sur la liste, a-t-il répondu. Nous devrions donc avoir un peu de temps, d'autant que Newsome et Pinsent sont des batteurs notoirement coriaces. » C'était drôle de l'entendre nommer ces adultes comme on nommait les élèves. « J'ai dit à Giles de me prévenir quand les deux premiers batteurs auront été éliminés – à condition qu'ils le soient, Dave ! » J'ai fermé les yeux comme pour relever le défi, mais déjà cette partie me semblait lointaine, comme un rêve.

Mason quittait juste le filet des gauchers, et Mark a pris sa place, il a posé les deux petits témoins en haut des piquets du guichet et a poussé vers moi, en les faisant rouler sur le sol, les quelques balles qui traînaient là. « Des balles faciles, Dave, pour me faire la main. » Il s'est mis en position, m'a souri, son visage presque beau tourné droit devant avec la soudaine concentration impersonnelle que je me rappelais lui avoir vue en jouant à *Plutocracy* à Woolpeck. Ma première balle, rapide, légèrement incurvée, a fait voler le piquet gauche. « Hmm… ! » a dit Mark, il s'est étiré le cou en remettant les témoins en place, puis s'est préparé pour le lancer suivant ; qui m'a totalement échappé, au point que Mark a bondi en arrière pour esquiver le rebond à hauteur de menton. Il m'a lancé : « Comme je le disais tout à l'heure, Dave, c'est juste un échauffement…

– Pardon, monsieur ! » ai-je répondu, excité autant qu'alarmé par ma propre performance.

Ensuite, je me suis un peu calmé, et cette situation avait quelque chose de vraiment agréable, Mark et moi l'un en face de l'autre, lui toujours avec ce visage de compétiteur que je m'efforçais d'égaler, et dans le va-et-vient du jeu, rien ou presque n'avait besoin d'être dit.

Puis, après ce qui aurait pu être dix minutes aussi bien que vingt-cinq, la voix de Giles a résonné au loin : « Papa, le père de Newsome est éliminé !

– Bien reçu ! » lui a crié Mark, et d'un hochement de tête, il m'a fait signe de lancer une dernière balle – peut-être parce que Giles regardait, celle-ci était trop large, Mark s'est penché pour l'atteindre dans un grognement, puis m'a rejoint en longeant le filet. « Eh bien, me voilà parfaitement échauffé ! s'est-il écrié. Merci mille fois, Dave », et il a enlevé son gant pour me serrer la main une nouvelle fois. Giles s'était déjà retourné et marchait à grandes enjambées sous les arbres vers le terrain étincelant, de l'autre côté.

Nous nous sommes mis en route, la main de Mark posée sur mon épaule pendant dix secondes et ses jambières frottant doucement l'une contre l'autre. « Bonne chance, monsieur, ai-je dit.

– Je ne suis pas sûr que tu sois censé dire ça ! » a répliqué Mark et, dans un rire bref, il s'est éloigné en emboîtant le pas à Giles.

Quand je suis revenu à la voiture, tout le pique-nique avait été débarrassé et maman était debout toute seule à regarder avec une intensité distraite la longue et lourde course d'élan d'Hamilton-Martin, qui avait commencé presque au niveau de la ligne extérieure du terrain – une balle jugée nulle par l'arbitre, si bien qu'il a dû tout recommencer. « Coucou, mon chéri », a-t-elle dit, et elle a passé le bras autour de moi d'une manière dont j'espérais à moitié, contrairement à l'accolade de Mark, que personne ne la verrait. « Eh bien, a-t-elle dit, il a l'air très gentil !

– Mark, tu veux dire ? Oui, il est extrêmement gentil.
– Tu ne l'appelles pas par son prénom, j'espère…
– Non, maman, bien sûr que non. » J'ai regardé autour de moi. « Où est passée Mrs Croft ?
– Elle discute juste avec des amis qu'elle a repérés, ceux qui ont la voiture rouge très classe, là-bas. Je lui ai dit que j'allais t'attendre.
– Quoi, la Lancia Flaminia ?
– C'est ce modèle-là… ? Oui…
– C'est celle de Leatherby », ai-je dit. J'ai aperçu Mrs Croft en train de parler avec les parents de Leatherby, qui riaient poliment mais gardaient un œil sur la partie.
« Je crois que le cricket l'ennuie un peu, a dit maman.
– Pourquoi elle est venue, alors ? » ai-je répondu, d'un ton aussi léger que possible. Elle me serrait si fort que je pouvais à peine lever les yeux sur elle.
Elle semblait ne pas connaître la réponse. « Par simple gentillesse, je crois, a-t-elle dit. Et elle voulait te voir. C'est ce qu'elle m'a dit.
– J'ai hâte d'être à la maison », ai-je répondu, et je me suis raclé la gorge pour me débarrasser de l'émotion que ces mots avaient provoquée.

*

Vers quatre heures et demie de l'après-midi, la dernière paire de batteurs était en piste, et çà et là, le long des limites du terrain, un processus maladroitement discret de rangement et de démarrage vers l'allée de l'école, presque à contrecœur, comme si l'on savourait encore le match, avait commencé. « On se met en route, alors ? a proposé Mrs Croft.
– Il faut d'abord que nous passions récupérer les affaires de David à sa résidence », a répondu maman. Un murmure s'est élevé du terrain, et des applaudissements autour – il m'a fallu

quelques instants pour saisir que les Pères avaient gagné, puis pour l'expliquer aux deux femmes, et la défaite des élèves a fait brusquement retomber l'ambiance sur le terrain tandis que les deux capitaines se serraient la main et que Mr Clark dénouait de sa taille les pulls que les batteurs lui avaient confiés.

« Eh bien, ça se passera mieux la prochaine fois, a commenté Mrs Croft. Je ne peux pas dire que je trouve ça juste, des adultes contre des enfants, mais c'est comme ça. »

Nous sommes montés tous les trois dans la Humber Snipe verte, maman devant et moi derrière, mais nous n'avions pas terminé le trajet de quatre cents mètres qui nous menait aux bâtiments de l'école que j'ai commencé à avoir la nausée. J'ai baissé ma vitre et tenté d'avoir l'air détendu quand d'autres garçons passaient en courant ou me regardaient depuis l'arrière de leur propre voiture, la Lancia des Leatherby, les jumeaux Stapleford dans la Singer Vogue bordeaux de leur père. « Belle partie ! » a crié quelqu'un derrière nous à une MG qui passait. J'avais le sentiment d'avoir plus ou moins raté le match, avec tout ce qui s'était passé, et que seul comptait maintenant le fait qu'il était terminé.

Mrs Croft était une conductrice sans états d'âme et nous avons filé vers Foxleigh, l'air s'engouffrant autour de nous et la joie de la libération l'emportant sur mon léger mal au cœur. « J'ai l'impression que tu es heureux à Bampton, David, m'a-t-elle lancé par-dessus son épaule. Joan Leatherby m'a dit que tu allais jouer dans la pièce de l'école – j'ai cru comprendre que son fils aussi ?

– J'ai juste un tout petit rôle, ai-je répondu, mais j'étais content qu'elle le sache. Leatherby joue Sébastien.

– Ah, ah ! » s'est exclamée chaleureusement Mrs Croft, et elle a freiné en indiquant de son bras tendu par la fenêtre qu'elle tournait à droite. Et voilà que sont apparus la casemate perchée au-dessus de la route, puis la longue descente vers le centre de la ville, les carrefours et la pente abrupte de London Street, avec ses magasins fermés aux stores baissés, trois ou quatre personnes que j'ai regardées pour voir si je les connaissais. « Vous êtes chez vous », a-t-elle annoncé en se rangeant au bord de la place, et elle disait vrai : tout était là, comme je l'avais laissé six semaines plus tôt, et c'était chez nous. Maman est restée un moment assise à la regarder, tête penchée de côté, comme reconnaissante d'une bien plus grande faveur qu'un simple trajet en voiture et un pique-nique.

« Merci, Esme, a-t-elle dit.

– Oui, merci infiniment, Mrs Croft », ai-je renchéri en descendant avec mon sac, claquant plus ou moins la portière et faisant le tour dans un geste de courtoisie théâtral pour ouvrir celle de maman. Elles avaient échangé une petite plaisanterie pendant ces quelques secondes, maman a libéré sa main avant de descendre rapidement.

*

De retour à l'école quelques semaines plus tard, à l'occasion d'un cours sur les précipitations, les chiffres de la Birmanie ont été évoqués, et un ou deux camarades m'ont jeté un regard en coin, se retournant un instant – que le pays batte tous les records d'humidité me rendait étrangement fier mais me plongeait aussi dans l'embarras. Nous avons jeté un bref coup d'œil à la géographie physique : c'étaient les régions côtières qui recevaient plus de cinq mille millimètres de pluie par an – ce qui, a calculé Collishaw, représentait plus de cinq fois les précipitations annuelles enregistrées sur notre propre pluviomètre, installé derrière le gymnase. Mr Halls n'a pas du tout mentionné la population birmane, et je me suis demandé si je n'étais pas la seule personne présente à savoir qu'elle réunissait plusieurs peuples différents, mélangés, et embrouillés dans mon esprit aussi, à partir de plusieurs histoires que m'avait racontées ma mère. Nous avons enchaîné sur les forêts tropicales humides du

Brésil et de l'Équateur, avec la sensation tacite que la Birmanie était trop bizarre, et mon propre lien avec ce pays trop délicat à affronter pour moi, et pour la classe dans son ensemble.

Des années plus tôt, à Bishop Alfred, j'avais fait un exposé sur la Birmanie à la demande de miss Bird. « Je suis juste un métis, mademoiselle », avais-je dit, espérant à moitié en être exempté. Maman m'avait aiguillé vers les vêtements et les tissus, qui étaient sa manière à elle de gérer la présence de la Birmanie dans sa vie, et j'avais apporté le *gaung baung*, que presque toute la classe avait essayé en suivant mes instructions : de pâles visages campagnards couronnés un moment d'un turban rouge et or. Ils s'étaient regardés tour à tour dans un miroir de poche, avaient rougi et éclaté de rire, et quelque chose de l'ordre de la discrimination, du ridicule, absent jusqu'alors, a semblé s'immiscer subrepticement, immuablement peut-être, dans la salle de classe. « À ton tour, David, a dit miss Bird. Montre-nous comment on doit le porter » ; si bien que j'ai enroulé la chose autour de ma tête, l'ai nouée sur le côté et me suis levé devant eux en me sentant idiot d'une manière dont aucun de mes camarades, je le savais, n'avait jamais fait l'expérience. « Magnifique ! » s'est exclamée miss Bird, mais en un sens j'avais tout gâché, pour eux comme pour moi, en les plongeant dans l'embarras et en leur montrant (ce qu'ils oubliaient la plupart du temps) combien j'étais différent d'eux.

Plus tard, à Bampton, partagé entre l'empressement et la réticence, j'ai lu les livres de la bibliothèque consacrés à la Birmanie, écrits par des voyageurs anglais ou d'anciens fonctionnaires coloniaux. La bibliothèque était déserte, ou quasi, pendant l'heure qui séparait l'étude du coucher, et je les glissais parmi d'autres ouvrages que j'avais empilés pour les cours d'histoire et d'anglais. Je ne voulais pas que quiconque sache que mon silence en apparence suffisant sur le sujet était en fait de l'ignorance, ni que cela m'importait au point de vouloir y remédier – les deux étaient embarrassants. Dès que quelqu'un entrait, je posais mes œuvres choisies de Yeats ou de Gerard Manley Hopkins sur les pages encore ouvertes consacrées à la culture et au commerce birmans. Si c'était un ami, nous pouvions discuter quelques instants à voix basse de la dissertation à rendre cette semaine-là, entre deux coups d'œil vers la cheminée de marbre blanc, la vue à travers les hautes fenêtres à guillotine sur la pelouse à la tombée du jour, la balustrade et, au-delà, les arbres du parc. Puis je me retrouvais à nouveau seul, mon bras gauche protégeant un livre dont la carte tamponnée indiquait qu'il n'avait pas été emprunté depuis dix ou quinze ans.

L'école possédait presque tous les ouvrages pour enfants de la série *Peeps at Many Lands*, consacrée aux pays du monde : Belgique, Pays de Galles, Bornéo du Nord, et celui sur la Birmanie, donc, publié en 1909. Il avait été écrit par R. Talbot Kelly « Commandant du Médjidié » – le Médjidié était-il un navire, un régiment, une forteresse ? Je n'en avais pas la moindre idée. L'ouvrage contenait des gravures en couleur insipides de temples, de « dames délicates », un bungalow sur pilotis qu'on appelait un *dak*. Les Birmans, écrivait R. Talbot Kelly, étaient une race charmante mais paresseuse, pas étonnant qu'on les ait surnommés « les Irlandais de l'Orient ». Je me demandais si les Birmans avaient eux-mêmes écrit des livres sur leur pays et leurs compatriotes – pas en anglais, probablement. Ce n'est que plus tard que je me suis demandé si R. Talbot Kelly n'était pas lui-même un peu irlandais.

Parfois, quand la bibliothèque était à peu près déserte, je sortais le lourd *Times Atlas of the World* et je parcourais en crabe les pages « Inde », « Inde du Sud », « Pakistan oriental et Bhoutan » jusqu'à la section « Birmanie », divisée en deux, la longue queue du pays se trouvant trois pages plus loin avec « Thaïlande et Indochine ». Il y avait Rangoon, la capitale en capitales, Mandalay, beaucoup plus au nord, et entre elles et au-delà, en différentes tailles et graisses de caractères, trois ou quatre cents autres lieux dont aucun des utilisateurs de cet atlas n'avait jamais entendu et n'entendrait jamais parler. C'étaient là des détails insignifiants, impossibles à assimiler, et je m'aventurais plus à l'est dans une stupeur aveugle, par-dessus la Chine, la Mongolie, le Japon, jusqu'à ce qu'enfin, en soulevant un lourd bloc de pages brillantes, je m'enfonce dans le cœur de l'Angleterre, exposé dans tous les détails et toute la profondeur du quotidien. Il y avait là Londres, Maidenhead, Swindon et même Foxleigh, avec un grand B majuscule orphelin qui flottait, à peine remarqué, contre la route d'Oxford, et qui s'avérait être le début d'un *BERKSHIRE* se déployant en un grand arc largement espacé sur quatre-vingts kilomètres de cette page.

10

Le premier jour des vacances d'été, je suis resté vraiment tard au lit, et quand je me suis traîné en bas en pyjama et robe de chambre, maman était au téléphone dans l'entrée – elle a écarquillé les yeux dans ma direction tout en continuant d'écouter, puis m'a tourné le dos : « Oh oui, a-t-elle dit, ça me ferait plaisir. » Dans la cuisine, mon petit déjeuner m'attendait à côté d'un tas de haricots plats qu'elle était en train d'effiler et de découper pour le repas de midi. Je me suis versé un bol de céréales en secouant le paquet et le grondement de la bouilloire n'a pas tardé à couvrir ce que maman disait au téléphone, jusqu'au tintement étouffé lorsqu'elle a raccroché. Elle est restée encore un moment, notant peut-être quelque chose sur un bout de papier, puis s'est précipitée dans la cuisine en disant : « Te voilà debout avant midi – tout juste ! » et elle m'a embrassé et m'a pris dans ses bras. « Ah, ça fait du bien !

– Maman ! ai-je protesté en me débattant, même si cela ne me dérangeait pas.

– Huit semaines entières ! » s'est-elle écriée. On aurait dit que c'était elle qui était en vacances, et j'ai senti, l'espace de quelques troublantes secondes, combien j'avais dû lui manquer.

« À qui parlais-tu ? ai-je demandé.

– Oh… » – elle m'a libéré : « C'était Esme – Mrs Croft – qui n'arrêtait pas de parler, comme d'habitude !

– Comment va-t-elle ?

– Très bien, apparemment. » Maman a cherché son tablier du regard. « D'ailleurs, elle vient prendre le thé demain après-midi, tu pourras lui demander directement. »

Le lendemain, j'ai entendu Mrs Croft monter l'escalier, une conversation à voix basse dans l'entrée, et dix minutes plus tard maman m'a appelé. Je suis descendu sans hâte, avec une légère moue, pour la forme. « Ah, bonjour, Dave ! s'est écriée Mrs Croft quand je suis entré dans le salon. Je suis vraiment contente de te revoir.

– Bonjour, Mrs Croft », ai-je répondu – jusqu'alors, pour elle, j'avais été David. Elle portait un chemisier bleu sans manches et un pantalon en lin blanc, qui l'a serrée aux hanches lorsqu'elle a fait mine de se lever.

« Je crois que j'ai pris ta place, Dave…

– Il peut s'asseoir ailleurs », a dit maman, d'humeur étrangement joyeuse ; elle m'a versé une tasse de thé, puis est allée rechercher de l'eau chaude.

Je me suis assis sur le siège Windsor. « Vos nouvelles housses vous plaisent, Mrs Croft ? » ai-je demandé.

Elle m'a dévisagé pendant quelques instants. « Oui, bien sûr, j'en suis très contente. Non, elles sont vraiment magnifiques. Il faudra venir les voir – et t'asseoir dessus !

– Ladies in Waiting, n'est-ce pas ? » ai-je dit. J'imaginais la salle à manger envahie par les jupes à crinoline et les bonnets de ces « dames d'honneur ».

« Je crois bien, oui, a-t-elle reconnu. Toute l'élégance de la Régence ! »

Quand maman est revenue dans le salon, un bref silence s'est fait pendant que nous la regardions remplir la théière, puis Mrs Croft a dit : « Vous savez, Avril, je me disais que nous devrions partir quelque part », de ce ton capable que je connaissais déjà.

« Mon Dieu, a soupiré maman. Quoi, tous les trois, vous voulez dire ?

– Vous méritez bien des vacances, a répondu Mrs Croft. N'est-ce pas, Dave ? »

J'en suis tombé d'accord, un peu décontenancé à l'idée de les partager avec une personne que nous connaissions à peine. « Je crois que nous sommes censés aller à Clevedon avec oncle Brian », ai-je ajouté.

Mrs Croft a souri et cligné des yeux, dans une brève démonstration de respect pour ce projet. « Je pensais plutôt au Devon. Sidmouth ? Budleigh ? Qu'en pensez-vous ?

– Le Devon ! Oh là là, eh bien…, a bredouillé maman en me souriant, hésitante. C'est une idée, n'est-ce pas, mon chéri ? Je veux dire, Susan et Brian…

– Je viens juste de toucher mon dividende, a dit Mrs Croft. Donc pas besoin de vous inquiéter de ce côté-là.

– Oh, il n'est pas question de vous laisser payer pour nous, a protesté maman en se tournant de nouveau vers moi.

– Ou alors, bien sûr, il y a aussi le *North* Devon, a dit Mrs Croft.

– Bon… », ai-je dit, coincé que j'étais maintenant entre les deux femmes.

*

Direction le North Devon, donc. Au début du mois d'août, nous sommes descendus en voiture jusqu'à Friscombe Sands : dix jours au Cliff Hotel, dîner, chambre et petit déjeuner, douze guinées par tête, comme maman me l'avait fait savoir. Dans notre Morris, je semblais avoir dépassé mon mal des transports, mais à l'arrière de la Snipe souple et étouffante de Mrs Croft, j'ai baissé la vitre pour avaler de grandes bouffées d'air, luttant contre le nœud qui se resserrait au creux de mon ventre et l'engourdissement de mes doigts. « Tu devrais t'asseoir devant, Dave », a dit Mrs Croft, mais il y avait une part de martyre dans mon malaise, et je suis resté où j'étais. Le truc à moitié efficace que j'avais trouvé consistait à réfléchir en détail à quelque chose de si intime et absorbant que j'en oubliais de me sentir malade pendant de longues minutes. Ce jour-là, alors que les fossés de drainage et les haies verdoyantes des Somerset Levels défilaient sous mes yeux, je suis retourné dans la pénombre du vestiaire en sous-sol, la fois où j'étais en train de blanchir mes chaussures de cricket quand Roberts et Morgan étaient arrivés – la chance incroyable d'être assis là sans qu'ils m'aient vu, et de les regarder enfiler leurs chemises et leurs pantalons noirs, de longs aperçus – tandis que je faisais glisser l'éponge imbibée autour du talon puis, opération plus délicate, sur la languette de chaque chaussure – des jambes et du ventre duveteux de Morgan et du dos large, magnifique, de Roberts. Et puis, une fois qu'ils étaient repartis en faisant claquer de concert leurs pointes sur les marches de pierre, j'avais enlevé mes chaussures, mes chaussettes, et glissé mes pieds dans les vieux mocassins élimés de Roberts, les traînant à travers le vestiaire pour aller contempler mon image transformée dans le grand miroir.

*

Je m'étais représenté l'hôtel perché sur les hauteurs, mais en réalité la falaise se dressait derrière lui, une paroi de grès effritée qui dominait le parking à l'arrière du bâtiment. L'hôtel était peint en blanc, ses fenêtres et un ou deux ornements ciselés en bleu roi. Maman et Mrs Croft avaient une chambre à deux lits avec un balcon donnant sur le canal de Bristol ; moi, un réduit qui, comme maman en a convenu lorsqu'elle a frappé à ma porte, était très petit, mais qu'elle semblait presque m'envier (« c'est tellement plus calme »), au dernier étage, avec une fenêtre qui ouvrait sur la façade latérale du pub d'à côté. « Tu es dans ton monde à toi, ici », a-t-elle déclaré, puis elle a fermé la porte derrière elle avant de redescendre. En fait, j'allais partager la salle de bains et les toilettes avec les deux autres chambres de l'étage, et tandis que je déballais mes affaires et m'efforçais de m'approprier l'endroit, le sentiment d'être pris au piège s'est mêlé à ma nausée persistante. Le lavabo avec sa tablette en verre et son miroir était tassé contre la porte, l'armoire s'est rouverte sans bruit dix secondes après avoir été fermée. Je me suis assis, puis couché de tout mon long sur le lit, sous le plafond en pente, regrettant que nous ne nous en soyons pas tenus à nos plans habituels, ou que ne soyons pas tout simplement allés seuls à Weston, comme nous l'avions fait quelquefois. Puis je me suis levé, et je suis descendu frapper à la porte des femmes.

« Tu te sens un peu mieux, mon chéri ? » a demandé maman. Elle était en train d'enfiler sur des cintres ses jupes et sa robe de soirée, et j'ai compris qu'il fallait que je fasse un effort, pour elle. « L'eau d'ici est douce et agréable. » Elle semblait fatiguée, mais rafraîchie par un brin de toilette et la perspective de dix jours sans travail d'aucune sorte. On entendait Mrs Croft derrière une porte, qui se lavait à son tour – c'était l'une des trois chambres de l'hôtel qui possédaient leur propre salle de bains, « J'ai beaucoup insisté là-dessus », a-t-elle dit. Je suis sorti sur le balcon et alors, tout à coup, mon mal de la route a desserré son étreinte et je me suis surpris à plisser les yeux et presque sourire dans l'éblouissement de l'arrivée, du fait d'être là, du soleil et des voix, de la brise qui soufflait du large et du jacassement des mouettes. J'ai embrassé la vue, je me sentais excité et curieusement en évidence pour les gens dans la rue, en bas, qui avaient pris leurs quartiers ici depuis plusieurs jours et connaissaient les lieux. L'hôtel semblait se dresser au point exact où tout changeait, où la longue route dégagée qui courait au-dessus de la plage, sur la droite, décrivait un virage serré pour entrer dans la vieille ville, sur la gauche, et l'on apercevait d'ici le port par-dessus les toits. La plage formait un petit kilomètre d'argent et d'or, à présent à marée basse, la mer scintillante mais lointaine ; des marches taillées dans la muraille, juste en face, descendaient jusqu'au sable, qui se déployait vers un éboulement de roches et les falaises d'un brun rougeâtre qui bloquaient la vue plus au nord. Les nageurs et les barboteurs en pleine activité n'étaient que des silhouettes distantes se détachant sur l'éclat du sable mouillé ; mais il y avait, sur toute la largeur de la plage jusqu'à la petite digue à quelques mètres à peine, des gens avec serviettes et parasols, des paravents rayés tendus par la brise, de petits enfants qui creusaient et hurlaient, les nœuds lâches et menaçants d'autres familles, et parmi eux les dizaines – impossible de les compter – d'adolescents et d'hommes presque nus. Deux hommes étaient en train de se changer juste en dessous de moi, sur la partie haute de la plage, faisant glisser sous des serviettes leurs maillots de bain détrempés ; tous deux tournés vers le large, ils ont crié : « Hé, Ollie ! » à un troisième homme qui trottinait dans leur direction depuis l'eau, ses épais cheveux clairs repoussés en arrière, un large sourire aux lèvres et d'étranges zones superposées de coups de soleil et de bronzage sur les bras et les épaules, vêtu d'un maillot bleu à la coupe carrée que la mer avait à moitié réussi à lui arracher. Comme s'il avait senti mon regard désemparé, Ollie a levé les yeux alors qu'il tendait la main pour réclamer une serviette, l'enveloppait autour de lui et frissonnait et piétinait le sable tout en parlant à ses amis, et j'ai reculé précipitamment dans la chambre.

*

Quand je suis descendu chercher les dames pour le dîner, Mrs Croft était encore dans la salle de bains, en train de se préparer. Maman était assise sur le petit fauteuil rond, changée et maquillée, son sac à main posé à côté d'elle. La longue fenêtre était ouverte sur la rumeur de la mer, des mouettes et des familles remontant sans hâte de la plage. Je me suis glissé à nouveau sur le balcon et, en prétendant théâtralement me repaître de la vue, j'ai passé en revue les garçons qui jouaient encore dans le sable ; en me penchant, j'en ai aperçu d'autres qui marchaient sur le trottoir en bas, certains que j'avais déjà vus durant l'après-midi, dans la rue, au salon de thé avec leurs familles ou en train de se changer à la hâte derrière les rochers. J'ai entendu Mrs Croft qui disait : « Ce balcon ne m'inspire vraiment pas confiance… », mais maman est sortie et s'est penchée à côté de moi par-dessus la fine rambarde en fer. Dans l'épais soleil du soir, elle ressemblait à une actrice, poudre pâle et rouge à lèvres éclatant. « Tu es belle, maman », ai-je dit.

– Hmm, merci », a-t-elle répondu, et elle a jeté un coup d'œil à la plage. La marée constituait le centre d'intérêt le plus évident, tout se trouvant indétectablement recouvert à mesure que les vagues repoussaient vers la digue les derniers vacanciers prenant leur bain de soleil. Celui-ci n'était plus qu'un éclat terne, étouffé dans la brume, achevant sa descente vers le canal de Bristol. Nous regardions tout cela, libres comme nous l'étions souvent de ne pas forcément dire grand-chose. Parfois, les garçons, les familles avec lesquelles ils étaient, levaient les yeux depuis la rue, ou de la plage en contrebas, et saisissaient vaguement l'énigme que nous représentions toujours. Je sentais le reflux des vacanciers vers les bars des hôtels et les dîners des pensions de famille, les rythmes grossiers, unanimes, d'une station balnéaire anglaise, s'écouler sous nos yeux et nous attraper, nous aussi.

« Ta chambre te plaît ? ai-je demandé.

– Oh oui, a répondu ma mère. Elle est très jolie.

– Je pensais que tu aurais ta chambre à toi, maman.

– Eh bien… » – elle a fait une petite grimace – « … c'est Esme qui paie, tu sais… D'ailleurs, elle dit qu'elle aimerait bien que tu l'appelles Esme.

– Vraiment… eh bien d'accord…

– Elle trouve que Mrs Croft, c'est un peu formel, maintenant que nous nous connaissons mieux. » Je n'avais jamais appelé aucun adulte par son prénom – même Mavis, que j'appelais Mrs Watchfield. Quand nous sommes rentrés dans la chambre, j'ai lancé : « Bonsoir, Esme ! », mais la fière assurance d'une égalité entre adultes s'est trouvée sapée par un sentiment d'insolence. Cherchant partout son sac à main, Esme a simplement dit : « Ah, Dave », puis nous sommes descendus dîner.

*

Au restaurant de l'hôtel, on nous avait attribué une table devant la fenêtre, là encore sur l'insistance d'Esme. En ce premier soir des vacances, je me sentais la proie des serveurs, tous bien installés dans leurs rôles respectifs, contrairement à moi ; c'était un contact un peu rude habillé de simagrées et d'une allocation de charme qu'ils pouvaient vous refuser à leur guise. En tant que nouveaux arrivants, nous avons été accueillis par Terence, le chef de rang, un homme du Yorkshire, grand, le visage émacié, en veste noire, qui se délectait à l'évidence de l'effet inattendu de sa voix et de son humour dans le cadre feutré du Devon. Nous l'avons regardé œuvrer à la table voisine, disant quoi commander à un couple âgé et notant tout cela de la main gauche, sa grosse patte enroulée autour du bloc-notes. Une minute plus tard, il était de retour à notre table avec vue.

« Bonsoir, mesdames ! a-t-il salué d'une voix qui portait.

– Ah, oui, bonsoir, a répondu Esme. Bon, je voudrais…

– Bienvenue à Friscombe, bienvenue au Cliff Hotel » – en leur passant de petits menus à couverture bleue, avec un sourire pincé. Le troisième menu était coincé sous son bras, et c'est seulement après qu'Esme a commandé un gin-tonic que sa tête s'est redressée brusquement et, en jetant un rapide regard vers les femmes, comme si elles étaient dans le coup : « Et qui avons-nous là ? »

Maman a levé les yeux, le front plissé, mais en laissant échapper aussi, prise dans le champ de force d'un plaisantin, un rire aussitôt regretté. « C'est mon fils, David. »

La tête de Terence a reculé encore, imperceptiblement. Sa stupéfaction s'est promptement déguisée en un silence de quatre ou cinq secondes, tourné vers la fenêtre. Puis il s'est penché en manière de confidence – « Prévenez-moi s'il vous cause le moindre problème, madame, vous voulez bien ? » a-t-il soufflé, puis il a souri de sa propre malice et a pincé fort la peau lisse de ma nuque.

« Je prendrai aussi un gin-tonic », a dit maman.

Quand il s'est éloigné, Esme a balayé la salle du regard avec une expression complexe, comme celle qui avait choisi cet hôtel et n'était pas encore prête à se confronter à ses faiblesses.

*

Outre Terence, qui nous a à peine adressé la parole par la suite, le restaurant comptait deux autres employés, un serveur et une serveuse qui, durant la semaine et demie de notre séjour, allaient colorer et bouleverser nos vies, et pas uniquement pendant les heures de repas.

Il y avait l'Irlandaise Maureen, que son souci de bien faire plongeait dans un état constant d'hébétude autocentrée, et qui effectuait une bonne dizaine de timides allers-retours entre le buffet et les tables, apportant un seul objet à chaque voyage – un couteau à poisson, une serviette de table oubliée, une portion de beurre. Sa procédure semblait épouser le tempo des cuisines, comme une manière semi-délibérée de meubler le long intervalle entre commande et service. C'est l'attente de l'entrée qui semblait la plus longue, ponctuée par les allées et venues bien intentionnées de Maureen à travers la salle et ses questions sur qui prendrait la soupe. Enfin arrivait le moment où tout le couvert était mis, nous avions les bons ustensiles, notre petit pain et notre eau, à vrai dire nous avions mangé notre petit pain depuis un bon moment et Esme attaquait son deuxième gin-tonic, et Maureen se dressait devant notre table dans un triomphe hésitant, énumérant les objets qu'elle y avait amassés. « Vous avez votre couteau, vous avez votre fourchette, vous avez votre autre couteau… », jusqu'à sa phrase paroxystique : « Vous avez tout sauf votre repas ! » À quoi Esme, avec une douceur inhabituelle, répondait : « Vous avez tout à fait raison, ma chère. »

Qualifiant Maureen de « petite chose adorable qui a le mal du pays », Esme suivait ses mouvements avec indulgence tandis qu'elle apportait enfin à notre table le melon et deux bols de crème de céleri. Le soleil du soir s'engouffrait par la grande fenêtre et, pendant que Maureen nous servait, je contemplais la silhouette qui passait de l'ombre à l'éclat horizontal de l'astre, au gré de ses déplacements autour des tables à l'autre bout de la salle. C'était Marco, « de Bari », « dix-neuf ans », « première fois en Angleterre » – j'avais recueilli les faits à partir de questions à peine entendues venant des autres tables. Marco, ici dans cette salle, allant et venant de l'ombre à la lumière, franchissant dans un sens puis dans l'autre les portes battantes des cuisines, travaillant dans la section la plus éloignée de nous, même s'il s'approchait parfois lorsqu'on l'appelait à une table voisine, ou pour aider Maureen à porter les assiettes d'une tablée nombreuse. La gastronomie n'était pas du tout celle à laquelle Marco était habitué, et j'ai remarqué que, par bien des aspects, il n'était pas tout à fait aussi charmant que les clients l'auraient souhaité. Il répondait aimablement chaque fois qu'on lui demandait d'où il venait et pour combien de temps il était là, mais sans en rajouter. Esme aimait faire une promenade après le dîner, histoire de se vider la tête, et quand nous rentrions à l'hôtel, on pouvait voir la salle du restaurant, déserte et brillamment illuminée, à travers la vaste baie vitrée tournée vers la mer, et Marco, cravate dénouée et manches retroussées, en train d'installer le couvert du petit déjeuner, gêné quelquefois par Maureen qui faisait courir son aspirateur sous les tables. La scène était comme libérée de l'illusion – les machinistes à l'œuvre maintenant que le public était parti. Un soir, comme nous arrivions de derrière l'hôtel, Marco se tenait debout devant la clôture en treillis de bois qui dissimulait la porte des cuisines, en train de fumer une cigarette, je l'ai salué courageusement d'un coup de menton, il a relevé la tête et m'a souri à moitié en recrachant sa fumée, et la question de savoir ce qu'il faisait et où il allait en dehors de ses heures de travail a semblé suspendue dans la nuit. Après trois jours au Cliff Hotel, j'étais capable de savoir si Marco était présent, même en tournant le dos à la salle. La tonalité de sa voix, dont l'accent illuminait de biais les mots anglais, s'entretissait dans l'air, et l'air avait l'éclat de sa présence lorsqu'il passait derrière nous – suivi d'une sensation neutre, celle d'un point d'intérêt soudain retiré, jusqu'à ce que le souffle de la porte des cuisines et son petit rire aigrelet le ramènent à notre portée.

*

Nous passions une bonne partie de chaque journée sur la plage, avec les deux chaises pliantes légères, aux rayures différentes, et le tapis de sol bien utile qu'Esme avait apporté. Esme, qui avait le teint pâle, demandait à maman de lui appliquer méthodiquement de la crème sur les épaules et la partie blanche de son dos laissée nue par son maillot de bain. Tantôt je m'occupais moi-même de maman, tantôt Esme me disait : « Laisse-moi faire. » Maman était une bonne nageuse, filant dans l'eau comme un poisson, elle ne tardait pas à se retrouver par-delà les rochers et hors de vue. Esme s'avançait nonchalamment dans la mer comme si elle cherchait autre chose, se laissait tomber en avant et jouait des coudes dans l'eau, la tête dressée bien haut. Quand j'allais nager seul, je les laissais dans leurs transats, ou bien maman allongée peut-être aux pieds d'Esme, et je courais vers les vagues, léché par le soleil venteux qui embrassait et explorait mon corps nu. Sur la plage au plus fort de l'été, avec la lumière derrière moi, j'étais presque un garçon blanc au bronzage cuivré – je me sentais moins exposé en ne portant presque rien, juste mon maillot de bain rouge cerise avec des rayures blanches sur les hanches. Un jour nous sommes allés à la plage de Combe Martin, un autre à celle de Croyde, avec ses côtes de sable rigides à marée basse, entrecoupées de rubans d'eau claire froissés par le vent, en attente. Il y avait des plages partout dans la région, chacune avec la promesse de nouveaux hommes à regarder et le pincement au cœur de rater Ollie et les autres sur celle que nous connaissions déjà. Les femmes percevaient-elles ne serait-ce qu'un soupçon de tout cela ? Je dissimulais d'instinct.

Quand j'allais nager seul et que je remontais la plage, essoufflé, le cœur battant d'une sensation neuve de pouvoir, je passais sans hâte devant d'autres garçons et hommes presque nus, dans leurs groupes familiaux, des aperçus aussi nets et conservables que des instantanés, et parfois ils se tournaient aussi pour regarder, dans une curiosité irréfléchie de savoir avec qui j'étais, quelle était ma place ici. Je trottinais jusqu'à maman et Esme, assises au ras du sol. Maman mettait sa main en visière pour me regarder et nous papotions tous les trois, tandis que j'enroulais une serviette autour de moi et les observais d'en haut, Esme imposante, blanche et ferme dans son maillot de bain à jupe rouge, maman plus exposée dans son une-pièce noir, plus petite et plus mince. La vue de leurs poitrines non soutenues et de leurs cuisses dénudées avait de quoi embarrasser un adolescent – embarras dont je sentais bien que j'étais censé l'éprouver, et que j'éprouvais parfois d'ailleurs, fugacement. Elles n'étaient pas si différentes des nombreuses autres vacancières allant par paires ou par trios, qui barbotaient ensemble ou partageaient la même table au restaurant de l'hôtel, à ceci près que ces deux-là avaient un enfant d'apparence étrangère. Je me demandais parfois ce que ces autres pensaient de nous – que j'étais un réfugié, peut-être, un orphelin à qui l'on faisait la grâce de l'emmener au bord de la mer.

Esme apportait le *Telegraph* à la plage et s'attaquait aux mots croisés, tapotant la page avec son stylo-bille pendant qu'elle réfléchissait. Parfois, maman se penchait avec un vague sourire et Esme la laissait étudier le coin qu'elle n'arrivait pas à résoudre. Après quelques instants d'hésitation, maman disait : « Ce ne serait pas WOMBAT, par hasard… ? Non… », alors Esme fixait longuement la page avant d'inscrire le mot. Chaque jour, l'un des indices était une citation avec un mot manquant, qu'Esme lisait à voix haute et lente, comme si elle s'adressait à un Français. « Les meilleurs logements sont à l'______ dans le faubourg du Sud » (*La Nuit des rois*). Huit lettres. » « À l'*Éléphant* ! » m'écriais-je, et elle levait un sourcil avant de l'écrire. Le lendemain, j'attendais avec fébrilité la citation – mais celle-ci était du *Paradis perdu* de Milton, que nous n'avions pas encore étudié, et je ne pouvais rien faire pour nous.

Une fois les mots croisés terminés, plus ou moins, Esme s'intéressait aux cours de la Bourse, listés en toutes petites lettres au dos du journal. « Comment s'en sort l'action Town and Country, ce matin ? » lançait-elle, puis elle faisait une grimace lorsqu'elle la trouvait dans la liste, avec son chiffre en hausse ou en baisse. Elle avait également des parts dans une société baptisée Malahide, dont le cours n'arrêtait pas de grimper. « Cette action a l'air très solide, Dave, disait-elle. Mais c'était un tuyau de Gilbert, donc je n'ai pas totalement confiance.

– Vous pourriez toujours les vendre, rétorquait maman, lassée d'entendre Esme se lamenter à propos de l'argent, elle qui semblait en avoir tant.

– Certes, je pourrais… », soupirait Esme en lançant vers la mer un regard plein d'indulgence. Puis, une minute plus tard : « Quelle adorable petite chose… », avec un hochement de tête discret pour attirer l'attention de maman sur une femme qui s'installait un peu plus loin sur la plage.

« Mm…, répondait maman, de la voix éteinte, comme voilée, qu'elle adoptait parfois avec Esme.

– Mais le mari m'a tout l'air d'une brute. » C'était le beau mari que j'avais déjà regardé, pendant qu'il se changeait avec dextérité sous une serviette, n'offrant qu'un bref aperçu de fesses nues, puis nouant le cordon de son maillot bleu moulant ; maintenant, je le fixais avec rigueur, comme pour évaluer ce qu'Esme venait d'affirmer. L'homme trottinait jusqu'au bord de l'eau, tandis que la jolie épouse pliait les vêtements dont il s'était défait et mettait son chapeau.

Un curieux échange ou non-échange de paroles avait lieu entre nous trois sur cette plage – maman et moi, maman et Esme, parfois Esme et moi, rarement les trois ensemble. Je m'allongeais pour prendre le soleil, sur le dos puis le ventre, avec le *Washington Square* de Henry James que je n'assimilais pas vraiment. Esme papotait, à sa manière franche et directe, et maman, assise au fond de son transat dans une sorte de stupeur, les yeux clos, avait un sourire distant et murmurait d'une façon qui semblait à la fois intime et évasive, comme si elle était consciente que je pouvais l'entendre. « Vous ai-je dit que j'avais reçu une lettre de Bobs ? l'interrogeait Esme.

– Mm… non, vous ne me l'aviez pas dit », répondait maman, son visage tourné vers le ciel se fendant d'un sourire pincé. « Comment va-t-elle ? »

Esme disait : « Eh bien, je crois que la vie n'est pas facile ces temps-ci pour cette vieille bique. Sa maison à Fulham demande beaucoup de travail.

– Oui, c'est une grande maison en effet.

– Et vous vous souvenez de Betty Matthews, cette petite dame sombre ? Elle me fait penser à vous, juste un tout petit peu.

– L'ai-je rencontrée ?

– Elle était à la fête chez Bobs ce soir-là.

– Il y avait tellement de monde, n'est-ce pas... », soupirait maman ; puis soudain : « Oh oui, bien *sûr* ! » avec une telle certitude dans le ton que j'ai su qu'elle ne se souvenait pas du tout de cette femme, mais ne voulait pas qu'Esme poursuive sa description : « Oui, *Betty*. »

À ce moment-là, en me tournant vers elle, j'ai dit : « Je ne savais pas que tu étais montée à Londres, maman » – elle a ouvert les yeux et m'a dévisagé avec une vague inquiétude.

« Je suis certaine de te l'avoir dit », a-t-elle répondu. Je la provoquais, un peu blessé qu'elle ait gardé cela secret. Esme faisait une moue déconcertée, comme si elle sentait qu'elle avait mis les pieds dans le plat, mais sans savoir comment au juste. « Eh bien, cela remonte déjà, pas vrai ? a dit maman. Je veux dire, c'était quand... en mai probablement ?

– Non, tu ne me l'as pas dit, ai-je insisté. Je m'en serais souvenu. » Alors, maman s'est redressée sur son transat et m'a gratifié d'un sourire privé qui semblait m'inviter à faire preuve d'une certaine compréhension familiale, et du tact nécessaire.

Esme a demandé : « Londres te plaît, Dave ?

– Eh bien, je n'y suis allé que deux fois, ai-je répondu. Pour visiter la National Gallery. »

Esme a enchaîné aussitôt : « Vous vous rappelez ce qu'a dit Betty, ce jour où elle rentrait de Londres et où Derek lui a demandé : "Alors, où es-tu allée ? Chez Harrod's ? Ou à la

National Gallery ?" Et elle a dit : "Oh, Derek… tu ne peux pas t'attendre à ce que je me souvienne de ce genre de chose !"

– Bref, a dit maman, qui me provoquait à son tour, se rasseyant au fond de sa chaise longue et refermant les yeux. Je ne suis pas obligée de te raconter tout ce que je fais.

– Évidemment, a poursuivi Esme, nous savions toutes où elle était *vraiment* allée. Pauvre Derek… »

*

Un peu plus tard, alors que maman était partie en mer, j'ai demandé : « Avez-vous une ligne partagée, Esme ?

– Pour le téléphone, tu veux dire ? Oh non, Dave, non – je ne supporte pas ça. Le nombre de fois où j'ai essayé de joindre ta mère et où la ligne était occupée par ces autres personnes… Je ne sais pas comment elle peut supporter ça.

– Mais vous savez qui sont ces gens ? ai-je demandé.

– Un homme de la ville, n'est-ce pas – je crois que ta mère le sait. On dirait qu'il passe la moitié de sa vie à déblatérer au téléphone. Sans doute quelqu'un que nous croisons souvent sans même le savoir.

– Oui, je me demande si c'est le cas », ai-je dit, puis je me suis laissé rouler de l'autre côté et j'ai contemplé la mer, avec la pensée lumineuse et flottante que j'allais pouvoir découvrir qui était Chouchou, et, derrière elle, cette autre révélation, pas vraiment surprenante, qu'Esme passait son temps au téléphone avec maman.

*

« Vous ne m'avez toujours pas raconté la Birmanie, a dit Esme pendant le dîner, ce soir-là. Enfin, pas vraiment. » C'était à peu près au milieu des vacances.

Maman a secoué la tête et baissé les yeux. « Non… eh bien…, a-t-elle bredouillé.

– Je suppose que vous n'êtes pas restée si longtemps là-bas.

– Non, pas très longtemps.

– Mais encore ? » a insisté Esme, distraite un instant par un geste adressé à Maureen avec son verre de vin.

Maman a soupiré, réticence déguisée en un temps de réflexion. « Eh bien, moins d'une année, voyez-vous.

– Vous étiez secrétaire, m'avez-vous dit, je crois… ou peut-être plus que cela ? » Esme m'a regardé, les yeux plissés, comme si nous étions de mèche pour lui soutirer des secrets ; même si, pour moi comme pour maman, c'était l'un de ces moments inquiétants où une personne du dehors s'immisçait sans le savoir dans un sujet très rarement abordé chez nous. Hormis les moments fugaces où la Birmanie était autorisée à signifier beauté et aventure, c'était essentiellement un sujet évité. « Tu penses que ta mère était une espionne ? a demandé Esme.

– Mm, je crois bien, oui », ai-je répondu.

Maman a reniflé. « Rien d'aussi exaltant, a-t-elle dit. Non, je n'étais vraiment qu'une dactylo, au bureau du gouverneur, même s'il m'aimait bien et m'avait prise sous son aile, enfin, vous voyez.

– Oui, je vois très bien, a dit Esme.

– C'était un vieux garçon, très gentil.

– Qui était-ce ? a demandé Esme.

– Eh bien, il n'a pas été gouverneur très longtemps, évidemment – c'est lui qui a assuré la transition avec les Birmans. Sir Hubert Rance.

– Rance… bien sûr, a dit Esme en m'adressant un hochement de tête entendu.

– Sa santé n'était pas très bonne, a poursuivi maman d'un ton étrange, comme répété. Le climat ne lui réussissait vraiment pas. Il fait terriblement chaud et humide en Birmanie ! » Elle a regardé autour d'elle et eu un sourire soulagé en voyant Marco s'approcher – pour moi, l'air est devenu plus épais, effervescent.

« Mais ç'a dû être excitant pour vous, Av', a dit Esme. Très dangereux aussi, j'imagine.

– Eh bien oui – merci beaucoup », avec un hochement de tête reconnaissant à Marco, qui posait devant elle son jus de tomate. J'ai saisi au passage la brève proximité de sa sueur, la courbe de sa cuisse tandis qu'il se tournait vers la tâche suivante.

« C'est tellement glamour ! s'est exclamée Esme. Et moi qui étais ici, enfermée dans les bureaux du Royal Army Pay Corps de Kidderminster, à gérer les finances…

– Mm, c'était après la guerre, bien sûr, a dit maman, finalement obligée de s'expliquer.

– Oui, mais n'empêche…

– Pendant la guerre, je me suis retrouvée dans une équipe de dactylos à Londres, c'était très ennuyeux aussi, quoique sans doute plus effrayant.

– Dans ce cas, je ne comprends pas vraiment ce que vous êtes allée faire en Birmanie ?

– Je suis partie en Birmanie pour être loin de chez moi.

– Vous étiez déjà loin en partant à Londres, a répliqué Esme. En tout cas, vous aviez manifestement le goût de l'aventure. »

J'ai cru un instant que maman allait exploser, mais son exaspération semblait tout autant dirigée contre elle-même. « C'était une aventure idiote, a-t-elle dit. J'étais contente de rentrer à la maison.

– Malgré le fait que vous aviez laissé… ? » – mais Esme m'a jeté un regard, et elle a vu qu'il fallait cesser ses questions sur l'homme que maman avait laissé derrière elle.

« Il y avait de très beaux tissus, bien sûr, a repris maman, s'empressant de sourire. Les fameuses soies de Mandalay…

– Elles devaient vous plaire.

– Des soies bien fermes, vous savez, et des couleurs…

– J'ai parfois l'impression qu'il y a une touche de Birmanie dans tout ce que vous confectionnez ici, a dit Esme d'un ton encourageant. Qu'en penses-tu, Dave ? N'ai-je pas raison ? »

Maman s'est tournée, presque timidement, vers la pelouse de l'autre côté de la vitre et la mer au-delà. « Je ne sais pas vraiment, a-t-elle répondu. J'ai l'impression que la plupart des Anglaises n'aiment pas trop les couleurs vives et les motifs.

– J'ai bien peur que ce soit le cas, a acquiescé vigoureusement Esme, se redressant sur sa chaise tandis que notre melon arrivait. Eh bien, vous m'en direz plus une prochaine fois » ; et comme nous prenions nos couverts, l'idée troublante m'est revenue de ces conversations qu'elles avaient eues et qu'elles auraient peut-être encore en mon absence.

*

Cette nuit-là, le cœur en panique, la lumière qui s'allume brusquement et le verre à dents qui se brise au fond du lavabo. Il était fort désolé, une fois qu'il a compris que c'était lui l'intrus, et pas moi. Nous nous sommes bientôt retrouvés à chercher des éclats de verre sur la moquette, moi en pyjama, l'homme avec sa casquette et son imperméable léger – c'est alors qu'il s'est présenté : Tim, originaire de Welshpool, lieu dont je n'avais jamais entendu parler mais qui, comme son nom le laissait entendre, était gallois, tout comme Tim. Je me suis levé et ai regardé Tim, agenouillé devant moi, qui parlait plaisamment, maintenant, en s'assurant qu'il n'y avait plus de verre susceptible de m'entailler les pieds. Il émanait de lui une odeur d'alcool, de la confusion plutôt qu'une menace. Il s'est relevé et a regardé autour de lui. « Elle est pas mal du tout, votre petite chambre », a-t-il dit, ce qui, ai-je senti, nous emmenait vers une nouvelle phase de la conversation.

« Oh, merci », ai-je répondu rigidement, avant de relativiser : « Même si je n'ai pas vue sur la mer, à vrai dire.

– Eh bien moi non plus, David. Moi non plus. Estelle est la seule à avoir une vue mer à cet étage. Estelle van der Hooper, l'avez-vous rencontrée ? » Il avait prononcé ce nom avec un soin extrême, de manière satirique presque.

« Non, je ne l'ai pas rencontrée.

– Une jeune fille charmante, elle vous plairait beaucoup. Du Cheshire, en fait, bien que sa famille soit hollandaise, bien sûr, avec un nom pareil.

– Oui, c'est ce que j'imaginais, ai-je acquiescé.

– Et vous, David, d'où venez-vous, si je peux me permettre de vous poser cette question ?

– Du Berkshire », ai-je répondu.

Tim m'a dévisagé un peu comiquement pendant un moment. « Elle est bien bonne, a-t-il dit. J'adore. » Puis : « Bon, je vais vous laisser tranquille. »

Sur ces mots, il s'est retiré.

*

Le lendemain soir, il y avait à nouveau de la crème de céleri au menu. « Comme Gilbert l'a fait remarquer un jour, a dit Esme, la nourriture ici est inévitable. Il pouvait être amusant, parfois. Figurez-vous que c'était pendant notre lune de miel.

– Vous étiez donc ici, Esme… ? me suis-je étonné.

– Non, non, mon chéri. Nous avons passé notre lune de miel à Bude, dans les Cornouailles. Je n'avais pas compris pourquoi, mais il s'est trouvé que Gilbert était un ami proche du propriétaire de l'hôtel – un ami *très* proche, pour tout dire. Ils avaient combattu ensemble dans la Royal Air Force. Bien sûr, c'était encore la période du rationnement, alors ce n'était pas évident. » Elle a regardé autour d'elle puis levé son verre de vin vide pour tenter d'attirer l'attention de Maureen.

« Que fait donc Gilbert dans la vie, Esme ? » ai-je demandé, me lançant à fond dans les prénoms ; pendant toutes ces vacances, elle avait fait de ce Gilbert une présence – un sujet irritant, une blague douteuse – dans nos vies, et les questions à son sujet semblaient acceptables pour elle, elle semblait même s'en délecter.

« Gilbert Croft ? » – elle a secoué la tête : « Pour l'essentiel, ces temps-ci, j'imagine qu'il fait tourner le secteur des vins et spiritueux. »

L'espace d'un instant, je l'ai imaginé derrière un comptoir, enveloppant des bouteilles dans du papier blanc. « Oh… », ai-je alors soupiré, et j'ai souri, et je n'étais soudain plus très sûr de ce qu'elle entendait par là, car Esme avait elle-même avoué qu'elle commençait déjà à attendre avec impatience son sherry de midi peu après le petit déjeuner. J'ai senti qu'il y avait autre chose au sujet de Gilbert, un détail essentiel qu'Esme gardait pour elle dans une censure murmurée, à moitié amusée, et dont maman prenait acte avec un simple clignement de paupières et un soupir.

« Oh, j'étais bien contente d'être débarrassée de Gilbert, a dit Esme.

– Il avait l'air vraiment… », a soupiré maman.

Esme s'est adressée à moi comme si j'étais un homme d'expérience. « Tu sais, Dave, Gilbert disait toujours qu'il n'avait absolument aucune objection contre la plupart des vœux de mariage, c'est juste l'aspect "renoncer à tous les autres" qui n'a jamais fonctionné avec lui.

– Oh, je vois, ai-je dit, et j'ai ri, effaré qu'on ait pu me confier une chose pareille.

– Je dois reconnaître qu'il était *sacrément* beau, mais bon sang ! il le savait. »

*

Ce soir-là, je suis monté avec elles dans leur chambre après la marche nocturne autour du port, et me suis faufilé de nouveau sur le balcon, avec la certitude teintée d'angoisse et de luxure qu'Ollie serait en train de quitter le pub d'à côté pour aller s'asseoir avec ses copains sur la digue. Mais le lampadaire, en bas, n'éclairait qu'un couple penché en haut des marches en pierre, le bras de l'homme passé autour de la taille de la femme, leurs paroles étouffées par les coups sourds et le grésillement des vagues sur la plage en contrebas. J'ai songé que malgré leur petite vingtaine, ils étaient adultes et intimes, contrairement aux garçons qui s'interpellaient à tue-tête d'un bout de la rue à l'autre. J'ai jeté un coup d'œil derrière moi, dans la chambre, qui projetait sa lumière à travers l'ombre du balcon, et j'ai eu l'étrange sensation d'espionner non seulement les hommes, mais aussi maman et Esme, tantôt nettes, tantôt floues, au gré des mouvements du fin voilage agité par la brise à travers la fenêtre ouverte.

Il y a eu un coup à la porte, et une voix familière que j'ai pourtant mis quelques instants à reconnaître – c'était Maureen, qui m'a gratifié d'un sourire inquiet quand je suis revenu dans la chambre. Elle était plus proche de mon âge que de celui des adultes, et ses regards allaient des femmes à moi, ne sachant trop où allait son allégeance. Elle portait un plateau avec trois tasses bien pleines dessus, qui claquaient légèrement contre leurs soucoupes. « Formidable, posez-le là, ma chère », a dit Esme. Maureen a fait glisser le plateau sur la table basse et est restée plantée à le regarder, comme pour dire : « Vous avez vos tasses, vous avez vos boissons chaudes… », jusqu'à ce qu'Esme ouvre son porte-monnaie et en sorte un billet de dix shillings.

« C'est trop, Esme, a dit maman. J'ai de la monnaie.

– Eh bien…, a répondu Esme. Elle fait une entorse aux règles pour nous, n'est-ce pas, ma chère ?

– Oui mais quand même, vous la gâtez trop. » Maman a jeté un coup d'œil au fond de son propre porte-monnaie et en a sorti une pièce de deux shillings. « Tenez, a-t-elle dit, merci et bonne nuit », et Maureen, prise entre les deux pourboires, est restée interdite pendant un long moment, puis elle a empoché la pièce et s'est ruée hors de la chambre.

Esme a ouvert le tiroir de la table de chevet, où une bouteille tenait tout juste à côté de la bible des Gédéons. « Il n'en reste pas beaucoup, j'en ai bien peur », a-t-elle annoncé, et elle a brandi son sempiternel Martini Rosso en m'adressant un clin d'œil.

« Oh, finissez-la », a dit maman d'un ton presque fâché, mais Esme l'a enveloppée d'un regard plein d'humour tandis qu'elle aspirait une gorgée de sa tasse avant de la remplir jusqu'à ras bord avec le contenu de la bouteille. « Je sais ce que tu penses, Dave, a-t-elle dit. J'appelle ça mon "Ovomaltini" – ce n'est pas du goût de tout le monde, je crois, mais c'est une manière agréable de finir la journée. » Maman a froncé les sourcils, mais souri, il ne servait à rien de protester. Esme a soulevé de nouveau sa tasse à deux mains et bu une longue gorgée. « C'est assez écœurant au début, a-t-elle dit, mais comme avec les anchois ou ce genre de choses, on finit par s'y faire. L'Ovomaltine seul me semble atrocement sucré désormais.

– Le goût sucré ne me dérange pas », a répliqué maman, et j'ai dit d'un ton léger : « Je vais peut-être y goûter, Esme, s'il en reste un peu » ; maman a fait une drôle de tête mais, là encore, n'a rien dit quand Esme a tenu la bouteille, tête en bas, au-dessus de ma tasse pour faire tomber les derrières gouttes dans la mousse chocolatée. Je me suis posé au bout du lit de maman, les draps rabattus en arrière par la bonne pendant le dîner et le pyjama à rayures posé là, à disposition. Esme dormait visiblement dans une chemise de nuit, bleu clair avec un col à froufrous, qui me surprenait un peu. Elle m'a observé pendant que je sirotais – cela ne ressemblait à rien de ce que j'avais pu boire jusqu'ici, et je ne savais trop quoi penser de ce goût sombre et contradictoire auquel, comme l'avait dit Esme, il fallait sans doute un peu de temps pour s'habituer. « Mm, pas mauvais du tout, ai-je dit, judicieusement.

– Ah, voilà ! s'est réjouie Esme. Votre fils est une personne raffinée, Avril.

– Ça, je le savais déjà », a répliqué maman.

« Ollie-Ollie-Ollie ! a crié une voix ivre dehors, chantant presque.

– Trevor… espèce de vieille tapette ! » – très fort, en riant, ces mots s'engouffrant en moi et me réchauffant au-dedans comme le Martini Rosso, avant de remonter d'un coup en un rougissement.

« Ces jeunes de Friscombe sont vraiment trop bruyants, a râlé Esme, traversant la chambre pour aller fermer la porte du balcon, même si les sons nous parvenaient encore à travers la fenêtre à guillotine à moitié ouverte. J'imagine que vous êtes plus habitués à ce genre de choses, tous les deux, vous qui vivez en plein centre-ville.

– Oh… ? Je ne sais pas, en fait… », ai-je répondu, incapable de me concentrer, et sirotant intensément mon écœurante boisson. Le mot « tapette » semblait flotter, indiscutable, sans perdre aucunement de sa force, dans le sanctuaire de la coiffeuse avec tous ses miroirs, sur laquelle la crème et la poudre de maman étaient rassemblées à gauche, et les affaires d'Esme, très différentes, éparpillées de l'autre côté. Je savais bien sûr qu'Ollie ne pensait pas réellement que Trevor était une tapette, c'était justement la certitude inverse qui lui permettait de crier ce mot dans la rue, par une chaude nuit d'août. Mais j'avais aussi l'étrange intuition qu'Ollie exprimait ainsi un désir secret et révélait, en accusant Trevor, qu'il était lui-même ce genre de personne.

« Alors, qu'allons-nous faire demain ? a demandé maman.

– Il y a cette vieille maison historique – c'est bien ça, Dave ? – que tu voulais visiter, a dit Esme.

– Oh vraiment, ça m'est égal, ai-je répondu. S'il pleut, peut-être. » Tout ce que je voulais, c'était être ici sur la plage, au cœur du défilé constant des hommes connus et inconnus. J'entendais encore, à peine, Ollie et Trevor en bas dans la rue, et une troisième voix à présent, non pas tant leurs paroles que leur rythme décousu, le fil étincelant puis éteint de leur son parmi les autres sons de la nuit.

« Je ne voudrais pas que tu t'ennuies, Dave, c'est tout, a dit Esme.

– Je pense qu'il est très content de juste traîner par ici, est intervenue maman, loyale mais étrangement distante.

– Oui, je crois que tu as raison, ai-je acquiescé.

– Parfait, alors, a dit Esme, légèrement déconcertée que l'excursion barbante qu'elle était prête à entreprendre pour me faire plaisir ait été rejetée. Ça n'avait pas l'air très passionnant.

– On verra en fonction du temps », ai-je répondu. Puis, dès que j'ai pu, pris d'un irrépressible besoin : « Bon, je vais me coucher.

– Tu dois être fatigué, mon chéri, après toute cette natation », a dit maman, de ce ton sec et monocorde que je connaissais si bien ; ç'avait été le ton de mon premier matin en uniforme de l'école, et de celui, tout aussi terrible, où elle avait refermé la portière de la voiture sur l'allée en gravier de Bampton, tourné la clé dans le contact, et un sanglot honteux, suffoquant, m'était monté dans la gorge en la regardant s'éloigner. Cela aurait été pire si nous en avions rajouté.

Je me suis baissé pour l'embrasser – je n'embrassais jamais Esme, qui est passée dans la salle de bains en bâillant et a lancé par-dessus son épaule : « On se voit au petit déjeuner. » Je suis sorti, ai fermé la porte dans un clic, et j'étais à mi-chemin du palier quand j'ai entendu la clé tourner dans la serrure et la poignée que l'on testait de l'intérieur.

Dans le hall d'entrée de l'hôtel, je suis passé sourcils froncés devant la réception avant de sortir dans la rue par la porte vitrée.

Il faisait déjà plus frais que lorsque nous étions rentrés de notre marche, et la nuit avait basculé dans une nouvelle phase. La mer était plus proche et plus bruyante sur les rochers, et les gens qui traînaient dehors, des hommes pour l'essentiel, plus bruyants aussi. J'ai contourné le bâtiment vers la vue sur le port, les lampadaires très espacés et le trou noir, soudain, de l'eau. L'Admiral dans la demi-heure bondée d'avant la fermeture était un brouhaha faiblement éclairé à l'intérieur, d'autres silhouettes dans ou hors des ombres sur le trottoir et de l'autre côté de la rue, sur la digue du port. Je traversais une scène, tantôt éclairé par les projecteurs, tantôt caché, cherchant le bon tempo pour passer devant les garçons – l'air d'aller quelque part, mais avec du temps libre pour regarder alentour, même si un regard pouvait ne durer qu'une seconde. Mon pouvoir magique, c'était la fusion des images, la manière dont j'avais capturé Ollie sans qu'il en sache rien – il était pour moi le bruyant adepte de la nage du chien, la mer aspirant son maillot de bain lorsqu'il ressortait des vagues, mais aussi le garçon qui prenait un bain de soleil après le déjeuner, lèvres entrouvertes, aveuglé et émoustillé par des rêves et, maintenant, la beauté aux cheveux gominés errant dans la nuit, ivre, chahuteur, le dos contre la digue avec ses copains dans son jean lâche et sa chemise à manches courtes ouverte jusqu'à son nombril duveteux. Il a attrapé mon regard tandis que je passais, l'a attrapé et l'a laissé partir, comme si je n'étais pas là, même si les murmures et les rires entre eux quelques secondes après m'ont miné tout autant que cette porte de chambre verrouillée de l'intérieur. J'ai marché jusqu'au bout du front de mer, là où la route obliquait brusquement vers l'intérieur des terres, et quand je suis revenu devant l'Admiral cinq minutes plus tard, la digue était déserte ; Ollie, Trevor et leurs amis étaient partis vers l'étape suivante de leur nuit.

*

Le lendemain matin, la marée montait à nouveau lorsque nous avons trouvé notre coin, dans le sable meuble et miteux du haut de la plage. C'était la dernière journée entière de nos vacances, et j'ai scruté les alentours en quête d'Ollie pendant que j'aidais Esme à déployer le drap de sol et à le clouer au sable avec les deux transats. « Nous devrions acheter une autre chaise pour toi, Dave, a déclaré Esme. Ce n'est pas juste du tout. » Mais cela m'était égal – j'aimais être libre de m'étendre aux pieds des femmes ou de décamper. Ce jour-là, j'avais besoin d'être au plus vite dans la mer, j'avais enfilé mon maillot de bain sous mon short, et, une minute plus tard, je m'étais débarrassé de cette seconde peau et, serpentant entre les autres couples, les enfants et les parents, je me suis précipité sur le premier choc implacable du canal de Bristol – jusqu'aux chevilles, jusqu'aux genoux, la tête dedans. J'ai refait surface et crachoté et me suis retourné pour regarder la plage que je venais de quitter. Puis j'ai nagé vers le large, par-delà le bout de la jetée en béton, avec le souvenir, quand je me suis arrêté, suspendu dans la légère houle, et que j'ai jeté un coup d'œil en arrière vers le rivage, des longues côtes brunes et des amas de roches que j'avais escaladés la veille, désormais immergés à une profondeur difficilement calculable au-dessous de moi. J'ai agité le bras en direction d'Esme et de maman, mais elles étaient blotties l'une contre l'autre, au-dessus des mots croisés peut-être, et un homme que je ne connaissais pas a répondu à mon salut. Je suis resté là à pédaler dans l'eau, entre la solitude et quelque chose de plus froid. Puis j'ai fait demi-tour vers la plage, d'un crawl rapide, soulevé et poussé de l'avant par les vagues, mes pieds ont touché le fond et j'ai trébuché, bousculé par la vague suivante – j'ai pataugé puis marché d'un pas nonchalant vers les femmes sur le sable brillant et, plus haut, le sable chaud qui cédait sous les pieds, la brise marine faisant frissonner mon dos et le soleil soudain brûlant sur mon visage et ma poitrine. J'ai vu, en remontant la plage, comment les gens réagissaient, les brefs sourires, l'accueil indécis. Les yeux de maman étaient cachés sous des lunettes noires, mais sa bouche était amusée, rassurante. « Elle est comment ? a-t-elle demandé. Maintenant, c'est mon tour. »

Il y avait une bouteille de sirop déjà mélangé, protégée du soleil par une serviette dans le panier. J'avais besoin de faire ce que j'avais eu l'intention de faire dans la mer – derrière les rochers peut-être, maintenant, mais j'étais, comme maman le disait souvent, tellement délicat. « Il y a des toilettes publiques là-haut, a-t-elle dit. Mais je ne sais pas comment elles sont.

– Oui, je sais qu'il y en a », ai-je répliqué. Cela semblait très loin, là-haut sur la grand-route dans mon maillot trempé.

« Tu n'as qu'à y aller en courant, sans te changer », a-t-elle dit, pragmatique comme à l'accoutumée devant ma réticence. Cela m'agaçait, tout comme l'aspect puéril de cette situation. J'ai bouclé mes sandales et me suis mis en marche à grandes enjambées dans le sable puis sur les marches qui montaient vers la route, des voitures garées tout du long et les pensions de famille bleues et blanches de l'autre côté qui contemplaient la mer par-dessus leurs hortensias. Les toilettes se trouvaient deux cents mètres plus loin, adossées au pied de la falaise, l'entrée des hommes au bout du bâtiment, cachée derrière un mur. Après l'éblouissement du soleil, la pièce semblait plongée dans la pénombre, mais j'ai distingué un vieil homme courbé au-dessus de l'urinoir et, me sentant presque nu, j'ai poussé la porte d'une cabine, verrouillée, mais celle d'à côté était libre, je suis entré et j'ai fait coulisser le verrou fragile.

J'ai levé la lunette pour faire pipi et, ce faisant, mes yeux se sont accommodés, alors j'ai vu que les mots écrits en blanc, EVERTON F C ET BRISTOL ROVERS avec un FUCK au-dessus d'eux, sur le mur à côté de moi étaient entourés d'autres inscriptions moins lisibles, gribouillées, se chevauchant, au feutre ou au stylo-bille sur le plâtre gris sale, aux endroits où d'autres graffitis plus anciens avaient dû être effacés. Mes yeux étaient encore en train de s'adapter, et les mots semblaient s'enfoncer dans l'ombre, ou en jaillir. On aurait dit d'abord des échanges de civilités, Moments de Plaisir, plaisir partagé, puis en dessous d'eux et plus haut, au-dessus de ma tête, des mots stupéfiants tapis dans ces recoins ont glissé vers moi : je taille des pipes… GROSSE BITE, 25 cm… RDV ici… Garçon de 16 ans, bien monté, toujours prêt… suce-la, avec un énorme dessin grossier – mon esprit refusait d'intégrer tout cela, mais mon corps l'a fait, dans une chaleur suffocante, tandis que je finissais de pisser et me tournais en quête de quelque chose de moins alarmant, de plus alarmant. Il y avait ma propre stupéfaction et, en même temps, une gêne inquiète à la pensée de toutes les bonnes personnes, les oncles, les pères qui entraient ici pour les raisons ordinaires et étaient obligés de voir tout cela, de le remarquer, de le bloquer chacun à sa manière. Les hommes qui griffonnaient ces choses étaient là, tout près, on pouvait les croiser sans le savoir dans la rue, ou sur la plage à l'instant même, mais à 18 h 45, 21 heures le mardi, les jours et heures inscrits ici, ils se retrouvaient dans cette petite cabine immonde et faisaient des choses dont j'avais entendu parler, auxquelles j'avais pensé, d'autres aussi que je ne pouvais tout bonnement pas comprendre. Et alors, j'ai eu la sensation encore plus déroutante que les oncles et les pères, ces hommes de toutes sortes qui avaient fait l'armée et voyagé de par le monde, savaient tout de ces choses que les hommes faisaient en secret, et ne s'en étonnaient plus. Pendant ces deux, trois minutes où je suis resté là à me travailler, puis me suis assis sur la lunette mouillée pour me finir, c'étaient les mots eux-mêmes qui me traversaient, me poussaient de l'avant avec leur intensité entrelacée et dénuée d'humour, et le tressautement convulsif de la lumière, de l'ombre, de la lumière à nouveau me désorientait, jusqu'à ce que j'aperçoive le trou rond à l'endroit où un ancien élément de plomberie avait été arraché et, me penchant en avant, j'ai baissé coupablement mon œil jusqu'au trou et découvert un œil bleu, fixe, à quinze centimètres de l'autre côté. Même après avoir remonté mon maillot et noué le cordon, paniqué, je me sentais, comme je l'étais, quasi nu et sans défense ; c'est devenu pire encore après le petit délai, cinq secondes peut-être, qu'il a fallu à mon oreille pour entendre, et à mon esprit pour comprendre le clic-clic-clic froid d'une boucle de ceinture tapant contre le mur, et le fait de m'être retrouvé pris sans le savoir dans quelque chose d'aussi épouvantable m'a fait arracher la poignée de la porte pour l'ouvrir et remonter l'esplanade à toutes jambes dans mes sandales sans un regard en arrière jusqu'à ce que je sois revenu sur la plage. « Ç'a été ? » a demandé maman, et Esme dans son transat s'est réveillée et a tourné la tête. Les enfants couraient en tous sens devant elles, le château de sable expérimental était un peu plus haut et sophistiqué que quand j'étais parti d'un pas décidé cinq minutes plus tôt. Il y avait dans toute cette scène une normalité caverneuse, l'ignorance absolue de tous les gens, ici, du monde où je venais d'entrer avant de m'en échapper.

« J'y retourne ! » ai-je annoncé, j'ai enlevé mes sandales et suis parti en trottinant, puis en courant dans l'ultime pente de sable mouillé précédant les vagues, qui me déroberaient à la vue de l'homme à l'œil bleu lorsqu'il ressortirait de son box et s'avancerait avec son savoir et ses terribles intentions sur cette plage.

*

Pendant le dîner, le dernier soir, maman et Esme avaient toutes deux l'air fatiguées, tracassées peut-être par les valises à faire et le voyage du lendemain. Maman avait cette manière de faire des remarques, des commentaires sur les gens dans la salle, trop bas, et quand Esme demandait : « Qu'est-ce que vous dites, Avril ? », de répondre d'une voix plus forte : « Oh, rien du tout… Peu importe », de sorte qu'une humeur insatisfaite s'est peu à peu installée. J'ai tenté de les dérider, alors même que le fait de savoir qu'après le petit déjeuner du lendemain je ne reverrais plus jamais Marco me serrait de nouveau le cœur et me poussait presque à demander une boisson, une vraie boisson, moi aussi. « Alors, Dave, tu t'es bien amusé ? a demandé Esme, et maman semblait secrètement attendre ma réponse elle aussi.

– Oh, j'ai passé un séjour magnifique, merci beaucoup, Esme », ai-je répondu avec la sensation, comme quand j'avais fait du surplace dans la mer, de toutes les choses en dessous de ma phrase dont maman et Esme n'avaient pas idée, des choses plus captivantes et plus choquantes que le simple amusement. Puis, pour la première fois, je me suis demandé si Marco lui-même allait parfois dans les toilettes pour hommes sous la falaise.

Au bar de l'hôtel, après le dîner, Esme a demandé à Maureen de lui apporter un brandy avec son café, et lui a laissé un billet coincé sous le sucrier, quand nous nous sommes levés pour aller faire notre marche. « J'estime qu'il faut récompenser le service de qualité, a expliqué Esme.

– Le service de qualité, oui, je suis d'accord », a répliqué maman, ce qui, ai-je compris au bout d'un moment, pouvait avoir deux sens, mais là encore elle l'avait dit tout bas et il était difficile d'en avoir le cœur net.

Pendant la marche, je me sentais à la fois terriblement excité et entravé tandis que nous longions le port, la marée montante venait lécher les marches en contrebas, les lumières ondulaient sur l'eau, et les garçons commençaient à donner de la voix, naviguant d'un pub à l'autre. Je me suis laissé décrocher afin de pouvoir les chercher du regard sans que les femmes le remarquent. À trente mètres de moi, une silhouette dont j'ai songé qu'elle ne pouvait être Marco est passée de la rue au porche du Britannia, s'illuminant soudain quand la porte intérieure s'est ouverte, et c'était lui, sans l'ombre d'un doute.

Pas d'Ovomaltini ce soir, et je suis monté dans ma chambre en proie à ce désir dont je savais qu'il allait me ramener en bas dix minutes plus tard. Une fête au bar était en train de se disperser, mais il n'y avait personne à la réception à cette heure, et je me suis frayé un chemin vers la rue à travers les gens au visage rougi qui s'en allaient. Un couple qui m'avait vu avec Esme et maman juste avant s'est détaché du flot et m'a suivi des yeux tandis que je bifurquais vers le port. J'ai entendu l'homme grommeler : « Difficile à dire, sans doute plus âgé qu'il n'en a l'air. » Sur un banc à mi-chemin, devant le Britannia, où Ollie et ses amis étaient allés l'autre soir, Marco était assis seul avec une pinte et une cigarette. Son visage était dans l'ombre, échappant aux lumières suspendues à l'extérieur du pub, mais il m'a adressé un hochement de tête assez amical en soufflant sa fumée.

Quand j'ai traversé la rue et lancé : « Salut, Marco ! », c'était comme si j'observais la personne que j'étais devenue, et me demandais ce qu'elle allait faire maintenant. La marche de nuit, cette seconde fois, ressemblait à une habitude, mais l'habitude, peut-être, de quelqu'un d'autre. « Je vois que tu prends un verre. »

Marco n'a pas jugé nécessaire de répondre, mais comme je restais planté là à lui sourire, il m'a souri très vaguement en retour, et après avoir tiré une autre bouffée sur sa cigarette, a demandé : « Tu bois quelque chose ?

– Oh, je n'ai pas encore le droit d'entrer dans les pubs, malheureusement.

– Quel âge tu as ? a demandé Marco.

– Quatorze ans. »

Marco a eu un rire déconcertant. « Pourquoi t'es dehors là ? » J'ai pensé un instant qu'il connaissait la réponse, puis me suis demandé si je la connaissais moi-même. Je voulais être avec Marco, voilà tout, être ami avec quelqu'un d'aussi beau, pas seulement son client.

« Oh, j'aime bien prendre l'air avant d'aller me coucher, ça m'aide à mieux dormir.

– Ah ouais ? Je sais jamais ton nom, a-t-il dit.

– Oh, ai-je répondu. Je m'appelle David – Dave », et j'ai encaissé aussi vite que j'ai pu l'horrible fait que Marco l'ignorait. Cette petite inclinaison de sa tête était le signal, peut-être, que je pouvais m'asseoir à côté de lui. C'était comme être seul à seul avec Morgan et Roberts, mais en plus sauvage, sans la moindre règle connue.

« T'en veux un peu ?

– Oh !… merci beaucoup, Marco », ai-je dit, et je me suis serré contre lui en empoignant la pinte, encore chaude de sa main et du temps qu'il avait passé à la siroter. Le liquide était amer, avec un arrière-goût chimique comme une légère décharge électrique – je n'imaginais pas pouvoir l'aimer un jour, être pressé d'aller au pub pour en boire une pinte entière, et j'ai rendu le verre à Marco avec un hochement de tête, comme si c'était exactement ce dont j'avais besoin. « Donc tu es de Bari, ai-je dit, dans mon personnage de l'Anglais accueillant, que Marco a peut-être trouvé bizarre car il m'a dévisagé.

– *Ouais*, de *Bari* », a-t-il répondu avec un petit rire las, provoqué non pas par Bari mais par la question et la réponse, et j'ai compati – avec chaque lot hebdomadaire de nouveaux arrivants, Marco subissait ce que j'avais subi toute ma vie.

« Marco, ai-je dit, je n'ai pas pu m'empêcher de me demander, tu sais, si tu as parfois le mal du pays ? » Marco a tiré une dernière bouffée sur sa cigarette puis, d'une pichenette, l'a jetée vers l'eau, même si elle est retombée et a scintillé pendant cinq ou dix secondes sur la bordure en granite du port.

« J'ai pas mal, a-t-il répondu, avec son petit rire aigrelet.

– Non… C'est bien ! ai-je dit. C'est bien. » C'était trop dur, et trop obscur, à expliquer : je le comprenais. Nous nous sommes penchés en avant sur le banc, côte à côte, dans la posture d'amis discutant d'un sujet intime, nos genoux se touchant légèrement, l'avant-bras chaud de Marco effleurant le mien quand il levait son verre. Il sentait la longue journée de travail dans le restaurant de l'hôtel, et il y avait de la bière dans son haleine, deux choses peu agréables fusionnées, confondantes.

« Donc tu pars faire tes vacances avec deux dames, a dit Marco.

– Oh oui…, ai-je répondu. Enfin, ma mère et… une amie à nous. »

Marco contemplait l'eau. « Et laquelle c'est, ta mère, la petite ou la grosse ? »

J'ai ri, espérant très fort qu'il plaisantait. « Eh bien, la plus petite ! »

Marco a eu un sourire d'illumination. « Donc la petite dame c'est ta mère, et la dame avec… » – il a fait le geste de soupeser une poitrine – « … c'est son amie.

– Oui, c'est tout à fait ça », ai-je acquiescé.

Marco m'a regardé, navré. « Parce que tu ressembles pas à aucune des deux.

– En fait, je ressemble beaucoup à ma mère », ai-je répliqué – me préparant à la sempiternelle question au sujet de mon père, mais Marco ne semblait pas s'en préoccuper, trop sage pour cela, j'en avais l'étrange impression ; mais peut-être, tout simplement, que cela ne l'intéressait pas.

« Donc elles ont la même chambre ?

– Oui, ai-je répondu. C'est moins cher, hein. En plus, celle-ci a sa propre salle de bains. »

Marco a tourné lentement la tête, m'a souri, posément, pendant quatre ou cinq secondes, sans rien dire, puis s'est remis à contempler la mer.

*

De retour dans ma chambre, j'ai verrouillé la porte et me suis brossé les dents, j'ai enfilé mon pyjama, me suis glissé dans mon lit étroit et j'ai éteint la lampe. Au bout d'une minute ou deux, la bande de lumière ondulée au-dessus des rideaux s'est faite plus intense, et la lumière faiblarde de la veilleuse, sur le palier, a dessiné les contours de ma porte verrouillée. J'ai entendu passer des voix et des bruits de pas dans la ruelle en bas, une voiture qui attendait avec le moteur allumé, quelques notes d'une chanson vite interrompue, des portières qui claquaient, puis un silence aléatoire, c'était comme à la maison, mais avec le souffle vaste et lent de la mer envahissant la place. Puis une porte a claqué bruyamment à l'étage du dessous, puis claqué de nouveau quelques instants plus tard, dérangeant à n'en pas douter Esme et maman ; j'ai entendu une femme hausser la voix, mais pas ce qu'elle disait. Allongé sur le dos, j'ai fermé les yeux et me suis laissé dériver pendant une heure, Morgan et Roberts, Ollie et Trevor, et enfin Marco, vague après vague telle une marée montante jusqu'au bout, puis je me suis endormi. J'ai d'abord cru que Tim avait une nouvelle fois tenté d'ouvrir ma porte, mais le choc sourd et le murmure des voix venaient de la chambre voisine, à travers le mur qui jouxtait mon lit. J'avais eu un aperçu de cette chambre pendant que la femme de ménage était dedans, la porte ouverte coincée par l'aspirateur – elle était comme la mienne, mais tellement plus grande que c'en était déroutant, avec une vue sur la mer et une vue dans le miroir sur les affaires éparpillées de miss van der Hooper, et la fille au milieu, défaisant le lit sans ménagement. Miss van der Hooper elle-même, Estelle, je ne l'avais pas encore vue, et dans la salle du restaurant, maman, Esme et moi avions des hypothèses différentes sur qui elle pouvait être. Et voilà maintenant qu'elle accueillait un visiteur. La conversation me parvenait par bribes sur le point de prendre sens, des gloussements, des grommellements, juste assez forts pour me tenir éveillé. J'ai compris qu'ils étaient ivres à leur rythme heurté, lacunaire, aux voix qui montaient puis se taisaient soudain, et à la sensation plus secrète de choses faites entretemps, sans mots.

Le calme est revenu, et je me suis enfoncé dans le moelleux d'autres lumières et d'autres voix, la logique instantanée, trépidante, du premier rêve dans lequel, au bout d'un moment, un cognement assourdi s'est fait entendre, et j'ai rouvert les yeux dans les ténèbres précaires de l'hôtel et écouté les coups de l'invisible lit contre le mur près de moi, lents et s'interrompant, puis recommençant, et à mesure qu'ils s'accéléraient, les voix se faisaient plus sonores, des bruits de rire et de douleur, « Non… non ! », Estelle poussait des cris perçants mais elle semblait aussi s'étouffer de rire, et l'homme laissait échapper les bruits sourds et monotones de qui fait le plus gros du travail. Au bout d'une minute, le rythme est devenu encore plus rapide, et plus grinçant, et alors il y a eu un long silence, aussi inquiétant à sa manière que le vacarme. Je me suis retrouvé malgré moi debout à côté de mon lit, immobile, la main dans ma braguette, le cœur battant d'excitation et de saisissement. Puis ils ont recommencé de plus belle et je me suis agenouillé précautionneusement sur le lit, j'ai posé mon verre à dents contre le mur et, tout à coup, c'était comme si je me trouvais à l'intérieur de l'autre chambre, même si les acteurs eux-mêmes demeuraient flous et tremblotants. J'ai senti qu'Estelle s'était d'abord souciée du bruit, mais qu'elle s'en fichait à présent, et le plus sidérant, c'était l'abandon insouciant de ces deux adultes invisibles et surtout, puisque je savais plus ou moins ce que l'homme était en train de faire, l'effet que cela avait sur la femme, trop exaltée pour se soucier de quoi que ce soit.

Je n'ai pas dormi, après, pendant au moins une heure, jusqu'à ce que j'entende la porte de la fille s'ouvrir, puis l'homme qui tentait d'être discret en ouvrant la sienne de l'autre côté du palier.

*

Je suis descendu récupérer maman et Esme, et la routine des vacances qui se répétait depuis si longtemps était chargée d'une tension nouvelle, étrange, en ce dernier matin, à la lumière du départ et des vieilles routines, qui nous étaient sorties de l'esprit pendant dix jours – remettre en route la livraison du lait et du journal, Mavis qui arrive à neuf heures –, et qui nous attendaient à la maison pour reprendre possession de nous. J'ai donné un petit coup sur leur porte et lancé avec un accent irlandais haut perché : « Bonjour, mesdames, j' vous apporte le petit thé du matin ! », et quand maman a ouvert, en me regardant à peine, je suis entré avec mon plateau imaginaire : « Vous avez vos tasses, vous avez vos soucoupes…

– Pas maintenant, mon chéri », a dit maman.

J'ai laissé retomber mes bras, et ma blague. « Bonjour ! » ai-je dit. La porte de la salle de bains était fermée, maman a lancé un regard nerveux autour d'elle, cherchant son sac à main.

« Viens, on descend, a-t-elle dit.

– On n'attend pas Esme ? »

Elle a d'abord semblé ne pas avoir entendu, puis elle a dit : « Esme sautera le petit déjeuner, ce matin.

– Elle va bien ? me suis-je inquiété.

– Bon… », a commencé maman, et je suis sorti derrière elle en lançant un regard inquiet vers la porte de la salle de bains. Sur le palier, elle a éclairci un peu cette histoire : « Disons juste qu'elle a un peu trop forcé sur la boisson hier soir. »

Dans la salle du restaurant, Marco s'affairait, l'air renfrogné, Terence se montrait plus sec que jamais avec les clients âgés, et Maureen était introuvable. Marco nous a traités, maman et moi, comme des étrangers, n'a fait aucun commentaire sur l'absence d'Esme, ne m'a pas regardé une seule fois jusqu'à un clin d'œil et un hochement de tête dans la demi-seconde où il a pivoté sur ses talons. J'ai été impressionné, et édifié, par son numéro, cette manière de garder notre secret. À la fin du repas, maman a jeté un coup d'œil dans son porte-monnaie, et coincé un billet de dix shillings sous sa soucoupe ; maman et moi imaginions soudain, je crois, la semaine et demie que nous aurions pu passer là tous les deux. À peine nous étions-nous levés que Marco a foncé vers la table pour la débarrasser et, heureux à la pensée qu'il allait recevoir le pourboire, je me suis à moitié retourné tandis que nous traversions la salle pour ma toute dernière vision de lui.

Je suis remonté dans ma chambre récupérer mon sac, puis j'ai frappé de nouveau à la porte des femmes. Esme était occupée à inspecter l'armoire et la commode. « Il faut laisser la chambre à dix heures, je crois », a-t-elle dit. Le ton léger et artificiel de sa remarque n'invitait pas à lui demander comment elle se sentait. J'ai traîné nos trois valises jusqu'à la voiture, et quand je suis revenu dans le hall, maman était en train d'étudier le baromètre avec une attention gênée, pendant qu'Esme réglait notre note à la réception. Ce qui a été fait rapidement, sans mots ou presque, le chèque étudié du regard, secoué un bref instant puis glissé dans la caisse, sans bavardage d'adieu.

Sur le parking, maman a dit : « Tu ferais mieux de t'asseoir devant, mon chéri. » Je suis monté, obéissant, j'ai baissé la vitre et regardé Esme ouvrir son sac à main et lui tendre les clés.

« Je me sens parfaitement bien », a dit Esme, ouvrant la portière derrière moi pour se glisser lourdement sur la banquette arrière.

J'ai dit : « Donc c'est toi qui conduis, maman ? », un parfum d'aventure qui tranchait avec la morosité ambiante. J'ai ri doucement de ses petits soubresauts et embardées tandis que nous nous mettions en route, même si, bien sûr, je voulais que son premier trajet au volant de cette énorme voiture soit une réussite. Elle avait noté l'itinéraire sur un bout de papier froissé, et, guettant les panneaux de signalisation, j'ai à peine pensé à être malade.

J'ignorais ce qu'il s'était passé, j'avais horreur des mauvaises ambiances et le désagréable sentiment que c'était à moi d'arranger les choses. Je me disais que, peut-être, Esme avait attiré des ennuis à Maureen, avec ses faveurs et ses pourboires. La tension entre les deux femmes fusionnait sombrement avec ma propre culpabilité d'être sorti en pleine nuit ; je me demandais si quelqu'un de l'hôtel ne m'avait pas vu, passant le mot.

Mais une fois que nous avons franchi le panneau Somerset et laissé le Devon derrière nous, les vacances ont paru elles aussi se replier dans le passé qui s'éloignait à grande vitesse. La circulation était dense sur l'A303, Esme à l'arrière s'était avachie sur le côté, endormie, et c'est maman, après un coup d'œil pensif dans le rétroviseur, qui a lancé le tour de chant, avec notre vieille chanson de voyage préférée, « Tea for Two ». Esme s'est réveillée dans le grondement d'une toux de surprise, plus que de désapprobation. Elle s'est prêtée au jeu, mais sans se joindre à nous, ne connaissant peut-être pas les paroles au-delà du début ; il y avait des changements de rythme d'un couplet à l'autre, ce qui conférait à cette chanson, dans mon esprit, une forme pareille à des chambres communicantes. « Je suis si mécontent / Des maisons que j'ai pu louer / Que j'ai inventé / La mienne ! »

« Vous chantez bien, tous les deux », a dit Esme, espérant peut-être que cela en resterait là, avant que nous atteignions notre apogée sur le couplet : « Nous ne dirons même pas, mon amour, / Que nous possédons un téléphone, mon amour ! » – en nous souriant un moment avec la complicité de duettistes qui avaient entonné cet air des dizaines de fois et l'aimaient autant comme rituel que comme chanson. Curieusement, c'est au moment où nous nous lancions dans l'envolée finale – « Je suis content / Car tu as accepté / De m'épouser ! » – et où maman a ralenti et tourné le lourd volant pour s'arrêter dans une station-service, que j'ai remarqué la strie pâle sur son doigt bruni de soleil, là où son alliance s'était toujours trouvée.

Après que nous nous sommes dégourdi les jambes et avons mangé un sandwich, Esme s'est déclarée en état de prendre le relais et nous avons changé de configuration, maman s'installant à l'arrière pour la dernière ligne droite jusqu'à la maison. Ce qui a mis un terme, de fait, au tour de chant. Bientôt, nous roulions dans un paysage que nous connaissions tous, Esme a pris la haute route qui enjambait les collines crayeuses, « On va éviter Swindon, non ? » a-t-elle dit. Je me demandais comment raconter, à la prochaine rentrée, l'histoire de ces vacances à Manji, qui était rentré chez lui à Bombay, et à Giles, qui avait passé un mois avec ses parents dans leur maison en France, et avait invité Harris et Blanchard à se joindre à eux pendant deux semaines.

Il y avait quelque chose de criant, lorsque nous avons atteint la ville, dans notre voiture et les vacances d'où elle revenait, et le nouvel ensemble de relations que celles-ci semblaient avoir entériné. Mais en réalité, personne ne nous remarquait, du moins en apparence, les gens entraient dans les boutiques ou traversaient la rue avec l'air lisse et affairé de figurants dans un film. Esme s'est garée au bord de la place, devant le magasin Harding's Electrical, et nous sommes tous descendus. Elle est restée plantée à côté du coffre profond pendant que j'en sortais nos bagages et les posais pour lui serrer la main, et alors, pour la première fois, elle m'a embrassé, piquant d'un geste vif et vigoureux un point juste sous mon œil droit. Debout sur le trottoir, maman l'a gratifiée d'un sourire froissé et s'est détournée pour chercher la clé de la porte d'entrée dans son sac à main.

11

« Regardez qui est là ! s'est exclamé oncle Brian. Vous avez réussi à venir ! » J'ai eu la brève sensation, presque musicale, de la manière dont ces deux phrases auraient pu être prononcées, avec chaleur et soulagement. Il semblait bloquer la porte qu'il avait ouverte pour nous laisser entrer.

« Eh oui ! » a répondu maman, s'efforçant d'adopter un ton joyeux.

Il a baissé les yeux sur moi et j'ai dit : « Joyeux Noël, oncle Brian », en m'accrochant, pour l'heure, au panier qui contenait nos cadeaux.

« Ça roule bien, alors ?

– Oh, sans problème, a dit maman. On annonce un peu de neige plus tard, peut-être. » Elle a cligné des yeux devant lui, et frissonné.

« Eh bien entrez, a-t-il dit. Entrez donc ! »

Maman s'est dirigée vers la cuisine pour prendre dans ses bras tante Susan et sa sœur tante Linda, et je l'ai suivie et on m'a pris dans les bras à mon tour. « Qu'est-ce que tu es chic ! s'est écriée tante Linda.

– Merci », ai-je répondu, aimé depuis toujours par les tantes et avec une touche de flirt à présent. Je portais mon costume en laine peignée de l'école avec une cravate rouge à motif cachemire, et maman a dévoilé sa nouvelle robe rouge et verte en retirant son manteau d'un coup d'épaules.

« Waouh ! s'est exclamée tante Susan en la faisant tourner sur elle-même. Bon, allez rejoindre les autres dans la salle, si vous vous en sentez la force ! » La bouteille de sherry était ouverte sur la table au milieu des feuilles et des épluchures de choux de Bruxelles, et une humeur de bravade amusée à l'égard de Brian était en train de s'installer sans avoir encore totalement pris possession des lieux.

Dans le salon se trouvait un homme chauve aux manières douces, en costume sombre et cravate : Mr Holland, un collègue et ami d'oncle Brian. « Je suis désolé pour votre sœur », a dit maman, avec un savoir inattendu, et il a répondu : « Oh merci – je suis si reconnaissant à Brian et Susan de m'avoir invité cette année. Et voici sûrement votre fils… », a-t-il poursuivi, sur le ton accueillant qu'oncle Brian avait échoué à trouver. La table du déjeuner était mise derrière le canapé, un arbre se dressait dans un coin de la pièce, orné de boules et de guirlandes de Noël, avec tout en haut une étoile rouge étincelante. Malcolm et Shirley sont apparus dans l'encadrement de la porte. « Vous montez à l'étage, les jeunes ? a demandé oncle Brian. Eh bien, allez-y. »

« Oooh, ouvrez la fenêtre ! s'est écriée Shirley quand nous sommes entrés dans la chambre de Malcolm. Je suis vraiment désolée, David… » – en agitant une main sous son nez. Il y avait un placard et une commode blancs, le poster avec une Jaguar Type E rouge sur l'un des murs. Un vieux fauteuil défoncé avait été monté à l'étage pour Malcolm, qui y était vautré en ce moment même, une jambe par-dessus l'accoudoir, tandis que Shirley dégageait un espace sur le lit pour que nous puissions nous asseoir. L'odeur rappelait la chambre des dernière année, à l'école, chaussettes, mouchoirs rigides et concours de pets. Lors du Noël précédent, une fois Shirley ressortie de sa chambre, Malcolm avait tâtonné sous le lit et m'avait montré un numéro de la revue naturiste *Health & Efficiency* qu'il avait volé à la librairie W. H. Smith's, des familles entièrement nues, de beaux pères Têtes-Rondes et leurs Cavaliers de fils adolescents jouant ensemble au volley-ball et au minigolf. « Regarde-moi ces jolis nichons », avait-il dit en me fixant droit dans les yeux, et j'avais répondu : « Oh… Oh oui, je vois… ! » avant qu'il ne s'empresse de les remettre dans leur cachette. « T'es à l'aise ? » me demandait-il maintenant, et il m'a adressé un clin d'œil troublant. Il avait la carrure et l'aspect menaçant d'un garçon de trois ans plus âgé, et nous nous souvenions certainement lui comme moi des embuscades qu'il m'avait tendues l'an dernier sous la jetée de Clevedon, dans les rochers trempés, où nul ne pouvait nous voir. Mais enfin, c'était le jour de Noël, alors il faisait un effort pour se montrer agréable.

« Alors, qu'est-ce que t'as eu ? a-t-il demandé.

– Ma mère m'a tricoté un nouveau pull, ai-je répondu.

– Ah, super. De quelle couleur ?

– Il est joli, ai-je dit. C'est un pull vert foncé avec une encolure bateau, tu vois ? Et des panneaux torsadés sur le devant et sur les manches. J'ai eu un peu d'argent aussi, de… mon autre tante, en Écosse, qui n'est pas vraiment une tante… et à part ça, en fait, juste un livre que j'avais demandé.

– Quel livre c'était ? a demandé Shirley, comme si elle se représentait les titres disponibles.

– Euh, *Poèmes et fables*, ai-je répondu. Tu sais, de John Dryden.

– Ooh, tu me le passeras après, Dave ! s'est écrié Malcolm.

– Et vous ? ai-je demandé.

– Maman et papa m'ont offert un beau bracelet, a répondu Shirley. Et tante Linda m'a acheté cette bague. » Elle a tendu sa main droite. « Elle te plaît ?

– Elle est vraiment très jolie, ai-je dit.

– Je les ai vus chez Wooly's, a dit Malcolm. Je peux te dire le prix qu'ils ont coûté.

– C'est bon, Malcolm, l'a mis en garde Shirley, mais elle était blessée, aussi. Malcolm a eu un magnétophone, a-t-elle ajouté.

– Oh là là, ai-je dit. Tu vas faire quoi avec ?

– Oh là là, a dit Malcolm. Un tas de choses.

– Quand tu auras compris *comment* l'utiliser, Malcolm », a fait remarquer Shirley.

Malcolm a changé de position dans son fauteuil. « C'est facile, a-t-il dit. Même toi tu pourrais comprendre. » On retrouvait déjà chez lui cette manière qu'avait son père de détourner l'attention à coups de bluff, son air de ne pas avoir envie de s'embêter avec nous.

« Il faut juste s'assurer que la cassette ne se débobine pas, ai-je dit. Je peux te montrer comment faire, si tu veux.

– T'en as pas, si ? a répliqué Malcolm.

– Non, non…, ai-je répondu, il y en a un qu'on utilise à l'école, pour enregistrer, eh bien, des opéras et d'autres trucs à la radio. »

Je me demandais s'ils allaient me poser des questions sur les vacances d'été, mais pas un mot à ce sujet, sans que je sache s'il fallait y lire un orgueil froissé de leur part ou une totale indifférence, voire un soulagement que maman et moi soyons partis quelque part, ailleurs, sans eux.

*

« Eh bien, offre-leur leurs cadeaux, Malcolm », a dit oncle Brian quand nous sommes redescendus. J'ai reçu un bon d'achat pour des livres de cinq shillings, l'éternelle carte de Brian et Susan mais écrite, comme toujours, par elle. Maman a offert à tout le monde des housses de bouillotte qu'elle avait tricotées elle-même. « Oh, c'est très joli, Av', merci ! s'est exclamée tante Susan. Elles sont tellement mignonnes. Regarde, Shirley » – elle avait eu la sagesse de ne pas chercher des louanges de la part de Brian ou Malcolm ; Shirley s'est d'ailleurs elle-même montrée évasive.

« On n'a pas besoin d'une bouillotte, a dit Brian, quand on a une petite femme comme la mienne », et il a souri assez méchamment à Mr Holland.

« Je suis désolée, Mike, a dit maman. Je ne savais pas que vous seriez là, sinon je vous en aurais fait une aussi.

– Oh, il ne faut pas être désolée, Avril, a répondu Mr Holland.

– Je crois que nous allons tous avoir besoin de nos bouillottes cet hiver ! » a lancé Linda en désignant d'un geste du menton la fenêtre et le gris résolu du ciel au-dessus de la haie, devant la maison. Maman s'est tournée, inquiète, et j'ai regardé dehors aussi, espérant à moitié voir les premiers flocons errants faire leur apparition.

« Vous ne le savez sans doute pas, Mike, mais je fabrique moi-même des choses, a dit oncle Brian. Ce tapis de cheminée est l'une de mes créations. » Mr Holland a eu un sourire hésitant devant le tapis en question, vert et blanc, bruni par endroits par les crachotements du feu. « Vous verrez un autre exemple de ma production à l'étage, qui vous plaira, je crois. » Il voulait parler du tapis noir et blanc plus petit, dans les toilettes, qui disait : VISEZ DROIT, S'IL VOUS PLAÎT, une source d'embarras accablé pour tante Susan. « Je trouve qu'ils font ressortir mon côté artiste », a-t-il conclu. C'étaient des tapis en kit, qui n'exigeaient pas d'autre talent artistique que celui de tirer des brins de laine à travers les trous d'un canevas et de les fixer d'un nœud. Oncle Brian en a fait la démonstration avec un crochet à manche de bois, et un esprit de moquerie à l'encontre du travail de sa sœur, comme pour montrer que n'importe qui pouvait le faire.

« Cela doit être un hobby très reposant, je pense », a commenté Mr Holland.

Oncle Brian a eu un sourire agréable. « Alors, Av', comment vont les affaires ?

– Pas trop mal, merci, a répondu maman, avec un air suffisant destiné à éviter toute autre question.

– Tu as beaucoup de commandes ?

– Trop, à vrai dire, n'est-ce pas, mon chéri ? a-t-elle répondu, m'impliquant dans l'affaire.

– Alors fais-toi aider davantage, Av'. Embauche du personnel.

– Eh, je vais peut-être devoir le faire », a-t-elle dit d'un ton détaché.

Susan a demandé, inquiète : « Et ce nouvel investisseur dont tu parlais ?

– Ah bon ? » s'est étonné Brian.

Maman a réagi d'une manière encore jamais vue : une rougeur est montée de son cou, a fait briller ses joues à travers la crème hydratante et la poudre, avant de retomber lentement au fil des trente secondes qu'elle a mises à exposer les grandes lignes de son business plan. Brian savourait déjà sa déconfiture, plissant les yeux tandis qu'il la faisait tourner dans son esprit, cherchant l'angle d'attaque.

« Mrs Croft, dis-tu. Je crois que j'ai déjà entendu parler d'elle », et son regard s'est soudain fait distant et offensé. « C'est la femme avec qui tu es partie en vacances, n'est-ce pas ? On n'en a pas trop entendu parler, d'ailleurs.

– Eh bien…, a commencé maman.

– Nous avons reçu une jolie carte, a dit Susan. Friscombe Sands… » Son regard s'est chargé de nostalgie, comme si elle regrettait de ne pas avoir été du voyage.

« En fait, je me souviens maintenant : ton amie Mrs Croft était mariée à une tantouze pleine aux as, si je ne m'abuse », a dit Brian.

Tantouze était nouveau, et j'ai vu ce terme être absorbé et évacué, comme le genre d'expressions que les hommes utilisent entre eux, par Susan et maman aussi, et Malcolm a dit : « Oh, mon Dieu » d'un ton désabusé, puis rougi à son tour.

« De toute façon, a dit maman, elle a obtenu le divorce il y a plusieurs années déjà.

– Voyez-vous ça, un divorce..., a répliqué Brian en hochant sombrement la tête, comme si c'était presque aussi grave. Une riche divorcée à Foxleigh. Que Dieu lui vienne en aide. Enfin, elle se trouvera peut-être un gentil nouveau mari. » Il a balayé la pièce du regard, frappé par une nouvelle idée. « Bon sang, mais c'est bien sûr ! Présente-la à Mike, on ne sait jamais ! »

Mike a levé une main pudique, Shirley a gloussé et Linda semblait sur le point de dire plusieurs choses, petits soupirs, la tête s'inclinant d'un côté puis de l'autre. « Je crois que j'ai bu un peu trop de cet *allontimado*, s'est-elle excusée.

– Toi aussi, ça te ferait du bien d'avoir un homme dans ta vie, Av', a repris Brian.

– Je suis très bien comme ça, je te remercie », a-t-elle rétorqué ; puis : « Nous nous débrouillons très bien, pas vrai, mon chéri ? », me frottant précipitamment le genou dans un geste d'embarras détourné. Brian nous a regardés, tous les deux, menton baissé, les sourcils froncés, réfléchissant à la façon de formuler la chose. Il a dit, plein de sollicitude :

« J'imagine qu'avec un enfant...

– Brian ! s'est indignée Susan.

– Eh bien... sois honnête, tout le monde n'est pas...

– C'est un très bon garçon, a dit Susan. N'importe qui aurait de la chance de l'avoir comme... enfin, tu vois...

– Je sais, ma chérie, je sais », a concédé Brian, soucieux de finir sur une note magnanime mais en laissant la pensée qu'il avait manqué exprimer étrangement visible dans l'air. « J'ai pas de souci avec ça. J'emmènerais volontiers David n'importe où.

– Ça, j'espère bien ! » a dit Susan.

*

Shirley et moi avons bu du Tizer à table, et Malcolm a eu droit à un verre de vin rouge. Pour l'essentiel, il a mangé sa dinde et ses pommes de terre au four dans un état d'hébétude indifférente au monde, tandis que la conversation rebondissait autour de lui. Je revivais mon expérience habituelle d'être ignoré par Brian, qui ne s'adressait jamais directement à moi, et gentiment harcelé par Susan, Linda et Mr Holland dès qu'un silence s'installait ou qu'ils voulaient changer de sujet. « Un autre verre de bordeaux, Michael ? » a demandé Brian d'une voix snob, avec un coup d'œil moqueur dans ma direction.

Mr Holland ne semblait guère disposé à endosser le rôle que lui avait attribué oncle Brian. « Donc, ta tante m'a dit que tu étais interne à la Bampton School », a-t-il dit, avec un sourire respectueux à Susan. Je me suis senti prudemment légitimé, mis en avant.

« Eh bien, ça fait un moment qu'il est là-bas, n'est-ce pas ? est intervenu Brian.

– C'est ma deuxième année, ai-je dit.

– L'endroit te plaît ? a demandé Mr Holland.

– Ouais…, a grommelé Malcolm.

– C'est vraiment une très bonne école, ai-je répondu.

– Et donc tu dors dans un dortoir, m'a dit ta mère ? a demandé Linda, regardant autour d'elle comme si tous trouvaient cela fascinant.

– Oui, tout à fait, ai-je répondu, poliment, mais avec la sensation exaspérée que nous avions déjà eu cette conversation à Noël dernier.

– Tu ne te sens pas trop seul, loin de la maison ? a poursuivi Linda. Moi, je sais que je serais comme ça !

– Plus maintenant, n'est-ce pas, mon chéri ? a dit maman.

– Y a-t-il d'autres… garçons de couleur ? a demandé Shirley.

– Oui, bien sûr, ai-je dit.

– Genre, combien ? a insisté Malcolm.

– Une douzaine, peut-être ? ai-je répondu.

– Oh, a fait Malcolm en hochant la tête. C'est pas courant », et maman m'a regardé un peu bizarrement, mais ne m'a pas abandonné.

« Oui, cette école n'a rien d'ordinaire, ai-je dit.

– Ils pourraient même avoir leur propre équipe de cricket, hein, Mike, a fait remarquer Brian d'un ton avenant. Vous savez comment ils s'appelleraient ?

– Eh bien…, a bredouillé Mike en regardant autour de lui.

– Je ne crois pas que nous ayons envie de le savoir, Brian, merci, a dit tante Susie. Je vous ressers, Mike ?

– C'était délicieux, mesdames, a soupiré Mr Holland en se rasseyant au fond de sa chaise.

– Allez, Mike, reprenez un peu de ce volatile, a insisté oncle Brian.

– Vraiment, je n'en peux plus », a répondu Mike.

Oncle Brian a laissé ses yeux glisser sur moi dans son tour d'horizon festif de la table – je lui ai rendu son sourire pendant quelques instants, puis j'ai baissé les yeux. « Shirley, demande à David s'il en veut encore, a-t-il lancé.

– J'ai assez mangé, merci, ai-je dit.

– Il dit qu'il a assez mangé, papa, a répété Shirley.

– Il garde de la place pour le prochain plat, j'espère ! » a dit Susie, et elle a fusillé Brian du regard avant de débarrasser les assiettes.

Nous avons eu du Christmas pudding pour le dessert, qui a été pour moi le meilleur moment – j'ai craqué une allumette pour faire flamber le brandy dans la cuisine, et c'est Shirley qui l'a apporté dans la salle. Il y avait de la crème anglaise pour l'accompagner, et encore du sucre, et c'est seulement après tout cela que les pétards de Noël, empilés tel un bûcher au centre de la table, ont été distribués, et, les bras croisés, nous avons scandé bruyamment le compte à rebours jusqu'à l'enchaînement désordonné de détonations, de cris et de grognements, Malcolm ayant soudain deux pétards et Linda aucun, et puis le jeu idiot consistant à s'extasier devant les petits cadeaux qu'ils contenaient et à grogner en écoutant leurs devinettes et à voir, en nous moquant des autres, combien nous devions nous-mêmes avoir l'air bête avec nos chapeaux en papier. Une partie de moi aimait l'étrangeté de porter ce chapeau, que les autres portent des chapeaux, comme s'ils s'étaient enfin mis tous d'accord pour être quelqu'un d'autre.

Nous sommes restés assis comme ça pendant quelques minutes, puis oncle Brian a sorti de minuscules verres pour le porto, et Malcolm est allé derrière le sapin où il a semblé allumer la radio. « Est-ce déjà le discours de la reine ? » s'est étonné Mike Holland en repoussant sa chaise en arrière. Un brouhaha de voix réverbérées s'est soudain fait entendre, certaines très proches, d'autres plus éloignées, grinçant et bruissant, avec des mercis murmurés et des demandes plus sonores concernant le sel et la sauce, de la part d'une personne qui parlait comme une méchante imitation de tante Susan. Un jeune homme aux intonations douloureusement snobs a demandé : « Puis-je avoir de la sauce au pain, s'il vous plaît ? », puis il y a eu des bruissements et tapotements convaincants et Mr Holland a demandé : « Puis-je dire le bénédicité ? » Déjà, des soupirs, des cris, des discussions couvraient ce que nous tentions d'écouter, les adultes étant bien plus ivres maintenant qu'ils ne l'avaient été alors.

Oncle Brian a harponné une datte dans la boîte garnie de froufrous blancs, et il l'a mâchonnée en écoutant ses propres contributions vociférées. Il a semblé avoir décrété qu'il aimait le tour que Malcolm lui avait joué – il enveloppait son fils d'un sourire admiratif, et, dans son esprit, le cadeau hors de prix qu'il lui avait offert avait été promptement rentabilisé. Je me suis surpris à tendre l'oreille avec inquiétude, guettant certaines choses que j'avais dites et qui, déjà sur le moment, m'avaient plongé dans un certain embarras. Il y avait un silence terrible juste avant que je déclare : « En fait, je dois dire qu'en général je préfère les comédies de Shakespeare à ses tragédies et ses pièces historiques », ce à quoi Mike Holland répondait : « Vraiment, David… ? Oui, oui… » Je ne savais pas si j'étais avant tout ravi ou consterné en m'écoutant parler, mais je savais maintenant ce qu'entendaient les autres, et j'ai ri en me cachant derrière ma serviette en papier. « Tu devrais faire de la radio, mon chéri, a déclaré Linda. Pas vrai, Av' ?

– Oh ça, je ne suis pas sûr », ai-je protesté. Nous guettions à présent les choses que nous n'avions pas entendues dans le brouhaha général de la conversation, une fois le repas commencé… un bref échange murmuré entre Linda et Mr Holland que je n'avais pas vraiment remarqué – « Oui, un jeune garçon séduisant », acquiesçait Mr Holland.

« Oh, j'en ai assez entendu, Malcolm ! s'est emportée Susie. Sérieusement. C'est Noël, a-t-elle ajouté. Éteins-moi ça », alors Malcolm est retourné derrière le sapin avec un sourire satisfait et, après avoir farfouillé un peu, a éteint le magnétophone. On a resservi du porto, mais pendant deux ou trois minutes, une nouvelle conversation a peiné à redémarrer. Tante Susan a dit : « Ça fait quand même réfléchir, Linda. Je ne voudrais pas que tout ce que nous disons au sujet de Brian, toi et moi, soit enregistré !

– Alors il faudra que tu fasses attention à ce que tu racontes, hein, ma chérie », a commenté oncle Brian.

*

Maman n'arrêtait pas de regarder par la fenêtre, guettant des flocons révélateurs sur le fond de plus en plus sombre du ciel. Elle les redoutait et les désirait à la fois, comme une raison sans appel de partir. Puis je suis allé aux toilettes et, par la fenêtre des escaliers, j'ai vu les voitures qui passaient au ralenti, phares allumés, sur la première neige fondue luisante, la haie du jardin d'en face argentée dans le crépuscule de trois heures trente de l'après-midi. Maman a annoncé que nous devions prendre la route immédiatement, elle a trouvé son sac à main, nos manteaux, pendant que Brian se plaignait de ne jamais la voir, et déjà elle partait. Susan et Linda nous ont enlacés, et nous nous sommes contentés de saluer le reste de la troupe d'un geste pressé de la main ; seul Mike Holland s'est levé. Dans le hall d'entrée, maman a dit : « Je n'ai pas beaucoup bu », un sherry et un verre de rouge, mais assez pour ajouter encore à son inquiétude ; Brian a enfilé son manteau pour sortir nous dire au revoir. « Passe par Chippenham, tu veux bien ? a-t-il dit.

– Ah non, pas question de monter dans les collines par un temps pareil, a répliqué maman.

– Ça va aller. Bon, prends soin de toi, Av' », a dit Brian d'un ton presque sentimental, tandis qu'elle s'installait au volant. Puis : « Vous aussi, jeune homme », avec des chatouilles à pleine main qui faisaient mal, dont je me suis extirpé comme j'ai pu.

Et aussitôt dans la voiture, portières fermées, phares allumés, le chauffage soufflant un air glacial tandis que je faisais glisser ma manchette sur le pare-brise embué, nous étions de nouveau nous-mêmes, dans un silence reconnaissant où la journée entière attendait d'être débattue – ou pas. « Ça va, mon chéri ? », c'est tout ce que maman a dit en démarrant, les yeux rivés à la route et au rétroviseur pendant les premières minutes chargées d'appréhension. « Finalement, ce n'est pas si terrible », a-t-elle déclaré quand nous nous sommes engagés sur la grand-route, où la circulation maintenait le sol dégagé.

Non pas qu'il y ait eu beaucoup de circulation. En traversant Westbury puis en continuant vers Melksham, j'avais l'impression que tous les autres étaient plongés dans la joyeuse stupeur de Noël, toute l'Angleterre derrière de petites fenêtres illuminées, en train de s'avachir et de somnoler devant le spectacle de Noël du Billy Smart's Circus à la télévision, qui serait terminé à notre arrivée. Les rares automobilistes qui s'étaient aventurés sur les routes semblaient avoir en partage un air de grande résolution, ou de crise. Le chauffage a fini par se réchauffer, et une rassurante odeur de brûlé a empli l'habitacle. « Bon, il ne faut pas que je me trompe, ici », a dit maman quand nous sommes entrés dans Chippenham, elle a tourné à droite et remonté lentement les rues, passants aux chapeaux enneigés, un arbre de Noël illuminé sur la place déserte. « Je devrais la connaître, je l'ai faite des dizaines de fois » – et je connaissais moi-même la route, à la manière passive et subjective de l'enfant que l'on conduit et qui note des choses que le chauffeur en pleine concentration ne voit pas. « C'est à gauche, ici, n'est-ce pas ? » a demandé maman, et je lui ai dit que oui. Quand la ville a disparu derrière nous, c'était vraiment la nuit, les lumières du tableau de bord se reflétaient sur le pare-brise parmi les milliers de flocons mouillés qui se précipitaient sur nous, et nos phares s'écrasaient contre ce tourbillon blanc réfléchissant. J'ai lancé un « Tea for Two » mais maman ne participait pas vraiment – elle a souri et s'est excusée, et j'ai su à quel point elle serait contente de rentrer à la maison.

*

C'est le lendemain que la neige s'est mise à tomber pour de bon, et toute la journée suivante, jour après jour jusqu'au mois de janvier que nul n'avait imaginé, le plus froid depuis 1814. Nous commencions à nous demander comment j'allais pouvoir me rendre à l'école ; et alors, au début du trimestre, Peter Pollitt est passé me prendre dans son Land Rover équipé de chaînes, avec Eastman et Du Cane déjà à son bord, et nous a emmenés tous les trois avec nos malles et nos boîtes à provisions à travers les congères levées par le vent et les bois scintillants, jusqu'à l'école. L'allée avait été dégagée puis à moitié ensevelie sous la chute de neige suivante. Les voitures d'autres parents dérapaient dessus en première, et j'étais fier des chaînes, et de l'habileté avec laquelle Mr Pollitt laissait passer les Wolseley et les Rover inquiètes qui se traînaient devant nous. Toute cette situation était source d'excitation mais aussi, comme Mr Pollitt l'a lui-même calmement rappelé, un problème très sérieux. Les bâtiments de l'école sont apparus par-delà la plantation de sapins, des lumières rayonnant à travers la neige, bienvenue sans rideaux. Le grand cèdre du côté de Hawkers disparaissait sous un épais manteau blanc, ses branches ployaient sans que la neige gelée ne se décroche.

12

Je figurais toujours en dernier sur les listes alphabétiques, mais quand les équipes de la Journée de terrain ont été affichées, il m'a fallu quelques instants pour me trouver – j'étais là, dans l'équipe Morris, en dessous de Craven, Manji et d'une demi-douzaine d'autres, y compris Hadlow. « Oh, mon Dieu, a soupiré Giles après s'être frayé un chemin dans la foule massée autour du panneau d'affichage. Je suis avec tous les métèques, bordel.

– T'es plutôt avec tous les putains de cerveaux de l'école, Hadlow, je crois que c'est ce que tu voulais dire, a répliqué Manji. Je me demande si tu t'es jamais demandé ce que ça me fait ?

– Quoi, d'être un métèque ? a dit Giles.

– D'avoir un camarade aussi débile que toi, Hadlow ?

– De toute façon, suis-je intervenu en n'attaquant pas directement Giles, ce n'est pas l'équipe de Hadlow. Le capitaine, c'est Pinsent.

– Pinsent… ! s'est exclamé Giles avec un rire désespéré. Vous ne sentez pas venir la mutinerie ? »

Harris le Fasciste s'est approché, faisant signe aux garçons moins costauds de dégager de son chemin, et il a parcouru les listes d'un regard dédaigneux. J'ai regardé le reflet de ses yeux bleus et de sa frange blonde sur la vitre à côté de moi, son air outragé quand il a vu qu'il était dans l'équipe de la Maison Kent et son sourire vengeur quand il s'est retourné. Une semaine plus tôt, il avait prononcé un discours qui avait fait beaucoup parler de lui, expliquant comment il concevait son rôle de capitaine de Maison : « J'ai le pouvoir. Pas vous. » Il espérait sûrement que Giles et lui s'aventureraient ensemble hors de l'école, comme l'été précédent, mais le maître d'internat qui composait les équipes possédait plus de pouvoir encore, et avait eu le bon sens de les séparer.

Ce soir-là après l'étude, j'ai de nouveau lu au foyer bleu une aventure de Jeeves, le valet de P. G. Wodehouse. Le feuilleton *Le Monde de Wooster*, tiré de ses nouvelles, passait alors à la télévision et mes fameuses lectures étaient pour l'essentiel des imitations des acteurs Dennis Price, qui interprétait Jeeves, et Ian Carmichael, qui jouait Bertie. Les histoires étaient drôles en soi, et mes imitations resserraient encore l'étau de la comédie quand, perché sur un bureau, je lisais « La Tante et le Fainéant » ou « Jeeves au printemps » devant dix, puis quinze ou même vingt camarades – leur nombre augmentait à chaque fois, première preuve troublante du succès : il existait une demande. Toute la semaine, par intermittence, j'étais un peu Bertie, avec le léger bégaiement idiot que Ian Carmichael avait ajouté à son personnage ; mais c'était mon Jeeves que les gens voulaient entendre, mon « Tout à fait, monsieur » éminemment ironique et d'autres expressions de mon cru, « Absolument délicieux, monsieur », « Je crois bien que c'est de Shakespeare, monsieur », ce genre de choses. Des garçons que je connaissais à peine devenaient eux-mêmes Bertie, pendant que nous faisions la queue au réfectoire le midi, ou que nous nous mettions en tenue avant d'aller courir. « Ma foi, Jeeves », lançaient-ils, et ils reculaient d'un pas, impatients, le temps que je me glisse dans mon personnage : trois ou quatre mots suffisaient à les faire éclater de rire. Je possédais en outre l'inestimable don de pouvoir lever mon sourcil gauche sans que l'autre bouge. Ce geste a peu à peu pris de l'importance, jusqu'à ce qu'il me suffise de l'esquisser pour casser la baraque. C'était peut-être la leçon à retenir – ne pas se contenter de leur offrir des choses dont je constatais ensuite qu'elles leur plaisaient, mais jouer avec leur désir de ce que je leur avais donné auparavant : c'était ça, la célébrité.

Ce soir-là, pour la première fois, Harris est venu, afin de voir de quoi il retournait et de manifester passivement son opposition par le simple fait d'être là. Il s'est assis au premier rang, à côté de Giles, et m'a enveloppé d'un regard vide pendant que les gens arrivaient et cherchaient une place. Mais au bout d'une demi-page de « Sir Roderick vient déjeuner », il se tortillait déjà et jetait des regards alentour, et il n'a pas tardé à être rouge comme une tomate à force de rire. Il y avait quelque chose de coercitif dans sa manière de regarder alentour, pour s'assurer que tout le monde riait autant que lui ; il empêchait presque le spectacle d'être drôle. J'ai pensé : « J'ai le pouvoir, et pas toi » – ce bras de fer inattendu a duré cinq minutes mais je ne me suis pas démonté, et quand Harris s'est mis à rire grassement, j'ai haussé mon sourcil gauche, imperceptiblement, ce qui a provoqué chez tous les autres une hilarité encore plus grande. À la fin, Harris est resté à l'écart, l'air perfide, pendant que les gens se massaient autour de moi pour me parler. Puis il m'a adressé un hochement de tête amical : « T'es vraiment le parfait petit gentleman anglais, hein, Winny ? » Giles a ajouté, sautant sur l'occasion : « Enfin, le parfait petit valet du gentleman anglais. »

Le lendemain matin, je me suis réveillé avec l'agréable sensation d'une célébrité persistante, et une tension à demi plaisante à l'idée de la mission qui m'attendait ce jour-là, quelle qu'elle soit. Après le petit déjeuner, Pinsent, dans un numéro prématuré de vieux sergent s'occupant de ses hommes, embarrassant mais rassurant aussi, a rassemblé notre équipe devant les courts de Fives et ponctué de petits coups de son menton rasé de frais la liste des tâches à accomplir, tout en réfléchissant à la meilleure manière de les répartir entre nous. C'était l'un de ces moments où le leadership s'affirme, où autorité personnelle et obéissance naturelle se rencontrent, et tout cela était particulièrement irritant pour Giles. « Allez, Charlie, on ne va pas y passer la nuit ! » s'est-il emporté, mais l'amadouant en même temps par l'usage du prénom, mutinerie et cirage de bottes mêlés. Les missions de la Journée de terrain étaient difficiles, surréalistes parfois. L'année précédente, avec Manji déjà, je m'étais rendu en stop dans une usine de marmelade à Bicester, d'où j'étais revenu avec des échantillons gratuits et une lettre du directeur. Hadlow et Harris avaient tenté sans succès de monter à bord d'un bombardier américain à l'aérodrome de Brize Norton. Pinsent nous a répartis en trois groupes, et il a fait exactement ce que j'espérais qu'il ne ferait pas : il m'a associé à Giles. Nous allions devoir faire équipe avec Kiss-Kiss Cousins, de la classe d'en dessous, un élégant petit blond qui avait joué Jessica dans *Le Marchand de Venise* l'été précédent, de sorte que lui et moi avions cela en commun ; mais Giles, je crois, n'avait jamais adressé la parole à Cousins, sauf peut-être pour le traiter de petit allumeur mielleux. Il l'a salué aimablement de la tête et m'a adressé un long regard étrange, un semblant de sourire à moitié étonné dans lequel la fiction suspendue de notre amitié semblait être passée en revue et évaluée à l'aune de son éventuelle utilité présente.

Pinsent m'a remis la fiche avec les instructions. C'était une copie carbone à l'encre bleue, certaines lettres réduites à l'état de fantômes, d'autres parfaitement séchées et pleines. Il y avait d'abord la rubrique générale : *Esprit d'initiative et audace seront récompensés, mais les membres de l'équipe doivent toujours garder à l'esprit qu'ils sont des ambassadeurs de notre école.* J'ai ensuite lu aux autres l'énoncé de notre mission spécifique, prenant la voix de l'acteur Kenneth More dans *Vainqueur du ciel* : *Votre groupe devra se présenter devant M.H.S. au gymnase de l'école à 18 h 00 au plus tard, et lui remettre l'interview enregis-*

trée d'une personne racontant, à partir de son expérience personnelle, des incidents ayant eu lieu pendant la Première Guerre mondiale, ainsi qu'une lettre signée de l'interviewé(e) attestant que l'entretien s'est tenu ce jour. « Voyons voir », a dit Giles, qui a relu tout haut le texte une seconde fois, comme s'il s'attendait à ce que les mots disent tout à fait autre chose.

J'ai aussitôt eu l'impression de n'avoir aucun poids – je ne connaissais personne. Je nous imaginais vaguement plantés devant le magasin Woolworth's à Foxleigh, arrêtant tous les passants de plus de soixante-dix ans pour les interroger. Puis Cousins a dit que son grand-père avait combattu dans les tranchées – « Eh bien, c'est parfait », s'est réjoui Giles ; mais le grand-père en question se trouvait vivre à Shepton Mallet. Le hic, c'était la lettre signée – sinon, nous aurions pu tout simplement téléphoner au grand-père de Cousins, enregistrer ses propos et profiter librement du reste de cette journée. « Je suppose que tu n'as personne, Winny… », a soupiré Giles, dissimulant son agacement sous un soupir compatissant. Alors, une idée très simple m'est venue.

« Eh bien, ai-je dit, pourquoi pas oncle George ? » Je me souvenais de notre conversation sur la Grande Guerre, trois ans plus tôt ; de l'atmosphère privilégiée de ce moment, surtout, plus que de ce qu'il m'avait confié. Je trouvais bizarre que Giles n'y ait pas pensé lui-même.

« Il vit où ? a-t-il demandé.

– Ton oncle George, je veux dire. S'il est toujours vivant.

– Bien sûr qu'il est toujours vivant », a répliqué Giles avec un sourire perplexe, comme si je m'étais montré trop familier en l'appelant oncle. Puis le sourire s'est infléchi, nous avons vu l'idée faire son chemin en lui et émerger aussi un sentiment de responsabilité, vis-à-vis de notre curieux trio et de l'équipe dans son ensemble, impossible à ignorer. « Oui, nous allons faire ça, excellent, a-t-il dit en me récompensant d'un regard malin même si, pour l'essentiel, il se congratulait lui-même. Ce vieux

George ne se défilera pas : il est plutôt du genre à prendre le taureau par les cornes !

– Littéralement », ai-je glissé.

Cousins n'a pas saisi l'allusion. « Et donc, il habite où ? » a-t-il demandé. Tout autour de nous, tandis que nous marchions vers notre résidence, de petits groupes d'élèves débattaient avec véhémence sous les arbres, ou partaient en courant chercher les choses inattendues dont ils avaient soudain besoin. Harris parlait d'un ton sec au membre de son équipe qu'il avait choisi pour faire tout le boulot.

« Pas besoin de courir, a grommelé Giles entre ses dents. On a toute la journée. » Il a enveloppé Harris d'un regard fourbe, la compétition étant, comme toujours chez lui, plus puissante que la loyauté – Giles était ainsi fait. « Montrons-leur que nous sommes confiants et décontractés. » Dans le couloir du fond, plusieurs équipes étaient penchées sur des cartes d'état-major et, dans le vestiaire et le dortoir à l'étage, il régnait une activité aussi intense qu'indécise. Nous étions en civil pour cette Journée de terrain, mais les garçons chargés de peindre le portrait d'un professeur d'Oxford ne porteraient pas la même tenue que ceux qui devaient abattre un sapin et le débiter en sections de quarante-cinq centimètres. Manji et Craven s'étaient vu attribuer la mission à Oxford, dont l'idée me plaisait, mais la perspective d'un retour à Woolpeck par une chaude matinée de mai me captivait bien davantage. J'avais la sensation que j'allais pouvoir tirer un bénéfice privé, secret presque, de notre travail d'équipe. Giles est monté tranquillement chez Teagarden pour lui emprunter son magnétophone, mais celui-ci l'avait en fait déjà prêté à Harris moyennant une caution de dix shillings ; donc, Harris accomplissait probablement pour la Maison Kent la mission dont nous étions chargés au nom de la Maison Morris. « N'y a-t-il pas un magnétophone à la ferme ? » ai-je demandé, mais j'avais en mémoire le vieil appareil lourd et encombrant du salon, et le Philips 3302 de Teagarden incarnait désormais la norme en termes de simplicité d'utilisation et de désirabilité. Giles a paru sécher pendant quelques instants, et c'est alors seulement que Cousins, avec un lent sourire et un regard en coin, comme s'il offrait quelque chose de beaucoup plus personnel, a dit : « On peut utiliser mon appareil si vous voulez.

– Tu es un ange, a dit Giles, et il a caressé les cheveux brillants de Cousins.

– Mais comment allons-nous faire pour nous rendre là-bas ? » ai-je demandé, frottant à mon tour, au passage, la chevelure de Cousins – il a levé un sourcil et m'a souri, moqueur ou engageant, difficile de savoir.

« C'est où ? » a-t-il redemandé.

Une queue s'était formée devant le petit kiosque du téléphone, à l'intérieur du bâtiment, d'où nous contactions occasionnellement le monde du dehors, en PCV. « Je me disais que ta mère pourrait facilement nous conduire sur place, a dit Giles tandis que nous passions devant. Ça ne doit pas être à plus de quinze kilomètres…

– Elle n'a pas vraiment de voiture, ai-je répondu.

– Soit elle en a une, soit elle n'en a pas, a répliqué Giles.

– Elle a un utilitaire, ai-je précisé à contrecœur.

– Ah, je vois…, a dit Giles.

– On ne peut pas juste prendre le bus ? a proposé Cousins.

– Tu es sérieux, Andrew ? » a grommelé Giles, reportant sa déception sur moi. Il s'est tourné vers moi. « Je peux conduire, tu sais, si ta mère veut bien nous prêter le véhicule. » Ce qui était la vérité : il avait passé le permis quelques semaines après son dix-septième anniversaire. N'empêche, cette idée était si risquée et inquiétante que je n'ai eu d'autre choix que de répondre non.

Une minute plus tard, je faisais la queue devant le téléphone. Giles avait cet inexplicable effet sur les gens : on ne voulait pas le décevoir ; à vrai dire, on voulait même lui faire plaisir, comme Cousins tout à l'heure. Ce n'était que justice, à l'en croire : après tout, Cousins prêtait un magnétophone de valeur, lui-même apportait un oncle vivant en chair et en os, il était donc de mon devoir de contribuer à mon tour en fournissant le troisième ingrédient clé. Giles s'était imposé en cinq minutes comme le chef de notre trio, et Cousins et moi nous étions soumis. C'était précisément ce que je ne voulais pas qu'il arrive, et il était déjà trop tard pour résister. J'étais maintenant le premier dans la file d'attente, et je me suis préparé en vue de cet appel fort délicat. Ce que je n'avais pas prévu, alors que je m'installais dans la cabine où flottait une odeur de renfermé et composais le 100, c'était la manière dont maman aussi allait se rallier à l'idée de Giles. J'ai entendu la touche d'inquiétude dans sa voix quand l'opératrice lui a demandé si elle acceptait l'appel, et j'ai cru la voir avant de pouvoir lui parler, dans la seconde d'hésitation qui a précédé son « Oui, bien sûr » déconcerté. Quel que soit le désastre qu'elle s'était imaginé pendant ces quelques instants, il a fait paraître ma requête, quand j'ai fini par la formuler après avoir maladroitement tourné autour du pot, si triviale et hors sujet qu'elle a immédiatement dit non. Mais enfin, c'était une demande tellement bizarre qu'elle méritait, peut-être, un nouvel examen avec un regard à demi amusé. Pour elle, cela venait s'ajouter à toute une panoplie de surprises et d'ajustements, maintenant que j'avais moi-même dix-sept ans et des besoins qu'elle devait prendre en compte. La réticence de maman, instinctive, n'a pas duré longtemps : c'était une réaliste. Si bien qu'elle a répété point par point ce que je lui demandais, puis s'est interrogée tout haut sur la manière dont cela pouvait être accompli, tandis que je l'encourageais d'un sourire, tout en m'efforçant d'ignorer Duplessis et Milsom qui m'assassinaient du regard à travers la vitre. « Je suis sûr que Giles fera attention », a-t-elle dit, exprimant son inquiétude mais révélant aussi qu'elle avait constamment à l'esprit un détail que j'oubliais souvent : notre irremboursable dette envers la famille de Giles.

Nous avons remonté sans hâte l'allée de l'école jusqu'à la loge, puis débouché sur la grand-route avec la sensation aussi ténue que choquante d'échapper aux règles et à la protection de l'école. Nous avons retrouvé maman sur la petite aire d'arrêt au bord de la route de Radstow, à cinq minutes à pied des grilles de l'école. L'utilitaire avait l'air atrocement petit et ordinaire, et je ne crois pas que Giles s'attendait à ce *Wincroft, Couturière* inscrit en cursives rouge et or des deux côtés. « Ah, une Austin ! » s'est-il exclamé en serrant chaleureusement la main de maman.

J'ai eu l'impression – peut-être étais-je le seul – que maman jouait son rôle avec un peu trop de zèle. « Nous devons tout faire pour que votre équipe gagne !

– Ça, c'est la bonne attitude ! » a dit Giles. Il mesurait quinze centimètres de plus qu'elle, et voilà qu'il adoptait de vagues manières d'adulte, rayonnant d'une courtoisie où l'on sentait poindre la condescendance. J'ai regardé Cousins, qui a roulé de gros yeux avant de sourire à nouveau.

« Mais je ne sais pas ce qu'il en est de l'assurance, a dit maman dans un soudain sursaut. Ça pourrait poser problème. »

Giles secouait déjà la tête. « Non, non, je suis assuré pour conduire les voitures des autres, a-t-il dit. Ne vous inquiétez pas pour ça. » Et étrangement, ce fut le cas. Il lui a pris les clés des mains avec un sourire tolérant.

Il l'a ramenée avec nous à Foxleigh, faisant tout du long des signes de la main et regardant dans son rétroviseur, tandis que Cousins était assis en face de moi sur le plancher derrière les sièges, le magnétophone calé contre ses genoux relevés. L'odeur propre et légère de tissu neuf qui flottait dans l'utilitaire, les notes plus tranchantes des teintures chimiques, tout cela faisait partie intégrante de l'air dans lequel j'avais grandi, une odeur de coulisses ou de vestiaires que je n'aurais jamais pensé partager un jour avec d'autres garçons de l'école. Quand nous sommes tous descendus sur la place, le jean de Cousins était parsemé de peluches et de chutes de fil. Esquivant la menace d'une étreinte, je me suis glissé sur le siège avant pendant que maman nous disait au revoir. Debout au bord du trottoir, elle nous a chassés de la main comme si tout cela était son idée.

« C'est quoi, cette histoire de Wincroft ? » a interrogé Cousins, alors que nous remontions Chalk Street en faisant rugir la première, et qu'installé maintenant sur le siège passager j'avais l'impression, impossible à cacher, que cet utilitaire avait été victime d'un détournement.

« L'associée de ma mère s'appelle Mrs Croft, ai-je répondu en tournant la tête vers lui par-dessus mon épaule.

– Ah, je *vois*…, a dit Cousins : "Win… Croft !" » Il y avait chez lui quelque chose d'insolent. « Oui, j'ai entendu quelqu'un parler de ta mère.

– Allons, allons, ça ne sert à rien, est intervenu Giles.

– Elle doit se sentir seule, c'est tout, a insisté Cousins.

– Tu crois que c'est le cas, Dave ? m'a demandé Giles, d'un ton protecteur qui ne lui ressemblait guère. Elle devrait se remarier.

– Elle est très bien comme ça, ai-je rétorqué.

– Et puis elle t'a, toi, a fait remarquer Cousins.

– Exactement.

– Et elle a Mrs Croft, son associée. »

*

Une fois que nous avons quitté la ville pour nous engager sur les routes plus étroites filant vers les collines, Giles, montrant qu'il avait pris la mesure du véhicule, a accéléré brusquement. « Du calme, mon vieux », ai-je dit, adoptant à nouveau la voix de Kenneth More en m'efforçant de sourire. Giles a tourné la tête d'un air presque amical, et j'ai hoché la mienne, les yeux droit devant, pour lui dire de regarder la route. Il a fait une double embardée, serrée, pour éviter une branche tombée qui dépassait du bas-côté ; Cousins, sur le plancher derrière, s'est retrouvé projeté dans un sens puis l'autre. « Sacré petit moteur », a commenté Giles, son ironie se dissolvant en pure et simple excitation. Mon inquiétude pour cet utilitaire s'est irrémédiablement mêlée à une certaine gêne, à la pensée du genre de voiture auquel Giles était habitué. « Il conduit quoi, ton vieux ? a-t-il demandé à Cousins par-dessus son épaule.

– On a une Rover 3000, toute neuve », a répondu Cousins, puis il a grogné quand nous avons rebondi sur une énième grosse bosse. Sans tourner la tête, j'ai décelé dans sa voix une touche comique de nostalgie pour la Rover, et autre chose aussi, typique de lui : le refus de se laisser impressionner, fût-ce par ses propres parents fortunés.

« J'imagine qu'oncle George sera à la maison ? ai-je demandé à l'approche du village.

– Oh, il est toujours là », a dit Giles.

Devant nous, la colline se dressait et agitait ses flancs, les Rings formant comme deux encoches dans sa couronne, sur le fond du ciel. J'avais vraiment envie que Cousins aime Woolpeck, qu'il soit sensible à l'atmosphère et au cadre. « On a une vue incroyable depuis là-haut, ai-je déclaré. Par beau temps, on peut voir cinq comtés. » Mais Cousins s'était retourné, adossé à la banquette avant, sa vue se limitant à la petite route qui disparaissait derrière nous, à travers l'étroite lunette arrière. Nous traversions à présent le village – le vieux pub, le magasin, le virage serré puis la brève ligne droite dégagée avant l'entrée de la ferme. C'étaient les hêtres plantés le long de l'allée qui faisaient maintenant la différence. Les jeunes arbres pâles d'il y a trois ans, soutenus par des tuteurs, leurs feuilles vertes se pressant à travers le grillage de protection, avaient grandi, pris de l'épaisseur, et se dressaient désormais librement.

Nous nous sommes garés dans la cour et j'ai contourné l'utilitaire pour faire descendre Cousins à l'arrière, comme un chien.

Il s'est étiré en me lançant l'un de ses regards ironiques, doux ou acéré – je ne savais jamais à quoi m'en tenir avec lui. Giles s'est dirigé à grandes enjambées vers la maison, a fait tinter la cloche du porche d'un coup sec pour annoncer notre présence, puis il a ouvert la porte de derrière avec une certaine précaution, jetant un coup d'œil dans le couloir avant de crier : « Bonjour… ? » Je crois qu'il s'était précipité afin que Cousins et moi n'assistions pas à ce moment – ce n'était pas sa maison, après tout, mais celle de son oncle Peter, même si les Hadlow étaient ici comme chez eux. Nous l'avons rejoint et nous sommes arrêtés derrière lui, scrutant la pénombre du long couloir, tel qu'auparavant, oublié puis remémoré. Le bruit d'un aspirateur nous parvenait depuis une pièce à l'avant de la maison. La porte de la cuisine était entrouverte ; nous sommes entrés et nous sommes restés là, incertains ; quelque chose, dans la lourde casserole laissée à mijoter sur le poêle Rayburn, me donnait l'impression stressante que nous étions des intrus. Giles a dit : « Attendez-moi là, les gars », et il est reparti dans le couloir. Cousins a posé le magnétophone sur la table, et nous l'avons contemplé distraitement, sans bouger. Nous avons entendu la voix de Giles qui appelait : « Bonjour !… Mrs Over », un petit cri puis la gamme descendante approximative de l'aspirateur que l'on venait d'éteindre. Cousins m'a fait une grimace amusée, et nous sommes sortis de la cuisine.

Mrs Over, qui remontait le couloir, avait gardé son air de compétence exaspérée, mais imperceptiblement ajusté à la taille et la maturité nouvelles de Giles. « Vous auriez dû nous prévenir, a-t-elle dit en nous regardant, Cousins et moi.

– J'ai essayé de téléphoner, mais je n'ai pas pu vous avoir », a répondu Giles. Il s'est tourné vers nous pour que nous confirmions sa fiction, et Cousins a adressé un sourire si large à Mrs Over qu'elle le lui a rendu, fugacement. « Il est rentré de sa marche ? » a demandé Giles.

Mrs Over s'est immobilisée au pied de l'escalier abrupt et étroit. « Je ne crois pas qu'il soit même sorti. C'est sa hanche, vous savez bien.

– Pauvre oncle George, a soupiré Giles.

– Il a quatre-vingt-deux ans, a dit Mrs Over, avec une touche de reproche. Vous allez tous lui parler ? »

Giles s'est montré diplomate. « Eh bien, si c'est possible… », en nous regardant de nouveau, avant de jeter un coup d'œil vers l'étage. « Et si je montais rapidement voir… ? »

Il a grimpé les marches avec une attitude pleine de respect, réprimant son impatience. Nous sommes restés en bas, les yeux levés vers l'endroit où il s'était trouvé l'instant d'avant, jusqu'à ce que sa voix nous parvienne, plus forte mais joyeuse, faisant sursauter George mais le rassurant aussitôt.

« Bon, je vais m'y remettre », a dit Mrs Over, et elle est repartie dans le couloir sans le moindre signe indiquant qu'elle se souvenait de moi, même si je savais, bien sûr, que c'était le cas.

Une minute plus tard, Giles est réapparu. « Montez, a-t-il ordonné à voix basse. Prenez l'appareil. » Je me suis engagé le premier dans l'escalier avec l'impression, en qualité d'ancien invité, de montrer le chemin à Cousins et d'être moi-même, dans une infime mesure, un hôte dans cette maison à laquelle j'avais si souvent repensé, et dont j'avais rêvé aussi. Juste avant le palier du premier étage, les marches bifurquaient vers la droite, menant au couloir de l'aile latérale de la maison, plus basse. Il y avait une salle de bains et, juste en face, une porte avec un écriteau en porcelaine où l'on pouvait lire LYDIA, dans une couronne de myosotis. La porte du fond était ouverte sur la chambre du vieux George Pollitt.

Nous faufilant à l'intérieur, nous sommes allés nous planter devant le petit lit et soudain, elle m'a étreint avec délicatesse, l'heure passée dans cette chambre après le goûter où j'avais étudié sans rien y comprendre d'anciennes cartes des fermes environnantes avec le bras de George passé autour de mes épaules et les senteurs douces, étrangères, de sa veste en tweed Harris et de son huile pour les cheveux, confirmations des privilèges. Maintenant, il arpentait la chambre, secouant la tête en raison d'une légère confusion et du soudain besoin de se concentrer. « Il faut me pardonner », a-t-il dit. Il était en bras de chemise, des bretelles marron se croisaient entre ses omoplates, et quand il s'est retourné, le nœud effiloché de sa cravate rouge était à moitié caché sous son menton.

« Oncle George, a dit Giles, je te présente mes collègues, Andrew Cousins et David Win.

– Parce que tu as des collègues, maintenant… », a grommelé George tandis que nous nous penchions pour lui serrer la main. « Nous nous connaissons », a-t-il dit, et il a gardé ma main dans la sienne en me dévisageant, respirant par la bouche.

J'ai dit : « Oui, monsieur, j'ai séjourné ici… il y a quelques années déjà.

– Nous avions parlé de la Birmanie. Tu n'y étais jamais allé.

– Toujours pas, monsieur. »

Il m'a tapoté la main avant de la relâcher. « Eh bien, tout cela est si inattendu », a-t-il repris, et il a étudié Cousins d'un air inquisiteur, par-dessus ses lunettes.

« Eh bien, comme je le disais, oncle George, nous aimerions nous entretenir avec toi », a dit Giles, et il lui a expliqué de nouveau toute l'histoire. George semblait à peine écouter, mais je crois qu'il n'en perdait pas une miette tandis qu'il déplaçait des dossiers sur son bureau, les soulevant pour déchiffrer les mots inscrits à l'encre sur les chemises en carton. « Nous avons donc besoin de quelqu'un qui ait des souvenirs vécus de la Grande Guerre, et bien sûr, tu es la première personne à laquelle j'ai pensé.

– Eh bien, je peux vous raconter des choses, a dit George, même si, comme tu le sais, j'ai vécu une guerre pour le moins inhabituelle. Je ne suis peut-être pas tout à fait ce que vous cherchez. » Quelque chose dans la manière dont il avait dit cela, un petit tremblement protocolaire, la légère perte de confiance d'un vieillard et la peur du malentendu, en raison de la surdité ou de la faiblesse, m'a fait sentir combien George avait vieilli depuis mon premier séjour à Woolpeck.

Cousins a dit : « Nous vous serons vraiment reconnaissants de tout ce que vous pourrez nous dire, monsieur », d'un ton mielleux.

Si bien que nous nous sommes installés, George a tourné dans l'autre sens son fauteuil de bureau, Giles et Cousins se sont assis côte à côte sur le lit étroit en face de lui, et je me suis perché sur le bureau à gauche de George, tenant le microphone devant lui mais étrangement distrait par le fait d'accomplir cette tâche, parcourant du regard l'immense bibliothèque sur le mur du fond, la photographie encadrée d'hommes en uniforme accrochée à côté, et vérifiant de temps à autre la rotation silencieuse de la bobine de bande magnétique à l'intérieur de l'appareil. Quand des voix se sont fait entendre dehors, j'ai pu tourner la tête et apercevoir Peter Pollitt en bas dans la cour, qui interrogeait Mrs Over au sujet de l'utilitaire Wincroft.

Tout a commencé de manière fort peu prometteuse, dans la mesure où oncle George n'avait visiblement pas servi dans l'armée pendant la Première Guerre mondiale. « J'avais déjà trente ans quand la guerre a éclaté, et ton grand-père, bien sûr, trois ans de plus, mais comme nous faisions tourner la ferme, nous savions qu'il nous était impossible de nous porter volontaires : on avait besoin de nous ici, tu comprends. » Il s'adressait principalement à Giles, mais souriait de temps en temps à Cousins, assis sur le lit, qui clignait des yeux devant lui à travers sa frange. « Il se trouve d'ailleurs que j'ai fait beaucoup de recherches sur ce sujet-là, a-t-il dit, se tournant pour jeter un coup d'œil à ses dossiers, comme s'il hésitait à les évoquer. Je suis en train d'écrire une histoire de cette partie du comté, l'extrémité occidentale, c'est un projet qui me tient vraiment à cœur. » Il a levé les yeux sur moi et je l'ai encouragé d'un hochement de tête.

« Qu'est-ce que tu as fait, alors ? Il s'est passé une drôle de chose, n'est-ce pas ? a demandé Giles, tel un avocat aux prises avec un témoin nerveux.

– Eh bien…, a répondu George, n'appréciant guère ce ton peut-être. Drôle, je ne sais pas. Mais au bout d'une semaine ou deux, il a été décidé que Bob pouvait s'occuper seul de la ferme et on m'a nommé HPO de la région – un poste assez délicat, laissez-moi vous le dire. Je me rappelle avoir pensé que j'aurais encore préféré qu'on m'envoie sur le front.

– De quoi s'agissait-il, au juste ? a demandé Cousins.

– Le HPO ? *Horse Procurement Officer*, responsable de l'approvisionnement en chevaux. Je sais combien il est difficile pour vous autres, les jeunes, d'imaginer l'importance qu'avaient alors les chevaux. Mais évidemment, nous les utilisions partout, en ville comme à la campagne, et voilà que l'État en avait un besoin urgent dans le cadre de l'effort de guerre. Au cours des deux premières semaines de la guerre – j'ai fait des recherches là-dessus –, savez-vous combien de chevaux ont été réquisitionnés ? » Cousins a secoué la tête, Giles est resté assis là, les yeux plissés, comme s'il était en train de faire le calcul, et moi, je me suis fendu d'une grimace impuissante. « Eh bien, je vais vous le dire : cent soixante-cinq mille. Cent soixante-cinq mille chevaux saisis en deux semaines.

– Ben ça alors, monsieur…, a dit Cousins.

– Et ce n'était que le début.

– Mais pourquoi t'a-t-on choisi, toi, oncle George ? » a demandé Giles.

George s'est avachi dans un soupir, sans que je puisse discerner s'il était agacé ou trouvait la question tellement intéressante qu'il fallait bien réfléchir avant d'y répondre. « Eh bien, j'étais d'ici, je connaissais la région, nous étions nous-mêmes très connus, respectés, je veux dire, nous ne faisions pas vraiment partie de la noblesse terrienne – à vrai dire, pendant plus de vingt ans, mon frère Bob a loué Woolpeck au vieux Darcy Denham – ç'a duré jusqu'en 29, quand les Denham ont eu des ennuis carabinés et qu'il leur a racheté la ferme. Aujourd'hui, évidemment, a ajouté George en levant les yeux sur moi et en secouant la tête, les Denham sont redevenus les gros bonnets, par ici. Ils ont même leur avion à eux, vous savez, un petit Cessna biplace. Enfin, voilà ! » – et il a hoché la tête sur son fauteuil, comme s'il avait clos le sujet plutôt que de s'en éloigner.

Je lui ai rendu son sourire, et j'ai demandé : « Vous étiez donc bien placé pour devenir le… hem… HPO ?

– Oh, ma position était idéale – du point de vue du ministère. Mais pour moi, bien sûr, c'était un enfer absolu. Il a fallu que je réquisitionne une partie des chevaux de mon propre frère, le cheval de chasse à courre de ta grand-mère… » – il a fait un petit geste du menton en direction de Giles – « … a dû partir aussi. Nous avions besoin de garder quelques chevaux, évidemment, pour le travail de la ferme, mais nous ne voulions vraiment pas que les gens croient que notre sélection était biaisée. Les jours les plus difficiles de ma vie. » Il s'étouffait un peu, rien que d'y repenser, puis il a pris un air penaud. « Rien de comparable avec ce que nos garçons traversaient sur le front, bien sûr. Mais quand même… » Il a eu l'air dévasté, l'espace d'un instant, que son devoir l'ait fait passer pour un ennemi, presque, aux yeux de ses propres amis et voisins – mais j'ai dit : « Tout cela est vraiment passionnant, Mr Pollitt », et il a répondu, s'excusant presque : « Oh, cela suffira ? » Je n'imaginais pas que Harris le Fasciste, ou qui que ce soit dans les autres équipes, puisse récolter un aussi bon récit.

*

Je suis allé dans la salle de bains d'à côté, où le kit de George était posé sur la tablette au-dessus du lavabo, son huile capillaire, son rasoir, son vieux blaireau dont les extrémités frisaient un peu, son bol à raser en porcelaine blanche – des objets jamais vus chez moi en grandissant, jusqu'à plus tôt cette année-là, quand je m'étais glissé discrètement chez Baxter's pour acheter un rasoir et mon propre blaireau, très beau. Dans l'armoire de toilette, où de vieux médicaments et autres cosmétiques dégageaient une odeur d'hôpital, il y avait des paquets de savon, du talc Coty, une boîte de Tampax éhontée, sûrement les affaires de Lydia, abandonnées là depuis bien longtemps, comme son nom sur la porte de la chambre – d'après Giles, Lydia travaillait à New York depuis deux ans ; elle avait fait ce que j'avais toujours su qu'elle ferait : s'échapper. Poussant de côté le voilage, j'ai regardé le verger en contrebas, où les poules picoraient jadis, il n'y en avait plus une seule maintenant et la végétation avait envahi les enclos, les poulaillers en bois. Vers la gauche, la haute haie d'ifs cachait le court de tennis. Je suis ressorti de la salle de bains et j'ai remonté sans bruit le couloir vers la partie principale de la maison, le palier carré et spacieux, baigné de soleil à travers les portes des chambres situées à l'avant, et la chambre sombre où j'avais dormi trois ans plus tôt. Un autre escalier étroit montait au grenier. J'avais senti alors, je crois, que c'était une bien grande maison pour deux célibataires et une gouvernante, durant ses semaines et mois ordinaires, quand les Hadlow et leurs amis n'étaient pas là pour l'animer et en remplir les lits. Ce jour-là, nous l'avions surprise par une matinée inobservée, l'éclat du soleil s'estompant soudain sur le plancher et le carré de moquette, puis se ravivant un moment tandis que le nuage s'éloignait. Le silence qui régnait à l'intérieur était comme un bourdonnement lointain au creux de l'oreille, qui survivait aux brèves interruptions venues du dehors, les corbeaux dans le champ, le grondement d'un camion sur la colline à la sortie du village, qui s'atténuait peu à peu. Je suis resté là à guetter l'élément manquant, l'atmosphère vive et incongrue de Mark et Cara, gin et cigarettes Kensitas, échanges sur Paris et les peintres, et même Élise, avec tout son capricieux glamour. Puis j'ai filé rejoindre les autres.

Quand je suis rentré dans la chambre, Cousins avait distraitement baissé le microphone pendant que George épluchait un dossier, cherchant des photographies. « Ne t'embête pas, oncle George, a dit Giles, il nous faut juste la cassette, tu sais.

– C'est que je me disais, vois-tu, a dit George, puisque tout cela t'intéresse tant…

– Eh bien… », a répondu Giles, et il s'est penché par-dessus son épaule pendant un long moment, comme si c'était le cas. J'ai cru que Cousins fixait Giles avec un sourire aguicheur, puis je me suis rendu compte qu'il s'efforçait de regarder dans le miroir derrière la tête de Giles.

Comme nous rangions nos affaires, j'ai demandé à George : « Auriez-vous l'amabilité de nous écrire un mot signé, monsieur, disant que vous nous avez parlé aujourd'hui ? », et après avoir encore fouillé sur son bureau, George a rédigé une attestation sur le papier à en-tête de la ferme, de sa belle écriture d'adulte. « Parfait, ai-je dit, je vais la garder sur moi.

– C'est très gentil à toi, Dave », a dit Giles.

Je l'ai pliée deux fois et glissée dans la poche de ma veste. Son écriture exerçait sur moi un effet inexplicable, son aisance et sa compétence, les décennies de vie professionnelle qu'on y devinait et dont j'ignorais tout. C'était cette signature qu'il avait apposée sur les documents retirant leurs chevaux à ses amis et ses voisins, cinquante ans plus tôt – « Pour le bien de tous, certes, même si nous savions pertinemment quelle fin ces bêtes connaîtraient. » J'avais l'impression que nous avions utilisé et pressé oncle George au point qu'il était maintenant paniqué et déçu par nous, même s'il nous souriait avec une pointe de gratitude, d'avoir été utile ; et, bien sûr, nous avons fait preuve de gentillesse et de reconnaissance à son égard en lui serrant la main pour prendre congé.

J'espérais que nous allions traîner un peu plus longtemps à la ferme, grimper peut-être jusqu'aux Rings, mais nous avions ce que nous étions venus chercher, et Giles et Cousins n'étaient pas d'humeur à se fatiguer. George a demandé : « Vous restez déjeuner, les garçons ? », mais pas vraiment sur le ton d'une invitation. J'ai songé qu'il en avait sans doute assez de nous, et Giles semblait lui-même pressé de s'en aller. Il a convaincu Mrs Over d'emballer du pain et du fromage et de remplir une bouteille d'eau avec du sirop d'orange, et nous avons emporté tout cela avec nous. Il n'était encore qu'une heure et demie de l'après-midi quand Giles a freiné sans prévenir et s'est engagé dans une allée, un kilomètre et demi plus loin. Nous avions faim, bien sûr, et le pain et le cheddar un peu secs avaient cette qualité, proche du luxe, d'être des aliments non scolaires consommés en pleine période scolaire. Au bout d'une minute ou deux, tandis qu'il mâchait en regardant droit devant à travers le pare-brise, Giles a déclaré : « Le truc, c'est qu'il faut vraiment que je voie Fiona.

– Oh, mon Dieu, ai-je soupiré.

– C'est qui, Fiona ? » a demandé Cousins.

J'ai répondu : « La sœur de Harris. Giles l'a rencontrée pendant les vacances de Pâques, et maintenant il n'arrête pas de recevoir des lettres d'elle.

– Et parfois, Winny, j'y réponds, a dit Giles.

– Mais elle n'est pas en cours, de toute façon ? ai-je répliqué.

– En cours ? a dit Giles. Elle a arrêté l'école l'année dernière, bon sang !

– Ah, pardon, ai-je dit. Mais alors, qu'est-ce qu'elle fait maintenant ?

– Elle flemmarde juste à la maison en cherchant du travail.

– Donc elle ne cherche pas tellement, ai-je fait remarquer.

– C'est où, sa maison ? a demandé Cousins.

– Les Harris ont un *domaine* près de Highworth », a répondu Giles.

Cousins et moi nous sommes esclaffés.

« Quoi… ? s'est agacé Giles. C'est la vérité ! », et sa moue irascible a cédé la place à un sourire bête et un léger rougissement, très rare chez lui, en s'entendant parler. Il a ajouté : « Je dis ça parce qu'ils possèdent aussi un appartement à Londres.

– Où ça, à Londres ? a demandé Cousins.

– Tooting, je crois », a répondu Giles, d'un ton raisonnable. Le nom ne me disait rien, et Cousins lui-même ne semblait pas très sûr – il s'est fendu de son petit sourire retroussé et en est resté là. Comme Paine, Van Oss et Casserley, ces deux-là « connaissaient » Londres, et pas moi. « Écoutez, chers coéquipiers, a repris Giles. Nous avons fini de bonne heure, nous avons ce fichu enregistrement et la lettre, et nous avons jusqu'à six heures pour rentrer.

– Allons au pub », a suggéré Cousins.

Giles l'a enveloppé d'un regard plein de pitié. « Je ne pense pas qu'ils te serviraient, mon vieux, a-t-il dit. Et toi non plus d'ailleurs, Winny. Je suis le seul de nous trois qui pourrait passer au travers. Non, a-t-il poursuivi, ce que je vous propose, c'est un petit détour par Highworth sur le chemin du retour. Ce serait vraiment le mieux pour moi.

– Ah oui ? a rétorqué Cousins. Et qu'est-ce qu'on est censés faire, Winny et moi, pendant que tu roules des patins à la sœur de Harris ? »

Giles s'en est tiré avec talent, comme toujours. « Oh, je ne voudrais pas vous imposer ça, Andrew, a-t-il répondu. Je vais vous déposer tous les deux sur la grand-route – vous n'aurez aucun mal à rentrer à l'école en stop. » Il s'est tourné vers moi. « Dave, ta mère me fait confiance – à juste titre », et il m'a gratifié de ce petit sourire, plein d'autodérision et d'une forme de séduction, qui n'allait pas tarder à disparaître de son répertoire.

*

« Bon, comment on fait maintenant ? » ai-je demandé, alors que Giles se réengageait sur la route en donnant un coup de klaxon qui semblait résumer tout ce que cette situation avait de préoccupant.

« C'est facile, a répondu Cousins. Tu n'as jamais fait de stop ?

– Quoi ? Bien sûr que si », ai-je rétorqué. Nous étions au bord d'une ligne droite parfaitement dégagée de sept ou huit cents mètres, et j'ai vu l'utilitaire devenir de plus en plus petit à mesure qu'il prenait de la vitesse, le clignotant s'est allumé puis Giles a tourné sur la route de Highworth et il a disparu.

Je savais exactement où nous nous trouvions, mais c'était sinistrement différent d'être abandonné là, à cet endroit devant lequel nous passions généralement à pleine vitesse, saisissant cette chance de pouvoir doubler. À présent, le bourdonnement intermittent de la circulation agitait la haie et la poussière tourbillonnait en l'air dans le sillage d'un camion, avant de retomber dans l'herbe battue par le vent. Le bas-côté était large, plat mais bosselé sous les pieds, avec des détritus brillants soufflés sous la haie, les pages d'un *Penthouse* avec deux blondes qui s'embrassaient sur un lit, puis une rousse à quatre pattes, les seins luisants grêlés par la pluie. Cousins a pris un air dégoûté. « Vas-y, branle-toi si tu veux », a-t-il dit, et j'ai parcouru la revue avec précaution, sentant qu'il voulait dire par là que ce n'était pas son truc, et cherchait peut-être à découvrir si c'était le mien.

« Nan », ai-je finalement déclaré, et j'ai jeté le magazine par-dessus la haie avec un grognement et la sensation d'en faire trop. Cousins me dévisageait comme s'il savait tout.

Bientôt, les rythmes étranges du bas-côté ont composé de petits cycles : l'attention anxieuse, l'accalmie lorsqu'un camion lent ou un tracteur remorquant péniblement sa cargaison d'ensilage retenait une file de voitures qui, une fois entrées dans la ligne droite, déboîtaient pour doubler. Bien sûr, nous n'étions pas en uniforme, et pas un des conducteurs qui passaient en trombe devant nous n'aurait pu reconnaître en nous des ambassadeurs de la Bampton School. Et même s'ils l'avaient su, en nous apercevant au bord de la route, les gens se seraient sans doute demandé pourquoi nous n'étions pas en cours, car nous paraissions tous deux plus jeunes que notre âge, et un petit blond planté là avec un garçon de couleur promettait une complication supplémentaire dont il valait mieux ne pas se mêler. « Ce sera mieux si c'est moi qui tends le pouce », a dit Cousins, s'avançant vers la route et s'immobilisant juste au bord, sur la marge granuleuse de la chaussée. « N'oublie pas de faire un compliment sur leur voiture, une fois qu'ils nous auront pris. » Quand le premier véhicule est apparu, Cousins a penché la tête, jeté la hanche de côté et tendu le bras. Je ne voyais pas s'il souriait.

*

Après dix bonnes minutes, une camionnette a émergé du virage, s'est approchée très lentement et s'est immobilisée à quelques mètres de lui. Il y avait déjà deux hommes à l'avant, celui qui était assis côté passager a baissé sa vitre. « Tu vas où ? » a-t-il demandé, plissant les yeux devant la petite énigme que constituait Cousins. L'homme avait les cheveux sombres, le visage arrondi, il était lui-même très jeune, mais la question lancée depuis l'intérieur de la camionnette semblait suspendue dans ce curieux écart entre seize et vingt-trois ans, entre la méfiance amusée et l'acceptation de plain-pied. Un chien noir hirsute se dressait dans son dos, haletant derrière son oreille, et il a gémi quand je me suis approché.

« Nous allons à Bampton, a répondu Cousins, plein d'aisance, comme s'il avait hélé un taxi.

– On peut pas vous prendre tous les deux, on a le chien, et tout », a dit l'homme, et le conducteur plongé dans l'ombre a renchéri : « Y a pas de place pour deux.

– Oh, eh bien, ce n'est pas grave, ai-je bredouillé. Merci quand même.

– C'est bon, a dit Cousins. Mon camarade fera du stop de son côté. »

Si bien que l'homme est descendu, beaucoup plus grand qu'il ne m'avait semblé, dans son jean taché et son tee-shirt noir – une riche odeur douceâtre d'huile, de pommes et de chien a flotté dans l'air tandis que Cousins se hissait à bord.

« Ça va aller si on te laisse là ? m'a demandé l'homme.

– Nous ne sommes pas vraiment censés faire du stop tout seuls, ai-je dit, mais comme si je me souciais peu des règles.

– C'est la Journée de terrain, bon Dieu », a grommelé Cousins en se calant entre les deux hommes au centre de la banquette, souriant au conducteur et reculant un peu devant le chien qui bavait.

« Couchée, Dorothy, calme-toi », a ordonné l'homme. Il m'a lancé un regard en coin, plutôt amical. « T'es avec les Yankees ? a-t-il demandé.

– Oh…, ai-je bafouillé, cherchant le sens de ses mots, puis j'ai secoué la tête.

– Mais bon, quelqu'un d'autre passera dans une minute », a-t-il dit, et il est remonté sur la banquette.

Quand la camionnette est repartie, j'ai manqué lui courir après, tandis qu'elle s'ébranlait lourdement en seconde, puis en troisième, dans un bruit déchirant qui s'est estompé peu à peu, jusqu'à ce qu'un énorme camion de déménagement passe devant moi à tombeau ouvert, me repoussant en arrière sur le bas-côté, et bloquant mon ultime vue sur la camionnette ; mais je me représentais très clairement Cousins assis à l'intérieur, douillettement calé entre les deux ouvriers, dans cette atmosphère qui n'avait rien à voir avec celle de l'école. Je me suis senti scandaleusement seul, et une haine à demi oubliée à l'encontre de Giles, mêlée au lancinant regret de l'avoir laissé s'en aller, s'est emparée de moi telle une panique. Je savais où je me trouvais, à quelques kilomètres à peine de la maison, mais quelque chose d'autre avait assombri ces lieux, comme l'ambiance d'un mauvais rêve. Je me suis faufilé dans le champ par un recoin clairsemé de la haie, et j'ai songé à rentrer à pied, à travers la campagne, pour arriver après l'extinction des feux et coûter à l'équipe tous les précieux points que nous aurait valus l'interview d'oncle George. Le *Penthouse* gisait là comme un reproche, et j'ai tourné les pages à contrecœur, du bout de ma chaussure.

Soudain, quelque chose a changé. J'ai regagné le bas-côté, une ou deux gouttes d'un pouvoir remémoré ont coulé dans mes jambes, dans mon bras tendu, alors que debout au bord de la chaussée, un pied sur l'asphalte, je testais toute une série de mimiques devant cette portion momentanément déserte de la grand-route. Un sourire semblait aller de soi, le signe aussi que j'étais de bonne compagnie, mais trop forcé il devenait quelque peu présomptueux, voire vaguement inquiétant ; j'ai pensé qu'une légère inclinaison de la tête, le sourcil gauche imperceptiblement levé en une incertitude polie, ferait l'affaire. Un regard sans sourire aux conducteurs, les uns après les autres, faisait sans doute sérieux et efficace, mais risquait également de suggérer que j'étais là depuis longtemps, et n'avais plus aucun espoir ou presque que quelqu'un s'arrête.

De fait, personne ne s'est arrêté pendant les dix premières minutes. J'ai compris que sur une route aussi passante, chaque automobiliste savait qu'une autre voiture venait juste derrière, prête à rattraper son propre manquement à s'arrêter ; parmi ceux qui ne s'arrêtaient pas, quelques-uns, les plus gentils, faisaient une moue désolée, ou le signe qu'ils tournaient bientôt. Certains secouaient la tête, exprimant un refus indéterminé. D'autres semblaient passer sans me voir. Mais alors, une Austin Cambridge noire s'est présentée avec un couple assis devant, la femme au volant, et un troisième passager derrière, une adolescente qui s'est tournée, bouche bée, quand ils sont passés devant moi avant de ralentir, et de s'arrêter cinquante mètres plus loin. Je me voyais déjà à l'arrière de la voiture avec la fille, entendais la conversation amicale lorsqu'ils auraient appris qui j'étais et les choses passionnantes que je venais de faire. La voiture attendait là-bas et je me suis mis à courir, riant presque de soulagement, sur la surface cabossée du bas-côté, alors qu'une nouvelle file de véhicules déboulaient en trombe et déboîtaient au dernier moment pour éviter la voiture à l'arrêt. La portière passager s'est ouverte et l'homme est descendu dans l'herbe, costume sombre et cravate, se lissant d'une main les cheveux. « Qu'est-ce que tu fais ? » a-t-il lancé en me regardant approcher.

J'ai répondu : « Merci de vous être arrêté, monsieur, j'essaie de…

– Pourquoi t'es là ? a-t-il demandé. Qu'est-ce que tu fais là ? » Il y avait dans son expression comme un trouble, qui, loin de se dissoudre, durcissait au contact de mes bonnes manières.

« J'essaie de rentrer à Bampton », ai-je expliqué. Même sans mon uniforme, en civil pour ainsi dire, il sautait aux yeux que j'étais un lycéen. J'ai souri fermement face à ce qui ressemblait à de la colère. Par la lunette arrière de la voiture, la fille, un peu plus jeune que moi, me dévisageait, comme pour voir si ce qu'on lui avait dit était vrai. J'ai supposé que l'homme était son père.

La rage qui l'avait poussé hors de la voiture, si c'était bien de cela qu'il s'agissait, semblait l'empêcher de parler. Il m'a fait signe de ne pas m'approcher, a désigné un point derrière moi. « Rentre chez toi, a-t-il grondé. Retourne là d'où tu viens. »

De l'autre côté de la voiture, l'épouse, inquiète des véhicules qui les frôlaient, a entrouvert sa portière pour l'appeler. La jeune fille semblait déchirée entre ses deux parents. Je me suis détourné, avec le sentiment que le sol se dérobait sous moi, qu'une obscurité soudaine tombait sur ce bel après-midi de mai au cœur de la campagne – je me suis éloigné dans l'herbe épaisse, le cœur battant, j'ai entendu la femme appeler une seconde fois, sa portière à lui qui claquait, mais il a dû la rouvrir, alors que la voiture redémarrait, pour crier autre chose encore, qui s'est perdu dans le grondement de la circulation.

Je ne comprenais pas ce qui venait de se passer ; je me suis assis dans l'herbe, le souffle lourd, et j'ai entrepris de me raconter l'histoire. L'espace d'un instant, à sa descente de voiture, il s'était agi d'un professeur inconnu, menaçant, qui m'avait surpris en train de faire du stop tout seul... ou alors tout simplement d'un homme qui avait décidé d'être bon avec un parfait inconnu. Puis il se mettait à hurler et à pointer du doigt. Son agression avait l'allure d'une blague que je mettais du temps à saisir – une mauvaise blague, que j'allais cependant devoir faire semblant d'apprécier. C'était à Cousins que je racontais tout cela, en le lui reprochant. Puis au reste de l'équipe, une fois rentré à l'école, et à Giles, bien sûr, et je passais et repassais ces événements dans ma tête pour y trouver matière à rire, mes démêlés avec un cinglé, une histoire qui me vaudrait les acclamations du public au moment des comptes rendus finaux de la journée. La peur de l'agression, la conscience immédiate, durant ces quelques instants, qu'il y avait des témoins, ces automobilistes exposés pendant trois ou quatre secondes à ce qu'il se passait au bord de la route, l'étau de cette situation de crise : autant d'éléments instantanés qui pouvaient être convertis en blagues et ragots, la monnaie locale de l'école. Ce n'est que lorsque l'histoire s'est cristallisée et a fini par prendre forme que ma propre colère est montée, dans une sorte de révélation différée. Et le fait qu'il lui ait fallu si longtemps était un élément de cette révélation. Toute ma vie j'étais tombé dans des embuscades et, chaque fois, j'avais tardé à me défendre.

Je me suis levé et j'ai regagné le bord de la route. Puis j'ai songé qu'en empruntant l'itinéraire logique, en trouvant d'abord une voiture qui m'emmènerait jusqu'à Foxleigh, puis une autre jusqu'à l'école, je risquais de croiser des gens de la ville que je connaissais, et peut-être maman elle-même, qui voudrait aussitôt savoir où était passé Giles. Alors j'ai imaginé un autre parcours, visualisant la route telle que je la connaissais, passivement mais attentivement, de mes trajets avec maman dans son utilitaire, ou à l'arrière de la Super Snipe d'Esme. Si je partais dans l'autre direction, jusqu'à Buckley, je pourrais emprunter la belle route de campagne qui menait à Bampton, en priant juste pour que quelqu'un s'arrête. C'était une route plus longue, et moins fréquentée. Je voyais la journée filer, le tort coupable que j'allais faire au score de notre équipe en arrivant trop tard avec la lettre d'oncle George. Toutes ces inquiétudes formaient à présent une carapace protectrice autour de celle, plus grande, concernant l'utilitaire Wincroft, que, dès que je baissais la garde, j'imaginais vrombissant au ras de haies lointaines, ou garée sous des arbres avec Giles et Fiona en train de se rouler des pelles ou, pire encore, Fiona à quatre pattes sur la banquette arrière, comme la femme dans la revue.

Je me suis posté, bras tendu, de l'autre côté de la route, et peut-être la colère et la peur à moitié contenue du fou de tout à l'heure se lisaient-elles encore sur mon visage quand, au bout d'une minute à peine, une Ford Anglia bleue et blanche a mis son clignotant et s'est immobilisée quelques mètres plus loin – un instant, les deux événements se sont liés dans mon esprit, l'homme m'avait dénoncé à la police, ou bien, dans une version simultanée, il avait été dénoncé et la police le traquait, lui, pas moi. La faute restait suspendue dans les airs, indécise. Le gyrophare bleu n'était pas allumé, mais aux yeux de quiconque passait par là, nous avions l'air d'un incident ; dans un sursaut muet de loyauté, voilà que j'étais soulagé de ne pas porter l'uniforme de l'école. Personne ne descendait ; au bout d'un moment, le policier installé côté passager a entrouvert sa portière et m'a interpellé : « Où allez-vous, jeune homme ? » J'ai marché jusqu'à lui, ébloui par l'éclat de cette phrase aimable, méprisante.

« J'essaie de me rendre à Buckley, ai-je répondu.

– Ça fait longtemps que vous attendez ? »

J'étais devant lui maintenant, le contemplant d'en haut tandis qu'il s'adressait à son collègue. « Oui, un peu, ai-je reconnu.

– On va vous emmener », a-t-il dit. L'Anglia ne possédait que deux portières, de sorte qu'il a dû descendre pour me laisser monter derrière. Cette proposition avait l'allure d'une arrestation, et toute résistance aurait été vaine. Il m'a tenu la portière, en donnant un petit coup de menton. « Montez, a-t-il dit. C'est sur notre route. » Pendant que je me glissais dans l'espace exigu de la banquette arrière, l'agent qui conduisait m'a à peine regardé. Nous avons démarré, et voilà, contre toute attente, que je me retrouvais sur la route, dans l'atmosphère insoupçonnée, les odeurs viriles et le grésillement de radio de l'après-midi des policiers ; une pochette pleine de documents était posée sur la banquette à côté de moi, et leurs couvre-chefs – un casque à l'endroit et une casquette à visière rigide à l'envers, avec une pomme dedans. Je me sentais gêné comme un étranger empiétant sur leur temps de travail, à un moment particulier, familier, de la journée de ces deux hommes, avec le sentiment aussi d'épier leur silence autant que leurs paroles.

« Tu viens d'où, fiston ? » a demandé mon ami, sans vraiment se retourner, haussant la voix.

Je me suis dit qu'il valait mieux être clair. « Je suis élève à la Bampton School, ai-je répondu. C'est un jour un peu spécial pour nous.

– Comment ça ?

– Eh bien, c'est la Journée de terrain, où nous devons tous sortir de l'école pour accomplir… certaines missions.

– Ah, encore ça, a grommelé le conducteur. Ils nous ont donné pas mal de boulot l'an dernier, quand il a fallu ramasser tous les chats égarés.

– Oh oui, ai-je dit. C'est très gentil à vous, monsieur l'agent. » J'ai compris qu'ils ignoraient tout de l'homme enragé, ils m'avaient pris à leur bord en vertu de cette disposition anglaise que je connaissais si bien : une méfiance teintée d'une prudente hospitalité. Je n'ai pas eu à réfléchir longtemps pour décider que je ne leur raconterais rien de ce qui s'était passé.

« Donc, tu as quel âge ? a demandé mon ami.

– Dix-sept ans », ai-je répondu.

Il s'est retourné pour de bon et m'a dévisagé. « Date de naissance ?

– 23 avril 1948. »

Je l'ai regardé faire le calcul, hocher la tête à contrecœur. « Tu les fais pas, a-t-il dit. T'es pas indien, si ? »

Ils ont reçu un message radio, et j'ai regardé dehors en faisant semblant de ne pas écouter. Personne n'en parlait, mais l'Anglia n'était pas le genre de voiture qui inspirait vraiment le respect ou la crainte, contrairement aux vieilles Wolseley noires ou aux Zephyr très classe que les policiers conduisaient désormais. C'était une jolie petite voiture anglaise, qui rêvait en secret d'être une Lincoln, une Studebaker, l'un de ces miracles aux ailettes proéminentes, larges comme des charrettes à foin, avec des aviateurs américains tout sourire au volant, faisant même un ou deux saluts militaires au passage, tandis qu'ils glissaient le long de cette même route – j'avais dix ans de moins, alors –, surpassant tout le monde en envergure et splendeur inutiles… Alors que l'Anglia, avec sa petite calandre inquiète et l'angle inversé de son pare-brise arrière, semblait vouloir se faire plus petite encore, et se replier sur elle-même. Un policier qui avait une conception solennelle ou théâtrale de son métier aurait sûrement espéré une voiture possédant un peu plus d'autorité.

Au bord de la route, devant nous, est apparu un petit groupe de réfugiés adolescents qui marchaient d'un pas lourd, l'un d'eux tendant le pouce, un autre peinant à replier une carte – il m'a fallu quelques instants pour m'apercevoir que la troisième personne, qui marchait devant, était Harris, suivi bien sûr de Priestman, agrippé au magnétophone de Teagarden, et de Stallybrass le navigateur. « D'autres camarades à toi ? a demandé le conducteur.

– J'ai bien peur que oui, monsieur l'agent, ai-je confirmé, redevenu Jeeves un instant. Oh, ne vous arrêtez pas ! » Puis : « Je veux dire, ils ne tiendraient pas tous dans la voiture, n'est-ce pas ? » Nous avons ralenti pour contourner le groupe, et j'ai adoré l'enchaînement d'inquiétude, de suffisance puis d'incrédulité sur les traits de Harris en voyant la voiture de patrouille puis en m'apercevant dedans. J'ai souri avec bienveillance, comme à des sujets prosternés ; et je me suis retourné, juste avant le virage suivant, pour un instantané de ces trois-là nous suivant du regard. Je savais ce que Harris, au moins, avait dû en penser. Et j'entendais d'ici les rires des autres quand j'en arriverais à cette partie de mon histoire.

À Buckley, la voiture s'est arrêtée pour me laisser descendre. « Tu pourras rentrer à partir d'ici, sûr ? » a demandé l'agent, une fois réinstallé à bord. Peut-être m'auraient-ils emmené jusqu'à destination, mais le sentiment incohérent d'avoir été libéré sans être inculpé m'a poussé à répondre : « Ne vous inquiétez pas pour moi, je vous remercie, monsieur l'agent » – ayant compris, à force de regarder la télévision, que c'était ainsi qu'on s'adressait à un policier.

*

Il faisait chaud sur la longue route de campagne, qui filait en parfaite ligne droite sur plusieurs centaines de mètres avant d'obliquer légèrement pour aller se cacher là d'où j'étais parti. Çà et là dans les haies, des frênes offraient un coin d'ombre isolé. Je ressentais la profondeur et la durée de cette journée, des minutes et des heures passées loin de l'école, de la stupéfiante ouverture du monde extérieur, qui continuait de tourner comme si de rien n'était, ignorant tout de nos règles et de nos routines. J'ai réalisé que jamais jusqu'ici je ne m'étais retrouvé seul de la sorte – c'était comme si je m'étais enfui, et que les vastes champs, les bois, ne le remarquaient pas ou s'en fichaient, quel que soit le grabuge que causerait mon absence à l'école lorsqu'elle serait découverte. Une longue allée non goudronnée, sur la droite, menait à une ferme cachée derrière des arbres, et dans le champ qui se trouvait devant, un cheval de course sous une couverture était en train de paître avec deux ânes – le cheval s'est mis à trottiner dans un bref sursaut d'énergie, suivant la courbe de la clôture, et mon impression qu'il s'intéressait à moi a aussitôt cédé la place au sentiment de sa totale indifférence.

J'ai poursuivi mon chemin d'un pas lourd, me retournant de temps à autre au cas où un véhicule arriverait, mais rien n'est venu troubler le calme pendant un bon kilomètre et demi ; soudain, un tracteur et sa remorque ont déboulé en sens inverse, grondant et bringuebalant, j'ai escaladé le talus pour les laisser passer. Puis j'ai entendu un bruit derrière moi, et une Riley One-Point-Five d'un rouge éclatant a surgi du virage à cinquante mètres de moi ; j'ai tendu le bras, puis couru jusqu'à la voiture quand elle a freiné brusquement et s'est arrêtée. Un petit homme aux cheveux noirs s'est penché pour ouvrir la portière passager, et il m'a regardé, légèrement essoufflé, comme s'il avait passé tout l'après-midi à me chercher. « Eh bien, montez ! » a-t-il lancé.

Le noyer du tableau de bord reluisait, d'un brun tirant sur le rouge avec, incrustées dedans, des formes grises pareilles à des nuages. Il a donné le ton, en quelque sorte, tandis que nous démarrions. « Vous avez une belle voiture, ai-je dit.

– Je vous remercie », a répondu l'homme, avec un sourire curieux ; il a changé de vitesse, jeté un coup d'œil dans le rétroviseur. « Ça fait longtemps que vous attendez ?

– Non, pas tellement, ai-je répondu.

– Vous avez de la chance que je me sois arrêté. Cette route n'est pas très fréquentée. » Il s'est rapproché de moi, imperceptiblement, tandis que nous accélérions, sa main gauche, après avoir passé la quatrième, épousant mollement le pommeau noir du levier de vitesse, le bras qui tenait le volant calé sur le montant de la vitre. Son sourire, adressé à la route devant lui et occasionnellement à moi, s'est fait plus amical. Il a dit : « Je suppose que vous êtes encore au lycée ?

– Oui... Je suis élève à Bampton, ai-je répondu, tout en entrevoyant soudain la possibilité de ne pas l'être, d'être une tout autre personne. C'est là que je retourne maintenant, d'ailleurs.

– Eh bien, c'est une école formidable, a-t-il commenté. J'avais un grand copain à Bampton, Roger Hamilton.

– C'était un professeur ?

– Oh, je vous parle d'il y a des années, a-t-il dit. Évidemment, quand on vit à côté, on connaît forcément une école comme Bampton. Il faut que je m'explique... » – d'un ton étrangement courtois pour un quadragénaire s'adressant à un adolescent : « J'habite à Radstow.

– Ah vraiment... d'accord », ai-je bredouillé.

Il regardait droit devant lui, méditant la question. « Oui, j'ai un petit cottage là-bas, juste derrière le pont – celui avec un toit de chaume, vous êtes sûrement passé devant des dizaines de fois. Les gens me répètent souvent à quel point il est mignon. »

C'était un mot à conserver pour mon histoire. Et je connaissais ce cottage – maman et moi nous faisions toujours la réflexion, quand nous attendions de pouvoir traverser l'interminable pont à une seule voie, que ce devait être formidable de vivre là, même si les phares des voitures braqués sur les vitres la nuit pouvaient être gênants. « Je ne suis pas sûr de voir, ai-je répondu.

– Je sais qu'il vous plairait – si vous aimez ce genre de choses anglaises désuètes et pittoresques. » Il m'a souri.

« Eh bien..., ai-je balbutié.

– Je m'appelle Jeffrey, a-t-il dit, comme si le moment était venu de tout divulguer. Appelez-moi Jeff. » J'ai acquiescé du chef, regardant sans broncher la petite route qui se déroulait devant nous. « Peut-être pourriez-vous me dire comment vous vous appelez ?

– Oh… John, ai-je répondu, tandis que le souvenir et la voix commençaient à me travailler.

– Et d'où êtes-vous, John ?

– Eh bien, je suis originaire de Melksham, mais nous habitons à Foxleigh maintenant. » Son regard était presque taquin. « Mon père était birman », ai-je ajouté, et quelque chose m'a traversé en prononçant cette phrase, le *père* et le *était*.

« Vraiment ? a dit Jeff. Eh bien, je crois que vous êtes mon premier Birman.

– Que voulez-vous dire ?

– Le premier que je prends en stop », a répondu Jeff.

Nous avons roulé en silence après ça – bientôt, j'ai vu que nous étions presque arrivés. De temps en temps, il jetait un coup d'œil vers moi, et quand je lui rendais un regard interrogateur, il souriait, comme rassuré. Cela faisait des années que je ne l'avais plus entendu dans le téléphone, depuis que nous avions perdu cette précieuse ligne partagée, mais j'avais souvent repensé à lui, et j'étais certain – un sentiment où se mêlaient logique et magie – que c'était lui. La beauté de cette illumination soudaine était aussi grande que la terrible nouveauté, la pression du danger, d'être dans sa voiture. La petite place est apparue, le magasin, le Willett Arms, avec leur présence intensifiée, indescriptible, d'endroits du monde libre situés juste en dehors de l'école. Nous avons traversé le village, puis continué sur la route de Witney. « Je n'entrerai pas dans l'école, a dit Jeff, si ça ne vous dérange pas.

– Non, pas du tout », ai-je répondu. J'apercevais déjà la flèche du séquoia géant au-dessus des bois de Bampton, et la loge de l'entrée se trouvait juste après le prochain virage. Jeff a ralenti et s'est garé dans une allée, puis il a éteint le moteur et, de nouveau, est resté assis là à me sourire. Il devait avoir un ou deux ans de plus que Mr Hudson, le teint plus sombre, les lèvres plus fines, pas tout à fait en sueur mais luisant dans la chaleur du jour, manches retroussées en une bande serrée jusqu'au-dessus du coude, montre de plongée au poignet. Un pantalon de costume, les cuisses cachées sous le volant et sa main droite posée là.

« Quel genre de choses aimez-vous faire, John, dites-moi ? a-t-il demandé. Enfin, quand c'est possible. »

Je me suis retrouvé à flotter au-dessus de possibles que je ne saisissais qu'à moitié. « J'aime faire du théâtre, ai-je répondu. La poésie, aussi. J'ai créé un club de poésie à l'école.

– Ça, c'est chouette. » Il y avait dans son sourire une sorte de patience stratégique. « Vous avez sûrement une ou deux petites copines qui vous courent après, non ?

– Oh, pas vraiment », ai-je répondu, avec le sentiment que j'avais l'avantage sur lui, maintenant – mais reconnaissant, aussi, de ce petit détour.

« Un beau jeune homme comme vous… » Je n'ai pu m'empêcher de lui retourner son sourire. « C'est là que vous étiez aujourd'hui, j'imagine ?

– Mon Dieu, non, ai-je dit, surpris par mon propre ton. J'étais… de l'autre côté de Framley, dans la ferme d'un ami. » Et je lui ai raconté un peu la Journée de terrain, sans mentionner de noms.

« Écoutez, John, je vais vous laisser mon numéro, au cas où vous auriez envie, un jour, qu'on se revoie. Je crois qu'il y a un téléphone, n'est-ce pas, à disposition des internes ?

– Ah… d'accord », ai-je dit, et j'ai attendu qu'il trouve une enveloppe dans sa veste, sur la banquette arrière, et arrache le triangle bleu pâle du rabat pour écrire dessus. Je savais qu'il faisait preuve d'une extrême imprudence, mais ce qui m'a le plus désarçonné, en le regardant anxieusement inscrire son numéro, sans nom, c'était son intuition qu'avec moi, il pouvait peut-être s'en tirer sans encombre, que cela pourrait fonctionner.

« Vous savez où me trouver maintenant, et, bien sûr, je suis véhiculé », et il a tapoté le volant et a fait de nouveau pivoter sa main, spéculativement, sur le pommeau du levier de vitesse.

« Merci de vous être arrêté, Jeff », ai-je dit. Je suis descendu et j'ai refermé la portière, puis je l'ai rouverte et refermée comme il fallait. J'ai commencé à remonter les quatre cents mètres qui me séparaient des grilles, m'attendant à ce qu'il me double, espérant presque, déjà, qu'il s'arrêterait alors et me reprendrait à son bord, mais il est resté là – je me suis retourné une fois et il était assis à me regarder, comme s'il voulait s'assurer que je rentrais sain et sauf chez moi. Plus loin sur la route, par-delà l'entrée de l'école, j'ai vu une grappe de trois ou quatre garçons s'approcher, et un sentiment de solidarité m'a envahi l'espace d'un instant, alors que je les connaissais à peine. J'avais encore le triangle de papier dans le creux de ma main, je l'ai fourré dans ma poche avec la lettre si cruciale, avant de les rejoindre. Sur la longue allée bordée d'arbres régnait une atmosphère de rassemblement, de retour des troupes, de rivalité et d'épuisement. Ce que je voulais entendre, bien sûr, c'était que Giles avait rendu sans encombre l'utilitaire à maman, et qu'il était déjà sur le chemin de l'école. « Tu n'étais pas avec Hadlow ? » s'est étonné quelqu'un, et j'ai répondu : « Oui, il arrive avec la cassette », dans un petit numéro de confiance auquel j'ai presque cru moi-même.

13

Sa porte en haut des escaliers avait un panneau de verre dépoli comme le bureau d'un inspecteur, dont la lueur, tard dans la nuit, ressemblait à un signe de bienvenue ou parfois, quand vous traîniez en douce, à une mise en garde. Vous frappiez, et vous attendiez son « Entrez » articulé d'une voix lente, qui exprimait tout à la fois la profondeur de sa concentration et un certain intérêt pour la raison qui vous poussait à l'interrompre. Venait alors l'imperceptible changement de valeurs, de pression atmosphérique, tandis qu'on pénétrait dans l'espace d'un professeur.

Le bureau contenait un curieux surplus de chaises destinées aux lectures de pièces de théâtre et aux soirées du club disques ; il y avait un radiateur à gaz, un réchaud à gaz posé dans l'âtre juste en face, sur le manteau de la cheminée une gravure de John Piper en bleu, blanc et noir du King's College de Cambridge vu depuis le Trinity College, où avait étudié Mr Hudson. C'était presque une vue aérienne : toits, cheminées et pinacles, avec des gribouillis qui ressemblaient à des antennes de télévision mais ne pouvaient en être, vu l'époque. Dans la bibliothèque, il y avait des livres dédicacés par des écrivains qu'il connaissait personnellement – certains, comme Thom Gunn et Ted Hughes, avaient été ses amis à Cambridge. Nous n'avions que des aperçus, à travers la porte entrouverte de la chambre au fond, de l'armoire et du lit.

Ce soir-là, l'éclat jaune rosé du radiateur à gaz se reflétait sur les vitres de la bibliothèque. Les chaises avaient été empilées et repoussées dans un coin après le départ des membres du club disques, mais la petite lampe rouge de l'électrophone stéréo brillait encore, et les haut-parleurs émettaient de brefs grésillements pour nous supplier de l'utiliser ou de l'éteindre. C'était notre routine secrète – une fois les autres repartis, les huit ou neuf tasses à café entassées sur le plateau, une nouvelle boisson sédative bien sucrée en préparation, le lait murmurant à peine lorsqu'il s'élevait contre les flancs de la casserole, dans l'âtre. Ce n'était pas exactement un Ovomaltini ; Mr Hudson aimait le cacao, auquel il ajoutait une dose (pour moi, une goutte à peine) de whisky Bell's – une illégalité furtive que nous assumions et partagions, la fine demi-bouteille retournant illico dans le tiroir du bureau, sans aucun commentaire. La toge noire de licencié ès lettres et la capuche ourlée de fourrure de Mr Hudson étaient accrochées derrière la porte, recouvrant à moitié le panneau de verre dépoli, mais la porte elle-même n'était jamais verrouillée : n'importe quel garçon, n'importe quel collègue professeur pouvait y frapper et entrer. Je me demandais parfois si la chambre fermait à clé.

« J'ai l'impression que la Sixième vous a plu, David, je me trompe ? » – on tombait la veste à présent, et on passait aux prénoms.

J'ai hoché la tête, et j'y ai repensé en plissant les yeux. « Mmm, beaucoup, monsieur. Je l'ai trouvée très émouvante, à vrai dire. Mais d'une tout autre manière que la Cinquième – comme vous l'avez fait remarquer.

– Ce grand air en *mi* majeur à la fin du premier mouvement…

– Tout à fait, monsieur… »

Il s'est assis en face de moi. « Il faut que nous réécoutions, bien sûr ce thème est là depuis le début, à moitié caché, effleuré précipitamment, de sorte qu'on n'en distingue pas tout le potentiel. Et alors… » – il me l'a chanté de sa voix de baryton sans complexe, même si le fait qu'on chante pour moi me faisait monter le sang au visage, et j'ai souri en le regardant.

« Oui, ai-je dit.

– De grands airs, distillés avec parcimonie : voilà le secret.

– Oui, monsieur.

– Tout le contraire de cette symphonie de Chostakovitch, la semaine dernière : des airs banals répétés des centaines de fois.

– Peut-être pas des centaines, monsieur », ai-je nuancé. J'avais été retourné par les implacables répétitions de la pièce de Chostakovitch, mais Mr Hudson aimait bien questionner mes réactions.

« Bon, je vais juste tester autre chose sur vous » – en traversant la pièce jusqu'au petit placard en teck ménagé sous le tourne-disque, devant lequel il s'est accroupi, le dos tourné. J'ai joué le jeu, fermant les yeux quand il s'est relevé, et j'ai su qu'il inclinait la pochette pour faire glisser le disque, bruissement de cellophane, petit choc du vinyle sur la platine et cliquetis sec quand le bras de lecture, hissé, en a déclenché la rotation. Grésillement croustillant, un piano juste derrière moi – Mr Hudson a aussitôt baissé le son, c'était l'heure calme, la nuit tombée : là encore, nous reconnaissions la règle tout en l'enfreignant. Il a posé la pochette hors de ma vue.

Se rasseyant dans son fauteuil, il a déplacé quelques papiers sur le bureau, siroté son cacao – nulle préciosité chez lui, il aimait l'attention mais pas la révérence, et de toute façon, il avait déjà entendu tant de fois cette musique : une profonde rayure s'est manifestée pendant quatre ou cinq tours du disque, avant de s'éloigner. Je contemplais les tubes roses chatoyants du radiateur à gaz, qui produisaient leur propre bruit de succion et de battement. Le morceau avait la simplicité d'une chanson mais ses modulations vous interpellaient, soudain une silhouette agitée faisait irruption là-haut dans les aigus puis, comme la rayure sur le vinyle, disparaissait et vous laissait de nouveau avec la chanson mais dans une ambiance changée, qui ne remplaçait pas tout à fait la première mais semblait projeter sur elle l'ombre de l'expérience – je n'aurais su dire, au juste, de quoi il s'agissait, mais je le ressentais. Je n'avais pas la moindre idée de ce que nous écoutions, ni du temps que cela durait – il y a eu un passage très calme où la silhouette agitée est revenue, mais sombre et onirique, une transe de tristesse et de beauté, et peu après le morceau s'est achevé sans faire de manières. J'ai regardé Mr Hudson, mais lui aussi contemplait le feu, puis il a sursauté : « Et si nous le réécoutions ? »

*

Retour vers ma chambre-bureau, échauffé et flottant dans les couloirs éclairés aux veilleuses, à cause d'une malheureuse goutte de whisky dans mon système. Des pas devant, impossibles à esquiver. « Bonsoir, Win » – c'était Hoppy, en pleine déambulation nocturne malintentionnée.

« J'étais avec Mr Hudson, monsieur – pour le club disques.

– Ah… je croyais que le club disques remballait à huit heures.

– Tout à fait, monsieur, mais je suis le secrétaire – Mr Hudson aime bien tester d'autres disques sur moi, en vue de la session suivante. »

Il m'a dévisagé avec toute son ambiguïté savamment étudiée, le semblant figé d'un sourire qui pouvait annoncer le soulagement d'un malentendu éclairci tout autant qu'un sarcasme en train de prendre forme, voire un savon auquel, dans votre candeur, vous pensiez pouvoir échapper. L'air supérieur des candidats désignés à Oxford et Cambridge, les libertés tacites que nous prenions avec la plupart des règles de l'école, étaient pour lui un défi à l'encontre, aussi, de sa personne. Cela supposait qu'il se comporte comme un ami avec des garçons qu'il brutalisait depuis des années, et renie avec humour sa cruauté naturelle. La musique, en outre, lui inspirait une méfiance de philistin. « Vous m'avez l'air bien joyeux, Win !

– Vous me connaissez, monsieur ! » ai-je répliqué, adoptant dangereusement le ton de sa voix. Il s'est penché vers moi, souriant toujours, comme pour me murmurer un secret, a relevé la tête, puis a fait un pas en arrière… J'ai mis un moment à saisir qu'il voulait humer mon haleine.

« Évidemment, la musique n'est pas vraiment autorisée après vingt heures trente. Règlement de l'école.

– Mr Hudson la met toujours très bas, monsieur. » C'était étrange de défendre un maître contre un autre.

« De quoi s'agissait-il ce soir ?

– Oh, Janáček, monsieur. *Sur un sentier recouvert.* »

Était-ce en quête d'une insolence, d'un snobisme ou d'un pur et simple mensonge qu'il scrutait maintenant les traits de mon visage ? J'ai gardé pour moi, comme une affaire privée, le titre de ce petit mouvement magique : « Nos soirées ». Il a posé la main sur mon épaule. « Je sais que Mr Willis fonde de grands espoirs sur vous, ce trimestre – comme nous tous, d'ailleurs. Il ne s'agirait pas de nous décevoir, Win. Allez donc vous reposer, maintenant, comme le bon garçon que vous êtes. » Et il a serré mon épaule avec force, comme un châtiment contrarié dans cette poigne encourageante.

*

Chaque nouveau morceau que Mr Hudson passait lors de nos soirées était une occasion de me concentrer, d'en saisir la forme, de sentir très vite s'il était russe, allemand ou français, et sa simple invitation à m'impliquer me poussait à l'être ; la musique me dépassait parfois, au début, mais je l'absorbais à pleines gorgées, en toute confiance. Nous fixions nos pieds, ou le radiateur, ou bien, assis au fond de la chaise, flottions distraitement au-dessus des toits noirs de Cambridge ; de temps à autre, nous échangions un regard, comme si c'était la musique dans l'espace entre nous que nous contemplions, mais aussi comme pour demander : « Qu'est-ce que ça vous fait, à vous ? » Jamais un mot pendant que la musique jouait, mais un brusque soupir parfois, un grognement qui concédait la puissance d'un effet. Très rarement, il tendait le bras comme pour dire : « Là, écoutez… ! », avant de retomber au fond de son fauteuil, saluant d'un coup de tête le retour triomphal d'un thème. Et puis après, aucun commentaire pendant un long moment où je sentais qu'il attendait, avec toute sa connaissance accumulée de ce morceau, les réactions de l'adolescent qui venait de l'écouter pour la première fois, de la ressentir entre chocs et chair de poule, parfois avec une attention tout juste polie, que j'obligeais à se changer en enthousiasme en vertu d'un acte de foi. « Stupéfiant, n'est-ce pas ? » disait-il, et je répondais : « Mm, oui, monsieur, extraordinaire », souriant tandis que je me repassais anxieusement la pièce et attendais la poignée de phrases bien tournées par lesquelles il confirmait alors ce qu'il pensait que j'avais ressenti, pour découvrir, lorsqu'il nous repassait la pièce, que c'était exactement ce que je ressentais – je me laissais porter, et c'était un chef-d'œuvre d'un genre tout à fait nouveau. Mes réactions, alors, étaient exacerbées par le besoin de réagir, de ne pas le décevoir, de ne pas gâcher non plus le privilège de ces heures-là. Parfois, avec le café, et la goutte de whisky, et tout l'intérêt que Mr Hudson me portait, j'étais trop excité pour intégrer ce que j'entendais – j'errais jusqu'à mon lit sans rien d'autre que le sentiment sauvage, débauché, qu'on m'avait fait vivre une expérience.

Les grands yeux de Mr Hudson étaient d'une noirceur suggestive dans son visage pâle, flexible, aux lèvres pleines. Ses cheveux bruns ondulés, courts et soignés, grisonnaient déjà sur les tempes. Edmonds avait deviné que Mr Hudson ne s'offusquerait pas s'il lui demandait son âge – même s'il a dressé le menton, aussi sévère pendant quelques instants que Hoppy ou Crow, à qui l'on n'aurait jamais pu poser une telle question : « Trente-six ans, les garçons, depuis mars dernier. » Il avait donc dix-neuf ans de plus que moi, un service militaire et un diplôme de Cambridge derrière lui, puis dix longues années d'enseignement dans une autre école au nord de l'Angleterre. Parfois, je me tenais tout contre sa chaise pour étudier un poème ou un livre d'art. Il avait l'odeur explorable et quelque peu asociale, de près, d'un homme adulte qui a porté une veste sport et une cravate toute la journée, et qui vient de les enlever. Mes yeux dérivaient du livre ou de la pochette de disque jusqu'à sa nuque, ou s'attardaient tandis qu'il parlait sur son avant-bras glabre, puissant, sa montre-bracelet avec une sangle en cuir tressé. Il portait à l'école un pantalon de flanelle gris, ajusté au niveau des fesses, ample sur le devant, rien de clairement suggéré même si la question, pour moi, rôdait toujours.

Sur le terrain de rugby, en short noir et pull bleu, courant au gré du jeu pendant une heure et demie, il était une autre personne. Ses cuisses d'homme, poilues à l'extérieur, plus lisses à l'intérieur où elles se touchaient et frottaient, et devenant soudain très velues au-dessous du genou, jusqu'à ses grosses chaussettes bleues d'étudiant. Les vers du « God's Grandeur » d'Hopkins et la différence radicale entre la Cinquième et la Sixième Symphonie de Vaughan Williams ne lui étaient alors plus d'aucune utilité, toutes les délicates questions du monde en dehors du terrain de sport se retrouvaient balayées par ses courses et ses rappels à l'ordre, le rapide trottinement vers l'arrière, l'art de se pencher sur les regroupements et de les contourner, le souffle chaud plein d'autorité de l'arbitre. J'étais le secrétaire du club disques, je répétais le rôle de lady Wishfort, je lui lançais des regards triomphants tandis que nous revenions en trottinant disputer une touche, mais il était un étranger pour moi sur ce terrain. Une fois, alors qu'il se dirigeait vers la ligne de touche en retirant son pull, il a soulevé aussi sa chemise à moitié, offrant un aperçu, cinq secondes aussi insignifiantes qu'indélébiles, de ses reins blancs et de l'élastique gris de son slip de sport. Puis il était de nouveau avec nous, sifflet strident dans mon oreille quand il est passé en courant devant moi.

*

Des exemplaires du *Times* étaient mis à disposition à la bibliothèque chaque jour après le petit déjeuner, et Mr Hudson laissait son *Guardian* à côté après le goûter, les mots croisés déjà remplis et un ou deux articles marqués pour nous d'un astérisque vert en expansion. Un soir d'automne, dans le cadre du club d'actualité, nous avons débattu du projet de loi en cours d'examen par le parlement britannique – six élèves de dernière année en blazer réunis autour du radiateur à gaz, avec des moues responsables, rougissant malgré eux à la pensée de deux hommes qui avaient ce penchant faisant ce qu'ils aimaient faire ensemble. Un sondage d'opinion à l'échelle nationale avait révélé que 63 % des personnes interrogées estimaient que les actes homosexuels entre adultes de plus de vingt et un ans devaient être autorisés par la loi ; par ailleurs, 93 % d'entre elles pensaient que les homosexuels avaient besoin d'un traitement médical ou psychiatrique. « Donc, une grande proportion de ceux qui estiment que les hommes ont le droit de faire l'amour ensemble pensent dans le même temps que de tels hommes ont besoin d'être aidés – afin, peut-on supposer, de ne plus avoir envie de faire l'amour ensemble. » Il a balayé l'assistance du regard. « Oui… Donaldson ? » Et pendant que Donaldson s'exprimait à sa manière aussi balbutiante que hors sujet sur la Grèce antique et les relations entre adolescents et hommes mûrs, c'étaient les mots « faire l'amour » qui flottaient dans cette salle illuminée par une lampe, et transformaient ces sinistres

« actes homosexuels » en une chose tout à fait normale et belle ; une allusion aussi, m'a-t-il semblé quand je l'ai regardé avant de détourner la tête, à l'expérience personnelle de Mr Hudson. Il a laissé Donaldson développer jusqu'au bout son argument – il ne nous rabaissait jamais – mais ensuite, il a demandé : « Et aujourd'hui, alors ? Et demain, surtout ? » Payne a répondu : « Je dois reconnaître, monsieur, que cela me met assez mal à l'aise » ; Morton-Stuart a présenté cette question, de manière assez remarquable, comme une affaire de droits de l'homme ; et j'ai dit, avec une déloyauté pronominale instantanée, qu'ils ne faisaient selon moi rien de mal – surtout s'ils étaient amoureux l'un de l'autre… « Ah, oui », a dit Mr Hudson. Ce qu'il savait ou déduisait lui-même de nos désirs, c'était difficile à dire : il était ironique, et contradicteur, comme l'exigeait son rôle. Mais je doute que notre vote à quatre voix contre trois en faveur des propositions de ce projet de loi ait été le reflet fidèle de nos opinions et sentiments véritables.

*

J'imitais la plupart des professeurs mais lui, jamais. Cela faisait partie de sa subtilité de s'exprimer comme une personne sensée, sans recourir jamais à la rhétorique comique de maîtres qui étaient là depuis des années, et avaient fini par devenir des parodies d'eux-mêmes. Je pouvais me transformer l'espace d'une minute en Hoppy, ou Charlie, ou Mr Halls, et je savais que mon effet était accentué par le fait que je n'étais pas de la bonne couleur : mon visage prenait la teinte de ma voix, il semblait s'adoucir et se remodeler en ceux de ces Anglais blancs d'âge mûr. Je ne pratiquais jamais devant le miroir, cela m'aurait rendu trop conscient de mes gestes, et je savais que j'étais capable de le faire d'instinct. Si je paraissais bon, c'était aussi parce que les autres étaient tellement à côté de la plaque et approximatifs qu'on en venait à se demander s'ils entendaient ou observaient quoi que ce soit avec la moindre exactitude. Les plaisantins de l'école, comme Crowhurst ou Vote, jouissaient déjà d'un certain crédit. Quand Kim Wynans imitait Charlie, dont la bouche se crispait de travers dès qu'il essayait de prononcer un *r*, il le faisait zozoter à la place, et récoltait des rires. Quant à la tentative de Smith de se glisser dans la peau de Mr Hudson, elle était embarrassante de médiocrité. Un sourire essoufflé, un clignement d'yeux précipité : « Ce poème de Percy Bysshe Shelley n'est-il pas bouleveṛsant, Smith ? Ne vous flanque-t-il pas la plus démesurée des érections ? » – le léger zozotement de Smith rendait ces mots encore plus bêtes.

« Il ne parle pas du tout comme ça, ai-je protesté.

– Comment il parle alors, Winny ? » a répliqué Smith, me coinçant avec plus d'habileté qu'il ne l'imaginait. Je me suis détourné en secouant la tête, plein de mépris.

« Winny est très proche de Mr Hudson, évidemment, a fait remarquer Browne.

– Eh bien…, ai-je bredouillé, secrètement excité.

– De quoi parlez-vous tous les deux ? J'aimerais bien le savoir…, a-t-il insisté.

– De rien que tu pourrais comprendre, Browne, ai-je rétorqué.

– Peut-être bien que si, a dit Browne.

– Si tu veux vraiment savoir, ai-je dit, nous parlons de Vaughan Williams. »

Il s'est soudain fait solennel. « Ah, je ne connaissais pas cette expression pour désigner la chose, a-t-il dit, et il a fait glisser sa langue entre ses lèvres.

– Va te faire foutre, Browne », ai-je dit, rougissant et réprimant un sourire tandis que je quittais la pièce. La taxonomie de l'amour est si grossière – il ne s'est jamais rien « passé », comme on dit, entre nous, il ne m'a jamais embrassé ni touché le visage, n'a jamais formulé d'aucune manière le fait qu'il m'appréciait, sans parler de m'aimer. Quand il m'a écrit, deux fois pendant les longues vacances d'été avant l'ultime trimestre d'automne réservé aux candidats à Oxbridge, il a signé « GRH », comme s'il affichait une simple notification.

*

La première lettre est arrivée au milieu du mois d'août, remontée avec le reste du courrier par Mavis, à son arrivée au travail. Elle n'a guère prêté attention à une lettre venue de Norvège, perdue au milieu des factures et d'une carte postale de tante Susan envoyée de Clevedon, et je l'ai glissée dans ma poche comme distraitement, avant de l'emporter dans la salle de bains, à l'étage. Je l'ai ouverte sans savoir à quoi m'attendre, même si mes yeux ont filé devant moi, en quête d'une chose qu'elle ne contenait pas. Il était en vacances avec sa mère, « en croisière dans les fjords », écrivait-il, avec des commentaires ironiques sur le « drame monotone » des panoramas, le « triste manque de culture, que je soupçonne maman d'accueillir avec un certain soulagement ». Il semblait compter sur une vision partagée de sa mère, et des relations qu'il entretenait avec elle, qui n'avait en fait jamais été établie entre nous. Ce qui m'a désarçonné, mais enthousiasmé aussi. C'était une nouvelle forme de proximité. À la fin de sa lettre, il se laissait aller et décrivait de manière très poétique les falaises vertigineuses et les voiles de mariée des chutes d'eau, et j'ai senti qu'il passait de bons moments.

Après le déjeuner, maman a demandé : « Qui t'a écrit cette lettre avec un timbre bizarre, mon chéri ? », comme si c'était celui-ci qui l'intéressait.

« Oh, c'était juste Mr Hudson.

– Ah bon ? s'est-elle étonnée. C'est très gentil de sa part de prendre la peine de t'écrire.

– Oui, je sais. Il est en vacances avec sa mère », ai-je ajouté, tentant de dissimuler une chose qui, en réalité, était totalement absente de ce qu'il m'avait écrit. C'étaient les sentiments entourant cette lettre, la présence de Mr Hudson dans son écriture manuscrite, qui étaient chargés ; et même s'il s'agissait pour l'essentiel de descriptions du paysage et des divers poissons que sa mère et lui avaient mangés, j'ai ressenti comme un pincement de trahison en tendant ce pli à maman pour qu'elle le lise.

« Je me demande s'il écrit à plusieurs garçons, a-t-elle dit au bout d'un moment, en me la rendant, soulagée mais toujours perplexe.

– Je crois qu'il veut juste rester en contact avec ceux qui prépareront les examens d'entrée à l'automne », ai-je répondu, habilement, fort reconnaissant maintenant de ce « GRH ».

« Il a une belle écriture, en tout cas », a-t-elle dit, et nous avons contemplé un peu bêtement mon nom et mon adresse, notre adresse, sur la fine enveloppe grise. « Et puis, a-t-elle ajouté avec l'air d'avoir finalement trouvé une raison de s'inquiéter, il te dit de bien avancer dans tes lectures !

– Oui, maman, c'est bon », ai-je répondu, et je suis remonté dans ma chambre avec la sensation que quelque chose de nouveau avait presque été dit.

La seconde lettre est arrivée quelques jours avant la rentrée ; elle était brève et impersonnelle. Les garçons qui visaient Oxford et Cambridge avaient une dissertation pour le cours de culture générale, à rendre dès le premier jour, et il nous le rappelait d'une manière amicale mais professionnelle. Là encore, il allait falloir que je m'y mette.

14

Maman et Esme ont gardé des adresses séparées jusqu'à ce que j'aie quitté l'école ; alors, un peu comme des parents consciencieux différant leur divorce pour le bien des enfants, elles ont fait l'inverse, et ont emménagé ensemble. Je sentais que maman avait une vague idée des railleries de mes camarades, pénibles pour moi et gênantes pour elle aussi, lorsqu'elle venait assister à la cérémonie annuelle de remise des prix ou me voir jouer dans une pièce. Je n'ai jamais fait le moindre semblant d'allusion à tout ce que j'avais enduré, mettant un point d'honneur à la défendre contre des rumeurs dont j'étais convaincu qu'elles étaient vraies. Cela aurait mis tout ce sujet au grand jour, et en mots, ce qu'elle évitait dans tous les aspects privés de sa vie. Cela nous aurait conduits tout près du fait que je n'arrivais pas, moi-même, à lui avouer.

Cela faisait maintenant deux ans que l'entreprise était à la fois l'objet de tous leurs soins, et leur couverture. Elles étaient associées, en haut de Church Street, sur l'enseigne vert et or de Wincroft, qui attirait l'œil lorsqu'on entrait dans Foxleigh en venant de Bampton. Bientôt il y avait eu l'utilitaire, aussi, qui avait d'abord exhibé ce nouveau nom partout en ville puis l'avait claironné sur les petites routes de campagne, jusqu'aux villages. Cela convenait bien à l'agitation de maman et à sa créativité, et le fait d'être un investisseur et une femme d'affaires amusait beaucoup Esme ; des amis de Gilbert leur avaient fait profiter de certaines relations dans l'industrie du chiffon, comme l'appelait Esme, et elles recevaient de belles pièces expédiées dans des cartons gris et rigides depuis Whitechapel et Manchester. La boutique se trouvait à une minute à pied de l'appartement, maman était sur place avant neuf heures, et Esme y faisait un saut dès que l'envie lui en prenait. Elle adorait être présente lors des essayages, dans l'arrière-boutique séparée par des rideaux – « Je ne dis pas un mot, Dave, m'a-t-elle confié un jour. Je fais juste de grands sourires approbateurs.

– Ce n'est pas tout à fait vrai…, a répliqué maman.

– Mais c'est ton royaume en tout cas, Av', a dit Esme. Voilà ce que je veux dire. »

Maman a déménagé – nous avons déménagé – à Crackanthorpe Lodge au mois de mai. Il y avait tellement à dire que nous avons évité d'en parler – elle a dit : « Je crois que c'est plus logique », comme s'il s'agissait là aussi d'une décision professionnelle.

« L'appartement va te manquer ? ai-je demandé.

– Probablement ! a-t-elle répondu. Pas toi ? » – j'ai compris, alors, qu'elle demandait ma bénédiction.

« Il y a beaucoup plus de place à Crackers », ai-je dit – c'était comme ça qu'Esme appelait sa maison. « Et n'oublie pas que je passerai la moitié de l'année à Oxford.

– Esme se disait que tu aimerais peut-être avoir la belle chambre spacieuse côté rue » – ce qui me mettait presque au défi de demander à maman où elle-même dormirait. « Je crois que ce sera très bien pour tout le monde », a-t-elle dit, et son sourire reconnaissant n'a pu cacher entièrement les nombreuses inquiétudes qui la tourmentaient à l'heure de cette décision. « On a passé de bons moments, pas vrai, dans ce vieil appartement ? Mais il est temps de changer. » Ce week-end-là, nous avons commencé à faire les cartons, et je savais que nous avions en partage ce sentiment de perte qui hante jusqu'au plus optimiste des déménagements.

*

Une semaine à faire la navette avec nos affaires, marquant notre territoire dans ce nouveau chez-nous avant de nous y installer ; puis finalement l'heure limite, quatorze heures, l'ultime descente fatidique de l'escalier et le dernier claquement tonitruant de la porte d'entrée, en vérifiant tout de même qu'elle était bien fermée. Nous nous étions enfermés dehors. L'utilitaire portait des plaques jeune conducteur maintenant, et maman m'a laissé conduire, tout doucement, vers le bas de la place puis les hauteurs de la ville – ce trajet aurait eu des allures d'enterrement si l'intérêt de la conduite, la sensation, dès le moment où j'avais relâché la pédale d'embrayage et démarré, que je savais comment faire, ne l'avaient rendu si excitant. À l'orée de la ville, j'ai mis mon clignotant et tourné dans Marlborough Close… la deuxième maison sur la gauche, aperçue entre les lauriers, un vieux sycomore, à côté du portail un cytise doré dont les fleurs ont raclé le toit de l'utilitaire quand je me suis engagé dans l'allée, avant de décrire une courbe sur les graviers et de m'arrêter, puis j'ai mis au point mort et coupé le contact. Maman a contemplé un moment la porte d'entrée, les fenêtres, comme effarée par ce qu'elle venait de faire, puis elle s'est tournée et m'a souri étrangement. « Frein à main ? »

Esme se trouvait dans le hall d'entrée, en train de « faire de la place » pour les affaires que nous avions apportées avec nous, allant et venant avec un sourire sévère. C'était une journée tendue pour elle aussi. J'ai monté ma lampe, mes vêtements et mes cartons de livres à l'étage, dans la grande chambre côté rue qui avait toujours, jusqu'ici, accueilli les amis, en luttant contre une bouffée de nostalgie et le sentiment que cette chambre ne serait jamais la mienne. J'entendais en passant Esme et maman converser, monter et descendre l'escalier d'un pas lourd, amicalement se questionner et tomber d'accord, et il y avait quelque chose, dans leurs manières, que je n'avais jamais vraiment entendu, ou surpris, par le passé, le ton de leur intimité irréfléchie quand personne d'autre n'était là.

*

« Qui était Crackanthorpe ? » a demandé maman, comme si, maintenant qu'elle vivait là, il fallait le lui expliquer.

« L'histoire ne le dit pas », a répondu Esme, préférant manifestement en rester là. Nous faisions le tour du jardin, où j'ai vu que des idées venaient aussitôt à maman, après des années dans un appartement à l'étage. À l'avant de la maison, un carré de gravier, le garage sur la gauche et, à droite, un aperçu de la pelouse au fond, et des sapins de trois ou quatre mètres de haut qui nous isolaient des voisins de part et d'autre, et du champ qui s'ouvrait derrière. « C'est Gilbert qui les a plantés, a dit Esme. Des conifères *nains*, soi-disant. Devenus géants malgré eux, j'imagine. » Vert pâle, jaunes, bleuâtres, ils avaient poussé et poussé, vers le haut et par-dessus la pelouse, un ou deux d'entre eux enflant même au point de se briser sous leur propre poids. Esme semblait les considérer comme une réalité vaguement amusante à laquelle on ne pouvait remédier. À mes yeux, ce jardin offrait une atmosphère mais aucun mystère, avec sa pelouse aux bordures bien droites, sa haie de hêtres dissimulant le potager. Un cadran solaire installé dans un cercle au dallage irrégulier en formait l'élément le plus romantique.

« Vous pourriez tailler les bordures, pour leur donner des courbes, a dit maman en faisant un geste sinueux de la main.

– Eh bien…, a commencé Esme, et elle a secoué la tête, l'air raisonnable, tentant de visualiser la chose. Touchez-en un mot à Barry. Pour voir ce qu'il en pense. »

Le pudique Barry s'occupait du jardin – « Ne soyez pas si timide », lui avait dit Esme, un jour qu'il avait frappé en avance à la porte de derrière et qu'elle était encore en chemise de nuit. « J'suis pas timide, m'dame », avait bredouillé Barry. Mais depuis lors, il laissait toujours ses offrandes sous le porche, afin qu'elle les trouve en sortant – il était particulièrement fier de ses haricots plats et de ses courges. La courge farcie était la recette fétiche d'Esme. « Je suis content que vous aimiez ça, a-t-elle dit, tandis que nous marchions le long des rangées de légumes. Gilbert détestait, c'est sans doute la raison pour laquelle j'ai si bien appris à la faire.

– J'aime assez, a dit maman.

– C'est quelque chose que je sais faire », a insisté Esme.

Le nombre de fois où elle a évoqué Gilbert, aux premiers jours de notre emménagement, était frappant et, pour maman, perturbant sans doute.

*

Ce premier samedi soir dans la maison : un silence nouveau, déroutant. Après la place du marché, avec ses grondements de voitures et ses voix aléatoires, dehors, des bruits si routiniers qu'ils en étaient rassurants, au point de devenir avec le temps une aide au sommeil, la nuit sur Marlborough Close se déployait dans une solitude muette. Je me tournais dans un sens, puis dans l'autre, priant pour que le vent se lève ou que des hommes passent dans la rue après la fermeture du pub, braillant et chantant. Plus tard, j'ai été réveillé par une voiture dont le moteur tournait à vide dans l'allée, je me suis levé pour scruter les ténèbres, dehors, entre les rideaux, et la pluie qui crépitait sur les lauriers.

Le lendemain matin, personne ne remontait la place pour se rendre à l'église, nul bruit de pas précipités, ni de portière qui claque – et toujours rien à regarder derrière la fenêtre de ma chambre, rien que l'allée et le portail et, de l'autre côté, une petite portion de l'impasse, à l'endroit où elle s'incurvait vers la prochaine rue silencieuse. Je me suis assis dans le fauteuil pour lire l'ouvrage de David Ogg consacré à l'Ancien Régime, et je n'aurais su dire si j'étais reconnaissant ou contrarié quand un tintement et un tapotement distants, indéfinissables se sont fait entendre, comme des canettes traînées sur une route, mais avec une sorte de rythme sous-jacent, comme une bétonnière ou une machine, au loin, accomplissant une incontournable corvée du dimanche. Puis j'ai compris, sans trop y croire, que c'étaient les cloches de l'église qui sonnaient toutes les six ensemble avec la même sempiternelle détermination, le même espoir, là-bas en ville, à près d'un kilomètre.

*

Tout cela ne saurait occulter le petit numéro de la première nuit, le premier moment du coucher, ce sujet que maman et moi avions toujours évité. Nous étions dans la cuisine après le dîner, maman lavant les plats tandis que je les essuyais. « Dans le placard du haut, à gauche, mon chéri, a-t-elle dit. Je *crois*… », et il sautait aux yeux qu'elle savait très bien où chaque objet allait. Ces tâches pratiques du tout premier soir étaient un avant-goût de la vie ici, et un refuge aussi, quelque chose à faire. « Bon, je vais aller me coucher, Av', a annoncé Esme. La journée a été longue… » Et dans ma confusion et ma gêne, à la fois pour elles et pour moi, j'ai essuyé la paillasse, accroché le torchon à vaisselle et lancé : « Moi aussi. » Alors, nous avons tous tourné en rond distraitement un moment, nous cognant les uns dans les autres tandis que nous remettions en place les coussins du salon et éteignions les lampes. Je suis monté m'asseoir dans ma chambre, la porte pas tout à fait fermée, jusqu'à ce que maman crie : « La salle de bains est libre ! », et, en sortant, je l'ai vue battre en retraite à travers le palier, un verre d'eau à la main, vers sa petite chambre du fond, qu'elle avait déjà égayée d'un dessus-de-lit rapporté de l'appartement, de la boîte birmane posée sur la commode. Je lui ai emboîté le pas dans un élan d'inquiétude inexpliqué, et je l'ai embrassée pour lui souhaiter bonne nuit. « Tu t'es déjà aménagé un nid douillet », ai-je dit en la regardant poser le verre dans l'éclat de la lampe, puis rabattre ses couvertures en arrière. Elle avait reconstitué son ancienne chambre dans cette nouvelle maison, mais j'étais absolument certain que ce n'était pas pour faire ça qu'elle s'était installée ici.

*

Maman n'employait jamais de mots doux en ma présence lorsqu'elle s'adressait à Esme, même si quelquefois, au cours de ces premières semaines, je l'ai entendue, dans la pièce d'à côté ou bien entre ses dents tandis qu'elle marmonnait, peut-être au sujet d'un oubli, l'appeler chérie ou mon cœur, et ces mots s'imprimaient en moi, ayant valeur de preuve. Le faux-semblant qu'elles étaient juste deux amies d'âge mûr, l'une veuve et l'autre divorcée, qui s'étaient installées ensemble pour avoir de la compagnie et par commodité, a d'abord été maintenu de manière si convaincante que j'ai fini par me demander si ce n'était pas la vérité, et si toutes ces histoires dont Cousins, Wynans et d'autres à l'école avaient fait des gorges chaudes, et qu'ils m'avaient forcé à imaginer, n'étaient pas un pur fantasme de lycéens. Nous avons mis en place nos routines, et le sentiment inattendu que nous allions sans doute continuer ainsi a pris peu à peu possession des lieux. Au salon, Esme avait son fauteuil à gauche de la cheminée, et maman s'asseyait à l'extrémité du canapé la plus proche, sous la lampe sur pied, sa couture ou d'autres travaux étalés devant elle. Le fauteuil d'en face, qui avait dû être jadis la place de Gilbert, est devenu mon perchoir, qui offrait un point de vue un peu excentré. Je levais les yeux de ce que j'étais en train de lire ou scrutais leurs visages dans l'éclat changeant du téléviseur, persuadé qu'elles se comportaient de cette manière à cause de moi. Quand Tom Jones a eu droit à son émission spéciale, je suis resté assis, le visage en feu, devant « It's Not Unusual », ai parlé pendant qu'il chantait comme si, avec mon goût bien connu pour la musique classique, je méprisais cet homme dont j'avais du mal à décrocher les yeux. « Ça ne manque pas de swing », a déclaré Esme, je crois qu'elle aimait les paroles, et que le pantalon scandaleux que je faisais semblant de ne pas avoir remarqué l'amusait. Puis Dusty Springfield a interprété « You Don't Have to Say You Love Me ». Maman a fait la moue et commenté : « Elle chante faux, non ? Enfin, tu sais ça, mon chéri », et j'ai répondu : « Un peu oui, je crois que tu as raison », même si la chanson me traversait de part en part justement à cause de cela ; Esme semblait ne pas nous entendre, elle restait assise là, les lèvres légèrement entrouvertes devant la silhouette mince vêtue de noir dans le feu des projecteurs, sous sa chevelure blonde amoncelée.

*

Un bref rituel s'est installé où je servais l'apéritif à six heures du soir, gin et vermouth rouge pour Esme, vermouth seul pour maman. « Il sait comment je l'aime, se réjouissait Esme avec un regard malicieux, en portant le verre à ses lèvres. C'est un petit barman épatant. » Je suppose qu'il était tout aussi commode qu'étrange d'avoir un jeune homme sous son toit. « Si tu as besoin d'un travail, un jour… », reprenait-elle, peu après, en me tendant le verre pour que je la resserve. Pour moi, elle se faisait livrer de chez Trinders des bouteilles de cidre, ma seule notion à l'époque d'un goût adulte en matière d'alcool. J'avais dix-huit ans. « Tu es sûr que tu ne veux pas une vraie boisson ? » insistait Esme ; mais le demi de cidre que j'avais bu suffisait déjà à rendre la soirée comique, effervescente. « J'ai bien peur que tu ne puisses pas aller à Oxford finalement, Dave, disait-elle. C'est regrettable, bien sûr, mais nous avons besoin de toi ici pour tenir le bar. » Cela faisait sourire maman, contente que je fasse plaisir à Esme, mais je voyais aussi l'irritation monter. « Tu as des choses plus importantes à faire, n'est-ce pas, mon chéri ? » disait-elle. Et quand Esme tendait son verre une troisième fois, maman lançait : « Je m'en occupe », se levant et m'écartant d'un coup de hanche.

Esme avait l'habitude d'être servie. Outre Barry, elle avait Mrs Luke, qui travaillait pour elle depuis onze ans et s'était montrée inébranlable au moment de son divorce avec Gilbert, prenant le parti d'Esme et lui répétant comme à contrecœur les horreurs qu'on racontait sur elle en ville. Je tenais tout cela des imitations très approximatives qu'Esme faisait de son employée. « Je me fiche de cette petite ville ennuyeuse, disait Esme. Les gens peuvent bien raconter ce qui leur chante. » Aux yeux de Mrs Luke, elles s'étaient unies contre un homme malfaisant, dont le principal vice était trop atroce pour être mentionné, même si on le lisait clairement dans ses silences et ses regards sombres chaque fois qu'Esme prononçait son nom. L'arrivée d'une autre dame, avec son fils à la couleur bizarre, avait signifié un surcroît de travail, et un autre problème plus difficile à résoudre : la rupture du lien de confiance entre Mrs Luke et son employeuse. Esme l'avait gratifiée de ce qu'elle appelait un « discours de motivation », et d'une augmentation d'un shilling par semaine.

*

À la fin du mois de septembre, nous avons organisé une fête. Je revenais tout juste d'un voyage en stop de trois semaines dans le nord de la France, avec Andrew Sparks, et dix jours plus tard, je devais monter à Oxford : maman disait que c'était en mon honneur, mais je savais qu'il s'agissait en réalité de célébrer le déménagement et le premier été réussi de sa vie avec Esme. Nous n'avions jamais organisé de fête, à l'appartement. Je connaissais désormais presque tout le cercle d'amies d'Esme, et les appelais par leurs prénoms : Jane et Bobs et Betty Matthews, avec son mari Derek, dont toutes se moquaient, Connie Marks et son mari Bill, qui restait généralement à la maison. Peggy de Shrivenham et Sally de Kingston Lisle. Elles étaient amusantes, mais avaient leurs propres histoires à se raconter, leurs commérages à dégainer, aussi impénétrables que tapageurs, et dès qu'elles me voyaient leur visage se figeait, tandis qu'elles s'inquiétaient avec bienveillance de la possible difficulté de trouver un sujet dont nous pourrions discuter joyeusement ensemble. Elles se souvenaient en général de la dernière conversation que nous avions eue, sur les pièces dans lesquelles j'avais joué à l'école, et nous en reprenions le fil. Jane Mew était même venue à Bampton voir mon interprétation de lady Wishfort dans *Le Train du monde* de William Congreve, mon plus grand triomphe jusqu'ici. Avec les autres femmes de son club théâtre, Jane se rendait en bus, une fois par mois, à des matinées à Swindon ou à Cheltenham – l'amour du théâtre n'était manifestement pas une condition requise, car Esme raillait volontiers les « frimeuses » qui déblatéraient sur Pinter tout au long du trajet retour – « ou Anouilh, qui en français, je crois, veut dire “raseur” ». C'était l'occasion de passer une journée dehors avec les filles, et un ou deux hommes très vieux ou optimistes que toutes s'accordaient à trouver « sacrément courageux » ; mais cela avait créé un lien entre nous.

Je me suis affairé à dresser une table avec une nappe blanche dans le jardin et à apporter des verres sur un plateau – c'était une soirée chaude, ensoleillée. « Aimerais-tu inviter quelqu'un ? avait demandé maman, le visage traversé par l'une de ces inquiétudes dont elle avait le secret. Je ne sais pas si les Hadlow sont à Woolpeck… Peut-être que Giles aurait envie de venir ? » J'avais répondu : « Nous n'avons plus à nous soucier des

Hadlow maintenant, et encore moins de Giles. J'espère ne plus jamais le revoir» – et cela avait paru répondre à sa question plus large. «De toute façon, avais-je ajouté pour être bien sûr, ils sont tous en France en ce moment, chez Mme Pleynet.» J'avais pensé à un ou deux camarades qui vivaient dans le coin, m'étais imaginé cette soirée et eux dedans, et j'avais su que je n'en étais pas capable – pas encore.

Je me suis rendu utile toute la soirée, caché derrière mes tâches et jouant l'enfant timide, à l'écart des adultes, et j'ai ressenti le frisson du succès, la délectation de ma performance d'acteur, qui allait bien au-delà de la bonne conduite enfantine et de la simple frime. J'étais charmant et admiré, et je me suis demandé si le petit côté maniéré, ton piquant et pirouettes, qui a fait irruption dans mon jeu après que j'ai moi-même bu un verre, ne suscitait pas chez elles des interrogations d'un autre genre à mon sujet.

Un nouveau couple, plus jeune, était venu de Challow, George en minijupe noire et Julie en pantalon de velours gris. Elles étaient allées jusqu'à Malvern, pour leur première avec le club théâtre, voir Hannah Gordon dans une pièce – «Pas fameuse la pièce, mais Hannah…», a dit George, et elle a plissé les yeux en levant son verre.

«Je dois dire, David, a déclaré Julie d'un ton plus réservé, que ta mère est vraiment un amour.

– Oh, je suis content que vous l'appréciiez, ai-je répondu, m'empourprant au nom de ma mère autant qu'au mien.

– Nous venons tout juste de faire sa connaissance, a ajouté George : sacrée trouvaille !»

Et c'était étrange, car pour la première fois j'avais l'impression de voir maman et Esme du dehors, comme un couple qu'on pouvait croiser, tout simplement, le fait qu'elles étaient ensemble allant de soi ; ça, et envisager maman, qui devait avoir quinze ans de plus que ces femmes, comme une star ou une belle prise. J'étais tout à la fois heureux et quelque peu déconcerté, et ce sentiment qui rôdait depuis le début de l'été s'est tout à coup accentué – de la perdre. Elle était bien là pourtant, dans la robe rouge osée qu'elle avait terminée le matin même, et elle nous a souri en voyant que nous la regardions. Plus maquillée qu'à l'accoutumée, elle était en train d'offrir et de savourer sa propre représentation.

« Et toi, alors ? a demandé George avec son sourire troublant. Quels sont les plus beaux acteurs, d'après toi ?

– Eh bien », ai-je répondu, et j'ai regardé autour de moi en quête d'inspiration – cette question, là encore, semblait considérer un tas de choses comme allant de soi. « Sean Connery ? ai-je dit, comme s'il ne me faisait ni chaud ni froid. Yul Brynner ?

– Hmm, donc ton truc ce sont les hommes poilus, ou chauves… ? a dit George.

– Il n'a peut-être pas encore décidé, a répliqué Julie en me souriant gentiment.

– Un peu… les deux ? » ai-je dit, rougissant de plus belle, et j'ai levé ma canette pour saluer cette chère vieille Molly Carr, qui avait traversé la pelouse pour venir prendre en main les nouvelles arrivantes. Je les ai saluées d'une révérence puis me suis retiré, avec l'impression d'avoir été pris sur le fait et, en même temps, accueilli de manière un peu brusque.

De retour derrière la table, j'ai débouché d'autres bouteilles de vin, le blanc qui n'était plus très frais, et suis passé avec parmi les convives. « Ah, tu as un barman de première, Esme, disaient les femmes, revigorées par ce nouveau verre plein.

– Je vais le ramener chez moi, Avril, a dit Connie en s'agrippant à mon bras. Je voulais juste te prévenir.

– Je regrette vraiment, Connie, mais nous ne pouvons pas nous en passer », a répliqué maman, et elle a éclaté de rire en empoignant mon autre bras, un peu ivre à présent. J'ai vu que le souci pratique de la fête, qui avait rongé la matinée et l'après-midi, était totalement oublié, et j'étais content d'y être pour quelque chose – nous formions une équipe, après tout. Et là encore, comme je m'éloignais vers le groupe suivant, la nouveauté a été d'entendre sa voix plus forte au milieu du rire général – j'ai éprouvé une solitude soudaine, mêlée de fierté et de soulagement.

*

D'autres fêtes avaient-elles lieu ailleurs, pas si loin, dans des jardins d'été, comme celle-ci mais avec uniquement des hommes, ou principalement, et peut-être une ou deux femmes sympathisantes ? Et qu'en était-il de Jeffrey, rétrospectivement sexy, dans son cottage au bord de la rivière, et de Chouchou, à peine entraperçu, dans les trente-cinq ans, imaginais-je, blond, et de leur amie Jill qu'il leur fallait semer, mais qui était peut-être l'une de ces femmes admises dans leur fête homosexuelle ? J'avais encore son numéro et aurais pu l'appeler à n'importe quel moment de l'année écoulée depuis notre rencontre.

« Et vous, jeune homme ? a demandé Derek Matthews. Une petite amie en particulier, ces temps-ci ?

– Oh… non, pas vraiment », ai-je répondu, et nous nous sommes tournés tous les deux, embarrassés chacun à sa manière, vers les autres invitées, qui fumaient et rugissaient de rire, trois femmes bras dessus, bras dessous, Betty Matthews blottie elle-même sur le banc contre Sally et une femme en pantalon noir arrivée en retard. Tout autour de nous, les grands conifères tristes empêchaient les voisins de distinguer la source du vacarme, mais je les imaginais assis, le regard noir, à l'autre extrémité de leurs propres jardins.

Puis l'assemblée s'est clairsemée, les arbres ont bloqué les rayons du soleil vers l'ouest, et une ambiance de fin de soirée a enveloppé les trois ou quatre groupes encore debout dans le jardin, qui papotaient et laissaient parfois échapper des hululements de rire. J'ai commencé à débarrasser discrètement, emportant un plateau de verres dans la cuisine en passant par la porte de derrière, puis, comme je remontais le couloir vers les toilettes du rez-de-chaussée, j'ai entendu des voix de femmes parlant tout bas et ai jeté un coup d'œil – c'était quelque chose que je n'étais pas censé voir mais elles étaient ivres, j'imagine, Betty Matthews les bras passés autour de la taille de la femme au pantalon noir, qui penchait la tête de côté en souriant, indécise, avant que Betty ne l'embrasse sur les lèvres, basculant la tête tandis que la femme, l'espace de trois ou quatre secondes, s'abandonnait. Je suis entré dans les toilettes et j'ai claqué la porte bruyamment, choqué, mais aussi pour les prévenir. Quand je suis ressorti, la porte de la salle à manger était ouverte en grand et elles étaient parties. Bien sûr, je n'avais jamais vu deux femmes s'embrasser de la sorte ailleurs que sur les pages entraperçues d'une revue cochonne.

« Dave saura sûrement, il sait tout », disait Esme. Elle se tenait debout avec Molly et Jane devant le cadran solaire, sur lequel on avait posé un verre de vin à moitié plein – il a laissé un anneau mauve sur le plomb quand je l'ai soulevé. « Gilbert l'a trouvé dans une brocante pendant notre lune de miel – comme vous pouvez le voir, il est un peu branlant », et elle a secoué le gnomon, dont l'ombre désormais vague a oscillé entre sept et neuf heures.

« Oui, comme l'homme, a fait remarquer Molly, qui avait connu Gilbert et ne le voyait pas d'un bon œil.

– Je croyais que c'était du charabia, mais il a toujours affirmé que ça voulait dire quelque chose d'extrêmement important.

– Je parie tout ce que vous voulez qu'il l'a juste inventé », a répliqué Molly. Sur le bord du cadran, une devise avait été grossièrement gravée. J'aurais aimé pouvoir leur dire quelle était son origine, et ce qu'elle signifiait, mais le fait de partager leur ignorance me rendait tout aussi sympathique à leurs yeux.

« Eh bien, SINE veut dire “sans”, n'est-ce pas ? a dit Jane.

– Oui, ai-je acquiescé.

– Et SENSU n'est-il pas l'ablatif – c'est bien ça ? – de quelque chose ?

– Là je ne suis plus du tout, a soupiré Molly. Je n'ai pas fait d'études, vous savez.

– Donc, SENSIM SINE SENSU, a insisté Jane – ça doit faire référence au temps, bien sûr.

– Oh mais je sais, est intervenue Esme. Vous ne croyez pas que ça veut juste dire : "Je n'ai aucun sens" ? C'est une manière de se moquer de nous, qui essayons de deviner », et tout le monde a ri.

« Eh bien, je n'en suis pas si sûr, suis-je intervenu.

– Ah, nous y voilà », a dit Molly.

J'ai souri comme pour m'excuser. « Je crois qu'il faudrait avoir le contexte, ou la suite, pour vraiment comprendre le sens. Il s'agit certainement d'une citation.

– Franchement, si quelqu'un qui a décroché une bourse d'études à Oxford n'est pas capable de déchiffrer cette inscription, a dit Molly, je ne crois pas que les vieilles filles que nous sommes devraient s'en soucier.

– Sens sans sens…, a dit Jane, refusant l'étiquette "vieille fille".

– Insensée de naissance, a proposé Esme, puis elle a éclaté de rire et tourné les talons, lassée par le sujet.

– Comme cette foutue devise, a répliqué Molly d'un air définitif.

– Je vais me renseigner pour vous, mesdames », ai-je déclaré, d'une voix à mi-chemin de l'érudit et de Jeeves ; je me suis fendu d'une révérence et suis reparti avec mon plateau pour ramasser d'autres verres.

*

Cette fois, c'était la fin. Je les regardais à travers la fenêtre de la salle à manger tandis qu'elles se laissaient dériver vers le portail, Bobs s'étouffant de rire, accrochée au bras de Betty, détonnant singulièrement avec le silence de l'impasse et le ciel qui s'assombrissait.

« Je vais faire la vaisselle, a dit maman.

– Oh, assieds-toi un moment, ma chérie, pour l'amour du ciel ! Mrs Luke s'en occupera demain matin.

– Mrs Luke en a déjà assez de tout le travail supplémentaire qu'elle a depuis que nous avons débarqué tous les deux », a rétorqué maman. Mais elle a jeté le tablier qu'elle avait entrepris d'enfiler autour de son cou, s'est laissée retomber dans un grognement sur le canapé ; je n'étais pas sûr qu'être ivre à ce point lui plaisait tant que ça.

« Je sais, ai-je dit. Et si je nous préparais un Ovomaltini ?

– Mm, pas de tini pour moi, a soupiré maman.

– Je boirai le sien », a dit Esme, pour me faire plaisir.

Je suis entré dans la cuisine pour faire chauffer le lait, et comme je cherchais le Martini Rosso dans le placard, l'idée a soudain eu quelque chose d'écœurant – elle me semblait un peu forcée, sentimentale, et aucun de nous trois n'avait besoin d'un verre de plus. L'horloge au-dessus de la gazinière indiquait 22 : 45. J'ai posé les trois tasses sur un plateau avec quelques biscuits sablés, et suis retourné au salon. Esme s'était déplacée de sa chaise jusqu'au canapé, elle a tourné la tête quand je suis entré et m'a fait signe de ne pas faire de bruit. « Elle s'est endormie, la pauvre », a-t-elle dit. Elle avait passé le bras autour des épaules de maman, qui, à demi tournée contre elle, a retroussé les lèvres, pensivement, deux ou trois fois.

« Non, je ne dors pas, a-t-elle marmonné, fronçant les sourcils avant d'ouvrir les yeux. Mais je suis vraiment fatiguée. » Elle s'est redressée sur le canapé. « Je n'ai pas l'habitude de tous ces gens.

– Je crois que ça s'est bien passé, non ? a dit Esme. Nous avons vraiment assuré.

– Je ne sais pas, oui, tu as sûrement raison », a dit maman, portant la tasse trop chaude à ses lèvres.

*

Je me demande à présent ce qu'elles avaient en tête cette nuit-là, à quel point, dans l'embrasement de leurs propres désirs, elles ont pensé au jeune homme dans sa chambre de l'autre côté du palier. Je me suis réveillé une heure plus tard, à peu près, et j'ai ouvert la porte comme un enfant à moitié endormi, sans allumer, la voie était dégagée jusqu'aux toilettes, juste au moment où la porte de la chambre d'Esme s'est ouverte, il y a eu des rires, un peu de lumière répandue sur le palier ; et Esme a surgi. Elle avait dû se glisser pour la forme dans sa robe de chambre, qui flottait derrière elle, ceinture défaite, et dans la seconde où elle a allumé la lumière de la salle de bains, j'ai vu son visage rougi comme jamais, un éclat de sueur sur ses seins, puis elle a rabattu sur son corps les pans de la robe de chambre avant de refermer la porte… laissant un fin quartier de lumière projeté encore par l'embrasure de la porte de la chambre où je savais que maman était sûrement allongée dans un état similaire, ou peut-être sur le point de sortir nue, elle aussi. J'ai fermé ma porte sans bruit et, après avoir entendu Esme retourner se coucher, j'ai ouvert doucement la fenêtre et pissé dans un vacarme incontrôlable sur les feuilles épaisses des hostas, en dessous.

*

C'est quand je suis rentré à la fin de mon premier trimestre à Oxford que j'ai découvert que maman et Esme s'étaient décidées à renoncer aux faux-semblants et à faire chambre commune. C'était un lundi, et j'ai rangé ma chambre avant l'arrivée de Mrs Luke, comme d'habitude. Mais à trois heures de l'après-midi, toujours aucun signe d'elle.

« Elle ne vient plus, m'a annoncé Esme ce soir-là. Et tu sais quoi, Dave ? Je me demande si nous avons vraiment besoin d'elle.

– Oui, nous en avons besoin ! a dit maman, qui avait déjà passé l'aspirateur dans les chambres et s'attaquait maintenant à l'escalier avec une pelle et un ramasse-poussière. J'ai mon travail à moi, tu sais. »

Le lendemain matin, Esme a eu une longue conversation téléphonique avec Molly Carr et, en fin d'après-midi, Mrs Wilson, la femme de ménage recommandée par Molly, s'est présentée pour discuter un peu. Je suis sorti de ma chambre au moment où Esme lui faisait faire un tour rapide de la maison, et du travail à faire ; elle dressait la liste de toutes les tâches, qu'elle minimisait au passage. « Ça, c'est la chambre de Dave », a-t-elle dit, et je me suis poussé pour la laisser jeter un coup d'œil à mes livres et à mes posters, « puis, là-bas au fond, la salle de bains, oui, regardez-la bien, et là, c'est la chambre où Mrs Win et moi dormons » – Mrs Wilson a jeté un bref regard à travers la porte et secoué la tête dans son refus, sans doute, d'y voir quoi que ce soit d'inapproprié. En réalité, elle a dit : « Quelle belle chambre, bien grande », d'un ton satisfait, si bien que j'ai eu l'impression qu'un nouveau petit miracle de compréhension avait eu lieu quand, dix minutes plus tard, elle a lancé un au revoir et crié : « À la semaine prochaine ! »

*

J'étais en train de faire ma valise à la veille du retour à Oxford quand le téléphone a sonné et, comme personne ne répondait, je me suis précipité à travers le palier jusqu'à la grande chambre. Le deuxième poste, rouge laqué, était posé du côté du lit dont j'avais compris qu'il était celui d'Esme. Maman avait confectionné un nouveau couvre-lit, d'un blanc nacré, qui chatoyait au-dessus du monticule de couvertures et d'édredons, et je me suis jeté dessus pour décrocher le combiné. « Avril est là ? Elle se fait appeler Mrs Win. »

C'était la voix d'un homme enragé qui avait répété cinquante fois dans sa tête ce qu'il allait dire, mais qui, dans sa fureur, avait toutes les chances de s'emmêler dans sa réplique. Je n'étais pas absolument certain qu'il s'agissait d'oncle Brian. « Oh, elle est au travail à cette heure-ci, je suis désolé, ai-je répondu. Puis-je…

– C'est Brian Slatter.

– Oh, oui…, ai-je bafouillé, avec un reste de politesse et un rire, presque. Oui, bonjour…

– Dis-lui qu'elle n'est plus la bienvenue dans cette maison. Dis-lui qu'elle ne viendra pas ici pour Noël, c'est fini tout ça.

– Très bien, je lui dirai », ai-je répondu, et je me suis rendu compte que je m'étais retourné et avais ramené mes genoux contre ma poitrine face à son agression à l'encontre de maman et à son refus de prononcer mon prénom, insulte que j'avais endurée toute ma vie.

« Je ne veux pas de cette femme-là chez moi.

– Oh, non, très bien », ai-je dit, et il m'a fallu un instant pour saisir de quelle femme il voulait parler. J'étais assis sur son lit, et à la peur inavouée d'une disgrâce, pour Esme et maman, et pour nous trois, se mêlaient un sentiment de défi et un confort sous-jacent qui avait quelque chose de luxueux.

« Dis à Avril qu'elle peut bien être Mrs Win si ça lui chante : elle n'est plus une Slatter. Sa famille ne veut plus entendre parler d'elle. » J'ai compris aussitôt que ce n'était pas vrai, j'imaginais Susie qui se mordait la lèvre et Shirley planquée quelque part, même si, à coup sûr, il avait attendu un moment où il se trouvait seul dans la maison.

« Je suis sûr qu'elle sera désolée de l'apprendre, oncle Brian », ai-je répliqué d'une voix égale, malgré l'emballement de mon cœur, et il y a eu un silence, comme celui d'une explosion imminente, et déjà, dans l'avenir qui brillait au-delà de la fin de cet appel, un premier avant-goût délicieux de soulagement.

« Elle a déshonoré notre nom, a-t-il repris. Elle l'a déshonoré deux fois. »

J'ai compris que cette attaque-là était très personnelle, et peut-être était-il lâche de me montrer si ironique. « C'est une fois de trop, n'est-ce pas ? » ai-je dit. En tout cas, ça l'a mis hors de lui, et l'a poussé à s'adresser directement à moi :

« Quant à toi, t'es qu'une petite tapette snobinarde.

– Merci beaucoup... », mais il avait déjà raccroché violemment.

*

« Eh bien, le retour en voiture depuis Warminster ne me manquera pas », a déclaré courageusement maman, et j'ai soudain réalisé, malgré toute ma haine envers oncle Brian, que Warminster avait jadis été sa maison, comme Foxleigh était la mienne.

Esme a dit : « Eh bien, nous ferons un beau Noël à Crackers, ce sera toujours mieux que de craquer à Noël ! », et nous sommes partis d'un grand rire et maman m'a tenu le bras un moment, sous le choc complexe de sa libération d'une chose qu'elle avait redoutée pendant toutes ces années, mais dont elle estimait encore qu'il fallait l'endurer. Je ne lui ai pas répété exactement alors, ni jamais par la suite, ce que Brian avait dit.

Le moment venu, tante Susie est descendue toute seule en voiture le soir de Noël avec ses cadeaux, et elle est repartie avec un carton contenant les nôtres pour Malcolm et Shirley. Elle se trouvait comme toujours dans un état de mutinerie irrésolue. « Je ne peux pas rester », a-t-elle dit, en se posant avec son manteau sur les coussins douillets du canapé, regardant avec mélancolie les meubles et la décoration autour d'elle, nos affaires mélangées à présent avec celles d'Esme. J'ai senti qu'elle aurait sans doute aimé vivre elle-même avec une femme riche – ou essayer, au moins.

*

Maman a bu un verre ou deux le jour de Noël à midi, n'ayant pas à se rendre en voiture où que ce soit ni à rien faire d'autre que préparer un énorme déjeuner pour nous trois. Esme l'a taquinée comme à l'accoutumée en la taxant de buveuse trop prudente, attendant le moment où elle a ôté son tablier, levé son verre et lancé : « Eh bien… joyeux Noël ! » avec bien plus d'impatience que maman elle-même. Ayant moi aussi été très vite pompette, je n'ai pas vraiment pu juger de l'effet que ce verre avait sur elle. Maman était vraiment bonne pâte, elle buvait pour Esme, elle en a bu un autre pour « se donner du courage » pendant que nous faisions la vaisselle, et il était difficile de savoir où terminait le rituel et où le simple plaisir du grain de folie et de l'effervescence de l'alcool prenait le relais – et au bout d'un moment, s'émoussait.

Après le discours de la reine, elle est montée s'allonger, il pleuvait trop pour une promenade, si bien qu'Esme et moi sommes allés nous asseoir près du feu pour jouer à la bataille. C'était un jeu auquel elle accordait toute son attention, courbée au-dessus de la table basse, rabattant le butin sous son paquet à la fin d'une longue série et faisant claquer sur la table sa carte suivante, le regard brillant d'une concentration démente. Elle a rapidement remporté la première partie, et m'a demandé de battre les cartes avant de les distribuer pour la deuxième où, de nouveau, elle n'a pas tardé à prendre le dessus. De sorte qu'elle n'a même pas remarqué que la porte s'ouvrait et que maman faisait son retour, bien que j'aie levé les yeux et que je sois resté bouche bée, ébloui, blessé presque par la surprise. « À toi de jouer, mon chéri », a dit Esme d'une voix tendue, avant de se tourner à son tour et de la regarder fixement, petit blanc d'étonnement avant que d'autres sentiments ne la submergent – « Oh, mon ange... ! Quelle allure extraordinaire ! » Maman s'est avancée, ses chaussons rouges aux pieds, enveloppée jusqu'à la taille dans son *longyi* en tartan rouge, avec un chemisier en dentelle blanche et, enroulé très haut autour de sa tête, le *gaung baung* écarlate strié de fils d'or dont l'extrémité libre dépassait sur la droite.

« Tu es magnifique, maman », ai-je dit, avec des larmes au coin des yeux et le sentiment qu'une chose trop intime pour qu'aucun d'entre nous puisse vraiment la comprendre était en train de s'exprimer pour la première fois en public. Esme s'est levée, a traversé la salle et l'a prise dans ses bras en l'embrassant sur la joue, et maman a levé une main comme pour soutenir sa coiffe serrée. Elle n'a rien expliqué, maintenant qu'elle était là elle semblait d'ailleurs ne plus savoir quoi faire, et paraissait même un peu sidérée par ce qu'elle avait déjà fait. Mais elle a continué, Esme a reculé d'un pas, les mains sur les épaules de maman, il y avait de larges bretelles de soutien-gorge sous celles, plus fines, du chemisier en dentelle, et la sensation dans la pièce que, bien que très habillée, maman était à moitié nue, ses bras découverts fort contents de ce feu dans la maison froide. Elle a jeté un coup d'œil dans le miroir au-dessus de la cheminée, toujours en silence, on ne voyait pas très bien d'ailleurs ce qu'elle aurait pu dire. Elle a pivoté sur elle-même, à petits pas traînants, mais elle ne faisait pas vraiment semblant, ne pouvait pas faire semblant d'être une femme birmane. C'était son beau visage anguleux du Wiltshire qui clignait des yeux sous sa couronne à l'oreille tombante. Pourtant, dans ces habits sophistiqués elle m'était étrangère, juste un peu.

« Tu devrais t'habiller comme ça tout le temps, a dit Esme. Tu ferais fureur ! La mariée de Birmanie... » Et je me suis demandé, si je n'avais pas été là, maman aurait-elle fait cela, et maintenant pour qui le faisait-elle... C'était un genre de signal qui m'était adressé, et une sorte de cadeau, de plaisir offert à

Esme – qui n'arrêtait pas de répéter : « Tu ne trouves pas, Dave ? C'est trop beau pour garder ça juste pour Noël. » J'ai souri, sans rien dire, il était clair au moins que maman n'avait jamais fait ça pour Esme, qu'elle s'était peut-être juste laissé emporter par un élan qu'elle n'avait pas questionné car elle en mourait d'envie. C'était la plus pure fantaisie, l'expression de soi, tout le contraire d'un Noël chez oncle Brian.

« Quand on me soûle, a-t-elle dit, voilà ce qui arrive.

– Il faudra qu'on te soûle encore », a répliqué Esme, qui l'était bien davantage, elle avait le souffle court et une sauvagerie en elle tout juste retenue.

« Enfin, voilà », a dit maman, et avec un geste du bras, incertain, sans rien de tragique, elle est ressortie du salon en titubant et elle est remontée ; tandis qu'Esme et moi nous rasseyions pour reprendre cette partie qui donnait l'impression d'avoir duré des heures. Nous ne pouvions pas vraiment nous regarder, ni nous concentrer sur les cartes, ce jeu semblait soudain vide et malvenu, et quand Esme a vu ma dernière carte tomber et qu'elle a rassemblé et redressé toutes les cartes dans sa main, cela nous était bien égal à tous les deux. J'ai quitté la pièce, assoiffé maintenant et souffrant déjà d'un début de gueule de bois, pour aller récurer le plat à four mis à tremper.

*

C'était maman, pas moi, qui conservait tous mes certificats, dans des enveloppes rigides en papier kraft, ceux de Bampton et maintenant ceux d'Oxford : le prix Blanchard de la meilleure traduction en vers, le prix du Chancelier d'Oxford pour la meilleure dissertation. Maman est venue avec Esme à la cérémonie de l'Encaenia, et je les ai repérées pendant que je lisais la partie la plus flamboyante de ma dissertation du haut de ma chaire, devant la salle bondée du Sheldonian Theatre. Cet événement était impressionnant pour elles, et je crois que maman était trop sonnée par la nervosité pour saisir ce que je racontais. Il y avait eu les discours en latin, les diplômes honorifiques décernés à Nikolaus Pevsner, Barbara Hepworth et au président de la Communauté européenne – je n'avais jamais été dans la même salle que des personnes aussi célèbres, qui ont alors dû écouter un jeune homme passionné, dont elles n'avaient jamais entendu et n'entendraient plus jamais parler, déclamer sur le thème de l'« Héritage ». Dehors, à la fin, dans l'éblouissement post-cérémoniel, les cloches qui sonnaient, les parents qui posaient avec leurs fils et filles, maman m'a enveloppé d'un regard plus circonspect, et fier. Un ou deux amis ont crié à mon intention par-dessus sa tête, ou se sont précipités pour me donner une tape sur l'épaule, en jetant un coup d'œil à demi curieux à ma mère blanche. J'ai présenté « Mrs Croft », sans explication, comme s'il s'agissait d'une personnalité connue de tous. J'étais moi-même célèbre pour un temps, dans le sens où j'étais désormais repéré par ceux qui, jusque-là, ne me connaissaient pas du tout. Esme a déclaré que ma lecture avait été merveilleuse, mais l'avait vraiment dépassée par moments, ce qui m'a inspiré un sentiment étrange. J'avais l'impression d'avoir concocté quelque chose qui m'avait valu un certain succès, mais dont je commençais déjà à douter. C'est cela que me rappelle le certificat signé par le chancelier Harold Macmillan, avec mon nom inscrit dessus en italique noir – ce petit numéro vacillant consistant à me prendre au sérieux, à être fier du travail accompli mais prêt, maintenant que j'avais gagné, à le dénigrer. J'avais défilé en toge dans les rues, vingt bons mètres derrière le garçon d'honneur qui soulevait la traîne du chancelier. Nous avions répété la veille, je m'étais levé pour lire, et ma plaisanterie au sujet d'Édouard VII avait provoqué un rire contagieux parmi les parents et les invités, et même un hochement de tête amusé de la part de Macmillan en personne, sur son trône. Quels étaient donc mes sentiments, quelle importance, quel poids accordais-je réellement aux applaudissements, aux poignées de mains et aux « Bravo » sèchement criés de ces gens que je connaissais à peine, dont le plaisir recelait quelque chose d'autre, prêt à jaillir, une touche de raillerie derrière la bonne éducation de leur ton bienveillant ?

« Win, Win, Win ! s'est exclamé Dick Harcourt, qui me précédait d'une année, en m'assenant une claque dans le dos. Très belle dissertation ! » Nous ne nous étions jamais vraiment adressé la parole.

« Merci, ai-je répondu. Je compte l'approfondir encore », en parlant comme Humphrey Russell, notre tuteur.

Il a souri avec enthousiasme à maman et Esme. « On aurait dit du Oscar Wilde, lu par Sybil Thorndyke » – j'ai rougi, et Esme lui a lancé, reconnaissante :

« Oui, n'est-ce pas qu'il a une très belle voix ? »

Ressortant par les grilles, nous nous sommes engagés dans l'intense circulation de Broad Street, le pompon de ma coiffe se balançant, ma toge soulevée par la brise parmi les gens qui faisaient du shopping, les étudiants en jean, les touristes qui se retournaient, bouche bée – avec la sensation que le monde aurait dû s'arrêter pour nous, et une autre, tout aussi forte, d'avoir l'air ridicule. « Tu as vraiment fière allure ! » s'est écriée Esme, et maman a répliqué que j'avais déjà bien assez la grosse tête comme ça.

15

« Austère, ai-je dit, *hors-terre*, égal, tonal… » Stella me regardait, langue posée sur sa lèvre, me mettant au défi.

« … voussu… a-t-elle soufflé.

– … voussu, profus… *fabuleux* – Le soir s'efforce en vaste temps – » (À présent, nous scandions en chœur) « *nuit* mère-de-tout, *havre*-de-tout, *suaire* de TOUT !

– Je parie que tu ne connais pas la suite.

– Je la connais, en fait.

– Je crois me souvenir qu'il y a des étoiles, a dit Timbo. Des *primes* étoiles.

– Vous êtes incroyables tous les deux », a dit Walter.

J'ai poursuivi : « … ses primes étoiles, nobles étoiles…

– Ouais, c'est ça…

– … étoiles nodales sur nous se penchent, Ciel flammant-feu…

– *Cœur*, a dit férocement Stella, sur moi tu ne t'en prends…

– Tu as sauté deux vers », l'ai-je interrompue, mais nous avons enchaîné à partir de là, à l'unisson, levant chacun un bras tels des orateurs face au soleil couchant : « Notre soir est sur nous ; notre nuit submerge, nous submerge, et va nous perdre. » Elle a souri.

« *Et* sera notre fin, ai-je dit, c'est la manière étrange dont Hopkins l'accentue.

– C'est dingue que vous vous souveniez de tout ça, vous deux », a dit Walter, et j'ai laissé Stella partager les applaudissements.

« En fait, je l'ai appris à l'école, ai-je dit. Un poème par jour pendant tout un trimestre d'été.

– J'imagine qu'on n'oublie jamais ces choses-là.

– Moi, je me souviens juste des primes-étoiles, a dit Timbo.

– On dirait le nom d'un super groupe, a fait remarquer sa petite amie, Joanne, qui travaillait à Londres et venait d'arriver. Walter Fowler et les Primes-étoiles.

– Bien sûr, ils ont enchaîné les tubes à la fin des années soixante », a dit Walter, et, se levant du banc, il s'est dirigé vers le petit muret au bout de la pelouse. « Venez voir ça. »

De là, on aurait dit qu'un cheminement ininterrompu de champs s'étirait jusqu'à Oxford, à trois kilomètres. Le soleil couchant sondait le cœur de la ville, dévoilant toits et flèches finement gravés, vitraux embrasés des chapelles. Dans le ciel, vers l'est, au-dessus de Headington, et de Londres bientôt, de vertigineux éléments de nuages, Alpes immaculées dans le bleu, se paraient de couleurs sous nos yeux, brûlant du rose vif, de l'orange et du gris caverneux d'un immense feu de bois, de plus en plus intenses. « Et l'œil voyage jusqu'aux tours d'Oxford », ai-je récité, et j'ai secoué doucement la tête en écartant les bras.

« Mon Dieu, foutu Oxford ! a dit Joanne.

– Où se trouvait la maison de Masefield ? ai-je demandé.

– À deux pas d'ici, a répondu Walter. Je te montrerai plus tard. Celle de Robert Bridges aussi, bien sûr.

– Graves ne vivait-il pas dans le coin, lui aussi ?

– Tous les poètes, a dit Walter.

– Je vois que tu as un jeu de croquet, a dit Joanne en se détournant. Qui veut m'affronter ?

– Il faut vraiment tondre la pelouse d'abord», a répondu Walter. Celle-ci n'était pas lisse, des herbes hautes se dressaient autour des arceaux – quelqu'un, ai-je pensé, avait tondu sans les retirer.

«Allons-y ! s'est écriée Joanne. Moi, je veux bien le faire.

– Ça, pas question», a rétorqué Walter.

Le temps qu'il sorte de haute lutte la tondeuse d'un appentis, derrière la maison, maillets et boules avaient été localisés et une partie avait tout de même commencé. Je ne connaissais pas Joanne, mais j'ai tout de suite remarqué son approche agressive du jeu, et de nous autres qui fanfaronnions dans cette maison d'adultes. «Donc toi aussi tu vis là, Dave ?» a-t-elle demandé alors que, penché au-dessus de la boule, je fixais avec attention les touffes d'herbe devant moi. Je m'étais mis avec Stella, Timbo et Joanne faisant naturellement équipe.

«Non, c'est la première fois que je viens», ai-je répondu, et j'ai joué un coup sec qui est allé frapper le deuxième arceau, a semblé rester coincé l'espace d'un instant, avant de se raviser et de passer dessous.

«T'as du bol, a dit Joanne.

– Je joue dans la pièce avec Stella, et Tim bien sûr.

– Ah, toi aussi, tu es acteur. Tout s'explique.»

J'ai haussé mon sourcil gauche. «Qu'est-ce qui s'explique ?

– La manière dont tu as récité ce poème.

– Ah, d'accord.

– Tu as vraiment une super voix, d'ailleurs.»

La tondeuse s'est mise à rugir, implacable, à côté de nous, et Walt est parvenu à la maîtriser juste avant le troisième arceau, où Stella, qui avait expédié sa boule dans le massif de fleurs et venait de la repêcher, était en train de la poser, savamment, à un endroit avantageux.

«Je crois, a dit Walt, pardon…», en m'adressant un sourire impérieux, et je suis allé déplanter l'arceau juste avant que Stella ne le joue ; puis j'ai couru enlever le quatrième, avant de remettre le troisième en place, et nous avons continué comme ça pendant un bon quart d'heure, tondant la pelouse et jouant dessus en même temps, avec des moments d'accalmie propices à la conversation quand Walter portait le bac plein d'herbe jusqu'au tas de compost et que le moteur tournait au ralenti, embaumant l'air.

« Apparemment, je suis le souleveur d'arceaux, ai-je déclaré.

– Tu fais ça très bien », a dit Timbo, enroulant son bras autour de mes épaules. C'était un grand costaud, qui jouait sir Politic Would-be dans la pièce et se laissait pousser la barbe pour ce rôle. Nous sommes restés là à contempler vaguement la maison à pignon avec ses murs bardés de tuiles et la plante grimpante qui avait investi la façade principale et s'attaquait maintenant au toit.

« Le lierre est très joli, a dit Stella, mais dès qu'on ouvre la fenêtre de la chambre, c'est une vraie invasion d'insectes.

– Quel genre ?

– Scarabées, cloportes, mille-pattes d'un mètre de long…

– Bon Dieu, a dit Joanne.

– Tu loges encore à la fac, Dave ? » a demandé Stella.

Haussant les épaules sous le bras de Timbo, j'ai répondu : « Oui, il n'y a pas de bestioles là-bas. »

Un brouillard d'hypothèses enveloppait la maison, la comédie quelque peu ironique de Walt et Stella passant leur troisième année dans un endroit pareil, chacun de nous pensant, peut-être, qu'il était plus grandiose, ou ne l'était pas, que les maisons où nous avions grandi, et dont nous avions l'habitude. « Putain, elle est gigantesque ! a commenté Timbo.

– Il y a aussi Jenny et Nick, a dit Stella. Tu sais bien que c'est la maison de l'oncle de Walt – il nous la laisse pour trois fois rien.

– Ça, oui, on a entendu parler de lui, a répliqué Joanne en roulant de gros yeux.

– Il n'est pas si horrible quand on apprend à le connaître, a dit Stella. Allez, c'est reparti ! »

Malgré l'approche artistique de Stella vis-à-vis des règles, nous avons perdu la partie ; puis Joanne a défié Walt, et Jenny, qui était en train de cuisiner, est sortie par la porte-fenêtre pour crier : « Vous voulez boire quelque chose ? », et s'est laissé convaincre de jouer à son tour. Je suis rentré pour aller aux toilettes.

La maison se trouvait à l'extérieur d'Oxford, sur une colline, mais Oxford la traversait de part en part, telle une vague nonchalante de connexions et de suppositions : des photos encadrées du New College dans l'entre-deux-guerres, une bibliothèque dans laquelle j'ai jeté un coup d'œil, pareille à la chambre de Humphrey avec sa banquette de cheminée en cuir capitonné, son panier à bûches et ses livres, comme ceux de Humphrey dont j'avais passé d'innombrables heures à contempler les reliures, mais ceux-là étaient plus vieux que la majeure partie des siens, et bien plus obsolètes. Dans le couloir menant du hall d'entrée aux toilettes, deux avirons-trophées étaient exposés à hauteur d'yeux, avec les armoiries du collège sur les pelles et les noms des huit rameurs victorieux de 1920 et 1921 peints en lettres dorées : *Mr W. FOWLER Rameur de proue*. J'ai vu qu'il y avait toute une histoire familiale à retracer, des choses que Walter connaissait et qui, pour ses anciens camarades du prestigieux Winchester College, allaient certainement de soi. J'aurais pu l'interroger directement, mais je n'aimais pas trahir mon ignorance, qui paraissait bien trop logique à ceux qui me rencontraient pour la première fois.

J'aimais être seul dans la pénombre de cette maison, le ton des voix, dehors sur la pelouse, suggérant que je finirais peut-être par leur manquer et qu'on me chercherait, mais que, pour le moment, nul ne se souciait de moi. Dans le salon, un canapé et deux fauteuils avaient été traînés pour former un cercle serré, là où la veille ils avaient joué aux cartes devant un feu qui n'était plus que cendres grises et mégots éparpillés au fond de l'âtre. Les paysages à l'aquarelle avaient été décolorés et dénaturés par le soleil, contrairement aux grands portraits énergiques d'un homme et d'une femme, datés de 1929 : le grand-père de Walter, sûrement, assis sur la banquette de la fenêtre dans cette même pièce, avec quelques livres ouverts sur une table gateleg dont j'ai constaté qu'elle n'avait pas bougé plus loin que l'autre extrémité du tapis au cours des quarante années qui s'étaient écoulées depuis. Toute cette atmosphère de confort négligé et d'assurance remontait aux années vingt, avec quelques traces à peine de cette fin des années soixante que Walt avait évoquée tout à l'heure de manière fantasque : un petit téléviseur couleur à droite de la cheminée, un tourne-disque au couvercle relevé, le *Disraeli Gears* de Cream posé sur sa platine.

Je me suis engagé dans l'escalier menant à l'étage, qui tournait deux fois à angle droit, sous une fenêtre de toit un peu trouble. Le craquement des marches est venu confirmer qu'il y avait chez moi quelque chose de furtif quand je suis arrivé à la hauteur de la chambre, de l'autre côté du palier, tapis sur un plancher noir, valise ouverte en arrivant, bref aperçu de la vie intime de mes amis. La porte d'à côté s'est ouverte brusquement et un homme en a surgi – je l'ai vu une seconde avant qu'il ne me voie, et j'ai fait écho à son bond de surprise : un brusque mouvement de recul et un sourire, un « Bonjour ! » comme s'il avait oublié que nous étions censés nous retrouver là.

« Bonjour », ai-je répondu. J'avais l'impression d'osciller, en haut de cet escalier, entre invité et intrus.

« Tu es David, a-t-il dit. Je t'ai vu l'an dernier dans *Le Chevalier de l'ardent pilon*.

– Oh là là…

– Et aussi… attends… dans *Les Physiciens* ! Moi, c'est Nick. » J'ai gravi les trois dernières marches et nous nous sommes serré la main, ce qu'il a semblé trouver drôle ou superflu, et il a continué de parler avec enthousiasme comme si de rien n'était. La question de savoir ce qui avait pu me conduire à l'étage s'était évaporée, et nous sommes redescendus ensemble dans la cuisine, où un plateau était préparé, cacahuètes et Twiglets et la bouteille de rosé que j'avais apportée. Nick a sorti des verres d'un placard et je l'ai suivi des yeux. Il portait un vieux pantalon en velours côtelé vert olive, élimé au niveau des genoux et de la braguette ; et une chemise blanche unie aux manches retroussées sur ses avant-bras puissants. Les trois ou quatre boutons du haut étaient défaits. Il était mince et large d'épaules, avec un long cou épais qui m'excitait comme une nudité entraperçue, et des lunettes à monture dorée qui conféraient à son joyeux visage une adorable dimension d'intelligence et de réserve.

Dehors, nous nous sommes assis sur un banc au bord de la pelouse de croquet. La combustion démesurée du ciel s'était estompée jusqu'à l'extinction et nous avons regardé les autres jouer dans la lumière riche et égale qui suit le coucher du soleil. De temps à autre, Walter ou Jenny nous lançaient un sourire distrait lorsqu'ils passaient devant nous d'un pas décidé pour aligner leurs coups, mais la violence du jeu exigeait toute leur attention, ils réservaient à l'adversaire leurs appels et leurs cris. J'étais sauvé de l'idiotie habituelle de l'observateur, de qui est à la fois invisible et péniblement voyant, par le fait d'être assis avec Nick, qui laissait échapper çà et là des cris et des grognements obligeants devant leurs exploits, tout en continuant de me parler. Je m'ajustais peu à peu au fait qu'il me connaissait déjà, bien que ne sachant pas ce qu'il connaissait de moi au juste, tout en essayant d'en savoir plus sur lui.

Il était étudiant en philosophie, politique et économie au Corpus Christi College. « Je ne suis ni snob ni riche », a-t-il ajouté, mais c'était un bon ami de Walt. Il ne faisait pas vraiment de théâtre, avait seulement joué une fois *Le Songe d'une nuit d'été*, dans le rôle d'Étriqué, et par conséquent du Lion, dans le jardin de l'université, douze lignes de texte en tout – ce qui, au bout du compte, était bien suffisant. « Je n'aurais jamais pu être un vrai comédien, comme toi », a-t-il dit, et nous avons trinqué à ce compliment. « Et tu joues aussi dans la pièce, m'a dit Walter ?

– Effectivement.

– Je ne l'ai jamais vue. Il faudra que je la lise.

– C'est une pièce incroyable mais difficile à apprendre. La langue est très complexe.

– Tes parties sont longues ?

– Énormes », ai-je répondu. Nous avons souri tous les deux et détourné les yeux le temps que la blague s'évapore. « Je joue Mosca, le valet de chambre de Volpone.

– Une sorte de Jeeves, a fait remarquer Nick.

– Rien à voir avec Jeeves », ai-je répliqué, en lui lançant un bref regard incrédule, comme s'il savait déjà sur moi des choses que personne d'autre ne savait. « Volpone me traite de parasite. Je l'aide à tromper tous les autres, puis j'essaie de le tromper moi-même.

– Tu gagnes à la fin ?

– Il faudra venir voir, ai-je répondu.

– OK », a-t-il dit, et il a de nouveau trinqué en m'enveloppant d'un regard malicieux, comme s'il faisait sa propre lecture de la manière dont les choses progressaient entre nous. « Et tu passes aussi les examens de dernière année ce trimestre ?

– Je sais…, ai-je soupiré, en tressaillant de ma propre imprudence.

– Tu dois être très sûr de toi.

– C'est exactement ce que m'a dit ma mère », ai-je répondu. Et ce verre tombait à pic, car je sentais une petite pression au fond de ma gorge, comme exercée par une chose si secrètement planifiée que je ne savais guère moi-même de quoi il s'agissait. « Eh bien, la pièce a lieu dans quatre semaines, et mon tuteur semble estimer que je suis suffisamment avancé dans mon travail.

– Alors c'est formidable, a dit Nick sans que je puisse déterminer s'il me flattait ou me taquinait ou m'envoyait promener.

– Je peux le faire, ai-je dit. Je peux le faire. »

Nous avons regardé la partie de croquet pendant un moment, non sans intérêt, mais avec la sensation plus prégnante encore de sonder l'air entre et autour de nous et d'attendre, à demi amusés déjà, que l'autre prenne la parole. Je l'ai interrogé sur la vie ici, sur le fait de quitter Oxford pour ce cadre aussi romantique qu'inattendu – j'avais l'impression d'être dans une pièce de Tchekhov, peut-être, ou un film plus vaporeux sur l'âge d'or d'Oxford. Je cherchais à tâtons, sans en être conscient, sa manière à lui de ressentir la poésie de tout cela. Il m'a dit que c'était chouette, un peu difficile parfois, mais Walt et Jenny avaient tous les deux une voiture ; ils s'étaient retrouvés bloqués par la neige pendant plusieurs jours au mois de février. « Je passe tout mon temps à travailler, a-t-il ajouté. Pas de distractions sur cette colline. Je descends en ville une fois par semaine pour les cours. » C'était l'opposé de ce que je faisais : vivre à l'université, bâcler mon travail pour me concentrer sur la pièce. Et en même temps, cela diminuait mes chances de le revoir, ce que je savais déjà avoir envie de faire. L'alcool, son sourire et ses rires, le plaisir que j'avais à amuser cet homme assis juste à côté de moi sur le banc, sa jambe droite repliée sous lui et sa chemise à moitié déboutonnée translucide quand il se penchait en avant, donnant à entrevoir fugacement une poitrine lisse et un mamelon brun. « On devrait se voir un de ces jours, ai-je dit, flottant vers l'avant dans un espace qu'il semblait avoir ouvert pour nous. Faire une promenade en bachot – ou autre chose… si ça te tente. »

Il m'a souri, et je n'aurais su dire s'il prenait plaisir à nous imaginer tous deux dans une barque ou était stupéfait que je tente d'organiser un rendez-vous quelques minutes à peine après l'avoir rencontré.

*

Jenny semblait régner sur la cuisine, elle était comme une mère déjà, mais elle avait bu un verre puis s'était resservie, si bien qu'elle avait fini par s'emmêler dans le timing : elle n'avait pas encore commencé à préparer la tarte aux pommes que l'agneau était presque cuit. Elle m'a chargé de faire la pâte, et la table enfarinée dans le cône de lumière chaude était d'une certaine manière en harmonie avec la cuisine de Crackers ou celle de l'ancien appartement à Foxleigh où, enfant, je m'agenouillais sur une chaise pour malaxer la mixture du gâteau : je savais où j'étais. Depuis l'intérieur, le jardin dehors semblait plongé dans l'obscurité, même si les coups secs des maillets et les « Va te faire foutre, Fowler ! » continuaient de nous parvenir par la fenêtre ouverte. « Je suis *vraiment* désolé de t'avoir battue à plates coutures », disait Walter. Tout le monde était ivre.

Quand tout a été terminé, la pâte étalée à coups de pouce autour du moule et la surface piquée d'un motif magique, je suis allé dans la salle à manger, j'ai ramassé les miettes de précédents repas sur la table, trouvé les lourdes fourchettes et cuillères, les couteaux avec des manches en os dans un tiroir tapissé de feutrine du buffet, disposé les verres à vin, en cristal taillé, devant chaque chaise, et rallumé les bougies à demi consumées sur le candélabre orné de barbes blanches. C'était une très longue table et nous étions sept en tout, alors j'ai installé un couvert, pour Walt peut-être, en bout de table. La pièce était lugubre, avec un lambris de chêne lisse jusqu'en haut des portes puis un rebord qui faisait tout le tour, sur lequel d'antiques cruches et assiettes en porcelaine étaient posées, hors de portée. Il y avait d'autres peintures sombres, et une cheminée garnie de carreaux rouges, avec des journaux roulés en boule, couverts de suie, dans l'âtre. J'ai fermé les rideaux, comme j'aurais pu le faire à la maison, mais avec ici le confortable sentiment d'être soudain admis dans la vie d'adulte, ou du moins dans une pièce ou un film imaginaire sur la vie d'adulte, où j'étais ravi de jouer le rôle d'un domestique. Mais une fois que tout le monde est rentré, a aidé à apporter la nourriture et d'autres bouteilles dans la salle à manger, et tergiversé autour de la table en se souvenant plus ou moins des règles de savoir-vivre, Walt a dit : « Assieds-toi en bout de table, Dave, c'est toi le, hem…

– Il est le quoi ? » a demandé Stella en secouant la tête, personne ne comprenait vraiment ce qu'il voulait dire ; j'ai dit : « Vraiment, Walt ? Eh bien, d'accord ! », et me suis assis avec la sensation libératrice, chimique presque, de monter sur scène. J'ai levé les bras en un geste de bienvenue, pendant que les autres prenaient place ; Nick m'a souri mais ne s'est pas assis à côté de moi, il a pris la chaise du milieu sur ma droite, les chandelles juste en face de lui dessinant des expressions plus subtiles et changeantes sur ses traits qu'il n'en avait conscience, et, sous certains angles, dissimulant ses yeux derrière l'éclat sale de ses lunettes.

Une conversation s'est engagée, maintenant que nous étions tous réunis, autour de *Volpone.* « Ça parle de quoi, alors ? voulait savoir Joanne.

– C'est une pièce sur l'avidité, a répondu Timbo en s'attaquant à son agneau.

– Et l'humiliation, a ajouté Stella.

– Ah bon… ? s'est étonnée Joanne. Ça a l'air marrant. »

Stella a expliqué qu'il s'agissait de la comédie la plus célèbre de Ben Jonson, et d'« un travail incroyablement difficile pour tout le monde ».

« Tous ceux qui jouent dedans, tu veux dire ? a répliqué Joanne.

– Ouais, tu vas passer un super moment, Jo, a répondu Tim. C'est vraiment très drôle.

– Tu es au courant, Joanne, que je joue l'épouse de Timbo… ? est intervenue Stella.

– Je t'aurai à l'œil, Tim Atkins, a dit Joanne.

– C'est un tout petit rôle, a nuancé Stella : la vraie star » – et elle a fait un geste gracieux dans ma direction – « c'est Mosca, le serviteur.

– Moi ? ai-je dit. Qui est la vraie star, et qui est le personnage le plus déplorable ? » – et je me suis irrésistiblement transformé en Dougie Marshall : « Est-ce Volpone, ou son homme à tout faire, ou les drôles d'oiseaux et les créatures qui s'agrippent à lui et qu'il manipule à sa guise ? La cité jacobéenne, ma chère, dans toute sa cupidité, sa vulgarité et son énergie polymorphe, transportée de la sécheresse londonienne vers une Venise perfide. Quoi de plus amusant ?

– Mon Dieu, c'est incroyable, a dit Stella.

– Qui c'est, ça ? a demandé Joanne.

– Il y a davantage de violence véritable dans cette pièce que dans bien des grandes tragédies.

– Arrête ! » s'est exclamé Walt qui me regardait, ébahi, à l'autre bout de la table, et j'ai jeté un regard presque sournois à Nick, qui ne connaissait vraisemblablement pas Dougie, pour voir l'effet que mon imitation avait sur lui.

« Douglas Marshall, Jo, a expliqué Stella. Le célèbre vieux ponte d'Oxford célèbre qui met en scène la pièce. Très célèbre.

– Dougie connaît le monde entier, tu sais, a ajouté Timbo. Beckett, Peter Brook, tous ces gens-là.

– Surtout, il connaît les critiques, a dit Stella. Les critiques londoniens.

– Donc vous aurez des critiques dans la presse, Tim, tu veux dire ?

– Ça pourrait être très important », a dit Tim en secouant candidement la tête.

Cette fois, c'est Joanne qui s'est montrée sournoise. « Je parie qu'il est homo, a-t-elle dit.

– Hmm…, a grommelé Jenny en caressant une barbe imaginaire.

– On dirait bien à t'entendre », a insisté Joanne, et elle m'a dévisagé attentivement, comme si j'étais vraiment le professeur Marshall. J'ai haussé les épaules – je n'allais pas me moquer de Dougie sur ce point.

« Ses mains ont tendance à se balader derrière les pantalons des garçons, a dit Stella. Les actrices, à ma connaissance, il les laisse tranquilles.

– Il t'a fait ça à toi, Tim ? a demandé Joanne.

– Non, pas encore, Jo, a répondu Tim. Mais les répétitions viennent tout juste de commencer. »

Joanne a balayé la table du regard, croyant peut-être qu'on la faisait marcher. « Non pas que ça me gêne que les gens soient homos, a-t-elle dit. De toute façon, c'est légal maintenant, n'est-ce pas ? Ils font ce qu'ils veulent. » Elle s'est tournée vers Nick, qui a un peu sursauté en secouant la tête d'être ainsi sollicité, et déclaré à sa manière enjouée qui n'appelait pas de réponse :

« Nulle autre position n'est possible.

– Non, évidemment », ai-je murmuré, discrètement, croyais-je, mais tous se sont tournés pour voir si j'allais ajouter autre chose.

Walter s'est levé et a fait le tour de la table pour remplir nos verres. J'ai senti que Joanne le fatiguait un peu.

« Et toi, Dave ? a poursuivi celle-ci, refusant de lâcher le morceau. Je parie que tu es un peu gay, non ?

– Oh…, ai-je bredouillé, dans un sourire. Eh bien… », et j'ai senti que je pouvais y arriver, mais mon pouls me battait aux tempes.

« Ça ne regarde que lui, pas vrai ? » a tranché Walt, qui passait derrière nous avec la bouteille ; et je me suis demandé où cela nous laissait : allaient-ils en déduire que je l'étais ? Il aurait vraiment fallu qu'un hétéro soit un homme de principe, et sûr de lui, pour refuser de répondre à cette question. J'avais envie que Nick voie la vérité et, en même temps, espérais confusément qu'il ne la découvrirait pas, au risque d'être dégoûté par moi. « On a tous un peu de ça en nous, n'est-ce pas ? » a déclaré Walt, et il a posé sa main sur l'épaule de Nick et l'a serrée tandis qu'il se penchait pour remplir son verre. L'idée que cette belle tolérance puisse englober Walt et Nick eux-mêmes, qui passaient toute l'année ensemble ici, sur cette colline, a tout fait chavirer de nouveau à la lueur des bougies.

*

Jenny a annoncé : « Bon, David nous a préparé une superbe tarte aux pommes », comme si j'étais le meilleur élève de la classe, et je suis sorti avant de revenir avec mon dessert, tenu bien haut, le temps qu'on dégage un espace et qu'on pose un dessous-de-plat devant moi. Mais comme je servais la tarte et faisais passer les coupes, j'ai senti que la soirée avait franchi un seuil trouble et las, et les gens se sont attaqués à leur part et ont continué à papoter et à boire sans faire le moindre commentaire ; j'ai mâché la mienne en la savourant d'une manière un peu guindée. La conversation avait basculé sur l'oncle de Walter, Gervase Fowler, député conservateur et figure importante du cabinet fantôme. Je me rappelais de temps à autre que nous étions dans sa maison et l'imaginais débarquer soudain à l'improviste, il semblait déjà présent sur les portraits de famille devant lesquels Walter passait maintenant en arrachant la capsule d'une nouvelle bouteille, mais Jenny a dit : « Oh, il ne vient jamais par ici », comme si Boars Hill était un lieu impossiblement retiré.

« Tu voterais pour le Parti travailliste, n'est-ce pas, Walt ? a demandé Joanne, sans que je sache à quel point elle le faisait marcher. Walt… ?

– Quoi… ? Ouais, bon, tu sais…, a bredouillé Walt, et il s'est éloigné en quête du tire-bouchon.

– Il n'y a vraiment aucune excuse pour voter conservateur, a-t-elle assené.

– Euh, l'égoïsme, Jo ? a répliqué Stella. Ça paraît évident, non ?

– L'égoïsme peut-il être une excuse ? a protesté Nick.

– C'est une raison, tu veux dire, a tranché Jenny. Mais pas une excuse.

– Exactement. Voter conservateur, a dit Nick, c'est juste un manque d'imagination.

– Oui, a répliqué Stella. Que veux-tu dire, au juste ?

– Je veux dire imaginer la vie des autres, ceux qui sont différents, moins fortunés que nous… Non mais, regarde-nous… » – et il a désigné les bougies et les peintures et le lambris de chêne d'un grand geste du bras.

Joanne ne s'est pas démontée, elle nous a demandé pour qui nous voterions si des élections avaient lieu demain. Nick a répondu : « Pour les travaillistes, bien sûr » ; Jenny : « Pareil », en secouant la tête, et puis ç'a été mon tour.

« Pour qui voterais-je, dans des élections générales ?

– Voilà que tu recommences ! s'est esclaffée Stella, tandis qu'un petit rire faisait le tour de la table avec un temps de retard.

– Tout le monde sait imiter Wilson, a fait remarquer Tim en l'imitant lui-même.

– À vrai dire, ai-je poursuivi, serrant une pipe imaginaire dans ma main droite, mon vote ne ferait aucune différence notable : cette circonscription est acquise aux conservateurs depuis des lustres.

– Ouuuh, l'abstentionniste ! a raillé Jenny.

– Non, non, me suis-je défendu, délaissant le Premier ministre pour redevenir moi-même. La vérité, c'est que si nous avions eu le droit de voter lors des dernières élections, j'aurais sans doute voté pour le Parti libéral…

– Oh, mon Dieu…

– … ma mère a toujours voté pour les libéraux, et…

– Le truc, mon chéri, a rétorqué Stella, c'est que ça ne sert à rien de voter pour les libéraux, ils n'accéderont jamais au pouvoir. »

Ce « mon chéri » a eu un étrange effet sur moi, celui d'une amitié subitement plus profonde et de la franchise qu'elle permettait. Je me sentais flatté et vulnérable. Ma réponse semblait attendue, une touche de soumission. « Mais ça, c'était il y a deux ans, ai-je repris. Les choses ont bien changé depuis. Tu sais, je suis allé à l'université ! », et j'ai levé mon verre dans un geste de gratitude à l'égard de toute cette belle compagnie.

« Tu as rencontré des gens formidables qui t'ont fait changer ta manière de penser.

– Oui, c'est tout à fait ça », et même si Nick et moi n'avions pas parlé de politique, ni de grand-chose d'autre d'ailleurs, je me suis autorisé à le regarder – assis droit sur sa chaise, il avait un sourire malicieux. « Bon, ai-je dit. Il reste un peu de tarte, si quelqu'un en veut encore », espérant déclencher des applaudissements tardifs et, à ce moment-là, des coups violents ont ébranlé la porte d'entrée – j'ai pensé que le terrible oncle de Walter avait bel et bien débarqué.

« Ah, c'est sûrement Edwin, a dit Walter.

– En parlant de conservateurs… », a répliqué Jenny.

J'ai posé ma grande cuillère, et me suis levé. « Voulez-vous que j'y aille ? ai-je dit, et le tambourinement a repris de plus belle.

– On frappe ici, ma foi ! s'est exclamée Stella, jouant notre jeu.

– Qui est là, de par Belzébuth ? » me suis-je écrié en me dirigeant vers le hall.

L'homme noir de haute taille qui est entré sans attendre portait un blazer d'aviron blanc qui le faisait paraître plus impressionnant encore.

« Ah, parfait, a-t-il dit, il a traversé le hall d'un pas déterminé pour jeter un coup d'œil au salon. Où a disparu tout le monde, dis-moi ?

– Eh bien en fait, ai-je répondu en refermant la porte, nous n'avons pas encore fini de dîner.

– Vraiment ? s'est-il étonné. J'arrive donc à l'heure. » Il avait une voix très grave, et tellement snob qu'on aurait cru une parodie. Je n'étais pas encore capable de savoir si c'était le genre de snobisme qui allait de pair avec les bonnes manières, ou celui qui vous en dispense totalement. « À propos, je m'appelle Edwin. » Il m'a serré la main, me la broyant allégrement.

« David », ai-je répondu, et il m'a toisé de haut comme si j'avais dit quelque chose de légèrement déplacé, mais à peu près acceptable. Il devait mesurer un bon mètre quatre-vingt-dix, et ses membres démesurés, sous l'uniforme, dégageaient cette impression de puissance propre aux rameurs. L'emblème du Christ Church, son collège, un chapeau rouge de cardinal, était brodé sur la poche poitrine de sa veste blanche.

Je l'ai suivi jusqu'à la salle à manger, où il a été accueilli et présenté à tous. Regagnant ma chaise, je l'ai vu trouver un verre propre et s'asseoir en face de moi, à l'autre extrémité de la table. J'ai ressenti, comme cela avait souvent été le cas pendant mes trois années à Oxford, l'infime changement d'atmosphère s'opérant lorsqu'une autre jeune personne qui n'était pas blanche arrivait après moi dans une fête, un rapide rééquilibrage, généralement insignifiant, dont la plupart de mes amis blancs, j'en suis convaincu, n'avaient même pas conscience.

Peu après, il y a eu un mouvement général en direction du salon et, quand je suis revenu pour aider à débarrasser, Edwin et Walter étaient encore assis au bout de la table, deux ou trois petits paquets posés devant eux, et Walt sortait son portefeuille : « Dix, ça ira ? » Il a levé les yeux et m'a gratifié d'un brusque froncement de sourcils, amical mais peu engageant.

J'ai senti le petit effondrement intérieur du choc, et haussé les sourcils à mon tour, avant de détourner les yeux, comme pour dire que je n'avais rien vu.

*

J'étais debout avec Edwin sur le tapis de la cheminée, comme si le feu était allumé.

« Tu es David Win », a-t-il dit en agitant le doigt sous mon nez. Walter avait dû lui expliquer qui j'étais, même s'il était possible qu'Edwin m'ait vu, lui aussi, dans une pièce. « Giles m'a dit que tu étais un homme à suivre.

– Giles… vraiment ! » me suis-je exclamé, mais j'avais perçu chez lui le ton de Giles, cette façon de s'adresser à moi comme un homme d'âge mûr à un jeune désavantagé.

« Tu l'as vu, dernièrement ?

– Oh, pas depuis une éternité, ai-je répondu.

– Tu as gagné un prix auquel il s'était présenté.

– Ah bon ? Le prix du Chancelier pour la meilleure dissertation, tu veux dire ?

– C'était celui-là ? Oui, il me semble. Quelque chose dans le genre.

– Je ne savais pas qu'il s'y était présenté », ai-je dit, et j'étais content, même si j'avais saisi que les félicitations d'Edwin étaient pour le moins obliques et conditionnelles – Giles aurait évidemment dû le remporter.

Il a ri : « Ce vieux Giles est un personnage splendide ! Un futur Premier ministre, tu ne crois pas ?

– Oh, c'est presque assuré ! ai-je répondu, et j'ai ri à mon tour, comme ébloui par cette perspective.

– Tu ne le penses pas ? » a insisté Edwin, puis il m'a jeté un second regard pour vérifier, si cela était possible, notre situation sur l'échelle séparant la simple plaisanterie de l'affreuse conviction. J'ai hoché la tête et l'ai prié de m'excuser un moment.

*

Quand je suis revenu au salon cinq minutes plus tard, Jenny avait mis *Das Lied von der Erde* sur la stéréo. J'étais incapable de résister à cette musique, et j'aurais préféré qu'elle ne l'ait pas mise. C'était comme être de nouveau à l'école, et faire vaguement semblant de ne pas m'offusquer que tout le monde continue de parler sur mon morceau de Vaughan Williams – ou mon *Das Lied von der Erde*, en l'occurrence. Et à la fin du deuxième chant, Stella a dit : « Tu es sûre que c'est *vraiment* l'ambiance, Jennifer ? », de sa voix de maîtresse de maison, et Timbo m'a fixé avec attention : « Ouais… je veux dire, putain… » Joanne était en train de passer en revue les disques entassés en une pile branlante sur la table. « Mets-nous quelque chose, Jo », a lancé Timbo. Si bien que l'aiguille a été soulevée d'un coup sec juste au moment où le tintement orientalisant de « Von der Jugend » se mettait en branle, et après quelques instants de balancement tâtonnant, le battement sourd et vibrant du « Strange Brew » de Cream a fait basculer d'un coup l'atmosphère de la soirée. « Plus fort ! Plus fort ! » a crié Stella. Joanne se trémoussait déjà à l'autre bout de la pièce mais, se dirigeant vers l'ampli, elle s'est exécutée.

« On l'a écoutée au moins quinze fois hier soir, a braillé Walter.

– Tu l'adores, hein ? » a répliqué Joanne. Jenny, qui ne semblait pas vexée que son choix ait été rejeté, s'est levée pour danser avec elle.

J'étais un assez bon danseur, mais pour l'heure je me suis assis au fond du canapé avec un sourire vague et tendu, car danser avec ces amis ivres semblait ouvrir des portes dans la nuit à venir. Assis à côté de Stella sur le canapé, un atlas posé à plat sur ses genoux, Nick était en train de fabriquer un énorme joint avec un sachet entier d'herbe et les entrailles d'une demi-douzaine de Benson & Hedges. Il papotait en travaillant, et riait de son rire heureux, mais je n'entendais pas vraiment ce que ces deux-là se disaient. Nick a calé une sorte de filtre, sa langue rose et pointue a léché les feuilles de papier pour les sceller ensemble, et pour finir, il a soulevé son chef-d'œuvre à hauteur d'yeux pour en vriller l'extrémité. « Quelqu'un aurait un briquet ? » a-t-il demandé – j'ai vu Timbo s'approcher de lui et s'accroupir, une main posée sur le genou de Nick, tandis qu'on allumait le joint, avant de le faire passer. C'est Edwin qui a traversé la pièce pour me l'apporter, le menton encore redressé, retenant la fumée avant de la relâcher à contrecœur. J'ai secoué la tête sans savoir si j'en voulais, mais j'enviais Nick, dont le sourire avait déjà imperceptiblement changé, de s'échapper ainsi en planant avec les autres.

« Comment on fait ? ai-je demandé.

– Ah ah ! – un puceau… », a dit Edwin, même si j'avais l'impression que sa grandiloquence s'était légèrement émoussée. Il s'est agenouillé à côté de moi et a stabilisé la flamme pendant que je glissais la chose entre mes lèvres ; c'est la trace des autres bouches sur le mégot de joint qui a servi de déclencheur, tout autant que la fumée brute. « Là c'est sans doute assez, mon vieux, a dit Edwin. Garde-la un peu, la fumée » – j'ai senti son chatouillement âcre au fond de ma gorge, et lutté contre la toux comique du débutant jusqu'à ce que mes yeux se remplissent de larmes ; je lui ai rendu le joint et me suis fendu d'un grand raclement de gorge qui avait toute l'apparence de la sobriété. « Tu verras, dans une minute », a dit Edwin, puis il s'est levé et dirigé d'un pas nonchalant vers les danseuses. Je me suis laissé retomber au fond du canapé avec le sourire de qui fait tapisserie, et, en plus de l'ivresse, un sentiment de célibat et d'étrangeté. « Sunshine of Your Love », bras dressés vers ce « soleil de l'amour », venait de s'achever, j'avais la pochette entre les mains, petite posture de sécurité qui remontait au temps de l'école, même si j'avais écouté cet album encore et encore, sans jamais apprendre les noms des morceaux : maintenant, c'était « World of Pain », un « monde de souffrance », des paroles auxquelles je n'avais guère prêté attention jusqu'ici, sans doute n'était-on pas censé le faire d'ailleurs, c'étaient les voix qui vous hantaient. Walt est entré dans le salon avec une autre bouteille de vin blanc rapportée de New College, dont il a arraché le bouchon en la calant entre ses genoux. Edwin s'est assis par terre dans un coin de la pièce, ses interminables jambes tendues devant lui, et a paru basculer de manière aussi instantanée que satisfaisante de sa suffisance ducale vers un recueillement hébété. Mes idées embrouillées sur son snobisme et sa couleur de peau, sur le fait aussi qu'il avait apporté la drogue et que personne ici, à part Walter, ne parlait de lui comme d'un ami, ont refusé de s'organiser, puis, tout bonnement, d'être pensées. Les choses semblaient quelque peu discontinues, c'était bizarre mais agréable, et Stella était plantée devant moi, en jean noir et chemisier rouge, les bras écartés, à chanter en chœur : « Y a-t-il une raison pour aujourd'hui ? T'en souviens-tu ? », puis elle m'a pris les mains et m'a levé de force juste à temps pour, ai-je lu avant de jeter la pochette sur le canapé, « Dance the Night Away ». « Putain, j'adore cette chanson ! » a-t-elle crié, et bientôt nous dansions nous aussi jusqu'au bout de la nuit, c'était un fabuleux morceau, avec ses points d'orgue qui n'arrêtaient plus de monter et monter, avec entre-deux ces petits passages de retour au calme où nous secouions la tête en attendant l'ascension suivante. Puis, quand la chanson d'après a commencé, Jenny a hurlé : « Il est *chiant*, ce morceau ! » et aucun de nous n'était contre écouter à nouveau « Dance the Night Away ».

Je m'amusais d'une manière tellement nouvelle, et de temps à autre me regardais moi-même en train de m'amuser, croisant mon regard et espérant croiser celui de Nick dans le grand miroir sombre accroché entre les deux fenêtres. Nous nous élancions dans cet espace autre, tête basse, avec de grands mouvements d'épaules, comme si nous accomplissions quelque rituel primitif. Quelqu'un avait ouvert en grand les deux portes-fenêtres et des papillons de nuit s'engouffraient dans la pièce, les plus gros martelant les abat-jour, les petits spécimens d'un vert diaphane constellant le plafond – « Les bestioles ! » s'est exclamée Joanne –, « Je vous avais prévenus ! » a crié Stella, s'avançant d'un pas titubant pour tirer les lourds rideaux ; mais à intervalles réguliers, la brise nocturne les soulevait.

*

J'étais de nouveau assis sur le canapé, avec Nick en personne cette fois, quand « Tales of Brave Ulysses » est passée pour la seconde fois. Les aventures d'Ulysse le brave… Nous étions enfoncés dans le canapé, verre de vin calé sur le ventre. « Il y a quelque chose d'indéniablement obsessionnel chez Joanne, a déclaré Nick.

– Oui, ai-je acquiescé. Oui. » J'étais absolument immobile, incapable du moindre mouvement, et je fonçais droit devant à une allure inarrêtable, propulsé par le moteur de l'amour naissant. Quatre ou cinq fois, son avant-bras dur ou son genou s'est pressé contre le mien. La chanson qui a suivi, « We're Going Wrong », était plus difficile à danser, et j'ai fait mon petit numéro de résistance effarouchée quand Nick s'est levé et m'a tendu la main. J'ai fini par l'empoigner fermement, sentant sa force avant de me laisser hisser.

« Bon Dieu, cette voix, bon Dieu, cette *voix* ! » s'est écriée Jenny en nous dévisageant, elle s'agrippait à l'avant-bras de Nick comme si la voix risquait de l'emporter. Elle remplissait les ombres, se répercutait depuis les ténèbres plus vastes, par-delà les rideaux.

« Ouais, c'est la plus grande », a dit Tim, se déplaçant dans un style lunaire qui n'appartenait qu'à lui, une main posée par instants sur mon épaule. Dans sa lointaine partie centrale, le morceau traversait une zone de calme, la guitare d'Eric Clapton s'enroulant sur elle-même de manière affolante, et Tim et Jo ont balayé l'air de leurs mains pendant que le reste d'entre nous attendait son heure. Jenny nous a contemplés tour à tour, Nick et moi, tandis que Jack Bruce revenait et que la voix grimpait dans la nuit… *Je découvre aujourd'hui / Que nous faisons fausse route…* Nick me souriait tout aussi gaiement qu'il souriait à Jenny, et pendant les deux chansons suivantes, je me suis efforcé de conserver cet état d'esprit de divertissement, de ne pas laisser ma tête basculer de côté dans une supplication désespérée.

Puis le disque s'est achevé et des suggestions ont été vociférées, « Je vais prendre l'air », a annoncé Nick, tout bas, en manière d'explication mais sans attirer l'attention sur lui, et dans le bref tourbillon de possibles qui a suivi ses mots, j'ai murmuré : « Ouais, moi aussi », et nous nous sommes glissés dans le jardin à travers les lourds rideaux. Il ne m'avait pas attendu, et il m'a fallu une minute pour le repérer et le rattraper, à l'autre bout de la pelouse.

*

Le clair de lune enjôlait les champs et les cimes silencieuses des arbres en contrebas, les faisant passer de l'obscurité à l'orée de la couleur, qui se mêlait dans la brume miroitante d'Oxford au doux éclat du sodium. « Waouh… c'est génial, ai-je soupiré.

– Waouh, c'est génial de pouvoir s'échapper – d'Oxford et, ouais, juste de pouvoir s'échapper ! » a répliqué Nick. Puis nous nous sommes assis, appuyés l'un contre l'autre, sur notre banc de bois. Ma main droite semblait reposer sur sa cuisse qu'elle caressait d'un pouce réconfortant.

« Qu'est-ce que tu penses ? ai-je demandé, avec la certitude, dans la vapeur du joint, que cela faisait partie d'une conversation.

– Je pense… » Nick a ri tout bas, le regard perdu dans la nuit. « Qu'est-ce que je pense… ? » Mon pouce était immobile, ma main n'avait peut-être pas été là. « Je pense que tu es adorable, non, tu l'es, tu es adorable », et de nouveau le fil de ce doux rire en lui, son rire en général, et né des libertés encore jamais décrites de l'herbe. C'était une capitulation, et tout était délicieux ou absurde, mais en tout cas absolument pas inquiétant. Ses mots sont restés chaleureusement suspendus dans l'éclat brumeux de la lune, juste au-dessus du muret – je les regardais, je les méditais, et lui aussi, comme une perspective qui s'était matérialisée devant nous et autour de nous alors que nous étions penchés ensemble, serrés l'un contre l'autre. Je me suis tourné, me suis penché en me tordant légèrement, mes lèvres ont touché son cou blanc et puissant, le rebord de sa mâchoire, « Ooh, a-t-il soufflé tout bas, mon Dieu », avant que je me redresse pour l'embrasser, l'odeur et le goût de sa bouche, herbe, salive, son souffle, la vérité masculine de son être, qui était tout ce que je désirais. Il a dégagé ses lèvres alors, a fermé la bouche tandis que ma langue la lorgnait de part en part.

« Mon Dieu ! » s'est-il exclamé, et il a ri une nouvelle fois, mais la nuance de ces deux mots avait changé. Il était debout maintenant et m'a tendu une main que j'ai empoignée, et après avoir tiré pour m'aider à me lever une deuxième fois, il a passé son bras sous le mien pour nous ramener vers la maison, mon bras plaqué contre son flanc ; Nick était chaud et drôle, mais cela me faisait l'effet d'un pis-aller bien futile par rapport à ce que nous aurions dû être en train de faire. Il était difficile de voir exactement où nous posions les pieds. Ma confusion dans le défilement en accéléré, indistinct, des pensées et des actions, étant vraiment stone, comme le disait Nick, étouffait la consternation du rejet. C'était un peu comme si nous avions eu une aventure, nous étions séparés et avions décidé de rester bons amis, tout cela en quatre minutes. D'ici quelques secondes, nous allions peut-être choisir de nous remettre ensemble. Ou bien tout cela avait-il pris bien plus de temps ? L'horloge de la cuisine indiquait une heure moins le quart. Jenny et Joanne étaient en train de ranger, plus ou moins, et Jenny a demandé : « Vous étiez passés où, tous les deux ? », et Nick a répondu : « Ooh, on regardait juste la lune dans le jardin ! » et a lancé un regard vers moi, gloussé et passé de nouveau son bras sous le mien.

« Eh bien, c'est légal, comme chacun sait ! » a répliqué Joanne, et nous sommes tous partis d'un rire tonitruant, chacun à sa manière, et Nick, les traits illuminés d'en haut, de manière frappante, sous l'abat-jour en étain, a regardé Jenny en rougissant.

*

Jenny m'a conduit jusqu'à une chambre sous les combles où le lit était fait, sans doute y avait-on déjà dormi, mais j'étais en sueur et assoiffé, si bien que j'ai rabattu les draps et me suis allongé dessus dans l'obscurité profonde de la campagne. Je me suis traîné en bas pour aller pisser et boire un verre d'eau, suis remonté en foulant les paliers grinçants, et tout à coup je n'ai pas pu la supporter, cette occasion manquée. Je n'ai pas frappé, je suis entré avec précaution. La chambre de Nick était beaucoup plus grande, et dans un désordre déroutant. Il s'était endormi en slip, sur le ventre, la lampe de chevet allumée, les couvertures rejetées au pied du lit. Je suis resté là à le regarder, mon verre d'eau à la main. Je savais qu'il était un homme ordinaire, d'apparence quelconque, mais la vue de son long dos légèrement musculeux et de ses fesses rondes à peine recouvertes par le petit slip blanc, la courbe de son épaule gauche et de son biceps charnu, l'arrière hirsute de son crâne sur l'oreiller, m'ont bouleversé. Le rythme lent de sa respiration, de petits ronflements presque, a persisté un long moment. Puis soudain quelque chose, comme une conscience partagée, a interrompu la cadence et au bout de quatre ou cinq secondes d'une confusion muette, il s'est retourné et a ouvert les yeux.

Nous nous sommes regardés, et rien de ce que j'avais envie de dire ne semblait possible.

« Tu n'arrives pas à dormir ? » a-t-il demandé, et c'est cette douce note d'inquiétude et de protection, adulte et masculine, qui m'a transpercé.

« Pas vraiment, ai-je répondu. Non. »

Il a semblé peser le pour et le contre, jauger ce qui était dans notre intérêt. Il s'est poussé sur le côté, a écarté les couvertures pour me faire de la place, et je me suis glissé sur le drap froissé encore chaud de son corps. Je me suis tourné sur le côté, face à lui, l'oreiller était chaud aussi, magiquement humide de la sueur de son cou et de son visage ; puis il a rabattu sur nous le drap et une couverture. J'avais une conscience tendue de la nouveauté de toutes ces sensations, la chaleur irradiante et le souffle si proche d'un homme adulte dans un lit, aussi nouveaux et intimidants que le lit lui-même, un grand et large lit à l'ancienne destiné à un mari et une femme, avec une tête de lit en noyer sombre, un matelas dur et lourd. Allongés face à face, nous nous sommes regardés, Nick de nouveau somnolent, fermant les yeux avec aux lèvres un sourire qui est resté là, comme s'il l'avait oublié. Je me sentais coupable de le dévisager, si bien que j'ai fermé les yeux aussi, et au bout d'une minute son souffle s'est fait plus lent et quand j'ai jeté un coup d'œil par-dessus la bosse de l'oreiller, son sourire avait cédé la place à la béance du dormeur. Là encore, je n'ai pas pu le supporter, être suspendu ainsi au seuil de la permission, entré sans invitation mais aucunement chassé et même, de manière incertaine, encouragé. J'ai posé la main sur sa nuque tandis qu'il dormait, comme si je le tirais à moi pour l'embrasser, même si pour l'heure, nous restions chacun à notre place. Nous n'avons pas bougé pendant de longues minutes, et ce contact semblait autant volé qu'autorisé, et un peu absurde. Je ne crois pas qu'il se soit véritablement réveillé, mais il a marmonné et sa tête a roulé et il m'a tourné le dos, épaule enfoncée dans son oreiller, avant de reculer contre moi – et alors, en un seul mouvement, mon bras s'est retrouvé autour de lui, mon visage dans ses cheveux qui sentaient la fumée et ma main sur son cœur, qui avait le battement puissant de qui s'éveille. Aucune résistance, aucun moyen de savoir ce que cela signifiait pour lui. Il a dû sentir ma bite pressée, dans un angle incommode, contre lui, tandis que ma main errait, impuissante, pour parcourir et soulever le poids ensommeillé de la sienne. Le rire de Nick, qui avait illuminé toute la soirée, était un choc à présent. « Pas maintenant, Dave, a-t-il marmonné. Dors un peu, éteins la lumière », et il s'est tordu le cou pour m'embrasser légèrement sur les lèvres avant que je fasse ce qu'il avait dit (éteindre la lumière – je suis resté allongé là pendant d'insoutenables heures, le miracle d'être au lit avec lui étant peu à peu grignoté par la chaleur et la gueule de bois et le désir).

*

Le soleil n'a pas tardé à se lever, mais pas de notre côté de la maison, de sorte que la chambre s'est remplie de la lumière indirecte d'une matinée de mai, et du chant implacable de dix mille oiseaux, certains si proches sous l'avant-toit qu'ils auraient pu être dedans. L'imposante coiffeuse, l'armoire et le fauteuil commençaient à prendre sens, le monde solide de la famille de Walter, préservé sous les tas de vêtements de Nick, les cartons, les livres empilés puis renversés sur le plancher. Quelque chose en moi était révulsé, entre jugement et perplexité, par le fait de me trouver dans l'intimité de cette chambre, dans l'espace privé d'un homme dont je n'avais jamais entendu parler jusqu'à hier soir, jusqu'à cette nuit, toujours en vigueur même si le soleil s'était levé avant cinq heures. J'ai passé un long moment, sur ce matelas dur et édifiant, à contempler la pièce, les taches d'humidité au plafond, le lustre central avec ses abat-jour marron en parchemin ; puis les épaules de Nick et, timidement, quand il s'est retourné, son visage qui, sans lunettes, semblait plus nu que son corps sans vêtements. Ma montre, presque silencieuse, indiquait que j'avais abandonné des quarts d'heure, des demi-heures, au sommeil. À neuf heures, je mourais d'envie de me lever, mais l'idée de rater l'instant où Nick se réveillerait à mes côtés m'était insupportable ; puis je me suis demandé si je n'allais pas être un atroce mystère et un choc pour lui. En réalité, lorsqu'il s'est réveillé, il s'est gratté la tête, a bâillé, grogné, s'est allongé à plat dos les mains derrière la tête et son aisselle d'un blond roux tout près de mon visage. « Comment va ta tête ? a-t-il demandé.

– Très très mal, ai-je répondu. Et la tienne ?

– *Assez* mal », a-t-il dit, et ce petit échange était une merveille, comme si nous nous réveillions côte à côte tous les jours. Nous sommes restés allongés là, en slip, sous les couvertures tirées en tous sens, et je me suis dit que, peut-être, il était aussi désespérément excité que moi. Il s'est levé et a enfilé son pantalon en me tournant le dos, et une fois qu'il est parti dans la salle de bains, je me suis précipité à l'étage du dessus et me suis moi-même habillé.

Nous sommes descendus ensemble prendre le petit déjeuner. Tim et Joanne étaient restés dormir, trop fracassés pour rentrer à la résidence universitaire de Tim, et n'étaient pas encore réapparus. Walt et Stella étaient en robe de chambre, encore enchevêtrés l'un dans l'autre dans leur demi-sommeil, au-dessus et en dessous de la table, preuve matinale de la nuit qu'ils venaient de passer, qui m'a choqué malgré moi. « Je t'ai apporté un thé, m'a glissé Joanne, mais tu n'étais pas dans ta chambre.

– Ah non, a dit Nick, il n'y était pas », avec un regard plein de mystère. Jenny a rempli de nouveau, bruyamment, la bouilloire, et ses réflexions au sujet de la nuit passée, quelles qu'elles aient pu être, ont paru se perdre dans la gêne plus grande de sa gueule de bois. J'ai siroté mon thé, ai mordu, nauséeux, le coin d'une tartine grillée. Nick souffrait visiblement de la lumière, mais le fait d'avoir passé la nuit avec moi ne semblait pas le déranger. Il laissait planer avec amusement, sans la remettre en question, la supposition qu'il s'était passé quelque chose entre nous. Cela m'a fait l'effet d'une grande gentillesse, et cette manière de garder notre secret sans nous être accordés au préalable avait quelque chose d'amoureux, même si ce secret était qu'il ne s'était rien passé, et que cela n'arriverait peut-être jamais.

16

J'ai réservé la barque trois jours à l'avance, ai dépensé cinq livres pour acheter une bouteille de vin blanc au foyer étudiant et enveloppé deux verres dans un torchon, que j'ai calés dans ma besace avec deux ou trois bricoles à grignoter achetées au marché. « C'est très vilain, a dit Nick au téléphone. Je suis censé réviser. » Il tergiversait, ternissant presque cette chose qu'il acceptait vilainement de faire : « Et toi aussi tu devrais être en train de réviser !

– Ne t'en fais pas pour moi, ai-je répliqué. Et prends tes livres avec toi. Tu pourras réviser autant que tu veux pendant que je pousse le bachot.

– OK, alors je vais les prendre ! » a-t-il dit, avec ce rire que j'aimais tant. J'ai inséré d'un coup de pouce une autre pièce de six pence avec la joie nécessiteuse de qui appelle et doit payer pour que la communication se poursuive, et me suis ajusté à cette vision plus courtoise de notre excursion, avec Nick dans le rôle du personnage étendu et choyé, et moi qui m'occupais de tout. Je m'en savais capable, j'avais la force qu'il fallait pour manœuvrer un bachot jusque dans la vase quasi inatteignable de l'Isis proprement dite. Cette fois, je nous imaginais remonter loin sur la Cherwell, par-delà University Parks, en pleine campagne, la rivière serpentant à travers des champs de maïs. Puis venait le moment où Nick glissait le feutre dans son livre, secouait un peu l'embarcation en se levant pour enlever sa chemise et son jean, puis, après un instant d'hésitation, son slip blanc, et plongeait sans rien dire dans l'eau fraîche envahie par les herbes.

Je me suis réveillé et, au bout de cinq secondes, le douloureux bonheur qui m'avait empêché de dormir jusqu'à trois heures du matin m'a de nouveau étreint, la certitude d'être seul avec lui pendant deux ou trois heures, quoi qu'il advienne ; en m'habillant, je me suis soufflé que le plus probable était qu'il ne se passe rien, et que cela était beau en soi. Ce qui était resté vivant dans mes pensées et m'avait tourmenté ces dix derniers jours, c'était son « Pas maintenant, Dave » en pleine nuit. Je le repassais si souvent dans ma tête que j'en avais perdu le ton exact, la transperçante légèreté de la voix de Nick ; puis je me laissais surprendre à nouveau et cette suffocante minute me revenait, moi qui le serrais dans mes bras sur le lit et lui touchais le sexe, liberté à laquelle il n'avait pas résisté mais qu'il avait prestement repoussée à plus tard – *Pas maintenant, Dave.* Était-ce bien ce qu'il voulait dire ? La première moitié d'une proposition magnifique – pas maintenant mais la prochaine fois, quand nous n'aurons pas trop bu et qu'on ne pourra pas nous entendre ? Ou une simple manière de dire, en réalité : *Jamais, au grand jamais* ?

Je suis arrivé en avance au bord de la rivière, à la cabane installée à l'angle de la cale pavée qui descendait de la rue jusqu'aux bachots, amarrés et dispersés en éventail par le léger courant sous le Magdalen Bridge. Le batelier m'a regardé : « Mr Win – oh, oui, je me rappelle… » Il m'a tendu les coussins, et je venais juste de poser le pied dans l'embarcation quand j'ai entendu le rire de Nick sur le trottoir, là-haut – il avait dû croiser une connaissance –, et le bonheur et l'intelligence de sa voix m'ont fait frissonner comme s'il m'avait touché. J'ai fait comme si je ne l'avais pas entendu, et continué d'installer les vieux coussins lourds, la besace avec le pique-nique, puis j'ai traversé précautionneusement la barque pour prendre la perche et la pagaie. Nick est apparu en haut de la cale. L'arbre pittoresque qui surplombait la cabane a bloqué ma vue l'espace d'un instant, avant que je constate que c'était avec Walter qu'il était en train de parler.

« Regarde sur qui je suis tombé !

– Désolé, Dave, Nick vient de me raconter et l'idée m'a paru divine. » Ce n'était pas tout à fait ainsi que Walt s'exprimait, normalement. Je crois être parvenu à dissimuler mon vertigineux sentiment de bêtise et de trahison. « Une journée si paradisiaque », a ajouté Walt, et cette fois c'était sûr : il jouait la comédie. Mais Nick a jeté ses bras autour de moi, une sorte d'immobilisation qui ne laissait aucune place au moindre dérapage amoureux, même si la dureté et la chaleur de son corps m'ont coupé le souffle, et il m'a déposé un baiser sonore sur la joue en s'écartant. Je ne savais plus quoi penser.

« Tu veux que je prenne la perche au début ? a offert Walt.

– Absolument pas, ai-je répondu.

– Oh… OK !

– Non, vraiment, Walt – je l'ai enveloppé d'un sourire doux –, ça me fait plaisir.

– Eh bien, je prendrai peut-être le relais tout à l'heure. » Il a aidé Nick à se glisser devant lui vers l'avant de la barque et s'est assis en face de moi avec une sorte de présomption solaire et, à l'évidence, une touche d'inquiétude : il n'était pas aussi bon acteur que moi. Nick s'est assis de dos, mais il s'est retourné vers moi, tout sourire : « Belle idée que tu as eue là ! Je suis content d'être venu. » Je me suis vu annuler purement et simplement l'excursion, dans un élan d'émotion destructeur.

Puis j'ai pensé, tandis que je nous faisais reculer vers le centre de la rivière en évitant l'invisible danger du pont qui se dressait derrière moi, que Walt croyait me rendre service en m'épargnant le naufrage bien pire encore d'un après-midi entier seul à seul avec Nick sur la rivière : ces deux-là s'étaient entendus là-dessus. Il a souri et empoigné la pagaie pour repousser une barque qui dérivait vers nous. J'ai fait pivoter l'embarcation, et nous nous sommes lancés sur le long tronçon ombragé longeant la promenade de Magdalen Walks.

J'avais une tâche à accomplir, et tandis que je remontais vivement la perche pour aussitôt la replanter dans l'eau, la laissant traîner un instant tel un gouvernail avant de la hisser à nouveau, j'avais une bonne excuse pour être distrait, évitant les branches, contournant novices et touristes qui faisaient des ronds dans l'eau, repartant de l'avant à la moindre ouverture. D'emblée, j'ai mis un point d'honneur à ne pas me laisser doubler. Du cabas qui contenait ses livres, Nick en a sorti un comme s'il faisait ça pour la forme, mais bientôt il semblait vraiment plongé dedans. Walt, qui n'avait rien apporté, m'a souri et a engagé la conversation, puis il a fait une moue coupable à l'idée de déranger Nick.

« Ne vous souciez pas de moi ! a dit Nick.

– Oh mais si ! » ai-je répliqué.

Quand, dix minutes plus tard, nous sommes sortis du couvert des arbres, le haut nuage d'été s'est rapidement scindé et éparpillé, et j'ai posé un instant la perche en travers de la barque pour enlever ma chemise. « Ah, mon cher ! » s'est écrié Walt en m'examinant, et Nick a jeté un coup d'œil par-dessus son épaule et haussé les sourcils, mais n'a rien dit quand je lui ai passé la chemise pour qu'il la garde au sec – j'ai frissonné à nouveau quand elle a glissé de mes mains dans les siennes. « Tu as l'air sacrément en forme, Dave, je dois dire », a déclaré Walt, alors que je reprenais la perche et poussais de plus belle.

« Tu ne t'attendais pas à ça, j'imagine, ai-je répliqué.

– Oh, je ne dirais pas ça... », a dit Walt en agitant la tête, et j'ai compris alors, même si je ne l'avais pas saisi tout de suite, qu'il savait et flirtait avec moi comme le font les jeunes hétéros avec un ami gay, non pas pour lui montrer qu'ils ont envie de lui mais le contraire : qu'ils ne se sentent absolument pas menacés. Peut-être aussi s'était-il fait la réflexion que ce serait gentil, allongé tout sourire à me regarder travailler, de me gratifier du petit numéro de séduction que, devinait-il, j'avais espéré de Nick. « Bon, Stella m'a dit que la pièce s'annonce bien.

– Oh, Stella est incroyable dedans, ai-je répondu. Si drôle – comme tu peux l'imaginer. »

Walt a soudain pris un air vaguement suffisant. « Elle dit la même chose de toi. Mais tu as un rôle tellement énorme.

– Je sais, c'est ridicule.

– Et toi, tu le sais déjà par cœur.

– Oh, je n'en suis pas encore là, Walt.

– Vraiment ? » Il a laissé traîner ses doigts dans l'eau scintillante de soleil. « Tu n'as pas le texte avec toi ?

– À vrai dire, il est dans mon sac, ai-je répondu, derrière toi », et il a tendu le bras pour l'attraper.

« Tu veux qu'on fasse un test sur tes répliques ? »

Je n'ai pas répondu tout de suite, mais Nick a répété : « Honnêtement, ne vous souciez pas de moi », alors j'ai dit : « Eh bien d'accord, si ça ne t'embête pas. » L'idée de frimer un peu devant eux ne manquait pas de charme. « Je vais juste te réciter la première scène de l'acte trois. » Il a trouvé l'endroit, m'a fait un signe de tête et, la gorge soudain serrée de trac, qu'une longue inspiration a suffi à dissiper tandis que la perche glissait entre mes mains, je me suis lancé dans le grand monologue de Mosca sur les parasites. Walt était attentif, un peu gêné lui-même au début, et j'aurais tant voulu voir le visage de Nick. Je n'avais pas besoin d'aide, cela faisait des semaines que je connaissais cette réplique par cœur et je l'ai récitée comme une preuve de ma valeur, une sorte d'offrande futile mais pas malheureuse. Nous avons continué ainsi ; c'est devenu, curieusement, une représentation publique : un étudiant et ses parents sur une barque voguant dans l'autre sens se sont tournés et ont souri devant cette excentricité tout à fait digne d'Oxford.

… ce gaillard bien découplé qui peut, presque
au même instant
S'élever et s'abaisser comme une flèche, fendre l'air
Aussi légèrement qu'un météore,
Tourner d'aussi court qu'une hirondelle,
Être ici, là et ailleurs, à la même minute…

– je calais ma respiration du mieux que je pouvais sur le rythme des coups de perche, mais il y avait quand même d'étranges accentuations et la sensation joyeuse de m'en sortir en dépit des difficultés. Le sentiment, aussi, que j'étais dans mon élément, comme Mosca lui-même – au bout d'une minute, Nick a redressé la tête et contemplé la berge tandis que je déclamais, puis il s'est retourné et son sourire a manqué me faire trébucher dans ma réplique.

Nous sommes tous descendus à l'approche des glissières, et avons porté la barque de l'autre côté du barrage, jusqu'à l'étincelant niveau supérieur de la rivière. Puis mes coups de perche nous ont propulsés à travers la zone de baignade de Parson's Pleasure, et le spectacle de ces hommes, des professeurs d'un certain âge pour l'essentiel, mais aussi parmi eux quelques étudiants de notre âge, aguicheurs, qui discutaient et se déplaçaient avec désinvolture dans le plus simple appareil. C'étaient les premiers hommes totalement nus que je voyais depuis un autre tour en barque, un an plus tôt, et j'avais fait alors mon blasé devant eux. Un garçon a plongé dans l'eau, je l'ai vu fuser, éclatant, dans la rivière brunâtre jusqu'à ce qu'il refasse surface à côté du bachot, dans une gerbe d'éclaboussures, souriant avant de replonger dans l'éclat fulgurant de ses fesses, sous-texte heureux de ma douloureuse journée. Walter a repéré son tuteur de lettres classiques, un vieil homme à la chevelure lâche, avec une bedaine blanche et une bite gigantesque, qui nous fixait du regard, debout, mains sur les hanches, sans que nous puissions savoir s'il fallait le saluer d'un geste du bras au passage – c'était une situation cocasse. Puis nous avons laissé derrière nous Parson's Pleasure et longions maintenant les jardins d'University Parks, où une partie de cricket se faisait entendre, tout près, parmi les bruits de la rivière.

C'est là que nous avons fait notre petit pique-nique, dans la barque calée contre la berge sous un saule. J'ai déballé les deux verres – « Oh, mon Dieu, je suis désolé, a dit Walt. J'ai foutu en l'air tous vos plans, vous vouliez sans doute être seuls. »

Nick n'a rien répondu, et j'ai dit : « Pour tout dire, nous avions prévu d'avoir une longue conversation à ton sujet » – je continuais de me résigner à mon sort, aussi gracieusement que possible. Nous avons partagé les verres, sur une base pas tout à fait claire, grignoté les morceaux de fromage et de fruits – le vin était trop chaud mais bon et il m'est monté à la tête, assoiffée ; ce petit festin avait l'allure très étrange d'une chose secrète qui, découverte et banalisée, avait perdu tout intérêt. À la fin, Walter a sauté sur la rive pour pisser derrière l'arbre. Je me suis occupé de ramasser les déchets, mais Nick l'a regardé sans penser à mal, comme un simple personnage de cette scène pastorale.

« Tu veux que je prenne un peu le relais ? a proposé Walt en remontant à bord.

– D'accord, ai-je dit.

– Toi aussi, tu dois avoir du travail – à part la pièce, je veux dire. »

Il est vrai que l'une des scènes que je m'étais représentées nous montrait, Nick et moi, amarrés sous les branches basses d'un arbre, chacun révisant jusqu'à ce que cette mascarade devienne trop absurde, et alors nous roulions dans les bras l'un de l'autre – j'avais même glissé dans mon sac le livre de Temple sur les Indes orientales néerlandaises, avec la bouteille et le Tupperware. Mais en le sortant, maintenant, l'ouvrage m'a paru aussi irréel qu'un accessoire dans une pièce de théâtre, comme le volume reliure cuir de numéros de la revue *Punch* dont je m'étais servi dans *La Tempête.* La question était celle-ci : devais-je m'asseoir en face de Nick ou me tasser contre lui, avais-je envie de le toucher ou d'attirer son regard ? Il a tranché en pivotant sur lui-même, avant de tapoter le banc à côté de lui. « Assieds-toi là, Dave, a-t-il dit, qu'on puisse admirer le coup de perche de Walter.

– Je la manie comme personne, a dit Walt.

– C'est ce qu'on a entendu dire », a répliqué Nick. De sorte qu'un petit numéro maniéré s'est ensuivi, dont l'enjeu était bizarrement dévoyé, alors que Walt faisait glisser sa chemise par-dessus sa tête, et que Nick et moi sifflions en lui souriant. Il était encore très blanc, avec un début de ventre de buveur et quelques poils roux sur le torse, mais viril et gentil et pas le moins du monde excitant. Il s'est accroupi et s'est éloigné en diagonale de la berge, sous les arbres, d'une longue poussée peu profonde, puis il a redressé notre course en balayant de sa perche le courant derrière nous, et nous a propulsés vers l'amont de la rivière. Je me suis laissé glisser peu à peu en arrière, à côté de Nick, et l'ai regardé lire avec un peu de ce mystère que j'avais ressenti au lit avec lui, si proche tandis qu'il tournait les pages et marquait ou soulignait des choses au crayon à papier ; j'étais intrigué par son écriture, nette et petite, avec le poids vif de ce que j'avais à moitié oublié : son intellect d'universitaire. De petites vagues d'inquiétude m'ont traversé à la pensée de tout ce qu'il me restait à faire, le trimestre défilant sous mes yeux aussi rapide et silencieux que la boueuse Cherwell. C'était un livre sur Maynard Keynes et la conférence de Versailles qu'il lisait. Quand je me suis réveillé, mort de soif et un peu perdu, ma tête était posée sur son épaule et son bras droit s'étirait derrière moi le long du banc. Walter, rouge de soleil et en nage, a souri quand je me suis redressé, et mon livre pesant est tombé entre mes genoux. J'ai déroulé le petit numéro de qui ne se réveille pas seul, entre sottise et vague auto-admiration. Nick a lancé un : « Hé, salut ! » et retiré son bras, soi-disant pour noter quelque chose. Je me suis retourné à moitié pour voir où nous étions. Les marges de la rivière étaient à présent encombrées de larges bandes d'herbe, et bientôt d'un arbre tombé qui bloquait presque le passage. Il n'y avait personne d'autre sur l'eau, aussi loin de la ville. Après l'orme effondré, nous avons débouché sur un tronçon plus dégagé, de hauts nuages fendaient le bleu au-dessus de Walter, les vaches sur la rive nous remarquaient à peine, et le bourdonnement lointain d'une grand-route nous scellait, en quelque sorte, dans notre aventure, sans rien d'autre que la danse de la perche au-dessus des roseaux pour indiquer notre présence.

17

Dans la matinée, j'avais passé mon examen sur la première révolution anglaise, bricolé le simulacre glaçant d'une dissertation de l'année précédente sur la Couronne et la république du Commonwealth, puis assemblé non sans perplexité une autre dissertation sur les Diggers dans le Northamptonshire – j'avais l'impression de m'observer du dehors en train de relier des bouts épars et de résumer grossièrement le tout, comme j'aurais pu regarder un technicien assembler avec des fils et un poste à souder quelque appareil spécialisé mais obsolète. « Ouais, ç'a été », ai-je estimé, quand nous sommes ressortis dans la cour vertigineusement ombragée du Schools Quadrangle – ce quadrilatère symbolique ceint de hauts bâtiments sombres sur trois côtés mais dont le quatrième ouvrait sur la rue, mur aéré que, une fois le dernier examen terminé, nous franchirions pour accéder au reste de nos vies.

De retour après le déjeuner pour plancher sur l'impérialisme européen, en montant l'escalier de pierre et en prenant place dans la haute et auguste salle, je me suis rendu compte que mon sentiment d'étrangeté s'étendait maintenant aux centaines d'autres personnes qui posaient leur coiffe universitaire sous leur chaise, se penchaient en avant pour aligner leurs stylos, attendaient l'ordre de retourner l'énoncé du devoir et de commencer. J'avais exactement les mêmes voisins que ce matin, auxquels je n'avais jusqu'ici pas prêté attention, et j'ai perçu le courant qui les traversait tous sous leurs toges et leurs nœuds papillons, leurs cerveaux palpitant de chiffres, de dates et de citations qui font mouche, prêts à écrire comme si leur vie en dépendait, autant de bilans personnels menés à l'unisson, avec tout juste un regard en coin, plein de rivalité, avant que la course commence. Staveley, l'étudiant sans amis de Trinity College, semblait, du simple fait d'être assis la main posée sur son bloc de copies d'examen, tendre déjà le bras vers sa mention très bien et son poste d'enseignant-chercheur. Il s'était entraîné en vue de ce moment, et on savait qu'il n'éprouvait aucune pitié ni aucun sentiment pour ceux qui n'avaient pas su se préparer, eux dont les cris d'ivresse à la sortie du King's Arms lui parvenaient dans la salle de lecture du dernier étage, de l'autre côté de la rue, où il travaillait chaque soir jusqu'à la fermeture. À côté de lui, le beau Stapleford portait sous sa toge un costume de bric et de broc, ses cheveux à la Jim Morrison noués avec un élastique : son absence d'attentes avait quelque chose de charmant. Je ne pouvais pas voir Tim ou mes autres amis, assis dans l'autre partie de cette salle en L. Wyatt, Wynford et Zukofsky formaient avec moi le dernier rang.

L'horloge murale, dans son boîtier à fronton, indiquait maintenant que l'heure avait sonné, et le professeur chargé de nous surveiller a annoncé : « Vous pouvez commencer ! » – la formulation conditionnelle de sa phrase m'a paru courtoise, tandis que je passais en revue les questions. J'essayais presque de me faire croire que j'en étais capable alors même que, pour la première fois de ma vie, je savais que ce n'était pas le cas. La typographie, la mise en page, le papier crème brillant m'étaient parfaitement familiers, pareils à ceux de tous les examens que j'avais passés et brillamment réussis jusque-là. Temps imparti : trois heures. Répondre à une question au choix de la Section 1, et à deux questions au choix figurant dans la Section 2 et/ou la

Section 3. J'ai posé la main sur mon front et jeté un coup d'œil par en dessous à Wyatt, jeune homme imposant aux cheveux noirs qui écrivait de la main gauche, et très vite, son autre bras enroulé autour de la page et la langue tirée. J'ai parcouru une nouvelle fois les options de la Section 1, avec l'impression un peu perdue, fantomatique, que s'ils m'avaient interrogé un an plus tôt au sujet de la Compagnie britannique des Indes orientales, j'aurais pu leur montrer à qui ils avaient affaire, mais que tout ce que je pourrais écrire maintenant ne serait qu'un vague résumé de comptoir, l'explication que j'aurais pu donner à quelqu'un dans un pub, sans aucune des incontournables données que Wyatt était assurément en train de mobiliser, se redressant et clignant des yeux devant l'horloge avant de se rasseoir au bord de sa chaise et de se remettre à griffonner.

Je suis allé jusqu'à mi-chemin de ma réponse à la première question de la Section 2, portant sur le règne britannique en Inde après la Première Guerre mondiale – elle aurait dû être un don du ciel, une sorte de récompense prématurée, mais j'avais le sentiment quelque peu mélancolique que la Birmanie, qui avait fait partie de l'empire des Indes jusqu'en 1937, était pour moi un sujet privé, sur lequel je ne pouvais pas et ne devais pas être interrogé. Je la comprenais tout autant à travers Orwell qu'en étudiant les manuels. Je la voyais dans l'atlas du monde, avec sa queue effilée découpée et punaisée sur une page ultérieure : je connaissais l'essentiel de ses caractéristiques physiques, les montagnes, les précipitations, les trois fleuves. Mais en réalité, mon sentiment de posséder ce lieu n'était qu'une ignorance bien gardée, une indéfectible réticence à apprendre. Tout cela, j'avais soudain l'impression de le reconnaître en silence. Je suis passé à la page suivante, toujours avec ce sentiment de détachement perplexe que j'avais déjà éprouvé ce matin vis-à-vis de mes propres actions, mais avec quelque chose d'autre aussi, quelque chose d'imprévu qui montait et montait. Je me suis vu en train d'interpréter Mosca, le frisson moite de l'effort, j'ai vu le livre de Marryat consacré à Curzon glissé au fond de mon sac dans le foyer des artistes, que je feuilletais à l'aveuglette entre deux répétitions ; je faisais celui qui révisait, mais la pièce, pendant tout ce temps, était ma vie. Je prenais acte de la stupéfaction mêlée d'admiration de ceux qui partaient du principe que j'allais réussir ces deux choses à la fois tant j'étais sûr de moi. Et j'avais connu un énorme succès – le critique du *Times* n'avait pas eu le moindre espace à consacrer au Volpone d'Ed Newman : tout son article, comme le spectacle lui-même, tournait autour de moi. Et ensuite, depuis la représentation, cette étrange léthargie d'évitement, les après-midis sur la rivière, le sentiment inédit chez moi qu'il était maintenant trop tard pour tout rattraper. À présent, l'heure du bilan avait sonné, et ce à quoi je m'étais ainsi obstinément préparé, c'était mon propre échec – une idée si nouvelle et si répugnante que la seule manière d'aller de l'avant était de m'en saisir et de la brandir bien haut.

Je me suis levé et j'ai pivoté sur mes talons, trop décidé pour éprouver la moindre gêne, je savais que mon geste inattendu n'empiéterait qu'un bref instant sur les pensées de tous ces gens plongés dans leur concentration autour de moi – j'allais aux toilettes, au mépris des règles, sans demander la permission. Je me suis dirigé rapidement et sans faire de bruit, le regard droit devant ou rivé au sol, vers les doubles portes fermées tout au fond de la salle, et j'ai tiré sur celle de droite en ravalant une sensation de dernière chance puis, dehors sur le palier dépeuplé, de non-retour. J'ai descendu le grand escalier de pierre, vite mais sans sauter de marches, entendu des pas au-dessus de moi, et une voix, stricte, inquiète mais maîtrisée, et alors je me suis mis à courir à travers le marbre noir et blanc du hall, à travers ce vide passif, indescriptible, sous la pression de mille six cents étudiants qui, rassemblés dans les salles attenantes, étaient en train d'écrire intensément et silencieusement, puis dehors, dans une bouffée de triomphe téméraire et de catastrophe, replongeant dans le quotidien ordinaire de High Street. Des bruits de course derrière moi : « Attendez… ! Mr Win… ! » et cette fois je me suis retourné, pour voir le surveillant ailé dévaler la longue et large pente du trottoir, mais j'ai couru de plus belle, et vite, regagnant ma résidence universitaire par un chemin détourné, avec la sensation, comme je passais devant la loge et entrais dans le calme de la cour intérieure, d'être un intrus. Redoutant de croiser Humphrey, je me suis faufilé dans le couloir de la cuisine et suis rentré par le fond dans la cour pour éviter de passer devant sa fenêtre, où j'aurais été une vision aussi impossible que déchirante.

Dans ma chambre, j'ai fait basculer le loquet et l'air était irrespirable, parmi tous ces livres et ces documents que j'avais regardés fixement cinquante minutes plus tôt à peine, la scène d'une préparation déliquescente en vue d'une chose dont j'avais découvert depuis que je n'allais pas la faire. J'ai arraché ma tenue d'examen, enfilé un jean et un tee-shirt, une veste en jean, ai ramassé au vol mon portefeuille, puis un cahier, mû par l'impression déjà en train de se former qu'il allait falloir rendre compte de tous ces actes involontaires. Puis j'ai quitté la résidence par le portail de derrière et me suis frayé un chemin en m'appuyant sur la connaissance de toute une vie de ces lieux, à travers les cours de l'université, les jardins et les ruelles jusqu'au Magdalen Bridge, puis j'ai descendu St Clements jusqu'à South Park, dont la vaste pente donnait l'impression de m'avaler ou de m'offrir en sacrifice – j'ai grimpé en une longue diagonale jusqu'au sommet et me suis assis sous un tilleul avec une vue sur tout Oxford, le vieil Oxford, ses tours et ses flèches se découpant de manière irréelle au creux des collines, aplaties et condensées, telle une image datant d'une époque d'avant la perspective, une enluminure. La vue de la ville opposée à celle de Boars Hill, et plus proche.

Ce que je venais de faire était à la fois sidérant et inévitable. Je n'aurais su dire si la crise était passée maintenant, ou si elle ne faisait que commencer. Je n'avais pas envie de m'expliquer, je n'ai rien écrit dans le cahier ; je me demandais s'il existait, en fait, un moyen de revenir en arrière – Humphrey plaiderait ma cause, passionnément, quoique avec la douloureuse sensation que le problème couvait depuis des mois. Ils m'autoriseraient peut-être à repasser l'examen, sous certaines conditions – tout serait mis en œuvre pour que je rattrape mon erreur et mène à son terme l'histoire pleine de sérieux de mes brillantes et prestigieuses études.

*

Pour me rendre à la gare routière de Gloucester Green, j'ai élaboré un itinéraire qui traversait la grande prairie de Christ Church Meadow avant de remonter, tant bien que mal, à travers les décombres clôturés du quartier de St Ebbes. La sensation que j'avais maintenant de m'esquiver comme un hors-la-loi était la conséquence échevelée de mon absence de plan, du fait que j'agissais de manière irrationnelle et avec la conviction instinctive qu'il fallait me tenir à l'écart de la raison. Malgré tout, être assis dans ce bus qui roulait vers Botley avait quelque chose d'effarant. Cette route bordée d'arbres, si familière, au long de laquelle maman et Esme m'avaient transporté depuis trois ans au début et à la fin de chaque trimestre, semblait enjamber un gouffre, tel un viaduc, et le bus s'arrêtait encore et encore, ouvrant ses portes pour me laisser descendre alors que je restais assis sans bouger tout au fond. Les autres passagers étaient des personnes âgées, des femmes avec leurs courses, des étudiants se tournant sur leurs sièges pour discuter entre eux dans l'été insouciant de leur deuxième année. Pas un n'avait la moindre idée de qui j'étais.

J'ai tiré sur le cordon et suis descendu au croisement de Boars Hill, et quand le bus est reparti je me suis revu six semaines plus tôt, avec ma bouteille de rosé et aucune connaissance de l'existence de Nick. Une camionnette est passée devant moi, un tourbillon a agité les haies du bord de route, et j'ai continué à pied dans l'après-midi vacant, par-delà la maison de Robert Bridges, et celle de Masefield, où Graves avait vécu un temps dans le cottage au fond du jardin. L'idée semblait charmante, jusqu'à ce que j'attrape, à travers un portail ouvert, la fameuse vue d'Oxford, ou que la vue d'Oxford m'attrape. Une lieuse tournait au bas du champ, cliquetis et grondement de la fenaison, hirondelles en piqué. Là-haut dans le frêne près du portail de Walter, une grive chantait un esclandre dément qu'elle inventait au fur et à mesure, des séries suraiguës, sauvages, suivies de notes sans le moindre rapport, imitant les pinsons et merles du voisinage avant de revenir à elle-même.

Les voitures n'étaient pas là – Walter devait être à la fac –, non, il était certainement parti retrouver Stella à cette heure, à sa sortie d'Examination Schools, et leur soulagement partagé que son examen soit enfin terminé serait sûrement entaché par la nouvelle à peine croyable. Mon drame devenait maintenant le sien – le leur, celui de mes amis, qui remontaient mentalement le temps en quête de signes annonciateurs, eh bien, la pièce bien sûr, ce rôle si énorme, et d'autres choses aussi, beaucoup plus tôt probablement, auxquelles on avait parfois pensé mais sans jamais en parler, la pression sous-jacente à laquelle quelqu'un comme moi était forcément soumis. Personne n'est venu ouvrir quand j'ai appuyé sur la sonnette, une minute à écouter la brise siffler et retomber dans les hêtres au-dessus de moi, et l'absurdité de me retrouver seul ici m'a submergé telle une vague de désespoir. J'envisageais vaguement mes amis comme un groupe, mais il n'y avait qu'une seule personne dont je voulais vraiment qu'elle m'aide, en qui j'avais assez confiance pour le faire – il était, d'une manière aussi évidente qu'inexplicable, à la fois la cause et la solution. J'ai reculé et levé les yeux vers l'étage, où deux fenêtres grandes ouvertes attrapaient le soleil à l'avant de la maison. Je l'ai contournée avec la sensation lointaine, que j'éprouvais par intermittence depuis tout à l'heure, de pénétrer ici sans autorisation, et j'ai traîné dans le jardin pour montrer que je me sentais chez moi. Quand j'ai mis ma main en visière pour jeter un coup d'œil à l'intérieur à travers la fenêtre de la salle à manger, je me suis vu avec un éclat inattendu dans le miroir ovale accroché au-dessus du buffet, soutenant mon propre regard. Du coin de la maison, on pouvait voir en contrebas la pelouse sur laquelle nous avions joué au croquet et là-bas dans l'herbe, près du banc, se trouvait Nick, avec Jenny. L'idée ne m'avait jamais traversé l'esprit que Jenny serait avec lui.

Elle était allongée sur le ventre pour lire, son haut de bikini dégrafé et ses seins écrasés contre le plaid. Elle avait rentré le bas dans la raie de ses fesses, pour maximiser son bronzage. Nick était en short et rien d'autre, assis en tailleur le dos tourné à moi. Le grésillement de la brise dans les hêtres et les grands peupliers produisait une immense cataracte de son, éthérée, et j'ai descendu les marches sans être repéré ; même mon « Salut ! » les a fait douter un instant de leurs sens, Jenny m'a enveloppé d'un regard ahuri, puis elle a secoué la tête en mimant la surprise. « Qu'est-ce qu'il y a ? » a demandé Nick, avec son rire nerveux mais tolérant, avant de se retourner.

Jenny a évité mon regard, elle s'est à moitié redressée en tâtonnant derrière son dos pour remettre son soutien-gorge de maillot de bain. Nick a pivoté sur lui-même sans se lever. « Dave ! Comment ça s'est passé ? a-t-il demandé. Walt et Stella sont avec toi ? », et j'ai saisi que pour eux, la déchirure dans le tissu était invisible, et si mon arrivée était inattendue, le timing n'avait rien d'aberrant. En m'approchant d'eux, j'ai reconnu dans le sourire de Nick ce mélange d'humour, de préoccupation et de calcul (j'avais oublié l'effet précis quoique indescriptible qu'il avait sur moi). Je suis resté planté au-dessus d'eux, comme redevenu momentanément un enfant apportant aux adultes maîtres d'eux-mêmes, sur cette pelouse, une calamité insoupçonnée. J'ai touché l'épaule de Nick en passant devant lui, et me suis assis en tailleur à l'orée du plaid de Jenny – encore sous le choc de la présence de Nick, j'ai levé la main pour me protéger du soleil afin de le regarder, et pour chasser aussi l'horrible impression d'avoir fait irruption au beau milieu d'une intimité entre eux, quotidienne, que je n'avais jamais envisagée. Eh bien ils étaient là, ils habitaient dans cet endroit, c'étaient de vieux amis…

Après leur avoir raconté, j'ai eu pour la première fois l'occasion d'étudier l'effet de ma nouvelle. Ainsi reflétée, elle avait une ampleur que, dans la transe de la fuite, et mon humeur passive mais ingénieuse des dernières heures, je n'avais pas eu le loisir de mesurer. Jenny s'est mordu la lèvre. « Je suis sûre qu'ils vont te laisser le repasser, Dave, pas vrai ? Tu aurais pu le réussir aujourd'hui, tu dis toi-même que tu es un magicien des examens. » Nick a mis plus longtemps à réagir, il a hoché la tête, pensif, le rire nerveux, avant de tendre la main pour prendre la mienne, il l'a serrée fort en la secouant dans tous les sens, pour montrer qu'il n'y aurait pas moyen de se débarrasser de lui. Puis le téléphone a sonné à l'intérieur de la maison et Jenny s'est levée d'un bond pour aller répondre. J'ai senti pour la première fois que Nick avait un peu peur de moi, ou était inquiet de ma dépendance à son égard. C'était un ami, de mon âge, qui révisait en vue de ses propres examens, la semaine suivante – j'étais tout ce qui ne devait pas arriver. Nous sommes restés assis comme ça, en tailleur, genou contre genou, ma main droite serrée dans sa main gauche, et la conviction qu'il m'aimait a tenu le désastre en respect, par-delà la pelouse et la maison et les arbres qui ployaient puis se relevaient, encore et encore.

*

Jenny est ressortie de la maison et nous nous sommes levés pour marcher à sa rencontre. « C'était Walt, a-t-elle expliqué. Je lui ai dit que tu étais là. Il rentre tout de suite. » Nick avait passé son bras autour de mes épaules, ma main a glissé autour de sa taille, sa peau lisse surchauffée de soleil. Dans la cuisine, Jenny, avec la présence adulte qu'elle acquérait dans cette pièce, a déclaré : « Je crois que tu devrais appeler ton tuteur immédiatement – Henry, c'est ça ? »

J'ai mis un peu de temps à lui répondre. « Humphrey… oui, c'est vrai, j'imagine… », mais l'idée que je me faisais de cette conversation – la honte et les reproches et l'inquiétude, et la peur alléchante de me laisser convaincre de repasser cet examen – se dressait, impénétrable, devant moi.

« Walt dit qu'ils laissent les gens repasser des épreuves, tu sais, quand il arrive ce genre de chose. Ça arrive très souvent.

– Ouais, mais je ne pourrais pas faire ce devoir, ai-je répliqué.

– Je ne te crois pas un seul instant. » Elle m'a dévisagé sans aménité. « Tu veux dire que tu ne pourrais pas le faire maintenant, ou que tu ne pourrais pas le faire la semaine prochaine ?

– Les deux.

– Eh bien, je ne sais pas ce qui s'est passé, évidemment. Désolée… » Elle a secoué la tête et baissé les yeux. « Je ne voulais pas t'aboyer dessus. »

Pendant ce temps, Nick était resté calme, adossé au plan de travail près de l'évier. Il avait fabriqué lui-même son short, en découpant les jambes d'un vieux jean, et le bas grisâtre des poches pendait deux ou trois centimètres sous l'ourlet effiloché. Ses jambes étaient très belles, sa présence mince et dénuée de vanité si bouleversante que j'ai fondu en larmes, et il m'a semblé que c'était Nick qui me faisait craquer, et pas le désastre de l'après-midi. Il a laissé Jenny s'approcher pour me réconforter, ce qu'elle a fait avec raideur, un peu effrayée elle aussi. Puis, tandis que je tâchais de me contrôler et respirais profondément, Nick a dit : « Je crois… eh bien, je crois que tu es un perfectionniste, Dave. Je parie, je suis persuadé que tu aurais pu réussir cet examen mais que l'idée de ne pas faire le mieux que tu pouvais t'était insupportable, alors plutôt que de compromettre ta mention très bien, tu t'es dit qu'il valait mieux tout foutre en l'air. »

J'ai aussitôt songé que c'était intelligent, et plausible, mais totalement à côté de la plaque. Nous avons entendu une voiture dehors, puis Walter a débarqué, Stella restant avec tact derrière lui. Elle était encore en tenue d'examen, jupe et collants noirs, sa cravate-ruban noire défaite. Elle apportait dans la cuisine un peu de l'ambiance d'Examination Schools, et quelque chose de plus déconcertant, un aperçu du soulagement épuisé des centaines d'étudiants qui étaient restés devant leur pupitre, étaient allés jusqu'au bout et attendaient d'en récolter les fruits.

18

La chose s'est résolue d'elle-même, a pris sa propre forme frustrante au cours de la semaine suivante. J'avais commis un acte instinctif qui pouvait se justifier par l'argument suivant : je voulais faire les choses à ma manière, et pas à la leur. « Oui, mon cher David, mais quoi ? m'a interrogé Humphrey quand je l'ai vu le lendemain.

– Il fallait juste que j'agisse, ai-je expliqué.

– Plutôt que de subir les actions d'autrui, vous voulez dire ? »

Cela ressemblait à une simple démonstration d'intelligence, la manière pour Humphrey de tout inverser. « Vous avez peut-être raison », ai-je répondu.

À la résidence universitaire, les amis qui avaient terminé les examens de dernière année prolongeaient leur déjeuner sur l'herbe, apportant d'autres bières, un temps libre dont ils ne savaient que faire alors que les derniers jours de toute cette vie-là s'éclairaient soudain avant de s'estomper. Je les ai évités, je me sentais plus que jamais inconnu, incompréhensible – une forme de solitude qui ouvrait un espace plus vaste à l'intérieur d'elle-même, dans la mesure où je comprenais à peine mes propres actes, et n'avais pas la moindre idée, après ce que je venais de faire, de ce qu'il fallait faire maintenant. Humphrey était miné par cette histoire, il est intervenu auprès des examinateurs, c'était bouleversant de voir combien il se souciait de moi, et se battait pour moi. Le doyen de la faculté a décrété que je pourrais peut-être obtenir ce certificat qu'on appelait un *aegrotat*, lequel supposait de reconnaître que j'étais malade. Il me suffisait d'aller voir un psychologue, un brave homme qui travaillait au Warneford Hospital, le légendaire asile de fous perché sur la colline dominant Oxford, à quelques minutes à pied de l'endroit où je m'étais enfui, sans réfléchir, après avoir quitté précipitamment Examination Schools. Peter Roddick, qui faisait partie de ma promotion, avait passé ses examens préliminaires au Warneford, entre deux crises de schizophrénie durant lesquelles il se comportait comme une autre personne, abordant des étrangers sur High Street et tentant de rentrer avec eux à la maison.

Maman a proposé de venir me récupérer à Oxford, mais le chargement scolaire des affaires dans la voiture était au-dessus de mes forces – le coffre, les livres, la petite chaîne hi-fi et les gens qui regardaient. L'impitoyable vidage des chambres avait commencé. Je ne savais pas vraiment ce qui était le pire : le fait que tout se termine, ou que je n'en fasse pas partie. J'ai négocié deux semaines supplémentaires dans ma chambre, et je suis rentré en stop à Foxleigh. Planté au pied de Cumnor Hill, bras tendu et pouce levé, tandis que les voitures accéléraient les unes après les autres en passant devant moi, je me suis revu à travers les yeux du conducteur anglais, ce garçon de dix-sept ans souriant depuis le bas-côté au raciste, au policier, et à l'homme d'âge mûr optimiste qui s'était arrêté pour me prendre et m'avait donné son numéro.

En arrivant à Crackers, je me suis glissé sans faire de bruit dans la maison, comme si je pouvais éviter d'être repéré, et questionné. Il était deux heures et demie de l'après-midi, maman était à la boutique, et c'est Esme qui m'avait entendu et m'a rejoint dans le vestibule. « Oh, mon petit chéri », a-t-elle soupiré, et nous sommes restés figés dans notre incertitude habituelle sur la manière de nous saluer. Dans la cuisine, tout en me préparant un sandwich, elle a tâtonné comme elle a pu. « L'important, c'est que tu ailles bien, voilà ce que j'ai dit à Av', a-t-elle déclaré.

– Je suis sûr que tout se passera bien », ai-je répondu, et elle m'a dévisagé, l'air avisé. Je me suis assis à la table avec mon sandwich, et le manger était comme une reconnaissance d'une faim et d'un besoin d'aide plus grands.

« Tout ça était devenu un peu trop pour toi, Dave, n'est-ce pas ? a dit Esme. Ce n'est pas surprenant, à vrai dire, je me sens faible rien que de penser à tout ce que tu devais faire », et elle s'est laissée tomber dans la chaise d'en face. « J'ai bien peur que cette histoire ait mis ta mère dans tous ses états. » Je connaissais ce genre de reproche de seconde main, mais j'avais la sensation qu'Esme voulait plutôt me signifier sa solidarité. « Elle a eu une discussion avec ton tuteur – il semblerait que tu puisses encore rattraper le coup. » Et j'ai vu, comme dans une autre pièce, tout le chagrin et l'angoisse de maman, et me suis dit que c'était là sans doute le pire aspect de cette affaire, cette crise pour elle, qui m'avait bon an mal an guidé à travers tout cela, superbement, jusqu'à la fin de la semaine dernière.

De retour dans ma chambre avec vue sur l'allée et, une fois par heure peut-être, une voiture qui passait devant le portail, j'étais à mi-chemin du détenu et du convalescent. J'ai entendu la voiture, maman qui rentrait en avance. J'ai deviné que j'allais avoir droit au fruit de leurs discussions inquiètes sur ce qu'il convenait de faire, et me suis dit, avec une certaine gêne, qu'elles n'étaient pas à la hauteur de cette tâche. Nous étions crispés tous les deux quand je suis descendu, et elle semblait ne pas savoir quel ton adopter, sa sévérité était paniquée et hors de contrôle. Nous avons pris le thé dans la cuisine, piégés dans notre incertitude. La crise était-elle encore en cours, méritant silence et tendresse, ou étions-nous prêts pour une conversation sans pincettes sur ce qu'il fallait faire ensuite ?

« Nous ne voulons pas que tu *t'effondres* », a dit maman, et son ton sec, presque comique, a introduit en douce une subtilité pronominale – le « nous » revigorant de l'infirmière avait fusionné avec son tout premier usage, depuis qu'elle était mère, du « nous » parental : Esme et elle affrontaient cette épreuve ensemble.

Cela m'a contrarié, et j'ai dit : « Je n'ai aucune intention de m'effondrer. » Il y avait un agaçant brouillard de totale incompréhension, aucune de ces deux femmes n'avait étudié à l'université ni ne connaissait rien au théâtre. Je n'arrivais pas à vraiment regarder maman, ni à reconnaître ce qu'elle savait de l'horreur et des difficultés de se débrouiller seul dans la vie.

Je suis sorti dans le jardin avec un livre, un peu comme je l'avais fait par le passé à l'approche des examens – même si, au cours des vacances précédentes, j'avais également apporté *Volpone* avec moi, que j'annotais assis sur la pelouse comme si je révisais, spectacle rassurant au fond du jardin. Maintenant, Barry avait tondu la pelouse et était en train de tailler les bordures avec des cisailles à long manche. J'ignorais ce qu'il avait attrapé au vol des commérages d'Esme, nous nous sommes salués d'un geste du menton et avons échangé quelques mots tandis qu'il progressait vers moi en crabe. « Bon, Dave, j'espère que les choses vont s'arranger pour vous », a-t-il dit, puis il a poursuivi méthodiquement son chemin. J'ai senti que l'idée de moi qu'il avait héritée des femmes, en tant qu'étudiant à Oxford, « tout ça nous dépasse, j'en ai bien peur », s'était mêlée à d'autres sentiments – des suppositions, des soupçons – non élucidés depuis toutes ces années.

*

Nick, Jenny, Walter et Stella allaient descendre en Italie avec la Peugeot de Walt, en se partageant la conduite. Pendant un jour ou deux, des paroles en l'air ont évoqué la possibilité que je me joigne à eux – « Tu sais conduire, Dave, pas vrai ? » disait Stella. La position de Jenny, elle, était purement pratique : partant pour trois semaines, ils seraient obligés d'entasser des bagages sur la banquette arrière et sous leurs pieds aussi. J'ai dit, presque reconnaissant d'être ainsi snobé : « Non, non, il n'y aurait pas assez de place. »

Je me suis contenté, faute de mieux, d'un rendez-vous londonien avec Nick, par une immense journée de juillet, aux Kensington Gardens. Arrivé en avance à l'Albert Memorial, j'allais et venais, perdu, entre les continents noircis de suie, l'Inde se dévoilant sur le dos d'un éléphant avec la Chine, semblait-il, assise en tailleur à ses pieds. J'avais peur que le monument nous empêche de nous voir, tandis que nous en faisions et refaisions le tour comme dans un jeu ou un rêve – les portes étaient ouvertes, j'ai gravi en trottinant la large volée de marches pour aller étudier les écrivains et les artistes de la frise, Homère, Shakespeare et William Blake, entassés les uns contre les autres. Quand j'ai vu Nick arriver, par l'avenue de platanes du côté de Hyde Park, j'ai continué de faire le tour de l'édifice comme si je ne l'avais pas remarqué. Je crois que je voulais être trouvé, ne pas toujours être celui qui cherchait.

Une minute plus tard il était là, c'était parti, et le temps, qui s'était traîné de bond en bond, insupportablement, toute la matinée, s'est mis à courir avec une vitesse et une fluidité à perdre haleine. Nick m'avait vu, était entré et avait gravi l'escalier – il arborait un grand sourire quand il est apparu au coin du bâtiment et a marché vers moi, puis il a baissé les yeux, timidement presque. Il portait un pantalon marron trop large et une chemise blanche à moitié déboutonnée, qui n'était pas rentrée sous sa ceinture… dans la brise, il donnait l'impression d'onduler autour de son maigre noyau, tandis qu'il s'approchait sur le pavé à damier. Il était ce dont je m'étais souvenu nuit après nuit, et tout le reste que la mémoire n'avait pas encore, et ne pourrait jamais assimiler. Nous nous sommes rejoints et son étreinte ferme et son baiser sur la joue m'ont fait m'étrangler et jeter un regard alentour de peur qu'on nous ait vus.

Il a dit pourquoi ne pas marcher jusqu'au café au bord de la Serpentine et acheter un sandwich ou quelque chose, et déjà la journée était refaçonnée par son approche pratique. Nous avons descendu sans hâte l'escalier, puis contourné l'Europe, avant de nous engager sur le chemin parmi les arbres. « Tu loges où ? » a-t-il demandé.

Je lui ai dit que je dormais dans l'appartement de Brian Wood.

« Je ne le connais pas, si ? a dit Nick.

– Ouais, il était dans mon collège… C'est tout près d'ici, ai-je ajouté en jetant un coup d'œil par-dessus mon épaule. Queen's Gate, tu connais… ? Ils sont tous partis en Espagne pour trois semaines.

– Eh bien, c'est pratique », a dit Nick. Il était loin d'imaginer que j'avais tout rangé la veille au soir, et mis l'une des bouteilles de riesling de Quentin Wood dans le freezer, au cas où. « Et toi, comment ça va ?

– Oh… eh bien… tu sais… pas formidable…

– Merci pour ta lettre, au fait. J'aurais dû te répondre. »

J'ai chassé la chose d'un haussement d'épaules. « Oh, ce n'est pas grave.

– Non, vraiment, ce n'est pas terrible de ma part. C'est juste que je n'étais pas sûr…

– Je sais, l'ai-je interrompu. Je sais », même si je n'en étais moi-même pas sûr. Pour la première fois de ma vie, j'étais devenu un pesant fardeau pour les gens, et le fait que Nick ne le montre jamais faisait partie de sa beauté.

*

Je voulais tout savoir de lui, et en même temps me dérobais devant ses nouvelles. « Alors, vous partez quand ? ai-je demandé, d'une voix aussi égale que je le pouvais.

– Oh, demain à la première heure. On prend le ferry de dix heures. Walt passe me chercher à cinq heures et demie. » Jusqu'à présent, je les avais juste imaginés entassés tous dans la voiture de Walt, mais c'est l'image du ferry en train d'appareiller qui m'a submergé d'envie.

« Vous allez passer des moments formidables », ai-je dit ; et nous avons continué de marcher sous les grands platanes, tandis qu'il me racontait d'une voix monocorde où ils avaient prévu d'aller – Pise, Florence, Pérouse (où ils passeraient trois jours avec les parents de Walt), puis Rome. Il s'efforçait, par gentillesse, de faire paraître tout cela comme un voyage barbant, qui ne valait pas tous ces efforts, et ces heures de voiture.

« Ça n'a pas l'air *si* mal », ai-je dit, et il a souri, avant de répondre : « Je suis sûr que tout va bien se passer. »

Il ne m'est tout simplement pas venu à l'esprit, dans les minutes qui ont suivi, alors que nous flânions le long de la Serpentine, barques et pédalos de sortie, et la vague puanteur lancinante du lac en été, qu'il avait peut-être eu les résultats de ses examens de dernière année, et la question, quand j'y ai enfin pensé, semblait trop périlleuse. J'ai posé délicatement la main sur son épaule, pour l'aider, tout en lui demandant : « J'imagine que tu ne sais pas encore ?

– Comment ça ? a-t-il répliqué, comme si j'avais moi-même d'autres mauvaises nouvelles.

– Pour les examens…

– Oh, a-t-il soufflé. Si, je sais, c'est tombé lundi », d'un ton très détaché, sans que je puisse savoir s'il avait la victoire modeste ou la défaite sereine, mais ces interminables cinq secondes étaient chargées pour moi d'une véritable désolation, la représentation bien réelle d'un moment que je ne pouvais plus vivre désormais qu'en tant que spectateur : « Ouais, je suis passé de justesse.

– Oh, vraiment… ?

– J'y suis arrivé : j'ai décroché une mention très bien. » Il n'a pu s'empêcher de sourire, alors, et j'ai continué de marcher un peu devant lui, le visage crispé de chagrin.

« Je suis tellement content, ai-je dit. Bien joué ! » J'étais bouleversé quand je me suis retourné et l'ai cherché à tâtons, avant de le serrer fort dans mes bras. « Félicitations, Nick !

– Je ne voulais pas en parler, parce que… tu sais bien.

– Ne sois pas bête, ai-je répliqué. C'est une merveilleuse nouvelle. » Et il s'est redressé et m'a étreint en me donnant des tapes dans le dos jusqu'à ce que j'aie plus ou moins cessé de pleurer.

*

« Qu'est-ce que tu vas faire maintenant ? » a demandé Nick. Nous étions installés à une table qui surplombait l'extrémité de la Serpentine, les canards qui allaient et venaient dans les herbes au-dessous laissant échapper des bruits affectueux. J'ai attendu que la fille ait débarrassé les assiettes et les serviettes en papier, et nous ait donné nos cartes, puis j'ai parcouru la mienne en diagonale avant de la retourner sur la table comme si je n'avais pas vu ce que je voulais, alors qu'en réalité je ne voyais rien du tout. « J'espère que tu vas faire du théâtre, a repris Nick.

– Merci, ai-je dit, et j'ai effleuré son genou dur sous la table. C'est ce que j'ai envie de faire.

– Tu as fait des débuts pour le moins remarqués.

– Oui, mais c'était à Oxford. Ce n'est pas aussi facile dehors, dans le vaste monde.

– Sincèrement, Dave, je ne vois pas pourquoi, avec le talent que tu as. Et cette critique dans le *Times*, alors ? – “une inlassable maestria”, c'était bien ça, l'expression… ? »

J'ai dit : « As-tu remarqué que je ne ressemblais pas tellement à, disons, Alan Bates ? », et j'ai souri, pour adoucir mon ton cassant. Son inconscience absolue de mon apparence physique, de ma différence, qui était chez lui une sorte de beauté éthique, semblait parfois dangereusement proche d'un mépris moins glorieux pour le problème dans son ensemble.

Il s'est légèrement empourpré et a baissé les yeux sur sa main tandis qu'il la posait sur la mienne. « Ne sois pas bête, a-t-il dit, et il a frotté le dessus de ma main avant de se redresser sur sa chaise. Ton apparence fait juste partie de ton talent. Tu es qui tu es. »

Je croyais voir ce qu'il voulait dire. « Eh bien, merci », ai-je dit une nouvelle fois, sèchement, même si le merveilleux contact de sa main, comme chaque fois que Nick me touchait, était un furieux rappel de ce que je ne pourrais pas avoir.

*

Nos plats sont arrivés, non désirés et hors de prix mais valant vaguement la peine, preuve que nous faisions face et déjeunions, au moins, ensemble. Le lendemain à cette heure-là, Nick débarquerait à Calais, roulerait peut-être déjà sur les routes du nord de la France.

« Et les autres, au fait ? ai-je demandé. Jenny a eu ses résultats ?

– Oui, elle a obtenu une mention bien – une "bonne mention bien", en souriant de cette expression éculée.

– Elle va faire quoi ? ai-je dit. Et *toi*, qu'est-ce que tu comptes faire ? Tu vas rester à la fac – enchaîner sur un doctorat ? C'est ce que tout le monde pensait que j'allais faire. » Il était réconfortant de se dire qu'Oxford allait peut-être le garder, finalement, à portée de main.

Nick a baissé les yeux, s'est appliqué à découper son sandwich toasté d'où suintait le fromage. « J'ai reçu une proposition, en fait. De Harvard. Je vais aller faire un master là-bas.

– Oh, mais c'est formidable ! me suis-je exclamé d'une voix amicale, étouffée.

– Oui, je *crois* que ça pourrait être bien, a-t-il dit, tressaillant, comme s'il demeurait indécis.

– Harvard, putain !

– Ouais, je sais », il a ri, et baissé de nouveau les yeux – « et Jenny aimerait être plus près de sa mère, à Boston – maintenant que son père est mort, tu vois. Donc tout se goupille bien.

– Je vois, ai-je répondu. Oui, bien sûr », puis, d'un ton plus léger : « Je ne savais pas que sa mère vivait à Boston. » C'était un rôle périlleux, mais je m'en suis bien sorti, le plaisir altruiste que tout, comme il le disait, s'arrange bien. J'ai compris que le tact de Nick était, bien sûr, une forme de gentillesse à mon égard, mais aussi un signe de son pouvoir, de ce qu'on me cachait. Évidemment, il avait quitté Jenny ce matin pour venir à notre rendez-vous, ils avaient eu une conversation ferme mais attentionnée sur les choses qu'il devrait me dire. La vision de ces deux-là dans un vestibule, elle l'embrassant légèrement avant qu'il ne parte, en lui rappelant qu'il y avait les bagages à faire, de ne pas trop tarder, était également une vision de moi-même comme un problème qu'ils avaient en partage. Il m'expliquait à présent Jenny et ses projets, et je l'ai interrompu d'une voix calme : « Eh bien, j'espère que tout se passera merveilleusement bien pour vous deux. » Je ne saurais dire si cette capitulation aussi rapide que masochiste devant l'idée de leur bonheur m'a aidé à l'accepter ou m'a enfoncé encore plus avant dans la jalousie et le sentiment de perte. Il m'a regardé fixement, ses yeux gris derrière les lunettes carrées à monture dorée, son grand regard pensif et scrupuleux ; puis il a cligné des yeux et les a baissés.

« Ça me ronge vraiment, a-t-il dit, de savoir que j'ai pu jouer un rôle dans… tu sais…

– Oh… », ai-je dit, et l'eau du lac a soudain semblé déborder et remplir toute la vue et bloquer mes pensées.

Il a jeté un regard autour de lui avant de reprendre : « Tu es une personne très spéciale, David… Dave » – il a ri doucement. « Je t'aime vraiment, tu sais, mais juste… enfin, pas comme ça. »

J'ai hoché la tête, sans larmes, corrigé à tout jamais. Les mots que je mourais d'entendre depuis si longtemps avaient été prononcés, suivis dans la même phrase par ces autres mots, si banals qu'ils me choquaient en soi, autant que par ce qu'ils disaient. J'ai répondu : « Mm, eh bien, je t'aime aussi », comme si c'était son idée que nous soyons amoureux, et que j'y réagissais moi-même avec tact, un simple agencement de mots. C'était la première fois que je le lui disais, tout haut.

*

J'ai donné un chèque à la serveuse, Nick a laissé un petit pourboire, et nous sommes repartis en empruntant le même chemin dans l'autre sens, d'un pas tranquille, comme deux personnes en grande conversation, ce que nous n'étions pas – nous parlions à peine. Je redoutais de le quitter, même si j'avais une faim perverse de ces cinq ou dix secondes de contact physique : ce genre d'étreinte entre sportifs qui était sa manière, notre manière, de nous dire au revoir – le baiser qui était sa meilleure offre et ma promesse inarticulée de tout ce que j'étais prêt à donner. Cette fois, j'avais besoin de plus, je me suis serré contre lui, de sorte que sa bite cachée a ricoché contre la mienne, je n'ai pas pu voir ce qu'il en pensait quand je l'ai lentement relâché – j'ai reculé d'un pas, mes mains calées sur ses hanches chaudes, et l'ai secoué en disant : « Amusez-vous bien ! »

Il a rougi, s'est mis à rire. « Merci !

– Embrasse les autres de ma part, tu veux bien ?

– Je n'y manquerai pas. » Il y avait l'ombre d'une chance, il y avait toutes les chances d'une scène entre nous – la bouffée d'émotion dévastatrice que j'avais toujours contenue.

« Et puis… tu sais », la fin de ma poignée de main s'est faite caresse fondante avant que je recule, la paume vide, « on reste en contact !

– Compte sur moi, a répondu Nick, compte sur moi », et alors j'ai fait demi-tour et me suis éloigné précipitamment sur le chemin, avant d'obliquer sous le couvert des arbres.

*

J'ai descendu d'un pas en apparence décontracté toute la longueur ombragée par des arbres de Queen's Gate, vitrines ouvrant sur les lounges d'hôtels confidentiels, consulats aux stucs crème où des femmes de ménage philippines balayaient les espaces publics et sortaient les ordures, toute la belle activité quotidienne de Londres, et je me suis glissé dans l'immeuble par la porte d'entrée noire. Le facteur avait fait sa deuxième tournée, j'ai ramassé une carte postale destinée à la mère de Brian que j'ai remontée dans l'ascenseur jusqu'au cinquième étage : une plage sur l'île de Tresco, en Cornouailles, « Chère Connie, les garçons s'amusent comme des petits fous ! » Je suis entré dans l'appartement, la petite procédure désormais bien rodée des trois serrures, et j'ai rabattu le verrou derrière moi avec un étrange sentiment d'imposture. L'appartement avait atteint l'extrême limite de sa tolérance, à vrai dire il était vexé que je sois encore là. Le soleil tombait abruptement dans le salon désert, la cuisine fraîche tout au fond, avec ses casseroles, sa balance et son horloge électrique, a paru froncer les sourcils en me voyant ouvrir les placards et contempler épices et confitures sans savoir ce que je voulais. Dans le freezer, le riesling s'était changé en glace, expulsant à moitié son bouchon du goulot. J'ai posé la bouteille dans l'évier, n'en voulant plus ou ne sachant qu'en faire.

Dans le hall d'entrée de l'appartement, il y avait un interphone, combiné blanc fixé au mur, silencieux depuis le début de mon séjour, et qui soudain s'est mis à bourdonner une fois, puis une seconde, furieusement ; un bruit nouveau, aussi différent d'une sonnerie de téléphone qu'une alarme incendie. J'ai pensé de manière incohérente que Nick avait localisé l'endroit, qu'il sonnait à la porte, et après un pétrifiant instant d'ajustement, j'ai décroché le combiné : « Allô ? » Rien que le bruit curieusement amplifié d'une camionnette que j'entendais en même temps par la fenêtre ouverte, filant dans la rue en bas. Puis deux voix, leurs mots indistincts, dehors sur le perron sans doute, un échange serviable. J'ai dit allô une deuxième fois, pour la forme, une portière a claqué, une voiture a démarré, et dans le silence londonien qui a suivi, le murmure constant de la ville, avec le bourdonnement grave à peine perceptible de l'interphone lui-même ; je suis resté figé, l'oreille aux aguets, et puis j'ai raccroché.

*

Esme m'attendait à Swindon. J'ai jeté mon petit sac de voyage sur la banquette arrière et me suis installé à côté d'elle avec un sentiment lourd, brûlant, de détresse et d'épuisement difficile à dissimuler. « Tu as pu retrouver ton ami ? a-t-elle demandé.

– Oui, merci.

– Tout va bien ?

– Oh… très bien, oui, ai-je répondu, comme si j'avais déjà tout oublié.

– Tu sais, a-t-elle insisté, en jetant un coup d'œil dans le rétroviseur avant de s'engager sur la grand-route, tu peux évidemment proposer à Nick – il s'appelle bien comme ça, n'est-ce pas ? – de venir dormir à la maison.

– Oui, je sais, ai-je répondu. Merci. En fait, il part pour trois semaines en Italie, mais c'est gentil d'y avoir pensé.

– Eh bien à son retour, alors. »

Je n'aurais su dire si Esme attendait avec tact que je revendique quelque chose qui était pour elle évident, ou si elle pensait juste que j'avais besoin de passer du temps avec des gens de mon âge.

*

« L'université t'a fait suivre du courrier, a annoncé maman. Je l'ai mis dans ta chambre. »

Sentant à son ton désinvolte qu'elle était curieuse de savoir de quoi il s'agissait, j'ai dit : « Oh, je regarderai ça ce soir. »

Quelques minutes plus tard, elle est revenue à la charge : « Jette quand même un coup d'œil à tes lettres, mon chéri – tu sais bien, au cas où il y aurait quelque chose d'important. »

Je suis monté dans ma chambre et j'ai fermé la porte, avant d'ouvrir mon courrier dans l'ordre, deux lettres de la faculté que j'ai parcourues sans rien saisir, et une carte postale inattendue de la Joanne de Tim, pour me dire combien elle était désolée et qu'une opportunité allait à coup sûr se présenter. L'image était une photo de Laurence Olivier en Othello, d'un noir de liège brûlé jusqu'au nombril, avec les six lignes ondulées du cachet imprimées sur le visage. Dans le coin supérieur gauche de la dernière enveloppe, les trois majuscules en police sans serif, légèrement penchées vers l'avant, étaient si familières et si retentissantes que je n'ai pas osé la décacheter pendant une minute ou deux. Je suis allé dans la salle de bains avec le sentiment illogique que son contenu pouvait être bon ou mauvais, comme les résultats d'examens que mes amis recevaient chaque jour maintenant.

« Du nouveau ? » a demandé Esme quand je suis redescendu. Maman et elle étaient languides d'impatience. Quand je leur ai raconté, Esme nous a préparé des gin-tonics extra-larges pour fêter la nouvelle.

« Il ne s'agit pas de jouer Hamlet, vous savez, ai-je dit. Ça ne débouchera peut-être même sur rien », mais nous avons tous été survoltés pendant une heure ou deux, en proie à une sorte de gaîté dubitative. Esme a demandé à relire la lettre, et à l'heure du dîner, elle la connaissait à peu près par cœur.

« Donc tu dois passer une *audition*, a-t-elle dit. Qu'est-ce que ça implique, au juste ? »

J'ai feint le détachement, me moquant gentiment de son excitation. « Le directeur de casting m'a vu dans une pièce jacobéenne qui se passait à Venise, et s'est dit que je serais parfait pour jouer un réceptionniste d'hôtel à Torquay.

– Il faut bien commencer quelque part, Dave, a dit Esme. Et puis, j'ai toujours aimé Torquay. »

Maman a retourné les oignons qui grésillaient au fond de la poêle, mais son attention de cuisinière était divisée. « J'imagine que tu peux jouer ce genre de personnage, a-t-elle dit. Je veux dire, on t'a souvent pris pour un Malaisien.

– Ça, c'est sûr, ai-je soupiré.

– Il s'agit de jouer la comédie, n'est-ce pas ? est intervenue Esme, pleine de bon sens. Je veux dire, regarde Olivier, tout noirci comme un vieux… » – son regard s'est perdu dans le vide, mais j'ai compris qu'elle avait fouillé dans mon courrier. « Et ça passera sur la BBC ! On dira aux filles de venir regarder !

– Je n'apparaîtrai sans doute que trois secondes à l'écran.

– Je ne pense pas avoir jamais vu quelqu'un que je connaissais à la télévision, a déclaré Esme. Et toi, Av' ?

– Non, a dit maman. Je ne crois pas non plus. » J'ai reconnu sa foi en moi d'autrefois, la confiance que tout finirait par payer, en contradiction avec sa méfiance nouvelle, son sentiment que j'étais en danger.

*

Nous avons dîné au jardin, ce qui n'était pas encore une tradition mais avait été proposé pour me faire plaisir, la célébration l'emportant l'espace d'une soirée sur l'inquiétude et les reproches diffus. J'ai ouvert les portes-fenêtres et posé la table de bridge dans l'allée, en calant sous ses pieds de petits cailloux ramassés dans les massifs de fleurs, pour la stabiliser. Une nappe blanche sur la feutrine et deux bougies dans des pots à confiture vides. Puis un plateau avec des verres, des couverts, les plus belles serviettes rouges de maman, la cruche Crown Derby qu'Esme avait reçue en cadeau de mariage. J'ai sorti trois lourdes chaises de la salle à manger, théâtrales, un peu déplacées. Apportant le même soin qu'à l'accoutumée à la présentation, j'ai plié les serviettes comme des cocottes en papier, sorti les petits bols en argent de gingembre et de sucre pour le melon servi en entrée, et tout cela m'a soudain fait l'effet d'une consolation pathétique, j'aurais voulu ne pas être en train de faire ça, ou le faire pour quelqu'un d'autre. Tandis que j'allais et venais, j'errais en grimaçant parmi des pensées de Nick et moi ensemble, des images floues, insaisissables, de la soirée qu'il était en train de passer à Londres sans moi. J'ai examiné cette table parfaite. J'avais tout, sauf mon repas.

*

Nous avons pris place autour de la table alors que les derniers rayons de soleil délaissaient le jardin. Les bougies dans leurs pots à confiture brûlaient tranquillement tandis que la brise se levait et poussait les cheveux de maman devant son visage, faisant basculer un coin de nappe dans le sucre. Une touche de stoïcisme anglais a raidi nos sourires. Esme avait débouché une bouteille de vin de Moselle, mais maman a posé la main sur son verre. « Santé », ai-je lancé, pour préserver l'humeur positive, avec en ligne de mire l'audition à Londres, la semaine suivante. La table de jeux nous rapprochait, Esme et maman se faisant face, compagnes, et moi entre les deux, qui me tournais sans cesse de l'une à l'autre, ou parfois fixais juste la place vide en face de moi.

« Alors, mon chéri, Londres… Comment ça s'est passé ? a interrogé maman, comme si je venais juste d'arriver. Tu étais bien, dans l'appartement de ton ami ? »

J'avais horreur de ce genre de conversation guindée, mais j'ai songé qu'elle valait mieux que la discussion sérieuse contre laquelle elle s'élevait tel un fragile rempart. « Ouais, c'était bien, maman, ai-je répondu, conscient de marmonner comme un adolescent. C'est là que j'avais logé l'été dernier, tu te rappelles, pour aller aux concerts de musique classique ? L'appartement est à cinq minutes à pied de l'Albert Hall.

– Je ne crois pas que tu m'avais dit chez quel ami tu dormais, tu sais. Comment s'appelle-t-il ?

– Brian – Brian Wood. Il étudie l'anglais, même promo que moi. Un type très sympa, grand amateur de Delius. Il sort avec Fiona Harris – tu sais, l'ancienne petite copine de Giles. » C'était veule, ce besoin chez moi de la rassurer à propos de Brian, imaginant, je crois, qu'elle me soupçonnait de sortir moi-même avec lui.

« Ça, c'est drôle…, a-t-elle dit.

– Et tu as vu ton ami Nick…, est intervenue Esme, encourageant les choses.

– Ouais, je voulais l'attraper avant qu'il parte en Italie. » J'ai dit ces mots très calmement et, dans le silence qui a suivi, ils ont semblé clairement inappropriés.

« Mais dis-moi, qui est ce Nick, Dave ? » a demandé maman, d'un curieux ton de maîtresse de maison que je n'avais jamais entendu. Le battement sourd de mon pouls au creux de mes oreilles était assourdissant, car l'élan de franchise qui s'annonçait ne concernait pas que moi. J'avais le sentiment que nous étions tous trois sur le point de nous déclarer.

J'ai posé mon couteau et ma fourchette, me suis penché en avant sur ma chaise, et j'ai calé mes mains à plat sur la table, ferme et sincère. « Maman, j'aime Nick, ai-je déclaré. Je suis amoureux de lui. » Esme s'est tortillée sur sa chaise mais n'a rien dit. Ne sachant à laquelle des deux l'annoncer, je me suis adressé au jardin devant moi : « Je suis homosexuel. » Puis c'est maman que j'ai regardée en premier, mais je n'aurais su dire si son regard, alors qu'elle intégrait la chose, exprimait le choc ou la pitié. Ces mots avaient une présence physique – c'était comme être stone dans le jardin avec Nick en personne, les mots imprimés sur la nuit, imminents et si évidemment dans l'air qu'on avait l'impression de les avoir peut-être déjà prononcés. L'éclat des bougies sur les traits de maman la rendait étrange. Il y a eu un raclement de gorge, venant d'Esme.

« Bon, nous l'avions plus ou moins saisi, je crois – pas vrai, Av' ?

– Eh bien… », ai-je répliqué, et j'ai haussé les épaules en me tournant vers elle, « … voilà, alors.

– Je suis juste inquiète pour toi, mon chéri, de manière générale, tu sais, en ce moment », a dit maman. Cela incluait-il une inquiétude au sujet de mon homosexualité, ou bien cet aspect-là jouait-il un rôle négligeable dans sa préoccupation d'ensemble ? Ce n'était pas clair.

« Je sais, maman, ai-je répondu.

– Je suis contente que tu nous aies dit ce que tu viens de nous dire, mais il faut que tu saches que cela ne change rien pour nous. » Elle a tendu le bras pour me prendre la main, une poigne fugace et chaude qui donnait confiance et la cherchait aussi, dont elle et moi avons su, dans l'instant, qu'elle était très inhabituelle.

« Je veux dire, bon Dieu ! a dit Esme, et elle a tendu la main pour me prendre le bras aussi. Je suis contente que tu aies enfin lâché le morceau. »

Alors une atroce perspective s'est dessinée, tandis qu'elles étaient assises là de chaque côté, agrippées à moi : celle de devoir entrer dans les détails, entre confusion larmoyante, réminiscences gênées et le choc pas encore retombé, pour moi, d'avoir parlé. « Je vais chercher le plat », a annoncé maman, et je crois que nous avons tous saisi que le sujet que j'avais lancé autour du melon ne pourrait pas se poursuivre pendant le poulet en cocotte et le diplomate. Cela m'a laissé, moi, au moins, avec la sensation suffocante d'avoir été propulsé dans les airs et de battre des pieds dans le vide en attendant l'atterrissage. Le soulagement d'avoir tous dit ce que nous avions dit était si grand que c'en était presque une douche froide, tandis que nous papotions au sujet de Wincroft, et de ce que Jane et Molly Carr faisaient de beau ces temps-ci – même si Molly et Jane m'apparaissaient désormais, elles aussi, sous un jour subtilement libéré. J'avais l'impression, de manière tout à fait inattendue, d'avoir en quelque sorte rejoint leur bande de filles.

*

Au moment du café, que maman a bu enveloppée dans un châle pour ne pas prendre froid, nos visages, dans la lumière douce mais inflexible des bougies, étaient comme des masques, si pleins d'ombres et de secrets qu'ils semblaient inconnus, mais en même temps francs et même malicieux.

Esme s'est rassise au fond de sa chaise, un petit verre de brandy à la main. « Je dois dire que, te concernant, Dave, si je peux me permettre, c'est assez évident pour moi depuis le jour où je t'ai rencontré. J'ai le nez pour ces choses-là – je sais, un point c'est tout », et elle a plissé le nez comme pour amuser un bébé.

« Ah, vraiment ! ai-je répondu. Donc c'était…

– En tout cas, quand nous sommes partis en vacances dans le Devon – la manière dont tu regardais les hommes, sans arrêt –, écoute, je ne veux pas te mettre mal à l'aise…

– Non, non, ai-je dit – presque curieux, à présent, de savoir comment j'avais été vu, et déchiffré.

– Ce jeune serveur que tu n'arrivais pas à quitter des yeux – tu te rappelles ? » J'ai baissé la tête, amusé et honteux. « Et puis quand ta maman et moi sommes venues te voir dans cette pièce, où tu étais si brillant dans le rôle de la vieille dame. Si je ne le savais pas encore, ce soir-là, j'ai su.

– Eh bien…, ai-je dit, c'était des années plus tard », et je me suis demandé alors si elle avait gardé pour elle ces soupçons – cela m'a remis en mémoire ces aperçus fugaces, sur la plage de Friscombe et au restaurant de l'hôtel, des conversations que maman et elle devaient avoir en mon absence, et le soir aussi, dans leur chambre partagée : la première prise de conscience, subodorée, qu'elles se connaissaient mieux qu'elles ne voulaient me le faire croire.

« J'ai côtoyé jadis un tas d'homme gays, comme on dit de nos jours – bon Dieu, j'ai même été mariée à l'un d'entre eux pendant quatre ans et demi !

– Oui, ai-je dit. Je sais », et je me sentais presque jaloux d'elle et du beau Gilbert, comme elle l'appelait parfois.

« Gilbert avait pas mal de bons amis dans le monde du théâtre, donc si tu dois devenir comédien, j'ai l'impression que tu n'auras aucun problème. Ce sera peut-être même un avantage, n'est-ce pas, Av' ?

– Je ne sais pas, a répondu maman. Enfin, c'est ce que j'ai entendu dire. » Je n'étais pas sûr, d'abord, qu'elle appréciait cette franchise ; mais je crois que c'est au simple fait de parler sans détour qu'elle a mis un peu de temps à s'habituer, plus qu'aux choses qui étaient exprimées. « Je crois que je vais prendre un brandy, a-t-elle déclaré. Un tout petit, mon amour », et l'espace d'un instant, je ne savais plus très bien si c'était moi ou Esme qu'elle regardait. Je me suis levé et suis entré dans la maison pour lui rapporter un verre. Cela semblait être le moment pour elles de se parler, de parvenir à une sorte d'accord murmuré, mais je n'ai rien entendu, et quand je suis ressorti, elles m'ont toutes deux souri paisiblement, comme pour me signifier que l'harmonie était maintenant rétablie. « Ah, tu en prends un aussi », a dit maman, et je nous ai versé à chacun un centimètre de brandy. Ce n'était pas expressément un toast, mais nous avons uni nos verres, tous les trois, dans une délicate collision carillonnante, avant de boire.

Esme a dit : « Je crois que nous voulons juste que tu sois heureux, mon chéri, comme ta mère et moi.

– Mm, tout à fait, a dit maman, l'air songeur.

– Et puis, tu sais, nous sommes tellement ravies que tu aies rencontré Nick. »

J'ai baissé les yeux, inspiré profondément, fort reconnaissant de sa gentillesse, puis j'ai levé mon verre et regardé droit devant moi, la lavande et le muret, le jardin perdant ses couleurs dans la nuit, les cimes des conifères de Gilbert fendant comme des cyprès le bleu foncé du ciel.

II

II

19

Mark et Cara sont descendus en voiture à Greenwich pour me voir dans *R&J* et sont venus me trouver à la fin, dégageant un déroutant parfum d'argent et de privilèges tandis qu'ils discutaient avec mes amis dans la petite loge surchauffée que je partageais avec notre Roméo, Johnny Dingali. Capulet a fait irruption dans la pièce en poussant un cri de joie, des hommes à moitié nus aux visages encore violet et roux de maquillage se faufilaient entre eux tels des satyres, il n'y avait qu'un tiers de verre de Veuve du Vernay par personne. Mark et Cara étaient des mécènes, Cara elle-même une artiste, et ils étaient d'une extrême gentillesse. Mais aucun des comédiens ne les avait jamais rencontrés, et leur patronyme, lorsqu'ils l'ont entendu, a provoqué un certain malaise, une inhibition. Seul Johnny, bien décidé à ne pas ramper devant eux, a aussitôt opté pour les prénoms. « Dites-moi, Mark, vous allez souvent au théâtre ? » – cherchant une dispute dans laquelle Mark était bien trop intelligent pour se laisser entraîner. « Lord Hadlow, a ajouté Johnny, dans notre modeste loge… », et cette fois Mark a répondu, tranquillement mais fermement : « Je ne suis pas un lord, à vrai dire », tandis que les autres semblaient partagés à l'idée de taquiner un homme si amical et si riche. Cara a tapoté sa carte contre la poche de ma chemise et l'a glissée dedans, en me disant de les appeler, et dès que la porte a été refermée, Johnny a presque hurlé : « Bon ! Où est cette autre bouteille ? », et un rire de soulagement coupable a empli la loge.

*

Plus tard dans la soirée, autour d'assiettes de curry au coin de la rue, Raymond a manifesté une certaine fascination un peu sarcastique pour les Hadlow, après avoir appris qu'ils étaient venus en coulisses. « Je suis désolé que tu n'aies pas pu les rencontrer, ai-je dit.

– Je ne fraie pas trop avec les ploutocrates, a rétorqué Ray, et il a levé la main pour couper court à mon objection. Tu vas bien sûr me dire qu'en règle générale, les ploutocrates ne s'intéressent pas à un travail aussi radical que le nôtre…

– Ce ne sont pas des ploutocrates comme on les imagine, ai-je dit. Ils sont très à gauche. » Cette idée a fait glousser Ray, et j'ai senti que la question de mon propre statut, en tant qu'unique membre de la compagnie à avoir fréquenté les bancs d'une école privée, planait de nouveau dans la salle – elle n'avait pas besoin d'être formulée, c'était une présence, silencieusement invoquée par le sourire crispé de Ray. « De toute manière, ai-je insisté, Mark n'est pas un ploutocrate. Ce terme désigne une personne qui profite de sa richesse pour exercer le pouvoir.

– Ton innocence ne cessera jamais de m'amuser, a répliqué Ray. Même si je me dis, maintenant que tu as identifié ce spécimen très rare et très spécial de ploutocrate de gauche, que ça vaudrait peut-être la peine que tu lui souffles à l'oreille.

– Lui souffler quoi ?

– Un acte de générosité, négligeable pour lui, salvateur pour nous. Tu voudrais bien lui en toucher un mot ? »

C'était d'une logique aussi évidente qu'excitante, et, en même temps, tandis que j'essuyais mon assiette avec l'ultime coin de naan, la perspective de devoir quémander de l'argent à Mark me répugnait.

*

J'ai appelé Cara le lendemain, et commencé par des excuses qu'elle s'est empressée d'interrompre. « Nous avons été emballés par la pièce, a-t-elle déclaré. Par l'approche en général.

– Je suis ravi de l'entendre.

– Et enchantés, évidemment… » – avec ce petit effet dont je me souvenais, proche du bégaiement, qui consistait à tirer sur sa cigarette au mitan d'une phrase – « mm… de te voir si bien réussir.

– Merci beaucoup, Cara. Je suis très touché que vous soyez venus, basculant moi-même, consciemment, vers l'usage du prénom.

– Tu étais magnifique sur scène, d'ailleurs. Une star, c'est ce que nous avons pensé tous les deux.

– Ah… ! Dommage que vous n'ayez pas signé la critique qui est sortie dans le *Nottingham Post*.

– Je ne l'ai pas vue, celle-là, a-t-elle répliqué sèchement. Mais tu as lu le *Guardian* ce matin ?

– Ah, non… », ai-je répondu. À vrai dire, je venais juste de me lever. « Elle est positive ?

– Attends une seconde. » Cara a posé le téléphone et, depuis ma position, j'ai eu l'impression de suivre – via l'ouverture d'une porte, les gémissements d'un chien, Cara qui criait : « Je suis au téléphone… Je parle avec Dave… Dave Win », et une autre voix, tel un lointain écho – ses déplacements à travers la riche perspective de la maison de Holland Park où je n'étais jamais allé. J'ai saisi un peu de son atmosphère, dans la matinée affairée mais pas encore sociable, en l'entendant revenir, presque avec moi maintenant, puis : « Bon, la voici… C'est leur nouveau critique, Billington, que nous trouvons vraiment formidable. Veux-tu que je te la lise ?

– Si elle est bonne, ai-je répondu ; et si ça ne vous dérange pas, bien sûr.

– Elle est bonne », Cara est partie d'un rire léger, et j'ai imaginé la brève distraction vite écartée de l'écrasement de son mégot avant de commencer. Je mourais d'envie de savoir ce que cet homme avait écrit sur ma prestation personnelle, mais j'ai fredonné mon approbation, point par point, tandis que Cara parcourait assez lentement le premier paragraphe – il saluait l'acuité politique de la vision de Ray, la physicalité enthousiasmante de l'action, la violence peu commune de la mort de Tybalt. « Et maintenant, nous y voilà : “Le juvénile Mercutio, David Win, a une présence impressionnante, et son instinct de la déclamation en vers tranche avec l'élocution brusquée qui prévaut ailleurs ; sa tirade de la reine Mab, techniquement éblouissante, est l'un des moments forts de la pièce. Métis d'origine birmane, il offre un contrepoint intéressant au Roméo à demi indien qu'est Jonathan Dingali, laissant entendre que la pureté dynastique qui obsède les Capulet est également menacée par des processus historiques plus vastes, liés à l'empire et aux questions raciales. La compagnie Terra, créée et dirigée par Ray Fairfield, fait partie de ces nouvelles troupes qui proposent des lectures politiquement dérangeantes du répertoire classique, avec des mises en scène élaborées par le biais de décisions collectives, au gré de longues répétitions. Ray Fairfield se distingue de ces autres metteurs en scène novateurs par la diversité inhabituelle des races représentées sur scène. Avec de jeunes acteurs du calibre de Dingali, Samson et Win, ils figurent parmi les meilleurs espoirs d'un nouveau théâtre britannique de gauche.”

– Vous aviez raison, elle n'est pas mauvaise », ai-je commenté – avec une sensation de lévitation où se mêlaient plaisir, soulagement et revanche. Cette critique avait besoin qu'on s'y attarde un peu, mais je ne pouvais pas demander à Cara de la relire ;

j'avais presque envie d'abréger notre appel pour courir acheter le journal.

« Mark disait à peu près la même chose, hier soir – il serait intéressant de vous voir vous attaquer à quelque chose de plus explicitement politique la prochaine fois, Mark pensait à *Jules César*, peut-être… Enfin, je ne sais pas sur quoi vous travaillez, bien sûr. Vous la rebaptiseriez *J. C.*, j'imagine – même si là, ça prêterait à confusion !

– Eh bien, nous avons des idées, ai-je répondu, et qui sont plus politiques, effectivement. En fait, nous aimerions créer une pièce originale. » Le problème, aussi évident qu'extrêmement délicat, c'était l'argent. J'aurais voulu lui dire, sans que mon ton soit pathétique ou plein de reproche, que nous étions une compagnie itinérante où chacun gagnait à peine de quoi vivre et dormait à même le sol, sur des canapés ou dans des pensions de famille bon marché. Notre vieille camionnette Bedford, avec ses inscriptions peintes à la main, tombait régulièrement en panne, et nos costumes, nos accessoires et nos décors abstraits, minimalistes, se retrouvaient alors échoués au bord de la route à plusieurs heures de la salle où notre première avait lieu le soir même. Au moins, notre esthétique « contemporaine » nous permettait de jouer en jean si la camionnette n'arrivait pas à temps. Nous avions désespérément besoin d'argent, et j'ai senti, en souriant d'imaginer Cara dans sa grande maison, que l'avenir de Terra reposait peut-être, bien plus tôt que je ne m'y attendais, sur moi. Trop tôt pour que je puisse me mettre à mendier. D'un ton hésitant, j'ai dit : « Eh bien, j'aimerais beaucoup en parler avec Mark, vous savez, entendre ses idées. »

À la pause qu'elle a marquée, je me suis demandé si, même ça, ce n'était pas trop pressant. J'avais l'impression gênante que des gens les dérangeaient à longueur d'année pour leur soutirer de l'argent. Mais d'un autre côté, je me disais que s'ils manifestaient un intérêt, cela signifiait qu'ils s'attendaient à cette requête, qu'ils l'encourageaient même peut-être, tacitement.

Les mécènes avaient besoin de projets à soutenir, après tout… Puis : « Mardi de la semaine prochaine ? a-t-elle proposé. Ou aurez-vous déjà quitté la ville ?

– Mardi… Avec plaisir, j'aurai sans doute des répétitions, mais je serai certainement libre à partir de cinq heures.

– Eh bien, dînons ensemble. Enfin, si tu *voulais* » – et de nouveau, je me suis représenté cette manière qu'elle avait d'aborder frontalement les choses – « tu pourrais d'abord nous accompagner à un cocktail, ce serait l'occasion de voir Giles, si cela te fait plaisir. C'est une soirée donnée par son nouveau patron.

– Eh bien, merci Cara, hem… » Son ton me laissait deviner ce qu'elle pensait de ce cocktail, et du nouveau patron de Giles d'ailleurs, mais je ne pouvais quand même pas lui dire que je n'avais pas envie de voir son fils.

« Il travaille pour Norman Upshaw… tu vois qui c'est ?

– Je le connais de nom », ai-je répondu. Je m'imaginais douloureusement déplacé dans ce cocktail chez les Upshaw, mais je me voyais aussi, curieusement, malicieusement, passer un bon moment – tel était mon état d'esprit, à l'époque. « Ce sera une expérience, ai-je répondu.

– J'en ai bien peur, a dit Cara. Mais elle sera beaucoup plus agréable pour nous si tu es là. »

*

Je me souvenais de Mark comme d'un conducteur prenant des risques, dix ans plus tôt, sur les crêtes et les cuvettes aveugles de la route qui longeait les Downs, mais quand ils sont passés me prendre devant la station de métro de Notting Hill Gate, ils étaient assis ensemble à l'arrière d'une Mercedes grise. J'ai baissé la tête pour leur sourire et contourné rapidement la voiture pour aller m'asseoir à l'avant ; un jeune Indien était au volant, qui s'est penché pour me serrer la main avant de jeter un œil dans le rétroviseur et de redémarrer. « Ashok… Dave, a dit Cara. Un bon ami » – ce qui semblait s'appliquer à nous deux. Me retournant, légèrement penché de côté, pour discuter avec Mark et Cara, j'ai observé la manière à demi souriante qu'avait Ashok de suivre la conversation sans y participer. C'était un homme au visage doux, plus foncé que moi, costume bleu et cravate avec un pull-over rouge sous la veste. Je me suis fait la réflexion qu'il avait ce désir inquiet de plaire qui avait été le mien à l'époque de Woolpeck.

« Je suis tellement heureux de vous revoir, ai-je dit.

– Nous aussi, Dave », a répondu Mark. J'ai senti que l'amitié reprenait, sans manières ni reproches, après une interruption tout à fait naturelle – ma culpabilité a rôdé une minute encore, cherchant un angle d'attaque, une occasion de m'excuser de n'avoir pas donné de nouvelles pendant si longtemps, mais le temps que la voiture contourne le monument de Marble Arch, j'avais compris que ce n'était pas nécessaire.

Les Upshaw vivaient sur Old Queen Street, dans une gigantesque maison georgienne surplombant St James's Park comme s'il s'agissait de son jardin. Dans la voiture, j'hésitais à lancer une plaisanterie au sujet de l'adresse et de l'« *old queen* » en question, me demandant si Mark et Cara la trouveraient drôle – ou moi-même, d'ailleurs. C'était à n'en pas douter un jeu de mots vieux comme le monde, et Mark avait l'air d'une personne si habituée au nom de cette rue qu'une blague à son sujet ne ferait que le déconcerter. Pourtant, quand nous sommes descendus de voiture, j'ai glissé mine de rien : « Je me demande qui était cette "Old Queen" ?

– Mm ? a marmonné Mark.

– Celle de la rue », ai-je précisé en riant dans ma barbe.

Mark a regardé autour de lui, comme en quête d'inspiration. « Anne d'Angleterre, je suppose ? » a-t-il répondu. Nous avons rejoint le cocktail.

L'heure que nous avons passée là, nous échappant de temps à autre dans une autre pièce, instamment conviés à monter dans un salon presque vide à l'étage, où nous avons regardé docilement des tableaux pendant trois minutes avant de redescendre discrètement, ne m'a fait qu'aimer encore davantage les Hadlow. Ils avaient été mes bienfaiteurs, pas seulement les miens d'ailleurs, mais j'ai senti leur bonté presque intimement, ce soir-là ; je suis resté collé à eux, et à Cara lorsqu'un autre invité prenait Mark à part, et j'ai vu combien leur décence rayonnait au milieu de ce cadre engoncé dans des valeurs que nous ne partagerions jamais. J'avais mis un costume et une cravate, le seul costume que je possédais, celui avec lequel je m'étais rendu à mes examens finaux et m'en étais enfui, mais je sentais que ma dissidence se remarquait. Le regard précipitamment détourné quand je surprenais quelqu'un en train de me fixer m'était familier depuis l'époque de Bampton – la suspicion que je n'aurais pas dû être là, et celle, plus subtile, que puisque j'étais là, il y avait des chances que je sois quelqu'un d'important : énigme qu'ils n'auraient sans doute pas le temps de résoudre. Je me sentais désormais chez moi dans le fait de ne pas être dans mon élément, j'en étais même venu à apprécier ce sentiment, à petites doses ; l'élément, ici, était d'une étrangeté et d'une spontanéité vivifiantes. Était-ce moi qui escortais Cara ou me protégeait-elle ? Planté à ses côtés, je me penchais lorsqu'elle engageait la conversation avec un invité, mais mes yeux dérivaient bientôt pour jauger le poids et l'angle exacts de la tête d'un chroniqueur du *Telegraph* ou le furieux froncement de sourcils avec lequel son épouse refusait les canapés offerts par une belle serveuse noire. C'était une formation utile, pour l'acteur que j'étais, au langage du mépris. Un crachin assez intense s'est bientôt installé, de sorte que personne ne pouvait plus sortir sur la terrasse dominant le parc, et les pièces du rez-de-chaussée se sont mises à rugir bruyamment.

D'abord aucun signe de Giles, que je guettais pourtant sans cesse par-dessus l'épaule de Cara, qui jetait de temps à autre elle aussi un regard alentour, tout en discutant. Je n'avais pas revu Giles depuis Oxford, trois ans plus tôt, et pensais rarement à lui, mais il m'arrivait de le voir en songe, preuve qu'il n'était pas encore sorti de mon système. Dans ces rêves il était Giles, sans l'ombre d'un doute, même s'il ne ressemblait pas beaucoup à l'adolescent que j'avais connu, ni à l'homme qu'il était certainement devenu ; nous étions vaguement intimes, parfois au lit ensemble, avec des étreintes et même des baisers qui, dans le rêve, m'apparaissaient comme une révélation sur Giles, mais qui au réveil, bien sûr, ne pouvaient être qu'une révélation sur moi-même, aussi minime que malencontreuse. Maintenant, une grande dame d'un certain âge, tout en diamants, avait coincé Cara dans une impasse de bonnes manières, discutant du parrainage de jeunes artistes – Cara était visiblement déchirée entre l'impatience de perdre ainsi son temps et la nécessité de principe de promouvoir le travail des Hadlow. Les bonnes manières de la vieille dame n'étant pas allées jusqu'à la pousser à faire cas de ma présence, j'avais toute liberté d'analyser son accent desséché, sa chevelure et ses vêtements impeccables, les petits hochements de tête et autres mouvements de recul par lesquels elle mimait la pensée – elle éprouvait à l'encontre de Cara et plus encore de Mark une méfiance qu'elle n'arrivait pas tout à fait à dissimuler, mais, malgré tout, un sentiment de parenté un peu confus, l'argent reconnaissant l'argent, quelle que soit la manière dont il était gagné ou dépensé. « Oui, effectivement, nous attribuons vingt bourses chaque année, à des enfants issus de milieux défavorisés, expliquait Cara.

– Mais, dites-moi, certains vous ont-ils donné satisfaction ?

– Quelquefois, oui, a répondu Cara. Mais l'idée n'est pas seulement de soutenir des gagnants – il s'agit d'offrir à ces jeunes une chance qu'ils n'auraient pas eue autrement. À partir de là, il leur appartient vraiment de décider ce qu'ils en feront. »

Je pouvais en témoigner, ai-je songé, mais la vieille dame est restée bouche bée devant la folie et le gaspillage d'une telle philanthropie. Un serveur en tablier blanc a rempli nos verres vides, et comme il se penchait, j'ai vu une petite porte s'ouvrir au milieu du lambris, et Giles se glisser dans la salle – vision fugace d'un bureau derrière lui tandis qu'il tirait doucement sur la porte pour la refermer. Il a boutonné sa veste de costume et balayé la pièce d'un regard, je l'ai vu adresser un geste du menton et un sourire à quelqu'un – non pas comme un prélude avant de s'approcher, mais comme un signe qu'il n'allait pas le faire ; il a scruté les lieux d'un regard vide, ses yeux se sont posés sur nous pendant trois secondes, sur le dos de sa mère puis sur mon visage : si bien que j'ai saisi au vol l'instant de stupéfaction, aussitôt camouflé, avant qu'il ne baisse les yeux et ne joue des coudes à travers la foule dans notre direction.

« Salut, Winny ! Ça, quelle surprise ! » – d'un ton enjoué qui mêlait à parts égales le plaisir amical et l'évident sous-entendu que je m'étais tapé l'incruste. « Bonjour, Mère.

– Ah, c'est donc *Mère* maintenant ? a répliqué Cara, comme il l'embrassait sur la joue. Tu connais bien sûr lady Harwell… », mais lady Harwell avait saisi l'occasion pour pivoter sur ses talons, et se faisait elle-même embrasser par une vieille brute rougeaude en kilt.

« Papa n'est pas avec toi ? s'est étonné Giles.

– Bien sûr que si – nous nous demandions où tu étais.

– Oui, j'avais plusieurs choses à finaliser pour Norman.

– Ah, je vois… bien sûr », a soupiré Cara, de manière assez drolatique. Giles débutait dans ce monde-là, il lui fallait donc imiter l'attitude des plus chevronnés. « Enfin, nous nous disions que tu serais content de revoir Dave. »

Giles a penché la tête de côté en réfléchissant à ce qu'il allait dire, et je ne savais à quoi m'attendre – une maturité nouvelle synonyme d'affection et d'abandon des vieilles querelles idiotes, ou une suspicion redoublée, avec de nouvelles occasions de se moquer ? « Alors, comment ça se passe pour toi, Winny ? a-t-il demandé, mais avec un regard vaguement préoccupé, comme s'il se souvenait soudain de ma fameuse débâcle.

– Merveilleusement bien, je te remercie, ai-je répondu.

– Dave a connu un grand succès dans une pièce au Greenwich, est intervenue Cara. Ton père et moi sommes allés la voir la semaine dernière.

– Au *Greenwich*... voyez-vous ça, a répliqué Giles. Oui, je crois avoir entendu dire que tu faisais un peu de théâtre.

– Et toi, tu travailles... ici ? ai-je dit, d'un ton presque aussi dédaigneux.

– Je suis ici une partie du temps, a répondu Giles. Le siège, bien sûr, se trouve à Mayfair. » Et il s'est détourné, les traits à nouveau dégagés, nous oubliant presque en voyant approcher Jasmine Upshaw en personne, qui a salué lady Harwell et la brute en kilt. « Je reviens tout de suite », a dit Giles.

Les Upshaw étaient indéniablement impressionnants. Ils avaient fait leur entrée quelques minutes après le début du cocktail, et j'avais observé leur manière de dépecer la foule, aussi efficacement que des membres de la famille royale. Ils formaient bel et bien un couple, mais sans la moindre trace de cette affection réciproque si évidente entre Mark et Cara – ils semblaient suggérer qu'à la vitesse et à la hauteur auxquelles ils évoluaient, il n'y avait guère de temps pour les démonstrations de tendresse. Norman Upshaw était grand, pâle, élégant, il portait un costume sombre à larges rayures et d'imposantes lunettes à monture noire qui semblaient vouloir signifier à la fois la richesse et le génie. Il reniflait avec suffisance quand ce qu'il disait provoquait un rire, mais s'impatientait si une réponse l'interrompait dans son mouvement. L'attitude de Jasmine ne trahissait aucune prétention à un tel niveau intellectuel, mais son sourire brusque et ses petits hochements de tête fermes, alors qu'elle traversait la pièce, laissaient deviner un plus grand fonds de sens commun. Elle interrogeait, elle conseillait et elle repartait de l'avant, laissant les gens incertains de ce qu'elle ressentait vraiment. J'ai songé qu'ils pouvaient prendre d'elle ce qu'ils voulaient, tels les consultants d'un oracle. Quand notre moment est venu, Cara m'a présenté : « David Win, le comédien » – Jasmine a plissé les yeux, comme si elle refusait de se laisser berner, puis m'a donné une petite tape sur le poignet : « Je sais, a-t-elle dit, *La Fleur jaune* – Norman vous a trouvé terriblement bon dedans », et elle s'est détournée avant que j'aie pu répliquer, pour la énième fois : « Ce n'était pas moi mais Ken Danby, l'acteur chinois qui est beaucoup plus petit et a cinq ans de plus que moi. »

*

Un homme qui se tenait à l'orée d'un groupe en train de se disperser, dans un appétit commun de nouvelles têtes, a attiré mon attention pour la deuxième fois et, soudain seul, s'est tourné vers moi avec un air dubitatif mais charmant. Il était beau, traits aquilins, vingt ans de plus que moi peut-être. « Je crois que nous nous sommes rencontrés à Brighton, non ? a-t-il dit.

– Oh, vraiment… ? » ai-je répondu en lui serrant lentement la main, comme si cela pouvait m'aider à me souvenir. Brighton avait eu lieu plus d'un mois en arrière, avec des salles bien remplies et un regain de confiance au sein de la troupe. « David Win.

– Oui…, a-t-il dit, plissant les yeux. Martin Causley. » Le dimanche après la dernière représentation, nous étions descendus sur la plage de galets derrière la jetée, en pleine vague de chaleur de fin d'été, tout un après-midi embrumé d'alcool et de nudité. J'ai songé que je me serais sans doute mieux souvenu de Martin s'il n'avait rien eu sur le dos. « C'était un sacré spectacle, pas vrai ? » a-t-il dit.

J'ai souri. « Oui, j'ai trouvé que ça s'était bien passé. Tout le monde était en grande forme. Et bien sûr, quel public formidable ! »

Il a ri modestement. « Dit comme ça…, a-t-il répondu. L'ambiance de ce rassemblement était très bonne, j'ai trouvé.

– J'ai passé un super moment, en tout cas – je ne sais pas pour vous.

– Eh bien… nous n'avons pas dû participer aux mêmes réunions.

– Oh…, ai-je dit.

– Je sais que certains des groupes écossais ont été assez chahuteurs.

– *Oh…* ! ai-je répété, avec plus d'emphase.

– Et Norman, évidemment, a prononcé un très bon discours devant la commission économique. »

J'ai dit : « Vous êtes en train de parler du congrès du parti conservateur, n'est-ce pas ?

– Pas vous ? » Et je n'ai pu m'empêcher de rire en lui expliquant.

« Comme c'est drôle ! » a-t-il dit, pas si content que cela, regardant ailleurs puis de nouveau vers moi – nous avons gloussé prudemment, ne sachant pas si nous étions des ennemis, révélés sous leur vrai jour, ou si nous profitions bel et bien de cette intimité inattendue entre deux étrangers pris dans un imbroglio commun. J'ai vu qu'il regrettait d'avoir rougi ; pourtant, ce rougissement était peut-être un raccourci, un moyen d'enjamber des pages entières de préambule pour accéder à d'autres possibles plus alléchants. Maintenant, sa beauté était sexy, comme si on l'avait soudain allumé.

J'ai commencé à dire : « Je me demande quand même qui vous pensiez que j'étais… » – l'éternelle histoire d'être pris pour une autre personne à la peau brune (un membre asiatique enthousiaste du parti conservateur – ils ne manquaient pas) semblait pour une fois avoir quelque chose d'amusant.

« Ah ! s'est-il écrié. Excusez-moi, c'est mon épouse qui me fait signe », et il s'est faufilé devant moi en levant la main pour fendre la foule. Je n'ai pas pris la peine de me retourner pour le regarder s'éloigner.

Pile au bon moment, Cara a annoncé que nous partions dans dix minutes. La promesse d'une liberté imminente a rompu le charme et je nous voyais déjà nous échapper victorieusement d'une maison où cent autres personnes étaient condamnées à sombrer encore davantage dans la boisson et le bla-bla, jusqu'au bout de la nuit. « Vois-tu Giles ? » a-t-elle demandé. J'ai tendu le cou pour elle, et l'ai repéré près de la fenêtre, en pleine flagornerie avec un homme de haute taille aux cheveux blancs, qui regardait par-dessus sa tête en lui parlant. « Oh, mon Dieu, a dit Cara. Voilà qu'il cire les bottes d'Inglewood. » Elle s'est affaissée sur elle-même, laissant échapper un soupir. « Crois-tu que nous avons élevé un monstre, Dave ? Et si oui, comment cela a-t-il pu arriver ? N'hésite pas à me le dire ! »

J'ai ri et me suis tourné vers Giles tandis qu'elle se frayait un chemin jusqu'à lui. Bien qu'à moitié dans l'ombre, le visage de Giles brillait, révélé par la lumière pluvieuse qui entrait par la fenêtre, ses épais cheveux châtains plus longs et ramenés en arrière, une lourdeur renfrognée, nouvelle, dans sa mâchoire d'étudiant. Je me suis fait la réflexion qu'il était pris, comme quelqu'un qui se laisse pousser la barbe, au beau et incommode milieu d'une transformation en un nouveau moi impressionnant qu'il s'était imaginé, mais auquel nous n'avions pas du tout pensé – même si se laisser pousser la barbe était une chose que Giles ne ferait jamais. Je voyais à son sourire que, satisfait de ses propres pensées et plans, il écoutait à peine – il devait avoir quarante ans de moins que George Inglewood mais il se lançait à l'assaut, tout en hochant la tête en signe d'apparente soumission au vieux monstre décharné. Mais si Giles était un monstre lui aussi… qu'advenait-il quand un monstre rencontrait un monstre ? S'affrontaient-ils comme deux cerfs, dont l'un voulait asseoir sa domination, ou pouvaient-ils parvenir, tôt ou tard, à un arrangement teinté de méfiance ? Un homme qui s'appuyait contre moi comme s'il voulait se faufiler m'a glissé à l'oreille : « J'espère qu'on vous reverra bientôt à la télévision.

– Oh, merci... », ai-je répondu, et je me suis penché en arrière pour apercevoir son visage, mais il se tenait dans une posture confidentielle, le menton quasiment posé sur mon épaule.

« Vous étiez ce qu'il y avait de mieux dans *Hibiscus Hotel.*

– Enfin, ce n'était pas un mauvais feuilleton, ai-je dit.

– Oh, le vilain... Je n'ai pas dit qu'il était mauvais, loin s'en faut. »

J'ai ri : « Eh bien, merci. »

Alors, j'ai pu le regarder. « Chris Canvey », s'est-il présenté en m'offrant une main ferme, qui s'est accrochée à la mienne pendant cinq bonnes secondes, jusqu'à ce que je dise :

« Canvey, comme l'île...

– Plate, polluée, sujette aux inondations... » J'ai ri de plus belle et me suis reculé, j'ai étudié ses cheveux gris bouclés coupés court, ses yeux gris derrière de grandes lunettes à monture marron, son costume croisé très serré dans lequel il donnait l'impression de se tortiller avec une intention inavouée. Puis, pendant un moment, nous avons tous deux contemplé le fond de nos verres, à moitié sérieusement.

« Et qu'est-ce qui vous amène ici ? » ai-je demandé, dans une petite moue entendue.

Il m'a enveloppé d'un regard perplexe, et je me suis demandé s'il n'était pas lui aussi du sérail, le secrétaire particulier d'Upshaw, par exemple, l'un de ces jeunes hommes ambitieux qui s'adaptent volontiers à la philosophie d'un employeur utile. « Je travaille à la mairie de Westminster, a-t-il répondu. Dieu sait pourquoi ils m'ont invité.

– Vous devez bien avoir une idée », ai-je répliqué. Un cadre comme celui-ci rendait encore plus furieuse l'effervescence de la connexion entre nous. Il a plongé ses yeux dans les miens et quand il les a détournés, j'avais déjà une érection embarrassante. J'ai vu Cara désigner la porte d'un petit mouvement de tête. Mark et elle aurait été abasourdis si je leur avais dit que je voulais finalement rester au cocktail, ou alors m'en aller mais avec Chris Canvey, pas avec eux. Mais ils avaient prévu de m'emmener dîner, et cette chose qui était soudainement en train d'arriver allait devoir attendre jusqu'à la prochaine fois.

« Des amis ? a demandé Chris.

– Oui », ai-je répondu, ignorant s'il savait qui ils étaient. Je me suis penché tout contre lui. « Eh bien, j'espère que nous nous reverrons.

– Moi aussi, a-t-il dit en adressant un bref sourire à Cara.

– Je suis à Londres jusqu'à lundi. Un verre samedi, peut-être ?

– Pourquoi pas, a-t-il répondu. Oui, pourquoi pas. Ou bien plus tard dans la soirée ? »

*

Ashok est arrivé dès que Cara et moi sommes ressortis de la maison dans l'éclat rémanent, figé, du crachin. Mark avait été intercepté par quelqu'un dans le hall, et nous sommes restés à l'attendre devant la Mercedes. Cara a allumé une cigarette. « Tu ne fumes pas, je crois, a-t-elle soufflé, glissant paquet et briquet dans son sac.

– Non, merci », ai-je soupiré, comme si c'était nul de ma part, en me retournant vers l'entrée illuminée de la maison, souriant dans une soumission polie à leur plan pour cette soirée, mais distrait par la pensée de Chris, et la peur d'une occasion ratée. Mark est sorti, nous sommes tous montés en voiture, et je me suis senti rassuré d'être entre leurs mains. Dans la loge du Greenwich, survolté par l'adrénaline, j'avais à peine pris le temps de les étudier, même si j'avais noté que Cara paraissait plus maigre et plus ridée, et Mark un peu plus épais, avec de nouvelles lunettes et une timide tentative de rouflaquettes. Ce soir, j'étais frappé par la complémentarité de leur fonctionnement en tant que couple, aussi efficaces que les Upshaw mais éminemment plus sympathiques. Mark s'approchait toujours de vous en souriant, Cara jamais ; mais cela ne voulait pas dire grand-chose. Le bref froncement de sourcils et le regard fixe de Cara pouvaient être interprétés, en grande partie, comme une simple amabilité introductive ; tandis que Mark vous offrait, à tout jamais, l'éclat d'un charme préalable, la manière pour un homme débordé de rendre les choses faciles et agréables. Il y avait peut-être dans son sourire la promesse d'apprendre à le connaître, et de se trouver d'autres choses en commun, si le temps le permettait un jour.

Ashok a roulé vers l'ouest, et on aurait dit une succession de parcs, avec des lampadaires traçant des chemins çà et là sous la vaste hauteur sombre des arbres. J'avais imaginé un dîner au restaurant, mais manifestement, nous allions chez eux. « Bon, j'espère que tu aimes la caille », a dit Cara, et j'ai répondu que j'essaierais avec plaisir. J'avais la sensation que le cocktail chez les Upshaw était encore en phase d'assimilation, son analyse reportée jusqu'à ce que nous nous retrouvions seuls. J'ai dit : « Ils ont des tableaux remarquables, n'est-ce pas ?

– Effectivement », a répondu Cara, et Mark a dit :

« Chers, en tout cas », et cette précision m'a fait rire.

J'avais perdu mes repères, après les parcs, dans l'enchaînement de larges rues, d'allées en arc de cercle croulant sous les stucs blancs, de porches aux piliers immaculés brumeusement alignés, d'une avenue bordée d'arbres avec des maisons en retrait derrière de hauts murs – à présent, nous patientions devant un portail qui s'ouvrait lentement de lui-même sur une courte allée pavée, avec une lanterne en verre étincelante illuminant le porche d'entrée flanqué de son propre duo de piliers blancs. Ashok a bondi hors de la voiture, et j'ai été tout aussi prompt, si bien que nous avons ouvert à l'unisson les portières arrière – Cara est descendue avec un sourire en coin qui prenait acte de la politesse et peut-être aussi de mon petit cabotinage. Ashok a échangé quelques mots avec Mark au sujet du lendemain matin avant de remonter en voiture et de repartir, contournant la maison. J'avais la nébuleuse sensation d'un ordre hiérarchique et, en même temps, alors que je suivais Cara dans l'escalier puis sur le marbre de l'entrée, une idée brusquement réévaluée de la fortune des Hadlow. J'ai tout de suite compris, presque avec embarras, que je les avais vus hors de leur véritable élément à Woolpeck, l'endroit où je les avais toujours imaginés jusqu'à présent. Et le temps avait fait son œuvre, au cours de la décennie écoulée depuis notre rencontre ; ils étaient certainement devenus bien plus riches encore. J'ai posé mon vieil imperméable sur une chaise dans le hall, sans savoir si je pouvais dénouer un peu ma cravate et me détendre, ou s'il fallait resserrer le nœud et bien ajuster les manchettes de ma chemise. Je n'y avais jamais vraiment réfléchi – bien sûr, les ploutocrates de gauche roulaient sur l'or, comme ceux de droite. J'ai eu une petite dispute sarcastique avec Ray dans ma tête, et j'étais déchiré entre mon affection pour Mark et Cara et le fait que leur style de vie m'offusquait un peu. Je ne voulais vraiment pas être désabusé par eux, même si une petite partie de moi, désormais, avait un certain goût pour ce genre de chambardement.

Nous sommes entrés dans un salon où une lampe était allumée, et dont les grandes fenêtres, fermées par des volets sur le devant, donnaient à l'arrière sur les ténèbres d'un jardin, les lumières d'autres maisons, lointaines, scintillant à travers les arbres. Je me sentais gauche et désorienté, à moitié ivre déjà, puis à moitié dégrisé, et faisant l'effort de bien me tenir. Nous sommes restés plantés un moment à contempler le tableau accroché près de la cheminée, dans le silence attentif et pressant d'un hôte laissant le temps à son invité d'intégrer quelque chose, et quand j'ai dit : « C'est vraiment, euh… », Cara a répliqué :

« Oui… elle te plaît ? C'est un artiste que Mark a découvert.

– Enfin, a rectifié Mark, nous l'avons découvert ensemble.

– C'est génial », ai-je commenté, et ça l'était, une grande pagaille furieuse de rouge et de noir, comme une ville en flammes.

« C'est un jeune artiste de Trinidad qui s'appelle, assez curieusement, John Constable.

– Il n'y aura sans doute pas *vraiment* matière à confusion », ai-je fait remarquer, et cette plaisanterie était originale, pour moi du moins. Je me suis retourné pour étudier le salon, un peu comme si je les félicitais. Il y avait d'évidentes différences entre les Upshaw et les Hadlow, des conflits en termes de croyance, sur la manière de dépenser l'argent, de le gagner aussi – même si ce point est toujours resté vague, pour moi, concernant Mark. « Depuis combien de temps êtes-vous ici ? »

Cara a pris un air incertain, et Mark a répondu : « À peu près deux ans maintenant, je crois ? » – de sorte que changer de maison ne semblait être qu'une transaction parmi d'autres. Ce qui m'a fait sourire, et Mark a poursuivi : « Oui, la maison de Hampstead est devenue un peu trop petite pour nous après le départ des enfants », avec son propre sourire espiègle. C'est, je crois, ce que j'ai retenu de ces premières minutes sur place : ce n'était pas une maison dans laquelle Giles et Lydia étaient impliqués, ni adaptée le moins du monde, d'ailleurs, à des enfants – c'était une nouvelle étape dans l'histoire des parents, une affirmation de leur indépendance de goût et d'ambition.

J'ai dit : « Ma mère vous transmet ses salutations, j'y pense.

– Ah, comment va-t-elle ? a demandé Mark. Est-elle toujours, hem… » – en me dévisageant comme s'il cherchait la formulation adéquate, et peut-être un prénom aussi.

« Elle est toujours avec son amie ? est intervenue Cara à son tour.

– Avec Esme, oui… » – c'était une petite barrière, vaguement préoccupante, par-dessus laquelle nous avions sauté sans manières.

« Et tout va bien, vraiment ? m'a interrogé Mark en hochant joyeusement la tête.

– Oui, c'est formidable, ai-je répondu. Leurs affaires se portent à merveille.

– Il faudra m'en dire plus là-dessus, a dit Cara. Si nous passions à table ? »

Nous avons retraversé le hall jusqu'à une petite salle à manger, où une jeune femme aux cheveux noirs, vêtue d'un tricot et d'une jupe, était en train d'allumer les bougies. Elle m'a été présentée comme étant Angela, impliquant là encore qu'il s'agissait tout autant d'une amie que d'une domestique. Mon propre rôle, tandis que nous prenions place à table, m'a paru lui aussi subtilement ambigu. Il était lié à celui que j'avais joué par le passé, comme dans deux épisodes fort espacés d'une série télévisée au long cours dans laquelle j'aurais soudain fait mon retour, pour découvrir que tout avait été mis au goût du jour, de manière fort créative : j'avais l'impression que j'avais le droit d'être moi-même, mais sans perdre de vue la façon dont le rôle avait été conçu à l'origine. Leurs rôles à eux avaient pris de l'ampleur, et j'ai de nouveau constaté qu'à Woolpeck, je les avais connus en vacances, momentanément détachés de la grandeur de leur vie normale.

Angela nous a servi une soupe verte, accompagnée d'un vin blanc. Il y avait plusieurs sujets quelque peu délicats que nous avions de grandes chances d'aborder, et, m'asseyant au bord de ma chaise pour déplier ma serviette, j'ai senti ce que cela aurait pu être de rendre des comptes à ses parents, à un couple qui discutait sans cesse ensemble de son enfant, au lieu de sans cesse esquiver et effleurer les choses avec ma mère célibataire et son amie. Le fait d'avoir vu Giles juste avant rendait cette sensation d'autant plus étrange.

« J'ai tellement aimé te revoir jouer, a déclaré Mark.

– Oh, merci !

– Et bien sûr, dans une mise en scène aussi frappante.

– Je ne crois pas que vous ayez rencontré Ray Fairfield, n'est-ce pas ?

– C'est le directeur artistique ?

– Oui », ai-je confirmé, et j'ai souri de ce titre attribué à Ray. J'ai évoqué les principes de la compagnie : l'improvisation comme démocratie en action, « ouverture et maturité de la part de tous et de chacun », et ainsi de suite. Mark était intrigué par l'idée de ce processus démocratique de répétitions, et je me suis efforcé d'insinuer, sans me montrer ouvertement déloyal, que la démocratie en question ressemblait à celle d'un État fasciste. « En fin de compte, ai-je dit, nous faisons tous ce que Ray nous dit de faire, comme dans n'importe quelle production ordinaire.

– Et comment est-il ? » a interrogé Mark.

Je me suis entendu répondre, comme Johnny l'avait fait un jour, quand un spectateur ébahi lui avait posé exactement la même question : « C'est un vrai connard ! » Mais étant, là encore, un ambassadeur, j'ai dit :

« C'est une sorte de génie, je crois. Comme je le disais, il est très exigeant, mais il obtient des résultats » – j'ai laissé mon sourire et mes sourcils faire le reste.

« Depuis combien de temps fait-il ça ? » a demandé Mark, et j'ai senti qu'une évaluation de Ray en tant que projet commercial était en cours.

« Terra a été créée l'an dernier, ai-je dit.

– Je vois, donc tu es là depuis le début.

– Pas tout à fait, ai-je nuancé. Mais assez tôt. » J'hésitais. « J'ai joué dans un truc à la télé pendant un an, avant de les rejoindre.

– J'aurais aimé voir ça, mais la télé et nous…

– Oh, j'ai regardé deux ou trois épisodes, est intervenue Cara. Tu étais vraiment très bon, mais ton rôle n'était pas assez développé.

– Oh, merci, Cara, ai-je dit. Je ne savais pas que vous l'aviez vu. » Ma fierté mêlée d'embarras à l'égard d'*Hibiscus Hotel* se faisait d'autant plus sentir dans cette imposante demeure.

« Et puis c'est passé à la télévision, a-t-elle ajouté. Tu étais déjà célèbre quand tu as rejoint cette nouvelle compagnie. Il a dû être ravi de te voir arriver.

– Eh bien, oui… J'avais de l'expérience, mais pas de formation d'acteur.

– Non… », a acquiescé Mark, et la question de mon déraillement a semblé flotter au-dessus de nous l'espace d'un instant. Je me sentais de nouveau pompette et sincère après ce verre de plus, mais tendu aussi à l'idée d'un autre coming-out. J'avais appris au cours des trois dernières années que ce n'était pas comme publier une annonce dans le *Times* – c'était une chose qu'on devait sans cesse répéter, encore et encore, non sans malaise parfois. « De toute façon, a repris Mark, on est acteur ou on ne l'est pas. Et le fait est que toi, tu l'es. Nous sommes tellement heureux de te voir si bien t'en sortir. Et puis, tu sais », il m'a fixé droit dans les yeux, comme il l'avait fait le jour de notre première rencontre, « triompher de tous les obstacles.

– Oh, merci », ai-je dit pour la énième fois. En retard avec ma soupe, je me suis dépêché de la finir.

*

« Je les imaginais plus grandes, ai-je déclaré quand on nous a apporté les cailles. La taille d'un faisan, plus ou moins.

– Non, non », a dit Cara. Un petit oiseau entier, doré au four, les pattes désespérément écartées, gisait sur le dos dans chaque assiette blanche. « Il y en a une deuxième chacun, mais j'ai toujours trouvé que deux oiseaux dans une assiette, c'était un peu rebutant. » En bons hôtes qu'ils étaient, ils m'ont laissé me débrouiller tout un gardant un œil discret sur moi.

« C'est sans doute plus facile de s'attaquer aux pattes avec les doigts », a dit Mark, alors que, courbé tel un chirurgien, je m'efforçais d'arracher des os, avec mon couteau, les derniers brins de chair brune, et Cara s'est levée de table juste au moment où la porte s'ouvrait.

« Ah – je crois qu'il faudrait des rince-doigts, Angela », a-t-elle dit, comme s'ils s'étaient demandé à quel point j'allais faire des saletés.

« Mm, délicieux, ai-je dit, après avoir terminé et m'être un peu nettoyé. Non, je n'en prendrai pas une autre, merci » – j'ai tendu une main devant moi et me suis redressé sur ma chaise avec l'impression, fruit peut-être de ma paranoïa, que les cailles n'étaient pas seulement une gâterie pour moi mais un test, presque un avertissement. Je me suis arraché à cette sensation et j'ai bu un autre verre de vin. Et alors, dans un sursaut du cœur qui a empourpré mon visage comme l'aurait fait une autre gêne, j'ai repensé à Chris Canvey et à l'appel que j'avais promis de passer d'ici une heure, et dont Mark et Cara ignoraient tout.

Jusqu'ici, rien n'avait été dit sur Giles, le bilan du cocktail chez les Upshaw n'avait pas été dressé, et je ne savais pas trop quoi dire, en tant qu'invité – ils savaient tous les deux qu'il ne fallait pas nous considérer, Giles et moi, comme des amis, si ce n'est de manière purement formelle et vide de sens. C'est Mark qui a finalement demandé : « Alors, qu'as-tu pensé de Giles ? Tu ne l'avais pas vu depuis longtemps, je crois.

– Non, pas depuis Oxford, ai-je confirmé. Et je ne l'avais pas beaucoup vu là-bas non plus, d'ailleurs. Nous gravitions dans deux mondes assez différents.

– Nos deux enfants ont suivi des trajectoires diamétralement opposées, a dit Cara en mimant de ses bras. Giles d'un côté, Lydia de l'autre.

– Giles vers la droite, à l'évidence ?

– Tout à fait.

– Et comment va Lydia ? ai-je demandé.

– Oh, je crois qu'elle va bien, a répondu Cara.

– Elle est à New York, a précisé Mark d'un ton bienveillant, mais en plissant les yeux.

– Oh, oui... Je me souviens qu'elle parlait d'aller là-bas, il y a des années déjà. Est-elle toujours avec... Rory ? *Roly* ?

– Oh mon Dieu, non, c'est terminé depuis longtemps, a dit Cara. Non, ces temps-ci, elle est accaparée par Andy Warhol et tout son entourage. » Elle avait articulé le nom avec fermeté, mais j'ai senti le frisson d'un malaise.

« Eh bien, ça a l'air passionnant, ai-je dit.

– Oui, ça l'est. »

Il se trouvait que j'avais vu *Heat* la semaine précédente, mais j'ai jugé préférable de ne pas recommander ce film. « Je me souviens d'avoir vu *Chelsea Girls* il y a des années, à l'ICA.

– Ah, nous avions très envie de le voir », a dit Cara.

Je me suis demandé comment leur présenter la chose. « Trois heures, ai-je dit, sur deux écrans en simultané. Je suis sûr que j'étais la seule personne encore consciente à la fin. »

Mark a ri. « J'ai cru comprendre que les choses se faisaient beaucoup plus sur une base commerciale là-bas, désormais – tu sais, à la célèbre Factory. C'est une sorte d'emploi de bureau qu'a Lydia, en fait, si j'ai bien compris. »

Cela ressemblait à ce que Lydia pensait probablement que ses parents avaient envie d'entendre. Ce qui m'avait maintenu éveillé jusqu'à la fin de *Chelsea Girls*, c'était l'espoir que quelque chose de sexuel finisse par arriver, devant une caméra étrangement détachée de toute action et de tout intérêt humains – c'était bizarre maintenant d'imaginer Lydia à la Factory, dans ce labyrinthe peuplé de canapés sales et de murs tapissés de papier aluminium.

« Mais elle revient à Londres de temps en temps ? ai-je demandé.

– Parfois, a répondu Mark.

– Nous ne la voyons pas beaucoup, a dit Cara.

– Je vois… », ai-je dit, et mes yeux sont passés de l'un à l'autre, même s'ils étaient en train d'échanger un regard, l'air pensif. La porte s'est ouverte au milieu du mur blanc et Angela est revenue pour débarrasser les assiettes. Je me suis radossé à ma chaise dans un sourire, j'ai contemplé par-delà les peintures, troubles dans l'éclat des bougies, la corniche ciselée avec ses fleurs blanches sur toute la longueur, comme une guirlande de pâquerettes, et j'ai réalisé, lent d'esprit, à quel point leurs enfants s'étaient éloignés de Mark et Cara ; cette maison magnifique était la bonne figure qu'ils avaient faite face à cette adversité-là.

*

« Où loges-tu pendant ce séjour ? a demandé Cara, quand le moment est venu de nous séparer.

– Nous dormons tous au même endroit, à Acton.

– Dans un hôtel ?

– En quelque sorte. C'est très bon marché, en tout cas. » J'ai pensé qu'elle allait peut-être proposer que je dorme chez eux, mais elle était assez sage pour ne pas le faire.

Dans le hall, Mark m'a serré la main et il a dit : « Peut-être pourrais-tu demander à Raymond… à *Ray*, de venir me voir.

– Je n'y manquerai pas, ai-je répondu. Merci infiniment », et cette entrevue me faisait déjà craindre le pire, à en juger par le ton de Mark. Malgré son besoin désespéré d'argent, Ray était trop fier pour envisager de se présenter ici avec une sébile de mendiant. Mais enfin, j'avais fait ce qu'il m'avait demandé. J'ai enfilé mon manteau, contemplé une dernière fois ce hall au sol de marbre, et la vague certitude s'est emparée de moi qu'il fallait empêcher les Hadlow de nous financer, tant était grand le fossé entre les indigents et le mécène.

20

Mark s'est retiré du hall en me saluant d'un geste de la main et Cara est sortie dans l'allée pour me dire au revoir. Je l'ai embrassée respectueusement sur les deux joues, nouvelle pratique non anglaise que nous semblions tous les deux apprécier, et j'ai ouvert le portillon ménagé dans le mur qui donnait sur le paysage mouillé et presque silencieux de l'avenue. « Restons en contact », a-t-elle dit. Une fois la porte refermée dans un clic derrière moi, j'ai fait quelques pas dans une confusion de sentiments douce et fugace, libéré mais seul. L'air humide scintillait sous les lampadaires, sur les toits des voitures garées. J'étais ivre mais d'une nervosité inattendue, à présent que le moment était venu, à la perspective d'aller retrouver Chris Canvey. Au bout de l'avenue, j'ai débouché sur une rue plus animée, très différente, avec une cabine téléphonique illuminée et une agence de taxis privés – tout ce dont j'avais besoin se trouvait là, et j'aurais pourtant pu tout gâcher, mais je ne l'ai pas fait.

C'est une femme à la voix grave qui a décroché, tel un écho de celle que je venais de quitter. « Bonsoir, ai-je dit. C'est, hem… Je me demandais si Chris était là, par hasard ?

– C'est de la part de qui ?

– Je m'appelle David.

– Ah, oui, c'est vrai », a-t-elle répondu, chaleureusement, je l'ai entendue poser le combiné et, dix secondes plus tard, des bruits de pas précipités puis une autre voix : « Allô ? », comme si on ne lui avait pas dit qui appelait.

Quand je suis arrivé chez lui une demi-heure plus tard, c'est Chris qui est venu m'ouvrir, mais j'étais sur mes gardes en pensant à la femme, j'ai entendu le gémissement d'un robinet qui coulait quelque part puis le claquement sourd quand on l'a refermé. C'était une maison assez grande, un peu miteuse. Chris a pris poliment mon manteau, mais en l'accrochant il avait un sourire en coin. Il était en bras de chemise à présent, le cul rond et volumineux dans son pantalon de costume tandis qu'il me guidait dans le couloir. C'était étrange de revoir, aussi vite, une personne que je n'avais pas eu le temps de mémoriser la première fois. C'était bel et bien lui, tout se tenait, mais il n'était pas tout à fait l'homme dont les images n'avaient cessé de m'assaillir tout au long du dîner. J'ai tout de suite remarqué les rondeurs, les traces de doigts sur les lunettes, autant de choses que je ne trouvais pas très sexy, mais qui, curieusement, n'ont fait que confirmer et renforcer ma première impression : il était irrésistible. Nous sommes entrés dans un salon – rideaux de velours rouge tirés, ce qu'il restait d'un feu de bois et de fumée de cigarette, la housse du canapé élimée sur le dessus des accoudoirs. « Un whisky pour m'accompagner ? » a-t-il proposé, et la nervosité et ma propre politesse m'ont poussé à répondre : « Oui, OK. »

« Santé ! » a-t-il lancé dans un sourire, nous avons trinqué et siroté notre whisky debout devant la cheminée. Nous étions tout proches de ce que nous désirions, mais un peu gênés maintenant, en l'absence d'une foule autour de nous. « Alors, comment était ton dîner chez les Hadlow ?

– C'était très bien, ai-je répondu. Il y avait de la caille au menu. » Il a plissé les yeux, une plaisanterie semblait tapie là, quelque part, mais ni lui ni moi n'avons pu la trouver. « Tu es resté encore longtemps chez les Upshaw ?

– Non, je suis parti juste après toi.

– On en impose, non, avec nos amis ploutocrates…

– Mm, ce n'est pas vraiment mon milieu, a dit Chris. En tout cas, ça m'a paru très ennuyeux après ton départ.

– Tu connaissais sûrement d'autres personnes là-bas, non ? – en m'efforçant de ne pas sourire.

– Une ou deux, j'imagine, mais, tu sais bien… rien d'intéressant au rayon homosexuel.

– J'ai fait une drôle de rencontre, ai-je dit. Un certain Martin Causley.

– Oh, Martin… Il a tenté sa chance avec toi ?

– Je crois qu'il aurait bien aimé. Mais je l'ai fait rougir, ce qu'il n'a pas eu l'air d'apprécier, et là, il m'a dit qu'il devait parler à sa femme.

– La malheureuse…

– Il est très beau.

– Oui, c'est vrai. Une bite énorme.

– Oh, vraiment ?

– Eh bien… il paraît. »

Peut-être est-ce la pensée que Chris aurait pu terminer la soirée avec Martin Causley plutôt qu'avec moi qui m'a poussé à murmurer : « Mon Dieu » en tendant mon verre sur le côté, dans ma main gauche, pendant que je l'embrassais. Puis nous nous sommes dévisagés pendant cinq ou six secondes, le regard plein de manigances, et nous nous sommes assis l'un contre l'autre sur le canapé, son bras passé autour de ma taille. Le canapé nous engloutissait à moitié. J'ai entendu le plancher grincer, un soupir alors que le rideau anti-courant d'air se soulevait sur sa tringle et qu'une femme en robe de chambre passait la tête à l'intérieur de la pièce – « Hé, Claudia ! » a lancé Chris comme s'il avait l'habitude qu'on le surprenne sur ce canapé blotti contre un étranger. Claudia n'avait pas l'air surprise non plus. Et d'une certaine manière, à laquelle il me fallait encore m'habituer, je n'étais pas un étranger. « Tu reconnais David, n'est-ce pas ?

– Eh bien, a déclaré Claudia, je voulais juste vous dire, avant d'aller me coucher, que nous vous avions vraiment adoré dans *Hibiscus Hotel*.

– Je le lui ai déjà dit, a répliqué Chris, mais très aimablement.

– Merci beaucoup, ai-je soufflé.

– Nous étions tellement excités que Christopher vous ait rencontré ce soir », et comme elle me regardait depuis l'orée de la lumière projetée par la lampe, je me suis demandé si on ne m'avait pas attiré dans un plan bizarre.

« C'est la maison de Claudia, a expliqué Chris. Je suis juste son locataire.

– Oh, bien plus que cela, je crois, Christopher, après tout ce temps », a corrigé Claudia.

Elle s'est approchée et m'a tendu la main – je n'ai pu que me lever à moitié pour la serrer. « Ravi de faire votre connaissance », ai-je dit, m'inspirant du ton détendu que Chris adoptait avec elle. Elle nous regardait d'en haut avec un sourire confiant.

« On se reverra demain matin, je suppose, a-t-elle dit.

– Eh bien... », ai-je bredouillé, désarçonné, et presque rebuté, par cette ambiance permissive, au point que je m'imaginais déjà trouver une excuse idiote pour regagner les quartiers de la troupe à Acton.

« Il y a un certain nombre de questions que j'aimerais vous poser, a-t-elle poursuivi – à propos du théâtre. De la vie d'acteur.

– Eh bien bonne nuit, alors, Claudia », l'a interrompue Chris.

Le rideau s'est soulevé de nouveau une minute à peine après son départ, alors que nous commencions à nous entredévorer – « J'ai oublié mon livre », s'est-elle excusée, et elle ressortie sur la pointe des pieds avec une moue coupable.

À l'étage, Chris a refermé la porte de la chambre et est resté planté là, si avide qu'il en hésitait presque, ses yeux déchiffrant mon regard en quête d'instructions, ouvert à tous mes désirs. Je ne savais pas vraiment moi-même, au-delà de l'essentiel, mais j'ai endossé ce rôle, me suis assis au bord du lit et l'ai fait s'agenouiller devant moi, d'où je pouvais également l'admirer de dos dans le miroir de l'armoire. J'ai d'abord évité toute connivence avec l'expression de mon propre visage, mais celle-ci a fini par prendre un indéniable intérêt à mesure que les choses devenaient plus sérieuses – jusqu'à ce que je me lève et que nous nous déshabillions pour de bon, afin de passer à la stupéfiante étape suivante.

*

Elle était à la fois confortable et sordide, la maison de Claudia. Le lendemain matin, dès que le réveil a sonné, en proie à une gueule de bois, joyeusement sidéré, il m'a fallu adopter le rythme de Chris. Il est sorti de la chambre puis revenu aussitôt : « Juste un petit coup rapide, s'il te plaît », a-t-il dit, le bain coulant déjà – il devait avoir quitté la maison à 8 h 15. Je m'inquiétais de Claudia, mais c'était apparemment une lève-tard. Je suis entré dans l'eau après Chris, pour gagner du temps, et, de nouveau, en m'essuyant dans une serviette dont je sentais qu'elle avait déjà servi, la silhouette dont je soutenais le regard dans le miroir semblait amusée, quoiqu'un peu perplexe, de se trouver là, et d'être en train de faire ce qu'elle faisait. Chris est descendu préparer le petit déjeuner, et je lui ai emboîté le pas sur le carrelage rouge du couloir, avec la fascination circonspecte de voir celui-ci en plein jour. Je suis entré dans le salon, dont l'interrupteur ne fonctionnait pas, si bien que je me suis avancé dans la pénombre, devant le canapé, le bureau puis la lampe sur pied à franges, pour écarter les rideaux de velours sombre, qui ont coulissé avec une certaine fluidité, dans le cliquetis de leurs anneaux de bois sur la barre en chêne. Dehors, un laurier de dix mètres de haut écrasait la pelouse – j'ai pensé aux conifères nains de Gilbert, dans le jardin de Crackers, et à l'atmosphère d'impuissance qui ne cessait de croître avec eux, année après année. La pièce, et les rideaux eux-mêmes, portaient l'odeur des cigarettes et des cendres du feu. Le grand canapé accueillant, qui avait manqué se refermer sur Chris et moi la veille, était vautré tel un ivrogne comateux dans les premières lueurs du jour. Ce salon possédait une atmosphère propre, avec ses vieux meubles de famille, supposais-je, transmis d'une génération à l'autre et brutalisés au passage, ses chiens en porcelaine sur le manteau de la cheminée, et au-dessus le portrait d'un évêque, peut-être, en robe ecclésiastique, dans un joli cadre doré qui avait perdu l'un de ses coins. Les petites tables basses, les photographies exposées sur l'une d'elles, les sculptures miniatures et l'horloge dorée au mercure sur l'autre, étaient grises de poussière ; soudain, une confidence en arrière-plan, l'accent snob mais un peu dissolu de Claudia. J'ai ouvert la porte, le rideau s'est soulevé sur sa tringle, et en remontant le couloir je me demandais si j'allais revoir Chris avant que Terra ne quitte Londres pour aller scandaliser Ipswich et Colchester. Je l'ignorais, mais une petite partie de moi intriguait déjà, se précipitant vers les mois à venir, elle était avec Chris, et cette maison servait de cadre. Il y avait en elle un peu du glamour londonien, de gens faisant ce qu'ils voulaient dans le grand bourdonnement mélangé de la ville, suspendu en ce moment même dans ce long couloir vide, rugissement lointain qui était comme un bruit sous mon propre crâne. Soudain, une autre ambiance m'est revenue, rêveuse l'espace d'un instant puis plus nettement découpée : la vaste maison familiale au sommet de Boars Hill où Walt avait vécu avec Stella, Jenny et Nick trois ans auparavant, qui semblaient une éternité – un autre genre de maison, mais avec des arômes persistants de poussière et de vieux tapis et de feu de la veille.

*

À mon arrivée au théâtre d'Ipswich, une lettre m'attendait à l'entrée des artistes, dont je n'ai pas reconnu l'écriture – laquelle s'est avérée présenter l'intérêt charmant et presque alarmant d'être celle de Chris. La flamme mauve pâle de l'enveloppe s'est déployée dans la pénombre des coulisses, et deux pages pliées hantées par le spectre des Rothmans qu'il avait fumées en les rédigeant – une écriture anglaise, au stylo-bille bleu, rapide et efficace, enfantine aussi, profondément gravée dans le papier. Je n'avais jamais reçu de lettre d'amour. Je suis allé dans les toilettes pour hommes pour pouvoir la lire tranquillement, rougeoyant de son indécence et de son assurance, ses allusions à ce que nous avions fait et ce que nous allions faire. Le lendemain, je la connaissais aussi bien que mon propre rôle – j'entendais distinctement Chris, je sentais sa présence bien vivante dans l'odeur de tabac froid, mais les mots qu'il avait choisis et sa manière de former ses lettres me le donnaient soudain à voir sous un jour nouveau.

À Ipswich, nous jouions *R&J*, spectacle désormais bien rodé, et boosté par une nouvelle bonne critique dans le *New Statesman*. Il y avait aussi eu une recension malencontreusement positive dans le *Telegraph*, qu'Esme avait découpée pour me l'envoyer et que Ray a réduite à l'unique mot « saisissant », sur l'affiche. Comme bien des outsiders déterminés, il avait une conception torturée du succès. Les louanges du *Guardian* à l'égard d'une production de la compagnie Terra étaient toujours les bienvenues, celles du *Workers' Weekly* précieuses et empreintes de vérité, mais des phrases à peu près identiques publiées dans le *Times* ou le *Telegraph* étaient la preuve qu'il avait échoué dans sa mission – choquer. Sa terreur la plus profonde était l'acceptation par le grand public – l'« eunucation », disait-il. La subvention que lui avait attribuée le Conseil national des arts était un affront qu'il était incapable d'évoquer, et d'oublier. Il ne m'a jamais avoué combien d'argent Mark Hadlow lui donnait.

J'adorais arriver dans une nouvelle ville et y découvrir nos affiches. Il y avait le glamour de ne donner qu'une poignée de représentations, la sensation aussi, beaucoup plus palpable qu'à Londres, d'être jugés à l'aune des acteurs qui s'étaient produits la semaine précédente, et de ceux, si populaires, qui revenaient chaque année. À Londres, nous nous fondions dans la vie des rues environnantes, mais en tournée, c'est en troupe que nous descendions du train, un ramassis multicolore d'hommes et de femmes à l'apparence joyeuse et possiblement menaçante. Nous vagabondions dans les rues avec nos sacs jusqu'à la pension de famille bon marché qu'on nous avait trouvée. Parfois, lorsque nous nous présentions au théâtre, la camionnette était déjà là, mais très souvent elle tardait à arriver ; dans ces cas-là, Ray s'installait au pub du coin de la rue, ou dans un café si c'était encore l'après-midi, et se mettait à la disposition de la presse locale pour des interviews. Quand Betsy débarquait au volant de la camionnette, il y avait la précipitation et l'excitation du déchargement, l'impression aussi pressante qu'inéluctable, pour toute l'équipe, que le temps filait. J'aimais la variété d'atmosphères des différents lieux où nous nous produisions, et, dans les villes un peu plus grandes, cette fierté que je ressentais chez les habitués, alors même que je jouais, d'avoir un tel théâtre et de pouvoir s'y rendre. Les feux de la scène offraient des aperçus de tous ces espaces plongés dans la pénombre, simples entrepôts, salles d'exercices militaires, de temps à autre les moulures dorées et les loges d'un véritable théâtre à l'ancienne, ou le béton et le velours bleu d'un bâtiment flambant neuf. L'Arts Theatre d'Ipswich, lui, ressemblait davantage à une chapelle ou une salle paroissiale, un balcon étroit en faisait tout le tour et la scène arrivait au niveau des genoux du premier rang de l'orchestre. Le premier soir, nous l'avons à peu près rempli, presque trois cents personnes, même si l'assemblée s'est quelque peu clairsemée au moment de l'entracte.

Johnny a demandé à notre logeuse de nous prendre en photo devant son établissement – c'était risqué, comme l'a confirmé le cliché légèrement flou et de travers qu'il a récupéré ensuite au drugstore. Mais nous voilà, équipe de quinze incroyablement hétéroclite : Ken Mallow au milieu, Capulet dans *R&J* et sur le point de s'attaquer à Lear – « Un acteur instinctif, disait Ray, qui fait des choses extraordinaires mais sans savoir pourquoi » –, l'aîné de la troupe mais trop grincheux et renfrogné pour servir de figure paternelle au reste d'entre nous. La pâle et minuscule Wendy et le maigre Jack Marks, le grand et ténébreux Derek Dos Passos, avec à ses côtés Olu Samson, originaire de Lagos, Gary Molesey, un blond baraqué, serré contre Betsy la régisseuse jamaïcaine avec ses chaussures en daim et sa salopette. Johnny, dont le père avait émigré de Goa, se tient aux côtés de Ruth, rousse flamboyante dont Ray chérissait et raillait indifféremment l'accent de Bristol ; enfin, il y a moi, Dave Win, l'air très heureux mais avec aussi, comme souvent sur les photos, une anxiété résiduelle que, je crois, les autres ne remarquaient jamais.

Ray se tient avec une éloquente modestie tout au bout du rang, petit mais avec une immense et despotique présence ; son style est d'une banalité recherchée : un jean moulant délavé comme tout le monde, une veste en cuir avec ceinture, ses épais cheveux grisonnants plaqués en arrière sous la casquette d'ouvrier qu'il portait même à l'intérieur. On aurait dit qu'il se rendait au pub ou chez le bookmaker, sorte de représentant de commerce revenant du travail, sa vieille mallette à la main ; alors qu'en réalité, c'était un artiste qui connaissait du beau monde, il avait travaillé avec Charles Marowitz et David Hare, était « très ami » avec Peter Brook, qui était venu assister à son *Titus Andronicus* à Margate et en avait « saisi tout l'intérêt », à en croire Ray. De son autre main, il tient une cigarette juste sous son menton, impatient de se remettre à la fumer dès que la photo serait prise.

*

« Nous sommes en tournée, pas en vacances », répétait souvent Ray. Et bizarrement, faute de chez-soi où rentrer, nous nous sentions un peu pris au piège – ma première expérience de cet isolement nouveau qu'était celui d'une tournée, une désolation tapie sous l'aventure et l'énergie concentrée du travail. Durant nos séjours à Ipswich puis à Colchester, nous avons calé des répétitions pour préparer *Lear*, spectacle le plus ambitieux de Ray à ce jour, dont la première aurait lieu à Leicester six semaines plus tard. J'étais Edgar, et déjà en proie aux affres d'avoir trois pièces dans la tête en même temps. Nous étions tous là à dix heures le premier matin, plus ou moins, échauffements classiques, puis Ray a annoncé : « Je pensais au Cercle de la mort. » C'était un exercice emprunté à Marowitz mais qu'il avait, comme à son habitude, arrangé à sa manière pour le rendre plus menaçant : tous les comédiens devaient marcher en cercle, chantant à tue-tête ce qu'ils voulaient, et alors, sans prévenir, Ray tapait dans ses mains ou sifflait, et celui qui se trouvait le plus près de lui à ce moment-là devait tomber raide mort pendant que les autres continuaient, jusqu'à ce qu'il ne reste plus qu'une seule personne en train de marcher et de brailler sa chanson, laquelle tremblait souvent d'un authentique effroi. Mais ce jour-là, Ken a répliqué : « Est-ce qu'on pourrait ne pas faire ça, Ray ? » – personne d'autre n'aurait pu se le permettre et être écouté, mais Ray écoutait Ken, et avec une touche de réticence, il a dit : « D'accord, Ken, comme tu voudras. Mettons-nous tout de suite au travail. » Cette rémission nous a tous rendus plus joyeux.

Je répétais dans le survêtement bleu et doux qui datait de l'école, je l'avais récupéré à Crackers pour lui offrir une seconde vie : la preuve que j'avais à peine changé de taille ces six dernières années. Nous commencions tout juste à défricher l'acte deux, où Edgar, apprenant qu'il doit s'enfuir de la cour, se déguise en mendiant. La scène trois se résumait à sa seule réplique de vingt-deux vers, dans le genre de langue complexe que j'adorais apprendre, et je n'avais déjà plus besoin de mon texte – cela me venait sans effort, mais Ray en était mécontent – « Si tu l'apprends trop tôt, ça finit par tourner à vide, et au moment de la première, tu auras oublié ce que signifient ces putains de mots. » J'ai trottiné jusqu'au centre de l'espace, au milieu des chaises et des tables, et exposé la situation d'Edgar :

Mon visage, je vais le grimer de boue
D'une couverture ceindre mes reins, embroussailler
mes cheveux en boucles folles
Et exposant ma nudité, braver
Les vents et les persécutions du ciel.

Tout en déclamant, je tirais sur mes habits et inventais d'autres gestes dont je savais que Ray allait les condamner pour les remplacer aussitôt par ses propres idées. Il arpentait la scène autour de moi, fumant et hochant lentement la tête d'une manière qui, chez lui, était rarement signe d'approbation ; il a laissé un long silence s'étirer à la fin, si bien que je me suis tourné vers lui : « À moins que tu penses, peut-être…

– J'espère de tout cœur, bien sûr, m'a-t-il coupé, que sir John Gielgud se laissera convaincre d'interpréter Edgar la prochaine fois. Mais pour l'heure, pourrions-nous s'il te plaît avoir Dave Win, le jeune homme plein de griefs, avec sa saine méfiance à l'égard des grands mots ? Merci d'avance. »

J'ai encaissé, comme on était obligé de le faire avec Ray, l'ai écouté d'une oreille expliquer ce que, d'après lui, je devais faire, et je me suis demandé : avais-je des griefs ? Mon impression, c'était que la plupart des membres de la compagnie, sans avoir à chercher bien loin, auraient pu trouver des choses qui leur avaient fait du mal, les avaient opprimés ou injustement empêchés d'aller de l'avant. Je préférais ne pas trop y penser, convaincu que c'était plus sain, même si, tout au long de ma courte vie, j'avais vécu dans un chaos de privilèges et de préjugés.

« Bon, on va la refaire et, comme je te le disais, tâche de trouver la panique, l'esprit d'improvisation.

– D'accord…

– Sa vie est en péril, il n'est pas en train de chanter une aria.

– Enfin, ai-je répliqué, certaines arias sont très…

– Et cette fois, bon sang, désape-toi, il faut t'habituer à tout ça.

– Ah… OK », et je me suis tourné vers les autres, ce grand costaud maniéré de Gary plongé dans l'étude de son rôle, sourcils froncés, avec un semblant de sourire – la nudité dans les spectacles de Terra était presque, mais pas tout à fait, devenue une plaisanterie pour les comédiens de la troupe. Gary se mettait à poil dès qu'il pouvait, j'avais vu Jack et Olu nus dans la pièce de John Arden, mais cette fois, c'était mon initiation. Je n'aurais pas pu dire que je ne l'avais pas vue venir. Alors je me suis exécuté et, au moment de dire : « Tant que je puis échapper / Je vais me préserver… », j'ai fait glisser mon haut pardessus ma tête et l'ai jeté sur le côté, sentant aussitôt la fraîcheur, proche du froid, de la salle. Ce n'était pas une mince affaire d'ajouter tout cela à la réplique, retirer une de mes chaussures puis l'autre au détour des vers suivants, puis, pour faire bonne mesure, mes chaussettes. Ray était assis maintenant, il m'observait à travers la fumée, et, sur « exposant ma nudité », j'ai arraché mon bas de survêtement et mon slip, et les ai jetés à leur tour. Je me suis poignardé du doigt, griffé, sur les vers évoquant les mendiants de Bedlam qui mortifiaient leurs bras nus. J'avais l'impression que tout se passait plutôt bien, c'était un soulagement et, à vrai dire, plus que cela pour l'exhibitionniste qui sommeillait en moi. « Pauvre Turlupin ! ai-je crié.

Pauvre Tom ! / Mais être ça, c'est être quelque chose. Edgar, je ne suis rien… » – et à ce moment-là, Lear, le Bouffon et Kent, qui se préparaient à entrer, ont eu l'air un peu déroutés, tandis que je retournais chercher mes vêtements, et j'ai senti que ma nudité avait changé, et étiré, l'atmosphère de la répétition, même si tout le monde étudiait son texte comme si une petite évaluation intime n'avait pas été subrepticement menée à bien, sous couvert d'esthétique théâtrale.

*

Défi d'un autre genre, une semaine plus tard : jouer *Corps* de Stan Creeley à l'université d'Essex – pas dans un théâtre mais dans une grande salle au plafond bas de l'amicale des étudiants. Le campus, qui n'avait pas dix ans, était déjà marqué par l'usage qu'en faisaient les étudiants, et un récent sit-in de trois semaines. Les fenêtres du café donnant sur la « plaza » étaient tapissées d'affiches et d'autocollants ; dans le hall d'entrée aussi, tout un mur était recouvert d'affiches cornées et affaissées sur elles-mêmes, leurs punaises ayant été fauchées pour en fixer de nouvelles. Chaque fois que quelqu'un ouvrait dans un sens ou dans l'autre les grandes portes vitrées donnant sur cette soufflerie qu'était la plaza, ces affiches claquaient et murmuraient sur toute la longueur du panneau. L'intense investissement inhérent à la vie étudiante semblait fort lointain, mais il n'était pas mort en moi ; des prospectus rouge et jaune annonçaient un *Marchand de Venise* monté par leur club théâtre, et je me suis soudain senti anxieusement excité pour eux, pour les rêves de carrière d'acteur à venir que certains caresseraient forcément.

Pour *Corps*, le public était assis sur trois des côtés de la salle, et les comédiens, pendant les dix minutes qui précédaient le début de la représentation, venaient s'asseoir en rang sur le quatrième, voûtés ou l'air blasé et vaguement agités, comme s'ils attendaient leur tour chez le coiffeur, ne s'adressant pas la parole et se désintéressant totalement du public en train de s'installer. Être ainsi ignorés ne tardait pas à susciter un intérêt inattendu de la part des spectateurs, qui les défiaient d'un regard bravache, surjouant la virilité, ou discutaient avec leurs voisins, mais une certaine gêne s'était insinuée en eux, d'être témoins de ce spectacle, l'embarras latent du théâtre sur lequel Ray aimait tant travailler. Un ou deux spectateurs hochaient la tête en nous souriant, comme à un professeur de travaux dirigés sur le point de commencer ; nous laissions nos yeux glisser sur eux sans les voir. La représentation avait lieu après leur dîner au restaurant universitaire, alors qu'ils auraient pu être en train de faire autre chose, ou rien du tout. Nous, bien sûr, étions là pour faire notre travail, mais dans ces moments-là, celui-ci semblait s'affranchir allègrement de la conception habituelle du jeu d'acteur, ces « conneries bourgeoises » pour citer Ray. Malgré tout, je me repassais les répliques de mon personnage avec le pouls rapide et régulier de l'impatience, et remarquais les rangées entières de chaises vides. Puis les éternels bavardages casés juste avant l'extinction progressive des lumières retombaient peu à peu, et nous restions assis dans un silence spontané pendant une longue minute, jusqu'à ce que la salle se retrouve plongée dans le noir.

Corps était déjà célèbre pour sa longue scène inaugurale dans l'obscurité totale. Des voix se font entendre, tout bas, « … ou entre les cuisses… », « tu vois, elle préfère ça de l'autre côté – oui, par-derrière… », « … il est vraiment infatigable, pas vrai… ». Deux ou trois conversations, ou plutôt des bribes d'échanges, dont le public s'efforce de saisir le sens, comme venant de personnages, tandis que les veilleuses vertes des issues de secours illuminent peu à peu l'espace ; les yeux s'ajustent, jusqu'à distinguer vaguement une demi-douzaine de silhouettes, quatre hommes et deux femmes, assises par terre, qui parlent de sexe avec une insouciante franchise. De sexe avec des personnes absentes, puis, de manière très claire, et imminente, les uns avec les autres. La quasi-obscurité est un obstacle, et une bénédiction. Puis, à mesure que l'éclat des projecteurs émerge du néant, cette discussion étrangement libre se fait soudainement inhibée, les acteurs réagissent avec consternation en découvrant la présence du public, ils se lèvent pour le regarder, écrit Creeley, « comme si une menace longtemps redoutée se matérialisait sous leurs yeux », et la séquence de pantomime qui s'ensuit, pendant une minute environ, donne l'impression aux spectateurs d'être atrocement plus longue, car les acteurs font maintenant ce qu'ils n'ont pas fait au début : ils se confrontent à eux, les défient du regard, refusent de se laisser intimider, avant de se retourner et de s'éloigner d'un pas raide dans une nouvelle obscurité. Nous portions tous des tenues de soirée sous nos blouses, et après l'un de ces changements de costumes précipités devenus la signature de Ray, nous entrions pour une nouvelle scène, une fête, tout en bavardages alambiqués, avec quelques passages très drôles, le catalogue des positions et des perversions sexuelles étant encore bien frais dans l'esprit du spectateur. « Puéril », avait jugé l'*Evening Standard*, « indéniablement brillant » selon *Time Out*, et une fois de plus, l'espace de quelques secondes, alors que les lumières se faisaient lentement plus vives sur les visages des étudiants, je me suis demandé ce que j'aurais pensé de tout cela à leur âge, vierge encore et ne connaissant le sexe, pour l'essentiel, qu'à travers des images et par ouï-dire. Je les voyais encaisser, certains souriant nerveusement, d'autres adorant ça, d'autres encore fâchés d'être en train d'écouter, puis d'être vus en train d'écouter.

*

Le jour où je suis rentré à Londres, Chris a dit qu'il avait besoin de me voir à l'heure du déjeuner, qu'il ne pouvait attendre jusqu'au soir. Il travaillait dans un grand immeuble étincelant sur Victoria Street, tout là-haut, au vingtième étage :

un jour, m'a-t-il dit, il me montrerait son bureau, la vue sur la cathédrale et l'abbaye de Westminster, mais pas aujourd'hui. J'ai choisi le pont au-dessus du lac de St James's Park, et suis arrivé volontairement en avance. Le Blue Bridge, dont l'arche est si fine et légère qu'elle s'élève à peine pour enjamber l'eau. Le lac, démonté, scintillait dans la brise, et je n'ai pas pensé, jusqu'à ce que je m'arrête au centre du pont, à mon rendez-vous avec Nick trois ans plus tôt, dans un autre parc à un kilomètre et demi à peine, à notre misérable déjeuner, aux canards sur la Serpentine en contrebas. Ici, des oiseaux aquatiques à l'allure bien plus exotique s'ébattaient alentour, et j'avais la sensation que la vie se déroulait maintenant sur un tempo plus vif, dans une tonalité plus brillante.

J'étais celui qui avait des choses à raconter, et nous avons mangé un sandwich sur un banc pendant que je lui parlais de *R&J*, et de la représentation de *Corps* à l'université ; mais sans savoir pourquoi, j'ai gardé pour moi la répétition de *Lear*. Je crois que je voulais que ce soit une surprise pour lui, quand il viendrait passer le week-end à Leicester pour assister au spectacle. Mais je lui ai confié combien les échanges autour du sexe, dans *Corps*, avaient posé des problèmes aux comédiens, et combien mon regard sur tout ça avait changé depuis que je l'avais rencontré et que nous avions fait une bonne partie des choses décrites par les personnages de Stan Creeley. Ce qui a beaucoup plu à Chris, il était facile à flatter et à amuser, et tout ce qui me concernait semblait exercer sur lui un pouvoir magique exacerbé ; mais au bout d'un moment, alors que je m'efforçais de rendre mes anecdotes aussi divertissantes que possible, il est devenu évident que Chris souriait d'une excitation impuissante de me voir là, devant lui, touchable et embrassable, il se mordait bêtement la lèvre, sans saisir un traître mot de ce que je racontais. « Je n'ai pas l'impression que ça t'intéresse beaucoup de savoir comment s'est passé le spectacle, je me trompe ? ai-je demandé.

– Bien sûr que ça m'intéresse, chéri… le public riait aux éclats et Wendy s'est fait mal au pied.

– Mm, OK », ai-je grommelé, mais son attention avait maintenant quelque chose de satirique. Tout ce qu'il voulait, c'était moi.

*

Il devait retourner au bureau et je l'ai accompagné dans cette direction, le long de Birdcage Walk. Il n'y avait personne à cent mètres à la ronde sur le trottoir ombragé par les arbres, et nous nous sommes embrassés pour nous dire au revoir, dans une étreinte qui a dégénéré en roulage de pelles, quelque peu téméraire mais irrésistible. Ç'aurait dû être Chris, mais c'est moi qui ai déclaré : « Mon Dieu, j'ai hâte d'être à ce soir ! » Nous nous sommes écartés, riant et songeurs à la fois, main dans la main, de manière assez délicieuse, mais, entendant soudain des voix, je me suis tourné pour regarder, à travers les grilles et les petits arbustes, dans le jardin de l'imposante demeure qui se dressait à côté de nous. Des portes-fenêtres étaient ouvertes en grand et, assis à une table sur la terrasse, un homme en costume sombre s'adressait à un autre, plus jeune, qui nous tournait le dos et semblait noter des choses avec un stylo. Il m'a fallu plusieurs secondes d'un regard fixe pour faire le point et entrer en lévitation, puis, suspendu haut dans les airs, j'ai fait pivoter toute la scène. La voix de l'homme plus âgé était reconnaissable entre toutes, ces brusques sursauts de volume pour marquer un point important, et bien sûr les lunettes idiotes à la Le Corbusier ; je n'étais pas encore habitué à la corpulence de Giles, à ses cheveux épais sur la nuque, et je crois que Chris ne l'avait jamais rencontré ni enregistré : il ne signifiait rien pour lui. J'ai fait une drôle de tête, et je l'ai tiré par la main pour nous éloigner ; je ne crois pas qu'il se soit rendu compte que nous étions revenus au point de départ mais cette fois, heureusement, de l'autre côté des grilles.

21

Quand je suis reparti en tournée, à Liverpool, Chester puis Leeds, Chris m'a écrit tous les jours, parfois sur le papier à en-tête de la mairie de Westminster, affranchi au bureau avec la mention « URGENT ». C'étaient les lettres les plus crues que j'aie jamais lues. « Tu as dû oublier de payer ta taxe d'habitation », a dit Ken en voyant une nouvelle enveloppe arriver. Je n'avais pas encore parlé de Chris à l'équipe, pour des raisons que je n'avais pas pris la peine d'examiner, mais je les laissais me taquiner sur le fait que j'avais sûrement un petit copain. Ils appelaient ces plis des lettres d'amour, mais la partie amour était un peu bâclée, charmante mais conventionnelle, comparée à la partie sexe. Je trouvais parfois une demi-heure de libre pour répondre, dans le logement ou l'hôtel basique où nous partagions des chambres à deux lits pour couples non sexuels, où des sous-vêtements lavés à la main séchaient sur le radiateur. Parfois, j'envoyais juste une carte postale, ce qui me dispensait d'essayer de rivaliser avec son inventivité ; j'imaginais Claudia se penchant dans le vestibule poussiéreux pour ramasser le courrier de l'après-midi, et l'emporter dans un endroit mieux éclairé pour pouvoir déchiffrer mon écriture minuscule.

Puis je suis rentré à la maison, où une série de petites contrariétés étaient devenues pour moi routinières, attachantes presque – qu'il faille toujours rouvrir la porte d'entrée quand on sortait, pour la claquer plus fort, le chauffe-eau au gaz problématique, les abat-jour en soie rose brunis par leurs ampoules, qui menaçaient d'incendier les lieux. Je suis monté dans la chambre de Chris et j'ai défait mes bagages, avant de m'allonger sur le lit, dont il avait changé les draps et qu'il avait fait avec un soin hôtelier. J'étais excité à mort, mais j'aimais être allongé là sans lui, pour la première fois. Chris me demandait parfois si j'avais branché quelqu'un, si j'avais « eu des aventures » pendant une tournée – un jour, je lui ai servi le récit sans pitié du soir où un homme d'âge mûr était venu m'attendre à l'entrée des artistes, à Chester, et m'avait ramené à son hôtel, en regardant le visage de Chris s'empourprer et se crisper d'excitation et de jalousie coupable, avant de craquer : « Mais bien sûr que non ! » N'empêche, l'idée planait dans l'air : les comédiens en tournée, j'avais pu le constater, avaient la réputation d'être toujours partants pour ce genre de choses, et Gary semblait d'ailleurs finir au lit avec quelqu'un partout où nous nous arrêtions – mais enfin, il était grand et costaud, franc et direct, et un comique-né, alors que je correspondais, comme lui-même l'avait formulé sans détour, à « un goût plus spécialisé ».

*

Quand Claudia a levé son verre ce soir-là, et déclaré : « C'est bien que tu te sois installé », je me suis revu un instant dans la longue lumière de sa phrase – lettres des intendantes, bulletins scolaires, la touche de soulagement toujours, et de surprise, que j'aie apparemment trouvé ma place dans un environnement difficile après l'autre. Chez Claudia, j'avais moins l'impression de m'installer que de sombrer, dans des lits et canapés douillets, et dans une brume d'alcool et de fumée de cigarette. Claudia roulait elle-même les siennes, à sa manière de grande dame, et son geste le plus courant lorsqu'elle se levait pour remplir son verre consistait à frotter le devant de ses vêtements pour en faire tomber les miettes de tabac.

J'étais assis à côté de Chris, cuisse contre cuisse sur le canapé amoureux, et avec la petite sensation curieuse que j'avais éprouvée lors de ma première visite, des semaines plus tôt, d'être en quelque sorte un projet pour ces deux-là. J'ai dit : « J'aimerais pouvoir me poser vraiment, Claudia, mais nous passons tellement de temps sur la route.

– Enfin, c'est quand même bien pour toi, j'espère, d'avoir un point d'ancrage à Londres… Cette auberge de jeunesse avait vraiment l'air trop horrible !

– Oh, c'est beaucoup mieux ici », ai-je acquiescé, tandis que Chris posait la main sur mon genou et, deux secondes plus tard, j'ai entrelacé mes doigts aux siens. L'excitation était difficile à cacher dans mon jean moulant, mais j'ai fait semblant de jouer distraitement avec un coussin, que j'ai tiré sur mes cuisses, dénouant de mon autre main la frange emmêlée.

« C'est tellement merveilleux de t'entendre parler de ton travail », a dit Claudia, qui continuait de me sourire chaleureusement. De la part de quelqu'un d'autre, cela aurait pu n'être que des paroles en l'air, de vagues encouragements proches de la condescendance, mais elle m'avait vu à la télévision dans *Hibiscus Hotel* et Chris, j'en étais convaincu, avait vanté le glamour de l'homme qu'il introduisait soudain dans le confort de leur étrange vie commune. « Et il me semble tout à fait juste, honnêtement, de ne pas te faire payer les semaines où tu n'es pas là. »

Je crois qu'elle a interprété ma brusque inspiration comme un geste de gratitude. « C'est très gentil de votre part, Claudia », ai-je dit, clignant des yeux et les détournant aussitôt, comme si j'étais choqué par sa générosité plutôt que par ce qui m'apparaissait, en cet instant, comme de l'avidité. « Et bien sûr, si vous voulez venir voir l'un de nos spectacles quand nous serons à Londres, n'hésitez pas à me le dire.

– Eh bien… merci beaucoup, David», a-t-elle répondu, baissant pudiquement les yeux ; j'ai senti que cette perspective la rendait très nerveuse. Elle semblait ne jamais sortir, elle allait chez le coiffeur et au supermarché Sainsbury's du quartier, avec le panier en osier à roulettes d'une femme bien plus âgée ; mais chaque fois que je revenais, elle était là dans la cuisine ou ici même au salon, et nos soirées à la maison se déroulaient pour l'essentiel, comme elle le disait elle-même dans un sourire, «*à trois** ». Elle dormait de l'autre côté du palier, mais je me suis demandé plus d'une fois si elle nous avait entendus nous envoyer en l'air, Chris et moi. Je la voyais toujours chez elle.

À la fin de la semaine, je lui ai donné dix livres et elle les a fourrées dans un porte-monnaie, qu'elle gardait dans son sac suspendu à un crochet à l'intérieur du placard de l'entrée, et c'est à cette petite formalisation, à ce rabat replié, à ce geste de refermer la porte du placard de l'entrée, que j'ai su que j'étais pris. J'étais de mauvaise humeur et je ruminais dans mon coin sur le lit, ce soir-là. «Fatigué ? a demandé Chris.

– Un peu», ai-je répondu ; et je suis resté éveillé tandis qu'il trouvait sa position sur l'oreiller, et que son souffle se faisait plus lent. Son ultime mouvement, un sursaut marmonnant, à demi inconscient, a consisté à reculer tout contre moi et à tirer mon bras autour de lui ; et je suis resté là pendant dix minutes, le poids de son ventre lisse et chaud sous ma main, jusqu'à ce que je me laisse à nouveau rouler sur le côté, redevenant moi-même.

*

La question de rencontrer ma famille n'a pas tardé à s'immiscer dans la conversation de Chris à table, et au lit. «Je n'ai pas de famille», disais-je, même si je lui avais parlé de maman – je m'étais expliqué, comme si souvent. « Elle a l'air très aventureuse, disait-il. Et puis elle vit… avec une femme. » Je l'imaginais mieux s'entendre avec Esme qu'avec maman, mais c'était celle-ci qui l'intriguait, et sur laquelle il était enclin à faire de petits commentaires spéculatifs. « J'imagine que ta mère doit… Elle te ressemble ?

– Eh bien, c'est ce que disent les gens. Elle est d'une autre couleur, évidemment. » Il semblait la chercher tendrement dans mes traits.

« C'est tellement audacieux, ce qu'elle a fait.

– Tomber enceinte, tu veux dire ?

– Elle en parle, quelquefois ?

– Elle dit qu'il n'y a rien à raconter – ça s'est passé il y a vingt-cinq ans, et à l'autre bout de la terre. C'était une terrible erreur.

– Elle ne dit pas ça, quand même ?

– Non, elle ne le dit pas comme ça, mais je lui ai rendu la vie très compliquée. » Je ne pouvais pas faire comprendre à une personne extérieure le champ de force que maman avait déployé autour du sujet de mon père, mutation particulièrement puissante du pouvoir maternel.

Elles avaient quelque chose d'extraordinaire, les angoisses multiples et les perspectives jamais imaginées d'un week-end à Crackers avec Chris. Il a loué une Cortina jaune vif, et j'ai pris le volant. J'étais si peu rentré à la maison pendant les trois années capitales qui s'étaient écoulées depuis le désastre d'Oxford que cette visite était une sorte de rapprochement déguisé, avec Chris comme objet apparent. « Ce sera agréable d'avoir de nouveau quelqu'un dans la chambre d'amis », avait dit maman au téléphone, et j'ignorais ce qu'elle envisageait, ou autorisait ; je n'avais encore jamais ramené de petit ami à la maison. Esme, au moins, avait connu Gilbert et ses nombreux amis proches, mais maman ne s'était jamais liée d'amitié avec un homme gay, sans parler d'un couple.

« Tu ne m'en voudras pas si je ne suis pas collé à toi quand nous serons chez maman, n'est-ce pas ? ai-je dit dans la voiture.

– Non, bien sûr, a-t-il répondu. On arrive bientôt ? »

La route commençait juste à se resserrer et à se concentrer de la même manière primitive qu'autrefois, à deux ou trois kilomètres de Foxleigh, avant la longue descente vers le centre-ville. J'ai dit : « Dans pas longtemps, tu verras la casemate où je venais jouer, enfant.

– Fascinant. Tu veux bien t'arrêter sur cette petite aire ?

– Tu te sens bien ? » Je me suis rangé au fond de l'aire, sous des arbres, près d'une poubelle qui débordait et que j'ai regardée sans la voir, et en jetant des coups d'œil dans le rétroviseur, pendant qu'il me taillait une pipe. Une fois qu'il a eu terminé, il s'est essuyé les lèvres et le menton dans son mouchoir, et m'a embrassé : « On n'aura peut-être pas l'occasion plus tard ! » Je me suis senti vaguement scandalisé en constatant que nous avions baisé si près de la maison – après nous être réengagés sur la grand-route, nous n'avons pas tardé à nous retrouver derrière une Rover 90 grise, qui se traînait à quarante à l'heure. Vue de derrière, elle semblait ne pas avoir de conducteur, mais je connaissais très bien cette manière qu'avait le vieux docteur Grahame, courbé en deux par son arthrite, de regarder la route à travers le volant plutôt que par-dessus. « L'homme qui conduit cette voiture, ai-je expliqué, est notre médecin de famille, il me connaît depuis que j'ai quatre ans.

– Donc tu as une famille », a fait remarquer Chris.

Il n'avait jamais entendu parler de Foxleigh avant de me rencontrer, de sorte que je voyais un peu la ville à travers ses yeux maintenant, tout en éprouvant la singulière transe prosaïque qui s'emparait de moi devant toutes ces enseignes et ces pas-de-porte familiers. C'était samedi après-midi, Wincroft était fermé, mais j'ai tourné sur Coach Lane, puis Church Street pour passer devant. « C'est la boutique de maman et Esme », ai-je annoncé. Dans la vitrine, Betty et Tricia, les deux infatigables mannequins, levaient leur main droite en contemplant la rue, comme si elles venaient de voir une chose merveilleuse sur le trottoir d'en face ; elles portaient de nouveaux tailleurs d'automne, très élégants, celui de Tricia composé d'une veste à ceinture et d'un pantalon légèrement évasé. Chris a dit que la devanture était très chic, et je me suis fait la réflexion que son éclat et sa présence n'étaient pas à leur place dans cette rue et cette ville – c'était un triomphe, mais également un risque.

Comme nous remontions Marlborough Street, j'avais l'impression de déjà voir la maison, de voir à travers elle, Esme les yeux rivés aux mots croisés du *Telegraph* et maman dans la cuisine en train d'éplucher des pommes de terre pour occuper le temps anxieux entre le déjeuner et notre arrivée, « vers trois heures ». Je me suis engagé dans l'allée, et la maison avait l'air un peu éteinte, simple et capable mais ne sachant pas vraiment à quoi s'attendre. Bizarrement, je n'avais pas pris mes clés, et au lieu de sonner à la porte, j'ai emmené Chris à l'arrière pour que nous les apercevions d'abord à travers la fenêtre du séjour, maman en plein tricot, en fait, Esme suivant les courses de chevaux à la télé : mes deux petits coups sur la vitre les ont fait sursauter. Les têtes qui se tournent, l'instant de trouble et de confusion aussitôt effacé par les démonstrations de joie et de surprise. Maman a déverrouillé la porte-fenêtre et nous a fait entrer – l'étreinte de toujours, indulgente, instinctive, sous le regard de Chris, tout sourire. Puis : « Maman, je te présente Chris Canvey », ils se sont serré la main et Chris a dit, au bord du rire : « Je suis tellement enchanté de faire votre connaissance » ; je savais qu'il le pensait vraiment, même si maman a dû y voir une pointe d'affectation.

« Bon-*jour* ! » s'est exclamée Esme en traversant la pièce, l'air magnifiquement dynamique et radieuse dans ces premiers instants absolument clairs et naturels. J'avais oublié son glamour, qui a manifestement frappé Chris, ils ont ri tous les deux en se jetant sans hésiter dans un baiser sur la joue par-dessus leur poignée de main. « Je vais aller éteindre, a dit Esme, mais asseyez-vous donc », et Chris a pris place à côté de maman sur le canapé, tandis que je retrouvais malgré moi mon vieux fauteuil devant la cheminée. « J'espère que vous n'avez pas été trop retardés par les travaux sur Chalk Street, a dit Esme en se laissant tomber en face de moi. Ils provoquent d'atroces ralentissements ces temps-ci.

– Hier, on s'est retrouvées coincées pendant dix minutes, a renchéri maman, et elle s'est tournée vers Chris en quête d'un signe de compassion ou d'indignation.

– C'est le service des eaux, a expliqué Esme. Il n'est pas vraiment connu pour son efficacité par ici, j'en ai peur ! »

J'ai dit : « Non, on n'a pas eu de problème, n'est-ce pas, Chris ?

– Qu'est-ce que je vous sers ? a demandé maman, qui s'est levée d'un bond.

– Oh… ! ai-je protesté. Laisse-moi… », me redressant sur mon fauteuil, coincé dans un rôle indéfini entre hôte, invité et fils prodigue.

*

Chris a demandé à prendre un bain avant le dîner, ce qui m'a laissé seul pour la première fois avec maman et Esme. « Eh bien, ton galant a l'air de se plaire ici, a déclaré cette dernière.

– Si vous voyiez l'endroit où il habite…, ai-je répliqué en faisant une drôle de tête pour dissimuler ma confusion devant son ouverture d'esprit.

– C'est comment ? a demandé maman.

– Eh bien, confortable, ai-je répondu, mais un peu sordide.

– Mon Dieu ! »

J'ai parcouru du regard l'ordre et l'élégance qui m'entouraient, les mètres et les mètres de Ladies in Waiting que maman avait assemblés non sans ironie, et au milieu desquels elle vivait maintenant.

Je me demandais si elles avaient trouvé rassurant ou déconcertant le fait que Chris soit plus âgé que moi. « J'imagine qu'il est très bien payé, non ? » a dit Esme. Elle s'était délectée des anecdotes barbantes de Chris sur les affaires de la mairie, les combines autour des budgets. « C'est fascinant, pas vrai, Av', d'avoir ce point de vue d'initié ? »

Maman n'avait guère prêté attention, mais elle a secoué la tête et répondu : « Absolument. » Je me suis demandé si elle ne s'était pas fait une idée un peu plus excentrique des hommes gays et si, maintenant qu'elle avait rencontré Chris, elle ne craignait pas que celui-ci m'ennuie bientôt autant qu'il l'ennuyait.

Nous étions tous passablement ivres à la fin du dîner, et ensuite, pendant le journal télévisé de neuf heures du soir, Esme n'arrêtait pas de soupirer avant de commencer une phrase dont on pensait qu'elle concernait le reportage que nous étions en train de suivre, mais qui se révélait porter sur telle ou telle autre émission dont elle se demandait si Chris l'avait déjà regardée. Il répondait tout bas, respectant l'attention un peu gênée que maman et moi prêtions au coup d'État qui venait d'avoir lieu au Chili. Un autre verre a été proposé, mais Chris a bâillé et s'est étiré de manière assez plausible, et nous sommes tous tombés d'accord sur le fait que la journée avait été longue. Je n'étais pas monté me coucher aussi tôt depuis Bampton. Chris m'a entraîné dans la salle de bains où il était en train de se brosser les dents pour me rouler une atroce pelle goût menthol, et je m'attendais presque à ce qu'il traverse en douce le palier, plus tard, mais quand je me suis moi-même dirigé en douce vers les toilettes, j'ai entendu ses ronflements paisibles à travers la porte de la chambre d'amis, et des voix trop basses pour comprendre ce qu'elles disaient, un peu plus loin, dans la chambre de maman et Esme.

*

Le lendemain, alors que la préparation du déjeuner battait son plein, Chris m'a demandé si je voulais bien l'emmener faire une promenade en ville, pour lui montrer l'endroit où j'avais grandi. J'en avais très envie, pour me voir offrir l'attention d'un amoureux pour les petits détails honteux et touchants de mon passé, mais j'avais peur qu'il n'en saisisse pas l'intérêt, et l'idée de m'exposer ainsi, finalement, ne me disait rien qui vaille. J'imaginais en outre que Chris espérait une pipe, au minimum, et comme j'enfilais ma veste en lançant un « À tout de suite ! », mon esprit a pris les devants, en quête d'un bosquet ou d'un recoin où cela serait peut-être jouable. Dès que nous sommes sortis dans l'impasse, encore à portée d'oreille, il s'est écrié : « Elles sont formidables, David ! », et il a jeté son bras autour de mon épaule tandis que nous marchions, au point que j'ai manqué tomber. Il avait gardé ça pour lui, de façon à pouvoir me le dire : « Je les aime beaucoup.

– Oh, c'est bien, je suis tellement content », ai-je répondu, soulagé, et hilare, et, de manière un peu inattendue, contrarié, comme s'il avait tout de suite saisi leur intérêt, d'adulte à adulte, alors que j'étais encore empêtré dans mes ressentiments d'adolescent.

« Esme est un vrai ange, elle devrait faire de la télé, je l'adore.

– Eh bien, je crois qu'elle t'apprécie aussi beaucoup, ai-je dit.

– J'ai l'impression qu'on a vraiment bien accroché.

– Tu la verrais faire quoi – à la télé ?

– Ooh, je la verrais bien animer un talk-show, pas toi ? Avec plein d'alcool à boire pour les invités – bon sang, elle a une sacrée descente. » Il s'est tourné vers moi. « Désolé, chéri, tu sais que je ne dis pas ça pour la critiquer. »

J'ai haussé les épaules, tout sourire, pour montrer que ça ne me dérangeait pas. Couvrir d'abord de louanges Esme laissait pour l'instant en suspens la question de maman – peut-être n'avait-elle pas été à la hauteur de l'idée qu'il s'en était faite ? « Maman est beaucoup plus discrète, c'est sûr, ai-je dit.

– Eh bien, a répliqué Chris, et il a secoué la tête, elle est vraiment extraordinaire. » J'ai songé qu'il y avait quelque chose de très aimant dans le fait qu'il me dise ça. « Et belle, aussi. »

Je n'allais certainement pas le contredire, et c'était probablement censé déboucher sur un compliment à mon égard – qu'il y avait une « telle ressemblance » entre nous, et ainsi de suite. J'ai répondu : « C'est assez rare d'entendre ça, en fait.

– Il faut vraiment être une lesbienne comme moi pour l'apprécier à sa juste valeur.

– C'est peut-être ça, ai-je dit.

– Je te parie que toutes ces filles dont Esme n'arrête pas de parler sont toutes folles de ta mère.

– Eh bien... », ai-je répondu, prudent, de nouveau confronté à cette idée que ma mère, si parfaitement connue de moi que je la voyais à peine, puisse dans sa nouvelle vie se révéler être un canon. J'étais content, mais des doutes se cachaient encore derrière mon sourire, et j'étais de nouveau un peu inquiet que nous nous soyons perdus l'un l'autre, au moment où elle s'était trouvée elle-même – cet éternel problème.

« C'était adorable de l'entendre parler de toi – elle est tellement fière –, enfin, toutes les deux sont fières de toi, bien sûr.

– Tu crois ? » ai-je demandé, et soudain j'ai pensé qu'il était en train d'inventer, diplomatiquement – il voulait toujours que les gens s'entendent bien.

« Elle m'a dit qu'elles aimaient vraiment venir voir tes spectacles, toutes les deux, mais qu'elles ont l'impression que tu n'as pas trop envie qu'elles soient là.

– Eh bien, je leur ai demandé de venir, ai-je répliqué.

– En tout cas, j'ai pensé qu'il fallait te le dire, parce que tu as toujours l'air un peu embarrassé quand tu parles de ta mère.

– Ah bon ? » ai-je dit, et j'ai su qu'il se trompait, qu'il se méprenait sur le ton de ma voix, tandis que l'accusation était assimilée par mon esprit, en prenait possession. « Je suis d'ailleurs très fier d'elle, moi aussi.

– Oui, c'est ce que je lui ai dit », a répondu Chris, et il m'a déposé un baiser sur la tempe pour mettre un terme à ma bouderie avant même qu'elle ait commencé.

*

Comme nous descendions Chalk Street, il y avait quelque chose d'improbable, si ce n'est d'impossible, à voir son reflet se déplacer derrière le mien sur les vitrines des magasins. J'avais ramené un homme à la maison, une petite victoire, quasi imperceptible. Une ou deux personnes m'ont dévisagé, et souri à moitié en passant devant moi – soit elles se souvenaient de moi, vaguement, pour m'avoir connu dans mon enfance, soit elles trouvaient que je ressemblais un peu au jeune homme qui avait joué dans *Hibiscus Hotel*. Pour les autres badauds qui me remarquaient, j'étais, j'imagine, un étranger inattendu, à qui son hôte anglais faisait faire le tour de la ville. Mon secret était-il seulement visible – que je me livrais à des actes homosexuels avec cet homme deux fois par jour, parfois trois le week-end ? Nous avons remonté la place et j'ai pointé du doigt notre ancien appartement, suis passé devant discrètement pour ne pas attirer l'attention si quelqu'un regardait en bas de là-haut, invisible. Les fenêtres étaient pratiquement opaques en plein soleil, la doublure crème des rideaux à peine visible dans ma chambre d'enfance. C'était un test pour Chris – la chose totalement inintéressante qui, pour moi, était chargée de sens. « Je me représente très clairement l'adolescent que tu étais », a-t-il déclaré, avec cette expression qui servait à masquer ses pensées les plus cochonnes, mais quelques pas plus loin, il a passé son bras sous le mien et semblait, contre toute attente, plus ému que moi à la vue de ces fenêtres vides. C'est moi qui n'en avais pas saisi tout l'intérêt.

Nous sommes retournés à la maison en passant par le haut de la ville, devant le Regal et la Bishop Alfred's School, puis nous avons traversé la grand-rue, et même si le premier champ venait juste d'être hersé, je lui ai fait franchir l'échalier pour rentrer par la petite boucle à travers Ansell's Farm. La ligne du sentier était déjà tracée à force de passage, mais nous avons marché l'un derrière l'autre pendant un moment, et je le suivais avec la découverte en cours, inattendue, du week-end : que c'était lui, le guide. Mon œil se posait, par intermittence, sur le bas de sa courte veste d'extérieur, qui montait et descendait à chacun de ses pas et qui, lorsqu'il a enfoncé les deux mains dans ses poches, s'est soudain écrasée dans le creux de ses reins – mes pensées étaient on ne peut plus communes, mais mon cœur n'était pas tout à fait dans la scène que j'imaginais, si nous prenions à droite après l'espalier au lieu d'aller à gauche, et traversions le champ jusqu'à la vaste grange poussiéreuse qui abritait le séchoir, un défi d'adulte posé sur celui d'un enfant. J'ai réalisé, non pas sous la forme d'un flash, mais dans une lente remontée de sentiments irrésolus, informes et déroutants, qui montaient néanmoins progressivement vers la clarté, combien je m'étais montré cruel – et négligent, et méchant – envers ma mère ces trois dernières années, reportant sur elle la honte que j'avais de moi-même.

C'était Chris qui m'avait aidé à en prendre conscience, à sa manière directe et généreuse, et je l'aimais pour ça, même si, dans le même temps, des bouffées de ressentiment, et de honte que ce soit lui qui ait dû s'en charger, me traversaient. Nous avons enjambé l'échalier menant au champ suivant, et à la portion de chemin marquée à tout jamais par la vieille bique qui nous avait toisés avec mépris, maman et moi, toutes ces années en arrière, puis nous avons pris à gauche vers la maison. Je me suis porté à sa hauteur, mes semelles s'enfonçant dans la croûte bosselée et un peu molle du champ labouré, et je l'ai pris par la main tandis que nous nous balancions en cadence. Je ne sais pas s'il comprenait mieux que moi ce qui était en train de se passer.

22

« Je ne conduis pas, a dit Derry Blundell au téléphone. Enfin, je *sais* conduire, je conduisais un putain de *char* pendant la guerre, mais je n'ai pas le permis pour le moment, donc j'ai bien peur de ne pas pouvoir venir vous chercher à la gare. À moins que vous ne descendiez vous-même en voiture ?

– J'ai le permis, ai-je répondu. Mais je n'ai pas de voiture.

– Il faudra prendre un train pour Gillingham depuis Waterloo Station – le *Gui*llingham du Dorset. N'allez pas vous retrouver à *Ji*llingham, dans le Kent ! Ensuite, vous prendrez un taxi à la gare. La maison est *un peu* difficile à trouver, dites au chauffeur de prendre la direction de Shaftesbury, puis la troisième à gauche après le Melton Arms. Il ne voudra certainement pas, mais dites-lui qu'il n'a pas le choix. Il y a un gué à passer tout en bas, pas très profond, et c'est le premier portail sur la droite en remontant de l'autre côté. Il y a une statue de Boadicée devant.

– Elle ne devrait pas être trop dure à repérer », ai-je répliqué. Je ne savais pas s'il essayait d'être drôle, ou si c'était moi.

*

J'ai cherché l'endroit où j'allais dans l'atlas routier, que j'avais acheté comme si je possédais bel et bien une voiture. Great Gores, la vieille maison remarquablement isolée que Derry et Bill Severne avaient achetée avant la guerre, se trouvait juste à cheval sur la frontière entre Wiltshire et Dorset, et, à en croire Derry, l'un comme l'autre de ces comtés la désavouaient. « Nous payons nos impôts locaux dans le Dorset, mais pour ce qui est du ramassage des ordures, ils disent qu'on dépend du Wiltshire ; sans parler, bien sûr, de la question des eaux usées. » Bien triste sujet de préoccupation pour un homme jadis si aventureux, ai-je songé. Sur la carte, le petit chemin de campagne au bord duquel il vivait n'était qu'un trait ténu empruntant le plus long itinéraire possible entre deux routes secondaires, qui étaient elles-mêmes d'une nature aussi divagante que dilatoire. Mais je ne savais rien, encore, des collines à travers lesquelles elles serpentaient.

Dix jours plus tard, j'étais dans le train, traversant à grand fracas le sud-ouest de Londres avec la perspective rassurante de pouvoir me vider l'esprit pendant ces deux heures de trajet – Woking d'abord, puis le Hampshire et le Wiltshire, avant d'arriver dans le surprenant coin supérieur du Dorset. J'éprouvais un vague soulagement à quitter seul la ville, expansion bienvenue dans l'air et l'espace de la campagne ; je m'étais montré bougon avec Chris depuis notre retour de tournée, canalisant confusément mon irritation dans des rapports sexuels ininterrompus – Chris oscillait sans cesse entre reconnaissance et ressentiment, rechignant tout autant que moi à parler de ce qui, peut-être, n'allait pas.

Je ne sais pas ce que j'attendais de cette visite chez Derry, ni pourquoi j'avais accepté d'y aller. Un petit homme aux cheveux gris, très beau, était venu me trouver dans ma loge après la représentation de *Troïlus* à Southampton, à la fois enthousiaste et critique, désireux, surtout, de s'entretenir avec moi. J'étais en train de m'habiller quand il a frappé et est entré. Il avait l'allure d'un soldat et ne semblait pas gêné de me regarder boutonner ma chemise et enfiler mon jean. Il m'avait vu sans rien d'autre sur moi qu'un string en cuir, plus tôt dans la soirée, mais ici, c'était plus intime. Quelque chose là-dedans avait flatté ma vanité, l'homme beaucoup plus âgé avec encore un élément, un résidu de défi sexuel – ma réaction devant un observateur imaginaire, un autre membre de la troupe, avait été : « Bien sûr que non ! », mais avec un sourire qui défendait mon droit à flirter, au moins. J'avais l'impression, je l'avais sans cesse dans le monde mélangé d'artistes et de comédiens où nous évoluions, d'avoir son nom sur le bout de la langue ; si bien que je m'étais montré prudent et courtois, et lui, direct et flatteur, comme s'il était habitué à obtenir ce qu'il voulait, et comptait bien y parvenir avec moi. Le lendemain, à la Southampton Art Gallery, j'avais vu une photo de Bill Severne et lui, prise par Cecil Beaton pendant une répétition au Sadler's Wells Theatre – près de quarante ans plus tôt, vestes et cravates, cigarettes, l'éclat d'une scène au milieu d'un cercle d'obscurité. Bill, dix ans de plus, était grand, blond, l'allure féminine ; je me suis rappelé, alors, qu'il était venu un jour au club des arts de Bampton, donner une conférence sur la scénographie qui avait quelque peu outrepassé nos besoins et nos capacités de compréhension ; il était mort au début de l'année précédente. Sur la photo, Derry avait les cheveux noirs et huilés, mais pour le reste il n'avait pas tellement changé.

*

À Gillingham, le chauffeur du taxi a laissé échapper un lourd soupir quand je lui ai donné l'adresse, puis m'a grommelé de monter. La voiture était un ancien taxi londonien, désormais agrémenté de publicités pour un restaurant indien de Shaftesbury qui hochaient la tête de manière irréelle au dos des sièges rabattables. Une fois hors de la ville, le chauffeur a trouvé un angle d'attaque : « Vous passez la nuit là-bas ? a-t-il demandé.

– J'espère que non », ai-je répondu. Je n'avais pris que ma sacoche, contenant le *Guardian* et le livre de Derry, *Mettre en scène un opéra*, pour me le faire dédicacer. Le regard du chauffeur dans le rétroviseur était un mélange de suspicion et de possible connivence, comme si j'avais sans doute besoin d'être un peu rancardé sur l'homme chez qui je me rendais. Je me suis concentré sur le paysage. La campagne était magnifique, du genre qui m'inspirait ces éternels désirs contradictoires : de rester ici pour toujours, et de retourner immédiatement en ville.

« Ça fait longtemps que vous êtes en Angleterre ?

– Vingt-six ans », ai-je répondu. Il a semblé se perdre alors dans d'amers calculs.

Bientôt, j'ai aperçu la façade du Melton Arms, et peu après, nous avons ralenti pour tourner dans une étroite route de campagne escarpée filant entre de hautes haies. Au pied de la côte, la route s'aplanissait et le chauffeur a rétrogradé en première pour s'engager dans le gué. « Vous avez enfilé votre gilet de sauvetage ? » a-t-il lancé. C'était le gué le plus profond que j'avais jamais traversé, et le chauffeur lui-même avait soudain l'air très inquiet en voyant les flots implacables déferler autour de nous, comme s'ils voulaient nous emporter. Souffle coupé, je me suis demandé si c'était déjà arrivé, mais juste à ce moment-là nous avons commencé à nous en libérer, avant de remonter brusquement la rampe de l'autre côté dans un rugissement écumeux.

Je m'étais forgé ma propre image de la statue de Boadicée, et c'est seulement après que nous avons tourné dans l'allée que je l'ai aperçue – un casque moussu et une épée dépassant des fourrés. Le taxi a descendu le chemin tant bien que mal, bringuebalant dans tous les sens, franchissant au ralenti les ornières remplies d'eau, et à la prudence du chauffeur se mêlait la satisfaction de me voir récolter ce que j'avais demandé. Je restais assis là à absorber les chocs avec un sourire distant, tout en me disant que nous nous étions peut-être tout simplement trompés de chemin. Puis des cheminées et un pignon sont apparus parmi les arbres, en contrebas, et j'ai senti le léger serrement de l'arrivée, de la rencontre imminente. Les arbres se sont ouverts sur un cercle de gravier devant la maison, où Derry en personne se tenait debout, mains dans les poches de sa veste, comme s'il se demandait où nous étions passés. Nous foncions droit sur lui – après une guerre des nerfs fugace, le chauffeur s'est finalement immobilisé à quelques centimètres à peine de ses pieds. Je me suis penché dans l'habitacle pour lui tendre l'argent à travers la vitre coulissante, prenant à peine le temps de jeter un coup d'œil aux lieux – des urnes, un fronton et les piliers d'un porche, accolés à ce qui semblait être une maison plus ancienne et plus humble.

Il y avait dans le ton de Derry un défi autant qu'un salut : « Vous êtes différent, a-t-il dit.

– Bonjour ! » ai-je répliqué, tout sourire, ne sachant comment l'appeler mais le laissant me regarder. Il a serré ma main offerte comme si cela était superflu.

« C'est à cause des lunettes » – avec une touche de reproche.

« Oh… oh, oui… eh bien, je ne les porte pas sur scène, en général.

– Non, évidemment », a-t-il dit, indulgent, et il a posé la main sur mon épaule pour me guider vers la porte d'entrée. « Cyril Matthews aussi était bigleux comme une taupe, vous savez. Un jour, je l'ai vu adresser au figurant qui jouait son serviteur l'intégralité de la réplique de Polonius destinée à Laërte – et là, acclamations du public, il a eu l'impression d'avoir cassé la baraque sans savoir ce qu'il avait fait pour mériter ça. Ce qui ne l'a pas empêché d'être l'un des plus grands acteurs de son époque.

– Non, j'imagine. Et il ne trébuchait jamais sur des éléments de décor ?

– Ça, je l'ignore. Pas que je sache. »

J'ai suivi Derry à l'intérieur de la maison. Dans le hall d'entrée lambrissé de bois sombre, au fond duquel se dressait un escalier en chêne, il a paru ne plus savoir s'il était simplement mon hôte, ou également un guide. « Oh là là... », ai-je soupiré, posant ma sacoche sur une chaise en regardant autour de moi.

Il a demandé : « Qu'est-ce qui... ? Ah, oui... », ravi et peut-être un peu las de devoir tout m'expliquer. « Je vous montrerai tout ça un peu plus tard. » Dans l'éclat de l'unique petite fenêtre derrière eux, il était difficile de distinguer vraiment les trois ou quatre bustes posés sur des piédestaux, de jeunes hommes aux épaules dénudées et aux traits affirmés, avec des mèches de cheveux en plâtre blanc et en argile rougeâtre. La lumière projetait son propre vernis sur les dessins encadrés là, protégés par des passe-partout, des projets de costumes à l'évidence, pour un ballet au thème oriental peut-être.

« Incroyable ! » me suis-je exclamé.

Il a inspiré sèchement, plusieurs fois, comme sur le point de se lancer dans une explication, mais alors, il a simplement déclaré : « Je suis ravi qu'ils vous plaisent. »

Nous avons emprunté un couloir dallé et, avant de soulever le loquet de la porte du salon, il a demandé : « Que voulez-vous boire ? »

J'ai consulté ma montre. « Juste un verre d'eau, peut-être ? »

Il a traversé la pièce et l'a arpentée un moment, le visage sombre, sans rien dire. « Vous ne prendrez pas un sherry, ou quelque chose ?

– Non merci. »

Il est allé me chercher de l'eau. Quand il est revenu, il avait une expression vaguement contrite, comme s'il pensait que c'était peut-être ma race, ou ma religion, qui m'interdisait de boire de l'alcool. Il m'a enveloppé d'un sourire indulgent en me tendant le verre. « Bill arrêtait de boire, de temps en temps. »

C'était une pièce tout en longueur, sous un plafond bas, remplie jusqu'à l'oppression de meubles, d'objets et de photographies, tous à n'en pas douter intéressants en soi. Tandis que mes yeux glissaient sur des photos, de petits portraits peints, des bronzes miniatures de soldats et de lutteurs nus, je n'arrivais pas vraiment à distinguer les œuvres d'art des simples souvenirs – peut-être les esquisses de décors encadrées étaient-elles les deux à la fois. Il y avait tout un bric-à-brac assez ordinaire à mes yeux, où se distinguait un bronze représentant un jeune Birman, jambes nues sous un *longyi* impeccablement bordé, qui ressemblait beaucoup à des objets que j'avais pu apercevoir lors de mes longues errances dans les ailes désertes des grands musées consacrées aux cultures d'Extrême-Orient. Je me suis soudain tendu, avec cette sensation presque subliminale que j'avais parfois, quand j'entrais chez un inconnu, de pénétrer dans un piège, tout doré et confortable qu'il soit en apparence. J'étais encore en train de m'habituer et de faire semblant de ne pas avoir remarqué le thème oriental quand je me suis approché de ce qui devait être un portrait de Bill, accroché en face de la fenêtre principale. « Ah, je sais qui c'est », ai-je déclaré avec chaleur, en m'efforçant de déchiffrer la signature rouge de l'artiste. Bill était représenté très jeune, doré, lèvres écartées, les joues peut-être un peu trop roses.

« Oui... J'aimerais pouvoir vous dire que c'est ainsi que je me souviens de lui, mais le fait est que le type qui a peint ce portrait était amoureux fou de Bill, et j'ai bien peur que cela se voie. » J'ai repensé à la photo de Beaton, et au vieil homme prononçant son discours au club des arts de Bampton avec son air vaguement efféminé, ses couleurs vives de buveur.

« Vous avez des choses magnifiques, ici... », ai-je dit. Bien sûr, j'avais tout à fait conscience de me trouver dans une maison homosexuelle, peuplée d'objets et d'images plus ou moins éloquents sur ce point, riche anomalie perdue au fin fond de la campagne – je me suis demandé si Derry avait quelqu'un de comparable à la Mrs Wilson d'Esme, qui époussetait tranquillement les éphèbes de bronze et souriait aux photographies posées sur le piano comme s'il s'agissait de vieux amis à elle.

« Eh bien, je vous ferai visiter tout à l'heure, a-t-il dit. Prenons d'abord un verre », et il s'est laissé tomber dans un grand fauteuil spongieux qui semblait habitué au choc. « Asseyez-vous là, que je puisse vous voir. » Jetant un coup d'œil autour de moi, j'ai choisi un petit fauteuil à la française à un mètre de lui. Comme pour la poignée de main superflue, je n'étais pas très sûr de ce qu'il convenait de faire maintenant. « Bon, je vous l'ai déjà dit, j'ai apprécié votre spectacle, a-t-il commencé.

– Merci, vraiment. Nous étions très heureux que vous soyez venu.

– Mais pas tous ses aspects. Il était bien trop bruyant à mon goût.

– Un tas de gens ont eu la même impression, ai-je reconnu.

– On n'a pas besoin de tout ce bruit pour se faire entendre. Quel qu'ait pu être le message.

– Je crois que nous cherchions à faire sentir au public l'effet implacable de la guerre.

– Mm, mais c'est une pièce de théâtre, non ? Pas une vraie guerre. Une poignée de détonations et de cris auraient suffi pour qu'on comprenne.

– Je dois avouer que j'ai parfois pensé la même chose, vous savez, à force d'être dedans tous les soirs ! »

Il m'a lancé un regard victorieux. « Évidemment, a-t-il repris d'un ton plus admiratif, jamais nous n'aurions pu avoir toute cette chair nue sur scène à mon époque », et il m'a gratifié d'un drôle de petit sourire. « Ces bites, pour être clair.

– Ça nous a permis de faire l'actualité, ai-je répliqué.

– Et vous, vous ne l'avez jamais fait ? a-t-il demandé d'un ton enjoué.

– Comment ça… ?

– Être nu sur scène ?

– Si, ça m'est arrivé. Une fois ou deux. »

Il n'a pas su quoi dire, alors. J'ai regardé le piano à queue marron à côté de moi, avec sa demi-douzaine de photos encadrées massées sur le couvercle. Derry en jouait-il ? J'avais la sensation que le recueil de partitions de Cole Porter était posé depuis longtemps, ouvert, sur le pupitre. Et la désagréable impression que j'aurais dû reconnaître ces visages – je m'efforçais de déchiffrer ces signatures griffonnées à l'oblique, en état d'ébriété peut-être. J'ai fini par identifier Tony Britton et Cocteau – était-ce bien lui ? –, ainsi qu'un très jeune Rudolf Noureev. Sur l'un de ces clichés, il y avait un bel Asiatique, plus âgé peut-être qu'il n'en avait l'air avec son maquillage de scène, et torse nu, « Pour Derry avec toute mon affection, Tony », écrit de biais à la hauteur de son épaule. « Qui est cette personne, sur la gauche ? ai-je demandé.

– Ah, oui… », a dit Derry, avec de nouveau un regard insistant et le souffle lourd, au moment d'entreprendre la tâche consistant à tout expliquer depuis le début – il en était capable, il l'avait déjà fait, et d'une certaine manière, bien sûr, il en avait envie, mais le gouffre entre son savoir et l'ignorance de ma jeunesse allait devoir être imaginé, d'abord, puis comblé. « Il y a un meilleur portrait de lui d'ailleurs, là-bas », et, comme je me tournais : « Tony Sein – vous avez peut-être entendu parler de lui. » Nous nous sommes relevés et avons traversé la pièce. L'autre portrait était une minuscule peinture sombre, difficile à distinguer, mais Derry a allumé la lampe qui se trouvait juste en dessous et ses couleurs m'ont brusquement sauté aux yeux – c'était comme un petit autel dans un coin du salon. On y voyait le jeune homme en pied, dans un costume orné de bijoux et coiffé d'un *gaung baung*, le bras droit levé derrière lui, le gauche tendu vers l'avant, main repliée. Je ne sais pas si j'aurais fait le lien avec l'autre portrait. « C'est une belle image de Tony par ce bon vieux Gerald Kelly, qui est mort l'autre jour, a expliqué Derry, je ne sais pas si vous le saviez, à quatre-vingt-quinze ans.

– Oh… Sir Gerald Kelly, président de la Royal Academy of Arts, ai-je répondu. “Un geste tragique” !

– Eh oui, lui-même, a dit Derry, penchant la lampe pour qu'elle m'éclaire aussi. Même si ce geste-là est différent, à l'évidence. J'imagine que vous connaissez la danse birmane, n'est-ce pas ?

– Mm, pas *vraiment* », ai-je avoué. J'ai senti son regard glisser de Tony à moi, puis retour.

« Vous avez un peu de son allure.

– Oh, vous trouvez ? Difficile à dire.

– Quelque chose, au niveau des yeux » – embarrassé, peut-être, mais insistant tout de même. « Vous m'avez dit que vous étiez à moitié anglais, mais vous êtes assez foncé, je trouve.

– Mon père avait la peau très sombre.

– Je vois, a dit Derry d'une voix raisonnable. Enfin, voilà Tony – l'un de mes grands amours.

– Ah ah…

– Il était venu à Londres avec une troupe de danse birmane, peu après la guerre. Le plus bel homme qu'on puisse imaginer. Tout le monde le disait. »

Je me suis rassis sur le fauteuil inconfortable avec la certitude grandissante d'être non seulement un jeune homme intéressant, mais un type bien précis de jeune homme, particulièrement intéressant pour Derry. « Où est-il, maintenant ? » ai-je demandé. Derry s'est laissé retomber dans son fauteuil et a souri tendrement au portrait de Tony, là-bas, comme sur le point de répondre – mais peut-être n'avait-il pas entendu. Je n'arrivais pas à démêler les sentiments que m'inspirait le fait d'être un simple type, un type pour lequel il avait une telle tendresse.

Quand nous sommes passés dans la pièce d'à côté pour déjeuner, il s'est avéré qu'il y avait une femme dans la maison, qui nous a apporté des assiettes chaudes pendant que nous prenions place à table, et nous a servi une sorte d'escalope accompagnée de légumes. Derry lui a grommelé quelque chose, comme si elle lui cassait les pieds, alors que j'ai tout de suite vu combien elle lui était dévouée. Elle n'était pas vraiment agréable avec moi, et j'ai songé que je faisais peut-être les frais d'on ne sait quelle brouille entre ces deux-là ; elle avait consenti un effort, pas énorme, pour un visiteur venu de Londres, et je me montrais trop charmant avec elle, et sentais qu'elle n'avait pas confiance en moi. J'ai été soulagé quand elle a quitté la pièce. Bientôt le bruit assourdi d'une radio s'est fait entendre, des chants, des rires, et le fracas plus sonore de casseroles entrechoquées, que Derry semblait avoir l'habitude d'ignorer.

Nous étions assis de part et d'autre d'une table ronde en chêne, Derry encadré devant moi par un haut manteau de cheminée ciselé de feuilles et de fleurs sombres, ses cheveux gris étincelants ramenés en arrière : l'image du gentleman de province en veste de tweed et cravate rouge, un mouchoir glissé dans sa poche de poitrine. Derrière lui, dans mon esprit, se dressait le jeune homme pressé, élégant, du cliché en noir et blanc de Beaton. Son teint empourpré était maintenant dû autant, devinais-je, à la boisson qu'à l'air de la campagne. Il avait fait une bonne guerre, comme il me l'avait confié en passant, au point de recevoir la croix militaire pour ses hauts faits en Afrique du Nord, et quand il s'est levé pour aller chercher une bouteille dans le buffet, la rigueur de son maintien camouflait et semblait défier la raideur de l'âge. J'ai accepté un petit verre d'un vin rouge qui, selon lui, allait me plaire. Mais à mesure que le déjeuner avançait, quelque chose de plus trouble s'est immiscé dans les regards qu'il me lançait par-dessus le chêne poli.

Il sautait aux yeux que je lui plaisais, mais il devait aussi sans cesse me pardonner de n'avoir jamais entendu parler des personnes qu'il citait, ce qui, de manière très insidieuse, semblait me mettre sous pression : il ne fallait pas que je le déçoive davantage. Il évoluait dans une atmosphère de relations, passées pour la plupart, avec des gens sans doute brillants, danseurs et stylistes, certains peintres émigrés, des librettistes d'opéra d'avant-guerre qui avaient été « plébiscités par le public » à l'époque, et dont on n'avait quasiment plus jamais entendu parler ensuite. Marowitz et Peter Brook l'enthousiasmaient, et je voyais bien qu'il avait apprécié la manière dont Terra faisait voler en éclats le décorum, cet art du travestissement aussi qu'il avait si bien maîtrisé au cours de sa propre carrière (le choc qu'il avait ressenti n'était pas celui d'un vieil amateur de théâtre lambda, mais celui d'un homme gay qu'on n'avait pas autorisé à aller aussi loin). On devinait chez lui une certaine fierté de ce qu'il avait accompli, mais une lassitude aussi, le sentiment mitigé que son passé avait été d'une richesse remarquable, mais qu'il était tout ce qui lui restait. Quand je lui ai dit qu'il fallait revenir mettre en scène un nouveau spectacle, il a répondu que personne ne voudrait de lui, « et en plus » – en remplissant son verre de vin pour la troisième fois – « je ne suis pas sûr que j'en serais encore capable.

– Et les livres, alors ? ai-je répliqué d'un ton neutre. Êtes-vous en train d'écrire quelque chose de nouveau ? » Il avait l'air content, mais peiné aussi.

« Les livres n'étaient qu'un à-côté, a-t-il soupiré.

– N'empêche… », ai-je dit, mais je n'ai pas insisté, n'ayant même pas lu le livre que j'avais apporté, et ne voulant pas suggérer qu'à son âge, un tel à-côté pouvait être une bénédiction.

« Depuis la mort de Bill… », a-t-il commencé, et il m'a fixé du regard, interdit. Une tristesse momentanée s'était emparée de ses traits, et j'ai baissé pudiquement les yeux.

J'ai demandé : « Pendant combien de temps… ? » – et il m'a répondu pesamment : « Quarante-trois ans », puis tout à coup, changeant de ton : « Enfin, par intermittence, avec pas mal d'affreuses péripéties d'un bout à l'autre. » Il a ri en buvant une autre gorgée. « Une fois, il est allé voir ailleurs – voir n'est pas le bon verbe, en l'occurrence – pendant un an et demi.

– Et vous, vous ne l'avez jamais fait ? » ai-je demandé, sentant que c'était permis. Il a d'abord semblé ne pas avoir entendu, mais alors il a haussé les épaules :

« Oh mon Dieu, si… plus d'une fois. Mais nous revenions toujours, vous voyez ? Nous revenions toujours. » Il a paru remarquer son assiette à moitié mangée, et s'y est attaqué avec irritation. « Et vous alors, David ? a-t-il repris.

– Oh… je suis avec quelqu'un depuis deux ans, maintenant.

– Un comédien, a dit Derry en cisaillant son escalope.

– Non, pas du tout. Il travaille à la mairie de Westminster.

– Ah, vraiment ? Je vois… » – n'arrivant pas à décider, semblait-il, si c'était original ou d'un ennui mortel.

« Il est beaucoup plus vieux que moi.

– C'était ça, bien sûr, le truc entre Bill et moi : il avait dix ans de plus que moi.

– Exactement comme Chris et moi, ai-je dit.

– Il y avait de saisissants jeunes hommes dans votre troupe », a fait remarquer Derry, comme si j'aurais peut-être dû envisager de vivre avec l'un d'eux, plutôt. « Le jeune acteur noir, par exemple, qui interprétait Énée…

– Hector », ai-je dit.

Derry m'a lancé un regard sévère. « Hector était un grand costaud blond.

– Non, Hector Bishop – c'est le nom du comédien. » C'était devenu une blague, bientôt usée jusqu'à la corde, tout au long des répétitions, mais elle a paru agacer Derry plus qu'elle ne l'amusait.

« Remarquable présence scénique.

– Oui, il vient juste de nous rejoindre, il y a quelques mois.

– Difficile de le quitter des yeux.

– Je suis content qu'il vous ait plu », ai-je dit, et j'ai laissé échapper un petit rire qui désavouait les vagues sentiments romantiques que m'inspirait aussi Hector.

Les affreuses péripéties de la vie amoureuse de Derry m'impressionnaient autant que le temps inimaginablement long que les deux hommes avaient passé ensemble. Je pensais plus tendrement à Chris, après mon verre de vin rouge, c'était la vie que je menais à présent, et que je m'imaginais continuer à vivre – une vie qui changeait lentement, mais avec quelque chose qui n'avait jamais changé depuis le début : mon sentiment qu'elle était temporaire et que, pour excitante et sexy qu'elle soit, je n'allais certainement pas passer ainsi le restant de mes jours. Ce n'était pas un sentiment que j'aurais pu partager avec Chris, bien sûr, ou dont nous aurions pu discuter.

*

Après le déjeuner, nous sommes retournés au salon, et la conversation de Derry s'est clairement dévergondée, il a parlé de la chaude-pisse qu'il avait attrapée à l'armée, comparé les dimensions des bites de divers comédiens célèbres. Ce qui ne me dérangeait pas, mais je n'étais pas habitué à ce mélange très personnel de commentaires sexuels et de remarques pointues, assez techniques, sur Mozart ou Sheridan. Il a dit qu'il voulait me montrer le jardin, mais semblait s'être installé dans un long monologue, et je commençais à me demander s'il n'était pas temps d'appeler un taxi et, avant cela, d'obtenir de lui la promesse de nous aider pour le prochain spectacle de Terra. Je m'étais moi-même installé dans une posture d'écoute admirative, riant dans ma barbe et sifflant des tss-tss tandis qu'il divaguait, tout en pensant irrépressiblement, maintenant, à ce que j'allais faire à Chris en rentrant à la maison ce soir, et j'ai raté une transition dans ce que racontait Derry, mais ses dernières phrases sont restées suspendues dans les airs, à la disposition encore de mon esprit inattentif dans le silence qui a suivi – « Je ne sais pas ce que vous en pensez… mais comme je le dis toujours : pourquoi pas, en fait ?… l'intérêt mutuel, vous voyez… »

Il me dévisageait avec une sorte de confiance nébuleuse depuis tout là-bas, au pays de l'alcool. Je lui ai rendu son sourire, ignorant poliment ce qu'il venait de dire, même s'il pouvait avoir l'impression que j'étais en train de flirter. Ce qu'il semblait suggérer n'était concevable que d'une seule manière, et pourrait peut-être, si je laissais la chose arriver, puiser dans l'excitation que j'éprouvais d'ores et déjà à l'égard d'une personne totalement différente. J'ai détourné les yeux, puis lui ai souri de nouveau, dans ce qui m'a paru être un mélange de pragmatisme et d'un sentiment amoureux totalement inattendu. Peut-être était-ce, d'ailleurs, ce que je ressentais.

Derry s'est levé, est allé refermer la porte, puis il est revenu et s'est planté devant mon fauteuil, le regard toujours aussi lointain, réfléchissant à la meilleure façon de procéder. Puis il s'est agenouillé, dans un craquement suivi d'un grognement, mains sur mes cuisses, et j'ai fait le geste de baisser ma braguette – « Laisse-moi faire », a-t-il soufflé avec douceur, ton de compétence chevronnée qui témoignait aussi de son goût pour la dramaturgie du moment. Ma bite était tellement dure qu'il a eu de la peine à la faire passer à travers la braguette. « Mon Dieu… », s'est-il exclamé, réévaluant soudain la tâche qui l'attendait. On aurait dit un vieillard priant dans un inconfort stoïque, mais aussi, tandis qu'il contractait ses mâchoires et remplissait sa bouche de salive, un ouvrier capable de faire face à la plupart des situations d'urgence.

*

« Le jardin n'est pas aussi grand qu'il voudrait le faire croire », a déclaré Derry. Il m'en faisait faire le tour en suivant l'itinéraire qui mettait le mieux en valeur ses recoins secrets et ses brusques panoramas. Il y avait des haies et des marches et des cupidons en plomb ; comme un air, avec les feuilles mortes qui jonchaient la pelouse, de décor d'opéra déserté, disons l'acte quatre de *Figaro*, ou peut-être tout simplement la scène du jardin dans *La Nuit des rois*. Ce jardin avait été merveilleusement conçu, mais il s'en dégageait une impression de solitude – nul bouffon, nulle Maria ne s'y cachait. Il descendait à flanc de colline, avec une vue sur les champs qu'on labourait déjà. Tout en bas, abritée par une haie de hêtres, et profitant au mieux du soleil, se déployait une piscine rectangulaire, bordée de pavés tel un bassin à poissons et d'une trouble ambiguïté, des feuilles mortes formant des îles à la surface, et l'on devinait à travers, tout au fond, un bleu pâle et boursouflé. « Si tu as envie de piquer une tête, n'hésite pas », a proposé Derry, et, en voyant mon expression paniquée, il a laissé échapper un grognement de rire, comme pour dire : ça valait la peine d'essayer. « Il faudra revenir en été. Bill et moi donnions de merveilleuses soirées au bord de cette piscine, avec tous les jeunes danseurs, et ainsi de suite – personne ne s'embêtait à enfiler un maillot de bain, tu sais, on plongeait directement.

– Ça devait être amusant », ai-je commenté.

Nous avons fait demi-tour pour remonter vers la maison, son bras à présent crocheté sous le mien, comme s'il était plus infirme qu'en réalité. De là, on apercevait distinctement la partie basse de l'ancien bâtiment, avec les embellissements plus monumentaux rajoutés sur le devant, le porche soutenu par ses piliers et les urnes sur la balustrade camouflant la ferme d'antan. « Bill et moi avons ajouté cette partie plus haute sur le devant juste après la guerre, pour nos invités surtout, et nos soirées », et il a pressé mon bras contre son flanc pour souligner le mot. Alors que nous grimpions les marches, j'ai cru sentir, dans la brise, comme un vestige des libertés que cette maison avait accueillies en son sein, l'attirance de principe, un peu confuse aussi, pour les autres races – chanteurs noirs, danseurs birmans, les élégantes *queens* anglaises excitées par les peaux sombres, la différence. Ou bien ne faisais-je que fantasmer ce qui s'était passé ici, moi qui n'en savais rien ? Je n'arrivais pas encore à analyser ce que je venais de vivre à la lumière de ces événements si lointains. Au moment de jouir, tête basculée en arrière, j'avais croisé le regard froid de Tony Sein.

*

Quand le chauffeur a donné un second coup de klaxon rageur, je suis allé dans le hall d'entrée récupérer ma sacoche. « Ça me ferait plaisir si vous pouviez me le dédicacer », ai-je dit en lui tendant mon exemplaire de *Mettre en scène un opéra*. Ce qu'il allait écrire était une intéressante question d'étiquette. Mais en fait, il a juste barré son nom sur la page de titre et griffonné : « À David Win Meilleures salutations Derry Blundell » avant de me rendre le livre.

« Eh bien, au revoir, ai-je dit, ne sachant trop qui de nous deux devait remercier l'autre.

– Au revoir, David, a répondu Derry. Et, bien sûr, il faudra revenir !

– Je vous recontacterai au sujet de notre nouveau spectacle », ai-je dit, puis, avec une audace inattendue : « Et évidemment, si vous vous sentez en mesure de nous soutenir d'une manière ou d'une autre, nous vous en serions extrêmement reconnaissants.

– Eh bien… », a dit Derry, et il a ouvert la porte d'entrée.

Dans le taxi, le chauffeur m'a dévisagé, regard plissé, comme s'il tentait de jauger mon humeur à l'aune de ses soupçons. « Le déjeuner était bon ? a-t-il demandé.

– Oh, oui, merci, ai-je répondu. Arriverons-nous à temps pour le train de dix-sept heures quinze ? » Je crois qu'il a interprété mon empressement à rentrer chez moi comme un pur soulagement de quitter ce lieu – ce qu'il était sans doute en partie, mais avec autre chose aussi, non pas exactement une culpabilité, mais le sentiment qu'il allait vite falloir me racheter auprès de Chris de ce que j'avais fait, ou laissé advenir. Si je lui avouais la chose, il y verrait un autre de ces fantasmes que je concoctais souvent pour l'exciter, quand je rentrais à Londres après un déplacement. Je ne savais pas comment il réagirait en découvrant, pour la première fois, que c'était la vérité.

« On nous a conseillé de ne pas traverser le gué après la pluie d'hier soir », a expliqué le chauffeur, conseil que je le soupçonnais d'avoir émis lui-même. Si bien que nous avons tourné à droite après avoir franchi le portail, pour nous engager sur ces routes de campagne sinueuses dont je me rappelais vaguement le tracé sur la carte. Il roulait vite mais le trajet était lent, et le fait d'avancer si longtemps dans la mauvaise direction a éveillé en moi de sourdes appréhensions. Je me voyais déjà rater le train et devoir revenir piteusement passer la nuit avec Derry, au bout du compte. Le crépuscule emplissait déjà la vallée, et on apercevait à présent les phares d'un autre véhicule, qui ont disparu aussitôt dans les méandres de la route, pour ressurgir beaucoup plus près, soulevant la question duquel de nous deux laisserait passer l'autre. Je n'imaginais guère mon chauffeur céder le premier, mais enfin, il m'était impossible de déchiffrer son état d'esprit, ni de dire s'il me voyait désormais comme une victime à secourir ou un client à arnaquer en toute décontraction, quitte à contrarier tous ses plans.

23

En fin d'après-midi, nous avons répété la longue scène entre Marcus et Hildebrand, et l'avons jouée d'une manière si bouleversante qu'elle paraissait définitive, bien trop tôt, peut-être difficile à reproduire. Ray nous a laissés faire, sentant sûrement qu'il se passait quelque chose de nouveau. Hector était électrisant – d'une façon qui peut transformer l'autre comédien en simple faire-valoir, mais peut aussi le survolter. Ma longue réplique en retour est sortie comme une formidable apothéose qui allait crescendo, et quand je me suis retourné à la fin, plein d'indulgence (j'étais agenouillé, lui debout derrière moi), j'ai vu des larmes dans ses yeux, et j'ai su qu'elles n'étaient pas qu'un simple hommage à mon talent ou à celui du dramaturge. Nous nous sommes regardés comme nous l'aurions fait après une violente dispute dans la vraie vie, mais aussi avec une sorte d'émerveillement, amoureux et teinté de doute, devant ce que nous venions d'accomplir ensemble. Ray a laissé un silence s'étirer, traits figés, hésitant, avant de déclarer : « Bon, voilà qu'on réécoute ses vieux disques de Sarah Bernhardt… »

C'était brutal, mais entendre que notre grand moment d'extase artistique avait été « d'une complaisance préoccupante » était sans doute une leçon à retenir – Ray avait choisi, comme toujours, l'adjectif le plus blessant. Et alors, aussitôt, j'ai compris qu'il n'appartenait qu'à Hector et à moi d'emprunter ou non le chemin que notre « branlette publique » nous avait secrètement révélé. Nous avons remballé, Ray a discuté tranquillement d'autre chose avec Ken, et j'ai eu l'impression que tout le monde m'évitait tandis que je quittais la salle. Dans la pénombre crépusculaire du hall d'entrée, nous étions tous gênés, du coin de l'œil j'ai vu Hector enrouler la jambe de son pattes-d'eph sous sa pince à vélo, boutonner sa grosse veste – puis il est resté planté là, pensif, a relevé la tête et lancé : « Bonne nuit, mec », et m'a embrassé doucement mais franchement sur la bouche. Personne n'a rien vu, et en marchant vers l'arrêt de bus, j'ai ressenti le désir soudain de me mettre à courir derrière le feu arrière de son vélo, qui disparaissait déjà, puis la certitude rassurante, fort agréable, que ce n'était pas nécessaire. Le lendemain matin à dix heures nous recommencerions.

Un tas de comédiens tombent amoureux les uns des autres, il y a des équipes mari et femme aussi célèbres comme couples dans la vie qu'elles le sont sur scène, comme ces chers vieux Hettie Barnes et Lionel Wilshire qui, depuis leur vingtaine, gèrent leur vie tant personnelle que professionnelle comme une entreprise commune. Mais tomber amoureux pendant les répétitions d'une pièce constituait un drame en soi, créant une énergie nouvelle dont j'ai tout de suite saisi qu'elle pouvait être concentrée et mise à profit, ou perturbatrice. J'ai compris qu'il valait mieux pour tous les deux garder la chose secrète, même si, dans un groupe aussi soudé et dévergondé que le nôtre, ce ne serait pas une mince affaire. J'avais peur que ce soit évident pour tout le monde.

Je suis rentré à la maison en métro, au milieu de la foule de cinq heures de l'après-midi, accaparé par la sensation qu'un accord nouveau avait résonné, et résonnait encore avec la même pureté chaque fois que j'en retrouvais le chemin. Je me sentais totalement ouvert à lui, comme une réalité en soi, aussi excitante qu'incontestable. Je me suis représenté, pour la première fois, l'amour avec Hector. Il n'était jamais apparu nu dans les spectacles de Ray, mais je m'étais plus d'une fois échauffé avec lui – je me suis rendu compte que j'avais au creux des mains le souvenir fantôme de sa lourdeur et de sa chaleur. J'étais tout à la fois sidéré et amusé de cette joie que je ressentais tandis que je remontais la rue de Chris, ouvrais la porte pour la millième fois et me glissais dans la pénombre et les relents de moisissures du couloir. Claudia arpentait la cuisine avec sa majesté habituelle, ignorant l'évier rempli de vaisselle et l'odeur du réfrigérateur. « Qu'avez-vous prévu de faire ce soir, les garçons ? » a-t-elle demandé, et même cette petite interruption logistique de mes fantasmes n'a pas réussi à perturber mon humeur.

Je me suis assis dans la cuisine pour prendre le thé avec elle et manger l'une de ces horribles génoises qu'elle préparait pour me faire plaisir. J'ignore à quel moment elle se plantait, une erreur basique dans les quantités, sans doute, puis un temps de cuisson trop court. « Je parie qu'elle n'est pas aussi bonne que celle de ta mère, a-t-elle dit en compressant des miettes humides dans son assiette pour en faire une boulette.

– Eh bien…, ai-je répondu, et j'ai considéré la chose.

– Une autre part ?

– Je n'ai plus de place, ma chère, ai-je soupiré en levant devant moi une main pleine de regret.

– Tu n'as qu'à la garder pour demain. »

Quand Chris est entré et a embrassé Claudia sur la joue puis moi sur les lèvres, j'ai serré son visage contre le mien jusqu'à ce qu'il se dégage dans un gloussement plein de méfiance. « Tu as l'air content de me voir… »

Et je l'étais – dans mon excitation abasourdie, j'avais presque envie de partager la bonne nouvelle que j'étais tombé amoureux d'Hector, si c'était bien cela qui était arrivé : lui parler de cette secousse psychique qui avait été pour nous deux, j'en étais convaincu, une expérience physique. Je restais assis là en proie à une euphorie bizarre, vitreuse, détaché des circonstances de ma vie réelle tout à fait agréable et sexuellement gratifiante. J'ai levé la tête pour sourire à Chris avec une affection sincère, et Claudia a dit : « Aah… ! Vous êtes adorables, tous les deux.

– Comment s'est passée ta journée ? a demandé Chris, soupesant la théière puis remplissant à nouveau la bouilloire, dans une routine à peine consciente.

– Eh bien… », ai-je commencé – et c'est alors qu'un vague souci diplomatique s'est finalement imposé. « Ray s'est comporté comme… » – je me suis soudain interrompu et j'ai cligné des yeux, car nous surveillions notre langage en présence de Claudia ; c'était le genre de femme qui s'autorisait tout au plus un « fichu » ou un « mince », et j'ai eu conscience d'exagérer un peu quand j'ai dit : « … un parfait *salaud*.

– Rien de vraiment nouveau, donc », a fait remarquer Chris.

J'ai souri au souvenir du moment. « Je jouais une scène avec Hector – tu te souviens de lui dans *Troïlus*, le nouvel acteur noir ?

– Oh oui, il est incroyable, a dit Chris.

– Mm, je me rappelle qu'il te plaisait bien, Christopher, est intervenue Claudia d'une voix assez taquine.

– Ouais – mais c'est vraiment un type adorable, ai-je dit. Bref, on répétait la fin du premier acte, une longue scène rien que nous deux, et c'était emballant – j'aurais vraiment aimé que tu nous entendes : le genre d'interprétation dont on sait tout de suite qu'elle relève du génie.

– Et Ray l'a taillée en pièces.

– Je ne répéterai pas devant Claudia ce qu'il a dit.

– Oh…, a soupiré Claudia dans un petit haussement d'épaules.

– Bon, tu le dis toi-même, a réagi Chris : le douloureux chemin de la connaissance de soi, tout ça… » – tandis que la bouilloire se mettait à chanter à l'autre bout de la pièce, en parfait trouble-fête, et son chant s'est bientôt transformé en un cri.

*

Le lendemain, je suis arrivé en avance, sans autre plan que vouloir être là et le voir. J'ai fait les cent pas en marmonnant une réplique dans ma tête, puis me suis occupé du café, le grand bidon de Maxwell House, le sucre éparpillé sur la table, chacun avait sa propre tasse. J'étais dans les toilettes pour hommes en train de remplir la bouilloire quand la porte s'est ouverte, et là, dans le miroir, est apparu Hector, sa présence stupéfiante d'élégance, encore en manteau, son sac en bandoulière, et un frisson m'a parcouru, un sourire de triomphe et de bonne fortune, tandis que je disais : « Bonjour ! » et qu'il répondait : « Oh… ! Bonjour… oui… oui… », et après un coup d'œil à l'urinoir vacant, il est entré dans un box et a verrouillé la porte. Il y a eu beaucoup de bruissements et de chocs, alors, dans l'espace exigu, pendant que l'eau débordait de la bouilloire et que je refermais furieusement le robinet. De retour à la table, j'ai dit : « Ken, la tienne c'est la tasse Superman, n'est-ce pas ? Et toi, Jack, la Klimt ? » – en réprimant ma peur d'avoir commis une atroce erreur. Peut-être son baiser dans le hall, la veille, si soudain et prometteur et si conforme à notre nouvelle disposition d'esprit, n'avait-il été qu'un geste de condoléances après le savon que nous venions de prendre, et, pour Hector, aussi chaste et dénué d'intentions que le baiser d'un oncle.

Pendant l'échauffement, j'ai fait des étirements et des jeux de mains avec Gary, plus énergique et professionnel que jamais, et dans l'activité générale, alors que Ray fumait et tournait en rond en nous observant tous, j'ai lancé un regard vers Hector, allongé sur le dos, Wendy chevauchant presque son pied, tel un enfant, tandis qu'elle l'aidait à étirer sa jambe. Puis il a fait de même pour elle, et j'ai été secoué, stupéfait de voir combien sa présence dans cette salle était chargée, pour moi, aujourd'hui – même si, bien sûr, je connaissais cette sensation, toute une ribambelle indistincte d'hommes que j'avais adorés en vain par le passé semblaient errer et se bousculer derrière lui, hors de portée. Ensuite, nous avons fait un Cercle de la mort, l'habituelle volière de mélodies entrechoquées, tandis que nous arpentions la salle en chantant à tue-tête. Jack est tombé le premier, et j'étais le plus proche de Ray quand il a donné le signal suivant – je me suis effondré sur place, arrêt cardiaque. Je suis resté allongé à plat ventre, les yeux fermés, pendant que les pieds frappaient le sol autour de moi, dans les chocs sourds des corps qui heurtaient le plancher, les chants de moins en moins forts et de plus en plus clairs, avec une sensation étrange chaque fois que l'énergique voix de baryton-basse d'Hector s'approchait et qu'il frôlait mon cadavre avant de poursuivre son chemin, comme il était obligé de le faire, jusqu'à ce qu'il soit le dernier survivant, et alors nous sommes tous restés immobiles pendant une longue minute à l'écouter marcher et chanter et attendre le coup de grâce de Ray.

Le Cercle de la mort était toujours troublant, un avant-goût de tragédie, nul gloussement, nulle grandiloquence à la Pyrame et Thisbé n'étaient tolérés. Cet exercice était conçu pour provoquer un choc qui nous faisait entrer dans la réalité autre du jeu d'acteur. Et il m'a plongé ce jour-là dans une humeur étrange pour la grande scène finale de l'acte un, que Ray a lancée en disant : « Maintenant que vous avez tous les deux eu l'occasion d'y réfléchir… » J'ai ri docilement et Hector a hoché la tête en retroussant les lèvres, pour montrer qu'il ne pardonnait pas si facilement.

Ruth a conclu sa courte réplique et s'est retirée, et il n'est plus resté alors qu'Hector et moi, dans la prison imaginaire, observés par les autres, visages inexpressifs, assis ou étalés par terre d'un côté de la salle, passés maîtres dans l'art d'être notre public et de travailler en même temps, en douce, leurs propres répliques. Hector a tourné une nouvelle fois autour de moi, formulé son accusation initiale avec une légèreté amère, un écart effrayant entre l'action et l'intention, contrairement à la ruée aveugle vers l'émotion de la veille. J'en ai tremblé sur place en me demandant comment j'allais pouvoir lui répondre – il restait, quoi, une minute trente avant le point d'orgue de cette scène, j'avais les mots et les ai prononcés, comme si je venais juste d'y penser, comme s'ils n'étaient qu'accidentellement en vers. Je me suis rapproché, ai posé la main sur son épaule en le fixant droit dans les yeux, les mots ont continué de jaillir, et j'ai manqué être désarçonné par les intimités multiples du jeu – mes sentiments réels tapis sous la surface et la terrible proximité des personnages que nous interprétions, à un niveau de conflit émotionnel que je n'avais jamais atteint, tant s'en faut, en dehors de la scène. Quand il a repris la parole, sa voix était tonitruante, son souffle puissant sur mon visage et ses grands yeux sombres se faisaient tantôt surface scintillante, tantôt insondable profondeur. Je suis tombé à genoux, il s'est éloigné derrière moi, je sentais le regard de Ray sur nous et j'ai songé qu'il avait raison, le style heurté et discordant qu'il aimait tant avait rendu la scène moderne et captivante pour les autres. À la fin, ils ont réagi sans tarder, une affirmation collective à grand renfort de hochements de tête et de murmures, avant que Ray ait pu ouvrir la bouche pour tout gâcher. Mais en fait il a souri, haussé les épaules et écarté les mains – « Très bien. » Il était surtout content de s'être imposé et d'avoir obtenu ce qu'il voulait, mais content de nous aussi. « Acte deux, scène un… ? » Hector s'est assis et, cherchant une place libre, je me suis posé à l'endroit que Ken venait de quitter, à l'écart. Un peu plus tard, Hector s'est retourné et m'a surpris en train de le regarder, il a haussé des sourcils vaguement interrogateurs, puis a hoché lentement la tête pour signifier que nous l'avions fait, et que peut-être – qui sait ? – nous allions faire bien plus.

*

Jack a organisé une fête dans son appartement – « Venez à partir de dix-neuf heures », Chris était le bienvenu. Ils s'étaient croisés plusieurs fois après des représentations, et Chris plaisait à Jack, cela se voyait ; Chris, toujours partant, aimait bien Jack aussi, sans aucun doute, et, plus encore, il aimait être accepté par les membres de Terra, qui se montraient affables mais sans jamais vraiment s'intéresser à lui. Je me sentais donc conforté, mais aussi un peu sur mes gardes. Chris, impatient et toujours partant pour un verre, s'est braqué quand j'ai décrété qu'il ne servait à rien d'arriver avant vingt heures. Big Ben sonnait huit heures et quart sur l'autre rive du fleuve quand nous avons sonné en bas, une mince pulsation de musique nous parvenant d'une fenêtre ouverte, au quatrième étage. J'ai enfilé un sourire en haut de l'escalier et suis entré par la porte laissée entrouverte, dans un couloir étroit qui débouchait sur une salle brillamment éclairée, chaises alignées le long des murs, et l'impression de vide d'une fête qui se prépare, les Beach Boys sur la stéréo, des bols de chips, deux ou trois voix dans la cuisine, au fond, où un horrible grondement s'est fait entendre – en jetant un coup d'œil à l'intérieur, nous avons vu Jack qui préparait du houmous dans un mixeur, au milieu d'un chaos de pelures d'ail et de demi-citrons pressés. Johnny était là avec un jeune homme ténébreux, Mick – c'était la première fois que nous avions l'honneur de le voir. « Je vous présente Chris ! » ai-je lancé, et Chris a tonné : « Salut ! » en leur tendant notre bouteille de chianti. Dans cette minuscule cuisine, il y avait également deux amis de Jack, un artiste néerlandais prénommé Hans et sa petite amie, qui aidait Jack avec le houmous et avait ses propres théories à ce sujet ; c'était une Malaisienne, et j'ai senti le léger frisson de l'affinité, puis de la résistance à son encontre, quand nous nous sommes présentés. « Oh, la Birmanie ! a-t-elle répété en écho.

– Mais je n'y suis jamais allé », ai-je précisé, pour mettre les choses au clair.

Il était évident que Jack ne serait pas prêt avant au moins une heure, et Chris et moi nous sentions tellement inutiles – moi, en tout cas – que nous sommes retournés nous asseoir dans la salle et avons discuté comme si nous venions tout juste de nous rencontrer ; le temps que le reste des invités arrivent, nous avions presque terminé une bouteille de rioja. Pendant tout ce temps, je n'arrêtais pas de me demander si Hector allait venir ou pas, et boire était une réaction à cette tension proche de l'inquiétude – je ne savais pas laquelle des deux options était la pire. Il ne figurait pas dans le groupe nombreux qui a débarqué juste après neuf heures, mais l'ambiance s'est animée d'un coup, et Chris s'est bientôt retrouvé en grande conversation avec Jack au sujet des politiques mises en place par la mairie de Westminster – budgets alloués au logement social et projets routiers. Jack avait l'air totalement fasciné par cet accès inespéré aux dessous de l'histoire, ou en tout cas à Chris, et il se caressait de temps en temps le bras en buvant ses paroles.

La fête n'a atteint sa pleine capacité qu'à vingt-deux heures passées, mais j'étais alors tellement assommé par l'alcool, les bavardages alcoolisés et l'attente d'Hector, tout en gardant un œil sur Chris en train de flirter avec Jack, que j'étais sur le point de jeter l'éponge. J'esquissais déjà une misérable excuse pour justifier mon départ quand une vision m'est apparue, trop massive pour se faufiler dans l'étroitesse du couloir, puis s'est déployée à l'intérieur de la pièce dans une explosion de jupes rigides et de boas en plumes entortillés. Il m'a fallu dix bonnes secondes pour comprendre qu'il s'agissait de Gary – avec Derek derrière lui, en coordonnés gris austères, sorte de dame de compagnie. J'étais ébloui, un peu effrayé mais amusé aussi, et Chris les contemplait, l'air bienheureux. Gary avait toute la liberté du drag, brillant, provocateur, une démonstration de pouvoir à laquelle nous avons tous dû nous adapter. « C'est Zeta ! a crié quelqu'un.

– Qu'est-ce que je vous sers, Zeta ? » ai-je demandé.

Zeta m'a regardé, perplexe. « Auriez-vous par hasard, a-t-elle dit d'une voix grave, un petit sherry sec ? » – je n'ai pu m'empêcher de rire. « Ooh, ils sont tellement rupins ici, ils ont un foutu majordome ! » Ce qui a fait brusquement rire Chris, à son tour. « Majordome-moi, mon chéri, veux-tu ? a roucoulé Zeta, repassant du cockney le plus populaire à une précieuse impertinence à la Noël Coward, le fameux dramaturge. Majordome-moi par-derrière. » Puis : « J'prendrai la même chose qu'elle », inclinant toute la hauteur rigide de sa perruque blonde en direction de Chris. « Bonsoir, chéri, moi c'est Zeta – toi, t'es qui ?

– Bonsoir ! » a répondu Chris dans un sourire, tendant vaillamment la main comme s'ils ne s'étaient pas déjà rencontrés une bonne dizaine de fois. « Je suis Christopher, la moitié de David.

– Je suis sacrément ravi de te rencontrer, Christopher », a dit Zeta en lui broyant la main comme le deuxième ligne de rugby qu'il avait jadis été.

Je suis revenu une minute plus tard avec un verre de vin rouge pour Zeta, mais il n'était pas facile d'attirer son attention, emporté qu'il était par son propre numéro, qui nous déstabilisait tous. Ses pieds étaient engoncés dans de gigantesques talons hauts, dont il contrôlait parfaitement, à sa propre surprise, les périlleux vacillements. « Connaissez-vous Ethel ? a-t-il dit.

– C'est votre sœur, dites-moi ? a répliqué Chris, jouant le jeu.

– Ma sœur – comment osez-vous ? s'est indigné Gary. C'est ma grand-tante ! »

Je dois avouer que Derek était formidable dans son rôle, l'interprétant avec une subtilité de jeu qui n'était pas tout à fait à la portée de Gary : le soutien indéfectible quoique vaguement séditieux à sa maîtresse, l'effacement transformé en un étalage de froide inflexibilité. Je ne sais pas depuis combien de temps Hector était là, mais quand j'ai aperçu l'arrière de son crâne à un ou deux mètres de moi, oscillant de haut en bas tandis qu'il parlait à une personne que je ne pouvais voir, la pièce tout entière avec ses petits drames réels et potentiels m'a soudain paru lointaine, dix secondes durant, comme si j'allais m'évanouir.

*

Puis Hector, Sue la Malaisienne et moi nous sommes retrouvés à attendre devant la salle de bains, qui avait maintenant l'air dévastée, avec ses serviettes mouillées sur le carrelage, la lunette arrachée et le verrou cassé, si bien que la première personne de la queue en était aussi le gardien. Nous avons galamment laissé passer Sue la première, puis été obligés de parler à tort et à travers avec une femme qui venait juste d'arriver, tandis que j'essayais d'imaginer ce que nous nous serions dit si elle n'avait pas été là. Sue est ressortie de la salle de bains en tressaillant devant ce que je m'apprêtais à affronter, et au moment d'entrer, j'ai lancé un regard en coin à Hector – je n'ai refermé la porte qu'à moitié, il a jeté un coup d'œil d'un côté puis de l'autre et s'est glissé en douce à l'intérieur, derrière moi. Mes mains ont enserré sa taille, il a dit : « Je ne suis pas sûr que ce soit une bonne idée » et a reculé contre la porte, mais il m'a laissé l'embrasser, dans un déversement sauvage de tous mes sentiments non réciproques ; j'ai eu la sensation qu'il tâtonnait encore avec son personnage tandis que je me pressais contre lui, avant de céder à moitié, et son érection, elle, était on ne peut plus réelle. Il s'est plié en deux, souffle coupé, quand j'ai empoigné son jean noir. « Tu es un vilain garçon », a-t-il déclaré, visage de marbre, et il n'a pas souri quand j'ai laissé échapper un gloussement et penché la tête de côté. « Ça mérite réflexion, a-t-il ajouté calmement. Ça mérite réflexion. » Rien d'autre n'a été dit, et une minute plus tard je me suis glissé le premier hors de la salle de bains et j'ai regagné le cœur battant le salon, où seuls les spots colorés clignotaient à présent, suspendus çà et là, et

Chris dansait au ralenti sur le « Walk On By » de Dionne Warwick avec Wendy et le Mick de Johnny, pas tout à fait dans le même style qu'eux, mais il bougeait bien, il m'avait fait valser une ou deux fois dans la cuisine de Claudia, et avait eu la patience de m'apprendre le pas. Il m'a accueilli avec douceur, joyeusement, et je me suis trémoussé pendant cinq minutes sans oser regarder autour de moi, avant d'annoncer qu'il fallait vraiment que je rentre.

*

« Tu serais magnifique en drag-queen ! » a dit Chris en redescendant l'escalier.

J'ai répliqué : « Ah, tu aurais dû me rencontrer il y a vingt ans… »

C'était déchirant de partir, mais impossible de rester. J'imaginais Hector se détendre maintenant que nous n'étions plus là, se soûler et draguer quelqu'un d'autre dans la chaleur endiablée de la danse – c'était le salon exigu d'un logement social mais voilà qu'il se déployait, gagnant en profondeur et en mystère… Depuis la rue, la musique était beaucoup plus forte que tout à l'heure, des scintillements rougeâtres jaillissaient de la fenêtre ouverte, des cris et des rires, et dans le froid inattendu de la nuit, la certitude que la fête nous avait déjà oubliés.

« On s'est bien amusés, je trouve, a dit Chris. Jack sait vraiment recevoir.

– Oh, oui… », ai-je acquiescé – Jack avait tellement bu que recevoir n'était pas exactement le bon verbe.

« Tes copains sont tellement adorables – pas comme les miens. » Et j'ai songé qu'évidemment, ils avaient tous été sympas avec Chris et son grand sourire, l'avaient apprécié et trouvé attirant, et que j'avais été le seul, honteusement, à ne pas vouloir qu'il soit là. « C'était sympa de discuter avec Hector.

– Oh, je ne savais pas que tu avais parlé avec lui.

– Bon, une minute à peine, a répondu Chris en me lançant un regard. Je lui ai dit combien nous le trouvions formidable.

– Oh oui », ai-je dit, et mon appréhension mal assurée de cette soirée m'a de nouveau glissé entre les mains.

« Et il est tellement, tellement beau…

– Espèce de vieil allumeur ! me suis-je exclamé, et je lui ai assené une grande claque sur le bras.

– Aïe ! Mais tu ne le trouves pas beau ?

– Bien sûr que si, ai-je avoué. Il a une présence incroyable.

– Sans aucun doute », a dit Chris. J'ai continué à marcher, le menton bien haut. « Oh, *baby*, ne sois pas bête ! » – il m'a empoigné le bras et s'est lové contre moi. « Rien à voir avec ta grande présence à toi. »

Il y avait donc un semblant de malaise à l'étage du bus, à demi camouflé, à demi excusé par la fatigue, et plus complexe que Chris n'en avait conscience. L'air empestait la bière et la fumée de cigarette, une canette vide roulait dans l'allée centrale et, au bout d'un moment, a filé jusqu'au fond. « Je vais bien dormir cette nuit », ai-je déclaré dans un bâillement convaincant, et sans même me tourner vers Chris, j'ai senti ses lèvres articuler la phrase qu'il a finalement décidé de ne pas prononcer. Mais tandis que le bus se traînait au long des avenues, entre deux arrêts interminables pour laisser des ivrognes vociférants et des enfants hurlants monter à bord puis, en une longue file vacillante, redescendre à grand fracas, et ensuite, plus loin, pour que les cuisiniers et les serveurs d'une demi-douzaine de restaurants se hissent à l'étage précédés de leurs propres odeurs fatiguées de curcuma et de safran, nous nous sommes avachis l'un contre l'autre, la cuisse de Chris pressée contre la mienne sur le siège étroit, et j'ai tiré ma manchette par-dessus ma main pour essuyer la vitre et voir si nous n'étions pas arrivés, comme nous le désirions si fort, à notre arrêt à nous.

*

Le lundi pendant la pause déjeuner, Hector a dit : « On va se promener ? », et nous nous sommes éclipsés avec nos sandwichs jusqu'à un petit jardin tout proche, qui faisait partie d'un vieux cimetière ; les pierres tombales avaient été alignées telle une clôture le long du sentier, et des platanes géants occultaient le bleu au-dessus. Il était évident que la situation avait évolué depuis la fête, même si je m'étais comporté de manière glaciale avec lui toute la matinée, pour donner le change, et Hector s'est exprimé avec une prudente clarté. Nous nous sommes assis sur un banc autour duquel régnait une atmosphère étrangement active, avec tous ces moineaux muets qui attendaient les miettes, l'écureuil sur les branches au-dessus de nous. Hector a mangé son sandwich avant de prendre la parole.

« Ça va ? a-t-il demandé.

– Eh bien, je ne sais pas, ai-je avoué.

– Je n'aime pas jouer les briseurs de couple, a-t-il déclaré, d'un ton si responsable que j'ai senti qu'il avait pris la décision de le faire. Tu comprends… ?

– Ce sont des choses qui arrivent », ai-je dit, comme si j'en avais moi-même fait l'expérience. Cette phrase était assez stupéfiante, maintenant qu'elle avait été prononcée.

« Je veux dire, Chris a l'air d'être un type bien. Vous êtes ensemble depuis combien de temps ?

– Oh… deux ans et demi ? »

Hector était précautionneux. « D'accord. Bon. Je ne vous aurais pas forcément imaginés ensemble.

– Eh bien, tu vois… », ai-je dit – maintenant que nous en étions là, je n'allais certainement pas dénigrer l'homme avec qui je vivais, même si, de manière intéressante, Hector m'ouvrait la voie pour que je reconnaisse certaines frustrations, certaines incompatibilités… Il avait cinq ans de moins que moi mais, l'espace d'un instant, j'ai eu l'impression d'être son élève, ce qui était en soi si éloigné de ce que je vivais avec Chris que cela conférait du sérieux à ce qu'il disait, et une forme d'inéluctabilité.

*

Nous avons passé notre première nuit ensemble à l'hôtel des abords de Leeds : l'éclat pâle du parking en bas et, au-delà, les gémissements et le grondement d'une grande artère, dans leur crescendo d'avant l'aube. Ce qui ne nous dérangeait pas, d'ailleurs : nous étions épuisés par le voyage et nos deux représentations en une seule journée, et la certitude romantique que nous allions cette fois aller jusqu'au bout se heurtait aux impératifs du sommeil. Hector a verrouillé la porte et m'a serré fort dans ses bras, et c'était si beau d'être embrassé par lui, enfin, la timidité de l'attente se faisant ressentir encore pendant les premières secondes si douces du lâcher-prise. Quand il s'est écarté, m'a touché le visage et embrassé de nouveau, j'ai éprouvé un sentiment presque solennel, rassurant, un avant-goût de ce qui allait suivre. Il s'est assis au bord du lit pour défaire ses lacets, et après avoir enlevé sa première chaussure, il a poussé un énorme bâillement – il l'a changé en un sourire et a relevé les yeux sur moi, puis il a dit : « Laisse-moi faire », s'est levé pour déboutonner ma chemise et faire glisser ses mains fraîches sous mon maillot de corps, pendant que je défaisais sa ceinture et arrachais le bouton récalcitrant de son jean.

24

Il vivait dans un grand immeuble HLM près de Latimer Road, un appartement au neuvième étage qu'il partageait avec Perry, un garçon blanc aux manières douces. Les pièces étaient petites, et ils rangeaient tous deux leurs vélos sur le balcon du séjour. Il y avait là-dehors, aussi, un vieux parasol de pub, *London Pride*, replié lâchement et calé contre un mur, et deux chaises de pique-nique comme celles d'Esme, parmi d'autres objets récupérés dans le quartier et traînés jusqu'ici. Le balcon offrait une vue étrangement dissociée sur West London, d'autres tours HLM, des clochers d'église, avec en contrebas d'interminables rangées de maisons en briques rouges – tous coupés du reste de la ville par une profonde autoroute à deux voies, dont le soupir nocturne devenait un bruit plus sombre au lever du jour, quand la ville reprenait vie. Depuis l'escalier, la vue portait sur l'autre côté : les décombres, comme dans le sillage d'un ouragan, de rues que l'on rasait pour construire une nouvelle cité.

Il y avait deux chambres, dont les lits étaient disposés tête contre tête de part et d'autre d'une fine cloison. Hector avait aménagé la sienne avec des plantes en pot dont il s'occupait avec un soin scientifique, et une grande tenture en batik rouge et marron, au motif radial, qui recouvrait le mur au-dessus du lit bas, dans son cadre de bois. Une odeur éventée de bâton d'encens flottait dans la chambre, ravivée chaque jour, il n'y avait pas d'ampoule dans le plafonnier et la nuit, l'éclairage était assuré, pour l'essentiel, par d'épaisses bougies rouges. C'était très différent du confort étouffant de chez Claudia, avec les dîners et les whiskys qu'elle offrait gratuitement, en vertu d'une vieille habitude bourgeoise et de son besoin de compagnie. Je ne ressentais guère cette perte, à cause de l'intensité d'Hector, de la manière austère et pleine de principes dont il menait sa vie, du rationnement du sexe. Parfois, après deux ou trois jours sans, une torture, mes pensées s'évadaient de la tour pour gagner, à travers les rues obscures de la ville, le grand lit douillet à moins d'un kilomètre où en cet instant même, peut-être, quelqu'un d'autre s'occupait de Chris – il était blessé, sonné par la rupture et drapé dans sa dignité, mais n'en restait pas moins fébrile et insatiable. Je lui mettais une bonne fessée et tout recommençait, la possession, visage en feu, de nos nuits ensemble ; je prenais soin de me tourner pour cacher mon excitation à Hector qui semblait endormi, allongé à côté de moi. Il était capable de sombrer dans le sommeil en quelques secondes, comme au théâtre. C'était moi, alors, qui soufflais la bougie – l'extrémité rouge de la mèche se détachant dans l'obscurité et, pendant cinq ou six secondes, le temps qu'elle refroidisse, l'éclat rose de la cire fondue au fond de la tasse. Comme je me laissais glisser au milieu du lit et rabattais d'un coup d'épaules la couverture sur moi, les fins rideaux luisaient déjà comme l'aube, et l'éclat doux de l'ouest londonien, la nuit, prenait possession de la chambre.

Hector et Perry n'avaient rien en commun, et s'entendaient plutôt bien, centrés chacun sur ses affaires, mais amicaux et drôles quand l'humeur s'y prêtait. Souvent, Perry était déjà au lit quand nous rentrions du travail, alors nous ôtions nos chaussures dans le vestibule étroit comme un placard et faisions ce que nous avions à faire en murmurant. Par les nuits chaudes,

Hector roulait parfois un joint et le fumait sur le balcon, où il semblait communier dix minutes durant avec les lumières de la ville, la circulation tout en bas et les étoiles à peine visibles. Puis il rentrait, somnolent, tout sourire, se brossait les dents et se préparait, avant de se glisser dans le lit. C'était après avoir fumé qu'il était le plus câlin, reculant contre moi dans des grognements, des ronronnements possessifs. Il ne disait jamais qu'il en avait envie, pas plus qu'il ne reconnaissait ensuite que cela avait eu lieu. Au lit il me faisait taire, murmurait « Continue » ou « Maintenant » ou « Il y a un problème ? » – dans ce dernier cas, avec un baiser et un sourire narquois. Nous étions aussi discrets que possible pour ne pas réveiller Perry, ce qui était une prouesse en soi, parfois complètement loupée dans le feu de l'action, quand le cadre du lit battait contre le mur. Le lendemain matin, Perry préparait son petit déjeuner et partait au travail, à White City, sans la moindre allusion ou protestation, ni le moindre sourire ravalé signifiant qu'il avait été réveillé en pleine nuit, sous le poster de Blondie qui surplombait son lit, par notre scandaleux accouplement à quelques centimètres. Perry était un contexte, et une excuse aussi, pour Hector, pour sa vie privée, qui n'était ni vue ni discutée ; en retour, nul n'avait à répondre à la moindre question.

*

Nous étions tous les deux fauchés, mais j'ai tout de suite vu qu'il était plus sérieux avec l'argent que je ne l'avais jamais été, je m'en rendais compte à présent. Cela faisait partie de la prudence et de la prévoyance qui le caractérisaient plus généralement. Il recevait chaque vendredi le minuscule salaire de Terra, et son père lui donnait vingt livres par mois, pour l'aider à s'en sortir, disait-il, jusqu'à ce qu'il soit installé – nous regardions la chambre avec sa tenture en batik et sa plante araignée, en nous demandant quand cela arriverait, au juste. « Pour toi, tout va bien », disait-il, et quand je répliquais que je ne possédais rien, il grommelait : « Ouais, c'est ça », et il avait bien sûr raison, en un sens. Le dimanche, lorsque nous n'étions pas en tournée, il allait voir ses parents qui vivaient à Beckenham, à quarante minutes en train de Victoria Station. Il était sensible et fuyant à leur sujet, et moi, je me montrais prudent mais curieux, comme je l'étais généralement des familles de mes amis. Je savais déjà qu'Hector était né au Libéria, et je soupçonnais sa famille d'avoir jadis eu de l'argent ; maintenant, apparemment, ses parents tenaient une quincaillerie – mais je ne pressais pas Hector de m'en dire plus sur eux, en vertu peut-être d'une sorte de solidarité sur la question des pères.

Un dimanche soir, vers neuf heures, Hector est rentré à l'appartement. Perry regardait la télévision dans le salon et j'étais au lit tout habillé, pour ne pas avoir froid, en train d'apprendre une longue réplique en vers d'*Andromaque* – Ray avait décrété qu'il était temps de dépoussiérer un classique français. « Bonsoir, mon cœur, ai-je dit. C'était comment ? Ils allaient bien ? », d'un ton insouciant, avec peut-être juste un soupçon du chagrin que je commençais à éprouver, dans ces moments où il revenait de la famille qu'on ne me proposait jamais de rencontrer.

« Ils vont bien, a-t-il répondu, ils vont bien », et il s'est approché pour m'embrasser, puis il s'est affairé dans la chambre, l'air préoccupé.

« Je rangerai tout ça plus tard, ai-je dit.

– En fait, je me disais que je te montrerais bien quelque chose », a-t-il répliqué, et il est revenu s'asseoir sur le lit à côté de moi, a tiré une petite photographie de son portefeuille. Je l'ai prise dans un demi-sourire, intrigué par ce mystère, prêt à me laisser surprendre. C'était un portrait de groupe – un couple blanc, que j'avais l'impression de vaguement reconnaître, sur la pelouse d'une maison mitoyenne blanchie à la chaux, et devant eux quatre enfants, deux garçons noirs et deux filles blanches, assis en tailleur dans l'herbe, comme une équipe. Les secondes ont passé avant que je saisisse que le plus costaud des deux garçons était Hector, âgé de quatorze ans peut-être. « Ce sont tes vieux amis, non ? ai-je demandé. Ceux qui sont venus voir le spectacle à Greenwich ? Je me rappelle qu'ils étaient un peu choqués. Patrick, c'est ça ?

– Ouais, Patrick et Amanda.

– Et ces filles sont leurs enfants, on dirait.

– Ouais, eh bien…

– Tu as l'air si gentil, et si sérieux. Elle a été prise quand ? Il y a huit ou neuf ans, je…

– David, c'est mon père et ma mère.

– Ah… », ai-je bredouillé, et je les ai fixés du regard, sans savoir quoi dire – ma bêtise, la petite blessure supplémentaire qu'il m'ait caché cela n'étaient rien comparées à l'élan d'amour que je ressentais pour Hector. J'ai posé la main sur sa cuisse et agrippé la sienne, trop bouleversé pour dire la chose que j'avais aussitôt, presque égoïstement, eu envie de lui dire : que je sentais depuis le début que nous avions quelque chose de plus profond en commun.

« Ouais, bon, a conclu Hector. Voilà. »

Quelque chose m'a retenu de lui poser des questions. « Eh bien, merci », ai-je dit, et j'ai jeté mes bras autour de lui, tenant encore la photo que je voyais donc par-dessus son épaule, l'homme que je serrais contre moi tel qu'il avait été huit ou neuf ans plus tôt, dans la sécurité de sa famille.

*

J'ai décidé très tôt que je voulais présenter Hector à Nick et Jenny, qui m'ont dit qu'il fallait faire vite, pour leurs propres raisons – Jenny était enceinte de huit mois de leur deuxième enfant. Ils étaient rentrés des États-Unis, Nick enseignait désormais les sciences politiques à l'université du Sussex, et dans mon esprit, cette rencontre serait la preuve que je m'en sortais bien de mon côté, que j'avais tourné la page – mais le besoin de mettre tout cela en scène ne suggérait-il pas le contraire ? Je ne savais trop quoi raconter à Hector, même s'il m'avait confié ses propres béguins pour un professeur et pour d'autres garçons, jamais avoués et encore moins suivis d'effets. Si bien que je n'ai expliqué qu'à demi-mot, par tendresse pour toutes les personnes concernées et conviction que cette histoire ne pourrait jamais vraiment être comprise. Nous étions en train de nous sécher après un bain quand j'ai proposé cette rencontre. « Ouais », a dit Hector, avec un haussement d'épaules et un hochement de tête. Il était timide à l'idée d'être exhibé ainsi, et je le sentais gêné d'être accueilli par mes vieux amis comme la moitié d'un nouveau couple heureux. « Ouais, mais lundi soir, je ne peux pas.

– Ah, d'accord, ai-je dit. Pourquoi ?

– J'ai ma soirée beaux-arts.

– Je peux venir ? ai-je demandé. J'adore l'art.

– Je ne crois pas que ce soit une bonne idée, a-t-il répliqué, avec un petit rire dur.

– Il s'agit de quoi, exactement ?

– C'est juste à Molleson's, je fais ça depuis deux ans – de temps en temps, tu vois.

– Je connais Molleson's. J'ai un ami qui a étudié là-bas. C'est une super école.

– Ouais, bon », a dit Hector. Il débordait d'ambitions nourries en toute discrétion, ne tenait jamais rien pour acquis, sans cesse en train de travailler, en secret presque, à quelque chose.

Il a dévissé le bouchon du bocal marron et frotté une noisette de beurre de cacao entre ses paumes, pour masser sa peau chaude et sèche. « Tu suis quel cours ? ai-je insisté.

– Je n'étudie pas là-bas, David », a-t-il rétorqué, et un certain agacement contre moi a paru se mêler à l'embarras sur son visage.

« Oh, ai-je dit. Je vois : tu sers de modèle ?

– Oui.

– Quel genre ? » ai-je demandé. J'étais désarçonné, juste un peu, par cette nouvelle et, là encore, de ne pas l'avoir su.

« Juste les trucs normaux qu'on fait dans les cours de beaux-arts… tu vois.

– Je ne suis jamais allé à un cours de beaux-arts, ai-je répliqué. Tu poses nu, c'est ça ?

– Dessin d'après modèle vivant, c'est l'appellation officielle.

– Donc tu te tiens devant ces gens tel que je te vois là ?

– Effectivement.

– À part l'érection, j'imagine. »

Hector a réprimé un sourire. « Les chances d'avoir une érection dans de telles conditions sont quasi nulles, mon ami. Ça ressemble plus à une visite médicale. »

J'ai empoigné son sexe pour l'empêcher de s'en aller. « Donc tu n'as jamais eu envie de quelqu'un dans la classe ? »

Il a laissé échapper un soupir. « On ne regarde même pas les étudiants pendant qu'ils travaillent. On doit fixer le sol ou un coin de la salle. En tout cas, tu ne penses pas au sexe, ou à ton petit copain jaloux qui s'accroche à ta bite, ce genre de choses.

– À quoi tu penses, alors ?

– Eh bien en fait, mon chéri, je pense à Hotspur… à Thersite… au duc de *Clareeence* » – il avait adopté son ton de tragédien.

« Comment ça, tu penses à eux ?

– Juste mes anciens rôles, ceux que je joue en ce moment, et ceux que j'aimerais jouer. Je les perfectionne dans ma tête.

– Tu apprends des rôles qu'on ne t'a même pas proposés ?

– Ça fait passer le temps, a-t-il répondu. Maintenant, si tu permets… » Je lui ai déposé un petit baiser sur la joue et l'ai laissé partir, mais j'étais abasourdi par la vision de cette préparation inutile, ce refus d'être mis sur la touche, supposais-je, au profit de tous les fainéants opportunistes qui décrochaient sans effort les meilleurs boulots. C'était ambitieux de sa part, et exemplaire, mais triste aussi, car personne, dans le grand monde dont il rêvait, ne lui offrirait mieux que les *mauvais rôles**.

*

Hector m'a invité à la fête de fin de trimestre à Molleson's, d'un ton si désinvolte et marmonné que je n'aurais su dire s'il espérait un refus ou désirait pudiquement que je vienne – j'ai jugé préférable d'accepter. Nous avons fait l'amour rapidement et férocement avant de quitter l'appartement, et nous sommes mis en marche vers la station de métro dans un élan de confiance intime, à peine entaché, tandis que nous achetions nos tickets et grimpions l'escalier menant au quai, d'un sentiment plus solitaire.

Je connaissais la célèbre façade de l'école d'art, avec ses médaillons en terre cuite à l'effigie de Dürer, Reynolds et Landseer perchés entre les fenêtres du premier étage, mais je n'étais encore jamais entré à l'intérieur, dans l'atmosphère un peu délabrée, le vacarme plein d'échos de la vie étudiante, l'impression ambiante, mêlée comme la poussière de craie et l'odeur de térébenthine dans l'air, d'une fierté de l'endroit et, en même temps, d'une rage à son encontre. Je me suis laissé porter vers la salle de sculpture du rez-de-chaussée, où des structures soudées et des maquettes en plâtre menaçantes, pareilles aux décors d'actes à venir, se bousculaient dans les ailes, mais Hector m'a vite entraîné par la main et je l'ai suivi à l'étage, au milieu d'un flot d'étudiants qui couraient en tous sens, me forçant à sourire malgré ma gêne d'être un intrus dans une école. L'immense atelier de dessin d'après nature se trouvait au dernier étage, sous une fenêtre de toit à moitié occultée par des stores, et c'était là que la fête commençait.

Un homme aux cheveux gris, en costume marron et foulard à motif cachemire, s'est retourné en marge d'un groupe qui se tenait debout près de la table des boissons. « Ah, Henry ! s'est-il exclamé, je suis tellement heureux que vous ayez pu venir ! », et j'ai regardé par-dessus mon épaule pour voir qui était derrière nous, avant de faire une grimace à Hector pour ce petit affront stupide, qui semblait, dans un tel contexte, faire partie d'une ignominie bien plus grande, même s'il a accueilli la chose sans cesser de sourire. L'homme nous a fait signe de venir nous joindre à un groupe de jeunes étudiants, qui ont d'abord semblé intimidés en présence de leur modèle. Ils se sont serré la main, une première fille puis une deuxième se sont approchées pour embrasser Hector sur la joue – j'ai vu le fascinant choc d'intimité, de révélation presque, que provoquait chez eux le fait de le rencontrer non pas comme modèle, mais comme une personne entièrement habillée. Une fille aux cheveux teints en rouge, tentant sa chance, a tiré sur le pull d'Hector : « Salut, Henry, tu dois mourir de chaud avec tous ces vêtements ! », et au milieu des rires qu'a aussitôt déclenchés cette situation, je me suis adapté dans l'instant et y ai trouvé moi aussi quelque chose d'amusant – je l'ai prise comme une sorte d'exercice d'improvisation. « Je vous présente mon ami David », a dit Hector, et j'ai dit d'une voix très posée et très sincère combien j'étais ravi qu'Henry m'ait invité.

L'homme au foulard était Mr Trivet, qui dirigeait l'atelier de dessin d'après nature et qui, tandis que nous discutions et buvions, semblait estimer qu'il avait des droits particuliers sur Hector – il m'a tourné le dos pour lui parler, a posé une main encourageante sur son épaule et l'y a laissée. J'ai réalisé soudain qu'il avait passé des heures entières à contempler le corps nu d'Hector, bien plus longtemps que je ne l'avais jamais fait, dans les conditions prétendument cliniques de cette même salle, dont la petite estrade sur roulettes avait été repoussée dans un coin, les chaises et les chevalets rangés. Elle avait la présence subtilement excluante du lieu de travail d'un autre, portait la trace et l'écho de routines inconnues. C'était une salle à laquelle Hector s'était habitué au point d'être blasé, mais pas moi – les plinthes, la fenêtre de toit, les chauffages suspendus étaient imprégnés à ses yeux des longues heures qu'il avait passées ici, des courses et des ripostes de Hotspur, Vladimir ou je ne sais quel autre personnage, toute cette activité mentale insoupçonnée qui lui permettait de s'évader de ce lieu mais aussi, m'a soufflé mon esprit vaguement mal à l'aise soudain, de se l'approprier.

J'ai songé que Mr Trivet connaissait sûrement le corps d'Hector mieux que personne, car (comme je l'imaginais) il marchait tout autour du cercle, examinait le torse et les cuisses et la bite et les couilles sous l'angle de chacun de ses étudiants, se penchant pour donner forme à une cheville ou parfaire le rendu du brun foncé de la peau par une étudiante. Parfois même, supposais-je, il mettait la main à la pâte et le dessinait à son tour. Je n'ai pas tardé à comprendre qu'ils ne savaient rien d'Hector – j'avais donc un petit public soudain désireux d'en apprendre davantage. J'ai caressé l'idée de leur confier quelques détails, pour le plaisir facile de m'amuser de leur surprise, et en vertu, tout simplement, du sentiment qu'Hector n'avait pas besoin de ce voile de secret protecteur. Mais je me suis contenté de dire qu'il était un formidable comédien, et qu'ils devraient tous venir nous voir dans une pièce un de ces jours.

« Tu veux que je te montre mon meilleur dessin de Henry ? m'a demandé la fille aux cheveux rouges, qui avait clairement le béguin pour lui.

– Non, non…, ai-je protesté.

– Ça ne me dérange pas », a-t-elle répliqué, et elle s'est dirigée vers les casiers à l'autre bout de la salle. Elle en est revenue avec son grand carnet de croquis, dont les pages déjà utilisées étaient toutes cornées, et l'a feuilleté rapidement, « Pas celui-ci… celui-là non plus… », mais j'ai entraperçu ces autres tentatives de représenter mon petit ami, de profil, assis et debout, sa beauté et son évidente difficulté en tant que sujet. « Voilà ! » s'est-elle écriée, et elle m'a montré le dessin, et de là où nous

nous trouvions, nous pouvions relever les yeux sur Hector, dans une posture similaire là-bas dans la pièce, mais vêtu de son plus beau jean et d'un col roulé noir.

« Oui, c'est très bien », ai-je commenté, malgré l'aspect éminemment romantique de cette silhouette se détachant héroïquement de l'espace hachuré qui lui servait de fond. « Merci de me l'avoir montré. » Je ne voulais pas la blesser, même si elle m'avait blessé, moi.

« Ça vous dirait de jouer les modèles ? a demandé un garçon, l'air doux, avec une barbe blonde clairsemée. Vous feriez un sujet intéressant – si je puis me permettre.

– Oh… non, ai-je répondu. Je ne crois pas.

– Trop pudique ?

– Mm, non, ce n'est pas vraiment ça, ai-je dit, et j'ai eu l'impression de flirter en retour.

– Henry est un fabuleux poseur, a-t-il déclaré, tandis que la fille s'éloignait. Mais son corps est étrange. Il a les épaules vraiment très larges, un super physique, disons-le, mais aux proportions inhabituelles, si vous voulez. J'ai passé un temps fou sur ses fesses, l'autre soir », et voyant que ce garçon était un sacré personnage, après deux verres de vin, je n'ai pas pu m'empêcher :

« Mm, moi aussi ! ai-je dit, et il m'a dévisagé en plissant les yeux, avant de partir d'un grand éclat de rire.

– Donc vous êtes… » – et il m'a désigné, puis Hector, d'un geste du menton. « Ouais, nous étions quelques-uns à nous poser la question… » – et j'ai soudain compris que l'instinct de conservation d'Hector, dans cette salle, exposé des soirées entières sur la vieille estrade miteuse avec ses cartons empilés et son tapis turc déchiré, exigeait aussi qu'il fasse totalement mystère de ses propres désirs, une affaire sérieuse, mais aussi privée pour lui que la religion. « Henry est un cachottier », a conclu le blond, et je me suis vaguement tourné vers Mr Trivet, l'espace d'un instant, oubliant qui était Henry.

25

Pendant une bonne partie des années soixante-dix, je n'ai quasiment jamais pensé à Giles. Quelquefois, à Édimbourg notamment, alors que je jouais des coudes dans la cohue du festival, dans un bar ou au coin d'une rue, je tombais par hasard sur une vieille connaissance commune de l'époque d'Oxford, parfois même de Bampton, et, notre conversation souriante ne tardant pas à se tarir, ces gens jetaient un regard alentour, puis demandaient : « Tu vois toujours Giles, dis-moi ?

– Giles… ? répétais-je. Oh, *Giles* – non, ça fait des années », avec un rire dédaigneux pour ce qui était si éloigné de mes préoccupations.

– Oh, vraiment… ? » s'étonnaient-ils. Souvent, ils l'avaient croisé pas plus tard que la semaine précédente, il s'en sortait vraiment très bien. On m'a expliqué qu'il ne travaillait plus pour Norman Upshaw – il voulait gagner de l'argent avant de se lancer en politique, se consacrait désormais à ses affaires immobilières et à un magazine qu'il avait racheté et complètement remis sur pied… J'ai appris aussi qu'il s'était brouillé à mort avec son père, ce qui m'a fait, au moins, compatir tendrement avec Mark. Tous montraient combien ils étaient excités de connaître Giles, et s'ils s'autorisaient parfois un bref instant d'ironie partagée (« Tu sais comment il est ! »), je savais qu'ils me considéraient comme un hérétique sans cervelle, exclu de l'histoire de son ascension, en partie excusé cependant et rendu moins menaçant par les costumes et les couches de fard ; le fait de connaître un acteur revêtait à leurs yeux un glamour marginal, non dénué de valeur marchande dans le monde des agents de change et des avocats, qui étaient souvent eux-mêmes de petits acteurs m'as-tu-vu. J'avais en outre la peau un peu foncée et j'étais à moitié étranger, même si je m'exprimais, disait Raymond, avec toute la sophistication de l'actrice Anna Neagle.

Mais nous étions ces personnes qui s'étaient connues autrefois, plus ou moins, hésitant entre nous arrêter dans la rue et poursuivre notre chemin – avec parfois un petit sursaut en passant, un « Oh, *salut* ! » et un sourire, chacun se tournant à moitié mais avec le même instinct d'aller de l'avant. À Édimbourg cette année-là, j'ai croisé Alec Adams, mon ancien corédacteur en chef de notre revue *La Ruche*, à l'école, qui était en ville pour donner une lecture. « David ! », m'a-t-il interpellé à travers la circulation dense de Grassmarket. « David Win ! », et j'ai cherché un moment à savoir qui m'appelait, par-dessus et entre les voitures qui passaient : des aperçus de lunettes, de barbe rousse, de veste en jean – puis les deux secondes de lutte entre instinct et bonnes manières : « Ah ah ! » Étrange dynamique, à qui de nous deux traverserait ; mais il a tenu sa position, jambes bien campées sur le trottoir, sacoche pendue au cou, et j'ai attendu puis foncé entre les voitures et les camionnettes en donnant, malgré moi, une impression d'empressement. Il était le test parfait pour les bons et mauvais sentiments que m'inspirait le succès de mes contemporains : deux recueils publiés chez Faber, sélectionné pour le nouveau prix de poésie Whitbread au milieu d'hommes qui avaient deux fois son âge.

« J'ai su que ça ne pouvait être que toi ! s'est-il exclamé en me serrant la main.

– Est-ce bien sûr ? » ai-je répliqué.

Je le voyais comme mûr pour l'ironie, mais n'étais pas certain qu'il la méritait. J'avais l'impression que ses yeux pétillants encourageaient mes obscurs efforts – quelle qu'en soit la nature. Quand il a ouvert sa sacoche pour en tirer une boîte de tabac St Bruno et une pipe à longue tige, en retournant tout pour trouver ses allumettes, il a sorti son exemplaire de *Magritte, soleil couchant*, hérissé de bouts de papier annotés pour sa lecture, le livre lui-même corné et taché, mais pas moins neuf pour autant à ses yeux. J'aurais voulu lui demander : « Tu n'en as pas assez de lire les mêmes quinze poèmes encore et encore ? », mais un comédien était mal placé pour poser cette question. La confiance en soi d'Alec était inébranlable, la corvée de répéter les mêmes comparaisons fabriquées, les mêmes envois éhontés, était bien le moins qu'il pouvait faire pour lui-même, et les gloussements et soupirs satisfaits du public, la preuve que sa magie opérait toujours. Son style personnel, rustique, était celui d'un pilier de pub doublé d'un chaud lapin, mais comme poète il était aussi précieux qu'une figurine en porcelaine de Meissen. Il a effrité le tabac dans la chambre de sa pipe, l'a bourrée de son doigt brun sans cesser de parler, numéro parfaitement huilé. « Mais dis-moi, Dave… », a-t-il demandé, ses brèves bouffées entre deux mots dessinant comme un bégaiement, tandis que la flamme de son allumette plongeait dans le tabac et qu'il aspirait et testait la fumée. « … que fais-tu de beau, ces temps-ci ?

– Eh bien, je joue une pièce ici, toute la semaine.

– Ah, tu fais toujours du théâtre, c'est bien.

– Viens donc nous voir : Terra Productions, *Macbeth* – pardon, la "pièce écossaise" – comme tu ne l'as jamais vue ! » – j'étais charmant, pour le simple plaisir de l'être, et je me disais aussi qu'il ne serait pas mauvais que ce jeune poète étrangement influent parle de nous autour de lui. Mais j'ai compris, tandis qu'il tirait de plus belle sur sa pipe et se cachait à moitié, l'espace d'un instant, derrière une fleur de fumée, qu'il était un de ces littéraires perfectionnistes qui restaient à l'écart du théâtre et de ses périlleuses collaborations.

*

C'étaient Mark et Cara qui gardaient le contact. Ils avaient toujours envoyé une carte à Noël, une photo issue de leur collection, absolument pas de saison, mais accompagnée de vœux manuscrits. Une fois que vous étiez sur leur liste, vous y restiez – moi, en tout cas, avec la sensation presque physique qu'ils pensaient chaleureusement à moi, et que j'étais indélogeable, comme des centaines d'autres personnes dont j'ignorais tout. Ce qu'ils faisaient à Noël, je n'en savais rien. La rupture entre Giles et Mark m'apparaissait comme une anomalie de la nature, le rejet volontaire d'un père si généreux – et j'imaginais mal Lydia prendre l'avion depuis Manhattan pour passer du temps avec ses parents.

Un nouveau rituel s'était mis en place de nous retrouver deux ou trois soirs par an avec Mark et Cara, quand ils m'ont invité à dîner au Ivy. « Prends ce qui te fait plaisir », m'a dit Mark tandis que nous buvions nos cocktails, et j'ai contemplé la carte avec la sensation que je n'aurais pas le temps de tout lire avant l'heure de la fermeture. J'étais tellement soucieux de l'argent que je regrettais presque d'être là, et qu'ils ne m'aient pas donné en liquide, à la place, le coût de mon repas. J'avais appris en grandissant à toujours choisir les plats les moins chers ; pendant des années, j'avais pris le poulet alors que je mourais d'envie de goûter le homard ; mais dans ce cas précis, je sentais que cela risquait de décevoir mes hôtes, voire de les offenser, eux qui prenaient plaisir à m'inviter dans ce grand restaurant ; alors j'ai commandé le caviar et le filet mignon, ainsi qu'un dessert spécial qui demandait vingt minutes de cuisson au four, et Mark et Cara, qui avaient choisi un plat beaucoup plus simple et ne voulaient pas d'entrée, ont paru enchantés. Nous n'avons pas tardé à être un peu ivres, tous les trois, c'étaient des moments joyeux, et je me suis retrouvé à me confier sans retenue à Cara à propos de mes projets, tandis que Mark rédigeait et détachait un chèque à trois chiffres pour le laisser au serveur.

Comme nous traversions ensemble la salle du restaurant puis le hall d'entrée, j'ai senti le monde extérieur, par-delà les petits losanges multicolores de ces étranges fenêtres, se profiler d'une manière fort différente pour eux et pour moi. Je voyais déjà la chaleur intime de cette généreuse invitation se disperser en un rien de temps sur le trajet crasseux jusqu'au métro. La jeune fille qui lisait près du chauffage à côté de son placard rempli de manteaux a relevé les yeux, repéré les deux billets d'une livre que Mark avait déjà déposées dans la soucoupe, et souri comme sous l'effet d'un charme tandis qu'elle récupérait nos affaires. Je n'ai pas entendu Mark parler à l'employé en manteau noir qui se tenait devant la porte, mais à peine étions-nous sortis dans la rue qu'un taxi s'est rangé devant nous, on nous a ouvert la portière, et juste avant que Mark ne monte à la suite de Cara, j'ai vu un billet de cinq livres passer en toute simplicité de sa main à celle du portier. Je me penchais pour leur dire au revoir quand Cara a lancé : « Et si nous te déposions ? » – de sorte que je suis monté à mon tour, et suis resté un long moment assis en face d'eux avec un sourire incertain, sur le siège rabattable.

« J'ai malheureusement tendance à être malade quand je voyage dos à la route. »

Cara m'a regardé. « Et tu viens juste de manger ce truc au chocolat. » Ils ont rabattu les pans de leurs manteaux et je me suis calé entre eux, en regardant droit devant, tandis que nous réfléchissions à cette nouvelle demi-heure de conversation imprévue. L'ambiance s'est refroidie pendant une minute ou deux, en dépit de notre confort. Je n'avais jamais été si physiquement, si douillettement proche de Mark et Cara, mais il y avait comme un écho, dans l'image gênée que j'avais de nous trois assis dans ce taxi, de cette lointaine soirée à Woolpeck où nous avions marché ensemble pour la première fois à travers le jardin, jusqu'au court de tennis. La somme sur le compteur progressait par petits paliers entêtés, tandis que nous piétinions dans la circulation dense du West End les théâtres qui se vidaient, les visages de leurs spectateurs étrangement fous de soulagement dans l'éclat des marquises ; puis les chiffres se sont mis à grimper avec plus d'entrain au long de Piccadilly puis de Hyde Park Corner. Dans ma nouvelle vie, dans cette économie nouvelle que je partageais avec Hector, deux livres permettaient d'acheter les ingrédients d'un bon ragoût maison qui nous durait deux soirs ; cinq livres, c'était, en y ajoutant un penny, le prix d'un gros roman neuf que je lirais deux semaines durant, puis garderais pendant le restant de mes jours. Je pensais, assez puérilement, à ces choses-là alors que nous longions les allées obscures de Hyde Park, jusqu'à ce que Cara me demande d'expliquer où, au juste – « Pas très loin de chez nous, j'en suis sûre » –, j'habitais.

*

Les problèmes d'Hector, son malheur et ses doutes. Je ne veux pas dire par là qu'il était indécis. D'une certaine manière, il était trop résolu. Mais il changeait d'avis, radicalement parfois, sur des décisions qu'il avait prises – il continuait avec Terra, il allait chercher du boulot ailleurs, il abandonnait pour de bon le métier d'acteur. Qui voulait d'un brillant comédien noir lorsqu'un acteur blanc tout juste passable était disponible ? « Oui, mais… », bredouillais-je. Puis : « Bon, je vois exactement de quoi tu parles », et il me fixait droit dans les yeux, m'accordant, pour cette fois du moins, le bénéfice du doute. Mais une semaine ou deux plus tard, ce pessimisme lui semblait totalement injustifié, ses doutes ridicules, et, les yeux étincelants d'un enthousiasme retrouvé, il détaillait un plan encore plus audacieux que celui auquel il avait renoncé la dernière fois.

Et puis une opportunité s'est finalement présentée : une audition, puis une seconde pour en avoir le cœur net, et on lui a proposé une saison au sein de la Royal Shakespeare Company, à Stratford ; ce qui s'est révélé présenter ses propres difficultés. Au moins, avec Terra, si vous détestiez une ville de province en particulier, vous saviez que vous la quitteriez pour une autre d'ici quelques jours, alors qu'à Stratford-upon-Avon… Il m'écrivait des lettres, pour la première fois, de son écriture élégante dont les hampes formaient des boucles, des mots aimants et drôles mais chargés d'émotions que son humour ne pouvait contenir. Il jouait les doublures de Harcourt et Bullcalf dans *Henry IV, Deuxième Partie*, et interprétait Bernardo dans *Hamlet* (avec Roger Jessop, et Marcia Delano en Gertrude glamour). « Dans la première pièce, écrivait-il, j'ai treize lignes de texte en tout, mais dans l'autre, trente-neuf, c'est-à-dire trois fois plus. » Je l'imaginais nu, l'esprit ailleurs, devant les étudiants de Molleson's, se repassant les répliques de Hotspur et du duc de Clarence. Je songeais aux rôles conséquents que Ray lui avait confiés. Mais c'était, tout de même, le Royal Shakespeare Theatre, « avec le public à cinquante mètres et pas un mètre cinquante, et une salle comble à chaque fois ». Il y avait, à mes yeux, quelque chose d'étrangement furtif à engager un comédien noir pour jouer des rôles aussi insignifiants : la surprise était comme noyée dans la masse, et aucun critique ne faisait jamais mention de lui.

Nous étions programmés pendant deux semaines à Coventry cet automne-là, non loin de Stratford, et certains d'entre nous sont allés voir *Henry IV* ; Hector, lui, a profité d'un jour de relâche pour prendre le bus afin d'assister à notre nouveau spectacle, une pièce de Snoo Wilson. Ces visites réciproques étaient entachées d'une tension un peu triste, entre jugement suspendu et regrets mutuels. Terra avait toujours été une compagnie friable, nous nous émiettions régulièrement pour jouer de petits rôles au cinéma ou à la télé, qui rapportaient beaucoup plus, et

Raymond ne voyait pas toujours d'un très bon œil celui qui revenait d'un tournage en Espagne ou de six mois de représentations triomphales dans l'un des grands théâtres du West End pour retrouver les rigueurs de notre petite troupe : ces deux mondes étaient incompatibles. À Coventry, Hector s'est joint à nous pour un curry après le spectacle, et il semblait presque malheureux de retrouver toute la bande (à l'exception notable de Ray). Nous avons passé la nuit ensemble dans une chambre au-dessus d'un pub, dont les chants des clients restés à l'intérieur après la fermeture, deux étages plus bas, ont résonné jusque tard dans la nuit. « Je n'ai pas joui depuis dix jours », a-t-il dit – un frisson l'a parcouru quand j'ai posé la main sur lui, il n'y avait rien de plus touchant que sa nudité, la sensation que j'en avais avant même de le déshabiller, son regard intense et son halètement quand j'ai frôlé du pouce l'un de ses tétons, puis l'autre, sous la chemise. J'avais l'impression de jouer de lui comme d'un instrument, de lui et de son besoin, et son besoin était le stupéfiant secret, qui n'avait jamais été si crûment avoué. « Je t'aime, vraiment », a-t-il déclaré, et son regard et son semblant de sourire étaient une belle manière de congédier tous les compromis, les déceptions.

Le lendemain matin, je l'ai accompagné à son arrêt de bus et nous nous sommes assis, gauchement, dans nos manteaux, en nous tenant par les épaules. Nous redoutions tous deux le moment où le bus allait débarquer en se balançant, les trente secondes sans voix entre l'ouverture et la fermeture des portes, une fois Hector monté à bord ; je l'ai regardé marcher vers le fond tandis que le bus s'éloignait, il cherchait un siège à l'écart, sans personne à côté de lui. J'ai agité le bras, guettant anxieusement un signe, mais il s'était déjà refermé, concentré sur la perspective qui s'offrait à lui, la subtile humiliation du travail qu'il partait retrouver, et la solitude (même s'il ne l'a jamais avoué) d'être loin de nous tous.

*

Quand il me téléphonait depuis Stratford, j'avais la déroutante impression de lui parler alors qu'il était dans la peau de son personnage, non pas Bullcalf ou Bernardo, mais un secrétaire quelconque, au ton aussi avenant qu'impersonnel. Était-ce la voix, et l'attitude, qu'il projetait autour de lui quand je n'étais pas là et qu'il traçait son propre chemin ? Je songeais qu'il était peut-être empêché, dans le couloir de sa pension, par la présence d'autres membres de la troupe. Quand il m'appelait d'une cabine, nous étions d'emblée sous pression, nous nous coupions la parole, mais il y avait aussi quelque chose d'hésitant, comme si nous n'arrivions pas vraiment à nous lancer dans les choses particulières que nous voulions nous dire, et quand nous y parvenions finalement, voilà que les bips s'en mêlaient, la distraction imminente, répétitive, du crédit qui s'épuisait jusqu'à ce que, lorsqu'il ne restait plus qu'une pièce de dix pence, le fait de savoir que la communication allait bientôt se terminer semble nous priver de mots, cela n'avait pas de sens d'aborder un nouveau sujet, ni de s'attarder un moment sur quelque chose de plus passionnément sincère, quand nos esprits étaient déjà en train de raccrocher ; ce que nous ne tardions pas à faire, alors qu'il restait encore, en réalité, un peu plus de temps que nous ne l'avions pensé – nous laissant tous deux, à n'en pas douter, vaguement inconsolables. J'avais le sentiment qu'Hector aurait pu mettre de côté davantage de pièces de dix pence, tout en comprenant qu'il n'avait pas vraiment la tête à me parler, et que, peut-être, les choses avaient changé entre nous. Je me demandais s'il me trouvait pareillement changé, avec la même ardeur exagérée et peu crédible – si nous n'étions pas tout simplement deux acteurs avec deux approches différentes du même rôle : celui de l'amoureux absent.

*

La Royal Shakespeare Company est venue faire sa saison à l'Aldwych Theatre, dans le West End, alors que nous étions nous aussi à Londres pour dix semaines, et les choses entre nous se sont mieux passées que je ne l'avais craint, mais pas aussi bien que je l'avais espéré. Il m'a trouvé une place pour la première de *Hamlet*, après laquelle une petite fête entre comédiens était organisée dans un hôtel du quartier : « Tu veux venir ? Laurence Olivier sera là… » – un bref instant de pompe désinvolte dans son invitation, reniée à peine entendue. Je suis allé l'attendre à l'entrée des artistes, il est sorti au bout de trois minutes à peine, et comme nous remontions la rue en nous éloignant du théâtre, je l'ai pris par le bras et j'ai senti son glamour m'embrasser moi aussi – même les passants qui n'avaient pas assisté à la représentation comprenaient forcément qu'il était une star. « Je suis si fier de toi », ai-je dit, et je l'ai senti, pendant les cinq secondes qu'a duré son silence, sonder ma phrase en quête d'une touche de condescendance ; mais ce soir-là, il s'en est contenté.

« Merci, mon amour », a-t-il répondu, puis, souriant poliment à une femme qui enveloppait d'un regard noir nos deux corps enlacés : « Tu sais que j'ai pris le temps de compter le nombre de mots prononcés par mon personnage ?

– Ah oui ? ai-je dit.

– Deux cent vingt-sept, a-t-il déclaré. J'ai recompté deux fois, pour être bien sûr. »

Pourtant, quand nous sommes arrivés, parmi les premiers invités, j'ai vu qu'il était heureux, l'excitation d'avoir accompli quelque chose et l'exultation de la fête, la célébration, qui commençait. Nous sommes allés déposer nos manteaux et nos écharpes au vestiaire et, quand je me suis retourné, Hector se dressait devant moi, magnifique, rayonnant dans un nouveau pantalon noir et une chemise de soie blanche, plus élégant que je ne l'avais jamais vu, et malicieusement (ou bien l'avait-il fait sans même s'en rendre compte ?) semblable à Hamlet lui-même. Je me sentais penaud dans mon costume noir miteux et mes richelieus noires ressemelées – je suis retombé amoureux de lui, et j'ai déposé un rapide baiser sur sa joue pour cacher cet élan d'émotion.

Nous avons retraversé le hall de l'hôtel alors que d'autres invités se glissaient à l'intérieur par la porte à tambour, Laurence Olivier que nous avons respectueusement fait semblant de ne pas remarquer, deux autres comédiens de générations différentes qui avaient eux aussi incarné Hamlet et se faisaient tirer le portrait, en se tenant par les épaules, pour le « Londoner's Diary », la chronique mondaine du *London Evening Standard*. Puis Hector m'a poussé du coude en murmurant : « C'est Julie » au moment où Julie Halberton entrait dans le hall, avec son petit air malin de celle qui est à la fois une star et un peu perdue, qui a besoin d'attention mais qu'on ne doit pas aborder ; elle balayait l'assistance du regard, main posée sur la gorge de son long manteau rouge – je ne l'avais pas revue depuis que j'avais joué le rôle du barman dans deux scènes de *Ramsay et Rose* (elle était Rose), et ses yeux ont glissé sur moi puis, comme cela arrive fréquemment, sont revenus en arrière. « Oh, mon Dieu ! » – elle a continué de parcourir le hall du regard pendant que nous nous embrassions sur les deux joues, puis s'est fendue d'un sourire en secouant la tête, tandis qu'elle enlevait son manteau d'un coup d'épaules en donnant l'impression, comme souvent les acteurs, d'avoir des souvenirs communs trop innombrables et trop désordonnés pour savoir par où commencer, ou si cela valait même la peine. J'aimais être vu en si bons termes avec elle, et avoir l'occasion de lui présenter Hector, qui m'avait confié plus d'une fois combien il l'admirait. « Marcia était formidable ce soir, pas vrai ?

– Absolument, ai-je acquiescé, amusé par son numéro d'admiration ébahie à l'égard d'une autre star. Mais quel rôle ingrat, tout de même…

– Oui, je sais, a-t-elle répondu, presque entre ses dents, comme si elle allait dire maintenant ce qu'elle pensait vraiment.

– J'ai trouvé, cependant, qu'elle l'avait sublimé !

– Eh bien, tout à fait. Vous avez raison !

– Oh, Julie… », ai-je commencé en me tournant à demi vers Hector qui l'enveloppait d'un sourire plein d'attentes – elle l'a regardé :

« Merci infiniment… je vous le laisse… », a-t-elle dit en lui tendant son manteau, et l'a soulevé de nouveau alors qu'il menaçait de glisser des bras d'Hector. Celui-ci l'a tenu avec raideur pendant trois ou quatre secondes, comme s'il n'avait jamais vu de manteau, et alors : « Oups, a bredouillé Julie. Désolée… attendez », et elle a enfoncé son écharpe dans la poche du manteau.

« Oh, Julie ! me suis-je écrié, suffoqué par sa méprise. C'est… » – mais Hector avait fait volte-face sans un mot, tenant le manteau bien haut et à bout de bras comme une chose répugnante en soi, il a traversé la foule de plus en plus dense jusqu'à un espace dégagé au centre de la salle où, sans même se retourner, il l'a laissé tomber sur le plancher et est reparti d'un pas décidé vers le bar. « C'est Hector Bishop, ai-je repris, il jouait Bernardo…

– Oh, mon Dieu, a-t-elle soupiré en portant la main à sa bouche. J'ai cru… » – mais alors qu'elle me gratifiait d'une moue consternée, son repentir s'est peu à peu crispé en un froncement de sourcils. « Fallait-il qu'il soit si odieux ? » Je n'ai même pas tenté d'argumenter ; je savais que pendant ces quelques secondes, Hector avait dû être déchiré entre l'admiration qu'il avait pour elle et la blessure, la fureur d'être pris, une fois de plus, pour un domestique. Les jeunes acteurs peuvent éprouver la même fascination que tout un chacun pour les stars, exacerbée par l'intimité de partager un même métier avec leurs idoles. « Je suis désolée ! » a-t-elle crié, désinvolte, dans le dos d'Hector, puis elle a dû traverser elle-même le hall et faire une sorte de révérence, dans sa robe moulante et ses talons hauts, pour récupérer le manteau, car plutôt mourir que de m'en charger moi-même. « Vous le connaissez bien ? a-t-elle demandé en me rejoignant.

– Eh bien, oui, ai-je répondu. Nous sommes ensemble.

– Oh mon Dieu, Dave… Pouvez-vous me conduire à lui ? » Ce que j'ai fait, mal à l'aise, redoutant la colère d'Hector et craignant de lui donner l'impression que je prenais le parti de Julie.

Au bar, Hector avait aussitôt engagé la conversation avec un petit groupe de gens, un verre de vin à la main, et leur parlait en des termes laconiques et impersonnels de tel ou tel aspect de la mise en scène. Il a prêté la plus grande attention à une question, tandis que nous approchions derrière lui, Julie serrant son manteau contre elle et tendant la main sans tout à fait le toucher. L'homme à qui Hector était en train de parler a souri à Julie tout en écoutant, il semblait disposé à la laisser se joindre à leur conversation, tandis qu'elle hésitait, craignant d'ajouter encore à l'offense si elle interrompait Hector. « Écoutez, je suis terriblement désolée, a-t-elle fini par bredouiller. C'était… c'était extrêmement indélicat de ma part. » Hector s'est à moitié retourné.

« Laissez tomber », a-t-il grommelé ; pas le « laissez tomber » du pardon, non, celui qui veut dire : N'y pense même pas. Elle l'a regardé, peinée, le souffle court, s'est mordu la lèvre ; et elle a dit :

« Bon, eh bien… d'accord », puis, avec colère presque : « mais je suis *vraiment* désolée – voyez-vous, je n'ai pas pu arriver à temps pour la première partie, j'étais en tournage toute la journée ; je ne vous ai pas vu dans la pièce, sinon, bien sûr, je vous aurais reconnu. »

Mais cette excuse ne changeait rien pour Hector ; Julie s'est éloignée seule à la recherche du vestiaire, et alors, le petit groupe s'est dispersé nerveusement et je me suis retrouvé seul avec Hector.

« Bon Dieu, combien de temps devrons-nous encore supporter ça ? » ai-je soupiré. Je le pensais vraiment, ce qui n'empêchait pas mon personnage de sonner faux à mes propres oreilles. « Tu sais, ça m'arrive encore quelquefois, avec des gens que je ne connais pas, ou qui ne me connaissent pas. »

Il n'a rien dit, un silence puissant, enchaînement de pensées cachées, tandis que nous restions plantés là à contempler la foule tels deux invités attendant d'être présentés. J'ai passé en revue dans ma tête, en tressaillant à chaque fois, ses réponses possibles, et formulé mes reparties inadéquates. Plusieurs fois, j'ai été sur le point de parler, mais sa présence hostile aurait glacé une salle comble. Soudain, Roger Jessop en personne s'est dirigé vers nous avec Joan Collins, qui a dit qu'elle tenait tout particulièrement à rencontrer Hector, et son glamour irréel, l'éclat des flashs sur la rétine, qui glissait puis se dissolvait, a d'abord paru le sonner, comme une nouvelle agression. Il lui a serré la main avec raideur et on aurait dit qu'elle s'était donné pour mission d'effacer la blessure et, contre toute attente, de lui soutirer un sourire. Elle l'a interrogé sur son début de carrière, elle n'avait jamais vu aucun spectacle de Terra mais avait entendu parler de nous, et a déclaré qu'elle comptait bien voir le prochain – « du moins, si vous jouez dedans » : elle flirtait et était, en même temps, un peu comme une reine – pour ceux qui sont sensibles à ces choses – prodiguant la magie de son attention. Puis Claudius et Laërte, qui depuis tout à l'heure observaient la scène et souriaient juste derrière elle, se sont précipités, le photographe les a interpellés et le groupe s'est détourné de nous au moment où Hector déclarait, aussi calme que concis, comme s'il n'aurait même pas dû être nécessaire de le souligner : « David, tu n'es même pas noir. »

*

Dès que je le pouvais, et qu'Hector avait une place pour moi, j'allais le voir ouvrir *Hamlet* de son retentissant « Qui va là ? », et sentais la surprise dans la salle lorsqu'il sortait de l'ombre et du brouillard carbonique. Francisco lui adressait son propre défi en retour, mais en réalité, les spectateurs n'attendaient qu'une chose : entendre de nouveau Hector, et décider une bonne fois pour toutes ce que cela leur inspirait... Je me disais que si je n'avais jamais vu *Hamlet*, je me serais sans doute attendu à ce que ce personnage puissant de la scène d'ouverture joue un rôle essentiel tout au long de la pièce – pas à ce qu'il s'éclipse après la deuxième scène, pour ne plus revenir. J'avais l'impression qu'Hector l'interprétait comme une déclaration d'intention en vue d'une performance d'acteur bien plus importante que celle-ci – et qui ne l'obligerait pas à attendre en coulisses pendant trois heures et demie avant de rejoindre les acteurs principaux, trempés de sang, au moment du salut.

La deuxième fois que je suis allé voir la pièce, j'ai rejoint l'entrée des artistes à la fin de l'entracte et grimpé l'escalier en passant devant les confortables suites édouardiennes qui servaient de loges aux stars (« Mr Jessop », « Miss Delano » sur les portes), jusqu'à celle qu'Hector partageait au dernier étage avec Fortinbras, Marcellus et Guildenstern. Cette hiérarchie claire m'a coupé le souffle un moment, alors que je montais les marches. J'ai frappé à la porte et je suis entré sans attendre, avec le sentiment qu'en tant que comédien, j'étais autorisé à les trouver en slip. Marcellus était sorti s'acheter quelque chose à manger sur Drury Lane, et Fortinbras, qui n'apparaissait qu'à la fin de l'acte quatre, était assis en maillot de corps, en train de se maquiller. Guildenstern, lui, était sur scène. Hector était assis dans un fauteuil sous la fenêtre, qui offrait une vue étroite mais déroutante sur le soir à l'extérieur du théâtre ; sa posture, le hochement de tête qu'il m'a adressé semblaient proclamer à la fois son droit d'être ici et, malgré tout, le sentiment d'étrangeté que cela lui procurait. Il m'a présenté et Fortinbras a hoché la tête dans son miroir et déclaré qu'il m'avait vu dans *Volpone* à Oxford, et que j'avais été vraiment génial. « Je t'ai vu l'autre soir, ai-je répondu. Tu étais génial aussi. » J'allais m'approcher d'Hector pour l'embrasser, mais il s'est mis à parler pour m'intercepter. Fortinbras s'est levé et a enfilé son pourpoint, puis, par-dessus, un élément d'armure en cuir, stylisé. « Tu peux m'aider ? » a-t-il demandé, et j'ai noué la cuirasse dans son dos ; une sorte de complicité entre anciens d'Oxford a paru s'imposer d'emblée. « Je ne reste pas très longtemps sur scène, mais j'aurai besoin de respirer », a-t-il dit, de sorte que j'ai ri et desserré un peu ; il était snob, beau, un peu enveloppé au niveau des hanches – il m'a ramené aussitôt à l'ambiance des pièces universitaires, tout cet amour-propre puéril que Ray déplorait tant. « Ne t'en fais pas pour les nœuds, j'ai cette putain de cape énorme.

– Tu es splendide avec », ai-je dit, puis j'ai épousseté ses épaules et l'ai fixé droit dans les yeux.

« T'es pas son foutu habilleur, a grogné Hector.

– Je dois dire, a déclaré Fortinbras, que c'est sacrément gentil de ta part – David, c'est bien ça ? – de venir voir ce réprouvé, maintenant qu'il a déserté votre petite troupe au profit de la RSC.

– Ouais, bon, a dit Hector avant que j'aie pu m'expliquer, je serai certainement de retour dans sa troupe à la fin de la saison. »

Puis on a appelé Fortinbras dans les haut-parleurs. « Bon, c'est l'heure, a-t-il dit en se levant. Allez, capitaine, saluer de ma part le roi de Danemark.

– Tu vas assurer », ai-je commenté, amusé par la soudaine montée de trac, le changement dans sa respiration. Il s'est rué dehors et nous avons entendu les talons de ses bottes claquer sur les marches en béton, de moins en moins fort. Tout en bas, la pièce se poursuivait sans interruption, il n'allait pas tarder à l'entendre en pénétrant dans l'arrière-scène, parmi les techniciens aux aguets, avant de regarder ses partenaires pendant une minute encore depuis les coulisses, jusqu'à ce que Hamlet crie : « Mais allons, en Angleterre ! » et sorte de scène, en sueur, sans croiser son regard, et que Claudius, à dix mètres de là, dans un cône de lumière, s'adresse secrètement à Rosencrantz et Guildenstern. Il entendrait pour la première fois, sous l'imposant crépuscule des cintres, la présence du public, invisible dans l'obscurité de sa coquille feutrée. Il n'aurait qu'un bref instant pour en jauger le son, la qualité d'attention, avant que la scène se vide, que les lumières déclinent rapidement pour se raviver lentement, et ce serait à lui, en même temps que son Capitaine côté jardin, à point nommé – « C'est comme la vie, n'est-ce pas, ai-je soufflé à Hector. Le contact éphémère des petites gens avec les grands de ce monde.

– Tu l'as dit, mon amour », a-t-il répondu, et de mauvaise grâce il s'est laissé embrasser sur la joue. « Bienvenue dans le West End. » J'ai passé ma main dans ses cheveux, ce qu'il détestait, même si je l'ai fait avec un mélange d'admiration, de gêne et d'envie de lui faire l'amour, ce qui avait peu de chances d'arriver dans cet endroit et à cet instant. Il ne m'a pas échappé que c'était lui qui m'accueillait dans le West End, et pas l'inverse.

De l'autre côté de la rue, un couple était en train de dîner dans son appartement : pour eux, cette façade morne à l'arrière du théâtre, qui n'avait rien de domestique, devait être un aspect presque pittoresque de leur vie ici, la foule aussi sur le trottoir à la fin des spectacles, les taxis qui klaxonnaient. Ils étaient habitués aux comédiens ; leurs nouveaux invités étaient intrigués par ce qu'ils apercevaient à l'intérieur des loges, là-bas, mais eux-mêmes n'y prêtaient plus guère attention. J'ai regardé l'homme se lever et disparaître dans la cuisine. Puis il est revenu, s'est approché de la fenêtre et, sans vraiment me regarder, a tiré les rideaux.

*

Après le spectacle, la démobilisation précipitée en coulisses, l'éparpillement d'une troupe fatiguée vers des domiciles ou des hôtels lointains. Un « bonne nuit » de petit jeune de la part du vieux Ron dans sa cabine vitrée, vétéran de cent dix-sept pièces dans ce théâtre, disait-il, avec leurs stars éphémères. Les chasseurs d'autographes devant l'entrée des artistes guettaient par-dessus nous ceux qui venaient derrière – c'était Roger qu'ils voulaient, ou Marcia, et leur moment à ses côtés, tandis qu'elle prenait le livre ou le programme et leur demandait leur nom, serait rempli par leurs louanges étranglées d'émotion pour ses performances passées dans le feuilleton *Upstairs, Downstairs*, autant que pour la Gertrude qu'elle avait incarnée ce soir-là. « Y aura-t-il de nouveaux épisodes ? » voulaient-ils savoir. Gertrude, elle, n'aurait pas cette chance.

« Hé, excusez-moi ! » a lancé un homme, l'air agité, et Hector s'est retourné comme s'il était lui-même une star pouvant bien accorder une minute à un fan. « La station de Leicester Square, vieux – c'est par là ? »

Puis nous nous sommes retrouvés seuls dans la rue, Hector absorbé dans sa propre fatigue, l'épuisement creux d'avoir travaillé sans travailler vraiment, et moi, rendu muet par son humeur. Le trafic était interrompu sur la Central Line, si bien que nous avons pris la ligne de Piccadilly, pour changer à Hammersmith – nous avons joué des épaules pour monter dans une voiture déjà pleine, des amis entrés par deux portes différentes hurlant, ivres, par-dessus nos têtes, puis les chants ont commencé. Les autres passagers plissaient le front, ou souriaient timidement, assis ou debout, certains tenaient à la main le programme de *Chorus Line* ou de *Tosca*, en proie au désenchantement du trajet retour. L'odeur âcre du wagon fumeurs, juste à côté, s'infiltrait par les vitres du fond, baissées pour faire entrer de l'air. À Knightsbridge, les chanteurs sont descendus, vingt passagers supplémentaires nous ont rejoints, et Hector s'est laissé tomber sur le dernier siège près de la porte, prenant de vitesse une femme coiffée d'un béret, avec un sac en bandoulière et un grand panier de courses, qui avait elle-même l'air éreintée. Elle a fait la grimace et soupiré, je l'ai vue avoir envie puis peur de lui faire une remarque. Je me balançais, agrippé à ma sangle à un mètre de lui, le dos d'un homme musculeux aux cheveux ras collé contre le mien, dans un face-à-face dérangeant avec la femme épuisée. Les portes se sont refermées à leur deuxième essai et la rame est repartie, avec une embardée au bout de deux secondes qui a fait perdre l'équilibre aux passagers debout, même si nous n'avions pas la place de tomber. L'homme aux cheveux ras m'a brusquement fixé par-dessus son épaule. « Fais gaffe, mec », a-t-il grommelé. Mine renfrognée, j'ai répondu : « J'y peux rien », mais son regard a ajouté de la menace à la puissante présence de ses épaules et de son gros cul, et je me suis décalé un peu pour ne plus être projeté contre lui. C'était la vieille histoire d'éviter avec soin un contact qu'on aurait pu à juste titre m'accuser de désirer, alors qu'il m'inquiétait davantage qu'il ne m'excitait. Une fois ou deux, j'ai croisé le regard d'Hector, et il a répondu d'un simple hochement à mon sourire stoïque ; puis il a reposé sa tête contre la fine paroi de verre, et fermé les yeux. Il avait glissé hors de ma portée. Nous parcourions ainsi les longs tunnels sinueux à une allure qui semblait atrocement lente et cahotante, comme si le train avait de la peine à transporter autant de passagers : tout ce que je voyais, avec mon bras suspendu à la sangle au-dessus de moi, c'étaient les épaules de l'homme contre lequel je m'efforçais de ne pas me cogner, et en face de lui la femme blanche qui, de temps à autre, lançait un regard à l'homme noir dont elle estimait qu'il aurait dû lui laisser son siège. Je n'aurais su dire si Hector dormait bel et bien. L'homme blanc l'a désigné d'un coup de menton dédaigneux, la femme s'est fendue d'un sourire nerveux, mi-reconnaissante, mi-gênée qu'il prenne son parti : il se tenait vraiment près d'elle. Dans ma propre transe d'épuisement et d'inconfort, je percevais avec une étrange clarté le potentiel de cette scène, les haines et les peurs fatiguées, irascibles, prêtes à se déchaîner à la prochaine embardée violente de la rame.

*

À l'issue de la saison à l'Aldwych Theatre, la Royal Shakespeare Company n'a pas retenu Hector – les rôles qu'on lui avait confiés ne leur avaient pas permis d'évaluer son aptitude à en endosser de plus grands, et comme certains le lui avaient avoué en toute franchise, persuadés sans doute qu'il comprendrait, le fait d'avoir une seule personne noire à Elseneur semblait assez ridicule. Ray l'a repris, dans une nouvelle pièce de John Arden, où il lui a confié le tout petit rôle d'un cuisinier, pour lui donner une bonne leçon. Retrouver la vie en tournée s'est révélé troublant, sa lassitude sous-jacente, Hector et moi donnions parfois l'impression de n'être que deux voyageurs en route pour Chester ou Durham, qui se retrouvaient par hasard assis l'un à côté de l'autre. À Londres, nous dormions soit dans la chambre sous les combles que je squattais chez Robin Boyd à Islington, dans une grande maison mitoyenne achetée en ruines et récemment rénovée, sur quatre étages, avec un immense salon et une certaine exigence d'ordre et de discrétion ; soit à Latimer Road, avec l'ascenseur hors d'usage, les plantes et les bougies d'Hector. La gêne de l'invité chez Robin et l'exiguïté chez Perry provoquaient de menus ressentiments, qui s'accumulaient peu à peu. « Cet endroit devient trop petit pour moi », a fini par se plaindre Hector.

Je l'ai gratifié d'un sourire nerveux, charmeur : « Il est un peu riquiqui, c'est sûr… Mais on est chez nous.

– J'ai besoin de plus d'espace », a insisté Hector, et j'ai compris alors que c'était l'une de ces déclarations dans lesquelles des semaines entières de réflexion silencieuse étaient préparées et emballées. Il ne m'a pas retourné mon sourire.

Nous avons tenté de nous échapper – après avoir joué *Timon* à Exeter, nous avons laissé le reste de la troupe et traversé en bus la vaste lande de l'Exmoor pour nous rendre à Friscombe, où nous avions pris une chambre dans un bed and breakfast, à une rue du front de mer. Quand j'ai appelé pour réserver, j'ai senti dans la voix de la propriétaire toute la chaleur du Devon, et, au-delà, le plaisir de montrer à Hector l'endroit où j'avais passé des vacances avec maman et Esme, tant d'années en arrière – j'imaginais déjà mille façons de le divertir, les anecdotes amusantes au sujet de Maureen et de Marco, ce butor d'Ollie avec son maillot qui glissait ; c'était la fin septembre, mais il faisait encore assez chaud pour envisager un bain de mer.

Le bus nous a laissés à un arrêt au bord de la plage nord, à marée basse, la mer un bouillonnement gris sur le lointain miroitement du sable mouillé. Derrière nous, la longue rangée de pensions de famille, avec leurs austères vérandas cinglées de sel, leurs indomptables hortensias. Les souvenirs remontaient lentement et muaient pour s'adapter aux faits, aux marches, aux balustrades absentes jusqu'alors de l'imagination. Le Cliff Hotel avait perdu sa place, glissé un peu plus loin vers le port, un immeuble blanc se dressait maintenant entre lui et nous. Nous nous sommes mis en route dans sa direction ; je n'ai pas poussé Hector à réagir, je regardais l'hôtel se profiler, à sa manière vide et diminuée, et quand nous sommes arrivés au pied de sa façade, j'ai dit : « Eh bien, c'est là que nous avons séjourné, maman et Esme avaient cette chambre, là-haut, celle avec le balcon », et Hector a levé la tête. Il était malingre et rouillé, ce balcon, sûrement aussi dangereux désormais qu'Esme l'affirmait à l'époque. La porte était ouverte sur la vacuité du hall d'entrée en fin de matinée, on apercevait à travers la fenêtre du restaurant les premiers clients du déjeuner, avec un vieux serveur impatient, cheveux gris huilés, sa main gauche enroulée autour de son carnet de commande. « Mon Dieu », ai-je soufflé, puis, quand Hector a froncé les sourcils : « Je t'expliquerai plus tard, c'est le même serveur qu'il y a quinze ans.

– Eh bien, c'est la vie », a dit Hector. Marco, j'en étais convaincu, tenait un café à Bari, s'était marié, avait des enfants de dix ans, ne repensait jamais au Cliff Hotel ni à cette brute de Terence ; alors que le fil de la vie du vieux Terence était d'une sinistre clarté. J'ai contourné le bâtiment, réservant à Hector la surprise du port, des hautes murailles noires, des bateaux couchés dans la vase, des mouettes sur l'étroit cours d'eau qui coulait encore. « C'est joli », a commenté Hector, sans que je puisse interpréter son ton ; je lui ai adressé un sourire et nous sommes repartis. Un homme noir, la quarantaine peut-être, la première personne de couleur que nous croisions depuis Exeter, murmurait : « Ben, mon vieux... ben, mon vieux... » en marchant vers nous, Hector l'a gratifié de son petit coup de menton accompagné d'un claquement de langue, et j'ai lancé : « Salut ! » « Cet endroit grouille d'immigrés », a déclaré Hector un peu plus loin, et nous avons ri tous les deux ; j'ai su alors, et cela m'a fait chaud au cœur, que nous allions passer de bons moments.

Hector est entré dans le drugstore Boots pour acheter des produits de première nécessité, tandis que je m'engageais dans la rue perpendiculaire et sonnais à la porte du Tralee, et cet hommage à la ville irlandaise était comme un voyage dans un voyage – à travers la porte vitrée, j'ai aperçu la femme qui venait à ma rencontre, tout sourire, avant de constater que je n'étais pas un client : avec ma vieille valise minable, un genre de représentant, peut-être ? « Puis-je vous aider ? » Si bien que j'ai d'abord adopté la voix shakespearienne de John Gielgud, avant de l'aplanir un peu, car elle sonnait comme une parodie à mon oreille. « Oh ! vous êtes Mr Win, je vois... eh bien, entrez donc... » – j'ai vu qu'elle était encore en train de s'adapter, de se rassurer sur le fait que je n'étais pas quelque chose de pire : « Vous êtes ici pour le travail ? » a-t-elle demandé, retrouvant son aplomb – un restaurant local, très certainement. Elle s'est comme convaincue elle-même de m'apprécier, et j'ai vu qu'elle s'admirait intérieurement de l'avoir fait. « Juste deux nuits, c'est ça ? » C'était une expérience qu'elle allait pouvoir raconter – en quels termes, je ne voulais pas y penser.

« Oui, c'est ça », ai-je répondu, avant d'ajouter, sottement : « Après, à mon grand regret, nous serons obligés de partir. » Elle a jeté un coup d'œil dans un épais agenda de bureau aux pages toutes cornées des réservations de l'été, même si rien n'indiquait, sur la page du jour, la présence d'autres pensionnaires, et le petit salon derrière moi avait l'allure d'une salle d'attente rarement utilisée.

« Une chambre avec deux lits, vous m'avez dit ? » a-t-elle demandé, en se tournant vers le tableau de la minuscule « Réception » (il n'y avait que quatre chambres) où les clés étaient accrochées. « Oui, mon ami va arriver », ai-je répondu, et je l'ai vue tressaillir mais surmonter l'idée d'un couple non marié ; il y a eu un petit coup à la porte et Hector est entré – je le revois encore avec le papier peint en arrière-plan, et les appliques en fer forgé, et la carte touristique aux couleurs vives du Sud-Ouest baigné de soleil, tandis que la femme se tournait vers lui et clignait précipitamment des yeux pendant que le reste de son visage se recomposait, comme après une insulte, comme si elle se rendait compte qu'on avait abusé de sa bonté.

« Laissez-moi juste consulter mon mari », a-t-elle dit d'une voix calme, et, poussant la porte ornée d'une plaque « Privé », elle a jeté un dernier regard en arrière, hésitant maintenant à nous laisser sans surveillance. Hector est resté planté là, le visage inexpressif, fixant un point au-dessus de ma tête. Une minute plus tard, le mari s'est présenté, gilet de laine, mèche rabattue, le visage rond, l'œil pétillant de qui sait recevoir, avec son épouse derrière lui qui hochait la tête, sachant qu'elle avait fait ce qu'il fallait. Autant elle était nerveuse, autant son mari s'est montré calme, et implacable : « Je suis vraiment désolé, les gars, il y a eu un affreux cafouillage – double réservation. » Il nous a regardés tour à tour, non sans habileté, il assumait bien sûr l'entière responsabilité. « Tout est de ma faute, j'aurais dû prévenir mon épouse, toutes nos chambres sont réservées pour la semaine qui vient. »

J'ai répliqué sèchement : « Nous allons chercher ailleurs », et j'ai ramassé ma valise. Le sac en toile d'Hector avait déjà glissé de son épaule.

« Oh, vous ne devriez avoir aucun mal à trouver, à cette époque de l'année, a répondu l'homme.

– Je suis d'accord, nous ne devrions pas », ai-je dit, et je suis passé devant Hector, qui est resté figé, le regard vide, plongé dans une vaste mise en ordre, profonde, de ses pensées, devant l'homme et son épouse qui se dressait maintenant à ses côtés, triomphante, un peu effrayée. L'étroit couloir, avec sa boîte à fusibles, son panneau d'affichage, sa reconversion de fortune d'une maison en pension de famille, était si laid et si mesquin que j'avais soudain honte de mon indulgente disposition de vacancier, deux minutes plus tôt, à faire de cet endroit mon chez-moi temporaire. L'air mort crépitait de choses qu'aucun de nous, probablement, n'allait dire, même si je sentais l'envie qu'avait Hector de s'exprimer, l'éloquence spontanée de sa réaction à la moindre agression contre sa personne.

« Bon, où va-t-on aller maintenant ? » ai-je demandé, quelques mètres plus loin dans la rue. Confronté à son silence, je ne savais pas s'il avait banni le sujet instantanément et à tout jamais, ou si une accusation furieuse était encore en train de couver. C'était absurde, mais ma position me semblait compromise par le fait que cette femme ait été prête à me laisser la chambre. Hector a redressé son sac d'un coup d'épaule et a tendu les mains devant lui, paumes ouvertes.

« C'était ton idée, David », a-t-il dit. À l'évidence, les vacances étaient terminées, impossible de rattraper vraiment un tel départ.

« Nous n'avons pas tellement d'argent, ai-je dit, sinon nous aurions pu essayer dans l'un des hôtels.

– La loi sur les relations raciales rend illégal le fait de refuser un logement à quelqu'un en raison de sa race ou de sa couleur de peau.

– Oui, je sais. Le problème, tu le sais aussi bien que moi, c'est de prouver qu'il s'agit bien de la cause du refus.

– Je ne suis pas stupide.

– Cette femme était prête à me donner une chambre.

– Donc elle hait les homosexuels, c'est ce que tu veux dire ?

– Il n'y a pas de loi contre ça, mon chéri », ai-je dit. Et je me suis demandé si nous trouverions un seul endroit, ici, qui nous laisserait dormir dans la même chambre. Les hôtels fermaient plus facilement les yeux, mais dans les bed and breakfasts, vous étiez la proie sans défense de la famille d'accueil.

Nous avons pris à gauche en suivant la courbe du port. J'ai entraperçu un instant, dans le scintillement de l'eau, la brise et le boucan des mouettes, les vacances que nous aurions pu passer, aussi inaccessibles à présent que celles que j'avais vécues ici, enfant. « Il faut que je mange un morceau, a dit Hector. Et j'ai besoin d'un verre. Bon Dieu ! » C'était très rare qu'il jure ainsi.

Nous avons arpenté les pavés jusqu'au Ship in Dock, « la plus vieille taverne de Friscombe », une salle de bar à l'ancienne, basse, tout en boiseries, tireuses à bière et à alcools forts étincelant dans la pénombre. Ce lieu avait l'odeur aigre d'un pub le matin où l'on venait de passer l'aspirateur, avant que celles de la fumée de cigarette, de la bière et de la nourriture du lendemain ne viennent le réchauffer. « Oui, messieurs ! » s'est exclamée la fille derrière le comptoir. Comme elle tirait nos deux pintes de l'Indian Pale Ale locale, Hector a dit, d'un ton mesuré : « Je vois que vous avez des chambres, ici.

– Oui, tout à fait ! a-t-elle répondu. Mais je crois… » – se tordant le cou pour vérifier une liste, la main toujours sur la poignée – « non, je me suis trompée, il nous en reste deux de libres. C'était pour cette nuit ? »

Ces « deux chambres » avaient tout d'un nouveau malentendu ; et j'ai pensé au bruit, au-dessus d'un pub, mais la décision appartenait à Hector. « Nous voulons juste une chambre pour nous deux », a-t-il dit.

Elle a redressé la pinte d'Hector et lui a souri, les yeux plissés. « Je suis sûre de vous avoir déjà vu, a-t-elle dit. Vous êtes acteur, pas vrai ? Je mettrais ma main à couper que je vous ai vu dans une pièce. » Les traits d'Hector sont d'abord restés figés face à cette imputation, puis il s'est mis à parler pour dissimuler son sourire. C'était l'un de ses changements d'humeur aussi périlleux que magiques.

« Je ne suis, madame… » – d'une voix de basse, mélancolique – « qu'une ombre qui marche / un pauvre comédien… » – il a levé son bras droit.

« … qui s'agite et se pavane… c'est bien ça ? qui *se pavane et s'agite* une heure sur la scène » – ils ont souri et secoué la tête en se regardant.

« … et qu'ensuite on n'entend plus, ai-je ajouté. N'oubliez pas ça.

– Mon ami aussi est comédien », a expliqué Hector.

Elle ne m'avait pas vraiment regardé, c'était Hector, dans n'importe quelle situation en dehors de la scène, qui exerçait l'attraction d'une vedette et attirait tous les regards. « Salut ! ai-je dit.

– Mr David Win : vous le reconnaîtrez peut-être, il a joué dans plusieurs épisodes d'*Hibiscus Hotel*.

– Je crois bien que vous êtes trop jeune, suis-je intervenu, pour avoir même entendu parler de ce feuilleton. »

Il s'est avéré qu'elle faisait des études de lettres à Bristol, ici c'était son job d'été ; elle avait vu Hector (et moi aussi, d'ailleurs) dans *L'Armée de Catchpole* au théâtre de l'amicale des étudiants, l'année précédente. « Oui, c'était... » – elle contemplait le vide par-dessus nos têtes, rassemblant ses souvenirs – « ce n'était pas...

– Non, vraiment pas », ai-je acquiescé.

Elle est allée trouver le propriétaire, qui est venu vérifier le registre ; il avait le visage rougeaud d'un de ses habitués, le même potentiel de méchanceté que les propriétaires du Tralee, mais il semblait en fait totalement indifférent à notre apparence physique et à ce que nous pouvions bien vouloir faire au lit. « Jetez donc un œil aux chambres et faites votre choix, messieurs », dit-il en nous tendant deux clés, attachées chacune à un morceau de bois flotté avec le numéro pyrogravé dessus. Nous avons emprunté un couloir qui longeait le bar et grimpé un petit escalier dangereux, avec la sensation d'avoir droit à un cadeau, une surprise. L'une des chambres, tout au fond, était presque entièrement remplie par le lit, celle située à l'avant était deux fois plus grande, mais au-dessus du bar, qu'on entendait comme un marmonnement à travers le plancher. Les deux fenêtres basses offraient une vue sur le port, la mer brune, l'horizon argenté. Hector a fait glisser son sac de son épaule sur le lit, et la décision était prise.

*

Après une tourte et une seconde pinte, nous sommes sortis sans but précis. La bière m'avait rendu vaseux, j'avais la gorge sèche. Le soleil se cachait puis réapparaissait, la mer revenait et je souriais comme un hôte anxieux devant les rochers engloutis, les boutiques et les cafés si ordinaires – quand j'ai convoqué mon béguin pour Ollie et nos aventures avec le personnel de l'hôtel, j'ai vu Hector peiner à en saisir l'intérêt, puis l'intérêt lui-même dépérir à la lumière de mes explications. Hector était parti en vacances avec Patrick et Amanda à Paignton et Cromer, avait joué sur la plage sous le regard vigilant d'adultes blancs, année après année, dans la liberté ambiguë du bord de mer. Je savais que rien n'était simple, que son indignation à l'encontre du couple du Tralee brûlait encore en lui et bloquait toute la vue. J'ai acheté des cartes postales, toutes identiques, sur le présentoir pivotant et branlant, comme quinze ans plus tôt – couleurs filtrées et simplifiées, mer turquoise, voiles blanches ou rouges. J'ai pris celle où l'on apercevait le Cliff Hotel sur la droite, de l'autre côté de la plage – c'était la carte que j'avais envoyée aux Hadlow quand j'avais quatorze ans. Les autres clients du magasin se sont tus, et quand nous sommes ressortis, un vieux couple a brusquement esquissé un geste de courtoisie, faisant un large écart pour nous laisser passer, puis ils ont jeté un regard derrière eux et échangé des murmures une fois sur le trottoir d'en face. En tournée, les théâtres et la compagnie expliquaient et légitimaient notre présence, et les gens dépensaient de l'argent pour nous voir. Ici, ils nous regardaient d'un mauvais œil – en tout cas, trois ou quatre l'ont fait, se retournant pour nous dévisager fixement en se donnant du coude : j'ai fait abstraction d'eux mais je savais qu'Hector, lui, les emmagasinait.

Je suis entré dans les toilettes pour hommes dont j'avais déchiffré jadis les graffitis, le cœur battant, et où l'œil d'un inconnu s'était régalé de moi à travers la cloison – la première vision à demi terrifiée d'une autre ville, d'un autre monde, d'hommes ensemble, indifférents au froid et à la saleté, brûlant de leur propre chaleur. L'endroit, quand j'ai franchi le seuil, semblait avoir été nettoyé de fond en comble. Une minute plus tard, Hector est entré à son tour et s'est planté juste à côté de moi devant l'urinoir, et j'ai passé le bras autour de sa taille, tandis que chacun regardait l'autre terminer. « C'est agréable », a-t-il dit, et de savoir qu'il le pensait vraiment m'a fait fondre le cœur. « Rentrons à la chambre. »

*

Dans la chambre numéro un du Ship in Dock, je me suis assis sur le lit, Hector allongé sur le ventre, inaccessible dans son sommeil, l'épuisement contenu de l'acteur. J'écrivais doucement, pour ne pas le secouer : « Chères maman et Esme – Comme vous pouvez le constater, retour dans ce bon vieux repaire, pour deux nuits seulement – pris une chambre dans un vieux pub pittoresque, sur le port. Passé devant le Cliff Hotel – on dirait que Terence est toujours là, mais pas trace de Maureen ! Peut-être aller y boire un verre, plus tard. » J'avais conscience, dans mes moments d'hésitation, en regardant les bateaux, dehors, que la marée montante hissait peu à peu dans le cadre de la fenêtre, d'éviter mes pronoms de première personne, sans allusion à l'homme en slip et maillot de corps couché de tout son long à mes côtés. Écrivais-je cette carte pendant qu'il dormait pour lui cacher sa propre absence ? J'ai poursuivi : « Je suis avec un des comédiens de la troupe », ce qui était la vérité, mais une trop petite partie pour qu'elles s'en soucient vraiment, dans un sens ou dans l'autre. Il m'était étrangement difficile d'écrire que ce comédien et moi entretenions une relation amoureuse depuis six mois. J'étais sidéré et déprimé par ma propre réticence, une insulte pour elles autant que pour Hector et moi. Mais d'un autre côté, leur annoncer à ce stade que nous étions en couple semblait dangereusement malavisé. J'imaginais le sourire de maman, tandis que son esprit se faisait à cette nouvelle idée, avant de devoir, bientôt, s'en séparer. J'ai glissé la carte inachevée dans mon livre d'Iris Murdoch et me suis allongé délicatement à côté d'Hector, pour partager son souffle ensommeillé puis, espérais-je, dormir à mon tour. J'avais la sensation d'un refuge précaire.

*

En avril, après trois auditions, Hector a décroché un rôle dans un film hollywoodien qui se déroulait à New York. J'ai pensé le mettre en contact avec Lydia, mais il s'est avéré que le tournage aurait lieu à Toronto, substitut bien meilleur marché. Quelque chose a semblé s'étirer, alors, jusqu'au point de rupture – l'hypothèse jamais formulée que je puisse l'accompagner. Je savais que cela m'était impossible, j'essayais moi-même d'obtenir un rôle dans un feuilleton télé à Manchester, et je savais qu'Hector ne me le demanderait pas, pas plus qu'il n'exprimerait sa déception de partir là-bas seul. « Restons en contact ! » ai-je lancé, gaiement mais à peine maître de moi-même, et il en est tombé d'accord d'assez bonne grâce.

J'ignorais quand il devait rentrer et, un jour, j'ai vu son nom sur l'affiche d'une nouvelle pièce de Mustapha Matura au Royal Court Upstairs. Dans un petit sketch désespéré qui m'a ramené à l'époque des vacances scolaires où j'appelais les parents de mes petits camarades, j'ai trouvé le numéro de Patrick et Amanda et leur ai téléphoné. C'est Patrick qui a décroché : agréable, il se rappelait m'avoir vu sur scène, tout en reconnaissant que la pièce en question n'avait pas vraiment été leur tasse de thé. J'ai senti qu'ils avaient sans doute été préparés par Hector, et connaissaient un peu la situation. Je leur ai demandé de lui transmettre un message.

Je logeais désormais à temps plein chez Robin, mon vieil ami d'Oxford qui travaillait maintenant à la City et rentrait souvent plus tard que moi. Cela ne le dérangeait pas de m'avoir chez lui, il se sentait seul dans ces grandes pièces blanches, mais ce soir-là, j'ai perçu une raideur nouvelle dans son salut lorsqu'il m'a trouvé dans le salon à son retour, signe qu'il allait falloir commencer à chercher ailleurs. « Vous n'avez jamais eu l'air très heureux tous les deux – si je peux me permettre », a dit Robin.

J'ai froncé les sourcils : « Oh… », et j'ai cherché dans mes souvenirs les moments où nous l'avions été. « Il a dû faire face à pas mal de choses.

– Oui, bien sûr », a reconnu Robin. Les matinées calmes et stériles où j'étais seul dans la maison, je passais en revue ses vinyles, dont ceux que nous avions écoutés ensemble à Oxford, huit ou neuf ans plus tôt déjà, en plein engouement pour les chansons françaises. Je suis retombé sur le fameux disque, où ce passé était encore vivant dans l'éclat de la pochette, avec une typographie comme celle d'une invitation de mariage : *Mélodies françaises*, et le chanteur à la chemise déboutonnée – Gérard Souzay, le vieux baryton authentique à la voix granuleuse, avec Dalton Baldwin, son amant de longue date, à demi secret, qui l'accompagnait. Je l'ai posé sur la platine, la face où il y avait le « Soupir » de Duparc, dont je savais les paroles par cœur : « *Ne jamais la voir ni l'entendre… toujours l'aimer.* » À peine trois mois plus tôt, j'avais vu Hector franchir la porte de l'immense salon, ses chaussettes rouges sur la moquette gris tourterelle, les traits figés par la présence d'une chose qui n'était pas encore dite. Nous n'aurions peut-être jamais pu être vraiment heureux, mais il me manquait, notre vie à deux me manquait et, incalculablement, l'avenir que nous ne partagerions plus.

26

« Oui, ai-je confirmé. C'est la première fois que je reviens. » Un groupe de filles, classeurs serrés contre leurs poitrines, est passé précipitamment devant la fenêtre du proviseur.

« Vous verrez, les choses ont bien changé », a-t-il prévenu. L'un des changements, bien sûr, c'était lui – plus jeune que moi, et donnant l'impression, aussi énergique qu'impérieuse, d'avoir ses propres objectifs. La mixité totale dans les classes supérieures, les deux dernières années avant les examens finaux, en faisait partie, ce à quoi personne, si ce n'est un sexiste ou un nostalgique des plaisirs qu'offrait l'ancien régime, ne pouvait s'opposer. Revenir dans cette école vingt-six ans après l'avoir quittée, c'était plonger dans une nostalgie plus grande que la plupart des adultes équilibrés n'auraient voulu l'admettre, tout en contemplant les lieux de mon passé avec une incrédulité proche de la moquerie. C'était merveilleusement déroutant. « C'est très gentil à vous d'avoir accepté de prononcer ce discours.

– Oh, ce n'est rien, ai-je répondu.

– J'ai intitulé ça tout simplement : "La carrière d'acteur". Les gens ont paru très intéressés. » Je n'étais pas certain que le proviseur m'ait jamais vu jouer. Ni d'en avoir fait une carrière. « La difficulté de faire carrière en tant qu'acteur » aurait été un titre plus indiqué. « Les conférences ont toutes lieu entre seize et dix-huit heures, puis les Anciens de Bampton se retrouvent pour un verre et ensuite le dîner, une fois que les élèves ont terminé le leur.

– J'imagine que vous avez aussi des Anciennes maintenant, ai-je fait remarquer.

– Effectivement. Mais pas dans cette réunion, bien sûr.

– C'étaient les années soixante…

– Le taux de réponse n'a pas été très élevé dans les rangs de vos contemporains, et je le regrette. Mais je pense que vous croiserez d'anciens amis.

– Typique des *sixties* », ai-je conclu.

En sortant de son bureau – nouvelle secrétaire, nouvelle décoration, le couloir jadis tant redouté désormais interrompu par des portes coupe-feu –, j'ai aperçu Kim Wynans qui venait à ma rencontre, et même s'il était presque chauve et s'était laissé pousser la moustache, nous étions, l'espace d'un instant, comme deux jeunes délinquants convoqués chez le proviseur : on aurait dit qu'il cherchait sur moi des indices de ce qui l'attendait, et cela faisait partie de la comédie de nos retrouvailles, tout comme sa nouvelle apparence physique. « Eh bien, toi en tout cas, tu n'as pas changé du tout, a-t-il déclaré. Et j'imagine que tu ne changeras jamais. » Nous avons décidé de nous retrouver plus tard autour d'un verre – et l'idée de prendre un verre avait elle-même un parfum d'illégalité. Je n'étais pas sûr de pouvoir lui dire que, selon moi, il avait changé en mieux – le jeune Wynans avait eu quelque chose de chétif, blond et mince, maltraité parce qu'il était homo, et intervenant timidement quand on me maltraitait, moi, pour d'autres raisons. Je suis ressorti du bâtiment, et, redevenu soudain timide, j'ai évité les autres Anciens et traversé les pelouses en direction de la Balustrade.

Le parc m'a pris au dépourvu – une large tondeuse filait à toute vitesse à travers l'aire de jeu du terrain de cricket, dans une fine brume d'herbe coupée, pendant que sa cousine, plus petite, progressait, concentrée, le long de la piste de lancer, faisait demi-tour, puis repartait dans l'autre sens. Des poteaux largement espacés marquaient les limites de l'ovale ; au-delà se dressait le mur sombre des bois de Bampton, tel un arboretum. La scène tout entière possédait une grâce naturelle, les tondeuses sillonnant l'herbe dans un sens puis dans l'autre, expertement, comme trente ans plus tôt. L'attente semblait se densifier et chatoyer dans le vrombissement ascendant et descendant de leurs moteurs – à proximité, il aurait fallu élever la voix, mais depuis la Balustrade, deux cents mètres plus loin, on entendait une sorte de musique, le bourdonnement parfaitement harmonieux de l'efficacité anglaise, et de ses habitudes.

« Winny, c'est bien toi ? »

J'ai jeté un coup d'œil, vaguement prêt à pardonner – c'était Harris le Fasciste, son regard moqueur tout juste rendu un peu penaud par notre transformation en hommes d'âge mûr. Il était gros, dénué de style, le visage rougeaud, avec, ce qui était satisfaisant, l'air d'avoir mal tourné, sans peut-être le savoir lui-même, mais il semblait préoccupé. Il s'est fendu d'un étroit sourire tandis qu'il approchait, ne m'a pas serré la main mais a posé la sienne sur mon épaule, et a hoché la tête en me dévisageant. La haine d'autrefois était toujours là, c'était notre élément, mais je l'ai vu savourer ce faux-semblant d'être passé à autre chose. « Nous t'avons vu à la télé, a-t-il déclaré. Tu étais plutôt bon, Winny.

– Vous m'avez vu dans quoi ? ai-je demandé.

– Un feuilleton policier, non ? Tu jouais un Asiatique impénétrable, comme d'habitude » – et, voyant ma réaction : « En fait, tu étais ce qu'il y avait de plus intéressant dedans. J'ai dit à Claire : "Je le connais, ce type ! On était ensemble à l'école." Elle ne m'a pas cru, d'abord, évidemment.

– Et qu'est-ce que tu fais dans la vie, Fash ?

– Ah ! » Il a tressailli, puis haussé les épaules. « Oh, du droit, mon vieux, yep.

– Et Claire ?
– Elle est juge de paix, vois-tu. Je suis avocat et elle est juge, t'as pas intérêt à nous embêter.
– Des enfants ?
– Trois filles, oui. Et toi, tu… ? » – il a secoué la tête dans une innocence feinte. J'avais toutes les raisons d'être franc avec lui, mais il me semblait déjà entendre ce qu'il dirait sur moi à Claire, et les flegmatiques sous-entendus qu'il distillerait ce soir-là, si bien que j'ai répondu, simplement mais de manière définitive :
« Pas d'enfants, non. »

*

J'ai remonté le couloir du haut avec la sensation idiote de ne pas vouloir me faire prendre, me suis arrêté un moment devant le panneau de verre dépoli de la porte de Mr Hudson, d'autres voix affairées à l'intérieur, et quelque part, un peu plus loin, une voix plus forte – Giles, oui – s'exprimant d'un ton hésitant mais professionnel, devant un groupe d'élèves, imaginais-je – son discours était intitulé : « Tracer notre propre chemin : la Grande-Bretagne et l'UE ».

« Recommencez », disait-il, puis, plus catégoriquement : « Je vous conseille de contacter directement le cabinet du Premier ministre, et d'insister sur l'urgence de la date butoir de… septembre, c'est ça ? De la date butoir d'*octobre*… »

Je me trouvais maintenant devant la porte entrouverte du Dortoir 3, qu'il avait dû réquisitionner pour son laïus de motivation… lino marron inondé de soleil, oreiller blanc sur un lit bien bordé recouvert d'un plaid rouge, et l'espace d'une longue seconde en fondu enchaîné l'adorable Barker nu dedans, jusqu'à ce que Giles dise : « Kathy, consultez le procès-verbal de lundi dernier et vérifiez la date, hem… » Le plancher a grincé en souvenir, tandis que je passais la tête à l'intérieur, et Giles était là devant moi, assis sur un lit avec des documents éparpillés autour de lui, un petit appareil noir tenu au ras de son menton comme un rasoir électrique. « Salut, Dave ! a-t-il lancé. On explore ?

– J'ai cru un moment que tu prononçais ton discours, ai-je répondu. Je ne voulais pas manquer ça.

– Ah ! Non, je donne ma conférence à la bibliothèque à dix-sept heures trente.

– Mince, ai-je dit, je donne la mienne à la même heure, dans la chapelle. »

Il m'a dévisagé – c'était la première fois que je le voyais avec des lunettes, et il semblait lui-même conscient de leur présence. « J'avais juste besoin d'un endroit tranquille pour suivre ce qui se passe au ministère », avec un petit sourire ferme pour me faire comprendre qu'il fallait le laisser poursuivre.

« C'était le lit d'Andrew Sparks », ai-je dit.

Il est resté bête. « Quoi ?

– Toi, tu dormais là-bas près de la fenêtre. Sparks avait le lit sur lequel tu es assis.

– Tssssss... » Il s'est replongé dans ses papiers. « Cette mémoire, Dave... », et je me suis demandé si son léger rougissement signifiait qu'il se rappelait avoir forcé Sparks à se mettre tout nu et à se branler devant lui, et craignait qu'à ma manière aussi inutile qu'irritante je remette cet épisode sur le tapis. Les hommes mariés, pères et ministres se souviennent-ils de ces choses-là, ou sont-elles enfouies à tout jamais, inaccessibles ? – je ne l'ai jamais su.

« Et moi, j'avais ce lit-là, dans le coin, ai-je ajouté. À côté de Gary Stapleford. »

Au centre du dortoir se dressait le Bloc, deux hautes commodes posées dos à dos, comme elles l'avaient toujours été. Des images un peu floues de scènes jouées sur le dessus du Bloc me sont revenues, mais là encore, je les ai gardées pour moi. Et puis, l'atmosphère avait tellement changé, les nouveaux rideaux et les casiers fermant à clé au pied des lits conféraient une touche aseptisée d'hôpital à la ménagerie nocturne d'il y a trente ans.

*

Je suis retombé sur Kim cinq minutes plus tard – j'ai eu l'impression que nous étions tout de suite à l'aise, à l'opposé des relations que nous avions entretenues dans notre adolescence : c'est le pardon, immédiat et mutuel, qui s'est imposé, et il a créé un lien entre nous, contre ceux auxquels nous étions moins disposés à pardonner. J'ai dit : « Je viens juste de trouver Hadlow dans le Dortoir 3, en train de dicter des lettres à sa secrétaire dans un magnétophone. » Nous nous sommes regardés, avons gloussé de rire.

« Tout le monde ne fait-il pas maintenant ce qu'il aurait voulu faire à l'époque ?

– Alors il devait vouloir que les gens l'entendent, ai-je dit.

– C'est très généreux de sa part d'être venu, déjà, alors qu'il est si occupé », a dit Kim. C'était charmant que nous ayons si peu besoin de nous expliquer – chacun à notre manière, nous l'avions connu adolescent, et partagions désormais d'inébranlables doutes sur le Giles de quarante-trois ans. « Tu étais lauréat de la bourse Hadlow, hein, je me rappelle. Je pense que Hadlow n'en était pas vraiment ravi.

– J'imagine qu'il était contrarié de ne pas l'avoir reçue lui-même.

– Donner cette bourse à un foutu… – bon, je ne te répéterai pas ce qu'il disait.

– Oh, mon Dieu… Bref, ai-je repris. C'est quoi, cette chose que tu voulais faire alors et que tu vas faire maintenant ? »

J'ai cru le voir rougir aussi, imperceptiblement. « Je ne l'ai pas encore fait, je ne le ferai peut-être jamais. Je ne sais pas… », avec un sourire, un petit sursaut des sourcils, puis il a semblé se refermer à nouveau.

*

Quand nous nous sommes retrouvés pour prendre un verre avant le dîner, tous en tenue de gala, un certain nombre de professeurs se sont joints à nous, ainsi que deux professeures. « Ah, ça doit vous faire un choc ! s'est amusée l'une d'elles, la nouvelle responsable de la section mathématiques.

– Un choc très heureux et qui arrive à point nommé, si vous me demandez mon avis », ai-je répondu, adoptant de manière impromptue la voix de Jeeves – j'ai manqué ajouter : « Madame ». J'ai senti qu'à ses yeux nous étions de l'histoire passée, lointaine, un dédale d'histoires qu'elle n'aurait guère le temps de saisir avant que nous rentrions chez nous ; ce qui permettait aux deux ou trois carrières sortant du lot, comme celle de Giles, de se démarquer de manière rassurante. Giles, pesant plus lourd désormais, estimait à l'évidence qu'il était le plus important de tous les Anciens de l'assemblée, même si, naturellement, les avis étaient partagés sur cette question. Les conservateurs parmi nous étaient enthousiastes, d'autres caustiquement intrigués par sa présence ; chez certains, l'esprit des retrouvailles entrait en conflit avec une répugnance qui n'avait fait que se renforcer depuis l'époque de l'école. Le proviseur était au-dessus de tout ça, mais j'ai aimé sa remarque : « J'ai fait des recherches sur vous, Giles – vous n'avez jamais été désigné président des élèves.

– Non, non », a répliqué Giles en secouant la tête, comme s'il avait déjà eu à l'esprit, alors, des postes autrement plus élevés. Nous nous affairions là, dans la bibliothèque, tentant de deviner qui étaient certains des autres, puis dissimulant notre choc en l'apprenant. L'instinct nous poussait à utiliser les surnoms, à vrai dire nous avions un peu de peine à trouver les vrais prénoms, et nous les prononcions sur un ton prétendument amical qui, une fois sur deux, s'avérait être tout à fait sincère. Nous

nous sentions ouverts et connectés, comme parfois les gens dans les enterrements.

« Qui avons-nous perdu ? », a interrogé Peter Leatherby. J'ai regardé autour de moi comme pour repérer des retardataires, ou compter l'équipe au retour de la Journée de terrain, tant d'années auparavant.

« Tim Franklin, bien sûr, qui était de ta promo, triste affaire.

– Un cancer, a expliqué quelqu'un.

– Trente-cinq ans à peine, j'aimais beaucoup Tim…

– Bien sûr, a renchéri Leatherby, comment ne pas l'aimer ?

– Et Pringle, n'est-ce pas… ?

– Derek, non ?

– Non, Piers, son petit frère, tu te souviens ?

– Je ne le connaissais pas.

– Un accident d'alpinisme, au Népal je crois.

– Oh, vraiment… mon Dieu… c'est terrible… »

Une marée plus sombre s'était levée au long des années qui s'étaient écoulées depuis la dernière fois que nous avions été ensemble, trop sombre, semblait-il, pour être aisément évoquée. Mais quelqu'un a fini par dire : « Andrew Cousins, évidemment », avec une petite grimace et une brusque inspiration.

« Kiss-Kiss Cousins, a dit Giles. Mais qu'est-ce qui lui est arrivé ?

– Eh bien, a répondu Leatherby, mais en me regardant, c'était… j'ai bien peur qu'il s'agisse du sida, oui, malheureusement.

– Il a toujours été… », a commencé Giles, puis il s'est ravisé.

« Qu'est-ce qu'il faisait dans la vie ? a demandé Charlie Boxwell.

– Il était mannequin, n'est-ce pas ? a répondu Kim.

– Pendant un temps, je crois, suis-je intervenu. Ensuite il a fait des études pour devenir chirurgien-dentiste.

– Ah oui, vraiment ? Ouh là… », et un bref silence est tombé. Quelqu'un d'autre dans cette assemblée se rappelait-il comment

Charlie avait craqué sur Andrew, était vraiment tombé fou amoureux de lui durant l'automne 1965 ? Peut-être, en d'autres circonstances, l'aurait-on taquiné là-dessus.

« Je me souviens que tu lui avais flanqué une fessée, David », a dit Kim, et j'ai eu un choc d'une fraction de seconde en me rappelant que c'était aussi le prénom de Harris.

« Oh, mon Dieu, j'ai vraiment fait ça ? » a dit ce dernier en prenant un air horrifié, devant sa propre bestialité mais aussi, de manière aussi lointaine qu'affreuse, comme s'il avait pu attraper quelque chose.

« Tu ne plaisantais pas avec la discipline, hein ? a dit Kim.

– Nous nous souvenons tous de ton grand discours, suis-je intervenu. *J'ai le pouvoir. Pas vous.* » J'ai senti qu'on pouvait le taquiner en public, et il a souri de manière assez convaincante.

« En quoi avais-je tort, Winny ? » a-t-il rétorqué.

La conversation n'a pas tardé à basculer sur les épouses et les enfants, l'une des raisons, sourde celle-ci, pour lesquelles je n'étais jamais revenu jusqu'alors : une étrange crainte un peu lâche, un truc d'homo en réalité. J'ai dit : « En fait, je suis célibataire depuis pas mal de temps », comme s'il s'agissait d'une décision éprouvante émotionnellement, mais gratifiante.

« Eh bien pour un acteur, a dit Charlie, ça doit être beaucoup plus facile quand on passe sa vie en tournée, tout ça », et me trouvant des excuses. Pendant tout ce temps, je m'attendais à ce que quelqu'un me dise dans quoi il m'avait vu, et combien j'avais été bon, mais jusqu'à présent, seul Harris le Fasciste l'avait fait. Pendant que Charlie s'exprimait, mes yeux ont repéré mon nom sur le tableau d'honneur, en lettres capitales dorées un peu penchées, un quart de siècle de bourses d'études ultérieures pour Oxford et Cambridge le repoussant de plus en plus loin dans le passé.

*

Pour le dîner, je me suis assis à côté d'un jeune homme noir que j'avais remarqué pendant le cocktail : nous nous sommes serré la main, Brian Mitchell, il enseignait la littérature anglaise – petit et sérieux, avec des lunettes à fine monture métallique et un léger accent du Yorkshire. J'ai essayé d'imaginer un professeur tel que lui, ici, à mon époque, une intervention déstabilisante, plus vraiment imaginable aujourd'hui dans les termes des années soixante.

« J'ai cru comprendre que vous aviez été lauréat de la bourse Hadlow ? a-t-il dit, plissant les yeux devant l'entrée de fruits de mer, des crevettes et d'autres fragments non identifiés, présence étrangement sophistiquée dans un réfectoire scolaire.

– Oui, effectivement, ai-je répondu. En 1961. Elle existe toujours, j'imagine ?

– Oh, plus que jamais. C'est le cinquantième anniversaire l'an prochain, nous espérons accueillir de nombreux anciens lauréats pour une grande réunion.

– Eh bien, si je suis libre…, ai-je répondu, sentant déjà qu'une fois, c'était sans doute assez pour moi.

– Bien sûr, pour un comédien, ça ne doit pas être facile de planifier à l'avance.

– Nos soirées nous appartiennent rarement, ai-je déclaré d'une voix tragique, en lui adressant un petit sourire malicieux.

– Oui, c'est vrai », a-t-il répondu. Pas d'alliance au doigt, mais pas de connivence secrète non plus dans sa voix ou son regard. « Puis-je vous demander si vous jouez bientôt dans quelque chose ? »

J'ai répondu à une question légèrement différente. « À vrai dire, je viens d'achever le tournage d'un film sur la campagne de Birmanie, intitulé *La Guerre de Wingate*.

– Ah, vraiment ? » a-t-il dit, un peu hésitant – il devait avoir vingt-cinq ans, la guerre de Birmanie baignait sans doute pour lui dans le même genre de flou historique que pour moi à l'époque de Bampton. « Je ne suis jamais allé en Birmanie.

– Eh bien, qui y est allé ? ai-je rétorqué. Nous avons tourné aux Philippines.

– Ah bon ? Vous voulez dire que vous n'y avez jamais mis les pieds ?

– Oh, je compte bien m'y rendre un jour. »

Pour nombre d'Anglais blancs, il s'agissait là d'une omission difficilement explicable, un évitement majeur, symptomatique ; mais Brian Mitchell, lui, semblait comprendre. « Eh bien, je ne suis moi-même jamais allé en Jamaïque, a-t-il déclaré en secouant vivement la tête. Vous avez souvent l'occasion d'interpréter des personnages birmans, dites-moi ?

– C'était la toute première fois – j'ai trouvé ça très rafraîchissant.

– Intéressant. Donc votre… *père* est birman, je suppose ?

– Était, oui. » J'ai balayé la salle du regard, tous ces quadragénaires en tenue de gala autour des trois longues tables où ils s'étaient assis adolescents. Un ou deux se souvenaient peut-être des bribes d'histoires que j'avais racontées au sujet de mon père, et je me suis demandé si, par souci de cohérence, je ne devais pas maintenant en livrer une, celle du pilote de chasse peut-être, ou de l'assassinat. « À vrai dire, ai-je ajouté, pour ce que j'en sais, il est peut-être encore vivant. Je ne l'ai jamais rencontré. »

Brian m'a dévisagé. « Oh, je vois…

– Tout cela est très obscur », et je lui ai offert quelques explications, puisqu'il semblait intéressé, et dans ce contexte particulier, la chose revêtait pour moi aussi un intérêt légèrement différent.

« Je me demande si vous seriez d'accord, un jour, pour intervenir dans le séminaire sur les relations interraciales que j'organise avec les élèves de dernière année.

– Un séminaire sur les relations interraciales…, ai-je répété, interloqué par cette idée. Je ne sais pas, ces histoires-là sont très personnelles.

– Eh bien, à vous de voir. On m'a dit que votre discours de cet après-midi avait été extrêmement bien reçu.

– Oh ! Je suis heureux de l'apprendre. Ce n'était pas vraiment un discours : je leur ai fait passer une audition.

– L'Énobarbus d'*Antoine et Cléopâtre*.

– Oui, et le fameux "Donne-moi ma robe, mets-moi ma couronne" de Cléopâtre pour les filles.

– Les jeunes étaient très excités – ils ont vu votre *Songe d'une nuit d'été* la semaine dernière en cours de culture générale.

– Oh, ils ne me l'ont pas dit.

– Ils étaient un peu impressionnés de rencontrer une star, je crois. »

Ce n'est pas une fausse modestie qui m'a fait baisser les yeux et murmurer : « Ça… je ne sais pas.

– Certains se sont distingués, selon vous ?

– À la fin, je leur ai tous donné le rôle…

– J'aimerais savoir ce que vous avez pensé de Georgia, une grande fille, jolie, les cheveux roux…

– Oh, oui…, ai-je répondu.

– Cette petite est très brillante. » Dans cet instant, j'ai entendu sa manière de se mettre au niveau des adolescents – de partager leurs ambitions, de ne pas tolérer le moindre commentaire négatif à leur sujet, tout en étant bien sûr un jeune professionnel avisé, et à n'en pas douter un bon professeur.

« Effectivement, elle s'en est vraiment bien tirée », ai-je dit. Et j'ai songé qu'il y avait d'autres choses à dire, et très personnelles, sur les multiples sensations qu'avait réveillées en moi le fait de travailler avec ces garçons et ces filles dans la même chapelle où, à leur âge, je m'étais agenouillé le cœur battant pour recevoir la sainte communion, une phase de dévotion que j'avais presque entièrement oubliée ; mais je n'allais pas les confier à Brian. La vérité, c'était que j'avais peur des enfants, juste un peu, et je sentais qu'ils n'accrochaient pas avec moi. Je n'avais jamais mesuré à quel point mon statut d'Ancien de l'école faisait de moi un bel exemple de ce qu'il était possible d'accomplir. Eux-mêmes ne m'avaient pas connu enfant.

De l'autre côté, j'avais Keith Bagshaw, qui était arrivé en retard, cheveux épais, hirsutes, costume de gala improvisé, avec des chaussures marron. « David Win ! Bonsoir ! » a-t-il lancé quand je me suis tourné vers lui. Il avait la chaleureuse distraction de quelqu'un de bien mais de totalement autocentré, ou presque. « Tu n'as pas changé !

– Oh… ! » – je l'ai regardé. « Que fais-tu de beau dans la vie, Keith ? ai-je demandé.

– Comme j'étais en train de l'expliquer à Charlie Boxwell, ici présent… je gère une ferme bio au pays de Galles. Production végétale, pour l'essentiel, avec un petit élevage laitier. On se chauffe à la bouse de vache.

– Bel esprit d'entreprise.

– Notre objectif est d'atteindre l'autosuffisance totale à l'horizon 1994. Un tas de gens s'y mettent, évidemment. C'est la voie à suivre ! » Et il s'est fendu d'un plaisant sourire, attendant la question suivante.

« Mais tu n'écris plus ? » ai-je demandé. Après l'université, il avait fait toute une série de choses sans aucun rapport les unes avec les autres, toutes dûment rapportées dans la newsletter des Anciens de Bampton : il avait publié un roman de science-fiction, était allé vivre en Indonésie pendant deux ans, avait décroché un diplôme de droit à Édimbourg puis ouvert un restaurant vegan à Lewes. Le besoin de faire quelque chose l'emportait visiblement sur toute idée à long terme, mais de faire quoi au juste ?

« J'aimerais écrire un autre livre, je ne sais pas quoi, sans doute quelque chose de très différent… tu vois ? » – dans ce domaine-là aussi, le désir d'être occupé semblait primordial. Il m'a souri, tête penchée de côté, avec une touche de pitié. « Et toi, David, qu'as-tu donc fait ce dernier quart de siècle ? » Je n'ai pu m'empêcher de rire, par humilité bien sûr, mais aussi de lui.

*

Il faisait lourd quand nous sommes sortis sur la pelouse et avons dérivé en direction du chemin des Surveillants et de la Balustrade. La nuit était tombée, et les extrémités des ailes d'un avion descendant vers la base de Brize Norton palpitaient puis disparaissaient dans la pénombre gris-rose. Par-delà la Balustrade, la lumière projetée par les grandes fenêtres à guillotine conférait une présence fantomatique, comme celle d'une mer calme la nuit, au terrain de cricket tout proche. Des arbres plus grands que les autres, dans le parc, se découpaient en fines silhouettes sur le fond du ciel, le séquoia géant dominant tout le reste de sa formidable hauteur. Le feu d'artifice serait tiré à côté du Temple, et des faisceaux de torches improvisaient là-bas une danse aléatoire contre les marches et les piliers, tandis qu'un jeune professeur et deux des élèves chargés de la discipline à l'internat effectuaient les ultimes vérifications. Les garçons et les filles s'étaient massés sur la pelouse, formant une armée murmurante. Kim Wynans était adossé près de moi à la margelle de pierre. « Nous n'avions pas tout ça à notre époque, a-t-il déclaré.

– Non, effectivement », ai-je acquiescé, au moment où les premiers feux d'artifice terrestres, une chandelle romaine et une roue de Catherine qui est restée bloquée un instant avant de se mettre à tournoyer en pétillant, annonçaient le début du spectacle.

Puis deux fusées, désynchronisées d'un rien, ont filé vers le ciel obscur. Il ne s'est plus rien passé pendant un moment, jusqu'à ce que tout là-haut deux chrysanthèmes de lumière se déploient dans un éblouissement doré ; ils ont semblé mourir, le temps d'une brève inspiration, avant de s'embraser et de s'éparpiller en une douzaine de comètes exténuées tracées sur les ténèbres, laissant derrière elles une colonne de fumée rose en expansion, tandis qu'un grondement sourd, auquel ce décalage conférait une certaine grandeur, est parvenu jusqu'à nous puis s'est répercuté sur la façade de l'internat, derrière. Tout cela n'avait duré que trois secondes, peut-être, mais l'émerveillement de la chose a ouvert une brèche dans le temps. Des oiseaux effarouchés ont jailli des arbres. Le bras de Kim s'était glissé autour de mes épaules, et je me trouvais moi-même dans un état d'esprit confus, mélange d'empressement et de quasi-indifférence. « C'est si bon de te revoir, David », a-t-il déclaré, me serrant plus près de lui l'espace d'un instant, et j'ai senti sa moustache autant que ses lèvres se poser délicatement sur ma joue. J'ai ri de bon cœur, des feux d'artifice et de lui, et d'autres silhouettes, du proviseur qui passait devant nous, trébuchant lorsqu'il a levé les yeux vers le ciel, puis regardant autour de lui en clignant des paupières, pour partager avec nous cette joie.

« Il faut que je te demande un truc, a murmuré Kim.

– Ah oui… ?

– Si… » – une autre fusée est montée, étrangement tourbillonnante. « Eh bien, je te revois encore, a-t-il repris, dans les douches – un jour, après le cricket… » J'ai tenté sans conviction de me remémorer Kim nu, mais je ne m'en souvenais pas du tout. Il est vrai que j'avais joui d'une certaine célébrité dans le vestiaire, pour d'évidentes raisons qui ne cadraient pas trop, mi-éloge, mi-accusation biaisée, avec toutes les autres choses qu'on pensait ou disait de moi. Les paroles de Kim ressemblaient davantage à une confession qu'à une question – même si celle-ci, j'imagine, portait sur ce qui se passait ensuite. « Et puis je t'ai vu dans le rôle d'Edgar, tu sais…, a-t-il poursuivi. Et tout ça m'est plus ou moins revenu », et il a laissé échapper un gloussement ; je crois qu'il était plus éméché que moi.

« C'était il y a quinze ans, ai-je répondu. Non, plus que ça. Je ne savais pas que tu étais venu voir le spectacle.

– C'était à Exeter, avec ma tante. Je ne sais pas si elle avait déjà vu un homme nu avant.

– Qu'a-t-elle pensé de l'expérience ?

– Waouh… ! » – l'immense unisson étouffé des adolescents, tandis qu'une fusée fort spectaculaire s'élevait puis dégringolait en cascade par-dessus deux autres, plus modestes.

« Tout ce qu'elle a dit, c'est : "Pourquoi fallait-il qu'il soit siamois ?" »

Ce n'était pas désagréable du tout de me faire draguer par Kim, mais tout cela ne mènerait nulle part, je le savais. D'ailleurs, où aurions-nous pu aller pour réaliser son vieux fantasme longtemps différé ? J'ai souri à Keith Bagshaw qui traînait par là. « Fabuleux ! s'est-il exclamé.

– Carrément ! » ai-je répliqué, et je me suis mis à marcher doucement derrière lui, les yeux en l'air. Mais Kim ne m'a pas lâché tout de suite.

« Tu dors où ce soir ? a-t-il demandé.

– Oh, je rentre chez ma mère.

– Ah, bien sûr – tu es du coin. » Deux grosses bombes rudimentaires ont explosé très fort, de manière assez peu plaisante. « Oui, tu as de la chance. Moi, j'ai pris une chambre au Crown.

– Ah, très bien.

– Ça n'a pas l'air terrible, mais il n'y a pas vraiment d'autre endroit par ici.

– Ça va aller, ne t'en fais pas », ai-je dit, et je lui ai donné une tape sur l'épaule, jugeant plus avisé de ne pas lui dire au revoir. J'avais le sentiment d'avoir tiré tout ce que j'avais à tirer de cette fête, et qu'il était temps, maintenant, de retourner dans cette colonne d'air humide et malheureux, prise au piège entre quatre cloisons, qu'était la cabine téléphonique des internes, pour appeler un taxi qui me ramènerait à la maison.

*

« C'était comment ? » a demandé maman après que le taxi m'a déposé dans le silence adolescent oublié de l'impasse et que je me suis glissé dans la maison, examinant mon reflet, incongru avec ce nœud papillon, dans le miroir de l'entrée, comme si j'avais quelque chose à cacher…

« Je ne sais pas pourquoi je me suis imposé ça », ai-je répondu – cette éternelle manie de dénigrer, manière de ne pas lui dire les choses.

« Notre célèbre député est venu ?

– Oui, et il est vraiment célèbre à ses propres yeux. Un futur Premier ministre.

– Il n'a pas dit ça.

– Non, il a dit que quelqu'un d'autre l'avait dit.

– Bon… », a soupiré maman. Elle voyait ce que Giles avait d'horrible, mais sa loyauté et son sens du devoir tout aussi inébranlables. Nous sommes allés dans la cuisine et elle a préparé un chocolat chaud, pendant que je piquais l'un des Alka-Seltzer d'Esme. Le comprimé est tombé, oscillant, effervescent et tournoyant dans le verre, que j'ai vidé en frissonnant.

« Comment va-t-elle ? ai-je demandé.

– Ça va, a dit maman, tout bas. Elle a fini par s'endormir », comme s'il s'agissait d'un bébé difficile.

« Je l'ai trouvée beaucoup plus en forme cet après-midi.

– Oh, oui, enfin, elle est en train de récupérer. Et elle avait tellement hâte de te voir. »

J'étais un peu ivre, je l'ai prise dans mes bras et j'ai dit : « Elle va s'en remettre, maman », en contemplant par-dessus sa tête l'avenir où j'avais tort, où elle ne s'en remettait pas.

Nous étions assis au salon, à nos places de toujours, et l'immense vide du fauteuil d'Esme était un argument en faveur de cet autre scénario où une attaque bien plus violente, peut-être, aurait raison d'elle. Quelque chose de périlleux était entré dans la maison, et dans leur vie commune.

« J'ai eu une longue conversation avec un certain Tony Bales, ai-je repris.

– Oui, je me souviens de son nom.

– Tu es incroyable. Il était dans la classe d'en dessous. Il m'avait remplacé comme rédacteur en chef de *La Ruche.* Il fait des documentaires sur l'art, maintenant. Il m'a dit qu'il aimerait bien réaliser un film sur moi – enfin, sur les acteurs asiatiques, mais avec une partie sur moi. Pour sortir un peu de *M. Butterfly*, tu vois…

– Oh, c'est bien », a-t-elle commenté, pragmatique comme toujours, et elle a baissé les yeux sur son chocolat chaud. « Moi, je te vois juste comme un acteur, bien sûr.

– Je sais, maman », ai-je répondu, le prenant comme un compliment, un signe d'intimité et, évidemment, une dérobade. « Et comment s'est passé ton discours devant les garçons ?

– Eh bien, les garçons étaient essentiellement des filles, en fait.

– Oh, suis-je bête !

– Il y avait trois garçons et six filles. La plupart des jeunes s'étaient inscrits pour écouter Giles s'en prendre au Marché commun.

– Il parle encore de ça ?

– J'ai le sentiment qu'il vient à peine de commencer – "un régime à base de choux de Bruxelles", et ainsi de suite. Tu connais son sens de l'humour.

– Pas vraiment, en fait.

– Il n'en a aucun. Sinon, il grincerait des dents devant la mauvaise blague qu'il est lui-même. » Ce qui a fait renifler maman. « Bref, j'ai fait passer une audition aux miens : Énobarbus ou la mort de Cléopâtre – cinq minutes de préparation.

– Ça n'a pas l'air facile.

– Non, pas du tout. L'une des élèves, une jeune Chinoise, figure-toi, a été assez brillante.

– Oh, c'est bien…

– En tout cas, c'était mieux que de les déprimer avec des histoires d'agents et de rôles qui ne viennent pas.

– Je suis sûre que l'école est sacrément fière de toi », a-t-elle répliqué, avec indignation presque.

Je lui ai souri, son visage était décharné sous la lampe de couture. « Comment savoir ? ai-je dit. Mais je ne crois pas que j'y retournerai. »

*

« Je mange mes mots, non, un tout petit peu ? Je crois bien que oui, a dit Esme le lendemain matin, de retour dans le fauteuil devant la cheminée, son déambulateur garé juste à côté.

– Dites autre chose, pour voir ? ai-je répondu, comme si je n'avais pas remarqué. Un tout petit peu, parfois, ai-je dit. Rien d'inquiétant.

– Que vont penser les gens ! » a-t-elle répliqué, et elle est partie d'un rire que je n'avais jamais entendu, sorte de gloussement cruel. Maman m'en avait parlé, espérant que cela lui passerait. Esme semblait pareille à elle-même, hormis l'ecchymose sur sa joue gauche, qui s'estompait déjà, là où elle avait heurté la table de la salle à manger dans sa chute. Elle était imposante, robuste, belle, faisait plutôt cinquante-cinq ans que soixante-dix – c'était la vieille Esme infatigable, et pourtant elle était hors d'haleine et abasourdie par l'effort d'avoir traversé la pièce, et elle riait comme une personne que nous ne connaissions pas du tout.

Je lui ai apporté un verre d'eau. « Les médecins disent que vous devez boire beaucoup plus, Esme. »

Elle fixait le verre sans le reconnaître. « Une attaque, mon chéri, tu parles d'une idée ! Bon, juste une petite, a-t-elle précisé, comme si j'essayais de la forcer à boire une goutte d'alcool. Ç'aurait pu être beaucoup, beaucoup plus grave, tu sais. » Elle a empoigné le verre et l'a bu, placidement. « Pauvre vieille Av', elle a failli mourir de peur » – verbe qui s'appliquait plutôt à ce qui avait failli lui arriver à elle.

« Je suis désolé de devoir repartir à Londres, ai-je dit. J'ai une répétition cet après-midi.

– T'en fais pas pour moi, Dave. Ta mère est un vrai ange, et Jilly Wilson vient tous les jours maintenant, une heure ou deux. » Elle a tendu la main pour attraper la mienne et m'a enveloppé d'un regard tendre. « C'est juste la merde ce qui m'arrive, mon chéri, il faut regarder les choses en face », a-t-elle déclaré, et elle a laissé échapper son gloussement rauque, mécanique.

27

Toutes mes scènes parlées étaient dans la boîte, il ne restait qu'un petit plan muet que le réalisateur a gentiment proposé de tourner plus tard, sous forme d'insert. « Elle était comme une seconde mère pour moi », ai-je soupiré, et il a répondu : « Oui, bien sûr, je comprends. Je suis vraiment désolé, David », mais en quittant la pièce, ma satisfaction d'avoir prononcé les mots qu'il fallait a soudain été gâchée par le malaise de n'avoir pas tout à fait dit la vérité. Je suis rentré à St Pancras en train, puis j'ai pris la voiture jusqu'à Foxleigh, et ce n'est qu'après avoir franchi la crête des Downs pour redescendre dans la vallée que j'ai réalisé : une nouvelle vie venait de commencer, même si maman et moi devions encore en découvrir les termes. Voilà qu'elle était veuve et j'étais tout ce qu'il lui restait – elle avait plus que jamais besoin de moi. J'ai dévalé la ville en proie à une terreur pleine de tendresse, sans savoir dans quel état j'allais la trouver. Parfois, c'est la manifestation, le spectacle du chagrin de l'autre qui vous ébranle pour de bon, plus que la disparition elle-même.

Je suis descendu de voiture pour ouvrir le portail, et la maison rouge, ordinaire, semblait chargée et isolée par ce moment de crise. J'ai scruté les fenêtres en quête d'une lumière ou d'un mouvement, une lueur de la vie qui continuait après que l'autre avait pris fin. « Oh, bonjour, mon chéri », m'a salué maman quand je suis entré. Nous sommes tombés dans les bras l'un de l'autre et elle s'est retournée presque aussitôt : « J'ai cette robe à terminer pour Mrs Bardsley, qui me donne du fil à retordre…

– Oh, mon Dieu ! me suis-je exclamé. Ça ne peut pas attendre ? », mais j'ai compris qu'elle était prise dans cette phase intermédiaire, miséricordieusement pragmatique, entre la réalité concrète d'une mort et la vague du deuil qui monte, monte, et puis s'abat.

« Son fils se marie samedi, elle en a besoin pour la cérémonie. »

J'ai répliqué, avec douceur : « Maman, tu n'es pas censée faire ce genre de choses maintenant », mais elle avait accepté cette commande par souci de rendre service, comme une manière aussi de s'occuper l'esprit et les mains pendant qu'Esme était à l'hôpital. Mrs Bardsley lui avait parlé sans ménagement au téléphone : « Imaginez si c'était votre fils qui se mariait, Mrs Win ! » avait-elle dit : nous n'avons pu nous empêcher d'en rire. Nous sommes passés au salon, et le fauteuil vide d'Esme devant la cheminée a manqué me faire craquer, finalement. Au long des dix années qui s'étaient écoulées depuis sa première attaque, il avait plus que jamais été son trône et son habitat naturel, jusqu'à ce que cette nouvelle attaque, une semaine plus tôt, l'arrache à tout jamais à son fauteuil et sa maison. Maman s'est remise à sa couture, je me suis assis à ma place habituelle et j'ai contemplé l'écran gris, légèrement convexe, de la télé, qui reflétait si faiblement la pièce que nous ne semblions pas y être nous-mêmes.

*

Je suis quasiment certain qu'Esme n'avait pas mis les pieds dans une église depuis le jour de ma confirmation, en 1964, mais elle avait souhaité des funérailles chrétiennes ; maman a donc invité le prêtre à venir boire un verre à Crackers pour tout nous expliquer. « C'est une femme prêtre, m'a dit maman. Annette.

– Tu préfères ? » ai-je demandé.

Elle a haussé les épaules. « Ça ne changera pas grand-chose, si ? » J'ai songé combien ils étaient forcés, ces moments éphémères, pas totalement factices cependant, où une incroyante s'asseyait en face d'une femme prêtre inconnue pour lui faire part de ses besoins.

C'était l'une de ces hautes soirées dégagées d'août, par ici, qui me faisaient déloyalement regretter Londres. La sonnette a retenti à dix-huit heures trente, et je suis allé ouvrir. Annette était une femme bien faite, la quarantaine et le regard joyeux, avec quelque chose de l'ordre du défi, comme une sorte de coming-out, dans sa façon de se présenter avec une chasuble de prêtre et un col romain sur ses sandales et son pantalon bleu. J'ai saisi que cela lui épargnait sûrement d'interminables explications. « Je m'appelle Annette Roberts…

– David, je suis le fils d'Avril Win. » Elle est entrée avec un sourire respectueux et quelque chose de provisoire derrière, la sensation d'une affaire à régler. « Depuis combien de temps êtes-vous à Foxleigh ? ai-je demandé, comme si je gardais des souvenirs affectueux de ses prédécesseurs.

– Oh, six ans maintenant.

– Vraiment ? Oh là là… Par ici… » – je l'ai guidée jusqu'au salon. Les portes-fenêtres étaient ouvertes et j'ai aperçu maman dans le jardin, elle coupait les roses fanées plutôt que de rester assise à attendre. Je l'ai appelée et elle est rentrée dans la maison, sécateur à la main, avec une curieuse expression où cohabitaient gratitude et ressentiment, tandis qu'elle posait son outil pour serrer la main d'Annette.

« Mrs Win – toutes mes condoléances », tête penchée de côté, comme si, voyant sa peine, elle espérait, avec le temps, pouvoir l'aider à en sortir.

« Mm, merci, a répondu maman.

– Je vous en prie, asseyez-vous », suis-je intervenu, désignant d'un geste cette pièce qui, pour maman et moi, était si pleine d'Esme que je me suis demandé si Annette, elle aussi, ressentait sa présence. Balayant les lieux du regard, elle a paru deviner que le fauteuil avait été celui d'Esme et s'est installée à la place au bout du canapé. On se demande toujours ce que les gens savent déjà, et je n'étais pas sûr de ce qu'une femme prêtre avait pu entendre, même au bout de six ans, au sujet de deux de ses paroissiennes qui n'allaient jamais à l'église. Je lui ai proposé un sherry en me sentant vaguement ironique, et elle a accepté, si bien que nous en avons pris un nous aussi, comme si c'était de cela que nous avions envie. Un sherry est une boisson si petite qu'il est difficile de la cadencer en société. Laissant le sien de côté, Annette est restée assise là à nous sourire, pleine d'hésitation. J'ai cru qu'elle allait nous demander de prier, mais elle a abordé les choses sur une tonalité bien plus sociable, demandant à maman depuis combien de temps elle vivait là, simple bavardage censé l'aider à trouver son chemin à tâtons. J'ai dit : « Ma maman et… Mrs Croft étaient ensemble depuis près de quarante ans.

– Mon Dieu… oui, a bredouillé Annette, inspirant brusquement.

– Vous savez peut-être qu'elles géraient une entreprise, toutes les deux.

– Ah… », a-t-elle répondu, d'un ton plus résolu, et j'ai songé qu'évidemment, elle allait rassembler des faits et anecdotes en vue d'un de ces chaleureux discours improvisés par lesquels les prêtres s'efforcent de faire revivre une personne qu'ils n'ont pas connue au profit de ceux qui l'ont connue.

*

Elle a fini par remarquer son sherry et l'a bu en une minute environ, s'intéressant aux photos encadrées sur les étagères de la bibliothèque, qui lui donnaient une idée de ce à quoi avait ressemblé Esme. « Je vous raccompagne », ai-je proposé. Je suis descendu avec elle sur le gravier, avec le sentiment soudain d'une allégeance mutuelle, entre protecteurs de ma mère.

« Cela prendra du temps », a dit Annette en posant un instant la main sur mon avant-bras, pour que je comprenne qu'elle était en train de m'aider, moi aussi. Nous avons marché lentement jusqu'au portail, la stupeur de l'impasse le soir, le vrombissement d'une tondeuse montant puis retombant quelques maisons plus loin, la crise qui nous occupait planant en silence dans l'air.

« Merci », ai-je dit. Elle avait vraiment été d'une grande aide. J'ai soulevé la languette métallique, tiré sur le portail pour l'ouvrir.

Elle m'a dévisagé, alors, dans toute sa prévenante clarté. « Je crois que vous étiez à l'école avec mon frère.

– Oh… ! » – agrippé au portail, tandis que la dernière heure, si calme, se réorganisait sous un jour nouveau. « Vous ne voulez quand même pas parler de… *Dominic* Roberts ?

– Dom, si. Vous vous souvenez de lui ? »

J'avais les trois ou quatre irréductibles images. « Je me rappelle avoir ciré ses chaussures…

– Oh, mon Dieu !

– Bon, il était beaucoup plus vieux que moi. » Je l'ai regardée, curieux. Peut-être le sherry m'était-il monté à la tête, car j'ai dit : « Il était d'une beauté stupéfiante, tout le monde était amoureux de lui.

– Oh… » – Annette s'est détournée un instant, le regard triste. « Oui, il était beau.

– Ah…

– Malheureusement, Dom n'est plus parmi nous.

– Je suis vraiment désolé…

– Oui, les choses n'ont pas bien tourné pour lui.

– Est-il… » – mais j'ai vu qu'un voile de tact venait de retomber, juste après la révélation.

« Il y a tout juste trois semaines. J'aimerais beaucoup vous parler de lui – plus tard, je veux dire. Vous avez vos propres soucis, pour l'instant. »

Elle aussi, ai-je vu, tandis qu'elle prenait congé d'un hochement de tête et d'une nouvelle poignée de main. Je voyais la mort partout autour de moi, venue de loin et de tout près, et peut-être était-ce juste le choc, la nouvelle apprise une minute plus tôt, mais quand j'ai refermé la porte et que je suis allé retrouver maman, j'ai eu la sensation vertigineuse que la mort de ce bel adolescent – qui devait avoir, quoi, près de soixante ans, mais en aurait pour moi toujours dix-huit – m'avait davantage bouleversé que celle de cette femme dont la maison avait été mon « chez-moi » trente-cinq années durant.

*

Les funérailles se sont déroulées dans un nouveau crématorium en périphérie de Swindon, de vieilles grilles imposantes, un vieux parc, récemment loti pour accueillir des tombes, puis la chapelle pareille à une tente blanche haute et pointue est apparue, la cheminée à demi cachée derrière. Nous étions tous deux silencieux, j'ai roulé au ralenti sur le gravier avant de tourner sur le parking. « Il y a du monde… », ai-je constaté, puis je me suis bien sûr rendu compte, une fois garé, que la plupart de ces gens étaient là pour la cérémonie précédant celle d'Esme, qui commençait à peine. Nous étions en avance, mais pas les premiers arrivés – Connie Marks et son mari, vêtus de noir, ont verrouillé leur voiture et se sont dirigés, l'air accablé, comme s'ils se disputaient, vers le jardin du souvenir, se penchant pour examiner les hommages floraux de cérémonies passées déposés au bord de l'allée. Quand nous leur avons emboîté le pas, quelques minutes plus tard, j'ai ressenti tout à la fois l'appel à la solidarité des sentiments qui émanait de ces couronnes et de ces croix, et leur intrusion sophistiquée dans notre douleur personnelle, « PAPA » et une croix de Saint-Georges en œillets rouges et blancs. « Mon Dieu », ai-je soupiré d'un ton dédaigneux, mais maman n'était plus en état de remarquer ce genre de choses. Elle portait un chapeau noir qu'elle avait acheté pour un précédent enterrement, et dont le large bord tombait devant ses yeux, comme pour revendiquer un peu d'intimité. Elle m'a pris par le bras tandis que nous remontions l'allée, alors que la triste routine familière de tant de funérailles passées était sur le point de s'emparer d'elle et de l'entraîner à l'aveugle, elle qui était au cœur du drame. Voilà qu'elle était exposée, par la brutalité des faits et par l'occasion – la veuve d'une femme, reconnaissante du soutien de ses nombreux amis, mais qui, pour traverser l'épreuve au mieux, avait besoin qu'on ne fasse pas trop cas de sa présence.

Nous n'avons pas tardé à former notre propre foule, la mine sombre pour certains mais tous chaleureux, rassemblés par petits groupes devant le haut fronton triangulaire en verre de la chapelle, qui reflétait les arbres et le ciel nuageux derrière nous – nous distinguions tout de même à moitié l'intérieur de l'édifice, la charpente effilée du toit et le hall d'entrée, où erraient déjà nos moi reflétés. C'était à sa manière un rassemblement remarquable, peut-être trente-cinq des lesbiennes désormais âgées qui avaient fait partie de la vie d'Esme – un monde avec son propre petit défi salutaire, sa belle indépendance d'esprit. Certaines avaient amené leur mari, bien sûr, et il y avait d'autres personnes, amis ou gens du métier, le pudique Barry avec sa magnifique épouse en fauteuil roulant, et Jilly Wilson la femme de ménage, mouchoir à fleurs glissé sous sa manche, qu'elle attrapait sans cesse pour tamponner ses larmes. Tante Susie était là mais sans oncle Brian – que ni moi ni maman n'avions revu depuis la fin des années soixante –, avec à ses côtés une silhouette fort corpulente, à la chevelure grise ; je n'avais pas idée qu'il s'agissait de mon cousin Malcolm, jusqu'à ce qu'il me serre la main et me souffle : « Toutes mes condoléances, David », d'une voix calme et sensée.

« Bonjour, Malcolm ! » me suis-je écrié, dans une reconnaissance soudaine, hébétée, qui ressemblait à de l'affection. Il n'y avait personne avec eux, je crois que Malcolm ne s'était pas remarié après que sa femme l'avait quitté, il n'avait pas eu droit à la famille de volleyeurs naturistes de *Health & Efficiency*. Puis Annette est apparue, surplis blanc et étole pourpre avec, pointant dessous, des chaussures de marche noires.

Nous avions fait imprimer un élégant programme, avec des photos d'Esme, enfant, d'autres dans son uniforme de l'ATS pendant la guerre ; et sur la première page, une photo de son soixante-quinzième anniversaire, peu de temps après son attaque, un verre de champagne à la main. Esme n'était pas une lectrice, mais citait à tout bout de champ les mêmes trois ou quatre poèmes ; maman et moi étions tombés d'accord pour que je lise « Chanson d'amour d'un officier subalterne » lors de la cérémonie, ce texte de Betjeman qu'Esme aimait tant. Une femme aurait dû le lire, plutôt, pour en faire un manifeste homosexuel. J'avais préparé ma lecture, recherchant méthodiquement le ton que pouvait bien avoir un jeune sous-officier en 1945 ; le texte était assez comique en soi sans qu'il y ait besoin de prêter au soldat de vingt ans une trop grande infériorité sociale par rapport à cette miss Joan Hunter Dunn dont il était amoureux ; il s'agissait d'une lecture à l'occasion de funérailles, pas d'un spectacle de stand-up. Je lui ai donc donné la voix standard du Britannique, découvrant au passage qu'en bon Anglais que j'étais, je connaissais déjà ces vers presque par cœur.

Dans son homélie, Annette entrelaçait les platitudes du réconfort avec quelque chose de nettement moins conventionnel : le récit de la vie d'Esme, sans jamais prononcer le mot « lesbienne », mais sans esquiver le sujet. Elle a salué le courage d'Esme, ce qui a provoqué des hochements de tête et des soupirs de la part du public, dans son indulgence funèbre. J'ai songé que c'était là une vertu que j'avais sans doute sous-estimée, par négligence ou habitude – pour moi, Esme avait toujours été une présence inébranlable, drôle, épicurienne, dominatrice. J'étais bouleversé par cette franchise mutine des opinions que la mort entraîne parfois. « Elle a trouvé un grand bonheur dans sa vie avec Avril, et dans la boutique qu'elles ont tenue ensemble avec tant de succès pendant plus de vingt ans. Et en la personne de David, le fils d'Avril, Esme a gagné, pour ainsi dire, un nouveau membre de sa famille, dont les accomplissements lui inspiraient toujours une très grande fierté. » C'était une leçon d'humilité, même si j'avais le sentiment que ce n'était pas tout à fait vrai. Ou bien était-ce encore une vérité à laquelle j'avais été obstinément, injustement aveugle ?

Il y avait un second hall, au fond, que nous avons traversé en ressortant, et où nous avons serré la main d'Annette et égrené à notre tour quelques platitudes. Elle a tenu ma main dans les siennes pendant cinq ou six secondes, les mains douces et expérimentées d'une femme prêtre ; il y avait dans son regard une étrange ardeur, de compassion bien sûr, et de réconfort, mais avec aussi, ai-je senti en plongeant mes yeux dans les siens, la confirmation privée que le courage d'Esme était une chose qu'elle comprenait et admirait. Comme si elle contemplait, par-dessus la barrière de sa religion, une liberté qu'elle s'était sciemment refusée.

*

J'ai ramené maman à la maison, où devait se tenir le rassemblement – veillée funèbre, fête, réception : nous n'avions pas réussi à nous décider sur le mot. J'ai posé ma main sur les siennes en conduisant et aussitôt, elle a dit : « Ne t'inquiète pas pour moi. Concentre-toi sur la route.

– Je peux faire les deux à la fois », ai-je rétorqué, mais j'ai retiré ma main.

Il y avait déjà des voitures dans l'allée quand nous sommes arrivés, des bruits de voix nous parvenaient à travers la porte principale grande ouverte, et maman est entrée – on aurait dit un rêve – comme dans la fête de quelqu'un d'autre. « Ah, voilà la pauvre chérie… » J'ai pris les choses en main tandis qu'elle montait à l'étage, et quand elle est redescendue quelques minutes plus tard, elle s'est dirigée droit vers la cuisine, stressée par les préparatifs mais surtout, je crois, submergée par le sentiment qu'à compter de ce jour, tout dépendait d'elle. La nouvelle réalité l'étreignait soudain si fort qu'elle n'avait plus vraiment conscience de ce qui se passait autour d'elle ; mais elle a gardé son sang-froid, plus ou moins. Quand elle est revenue dans l'entrée, Jane s'est écartée brusquement pour la prendre dans ses bras.

« Ce n'est pas la peine d'être gentille avec moi ! a dit sèchement maman en se dégageant.

– Loin de moi cette idée, ma chérie, a répliqué Jane. Bon, qu'est-ce que je te sers ? »

Maman n'en avait pas la moindre idée. « Un verre ne me dit rien.

– Peut-être, mais tu vas en prendre un quand même » – Jane s'est dirigée vers la table et a demandé à Mrs Parry, après un rapide regard vers maman, de lui servir un whisky ginger bien tassé.

Les amies n'ont pas tardé à remplir le salon, portes-fenêtres grandes ouvertes, une ou deux femmes enjambant précautionneusement le seuil avec leurs cannes, leurs verres et leurs sandwichs pour aller s'asseoir sur le banc au soleil, avec une allure à la fois d'invitées et de survivantes. La jeune serveuse que Mrs Parry employait au Bull allait et venait avec la bouteille, et les vieilles dames la taquinaient et flirtaient avec elle, oubliant leur prudence quotidienne. Elles commençaient aussi à oublier les funérailles, et papotaient comme elles l'avaient toujours fait du vivant d'Esme, de ce qu'elles avaient vu à la télé, des articles qui leur avaient plu pendant les soldes mais qui n'étaient pas à leur taille. Quand elles se rappelaient la raison de leur présence, elles se montraient aussi sincères et sans détour que j'avais moi-même eu l'impression de l'être au crématorium – elles ne risquaient plus de blesser Esme, maintenant, en plaisantant de l'autoritarisme et de l'avidité dont elle était parfois capable ; mais toutes ne se comportaient pas ainsi, certaines répétaient ses dictons fétiches, se souvenaient de ses cadeaux si généreux, exaltaient des vertus que je n'avais jamais associées à la défunte : des flatteries posthumes, dont Esme n'aurait sans doute pas été dupe.

Dans le salon, une ou deux amies avaient sorti d'une poche ou d'un sac à main leur programme froissé et étudiaient de nouveau les photos, Esme écolière à Ware, avec déjà quelque chose de têtu dans le sourire, même si pour le reste ce n'était pas elle – pas l'Esme tangible de six ans plus tard, en chemise et cravate brunes, les boutons de cuivre luisant sur la tunique en grosse serge, casquette savamment inclinée sur ses boucles noires. « Tu as assuré, Dave », a dit Jane, amie fidèle et sans humour de plus de quarante ans, qui apparaissait elle-même sur une photo plus tardive, un déplacement à Cheltenham avec le club théâtre. D'autres restaient bouche bée de stupéfaction et de regret devant la jeune femme bien faite de 1948 ou 1956 qui n'était pas encore leur amie. Au verso, au-dessus des phrases invitant les endeuillés à venir ensuite à Crackers, se trouvait la photo prise par le photographe mielleux de Friscombe en 1962 : « C'était le commencement de votre petite famille, Dave, a fait remarquer Jane, encourageante mais étrangement stoïque, aussi.

– Vous avez raison », ai-je dit, et, en regardant le visage de maman, l'idée a commencé à me plaire davantage. « Jamais je ne m'en serais douté à l'époque, mais c'était bien le cas. » La photo était longtemps restée posée, avec son cadre argenté bon marché, dans l'ancienne chambre de maman tout au fond de l'appartement, puis à Crackers pendant des décennies, réconciliant les deux jeux de pinceaux et de maquillage, les deux styles différents de leur coiffeuse partagée. « Je la connais si bien », ai-je dit, même si je la voyais à présent sous un jour nouveau – elle était elle-même comme ces vacances du temps jadis, pleine d'étranges indices sur notre avenir à tous les trois. Je revoyais le photographe en maraude qui nous coupait la route, son appareil déjà braqué, mais attendant une intelligente seconde d'avoir notre accord, pour ne pas gaspiller la pellicule. Il misait sûrement tout sur la saison estivale où les touristes baissaient la garde, cette expérience du loisir étant cernée par leur conscience du temps : c'était une chose dont ils voudraient se souvenir. Le photographe s'était montré aussitôt amical, la réussite de son numéro exigeant que tout le monde sache qu'il était un opportuniste, mais ne s'en offusque pas. Avait-il senti le mépris coutumier d'Esme pour les hommes qui flirtaient ? Je suis sûr que maman a dû poursuivre son chemin, avec ce bref sourire ferme dissuadant toute approche, tandis que celui d'Esme était plus malicieux, comme pour dire qu'elle avait vu clair dans le jeu de cet homme mais savait qu'elle pourrait tirer quelque chose de lui.

Il y avait eu un semblant de remue-ménage : moi au milieu, ou bien à l'extérieur, de l'autre côté de maman ? Nous donnons l'impression d'être prêts à changer de place à nouveau. Maman se tient sur la gauche, menue, les cheveux noirs ; « tellement intéressante », m'avait confié Esme un soir au bar de l'hôtel en la regardant arriver : en pleine maturité à l'époque, du haut de ses trente-neuf ans, même si aujourd'hui je croirais voir l'une de mes étudiantes, dans sa robe en coton à jupe cloche avec une ceinture blanche ; juste à côté, moi, quatorze ans, en chemise Aertex et sandales, la tête légèrement reculée, avec une expression d'adolescent qui s'offusque de choses dont les deux femmes n'ont pas idée ; et enfin Esme, dont l'âge à l'époque était un mystère de diva – je sais maintenant qu'elle avait quarante et un ans. Si maman est intéressante, Esme est très glamour, on dirait une Française dans son short blanc, ses tennis en toile assorties, son chemisier ample noué à la taille. C'est une femme imposante, au buste généreux et aux larges hanches, elle sourit à quelque chose que le photographe ne peut comprendre : ce nouveau tournant dans sa vie, si beau.

Jane a déclaré : « J'entends encore Esme me dire qu'elle avait rencontré quelqu'un de très spécial. »

J'ai souri. « Elle ne croyait pas si bien dire ! » Alors son vieux visage s'est épanoui en un air exalté que je ne lui avais jamais vu, menaçant de s'effondrer pendant quelques instants avant qu'elle ne secoue la tête, puis elle a reniflé et balayé la pièce d'un regard presque fâché.

*

Je suis rentré à Londres pour la première lecture de *La Provinciale* de Wycherley, avant de remonter en voiture à Foxleigh le samedi. J'ai entendu le bruit, comme un ronflement dans une chambre voisine, en entrant dans l'impasse. La camionnette de Barry était garée dans l'allée de Crackers, et une lumière inhabituelle mettait la maison en valeur, comme si on l'avait choisie pour être transformée. Sur la pelouse à l'arrière, Barry, désormais octogénaire, et son fils Jason, qui avait créé sa propre entreprise de paysagisme, étaient en train d'abattre les conifères, le long câble orange d'une tronçonneuse électrique serpentant dans l'herbe. Le bruit devenait hargneux, vengeur presque, à mesure que je m'approchais. Je savais que les gens se lançaient parfois dans d'impitoyables nettoyages après un décès – une façon de ne pas rester passifs devant l'inévitable, de prendre le contrôle, cette forme de consolation radicale exigeant la destruction des traces de la personne défunte qui leur manquait tant. Mais j'étais frappé par la libération que constituait manifestement pour maman l'abattage de ces arbres, et par l'urgence presque démente avec laquelle cette opération était menée à bien. « Oui, enlevez-les tous ! » a-t-elle dit, mains sur les hanches, avec quelque chose de joyeux dans son attitude, profitant d'un bref moment de répit dans le fracas douloureux de l'engin, plantée sur la pelouse entre Barry et Jason à surveiller leur progression, trop avancée maintenant pour faire machine arrière ou avouer le moindre sentiment de désarroi, même si, devinais-je, le résultat n'était pas tout à fait ce qu'elle avait imaginé.

Des choses que je n'avais jamais vues de ma vie se dessinaient nettement sous nos yeux, maintenant, le toit-terrasse de l'extension des Carpenter, sur lequel (dixit Esme) ils prenaient le soleil dans le plus simple appareil depuis des décennies, à l'abri des regards. On apercevait une grande serre, deux jardins plus loin, et les fenêtres de la chambre à coucher des Fletcher ont semblé clignoter, tandis qu'ils découvraient à leur réveil cette exposition non convenue. J'ai senti qu'il nous faudrait bien plus de temps encore pour nous habituer au changement dans notre propre jardin, débarrassé de l'atmosphère claustrophobe que ces arbres lui avaient toujours conférée. Tout près de moi, une étroite bande de terre privée de soleil se déployait entre ces nouvelles souches et la haute palissade des Carpenter. C'était le genre d'espace que j'aurais sans doute exploré à quatre pattes si nous avions déménagé là dix ans plus tôt – j'ai repensé un instant à Woolpeck, aux tunnels d'enfant desséchés sous la haie d'ifs.

Je sentais que c'était quelque chose que Barry lui-même voulait faire depuis longtemps, mais qui lui inspirait une certaine réticence maintenant qu'il s'y était bel et bien mis. Un énorme monticule se formait peu à peu au milieu de la pelouse, un tas après l'autre, bancal et élastique, le feuillage grossier gris, vert et bleu aux extrémités, marron, cassant et mort au cœur des arbres et de leurs cimes fendues et dévastées, de sorte qu'un cruel principe de croissance vers le haut et de pourrissement vers l'intérieur se déployait à l'horizontale, tel un diagramme, dans le gazon impeccablement tondu. Jason reculait en trébuchant, traînant les branches tombées, les sections découpées des troncs écailleux et bifurqués. Barry, qui avait été si dévoué à Esme et à n'en pas douter amoureux d'elle, semblait sans cesse sur le point de lâcher ce qu'il savait qu'il ne pouvait pas dire : que cela ne lui aurait pas plu du tout.

Le soir venu, plus un arbre debout, maman et moi avons marché sur la pelouse encore jonchée de petites branches et de brindilles, avec dans l'air l'odeur sucrée, écœurante, du bois de sapin tronçonné. L'effet, bien que plus lumineux, était lugubre, nous respirions profondément mais luttions, en même temps, contre une légère panique. Cela changeait tout, et la maison elle-même, quand je me suis retourné, avait perdu sa dernière parcelle de mystère. Maman contemplait, stupéfaite, ce qui venait de se passer – pour la première fois de sa vie, elle a craqué en ma présence, elle s'est tournée vers moi, bouche plissée et yeux ruisselants de larmes, et m'a laissé m'occuper d'elle, me courber autour de sa frêle charpente de soixante-dix-huit ans et la serrer très fort tandis que ses sanglots la secouaient et l'étouffaient. Puis elle a retrouvé son calme et son expression de toujours, comme si elle avait juste été un peu idiote, et elle a simplement dit, d'un ton presque neutre, s'adressant moins à moi qu'aux flots de lumière insensibles que le soir déversait sur nous : « Elle me manque tellement. »

28

C'était l'un de ces petits salons du livre qui bâtissent leur succès sur l'attrait un peu snob d'un week-end chez un duc. Certes, le manoir de Brasing est ouvert au public – pas toute l'année, comme un hall de gare, mais un week-end sur deux d'avril à octobre. Des visites « personnalisées » des salles d'apparat peuvent être organisées le reste du temps, à en croire le site officiel, où une photo du duc actuel, en velours côtelé rouge et veste d'équitation, vous « accueille » dans la maison que sa famille habite depuis quatre siècles. Comme tous les gens très riches, j'imagine, il doit faire face à d'importantes dépenses et gagne ce qu'il peut avec son palais, dans un mélange savamment calculé d'accessibilité et de noble distance. Maman et Esme s'y étaient rendues une fois, et m'avaient raconté qu'elles avaient aperçu Sa Grâce, comme Esme appelait le duc – un grand gaillard longiligne et rougeaud, fort grossier à en croire maman. Esme lui avait posé une question, et n'avait récolté qu'une réponse sèche et reniflante. « On ne peut pas dire que la simplicité soit son fort, avait déclaré maman.

– Non, en effet… », avait répliqué Esme, comme si c'était bien la dernière chose qu'elle cherchait.

On m'avait invité pour parler de *La scène, c'est le monde entier*, et quand le programme du festival est arrivé par la poste, avec une vue de la maison incrustée de vignettes de jardiniers de la télé et d'historiens de droite, un froid familier m'a envahi. J'ai feuilleté la brochure en quête de moi-même, et ce n'est qu'arrivé aux pages centrales que j'ai découvert la photo encadrée de « Giles Hadlow, député », absent de la couverture mais qui avait droit à une pleine page à l'intérieur du programme. Il présenterait son livre à paraître, *Nos lois, nos frontières*, « Grand Hall, dimanche 12 h. Entrée : 10 £ » – à la même heure exactement, ai-je constaté dans la foulée, que ma rencontre à la « Salle de jeu », que j'ai aussitôt imaginée comme une vieille chambre d'enfant sous les combles, pouvant accueillir tout au plus dix personnes : « Entrée : 4 £ (tarif réduit) ». J'ai lu la description inepte mais flatteuse que l'on faisait de moi, sous une petite photographie que je n'avais jamais vue, où je ressemblais à un pruneau. J'allais m'entretenir avec « l'écrivain Richard Roughsedge », dont le nom ne me disait rien, et je suis revenu en arrière, à contrecœur, pour lire ce qu'on disait sur Giles. Il était, comme je le savais plus ou moins, secrétaire d'État aux Affaires et au Commerce du cabinet fantôme, l'un de nos eurosceptiques les plus en vue et l'un des grands penseurs de la droite du parti conservateur. Ce n'était qu'une bio résumée, mais tout de même : « penseur » était amusant, troublant aussi. À la fin de l'article, on pouvait lire qu'à l'occasion du soixantième anniversaire de Giles, cette année, une *Plaquette commémorative* avait été publiée, avec les contributions de nombreuses personnalités et un avant-propos de la baronne Margaret Thatcher, chevalier de l'ordre du Mérite, détail si absurde que j'ai éclaté de rire. Sur la photographie, Giles ne souriait pas – jamais en public – mais n'en arborait pas moins un air fallacieusement patient et accessible.

*

Cela voulait dire un train de bonne heure depuis Paddington, un changement à Reading et un chauffeur qui m'attendrait à Theale avec une pancarte à mon nom afin de me conduire jusqu'au manoir. Je ressentais de plus en plus, ayant moi-même fêté mes soixante ans, la désolation de tels périples en solitaire. Le festival était organisé, avec une amabilité énergique mais quelque peu impersonnelle, par une certaine Francesca. Elle m'avait envoyé mes billets, accompagnés d'une lettre m'expliquant ce qui m'attendait, que j'avais étudiée avec intérêt car c'était mon tout premier livre et je n'avais jamais participé à un festival littéraire. Je partageais son espoir que des exemplaires seraient disponibles au « Salon du Matin » pour une séance de dédicace après ma rencontre. Francesca précisait qu'à mon arrivée, on me conduirait au foyer des auteurs « qui se trouve cette année dans la Salle des Domestiques ! ». Les noms donnés à chaque pièce, bien utiles, conféraient d'avance à cette affaire l'allure d'une partie de Cluedo s'étirant sur tout un week-end.

J'ai partagé le trajet en voiture depuis Theale avec une femme que je connaissais de nom, autrice de romans historiques à succès, à peu près mon âge, souriante mais professionnelle – « Vous avez déjà fait Brasing ? m'a-t-elle demandé.

– Non, ai-je répondu. C'est la première fois.

– Oh, vous allez adorer, c'est vraiment l'un des plus plaisants – pas trop grand et, bien sûr, quel cadre fabuleux.

– Je n'ai pas lu votre dernier livre », ai-je ajouté, avec une certaine habileté.

Elle a laissé échapper un formidable soupir. « Il m'aura bien épuisée, en tout cas, a-t-elle dit. Je viens d'enchaîner Cork, Carlisle, Ilchester et Hay. »

J'avais entendu parler de Hay, et imaginais que les autres étaient aussi des festivals littéraires. « Mais vous devez aimer ça, non ? ai-je fait remarquer.

– Oh oui, bien sûr », a-t-elle répondu ; et j'ai senti que tout cela pouvait devenir addictif, les salles combles, les questions flatteuses, les ventes. « Ah, nous y sommes », tandis que nous ralentissions pour quitter la route et franchir un arc de triomphe entre deux loges ramassées. Je n'ai pu résister aux émotions de l'arrivée, la curiosité, l'excitation et une vague terreur gothique. Nous avons parcouru à une allure respectueusement lente un kilomètre d'allée sinueuse à travers un grand parc – chênes et châtaigniers, branches immémoriales ployant vers le sol ou se dressant, déchiquetées, sur le fond du ciel, des boqueteaux plus jeunes, denses, clôturés pour les protéger des chevreuils, les hautes herbes délavées en un jaune doré après des semaines de canicule. « Attendez de voir la maison – *voilà**… ! » – elle est brusquement apparue, distante encore, entre ombre et éclat, incompréhensiblement grande. Elle semblait être, à mesure que nous approchions, de toutes les périodes – tourelles de style Tudor, le toit pentu d'un hall immense, quelques touches primitives de palladianisme Renaissance, chastes et grises, jouxtant la vaste façade baroque qui contemplait le parc. Je me suis penché devant l'autrice de romans historiques pour mieux voir, et elle était ravie de mon émerveillement. « C'est incroyable de se dire qu'elle n'est habitée que par Edmund, Annabel et leurs trois enfants. » Nous nous sommes garés sur l'herbe, dans une zone délimitée par un cordon, je suis descendu et j'ai admiré Brasing avec sidération, riant presque un instant de la beauté des lieux, de cette antiquité anglaise et de la persistance de tout cela. Pour citer les mots de Bertie Wooster, le fameux narrateur de Wodehouse, sur le manoir de sa tante Dahlia, l'endroit était tout simplement « atteint d'un excès d'atmosphère ».

*

Je ressentais la pression de l'arrivée dans un nouveau genre d'événement, où l'on ne sait si la brusquerie et les brimades de l'accueil font juste partie du protocole, comme au premier jour dans une nouvelle école, ou si l'on est le seul à être négligé. Les gens autour de moi semblaient connaître les ficelles, ils discutaient de leurs imminentes rencontres, ou s'exprimaient d'une manière laissant deviner qu'ils se croisaient régulièrement sur le grand circuit des festivals, peut-être aussi dans des demeures comme celle-ci lorsque des festivals n'y élisaient pas domicile. J'ai songé qu'il était important de ne pas faire la tête. Au centre du foyer des auteurs se tenait une longue table où étaient disposés des sandwichs, du café et des piles de *Telegraph* du jour ; je me suis retiré devant une grande baie vitrée pour repasser les extraits que j'avais prévu de lire. Jeremy Paxman, bien plus célèbre que n'importe qui d'autre alentour, est passé devant moi avec un air incertain qui avait quelque chose de touchant. « Auriez-vous vu Francesca ? m'a-t-il demandé.

– Non, pas encore », ai-je répondu, et il a secoué vaguement la tête avant de poursuivre sa quête. J'y ai vu une forme de solidarité, impliquant pour moi l'infime probabilité qu'il sache qui j'étais. Mais j'étais davantage préoccupé par les badauds qui se rassemblaient en files lâches et en grappes dans l'allée au pied de ma fenêtre, le public en train d'arriver, même si la plupart de ces gens étaient ici pour Giles, et Jeremy bien sûr. Des sexagénaires pour l'essentiel, et au-delà, comme le public des matinées au théâtre, et comme je les observais à travers les ondulations de cette vitre ancienne, ils accaparaient mon esprit.

« David… ? » Un homme en costume de tweed marron se tenait à côté de moi, d'apparence plaisante, ses cheveux noirs grisonnant sur les tempes, comme les miens, même s'il devait avoir dix ans de moins. « Je suis Richard… » Nous nous sommes serré la main et il a tiré une chaise près de la mienne. Il était de ces hommes qui gardent le visage doux qu'ils avaient, étudiants, tout juste un peu tiré et froissé depuis, avec un sourire toujours aussi juvénilement efficace. « Je suis tellement ravi d'être votre interlocuteur », le sourire hésitant, un vague sous-entendu peut-être. Une bague à l'index droit, pas d'alliance.

« C'est très gentil de vous en charger, ai-je dit, comme si je savais qui il était et ce qu'il faisait par ailleurs.

– Vous avez participé à beaucoup de festivals pour ce livre ?

– Non, non. Juste celui-ci.

– Vraiment ? Eh bien, ça rend la chose encore plus spéciale. Je vous ai vu il y a cinq ans dans *L'Intérieur des terres*.

– Ah oui… ?

– Et depuis, j'ai très envie de vous rencontrer.

– Je suis vraiment flatté », ai-je dit, et j'ai contemplé son sourire. Nous étions encore très timides, tous les deux. Je le soupçonnais d'être l'un de ces hommes lourdement gay-friendly qui, au bout d'un moment, quand l'intimité se fait plus profonde, sont maladroitement obligés de se déclarer hétéros.

Quand il est parti chercher du café, je l'ai étudié de derrière : son allure de jeunesse merveilleusement préservée – elle habitait ses cinquante ans tel un secret à peine caché. Il est revenu et s'est assis dans un nouveau sourire – j'ai vu, alors, que c'était le visage encore incrédule d'un fan en présence d'une star, quelque chose d'assez enfantin en soi, une porte d'entrée mais aussi, peut-être, un obstacle.

Nous avons passé en revue les points qu'il avait prévu d'aborder. Je ne suis jamais nerveux en public, mais j'étais soulagé qu'il m'aide pour cette intervention d'un genre nouveau. Pour un acteur habitué à des salles combles soir après soir, la publication d'un livre paraît étrangement déconnectée de toute réaction encourageante. Jusqu'à présent, j'avais eu droit à huit critiques dans la presse, et j'avais l'impression que les 2 214 personnes qui avaient acheté le livre au cours de ses six premiers mois étaient assises sur leurs mains pour s'empêcher d'applaudir. « Ah, avez-vous fait la connaissance de Francesca ? » a demandé Richard, quand une porte s'est ouverte à l'autre extrémité de la salle et qu'une belle femme blonde est entrée avec un homme de haute taille, rougeaud, que j'ai reconnu comme étant le duc, grâce au site internet, et qui s'est arrêté un instant pour laisser entrer Giles Hadlow en personne. C'est Giles, à peine franchi le seuil, qui a imposé sa présence et fait lever la tête aux gens assis là en train de discuter, sans avoir dit un mot. « Oui, le foyer des auteurs est dans la Salle des domestiques ! » s'est exclamée Francesca en balayant du bras la pièce, comme si cela l'amusait encore. Le regard de Giles s'est posé sur moi deux secondes, tandis qu'il lançait un « Bonjour ! » à un autre invité. « Je vais vous présenter », a proposé Richard, et nous nous sommes levés pour aller à leur rencontre.

« Vous devez être David ! s'est écriée Francesca en me serrant la main. Bienvenue à Brasing… Oh, avez-vous rencontré le duc ? » Nouvelle poignée de main, et le duc m'a toisé de haut, la bouche légèrement entrouverte, mais seul une sorte de murmure perplexe en est sorti. « Oh et puis, David, je ne sais pas si vous avez déjà rencontré – Giles Hadlow ! »

J'ai gratifié Giles d'un sourire mince. « Pour avoir rencontré Giles Hadlow, je l'ai rencontré, ai-je dit. Nous étions à l'école ensemble. » Il m'arrivait rarement de le revendiquer.

La tête de Giles a reculé, imperceptiblement, comme si personne ne pouvait croire à une telle imposture. Puis il a cédé : « Comment vas-tu, Dave ?

– Je vais très bien.

– Donc vous vous connaissez depuis belle lurette, tous les deux, a dit le duc, me trouvant peut-être finalement un semblant d'intérêt.

– Nous nous sommes un peu perdus de vue, ai-je répondu.

– Cela fait vraiment une éternité, a renchéri Giles, souriant presque maintenant qu'il prenait la situation en main. Il faut absolument que nous trouvions un moment pour échanger. »

J'étais à ce point convaincu que cela n'arriverait pas que j'ai répliqué : « Oui, absolument. » Il possédait l'imprenabilité sociale de l'homme politique, la soi-disant capacité d'inclure et d'être prêt à tout affronter, mais ce qui m'intriguait, bien sûr, et m'amusait autant que cela me blessait, c'était de voir combien je l'embarrassais. Un petit silence s'est fait, aucun de nous ne sachant si quelque chose venait de commencer ou de se terminer, jusqu'à ce que Francesca consulte son portable.

« Pardonnez-moi, il faut que j'y aille – oh, Giles, j'y pense : j'ai fait envoyer les documents dans votre chambre – si vous pouviez y jeter un œil avant le dîner.

– Merci infiniment, hem… », a répondu Giles, et j'ai gardé mon demi-sourire devant cet aperçu de l'ordre immuable : Giles, évidemment, logerait dans cette maison, tandis que nous autres, vulgaires journaliers, serions ramenés par navette à la gare de Theale, avec notre tote bag et la grande tasse en porcelaine décorée à la main, copie d'un accessoire de la maison, à quoi semblaient se résumer les honoraires, ou plutôt le « geste de remerciement » des hôtes, pour notre venue. J'avais été remis à ma place, mais mon ressentiment n'était rien comparé à mon soulagement.

« Nous avons tous hâte d'assister à votre rencontre », a dit le duc, et j'ai d'abord cru qu'il s'adressait à moi, avant qu'il ne pivote vers Giles, de sorte que je me suis senti comme coopté dans son enthousiasme.

« Oui, je pense que ce devrait être intéressant, a répondu Giles. Surtout avec les nouvelles retentissantes qui nous parviennent d'Irlande. » Dans ce manoir isolé, sa déclaration semblait étrangement historique – le massacre perpétré par l'armée de Cromwell à Drogheda, peut-être ? Il m'a fallu un moment pour saisir de quoi il parlait : le vote alarmant des Irlandais, rejetant le traité de Lisbonne. « Vous verrez, Edmund, le vent est en train de tourner.

– Vous aurez beaucoup de soutiens ici, Giles, a précisé le duc. On me dit que votre rencontre se déroulera à guichets fermés.

– Oh…, a dit Giles, oui…, et il a secoué la tête comme s'il était indifférent aux chiffres mais, cependant, ne s'attendait pas à moins.

– Je suis désolé de ne pas pouvoir venir t'interpeller, ai-je répliqué. Ma rencontre a lieu exactement au même moment.

– Ha ha… » – le duc m'a dévisagé pour voir si je plaisantais, et j'ai regagné mon fauteuil avec l'impression de m'être montré ridicule et, en même temps, d'avoir raison.

*

« Je ne savais pas que vous aviez été à l'école ensemble, a dit Richard, assis de nouveau près de moi. Il était comment ? »

J'ai jeté un coup d'œil vers la porte, mais les deux hommes avaient quitté la pièce. Même si j'avais déjà la sensation de pouvoir confier la vérité à Richard, j'ai préféré faire preuve de diplomatie : « Une vraie ordure, ai-je dit.

– OK… ! s'est esclaffé Richard.

– C'était un tricheur et une petite brute, et je dois dire qu'il excellait dans ces deux rôles. Il a compris très jeune comment tout cela fonctionnait. » Nous avons échangé un sourire. Je ne voulais pas trop m'attarder là-dessus.

« Il vous maltraitait, vous voulez dire ? »

J'ai répondu : « Il s'en prenait pas mal à moi, oui.

– Mm, comment ça ? »

J'ai fixé Richard droit dans les yeux – il semblait déjà y avoir beaucoup de malice entre nous. « Oh – il me tendait des embuscades, me faisait des clés de nuque.

– Ça paraît vraiment puéril.

– Une fois ou deux, il m'a chloroformé et enfermé dans un placard.

– Ah…

– Enfin, nous étions juste des gamins. Même si ça a duré plus d'un an. Il me traitait de sale basané.

– Je vois.

– Ce que je suis, au sens strict du terme. Il a toujours eu le chic pour transformer la vérité en insulte. »

Richard a désigné la fenêtre d'un geste du menton – Giles s'éloignait, partant faire une promenade autour du lac avec le duc, et sa posture semblait mimer l'autorité décontractée, tête baissée dans une conversation confidentielle tandis qu'ils croisaient les badauds massés dans l'allée. Il ne fallait pas que je l'oublie : aux yeux des autres, pour des millions d'entre eux, Giles avait le poids d'une figure politique de premier plan, le genre d'homme sur lequel on pouvait compter pour tout changer, nimbé de tout le glamour et de toute la gravité du gouvernement, de sa maîtrise sans égale de techniques inconnues de ses partisans, qui lui faisaient confiance pour faire avancer les choses. Et peut-être était-ce une limitation de ma part de le voir uniquement, ou essentiellement, comme un adolescent sadique, un sale gosse pourri gâté et enragé que nul ne pourrait jamais, assurément, prendre au sérieux.

*

Comme je m'y attendais, la Salle de jeu était moins amusante que son nom ne semblait le promettre. C'était une grande pièce carrée au deuxième étage où, à en croire Francesca, des parties de jeu de volant avaient jadis eu lieu les jours de pluie. J'ai demandé : « C'est comme le badminton ? », et Richard m'a expliqué qu'il s'agissait d'un jeu bien plus ancien qui se jouait sans filet – on gambadait simplement de-ci de-là en frappant le volant, jusqu'à ce qu'il tombe par terre. Une caisse de matériel, pareille à une malle de voyage, avait été repoussée dans un coin, et l'on avait installé quelques rangées de chaises à moitié occupées.

Le fait d'avoir passé le plus clair de ma vie devant des spectateurs m'a aidé, et de pouvoir surmonter en deux secondes la déception de l'artiste lorsqu'il découvre que les sièges vides sont beaucoup plus nombreux que les autres. Mon sourire a embrassé tous ceux qui s'étaient déplacés, comme s'il n'y avait qu'eux que j'avais envie de voir, et pour désamorcer tout début d'inquiétude de leur part – si le public était aussi clairsemé, n'y avait-il pas une bonne raison à cela ? Tandis que nous attendions patiemment d'éventuels retardataires, égarés ou à bout de souffle dans la deuxième volée de marches, Richard a parcouru une dernière fois ses notes, et je me suis penché vers la fenêtre comme si je n'étais pas sur scène. La vue depuis la Salle de jeu était vraiment ce qu'elle avait de mieux – un jardin à la française se déployait en bas, protégé par un saut-de-loup, et, au-delà, un vaste parc s'élevant par endroits pour former des bois épars, sans que rien indique nulle part que vous n'étiez pas deux siècles en arrière. « Eh bien, je crois que nous allons commencer », a annoncé Richard, et alors que je prenais place dans l'autre fauteuil bas, il a tourné son énorme sourire vers les spectateurs qui, comme hypnotisés, le lui ont retourné. Puis il m'a souri à moi.

Il m'avait dit qu'il interviewait des écrivains depuis des années, mais, dans ce nouveau rôle d'auteur, je ne savais pas à quoi m'en tenir. Je sentais dans ce public un mélange de sceptiques – me défiant du regard de les impressionner –, de spectateurs assez encourageants et d'une poignée de personnes pour qui assister à cette rencontre signifiait beaucoup ; une jeune femme au fond de la salle notait tout ce que je disais. Richard m'avait demandé de préparer deux courtes lectures, et j'avais d'abord choisi le passage sur les auditions et la difficulté de décrocher des rôles à cause de mon apparence physique, ce qui a créé un rassurant malaise parmi les spectateurs. Puis j'ai lu mon récit personnel du fameux *Troïlus* de 1978, qui a fait rire au moins la moitié d'entre eux. Je n'avais pas l'habitude de voir aussi clairement qui riait, et qui non.

Dans l'entretien qui a suivi, Richard a abordé sans détour le sujet de l'homosexualité : j'ai eu la sensation inattendue que cela me gênait plus que mon auditoire. « Vous évoquez Hector Bishop jouant Énée dans *Troïlus et Cressida*, puis plus tard dans *Timon d'Athènes* – je crois savoir que vous avez été très proches dans votre vingtaine.

– Oui…, ai-je répondu, tout en réfléchissant. Enfin, nous avons vécu ensemble un temps. » Une formulation vaguement ambiguë, comme édulcorée pour le public de ce manoir – je savais que là-bas, à Hollywood, Hector éprouvait encore le besoin de rester discret là-dessus, et ce n'était sans doute pas à moi de révéler son homosexualité, même devant un parterre de douze personnes dans un grenier perdu au fin fond du Hampshire. Et puis soudain, cette prudence m'a paru absurde. « Non, ai-je repris, soyons plus clair : nous avons été amants pendant près d'un an », ce qui conférait une touche personnelle assez différente à mes propos sur le fait qu'on m'avait maltraité et manqué de respect parce que je n'avais pas l'air anglais.

« Et c'est une grande star de Hollywood, aujourd'hui.

– Oui, effectivement – enfin, bien plus que cela : c'est un magnifique acteur. J'aimerais tant qu'il revienne au théâtre et joue à nouveau du Shakespeare.

– Vous êtes toujours en contact ? a demandé Richard, cherchant jusqu'où il pouvait aller.

– Non, non », ai-je répondu d'une voix calme en secouant la tête, et il est passé à la question suivante, très étroitement liée.

« Diriez-vous que les comédiens sont faciles à vivre ?

– Ils sont – nous sommes – très compliqués, ai-je reconnu. On ne peut pas compter sur nous, car nous sommes souvent sans travail, et quand nous travaillons, nous ne sommes pas là quand on a besoin de nous.

– J'imagine que, peut-être, si les acteurs épousent d'autres acteurs…

– Dans ce cas, j'ai bien peur qu'ils aient tendance à multiplier les aventures. »

Le public a éclaté de rire, et Richard, procureur souriant, a dit : « Donc, une personne assez autonome, mais avec un amour profond du théâtre, serait sans doute le partenaire idéal pour un acteur, n'est-ce pas ? »

J'ai ri, comme pour dire qu'il m'avait bien eu. « Idéal, pour sûr », ai-je acquiescé.

Au bout d'un moment, Richard a annoncé qu'il nous restait un peu de temps pour des questions du public, et j'ai souri gentiment devant la torpeur et les mouvements embarrassés des spectateurs, pendant dix bonnes secondes, jusqu'à ce qu'un petit homme tout de tweed vêtu, au deuxième rang, l'un de ceux qui ne riaient pas, lève la main puis se dresse. « Vous ne vous souviendrez sans doute pas de moi », a-t-il dit. J'ai fait une grimace penaude. « Mais moi, je me souviens très bien de vous. » Ma moue a exprimé un désarroi d'un autre genre. « Je ne sais pas si les gens ici le savent, mais deux de nos invités sont allés à l'école ensemble.

– Ce qui n'a rien d'étonnant, si l'on considère que la moitié d'entre eux sortent d'Eton », ai-je fait remarquer, ce qui a provoqué un nouveau rire général. Qu'il a laissé retomber, avant de poursuivre :

« Je pensais à quelque chose de moins évident. Vous et le très honorable député Giles Hadlow – prononcé avec un indiscernable mélange de pompe et d'ironie – avez tous deux fréquenté les bancs d'une école qui s'appelle Bampton, dans les années soixante.

– Je ne peux pas le nier, ai-je dit, avec une grimace qui a suscité de nouveaux rires.

– Et, ajouterai-je, moi aussi, a-t-il poursuivi.

– Ah oui ? ai-je rétorqué. Comment vous appelez-vous ? », et je n'en avais pas la moindre idée.

« Je me souviens très bien de vous deux, et je me demandais si vous pourriez nous parler de cette époque. »

Richard est intervenu : « Je ne crois pas que cela soit très pertinent dans le cadre de cette discussion », en recherchant autour de lui l'assentiment des autres. Mais en réalité, ils s'étaient plutôt redressés en entendant la question.

« Je me demandais juste si vous reconnaissiez en la personne de notre principal eurosceptique l'élève d'il y a quarante ans, voire plus, chargé de faire régner la discipline à l'internat ? a repris l'homme.

– Il me semble raisonnable de vous demander si vous, vous le reconnaissez », ai-je répondu tranquillement, en me demandant qui il pouvait bien être.

Il a relâché une petite bouffée d'air, comme s'il avait très bien compris, et rejeté, mon argument. « C'est vous que nous sommes tous venus entendre », a-t-il répliqué.

Richard a dit, ingénieusement : « Je me demande si le secrétaire d'État aux Affaires du cabinet fantôme s'intéressait tant soit peu au théâtre lorsqu'il était à l'école ? »

Je me suis obligeamment remémoré le passé. « Je me souviens de son interprétation du Capitaine du vaisseau naufragé dans *La Nuit des rois*, car j'y jouais Fabien. C'était une pièce de fin d'année. Ensuite, il a joué Stanhope dans *Le Grand Voyage* de R.C. Sherriff, je m'en souviens très bien, où il devait faire semblant d'être ivre la plupart du temps. » Je suis resté figé sur ma chaise, laissant le temps au public d'imaginer la scène.

« Et vous, quel personnage étiez-vous dans *Le Grand Voyage* ? m'a interrogé Richard.

– Raleigh. »

Ce qui a eu l'air de ravir l'homme en tweed. De nouveau, il s'est levé à moitié pour lancer : « Lequel Raleigh voue, bien sûr, un culte héroïque à Stanhope.

– C'était une pièce de théâtre ! » ai-je protesté, lançant les bras au ciel et me demandant, pendant deux ou trois labyrinthiques secondes, quels autres ragots ou secrets vieux de quarante-cinq ans cet homme allait bien pouvoir sortir de son chapeau.

« Comment vous appelez-vous ? » a demandé Richard, tandis que l'homme se rasseyait, et il a fallu un coup de coude de son voisin pour qu'il réponde, d'un ton irrité : « Ian Barker. » J'ai secoué la tête comme pour dire que je n'avais aucun souvenir du garçon qui portait ce nom, le frimeur du Dortoir 3, et un petit allumeur.

« D'autres questions ? a demandé Richard. Oui ! » en désignant la femme assise au fond, que j'avais trouvée d'emblée plus sérieuse que les autres. Je l'ai enveloppée d'un regard encourageant.

« Je me demandais juste, concernant Giles Hadlow, si… »

*

En redescendant de la Salle de jeu, je me suis retrouvé au milieu de la foule ressortant de la rencontre de Giles, qui avait eu l'autorisation de déborder un peu. J'ai jeté un coup d'œil par-dessus ces gens et, à travers la porte, au Grand Hall, illuminé comme pour les caméras de télévision, avec un éparpillement de flyers dans le désordre des rangées, l'atmosphère amplifiée d'une vaste pièce qui se vide après un meeting où des propos stimulants ont été tenus, où l'enthousiasme a été à son comble et se ressent encore dans le bavardage des spectateurs, dehors. Giles était lui-même aux prises avec un petit groupe de questionneurs à l'autre bout de l'estrade, Francesca rôdant autour de lui pour l'emmener à la table de dédicace. Quand j'ai atteint le Salon du matin, la foule bloquait l'entrée, et on m'a regardé comme un resquilleur quand je me suis frayé un chemin. La table de dédicace était recouverte de feutrine bleue, avec trois chaises alignées derrière face à trois stylos et trois bouteilles d'eau. « Formidable ! » a dit Giles, quand un chemin s'est ouvert devant lui et qu'il s'est approché de moi, repoussant sa frange grisonnante d'un geste à la fois professionnel et d'une vanité invétérée. « Bon, où voulez-vous que je me mette ?

– Je pensais installer Giles à droite – évidemment ! a dit Francesca. Et Amanda sur la gauche... Vous, David, vous pourriez peut-être juste vous glisser au milieu. »

Amanda était une surprise pour moi, mais quand elle est entrée, je me suis rappelé avoir vu la fin d'une de ses émissions, une fois ou deux, juste avant le journal. Elle avait elle aussi participé à une rencontre rivale, à l'Orangerie, sur les habitudes sanitaires des Tudors. « Oui, salle comble ! » s'est-elle exclamée en me serrant la main, et elle s'est tournée vers la foule qui se formait déjà, respectueuse quoique impatiente, en files dénuées de règles et s'étirant jusqu'au Couloir de marbre. Nous nous sommes tous assis, tels les participants hétéroclites d'une nouvelle table ronde sur le point de commencer. J'ai pris mon stylo, et me suis redressé sur ma chaise avec un regard engageant.

Il s'est trouvé que la première personne de la queue était une femme avec un exemplaire de *La scène, c'est le monde entier* ouvert à la page de titre, et une attitude un peu secrète. « Je me demandais si vous accepteriez d'écrire un mot pour moi – juste une pensée, vous voyez, quelque chose d'inspirant... Oui, où vous voulez.

– Ils sont tous là pour Dave, a glissé Giles à Amanda, dans mon dos. Nous ferions aussi bien de nous en aller tout de suite.

– Pas si vite, Giles ! » est intervenue Francesca, aiguillant vers la table les premiers membres de son fan-club. J'ai eu besoin de réfléchir à mon commentaire inspirant, et le temps de l'écrire et de le signer, avant de reprendre le livre pour indiquer la date, les deux autres en étaient déjà à leur troisième ou quatrième client. L'intuition m'est venue qu'une approche attentive et bienveillante de chaque personne qui se présentait, en me renseignant sur ce qu'elle faisait dans la vie, où elle habitait et quelles pièces de théâtre elle avait vues récemment, permettrait d'occuper le temps et de camoufler mon effroyable pénurie de fans. Amanda et Giles, eux, travaillaient à une vitesse remarquable, fruit d'une longue expérience. Sur ma gauche, Amanda écrivait : « Pour Jenny et Clive, avec mes meilleurs vœux », de sa main rapide et professionnelle, mais Giles, lui, ne s'embarrassait pas de tout cela. J'ai eu l'impression, en jetant un coup d'œil dans sa direction, que sa signature aurait pu être griffonnée par n'importe qui ; cette calligraphie, où une lettre tout au plus s'avérait déchiffrable, exigeait une confiance aveugle. Elle semblait faire bien peu de cas de tous ces gens qui avaient jugé qu'elle valait la peine de débourser de l'argent et de faire la queue.

J'ai pensé, bien sûr, à ces attroupements devant les entrées des artistes pour les stars de certaines pièces dans lesquelles j'avais joué, à la folie des fans et à l'espoir qu'avaient certains d'aller plus loin, d'être accueillis comme des amis. Je n'ai pas tardé à me retrouver désœuvré et suis resté assis là, comme admirant la performance de Giles. Un homme d'à peu près notre âge s'est avancé, qui l'avait rencontré quelque part en société, il lui a donné son nom et lui a soutiré une rapide poignée de main. « Je suis content de vous voir, a bougonné Giles.

– Et comment va Laura ? a demandé l'homme.

– Laura va très bien, a répondu Giles d'un ton catégorique, tandis qu'il prenait le livre et l'ouvrait à la page de titre.

– Elle n'est pas venue aujourd'hui ?

– Non, elle n'est pas venue. En fait, elle participe à un autre festival littéraire.

– Ah, vraiment ? J'ai vu qu'elle avait publié un nouveau livre.

– Oh oui, tout le monde ne parle que d'elle, a dit Giles en faisant son gribouillis instantané.

– Nous l'accueillerons ici l'an prochain, je l'espère, pour le poche, est intervenue Francesca.

– Elle en aura sorti un nouveau d'ici là, a répliqué Giles avec une vivacité menaçante, tout en rendant son propre livre.

– Eh bien, saluez-la de notre part. Nous avons hâte de lire ce livre.

– Oui, il est vraiment, euh… », et Giles a lancé un regard par-dessus l'homme et adressé un hochement de tête à la personne suivante, qui semblait tout aussi impatiente que lui. Je ne savais quasiment rien du mariage de Giles, et m'en fichais éperdument – au-delà d'une pitié généralisée pour Laura, et du sentiment agréable que ses romans étaient un problème pour Giles : des livres de plage, un peu osés, qui invitaient clairement à deviner des personnes réelles derrière leurs députés adultères et autres gens des médias assoiffés de pouvoir ; et donc par conséquent, devinais-je, une sorte de vengeance à l'encontre de Giles pour la vie qu'il lui faisait mener, et une contrariété mineure pour un homme aussi violemment imbu de sa personne. Il était obligé de se montrer beau joueur avec eux, ce qui n'était pas son attitude naturelle.

Après avoir signé trois livres et un bout de papier pour une femme qui prétendait avoir acheté le texte mais l'avoir oublié chez elle, j'ai repoussé ma chaise en arrière et, comme personne ne protestait, j'ai laissé les auteurs à succès avec leurs acheteurs, et erré autour des étals de livres, encore à portée de main si un dernier adepte du théâtre expérimental le plus radical venait à débarquer, à bout de souffle.

Au fond de la salle, je suis tombé sur une grande pile de la *Plaquette commémorative* de Giles, qui, avec un prix de vente à 48 £, baissait beaucoup moins vite que *Nos lois, nos frontières*, soldé à 12 £ pour les festivaliers. D'ailleurs, la pile était si haute que j'ai pu me cacher derrière le temps de feuilleter un exemplaire. L'absence de jaquette conférait à sa couverture bleu sombre une allure universitaire ; la plaquette avait été publiée par une maison baptisée Excalibur, avec une boîte postale à Boston, dans le Lincolnshire. L'« avant-propos » de Thatcher se résumait à quelques phrases, en fac-similé, pour le fétichisme de sa signature et du papier à en-tête de la Chambre des lords. Elle insistait sur les premiers succès de Giles au sein de son gouvernement, mais on devinait une tension entre les idées de la Dame de Fer au sujet de l'Europe et celles de Giles, sur laquelle on l'avait persuadée, Dieu sait comment, de ne pas s'étendre. Des monstres de renom figuraient parmi les contributeurs, certains ayant sans doute offert des papiers déjà publiés ailleurs, abordant plus ou moins le thème général du recueil. Il y en avait d'autres dont je n'avais jamais entendu parler, et c'est alors, tandis que je parcourais le bas de cette liste de sympathisants, que la nécessité de gagner le foyer des auteurs avant que tous les sandwichs ne se soient envolés s'est imposée à moi avec une impérieuse clarté.

*

J'ai revu Giles une dernière fois avant de partir – nous nous sommes croisés dans le couloir glacial qui menait aux toilettes réservées aux intervenants. Giles avait son air d'habitué du succès, mais il s'est adressé à moi sur le ton de la confidence. « Je ne t'ai pas demandé comment ça s'était passé ?

– Oh, pas mal, ai-je répondu.

– Eh bien, tu dois être très bon dans ce genre de choses », a-t-il dit, avec une sorte de vanité inversée, comme si lui-même avait peur de parler en public. Sa voix momentanément étouffée et lasse, ai-je réalisé, visait à camoufler nos différences sous une intimité spécieuse, suggérant presque que, quels que puissent être nos désaccords publics, en privé, j'étais totalement d'accord avec lui. « Tu vas rester un peu ?

– Non, il faut que je rentre. »

Il s'est fendu d'un sourire résigné. « Eh bien, j'étais content de te voir, Dave. »

Juste avant d'atteindre la porte, j'ai dit : « Nous nous reverrons peut-être à l'exposition privée de Cara, le mois prochain. »

Il s'est tourné vers moi et, lentement, a répondu : « Oh, oui », clignant des yeux comme frappé par une idée inattendue. Mm, je ne suis pas sûr de, hem… », et, avec un petit hochement de tête, il s'est engouffré dans les toilettes.

*

Une minute plus tard, Richard Roughsedge est revenu, et j'en étais heureux. Il m'a annoncé que mon chauffeur m'attendait dehors, et m'a raccompagné jusqu'à l'allée de gravier. « Je dois animer une autre rencontre dans vingt minutes », a-t-il dit. Je ne le connaissais pas suffisamment pour lui demander comment il supportait de travailler pour ces gens-là, sentant qu'il fallait me préparer à la sinistre révélation que, sous les beaux sourires et la complicité sexy, il était l'un des leurs.

« J'espère que vous aurez un public bien plus nombreux, ai-je dit.

– Oh, j'en doute », a-t-il répliqué, même si son rougissement tandis qu'il détournait les yeux laissait deviner que ce serait le cas. J'ai songé qu'il était un peu honteux au nom de nos hôtes. « Ce n'était pas de chance d'être programmé à la même heure que Hadlow.

– Était-ce vraiment une affaire de chance ? » ai-je rétorqué. À mes yeux, la coïncidence était trop éloquente pour relever tout à fait du hasard. « Et qu'une spécialiste des toilettes à l'époque des Tudors.

– Oh, mon Dieu, je suis désolé…

– Mais je suis ravi d'avoir découvert la maison.

– Impressionnante, n'est-ce pas ?

– Et bien sûr, de vous avoir rencontré », et nous nous sommes serré la main, souriant de notre formalisme. « Merci pour tout et, vous savez, restons en contact, vraiment. » Cette manière de faire la cour semblait presque trop vieille pour être réutilisée, mais en valait assurément toujours la peine.

« Cela me ferait très plaisir.

– Vous avez mon e-mail », ai-je dit, tirant sur la portière coulissante de la camionnette avec le sentiment que j'aurais aimé passer la nuit là, finalement. Alors je me suis lancé : « J'aimerais beaucoup vous revoir. » Il a levé la main tandis que nous démarrions, et m'a offert le plus insouciant des sourires.

*

Dans la camionnette, mes pensées au sujet de Richard se mêlaient, tel un succès secret, au goût plus amer de l'affront qu'avait été cette journée. Comme nous attendions devant la loge que les grilles s'ouvrent vers l'intérieur et nous libèrent, c'est à Richard que j'ai demandé s'il valait mieux être inclus, et rappeler par notre présence, à cette foule non concernée, l'existence d'un autre monde, ailleurs ? Ou bien si le fait de venir là et de parler de théâtre alternatif à douze personnes ne servait qu'à confirmer, aux yeux du duc et de ses amis, notre abjecte marginalité ? Certes, il m'était arrivé de jouer dans des pièces à l'insuccès tout aussi flagrant – mais même pour celles-ci, j'étais payé. J'ai ouvert mon tote bag, et contemplé l'horrible tasse.

« Vous avez passé une bonne journée ? s'est enquis le chauffeur.

– Ça va, ai-je répondu en vieux briscard de la scène, stoïque. Ce n'est pas vraiment mon milieu.

– Ils font quand même venir des personnes intéressantes, vous savez.

– Ah, vraiment ?

– On m'a dit que Giles Hadlow était là, aujourd'hui. »

À contrecœur, j'ai demandé : « Qu'est-ce que vous pensez de lui ?

– Je crois qu'il a les bonnes idées dans pas mal de domaines. Sur l'immigration, vous savez, tout ça… », puis il m'a cherché du regard dans son rétroviseur.

J'ai éprouvé un réconfort subversif à me représenter, sur le fond sombre des arbres qui défilaient au bord de la route, le visage doux et sexy de mon « interlocuteur », à sentir la première chaleur de l'amitié et d'autres sentiments plus lascifs, des actes imaginés aussi, qui s'esquissaient sous mon crâne avec une clarté soudaine. J'ai imaginé alors, et tout au long des jours suivants, notre deuxième rencontre – je nous voyais nous en donner à cœur joie, dans mon appartement, avec une confiance étourdie que j'avais oubliée et qui me faisait rire alors même qu'elle s'emparait de moi. Certes, j'ignorais tout de lui – il aurait très bien pu vivre heureux avec quelqu'un depuis des années. Je ne savais pas vraiment, non plus, ce qu'il faisait dans la vie – l'« interlocution » ne suffisait certainement pas à payer les factures.

*

En réalité, un certain temps s'est écoulé avant que je revoie Richard, petit interlude tendu s'expliquant par le doute, ou la confiance – qui de nous deux aurait su le dire ? Je passais deux semaines à Richmond pour *Service des fièvres* de Charlie Reid, pas vraiment une pièce pour Richmond – salles presque vides, second balcon fermé, annonces pour inviter les spectateurs à descendre plus près de la scène. Vous continuez comme si la salle était comble, mais ces visages aux premiers rangs de l'orchestre comptent davantage pour vous que si cinq ou six cents autres respiraient et bougeaient dans l'obscurité derrière eux. Il ne m'avait pas prévenu qu'il viendrait, et j'en étais à la moitié du monologue comique du docteur Tan, dans la scène deux, quand je l'ai repéré au troisième rang, sur le côté, et j'ai manqué perdre le fil. J'ai souri comme si le docteur Tan lui-même savourait quelque souvenir malicieux, puis j'ai tourné la tête et adressé le reste de ma réplique au néant du paradis.

À la fin du spectacle, en trottinant vers l'avant-scène sans même être sorti, de peur que les applaudissements se tarissent d'un coup, je lui ai souri directement, et il m'a souri en retour, applaudissant les mains bien haut. Une petite incertitude demeurait encore. Était-il seul, ou avec l'homme plus âgé assis à ses côtés ? Penserait-il à me retrouver en coulisses ? Je me suis changé à toute vitesse, me suis essuyé et lavé le visage, et j'ai jeté un regard critique à cette loge aux murs beiges avec sa fenêtre en verre dépoli et son petit réfrigérateur bruyant. Mes cartes porte-bonheur étaient coincées tout autour du miroir, un exemplaire du *Standard* avec une recension de la représentation de la veille posé intact sur la table. Aux yeux de Richard, espérais-je, l'endroit paraîtrait peut-être d'une belle authenticité. Un coup sourd à la porte, j'ai gazouillé : « Entreeeez ! », et Hettie Barnes a passé la tête à l'intérieur, sous un angle plein de commisération. « Bravo, mon chéri, a-t-elle dit. Ils ne savent pas ce qu'ils perdent.

– Les sept millions trois cent mille habitants de Londres qui ne se sont pas déplacés, tu veux dire ?

– Ceux-là, et tous les autres.

– Eh bien, je suis content que tu sois venue, Hettie, ai-je dit, en jetant un coup d'œil dans le couloir, derrière elle.

– Lionel arrive. Il est juste un peu lent dans les escaliers. » Et au bout d'un moment, j'ai entendu un pas traînant, la respiration sifflante, mélodramatique, de Lionel, et une voix dont je n'avais pas vraiment réussi à me souvenir, Richard parlant fort et le soutenant par le coude tandis que les deux hommes s'engageaient dans le couloir. Nos regards se sont croisés et j'ai fait une moue, mais Lionel lui a posé une question et il a baissé les yeux.

« Hettie Barnes et Lionel Wilshire, ai-je dit. Mon ami Richard Roughsedge », ma main posée sur son épaule pour le présenter et tout simplement le toucher.

Typique de Hettie et de Lionel : ils se sont comportés comme si Richard était quelqu'un qu'ils rêvaient depuis longtemps de rencontrer, et qui les impressionnait même quelque peu. « Bonsoir, bonsoir ! » a lancé Hettie, sa modestie de vieille actrice se mêlant à l'assurance sans prétention d'être un trésor. « Dave n'a-t-il pas été bon ? » Elle était minuscule mais magnétique, les personnages qu'elle était dans la vie réelle et sur scène ne faisant qu'un, ou presque. Lionel était plus imposant que jamais, dans une élégante cape écossaise et un chapeau mou, comme si, par commodité, il gardait son costume d'une brève apparition dans un succès du West End à l'autre. Je me suis vite rendu compte que c'était Richard qui était impressionné par eux.

« Je vous ai vus tous les deux dans *Un mari idéal*, au Malvern Theatre, quand j'étais écolier », a-t-il déclaré. Je crois qu'il avait senti que, dans le cas de Hettie et de Lionel, la longévité était désormais leur principal atout – ils avaient dépassé la vanité de cacher leur âge. « Je n'ai jamais oublié combien vous étiez drôles. Je vous avais fait signer des autographes, après.

– Vraiment ? a dit Hettie, comme si elle aurait dû s'en souvenir.

– Comment avez-vous rencontré David ? a demandé Richard.

– Nous avons tous joué dans une ineptie saisonnière, pour la télé, ai-je répondu, il y a quatre ou cinq ans. *Le Spectre de Tappington*.

– On s'est bien amusés », a déclaré Lionel, comme à propos d'à peu près tout.

J'ai proposé : « Champagne ? », avec le sentiment que la pièce à laquelle ils venaient d'assister méritait davantage d'égards. J'avais gardé une demi-bouteille de mousseux dans le frigo, de quoi partager un rapide verre symbolique si des gens venaient me trouver. « Asseyez-vous, je vous en prie. » Et de nouveau, en donnant son verre à Richard, je l'ai empoigné un moment par l'épaule. Nous étions dans un théâtre, c'était le théâtre qui nous avait amenés là, et maintenant c'étaient les coutumes du théâtre, se retrouver dans la loge après le spectacle, la joyeuse loyauté et la nostalgie, qui m'étouffaient presque.

« Présenterez-vous bientôt une nouvelle pièce ? leur a demandé Richard.

– C'est très gentil à vous de poser la question. Eh bien oui, en fait, nous sommes en train de préparer le *Trelawny* de Pinero, n'est-ce pas, Lionel ?

– Je crois bien, oui, mon amour.

– Nous jouons les vieux Trafalgar, vous connaissez la pièce ? Le grand-père et la grand-tante…

– Oui, je la connais, a dit Richard.

– Nous sommes terriblement ennuyeux, a ajouté Lionel, avec un gloussement délicieux. On s'amuse vraiment beaucoup. »

Un bref silence s'est abattu, dans lequel la question de *Service des fièvres*, et de ce qu'on pouvait en dire, a enfin paru s'imposer à eux. Richard a levé son verre : « Eh bien, félicitations pour ce soir, quand même.

– Oui, bravo, a renchéri Hettie.

– Merci, ai-je dit.

– Drôle de pièce…, a commenté Lionel, précautionneusement, comme si quelque chose lui avait peut-être échappé. Mais un rôle fabuleux pour toi, Dave, m'a-t-il semblé. »

La vérité, c'était que nous avions tous connu suffisamment de fiascos pour savoir comment les surmonter, mais l'adrénaline en train de retomber se mêlait à présent à la tension de retrouver Richard, et j'étais impatient.

*

« Vous allez loin ? leur a demandé Richard, quand nous nous sommes retrouvés dehors, devant l'entrée des artistes.

– Nous vivons au coin de la rue. Nous habitons là depuis 1956 !

– C'est pratique, quand vous jouez ici.

– Oh… oui, je vois ce que vous voulez dire, a répondu Hettie. Mais nous aimons toujours beaucoup être en tournée. » Et comme ils s'éloignaient parmi les poubelles et les fenêtres à barreaux de la ruelle, je n'ai pas pu m'empêcher de penser à quel point ils étaient heureux, vieux couple sans enfants vivant pour le théâtre et l'un pour l'autre, sans se soucier, même à quatre-vingts ans passés, que leurs soirées leur appartiennent rarement.

« Bon… », ai-je commencé, et j'ai souri à Richard, sonné de me retrouver de nouveau, et enfin, seul avec lui. Il m'a gratifié de son sourire, demi-sourire, merveilleux quoique hésitant, et j'ai compris que les deux vieux acteurs avaient servi de couverture à sa timidité, et deviné que, comme moi, il avait vécu notre aventure dans sa tête au cours des semaines écoulées depuis notre première rencontre, de sorte que c'était maintenant, en quelque sorte, l'heure des comptes. « Vous avez faim ?

– Oui, assez.

– Je me demande… » 22 h 05, un jour de semaine, rien qu'une pizzéria ouverte quand nous avons tourné dans la rue, et plus loin un indien où un dernier couple était en train de régler l'addition. « Ou bien, nous pourrions…, ai-je proposé, sautant le pas. Nous pourrions juste aller chez moi. » C'était un bond plus conséquent, quarante-cinq bonnes minutes sur la nouvelle extension du métro, d'ores et déjà affublée du surnom d'Overground. Je me suis demandé, fugacement, de quoi nous allions parler en chemin.

« Oh… d'accord, a-t-il répondu. Enfin, si ça ne vous dérange pas, bien sûr.

– Me déranger ? » ai-je répliqué avec un regard coquin. Nous nous sommes mis en route en direction de la station, à deux minutes à pied, et Richard donnait l'impression d'avoir le souffle court, comme confronté à un malentendu qu'il devait éclaircir avec tact, et au plus vite. J'ai cru que j'avais été un imbécile – évidemment, ce bel homme cultivé de dix ans mon cadet n'avait pas envie de s'imposer un interminable trajet jusqu'aux confins nord-ouest de Londres pour... « Je ne sais pas où *vous*, vous habitez », ai-je dit, pour lui faciliter la tâche.

Il m'a lancé un regard reconnaissant. « Eh bien, c'est ce que j'étais en train de me dire, a-t-il répondu. Je ne vis pas loin, à Turnham Green.

– Oh, vous pourriez être chez vous en un rien de temps », ai-je fait remarquer.

Il a laissé échapper un rire gêné. « Ce que je veux dire... Voulez-vous venir chez *moi* ?

– Eh bien oui, merci ! » me suis-je écrié, et comme nous remontions le parvis en pente de la gare, j'ai glissé mon bras sous le sien.

*

Il n'y avait que trois stations de métro, et tant de non-dits entre nous qu'il était difficile de formuler quoi que ce soit. Les fenêtres illuminées à l'arrière des maisons, les petites localités, les terrains communaux du sud-ouest de Londres défilaient sous nos yeux. « J'ai trouvé Nina Adeleke très bonne, a-t-il déclaré.

– Oh..., ai-je répondu. Oui – elle va devenir une vraie star, vous ne croyez pas ? » – j'ai vu que nous pouvions papoter au sujet des comédiens, chose que je fais volontiers, même si, en général, c'est avec la dent dure.

« Votre scène ensemble était le moment fort de la pièce, j'ai trouvé.

– Eh bien, merci beaucoup. » Notre relation sur et en dehors de la scène était pour moi touchante et instructive – la jeune actrice brillante ayant besoin d'être rassurée et conseillée, mais qui brûlait d'un talent surpassant de loin celui que j'avais pu avoir.

Arrivé à la gare, j'ai ouvert le portillon avec mon passe Oyster Senior. « Ooh, vous avez de la chance, a dit Richard.

– Oui, c'est vraiment génial, ai-je acquiescé en rangeant le passe. Enfin, je ne l'ai que depuis avril. » Les privilèges étaient aussi les emblèmes du grand âge. Je l'ai attendu. Les premières senteurs de l'automne flottaient déjà dans l'air, et les petits espaces verts juste devant la gare étaient un mystère. « Voilà donc le parc de Turnham Green, ai-je dit.

– Eh bien non, en fait, a répondu Richard. C'est le terrain communal d'Acton. Turnham Green se trouve à huit ou neuf cents mètres… dans cette direction.

– Le petit bout que j'aperçois là-bas, vous voulez dire ?

– Non, non, ça c'est le terrain communal de Chiswick. » On voyait qu'il avait l'habitude d'expliquer ça aux gens. Quand j'avais besoin de verdure, je me rendais au parc de Hampstead Heath, que l'on mettait une heure à traverser à pied. Ces petits triangles rescapés avec leurs balustrades basses, leurs lampadaires aperçus à travers les arbres me semblaient bien maigres, et raffinés. Je me suis demandé si des gens s'y rencontraient après la tombée de la nuit. En entraînant un homme dans les fourrés, on se serait retrouvé à la vue de la rue, derrière.

« Terra incognita, ai-je dit. Ce coin, je veux dire, pour moi.

– Oh, je vis ici depuis quinze ans.

– C'est sacrément joli », ai-je dit, et je l'ai repris par le bras – d'une manière plus romantique que gériatrique, ai-je pensé.

Sa rue était très calme, feuilles sur le trottoir, une poignée de vieux tilleuls élagués qui survivaient encore parmi de délicats remplaçants, cerisiers et bouleaux argentés. Les maisons, derrière leurs jardins, étaient en briques rouges, avec des pignons hollandais, une sorte d'Arts and Crafts à petit budget, toutes proportions gardées. Cela faisait des années et des années qu'un homme ne m'avait pas ramené chez lui, autant d'années sans doute que Richard avait vécu là, et j'avais oublié l'aspect topographique, le rôle que jouait la curiosité pour un nouvel endroit dans l'excitation. Une télé était allumée derrière la grande fenêtre de la pièce qui jouxtait la porte d'entrée de Richard, et le générique de l'émission d'actualités *Newsnight* s'est fait entendre tandis qu'il me guidait à travers le hall puis montait l'escalier jusqu'à une deuxième porte fermée à clé. « J'ai l'appartement du premier étage », a-t-il expliqué. Dans la pièce où il m'a fait entrer, on entendait encore vaguement la télévision, en dessous. « Donnez-moi votre manteau, a-t-il dit. Et laissez-moi vous offrir un verre.

– Merci, ai-je répondu, dans une totale ignorance de la tournure qu'allaient prendre les minutes et heures imminentes.

– On reste sur le champagne ? » – ce qui était très courtois de sa part. Il a quitté la pièce et je suis resté là à contempler les lieux, qui se précisaient peu à peu. C'était absurde, mais je ne savais toujours pas ce que Richard faisait dans la vie ; j'avais l'impression qu'il était presque trop tard pour poser une question aussi élémentaire, et qu'une longue réponse détaillée casserait un peu l'ambiance. Des étagères de livres se dressaient du plancher jusqu'au plafond, de part et d'autre de la cheminée, et il y avait un bureau avec un iMac dernier cri et deux piles de feuilles dactylographiées, des crayons, des stylos et une tasse British Library, le tout impeccablement ordonné. J'ai entendu le claquement étouffé du bouchon et j'ai lancé : « C'est terrible, je ne sais pas ce que vous faites quand vous n'êtes pas en train de faire ce que vous avez fait avec moi. »

Il est revenu avec deux grandes flûtes de champagne, et un sourire mystérieux qui semblait reporter sa réponse à plus tard. « Eh bien, santé ! » a-t-il dit. Nous avons trinqué, siroté, sans nous quitter des yeux. « Je n'arrive pas à y croire : David Win dans mon appartement !

– Incroyable, n'est-ce pas ? » ai-je répliqué, jouant le jeu. C'était charmant mais légèrement absurde de la part d'un homme de cinquante ans. Il fallait que quelque chose de plus fort que la simple admiration du fan nous ait réunis. « Savez-vous que je suis très heureux d'y être, dans votre appartement ? » ai-je ajouté.

Il s'est mordu la lèvre. « Vraiment ? » – courtoisie et désir mêlés. Je l'ai étudié de près, de façon assez aguicheuse – le menton arrondi, le sourire hésitant, les boucles grises au niveau des tempes, les yeux marron. Je savais que j'ignorais totalement ce qu'il avait fait de lui-même, et avec d'autres, pendant les trente-cinq années de sa vie adulte, et je me suis demandé un instant comment il se représentait mon passé, ma vie amoureuse. Le goût vaguement métallique de sa bouche, sa langue contre la mienne, l'abandon et la poussée de ses lèvres étaient tout à la fois des rappels et des promesses – et nos sexes en érection, de nouveaux amis se précipitant l'un sur l'autre, sans attendre. Pour le moment, il n'y avait pas grand-chose à ajouter.

29

À l'occasion d'un mini-remaniement au printemps 2012, Giles a été nommé ministre de la Culture. Son inadéquation avec le poste était tellement risible que cette nomination constituait en soi un sinistre avertissement. J'ai repensé au regard de son père, comique et triste, par-dessus le capot de sa DS rouge : « Ça me fait de la peine de le dire, mais mon fils n'a aucun sens de la beauté. » D'ailleurs, Mark avait été mis à contribution, de manière totalement cynique, pour légitimer cette décision. Le *Times* affirmait en effet : « Fils du célèbre collectionneur et mécène culturel Mark Hadlow, Giles Hadlow a grandi dans un environnement où la sensibilité pour l'art et la musique a toujours été primordiale, ce qu'il saura mettre à profit dans ses nouvelles fonctions de ministre de la Culture. »

Alors, pendant un temps, nous n'avons plus cessé de voir Giles, qui multipliait les apparitions trépidantes et clairement menaçantes dans un monde qu'il avait jusqu'ici totalement ignoré, si ce n'est méprisé. Il avait l'attitude chagrine mais irrémédiablement butée des partisans purs et durs de l'« austérité ». Il était là, en fait, pour donner un bon coup de pied dans la culture, tout en se drapant dans une vertu d'un autre genre : la volonté de protéger son secteur d'une déculottée plus féroce encore, « voyant ce qu'il allait pouvoir faire », « soumettant des requêtes très urgentes » au chancelier de l'Échiquier, en charge des Finances, avec lequel il était en réalité farouchement d'accord sur tout. Nous étions perdus dans la foule du British Museum, le soir de l'inauguration d'une grande exposition consacrée aux chefs-d'œuvre de l'orfèvrerie européenne ; Richard en avait coédité le catalogue, et nous nous frayions joyeusement un chemin parmi une plaisante cohue de prêteurs, de fonctionnaires et d'aficionados sur leur trente et un – conversations en allemand, saluts en catalan, un grondement polyglotte de plus en plus assourdissant se répercutant sous les hautes voûtes de la galerie. Le fracas d'une voix traînante et hésitante, dans les haut-parleurs, a attiré, en l'espace de cinq ou six secondes, l'attention générale : les discours… acceptés, et même bienvenus, pendant une minute ou deux, comme un rituel immémorial confirmant l'importance de notre présence. D'abord, aussi brièvement que brillamment, le directeur du British Museum, puis celui du musée allemand où l'exposition serait ensuite présentée, que ses collaborateurs, venus en nombre, ont applaudi chaleureusement. Voilà, c'était terminé, les conversations reprenaient de plus belle ; alors le directeur, d'un ton presque désolé, a haussé la voix pour nous demander encore un peu d'attention, avant de passer le micro au très honorable Giles Hadlow. Les Britanniques savaient très bien qui était Giles, mais pour les invités européens, ce n'était qu'un sexagénaire en costume croisé dont ils n'avaient jamais entendu parler, le genre d'orateur qu'on fait à peine semblant de tolérer tandis qu'on s'efforce d'attirer le regard du serveur qui continue de sillonner la foule momentanément silencieuse avec ses bouteilles de vin. Je n'aurais su dire s'il était conscient de son insignifiance aux yeux de ces invités – j'ai cru l'entrapercevoir, ce petit durcissement réflexe de défi face à notre dédain, qui faisait toujours ressortir le sadique en lui, le rappel plus ou moins subtil qu'il avait le pouvoir, et pas nous.

Il s'est bien sûr fait un plaisir de s'attribuer tout le mérite de cette exposition, avant d'égrener d'un ton résolu, comme s'il s'agissait de ses propres pensées, ce qui était à l'évidence les points clés d'un briefing soigneusement préparé. Les années d'efforts des conservateurs et des commissaires d'exposition, les démarches diplomatiques frustrées et les ajouts enthousiasmants de dernière minute au catalogue, dont Richard m'avait parlé, étaient, comme cela pouvait se comprendre, totalement inconnus de Giles. Seul l'événement comptait, avec ses vitrines illuminées de masques, de coupes et d'amulettes en or, et le gouvernement était bien décidé à bénéficier de cet éclat accumulé. « Nous nous serrons la ceinture dans le secteur culturel, a déclaré Giles, comme chacun de nous le fait dans tous les domaines du quotidien. Mais nous sommes déterminés à offrir un avenir meilleur, dégraissé, à nos théâtres, nos orchestres et nos institutions artistiques. » Je crois que c'était la première fois que j'entendais cet usage hypocrite du verbe « offrir » – qui, au fil des années suivantes, finirait insidieusement par signifier son exact opposé : « retirer ». Le directeur se tenait près de lui, un peu en retrait, les yeux levés au ciel comme si, tout à la fois, il écoutait Giles et contemplait au-delà de lui des temps meilleurs et plus sensés. Le discours de Giles n'a pas duré longtemps, mais l'étreinte de l'ennui s'est refermée presque instantanément, et les murmures de conversation qui ont repris à l'arrière de la foule en italien et en allemand se sont propagés, avec l'écho des lieux, en une mutinerie plus vaste, libérant le reste des invités qui, à leur tour, se sont remis à parler. Giles avait le microphone, et pas nous, il a senti la résistance collective et surfé dessus, mais il y avait quelque chose de blessé, et de dangereux, dans son sourire au moment de conclure. Soudain sourd à ce qu'il racontait, j'ai basculé la tête en arrière pour contempler l'immense dôme de verre. Au-delà, dans la lente transition du crépuscule, des avions argentés s'échappaient, étincelants dans le dernier soleil au-dessus de la ville gagnée par les ténèbres.

*

Une ou deux semaines plus tard, dans un reportage de *Newsnight*, Giles, le conservateur eurosceptique, était interviewé chez lui, parmi les siens : quel genre de foyer, me demandais-je, Giles et Laura avaient-ils bien pu fonder pour eux-mêmes et leurs insaisissables enfants ? Un plan extérieur discret de la maison, en floutant la plaque d'immatriculation du Range Rover, puis un long plan de Giles et Laura marchant et discutant sur une vaste pelouse. Dans ce lointain sans microphone, ils auraient très bien pu être plongés dans une amère dispute. C'était une grande demeure de West London, pas très éloignée sans doute de celle de ses parents, et ressemblant à une version plus petite de celle-ci – du moins, jusqu'à ce qu'on y pénètre. Plan d'une cuisine entièrement lambrissée de chêne ciselé, telle une taverne bavaroise, puis une minute dans une sorte de salon georgien ultra-snob avec des tableaux flous en arrière-plan, avant de passer aux choses sérieuses dans le bureau de Giles – fauteuils en cuir, photo dédicacée de Thatcher, gravures encadrées et une atmosphère lourdement virile tout à fait standard. Au-dessus de la cheminée était accroché un portrait de Giles, de ceux que des collègues dévoués commandent à l'occasion d'un départ à la retraite – à l'évidence, Giles avait décidé de prendre les devants. J'ai songé que dans son propre bureau, au même endroit, son père avait jadis accroché un grand tableau de Prunella Clough, pareil à un circuit électrique, dans lequel l'esprit voyageait joyeusement entre les éclairs bleus d'idées. Surjouant pesamment le tact, Giles exprimait le mécontentement de la droite du parti face aux hésitations de Cameron concernant la tenue d'un référendum sur une sortie de l'Europe. C'était pénible et vain, cela n'arriverait jamais, et je me suis levé pour prendre la télécommande, malgré les protestations de Richard qui voulait voir la suite – nous sommes restés debout là, distraitement, devant le téléviseur, à ce point absorbés dans nos ronchonnements sur la question de savoir s'il fallait ou non regarder que, de nouveau, nous étions sourds à ce que disait Giles. Y avait-il une légère jalousie – très légère, et perverse, et enracinée – de la part de Richard, liée au fait que je « connaissais » l'homme qui remplissait maintenant l'écran, en un gros plan troublant où il n'était plus qu'yeux, et nez, et lèvres, et dents déblatérant ? La sensation que j'avais moi-même été, jadis, aussi près de Giles que cela ? « Certains voient en lui, déclarait la voix off sur des images d'archives de Giles s'exprimant à la tribune lors d'un congrès conservateur, l'un des plus brillants intellectuels du parti » – de nouveau cette idée, étiquette auto-entretenue. Je me suis lancé dans mon fameux rire dément, puis, comprenant soudain que c'était sans doute la vérité, j'ai appuyé sur « Off ».

*

À la fin du mois de juin, j'étais à Aldeburgh, où l'on m'avait demandé au pied levé d'être le Récitant dans une œuvre tardive, étrange, de Vaughan Williams, *Une élégie d'Oxford*, écrite alors qu'il avait quatre-vingts ans – elle est rarement donnée, et la seule fois que j'en avais entendu parler, c'était à Oxford, justement, plus de quarante ans en arrière. Il y a un chœur, mais pour l'essentiel sans paroles, tandis qu'un orateur récite de longs passages du « Gitan érudit » et de « Thyrsis », les poèmes de Matthew Arnold, et certains de ces extraits sont ensuite chantés par le chœur, dont je me souviens d'avoir pensé qu'il jouissait d'un indéniable avantage. Tout cela me plongeait dans une grande confusion, entre pudeur critique, amour inébranlable pour ce vieux VW, ironie fournie au sujet d'Oxford, et les émotions dénuées d'ironie que déclenchaient ces mots. Même si je n'avais pas lu ces poèmes depuis cinquante ans, je crois, certains vers s'avançaient vers moi en miroitant, inoubliés.

Sur Spotify et YouTube, j'avais trouvé cinq enregistrements, avec des acteurs chaque fois différents, et le sentiment dégrisé s'est emparé de moi, en les regardant tour à tour, que je serais bientôt à leur place, même si, espérais-je, mon interprétation ne ressemblerait à aucune des leurs. C'était une brève histoire de la déclamation, comme forme intermédiaire entre jeu libre et discours lu. « Iiici jusqu'au coucheeer du soleeeil, ô Berger, je repoooserai » – je revoyais l'éclat de la radio de mon enfance, le speaker imaginé en smoking. Eh bien, on avait arraché de force toutes ces choses-là de moi, des décennies plus tôt. Les interprètes des enregistrements plus récents évoluaient avec leur temps, quoiqu'un peu coincés encore par l'étrangeté de la pièce, et retombant de temps à autre, de manière tout à fait pardonnable, dans ce qui les avait rendus célèbres sur scène ou à la télé. J'ai compris que je voulais rendre la chose aussi intime et naturelle que possible, mais que l'orchestre chatoyant et déferlant soudain autour de moi m'obligerait à projeter ma voix. À chaque nouvelle écoute, l'œuvre perdait en étrangeté, et l'émotion élégiaque se faisait plus poignante. J'ai lu quelque part que lors de la première représentation, le Récitant avait pleuré en déclamant les mots : « … et c'était un homme de Cambridge ».

Nous sommes montés en voiture dans le Suffolk deux jours avant, et descendus dans un hôtel donnant sur le front de mer à huit kilomètres de Snape, où ont lieu les concerts. Richard a nagé depuis la plage de galets et déjeuné en ville pendant que je prenais la voiture pour me rendre aux répétitions. Il y avait quelque chose de très heureux et confiant dans ces arrangements, travail et vacances tressés ensemble avec ce troisième brin qu'était le lieu, l'interminable côte et les marais où le festival se déroulait tous les étés depuis l'année de ma naissance. Notre chanson introduirait la deuxième partie du concert, avant *The Young Person's Guide to the Orchestra* de Benjamin Britten, que l'orchestre a d'abord passé en revue le matin : je me suis assis au centre des gradins déserts et, par séquences d'une ou deux minutes, j'avais de nouveau quatorze ans, emporté dans les airs tandis que les sections jouaient leurs parties les unes après les autres, avant de retomber par terre à chaque pause soudaine pour corriger certains détails.

Je n'avais encore jamais répété avec un chef d'orchestre, mais il s'est avéré que c'était essentiellement une affaire de repères, tous très clairs : il estimait sans doute qu'il ne lui appartenait pas de me distiller des conseils sur la meilleure façon de prononcer les mots. Une discrète apothéose du poème, qui arrivait très tôt, était le vers : « Et l'œil voyage jusqu'aux tours d'Oxford » – l'un des vieux comédiens que j'avais écoutés faisait de cet « Oxford » une véritable aria, un autre le soufflait révérencieusement, un enregistrement récent par une star Bafta-ïsée soulignait à peine ce mot, mettant le paquet sur « tours ». Une grande partie de cette performance semblait soudain reposer là-dessus, et, une fois notre filage terminé, j'ai senti que lorsque nous le ferions pour de bon, je saurais trouver la bonne lecture, celle qui combinerait magiquement les sentiments que ce sujet chargé inspirait à Arnold, Vaughan Williams et David Win.

Quand je suis arrivé ce soir-là dans le local où l'orchestre était réuni, l'habituel buzz insouciant autour de qui serait présent dans l'assistance avait pris un tour étrangement méfiant et cynique. Le ministre de la Culture était arrivé une demi-heure plus tôt, en hélicoptère. Je suis sorti vérifier. Le pilote s'était posé sur la pelouse devant la salle de concert, où, en temps normal, seule une grande statue en bronze de Barbara Hepworth s'immisçait dans ce vaste panorama de roselières ballottées par le vent. Un « Alouette », m'a-t-on expliqué, dont les rotors tombants avaient quelque chose de menaçant dans leur immobilité. Les spectateurs qui flânaient avec leurs verres d'avant-concert étaient curieux, mais gardaient leurs distances. « Il doit être à Bruxelles plus tard dans la soirée », telle était l'explication impassible qu'on m'a donnée quand je suis rentré dans le local – « C'était le seul moyen ». J'ai trouvé de mauvais augure que Giles, « dénué d'oreille musicale » et fier de l'être, se soit donné tant de mal pour assister à un concert – c'était flatteur, un court instant, qu'il ne veuille pour rien au monde rater notre prestation, mais avant tout sinistre. L'hélicoptère marquait l'importance du personnage et le temps limité dont nous disposions pour l'impressionner. Je savais combien il avait dû savourer ce trajet par les airs au-dessus des campagnes brûlées de soleil, et l'éblouissement de la mer lorsqu'ils avaient soudain changé de cap et vu la salle de concert et les parkings se déployer sous eux, le petit carré de gazon qui les attendait – puis le rugissement infernal de l'atterrissage, le comité d'accueil qui se tenait à proximité, giflé par le vent, le branle-bas militaire lorsque Giles sautait de l'appareil et marchait jusqu'à eux pour leur serrer la main. Dans les coulisses, parmi les membres de l'orchestre qui s'agitaient et tripotaient leurs instruments, tout ce monde en queue-de-pie, inconnu, de la musique, il y avait la sensation fragile d'être protégé par le nombre ; mais je n'ai pu m'empêcher de trouver sinistre, une nouvelle fois, que Giles ait choisi de venir voir un concert auquel je participais.

J'ai rejoint Richard dans le public pour la première partie – on nous avait placés au tout dernier rang sous la haute charpente en bois, avec une vertigineuse vue plongeante sur la scène, là-bas, où les musiciens s'installaient à la hâte. C'était étrange d'observer cet espace où j'étais moi-même censé me produire dans à peu près une heure, et j'ai soudain regretté qu'on ne nous ait pas programmés en première partie, à la place de la première mondiale de *Storm Warning*, pièce pour chœur et orchestre de Fricka Garrett. Ma voisine s'est penchée vers moi : « Bonsoir, nous avons hâte de vous entendre ! » et m'a présenté son mari, si bien que j'ai présenté le mien, tout cela était très amical ; et nous avons assisté à l'entrée de Giles, accompagné d'un des membres de l'organisation, vieux briscard d'Aldeburgh dont l'expression était un modèle de diplomatie mal à l'aise. Ils se sont assis sur le large palier supérieur juste en dessous de nous, avec de l'espace pour les jambes et un accès direct à la sortie. Giles était encore en train d'envoyer des textos quand les lumières se sont éteintes, et il a glissé un peu à contrecœur le téléphone dans sa poche.

Storm Warning s'est révélé être un sacré vacarme, et je jetais de temps en temps un coup d'œil vers Giles pour voir comment il le prenait. Peut-être que lorsqu'on n'a vraiment pas l'oreille musicale, écouter Boulez ou Boccherini est du pareil au même. Son attitude semblait stoïque, à en juger par l'arrière de son crâne et une partie de son profil, l'immobilité quasi royale d'un homme entraîné à l'ennui. Il y avait des passages aléatoires où le chœur puis la moitié de l'orchestre sifflaient et applaudissaient, des effets fracassants de tam-tam et de cloches, mais ils ne provoquaient aucune réaction discernable chez le ministre. Peut-être pensait-il que tous les concerts étaient pareils à celui-ci. À la fin de la pièce, il s'est épargné des applaudissements trop soutenus en interrogeant son hôte ; tout en écoutant les réponses avec attention, il a contemplé d'un regard vide le salut des musiciens, et la compositrice aussi, qui avait bondi sur scène dans une salopette rouge.

*

Une salle de concert n'est pas aussi obscure qu'un théâtre, mais les lumières avaient été baissées et, depuis mon recoin éclairé à côté de la scène, le public ressemblait à une vague lente et abrupte où l'éclat des chevelures blanches et des lunettes s'estompait peu à peu avant de disparaître dans les ténèbres. Même si je ne pouvais pas la voir, ni me laisser distraire par sa présence, je me sentais lié par un filament invisible, ténu, à une silhouette en costume sur le large palier des gradins, une infime tension de conscience réciproque, alors que je m'apprêtais à ouvrir la bouche pour dire : « Vas-y ! » Il me semblait aussi, tandis que je tenais bien haut la partition ouverte, tel un enfant de chœur, qu'il était en mon pouvoir de faire basculer la situation d'un ou deux degrés, pour le bien du festival et de son financement, afin d'offrir à Giles ce à quoi il n'avait sans doute pas l'impression d'avoir eu droit jusqu'à présent : un bon moment.

Il y a une belle introduction orchestrale, le chœur, toujours sans paroles, souffle telle une brise chaude sur un champ de maïs, puis, au bout de deux minutes, le petit signe de tête du chef d'orchestre, et je commence. « Va, car on t'appelle, ô Berger, du haut de la colline… » – comme s'il s'agissait d'une pièce, j'avais appris le texte ; agrippant du regard les spectateurs, j'ai senti que la curiosité de ce que je disais l'emportait sur le caractère immédiatement embarrassant de toute parole posée sur une musique, tandis que je continuais d'évoquer le paysage et les sons de l'été, le « bêlement des troupeaux repliés », les « cris lointains des faucheurs dans les blés » et – l'un de ces vers que j'avais gardés en mémoire depuis l'école – « tout le vivant murmure d'un jour d'été ». Un vers magnifique, qui semblait déployer la vue sur les champs de blé depuis les bois de Bampton, et évoquer avec tout autant de fraîcheur cette journée que nous étions encore en train de partager, parmi les roselières, les cultures à maturité. Le chœur s'est mis à répéter mes mots, en harmonies planantes, le « vivant murmure » se répercutant, embrouillé, d'une section à l'autre, et se mêlant à mon oreille, étrangement, à une lointaine note suraiguë qui n'avait pourtant pas une sonorité de cordes, en dissonance avec le reste et tranchant maintenant avec la texture des instruments et des voix et, au bout d'une minute, alors que la note se maintenait, constante, il est devenu évident qu'elle ne venait pas de la scène. La climatisation, ou le larsen, peut-être, des micros qui enregistraient le concert. J'ai échangé un regard avec le chef d'orchestre qui, en bon professionnel, poursuivait sans broncher, concentrant tout l'orchestre de son regard, de la courbure de son corps, mais le passage qui suivait était atrocement silencieux, peuplé d'arabesques florales, liserons rose pâle et tilleuls dansant dans la brise, que j'étais censé lire *piano* ; sans me laisser désarçonner, j'ai baissé d'un ton et continué comme si de rien n'était, faisant tout mon possible pour maintenir l'attention de l'auditoire avec les couleurs de ma voix. Mais bientôt, j'ai dû me rendre à l'évidence : quelque chose clochait. J'ai réalisé que j'étais, pour les spectateurs, le visage de cette pièce, je m'exprimais avec un vague sourire, que j'espérais rassurant, à l'approche du vers crucial ; et je regrettais, ce faisant, que le spectacle auquel Giles avait choisi d'assister à l'improviste soit gâché, pour nous tous, par cet étrange incident technique – cela allait le remonter encore davantage contre ce festival… Le silence sur scène s'est fait plus dense encore, et c'est juste au moment où je prononçais les mots-clés : « … et l'œil voyage jusqu'aux… » que le ton et le volume de ce bruit distant ont brusquement monté, le fracas à présent d'un train qui freine sur ses rails dans un long hurlement perçant, et j'ai compris, comme tout le monde peut-être, et lancé « tours d'Oxford » tel un javelot vers le fond de la salle, tandis que le cri s'élevait dans un grondement palpitant qui a ébranlé le toit du bâtiment, martelant l'air puis s'estompant, avant de revenir plus assourdissant encore au-dessus de nos têtes ; alors le chef d'orchestre a posé sa baguette, avant de s'incliner devant ses musiciens en signe de défaite. Un léger brouhaha s'est formé dans les gradins et, dans une pure improvisation, j'ai lancé : « Mesdames et messieurs, l'envol de l'Alouette ! » Le ministre de la Culture était parti pour Bruxelles.

*

Nous sommes rentrés en voiture le lendemain, par des routes sinueuses, nous arrêtant dans les églises villageoises perdues au fond des campagnes du Suffolk. Richard a un goût pour les cimetières, dont il aime à la fois l'atmosphère et les détails. Bien des fois, nous avons pris notre café et un sandwich sur un banc envahi de mildiou avec vue sur des stèles penchées, une pierre tombale surélevée protégée par une clôture, l'odeur aigre-douce de l'herbe tondue embaumant l'air. Le recoin caché d'une chaufferie ou d'une sacristie dépassant à l'arrière offre ensuite un bon endroit pour pisser. Cette fois, nous avons trouvé une très belle église près de la frontière de l'Essex, où nous avons passé une heure à déambuler parmi les sépultures, Richard s'arrêtant pour prendre avec son téléphone des photos des inscriptions les plus drôles, des lettrages élégants : il aime ceux du début de l'ère victorienne, avec une police différente à chaque ligne, comme des échantillons d'imprimerie, et tout récit d'une vie bizarre ou d'une mort comiquement inhabituelle – déchiqueté par un tigre, écrabouillé par un rocher. Il n'y avait personne d'autre, une ambiance anglaise dont l'effet sédatif égalait celui du soleil, l'église dominant une vallée harmonieuse, les foins prêts à être fauchés dans le champ en contrebas, et le texte de Vaughan Williams qui résonnait toujours en moi.

À l'autre bout du cimetière, où l'on menait sans conviction une bataille contre les herbes et les ronces du pré voisin, il y avait une tombe récente, croix provisoire en bois, fleurs bel et bien mortes sous leur cellophane. Vieille d'une semaine, à peu près, mais la présence des endeuillés se faisait encore sentir dans l'herbe piétinée et le message attaché aux fleurs. « Je me demande qui de nous deux assistera à l'enterrement de l'autre…, ai-je dit.

– Oh… s'il te plaît, a soupiré Richard en s'éloignant.

– Eh bien, ça finira par arriver. »

Il s'est arrêté et m'a dévisagé avec gravité. « Pas forcément. Nous pourrions aussi être anéantis en même temps, par une bombe à neutrons par exemple.

– Ah, ai-je répondu. Je n'y avais pas pensé. Ou signer un pacte de suicide, je suppose.

– Dans ce cas, nous assisterions tous les deux à l'enterrement de l'autre !

– Parfait. Même si j'espère, ai-je ajouté, pour d'évidentes raisons, que tu assisteras au mien.

– Oh, chéri, bien sûr que j'y assisterai… enfin, si je suis libre ce jour-là. »

*

Le soir, de retour chez nous, j'ai dit : « C'est horrible, non ? J'ai passé de longues minutes aujourd'hui, dans le cimetière, à m'imaginer en train de prononcer un discours aux funérailles de Giles.

– Ils te solliciteront forcément », a répliqué Richard.

J'ai laissé retomber ce sarcasme. « J'assurais vraiment, car même si je prête le moins d'attention possible à ses actions et ses déclarations absurdes, je le connais depuis cinquante ans, et je sais comment il fonctionne. Je pourrais presque écrire ce discours, là, maintenant.

– Il ne t'est jamais venu à l'esprit que c'est peut-être lui qui prendra la parole à ton enterrement ? »

J'ai réfléchi quelques instants. « Le problème avec ce plan-là, c'est que Giles ne m'a jamais compris, et que la plupart de ses idées sur ma vie, et ma personne en général, seraient ridiculement fausses.

– Inquiétante pensée, n'est-ce pas ? » a répliqué Richard.

30

Puis je l'ai laissée dans la chambre d'hôpital, entre ses rideaux, sous les regards à moitié curieux d'enfants et de couples visitant leurs propres mères et grands-mères truffées de câbles et de tuyaux, dont les cas semblaient pathétiquement plus graves que celui de maman – et je suis sorti dans la nuit tombante du parking. J'avais garé la voiture tout au fond, par-delà le rugissement éventé des ventilateurs des cuisines, la chaleur fétide des fritures dans l'obscurité glaciale – c'était son dîner que l'on préparait, j'ai vu le plateau, le petit plat chaud, le film fraîcheur tendu sur son diplomate, et une image déchirante de maman seule là-bas, qui essayait de le manger. Puis, avec le sentiment d'une liberté pesante et incertaine, j'ai démarré, roulé jusqu'à la barrière et me suis engagé dans la circulation du soir.

Dès l'instant où j'ai tourné la clé dans la serrure puis tendu la main à l'intérieur pour actionner l'interrupteur, l'immobilité de la maison m'a paru posthume. Elle était là, arrivée sans prévenir et n'admettant aucun doute : la vérité inimaginée de l'absence, instantanément connue pour ce qu'elle était. J'ai laissé tomber les clés de voiture dans le vide-poche, fait machinalement le tour de la maison pour allumer les lampes, tirer les rideaux, vu sa chaise avec le journal à côté, un papier avec les noms des gens à appeler. Je suis resté planté dans la tranquillité étincelante de la cuisine, le silence brisé pour la millionième fois par le ronronnement du frigo, puis le bref mais lourd grondement de la chaudière qui se déclenchait puis s'arrêtait en cliquetant, et je me suis raisonné du mieux que je pouvais : maman serait sûrement rentrée à la maison d'ici deux ou trois jours. Mais il est des prémonitions, semble-t-il, trop pesantes pour être démenties.

*

Mais alors, le soir fatidique, huit mois plus tard, j'étais aveugle à toutes ces choses, ne voyais rien tandis que je passais de pièce en pièce. On m'avait prévenu, et je n'étais absolument pas préparé. J'ai repensé à l'hésitation qui m'avait étreint au printemps avant chaque visite à l'hôpital – l'envie impérieuse de la voir misérablement émoussée par la peur de ce que je risquais de trouver.

Je me suis versé un grand whisky et j'ai mis en route le lave-vaisselle, puis je me suis assis jusqu'à ce que les chiffres verts faiblissants de sa minuterie deviennent la lumière la plus vive de la cuisine, derrière laquelle le mécanisme bruissait et frémissait comme à l'accoutumée. L'ivresse immédiate a été affligeante, le whisky la mauvaise option, et irréversible : j'allais devoir traverser ces premières heures de solitude confondante avec une migraine lancinante et aucune chance de dormir. Le réseau complexe de professionnels aguerris se mettrait en branle à neuf heures du matin ; je savais, depuis la mort d'Esme, ce qu'il fallait faire, qui contacter, les rendez-vous à l'état civil, avec les avocats, les entrepreneurs de pompes funèbres – les mêmes réceptionnistes, peut-être, dans ces bureaux éclairés au néon, le même croque-mort, de quatorze ans plus vieux. Mais pour l'heure, impossible de mettre des mots là-dessus, ou bien si, mais les mots eux-mêmes refusaient d'être prononcés. Puis Richard a téléphoné. J'ai contemplé son nom et sa photo de vacances sur l'écran de mon portable, la harpe de la sonnerie insistant gentiment. Et en réalité, je n'avais pas la moindre idée de comment formuler la chose, une fois que j'ai touché l'écran et dit bonjour. « Je me demandais juste…, a-t-il commencé.

– Oh, ai-je soupiré.

– Donc…

– Oui… oui. »

*

Les représentations de la nouvelle pièce dans laquelle je jouais, *Practice*, débutaient tout juste à Hampstead – quatre soirées d'avant-premières tendues, puis la première le vendredi. C'était une puissante pièce en deux actes d'un jeune dramaturge afro-américain. Les dialogues fusaient en rafales, d'une banalité comique et sonnant merveilleusement bien, et les comédiens anglais maîtrisaient plus ou moins des accents crédibles pour une histoire se déroulant dans l'Alabama. J'interprétais le rôle d'un vieux Mexicain, une première pour moi, et un soulagement bienvenu après une vie entière à parcourir tous les recoins d'Asie. Les principales tensions, lors des répétitions, avaient été d'ordre technique : il y avait un *coup de théâtre** sidérant à la fin du premier acte – les pages centrales des programmes en vente à l'entrée étaient scellées pour ne pas gâcher la surprise. Une certaine omerta m'interdit de la dévoiler ici. La pièce a voyagé depuis aux quatre coins du monde, mais chacun a droit à sa première rencontre avec les saisissements artistiques, même les plus célèbres.

Maman m'avait envoyé une carte porte-bonheur, ce qu'elle avait parfois envie ou se rappelait de faire : « Désolée de ne pas pouvoir être avec toi ! » Ce vendredi-là, sa soirée et la mienne avaient pris des chemins très différents, et quand j'ai regardé mon portable dans la loge après le spectacle, il y avait un texto d'Eileen, son auxiliaire de vie : *Désolée Dave, Av a fait une autre petite crise. Au Best Western. Pas de panique mais appelle stp quand tu pourras.* Best Western était le surnom que maman avait donné au Great Western Hospital, « Oh, j'y dors souvent, oui, service excellent et personnel aux petits soins ! ». C'était l'une de ses blagues courageuses et très applaudies. « Certains clients commencent *vraiment* à se faire vieux… »

J'ai passé quelques coups de fil et parlé deux minutes à maman elle-même, dans sa chambre d'hôpital ; elle avait l'air déterminée mais en pleine confusion, et sa voix était faible. Il fallait encore assurer la matinée et la représentation en soirée du samedi, et minuit venait de sonner sur l'autoroute M4 déserte, à cent quarante au clair de lune à travers les Downs, quand j'ai vu le flash d'un autre texto, et ralenti pour y jeter un coup d'œil : *Viens dès que tu peux X.* Ce qui, je le savais, signifiait que j'arrivais trop tard.

*

Sa voiture était encore garée dans le garage sur la gauche, mais elle n'avait pas été utilisée depuis six mois et la batterie était morte. Jusqu'à maintenant, maman était toujours sortie, pour aller faire ses courses au Tesco ou déjeuner en ville, dans la Suzuki rouge pareille à un utilitaire de la poste, courbée sur son volant et appuyant allègrement sur le champignon – je l'avais croisée une fois, sur la longue ligne droite à la sortie de Buckley, roulant dans l'autre sens : menton dressé, chevelure blanche et le miroitement de ses lunettes carrées, malmenant son moteur – elle ne voyait rien, sauf la route droit devant. J'ai commencé à lui faire signe mais me suis ravisé, et j'ai poursuivi ma route dans l'excitation et l'inquiétude qu'il se soit agi d'elle.

« Tu crois que c'est une bonne idée qu'elle conduise encore, à quatre-vingt-onze ans ? m'avait demandé ensuite Richard.

– C'est vital pour elle, tu sais.

– Pas si vital que cela si elle se tue – ou quelqu'un d'autre.

– Mm, ça n'arrivera jamais », ai-je répliqué, et je savais, avec une sorte de faible certitude, que j'avais raison.

*

J'ai ouvert le secrétaire, en me disant que j'aimerais bien répondre aux lettres de George, Julie et Jane Mew avec l'Osmiroid que maman avait elle-même utilisé lorsqu'elle m'écrivait à l'école, de son écriture bleue, bien perpendiculaire – corps marbré, plume assez large, bague et clip en or, un stylo-plume de femme. Le flacon d'encre Quink bleu roi était rangé dans sa case, avec un bâtonnet de cire à cacheter écarlate utilisé une fois seulement, et une feuille de buvard pliée si ancienne qu'elle aurait pu contenir dans ses profondeurs floues et entrecroisées les traces inversées de ces lettres vieilles de cinquante ans. La plume du stylo était d'un or de bonne qualité, propre et durable, mais le réservoir était pourri – il était inutilisable, et de fait, je savais que ces vingt dernières années, maman avait écrit avec des feutres épais qui donnaient à ses rares lettres des allures de notifications officielles ou de recettes de cuisine. Plus ancienne encore, la machine à écrire qui se trouvait dans son bureau à l'étage, dont j'avais poignardé les touches en même temps que j'apprenais à lire et à écrire. Maman l'avait achetée quand j'étais encore bébé, pour gagner sa vie, et pendant toutes les années Wincroft, Esme s'en était occupée, frappant à grand bruit toute leur correspondance commerciale, leurs commandes, leurs factures. La machine était maintenant rangée sur une étagère basse, sous son linceul bleu. Quand je l'ai hissée sur le bureau et que j'ai soulevé la housse, elle a paru hésiter un instant entre promptitude ressuscitée et obsolescence absolue. Les lettres, quand j'ai essayé de taper « Chère », se sont cabrées par deux ou trois et sont restées bloquées à deux centimètres et demi du papier.

*

Au cours des dix-huit derniers mois de sa vie, le monde actuel présenté par le *Times* et le journal télévisé du soir était devenu plus opaque à ses yeux – sans cesse plus grouillants de termes incompréhensibles, d'expressions aux allures de blagues lancées à tout bout de champ par des millions de personnes mais qui, pour elle, n'avaient pas de sens – phénomènes de mode, institutions, tendances… Qu'était donc BuzzFeed ? – un groupe pop ? une émission de télé ? une chose que l'on mangeait ? Et un Bitcoin, au juste ? Après son petit déjeuner, elle s'asseyait avec le journal soigneusement déplié, sa main droite aplanissant la page et marquant où elle en était, tête légèrement baissée, penchée de temps à autre, comme choquée ou doutant de ce qu'elle venait de lire. Peut-être était-ce un problème de vue, cette manière qu'elle avait de regarder les articles de biais ; sa petite secousse de la tête quand elle tournait la page semblait dissimuler, au milieu d'un désespoir général face à ce qu'elle venait de lire, un aveu plus triste encore : elle n'arrivait pas vraiment à les assimiler. « Toi, tu comprendras », m'avait-elle répété pendant des décennies, et cela faisait partie de mon rôle d'être actif dans le monde, plein d'opinions à son égard. Chez moi, cela provoquait un étrange cocktail d'impatience et de frime – « Je vais t'expliquer, maman ». De sa part, cela avait exigé, pendant longtemps, un dénigrement passif d'elle-même, de cette femme pourtant dure et non conventionnelle, vive comme l'éclair, qui s'était faite à l'idée qu'elle n'était plus capable de suivre.

La télé que maman choisissait de regarder n'était pas juste une tétine pour occuper ceux qui retombaient en enfance, mais un endroit où elle reconnaissait l'humour, souriait de la gentillesse, se réjouissait de voir les conventions respectées. Les émissions elles-mêmes étaient des conventions. « Oh, regarde l'heure ! » s'écriait-elle, et elle se levait pour tirer les rideaux à l'avant de la maison, contre le soleil de trois heures de l'après-midi. L'image remplissait peu à peu l'écran, la musique pressante et entêtante faisait trembler les petites boîtes en porcelaine posées sur le téléviseur. *Des chiffres et des lettres* durait une adorable demi-heure, marquant le début d'une série de jeux télévisés, sautant d'une chaîne à l'autre, jusqu'à l'heure du thé, et s'achevait par le whisky de six heures qui la réchauffait devant le quiz show *Eggheads*, présenté par Jeremy Vine, auquel elle dédiait une bienheureuse attention. Elle criait les réponses, avec mépris parfois, dédaigneuse des bonnes réponses lorsqu'elle s'était trompée. Vers la fin, j'avais senti qu'elle avait une dépendance quasi abstraite à ce rituel, une satisfaction de le voir s'accomplir, ce combat de questions posées et résolues ; il devenait de plus en plus difficile de savoir ce qu'elle savait réellement, et au cours des tout derniers mois, lorsqu'elle était silencieuse et renfermée, peut-être les étapes familières de ce jeu télé – les congédiements, les points d'orgue forcés, les pauses publicitaires – avaient-elles été avant tout, pour elle, un motif récurrent, une manière de marquer le temps. Il y avait quelque chose à attendre impatiemment, puis quelque chose à faire, puis quelque chose qui était bel et bien terminé.

*

Je suis allé trouver Bob Buscott, l'entrepreneur de pompes funèbres, dans la villa au bord de la route de Radstow qui abrite son bureau et son funérarium. Des choses sinistres auxquelles personne ne peut supporter de penser ont lieu derrière la porte blanche au fond du couloir, mais dans la partie sud ensoleillée de sa maison règne un confort domestique un peu guindé. Nous avons parlé, comme la fois précédente, au salon : radiateur à gaz, fleurs éternelles, mouchoirs en papier arrachés de leur boîte ; thé et café offerts et religion également disponible, bien sûr, si le signal était donné. Bob ressemble davantage à un blaireau, maintenant, large et trapu, avec son épaisse tignasse noire désormais striée de gris. Il a de nouveau laissé échapper qu'il était né et avait grandi dans cette ville – « Et vous pouvez être sûr que j'y mourrai aussi ! » J'ai choisi un cercueil en osier, en forme de couffin, une extrémité en D changeant un peu du sempiternel hexagone. « Encore un peu de café ? » a-t-il proposé, comme s'il avait toute la journée, et j'ai fini ma tasse en souriant au feu. Les radiateurs au gaz me ramènent toujours, plus ou moins brièvement, à Bampton, à nos soirées avec Roland Hudson, un invisible souffle ravivé. Je me suis levé et j'ai serré la main de Bob, content de mon self-control aux yeux secs ; c'était en partie grâce à mon horreur du mouchoir en papier pointant sa tête hors de la boîte, de ce besoin anticipé. Bob m'a renvoyé chez moi avec une liste de questions, au sujet des textes et de la musique et, de manière plus inattendue, de ce que maman allait porter. J'ai réalisé qu'il fallait lui dire adieu dans la plus belle de ses créations, l'une de celles que je désirais le plus garder.

Il y avait un tas de choses à faire à Foxleigh, des comptes à régler, des gens à aller voir et à prévenir. Chaque rencontre était imprévisible, pour moi comme pour la personne que je voyais recevoir la nouvelle et l'encaisser. J'ai vu Frank Fletcher, le boucher de maman pendant quarante ans, sourd comme un pot, jeter un coup d'œil dans la rue, pensant avoir entendu une voix ; j'ai dit : « Je crois que vous connaissiez ma mère » – il m'a regardé comme si c'était très improbable : « Avril Win ? » « Oh… oui ? » – et le flot précipité de réactions sur son visage et dans sa voix, le respect pour la défunte, et pour ma peine aussi, la tendresse chagrine pour une autre vieille connaissance qui s'en était allée, et avec elle (je ne crois pas me tromper) le malaise jamais estompé que lui avait inspiré sa vie avec Esme. Certaines personnes témoignaient une affection spontanée ; d'autres, aucune. J'ai trouvé le carnet d'adresses de maman et téléphoné à Judy Dawes, son ancienne voisine, qui envoyait chaque année une carte de Noël et qui, à ma connaissance, vivait toujours dans un village du Devonshire non loin de Friscombe. Au téléphone, elle semblait inchangée, vive d'esprit, impossible à berner. « Eh bien, elle était encore plus vieille que moi, a dit Judy. On m'a posé deux hanches toutes neuves, mais je me débrouille encore.

– Je suis heureux de l'apprendre », ai-je dit, et j'ai poursuivi : « J'imagine que vous ne pourrez pas venir aux funérailles, mais je voulais vous dire quand elles auront lieu.

– C'est sans doute trop loin, a-t-elle acquiescé. J'ai quatre-vingt-onze ans.

– En tout cas, ai-je repris, je me suis dit qu'il fallait vous prévenir tout de suite, car vous étiez de si vieilles amies.

– Eh bien, c'est inévitable, n'est-ce pas ? » a-t-elle soupiré.

Je lui ai posé des questions sur elle, mais elle s'est montrée sèche, et ne m'a pas interrogé en retour. En raccrochant, je me suis demandé si sa sécheresse n'était pas en partie une résistance à ma personne, un homme si différent de tous ceux qu'elle connaissait, sans doute le seul homme de couleur avec lequel elle s'était assise pour déjeuner, au long de ses neuf décennies. Ou bien traduisait-elle, maintenant que maman avait disparu, des réserves jamais formulées à son encontre ?

Lors de certaines de ces visites, en me rendant gentiment en voiture jusqu'au bungalow d'une vieille dame, l'une des dernières survivantes de ce groupe de filles depuis longtemps éparpillé, je me sentais comme un petit jeune, celui qui vient juste de quitter cette bourgade de province pour un avenir douteux ailleurs ; je sentais qu'elle voyait encore l'adolescent en moi, et pas l'homme ridé de soixante-huit ans qui croisait mon regard dans le miroir quand je repartais. Il était clair pour moi qu'il s'agissait là de mes dernières visites, et que dans quelques mois je quitterais Foxleigh pour de bon.

*

C'était la lumière sous laquelle, de plus en plus, je marchais à travers la ville avec Richard. Il se repérait assez bien maintenant, mais bien sûr il ne pouvait voir, à travers la vitrine de la boutique Oxfam, le comptoir en verre et les boîtes de tabac du magasin de Timmy Hogan, ou après lui, pendant des décennies, les trois fauteuils noirs du salon de coiffure Smith, les fermiers, les avocats, les pères d'autres enfants sous leur cape en nylon, qui parlaient dans le miroir tandis que j'attendais mon tour, les odeurs nauséabondes de la sueur et des lotions me parvenant par vagues pendant que les ciseaux s'attardaient autour des oreilles, que la tondeuse rosissait la nuque. C'est là que la photo de Kiss-Kiss Cousins s'était retrouvée affichée en vitrine, sa tête blonde penchée vers l'avant, l'un de ces nouveaux styles vus à la télé et à Swindon, et offert maintenant ici, plus ou moins, au cas où. Tout mon passé dans cette ville était présent pendant ces promenades, comme brillant et s'évanouissant sur un voile de gaze, derrière un autre. Parfois, ce n'était que la vague conscience d'une impression perdue, la pulsation à peine enregistrée d'un souvenir, un visage aperçu au coin d'une rue, une matinée d'école sous la pluie. « Vous êtes égaré ? » demandait un vieil homme serviable en voyant ce touriste qui regardait dans le vague.

Les souvenirs s'ouvraient et se déployaient comme par magie, avec leur propre intérêt pittoresque qui me distrayait pendant de longues minutes de la douleur noire récurrente. Comme nous flânions dans les rues, quelque chose remuait en moi des craintes et des attirances enfantines, des passages ennuyeux, ignorés, d'une promenade, des après-midi d'été avec les stores baissés, l'aura des entrées, les portes ouvertes toute la journée sur la pénombre de couloirs, la dame à la polio, le capitaine Lingard, la confiserie Cooper et le buraliste sur London Street, les perrons inégaux des grandes maisons au bord des rues en pente, quatre marches d'un côté, deux de l'autre, et ne pas se faire prendre. Et les endroits à l'orée de la ville, la gare de marchandises, puis les échaliers enjambant les clôtures. « Il n'y avait que des champs ici, ai-je dit. Et c'est là qu'habitait miss Rowse, qui gardait parfois des enfants, elle était complètement sourde mais les entendait quand même. » Nous avons regardé la rangée de petites maisons en briques roses, où s'était trouvé autrefois son cottage ancien, qui tombait en ruine. « Il faut juste que tu l'imagines, il semblait tout droit sorti d'un roman de Hardy, ou Tolstoï peut-être – chiottes au fond du jardin, lampes à pétrole et bougies. » J'ai vu que Richard pensait que j'en rajoutais. Cela valait-il d'ailleurs la peine d'être expliqué ? De lui parler de Mr Andrews, cordonnier et maroquinier, une orthèse à la jambe gauche, qui avait écrit pour moi son véritable nom, avec son épais crayon d'atelier, sur un sac en papier, lentement et clairement, avec d'autres lettres que les nôtres : Andrzejewski, dont il a déclaré, avec une sorte d'éclat peiné dans les yeux, que personne ne l'écrivait jamais correctement. C'était un pilote de chasse polonais qui avait été blessé et qui était resté, et dont les gens parlaient encore avec l'émotion de la guerre. J'ai appris l'orthographe de son nom par cœur, ce jour-là, mais jamais, j'en ai peur, la bonne prononciation.

Et comment pourrais-je attraper cette autre réalité, insaisissable déjà à l'époque, mais subtilement envahissante : la manière dont j'étais vu, enfant, par ces professeurs et artisans dans un petit bourg au beau milieu du siècle dernier ? La vieille dame de la confiserie Cooper dont les réactions étaient pour moi indéchiffrables – mère poule, puis soudain persifleuse, l'un des aspects de la complexité d'être moi-même vu et mémorisé par tout le monde comme différent. Cela me frappait maintenant, et pour la première fois : pour Mr Andrews aussi, j'étais un étranger, et plus évidemment et pitoyablement que lui.

J'avais montré à Richard, à l'occasion de précédentes visites, où s'était trouvée la boutique de maman et Esme, « Wincroft,

Couturières » (Esme aurait préféré « Modistes », mais maman avait eu le dernier mot). Elles avaient fermé boutique trente ans plus tôt, en deuil mais soulagées, et loué le local au caviste Victoria Wine, qui avait fini par fermer à son tour. Maintenant, c'était un magasin caritatif pour les enfants dans le besoin : des appels à venir en aide aux orphelins des tremblements de terre et autres guerres civiles étaient scotchés sur la vitrine sur laquelle avaient régné jadis Betty et Tricia, ces mannequins imperturbables. J'ai tenté de les décrire à Richard, le rôle qu'elles avaient joué dans nos vies. Maman avait acheté ces modèles d'exposition au grand magasin Elliston and Cavells, et elles étaient de différentes couleurs – Betty rose, Tricia café au lait, mais sans autre suggestion d'une différence de race. Elles avaient toutes deux le visage tranchant, tourné vers l'avant, des poitrines menues, de longues jambes fines et les doigts pointus ; la poitrine de Tricia était en fait un peu plus large, même si elles avaient toutes deux recours au rembourrage et portaient des perruques interchangeables. Figées dans des colloques longs d'une semaine, en postures distinguées, elles semblaient coincées depuis plus longtemps encore dans une élégante impasse : aucune des deux ne pouvait baisser la garde, ni laisser tomber l'autre. C'étaient des silhouettes d'une patience infinie, légèrement tristes, mais aussi une blague, un couple par procuration, Esme jouant le rôle de Tricia. « Tricia boude cette semaine, car Betty l'ignore complètement », disait-elle, et c'était à moi de deviner si ce jeu signifiait autre chose. Derrière les deux mannequins sur leur étroite avant-scène, un rideau à hauteur de hanche coulissait sur sa tringle en cuivre, qui dissimulait à moitié le salon de la boutique, derrière. Une fois ou deux, écolier, quand il était temps de changer leurs tenues, j'avais enlevé mes chaussures et m'étais faufilé dans la vitrine, ravi et excité d'être en exposition moi-même. J'avais l'impression de flirter, charmeur, avec ces deux femmes tandis que j'aidais à les déshabiller, maman me montrant comment installer les perruques et bourrer les seins avec du papier de soie roulé en boule. Quand j'ai fini par interpréter lady Wishfort, je savais exactement ce que je faisais. Maintenant, deux ou trois manteaux étaient suspendus à des cintres dans la vitrine, et quand nous entrions une minute, avec des sourires au bénévole pour gagner du temps, nous frôlions des étagères entières de vestes et de chemises, à hauteur d'épaule, qui dégageaient, non pas la promesse impersonnelle du neuf, mais la nécessité collective louable du seconde main.

Même pendant le peu de temps où j'étais venu là avec Richard, la ville avait décliné. Le fameux vieux pub du Bull était barricadé avec des planches, même si une lumière brillait à longueur d'année dans une fenêtre à l'étage, comme si un client indélogeable était resté, tandis que de jeunes arbres déposés par le vent poussaient dans les gouttières et les cheminées. Au Crown, de l'autre côté de la place, des panneaux de bois tape-à-l'œil annonçaient pizzas et pastas avec d'encourageantes photos, et de la dance music assourdissante passait en milieu de matinée dans le bar presque vide. L'épicerie Mason's était encore là, elle avait répondu au défi d'un supermarché Tesco en restant ouverte tard le soir et en proposant une section traiteur. Pour le reste, aucune boutique n'était ce qu'elle avait été dans mon enfance ; même celles qui avaient eu l'air prospères cinq ans plus tôt avaient mis la clé sous la porte. Un charmant café avec options vegan semblait chercher un nouveau type de clientèle plus actuel que le couple âgé assis derrière la fenêtre, aux prises avec un sandwich focaccia. Couple âgé… ils avaient sans doute quelques années de moins que moi.

31

De retour à Londres, nous avons trouvé de la place pour « Un geste tragique » et la boîte birmane, et nous avons aussi maintenant la photo encadrée de l'homme que Richard appelle « ton papa » ou parfois simplement « papa », comme s'il l'avait adopté lui aussi. Maman avait toujours dit qu'elle s'était égarée lors du déménagement à Crackers, et je ne l'avais plus revue depuis mon enfance. Le cadre était équipé d'une béquille qui se dépliait sur l'arrière, mais le ruban qui l'empêchait de faire le grand écart a rendu l'âme, et au bout de cinq secondes à quatre-vingts degrés, papa se retrouve à plat sur le dos, faisant voler d'autres objets. La photo elle-même est une énigme pour moi : elle pourrait difficilement être plus personnelle, et plus éloignée. Elle est en outre très différente du souvenir que j'en avais. Les deux ou trois amis à qui nous l'avons montrée disent qu'ils ont l'impression de me voir en lui. Ce que je vois, moi, c'est un jeune homme maigre dans un costume occidental aux épaules larges et une cravate, ses cheveux noirs étincelants coupés court sur les côtés, avec une raie au milieu, le teint plus sombre que de l'étain ; il a des lèvres pleines, pas question de sourire, et l'éclat de ses lunettes à fine monture dissimule à moitié ses yeux. Le décor exhibe les accessoires de studio d'une époque déjà révolue quand la photo a été prise, une chaise, une table en teck sculptée sur laquelle sont empilés des livres, et une toile de fond peinte représentant une balustrade, des arbres stylisés et, au loin, la silhouette d'une pagode. Il y a de légères ondulations sur la toile de fond, révélées par les projecteurs de studio : papa ne prête guère attention à tout cela, regard braqué sur l'objectif, mais on sent que c'est ce qu'il voulait, ce que tous les clients de Cashel & Nephew, à Rangoon, comptaient bien obtenir.

Elle était datée au dos, *1945*, au crayon, avec le nom *Aung Kyaw Win*. Peut-être que lorsqu'il a rencontré maman, deux ans plus tard, il était devenu plus souple et séduisant. Il n'apparaît sur aucune des autres petites photos que j'ai trouvées après la mort de maman, et je n'ai aucune image, ni concrète ni mentale, de ces deux-là jeunes gens, ensemble. Sa couleur à lui m'intrigue et m'absorbe, en partie parce qu'elle m'échappe : je sais combien différentes expositions, différents papiers, des variations dans le processus peuvent pâlir ou brunir les teints de peau sur des photos en noir et blanc. Cela fait partie du jeu éternellement glissant, ou de l'épreuve, des distinctions et discriminations. Maman m'a raconté une fois ou deux que les Britanniques de la vieille école, à Rangoon, répartissaient encore les Birmans en deux groupes : les Orientaux (à peu près OK) et les Noirs (uniformément inférieurs). Je crois que maman pensait avoir elle-même rencontré un Oriental, mais je ne peux pas être sûr que c'est ce qu'elle pensait, ni que c'était le cas.

*

Richard sait, bien sûr, que j'ai commencé à écrire un nouveau livre – mais pas exactement de quoi il traite. Il semble que j'aie besoin d'un certain secret, même vis-à-vis de lui ; et je crains, à n'en pas douter, son œil d'éditeur. Quand je suis à la maison pendant la journée, je grimpe ici sous le Velux et referme la porte, mais je sens par intermittence, lorsqu'il traverse la pièce ou prend l'appel d'un de ses auteurs, la présence de Richard qui travaille juste en dessous. Il vient de commencer l'édition d'un livre sur la junte birmane – un curieux choix, me semble-t-il, et un travail manifestement fastidieux pour lui. Il a tenté de m'impliquer en me demandant si je voulais bien vérifier les noms propres, mais j'ai le sentiment que l'auteur, qui a passé douze ans dans le pays, a bien plus de chances que moi de savoir les orthographier. Richard a un air maussade ces temps-ci, lui qui en sait bien plus que moi sur la Birmanie actuelle, désormais. Il partage avec moi de terrifiants détails et statistiques pendant le déjeuner. Ce qu'il pense, c'est que l'auteur du livre est très bien informé, mais ne sait pas écrire. Tous ceux dont Richard dit qu'ils « ne savent pas écrire » sont bien sûr des gens qui le font ; et ils sont nombreux. Ce qui, à n'en pas douter, me rend plus nerveux encore à l'idée de lui faire lire mes chapitres, même si je sais qu'il est curieux, et peiné, juste un peu, d'être tenu à l'écart.

Il a dit à Ken et Edie pendant le dîner, l'autre soir : « Vous savez que David travaille à son *magnum opus* ?

– Ooh – de quoi s'agit-il ? a demandé Edie. Une pièce de théâtre ?

– Ses *Mémoires*, je *crois* », a répondu Richard en me fixant dans les yeux. Edie et Ken ont murmuré qu'ils avaient vraiment hâte, et semblé se perdre un moment dans la contemplation de ce qu'il pourrait y avoir dedans.

Je les ai regardés – les amis de Richard, à l'origine, qui font désormais partie du schéma de ma vie, mois après mois, même si je ne pense pas qu'autrement, j'aurais recherché leur compagnie, ou entretenu le lien, pour en faire mes propres amis. Edie est toujours aussi charmante, traits délicats, cheveux blonds marbrés relevés en chignon et mèches folles ; Ken est grand, chauve, veste en jean, à peine reconnaissable par rapport aux photos que Richard a d'eux trois, à Bristol, vers 1979, sur lesquelles ils ressemblent à un groupe de folk, jeans moulants et sacs à bandoulière, Ken avec des cheveux bien raides qui lui tombent sur la poitrine. Je n'ai jamais posé la question, mais je suis à peu près certain que Richard était amoureux de lui à l'époque, et encore aujourd'hui, une fois qu'ils sont partis et que nous rangeons la cuisine, en enrobant les restes de film alimentaire pour les mettre au frigo, Richard, qui frotte une casserole dans l'évier, à moitié ivre, dit : « Il est tellement charmant, ce vieux Ken, tu ne trouves pas ? », et je réponds : « Ça fait longtemps que vous vous connaissez, n'est-ce pas ? » La vérité, c'est que je ne crois pas que Richard et Ken seraient amis, non plus, s'ils se rencontraient aujourd'hui ; et pourtant, leur amitié est plus qu'une habitude : un long hommage fidèle, peut-être, à ce qu'ils ont été jadis.

Ce soir-là, Ken a déclaré : « Rich dit que tu étais à l'école avec *Hadlow* – dans un internat privé. » Ils ne sont plus trotskistes désormais, mais restent des gauchistes à l'ancienne, et les personnes comme Giles sont réduites à leur seul patronyme, tels des criminels condamnés ou, d'ailleurs, des écoliers.

J'ai répondu ce que je réponds toujours : « Ce n'est pas quelque chose dont je me vante. » J'ai vu qu'il se faisait déjà une idée de ce que j'étais en train d'écrire, comme n'importe qui le fait lorsqu'il a entendu parler d'un livre sans l'avoir lu : dans le cas de Ken, des images vagues mais fiables de choses que, j'en ai l'impression, il n'aime pas trop chez moi : éducation privée, mes manières de comédien et des tares pires encore, défilant dans sa tête telles des diapositives sur le plateau tournant d'un projecteur. J'ai dit : « Je n'ai pas l'intention d'écrire un livre sur Hadlow, il y en a déjà bien assez comme ça. » J'ai repensé à cette *Plaquette commémorative* ridicule publiée à titre privé à l'occasion de son soixantième anniversaire, que j'avais feuilletée huit ans plus tôt, le jour où j'avais rencontré Richard – ce qui montrait bien, une fois de plus, le chic qu'avait Giles pour s'immiscer dans ma vie même dans les moments les plus intimes.

« Vous l'avez vu à la télé, hier soir ? a demandé Edie.

– Nous l'avons raté, ai-je répondu.

– Ouais, dans *Question Time*, a dit Ken. Il n'a bien sûr parlé que du référendum européen. Il avait l'air très content de lui.

– Rien de très nouveau, donc, ai-je répliqué.

– Alors, c'est quoi ses casseroles, Dave ? a demandé Ken.

– Je ne saurais pas vous dire, ai-je répondu, et je me suis à moitié levé pour remplir leurs verres. J'ai toujours été beaucoup plus proche de ses parents.

– Les ploutocrates éclairés, a dit Ken.

– C'est exact, ai-je acquiescé, en espérant que nous n'allions pas nous écharper à leur sujet.

– Alors, de quoi ça parle, mon chéri, ton livre ? a demandé Edie.

– J'écris essentiellement sur mes jeunes années – l'adolescence, et ma vingtaine. Ça, et puis ma mère, vous voyez. C'est depuis qu'elle est morte, en fait, ai-je ajouté. Et le fait de trier toutes ses affaires…

– Oh, c'est tellement bouleversant, a-t-elle dit. Ça fait sûrement remonter un tas de souvenirs.

– Oui et non, ai-je répondu, peu disposé à m'engager dans cette voie.

– Elle semble avoir été une personne remarquable.

– Elle l'était, ai-je dit.

– Je me demande de quoi tu te souviens, après toutes ces années, a fait remarquer Edie.

– David a une mémoire incroyable, est intervenu Richard. Comme vous le savez.

– Eh bien, ai-je dit. J'ai longuement réfléchi à tout ça. Les trucs de l'adolescence, c'est plus comme écrire un roman. Je me souviens des lieux, des expériences, très clairement, mais ce sont des images fixes, vous voyez, plus que des vidéos. Ou des GIF parfois, peut-être – une tête se tourne, une main s'abat, mais on ne voit jamais ce qui suit, ça recommence juste. À côté de ça, évidemment, il y a les anecdotes, des détails qu'on m'a racontés, des choses que je sais avoir faites, même si je ne m'en souviens plus vraiment. Et puis, personne ne se souvient de ce que quelqu'un d'autre a pu dire cinquante ans plus tôt, au-delà de quelques mots. Ça, il faut l'inventer.

– Un peu d'impro, a dit Ken.

– Car tu as écrit sur ta carrière d'acteur, n'est-ce pas, dans ton premier livre ? a demandé Edie, me fixant dans les yeux pour cacher son incertitude.

– Eh bien, c'était un texte plus général, sur le théâtre expérimental des années soixante-dix et quatre-vingt – je ne veux plus jamais revenir là-dessus. Ce que j'écris maintenant traite davantage de ma vie personnelle – des choses dont je ne voulais vraiment pas parler avant. Je veux écrire sur ce que c'est que tomber amoureux.

– Ah bon ? a dit Ken, et Richard nous a gratifiés d'un sourire intéressant, tandis qu'il intégrait l'idée.

– Et je veux écrire sur ce que c'est que d'être comme je suis, mais sans jamais avoir connu grand-chose sur l'endroit d'où je viens. »

Edie a répliqué, précautionneusement : « Je veux dire, tu n'es jamais allé en Birmanie, n'est-ce pas – ou plutôt au Myanmar, c'est comme ça qu'on dit maintenant ?

– Oui, ai-je confirmé. Même si nous irons peut-être bientôt, n'est-ce pas, Richard ?

– Oui, tout à fait, a dit Richard, comme si tout était possible.

– Maintenant, la situation est un peu plus tendue là-bas. Les gens pensent toujours que j'y suis allé, pour d'évidentes raisons ; à cause aussi de *La Guerre de Wingate*, qui, comme vous le savez, a été entièrement tourné aux Philippines.

– De toute façon, a dit Ken, tu n'es qu'à moitié birman.

– Oui, c'est ça. Je n'ai donc qu'à moitié besoin de me rendre là-bas.

– Je veux dire, j'ai toujours voulu te poser la question, a repris Edie, avec l'attitude résolue qu'elle adopte toujours pour aborder les questions raciales. Quel genre de soutien as-tu reçu de la communauté birmane ? »

Il y a ce ton strict mais patient que j'adopte quelquefois avec les étudiants, et je suis retombé dedans à cet instant. « Montre-moi la communauté birmane, ma chérie, ai-je répliqué, et je les contacterai demain à la première heure pour qu'ils m'apportent leur soutien.

– Oh… vraiment… n'y a-t-il pas… ?

– Je crois qu'il y a une rue, à Gosport, où vivent un certain nombre de Birmans. Et c'est vrai, ai-je ajouté en me radoucissant, que des réfugiés sont arrivés il y a quelques années, qui se sont installés à Hounslow, pour la plupart, je crois. Mais tous ensemble, leur population n'excède pas celle d'un village. Je crois qu'en les additionnant, ça ne ferait pas plus de monde que les habitants de Foxleigh.

– Quoi, l'endroit où tu es né, tu veux dire ?

– Exactement, rien qu'un petit bourg au milieu de nulle part.

– Quelle vision…, a fait remarquer Richard.

– Il y a forcément d'autres acteurs birmans, non ? »

J'ai débité Richard Beckinsale, si l'on peut débiter un nom. « Mais il n'était qu'un quart birman. Et malheureusement, il est mort. Les gens me prennent souvent pour Ken Danby, l'acteur à moitié chinois.

– Tu ne lui ressembles pas du tout.

– Je suis content de te l'entendre dire. Il est beaucoup plus petit que moi, et il a cinq ans de plus. Je lui ai posé la question un jour, et il m'a dit que personne ne l'avait jamais pris pour Dave Win. Il semblait assez offensé par cette idée. »

Edie s'est mordu la lèvre.

« Donc tu es le seul…

– Oh, je suis tellement *niche*, ma chère Edie », et nous avons tous ri, et j'ai vu qu'elle était contente de découvrir que nous pouvions en plaisanter.

*

Quand ils sont repartis, et que nous étions en train de ranger, Richard a demandé : « Tu as déjà un titre, pour ce nouveau livre ? »

J'ai fait glisser le plat à rôtir dans l'eau mousseuse, devant lui. « Je pensais à "Nos soirées", ai-je répondu.

– Ah… » Il a croisé mon regard dans nos reflets sur la fenêtre, et j'ai vu qu'il était touché, même si une bonne partie des soirées décrites dans ce livre seraient celles que j'avais passées avec d'autres hommes et dans des théâtres bien avant qu'il ait même eu vent de mon existence. Aux premiers temps de notre relation, cette expression désignait les trois ou quatre fois par semaine, aguicheusement rationnées, où nous nous retrouvions, car nous restions lui et moi sur nos gardes, n'en revenant pas d'avoir trouvé si exactement ce que nous désirions. Puis cette prudence a fini par sembler absurde, et les soirées se sont fondues en un temps sans barrières, ensemble.

Il est parfois difficile d'être le compagnon d'un acteur, et d'être, dans les faits, célibataire soir après soir. Je me souviens d'une conversation au tout début, il y a huit ans maintenant, alors que Richard était encore en train de déménager ses affaires dans cette maison, et que j'entamais les répétitions d'une nouvelle pièce de Jem Crane, au Donmar. Il y avait une scène de nu dedans, négociable, et très courte de toute façon, où mon personnage, un soldat cambodgien, parle à un journaliste tout en s'habillant. « De toute façon, a dit Richard, tu aimes te désaper.

– Ça, c'est un mythe, ai-je rétorqué. Il se trouve juste que j'ai eu comme metteurs en scène, il y a plusieurs décennies, une série de pervers qui avaient bien aimé me voir nu dans une pièce, et se sont dit qu'ils essaieraient volontiers dans la suivante.

– Oh, a dit Richard, c'est donc *ça* ?

– Oui. »

Il a continué à épousseter et à remettre les livres en place. « Eh bien, tu devrais t'estimer heureux. Je ne sais pas si tu as vu ce cher vieux Rob Borthwick en dernière page du *Times* ?

– Robin est un merveilleux acteur.

– Dans une publicité pour les monte-escaliers.

– Mon Dieu, ai-je soupiré.

– Tout habillé, ajouterais-je. »

J'ai laissé passer quelques instants, puis répondu : « Ça t'ennuie que je fasse cette scène de nu ?

– Pas du tout, a-t-il rétorqué.

– C'est inconvenant, pour un homme de soixante ans – je le sais. Cela n'arrive jamais.

– Je me représenterai la chose tous les soirs à vingt heures trente, a-t-il dit, devant mon omelette solitaire. » J'ai compris que ce qui l'ennuyait le plus avec cette pièce, c'était la perte de nos soirées – le fait que je rirais et crierais et boirais des lampées d'eau brune avec des étrangers sur la scène, alors que j'aurais pu être à la maison en train d'émincer du persil et de siroter avec lui un délicieux Negroni, histoire de larguer les amarres. « C'est les soirées que je préfère », m'avait-il dit au tout début, quand une partie de nos conversations se composaient de questionnaires. « Un verre en bonne compagnie efface les soucis du matin et de l'après-midi, la dureté des faits cède la place à un sentiment de joie.

– Tout cela c'est très bien, avais-je répliqué, sauf si on est serveur – ou acteur.

– Mon chéri, je sais que des millions de personnes travaillent la nuit : mais je n'ai jamais eu à le faire moi-même » ; et j'ai vu une infime inquiétude – ne commençait-il pas à me faire des remarques ? – balayer ses traits avant qu'il ne m'embrasse : « Je suis très heureux que tu joues dans cette pièce, a-t-il déclaré. Et après tout, ce que ces gens voient n'est pas vraiment un secret. » Je l'ai gratifié d'un regard acéré. Un peu plus tard, j'ai repensé à Hector, mon ancien amour, aux soirées où il posait nu dans la classe de dessin d'après nature à Molleson's – à l'atroce sentiment d'exclusion que j'avais ressenti en rencontrant les étudiants qui peignaient et dessinaient mon petit ami, nu, une fois par semaine.

*

L'un des cartons que nous avons rapportés de la maison de maman est rempli d'objets de l'époque de Bampton – copies d'examen, calendriers des matchs de cricket, bulletins trimestriels, toutes les lettres que je lui avais écrites. Le poids de ce carton est dû aux nombreux numéros de *La Ruche* – papier d'emballage rouge foncé, agrafes rouillées… et, à l'intérieur, la pose fantomatique des éditoriaux de Fosdyke, des nouvelles facétieuses, des essais bien argumentés quoique immatures sur l'apartheid ou l'art moderne, et des pages entières de poèmes, d'Alec Adams (« Hongrie, 1956 »), de Tony Bales (« À Anne-Marie, encore »), de moi (un sonnet désespéré, « Rangoon au petit jour »), et même, fait remarquable, un unique poème de Giles Hadlow, « Le Vieux Fermier », dix vers simples mais émouvants, première démonstration inattendue du savoir-faire et du cœur d'un garçon qui ravirait n'importe quel professeur, mais qui se sont révélés être la copie, avec deux légères variations, d'un poème de Quasimodo paru une semaine plus tôt dans le *Listener*.

Chaque numéro contient au centre un carnet de photos, les lauréats du concours organisé par le club photo, accolés aux équipes de hockey sur gazon victorieuses et aux invités de la cérémonie annuelle de distribution des prix remettant les récompenses – l'éclat des trophées, partout. Les événements de la Journée de Terrain étaient couverts chaque année, et dans le numéro de l'été 1965 figure une photo de notre trio de circonstance, Giles au centre, main droite sur mon épaule, comme s'il mettait en avant, dignement, l'un de ses collaborateurs, Andrew

Cousins un peu à l'écart sur sa gauche, ignorant l'objectif mais s'emparant de notre attention et même, en quelque sorte, de cette photo, petite sucrerie crème et or lumineusement anglaise. Il y a dans son sourire, adressé à un point juste en dehors du champ, un mélange de timidité et de dédain qui me frappe aussi comme étant éminemment anglais. Peut-être n'était-ce pas autre chose qu'une simple gêne, une dissidence adolescente vis-à-vis de cette journée et de la mission qu'il avait accomplie avec succès. S'il semble se tourner en douce vers le monde au-delà de l'école, il ne sait rien de précis sur ce qui l'attend là-bas. Andrew s'est déclaré très tôt, quand je suis resté des années encore sous un déguisement – le déguisement astucieux bien qu'involontaire qui consistait à attirer déjà l'attention pour une autre raison.

Sur cette photo, Giles est plus grand et plus large que Cousins et moi, sans que rien dans son regard triomphant laisse deviner qu'il a cabossé l'aile de l'utilitaire Wincroft et l'a rendu avec un réservoir presque à sec – aucun signe de l'atroce conversation à venir entre maman et Mark, Mark payant, bien sûr, et maman se sentant de nouveau, de manière tout à fait illogique, redevable envers lui. Il est encore beau – menton arrondi, nez bien droit, sa finesse enfantine un peu malmenée mais pas encore ruinée par l'adolescence. Trois ans plus tôt, là-haut près de la borne géodésique, j'avais vu et résisté à quelque chose de beau en lui, l'aura et le pouvoir du garçon plus grand et plus costaud auxquels je n'avais pas encore goûté ; mais la photographie montre qu'à dix-sept ans, le changement plus vaste avait débuté. Il avait entamé son basculement, au long de sa vingtaine puis de sa trentaine, vers la large frange indéterminée des vaguement beaux. Il avait pris du poids, s'était laissé pousser les cheveux, vaniteux et négligent à parts égales. Bientôt, il serait l'un de ces milliers d'hommes, dans leurs costumes et leurs bureaux, qui donnent des ordres à tout le monde en s'appuyant, à peine consciemment, sur une beauté en passe de disparaître, sur la conviction profonde de leur droit à être désirés et suivis.

J'ai passé toute une soirée avec ces exemplaires de *La Ruche*, sur les traces du Dave Win adolescent. En noir et blanc, mon visage se donne à lire en des gris plus ou moins profonds ; il ressort sur ces photos même lorsqu'il se fond dans l'ombre d'un lambris ou l'obscurité des buissons. Parfois, Manji me fait écho, ou, des années plus tôt, Tafawa Balewa. Au sein du club de poésie, je trône au cœur des choses ; dans la troisième équipe de rugby de l'école, je suis tout au bout, sur l'aile, flottant au loin, toujours souriant. Les autres garçons semblent montrer qu'ils savent que je suis là ; j'ai l'impression d'être exhibé comme quelque chose d'inhabituel dans leur vie, qu'ils pourraient expliquer à leurs parents si on leur posait la question, et dont ils sont presque fiers. Mais je n'ai aucun souvenir du moment où cette photo a été prise. Et malgré moi, je m'interroge : « Que fait-il là, ce jeune Birman souriant ? Suis-je lié à lui d'une quelconque manière ? À quoi pensait-il ? »

32

Répétitions d'*Espace*, la nouvelle pièce d'Eva Lehmann-Holst à l'Almeida Theatre, avec Annick Lafeu, la star française aux cheveux roux de *Contretemps*, qui se retrouve soudain célèbre en Angleterre, ou du moins à Islington, où les badauds se retournent dans la rue et où les serveurs du café où nous déjeunons le midi demandent à faire des selfies avec elle. Je me recule modestement, jusqu'à ce que le gérant me lance : « Kenneth, c'est bien ça ? Nous voulons vous avoir aussi. » Annick me rappelle parfois Élise Pleynet, qui a fasciné et alarmé l'adolescent que j'étais, mourant de devenir comédien. En dehors de la scène, elle me donne l'impression d'avoir de nouveau treize ans. Elle possède cette même hauteur dédaigneuse, ce même sentiment de supériorité, entrecoupés d'infimes et enivrants moments d'intimité ; même si de nos jours, évidemment, la célébrité ne va pas sans de nombreuses obligations dégradantes – son fil Twitter, son compte Instagram, etc. En outre, elle est sur la pente ascendante là où Élise, quand je l'ai rencontrée, avait déjà entamé (sans que je le mesure tout à fait à l'époque) un long déclin, son style grandiose à la française tombant déjà en désuétude. Les stars exercent leur propre champ de force, sur le public et sur les autres comédiens, mais Annick se montre généreuse pendant les répétitions, avide d'expérimenter, pour échapper peut-être au personnage qu'elle interprète depuis longtemps à la télévision. L'impression générale de la pièce, au bout d'une semaine, est extrêmement positive, et d'une audace inattendue, avec une star française, un scénographe danois et une pièce traduite de l'allemand.

*

Atterré, à la fin du filage, aujourd'hui – « Vous êtes allés voter ? » a demandé Thea d'une voix pleine d'assurance, et ceux d'entre nous qui ne l'avaient pas encore fait ont apprécié ce rappel. « Je suis tellement désolée, Annick, a-t-elle ajouté, que vous soyez obligée d'assister à cette affaire sordide. Ce sera bientôt terminé, et alors, j'espère que nous pourrons revenir à la normale.

– Je ne le prends pas personnellement, a répondu Annick. Et puis, de toute façon, c'est tellement stupide, ils se tirent une balle dans la tête. Ils ne pourront jamais gagner. »

J'ai fait remarquer qu'une majorité écrasante de jeunes (parmi lesquels, dans un recoin non examiné de mon esprit, je me comptais encore) étaient contre, les partisans les plus enthousiastes s'avérant être les retraités âgés.

« Tu dois avoir l'âge de la retraite maintenant, pas vrai, Dave ? a fait remarquer le vieux Ted York.

– Oui… tout juste, ai-je répondu. Mais bien sûr, j'ai voté avec les jeunes. » Ted était en train de rafistoler le chapeau à large bord et le foulard en soie bleue avec lesquels, dans la rue, il aimait se déguiser et s'annoncer. Une idée folle m'a traversé l'esprit : « Et toi ? ai-je demandé.

– Je n'ai pas encore voté, a-t-il répondu d'un ton étrangement pincé. Mais en rentrant chez moi ce soir, je passerai par le bureau de vote, où je ne me prononcerai pas, j'en ai bien peur, en faveur de Rester. »

Un silence bref et compliqué s'est fait, dans lequel les bonnes manières, l'amitié, le respect professionnel, etc., ont tenté, en chacun de nous, de retenir la question : « Pourquoi, Ted ? Pourquoi ? », pendant que je songeais tactiquement, et d'autres aussi peut-être, qu'il était encore temps de le faire changer d'avis, ou de l'emmener au pub d'à côté et de le faire tellement boire qu'il en oublierait l'heure de fermeture de son bureau de vote. « Pourquoi, Ted ? a finalement demandé Thea. Pourquoi ?

– Oh, j'aime l'Europe, j'aime la France, a répondu Ted en rangeant sa mallette.

– Évidemment que tu aimes la France, a dit Thea. Ça fait des années que tu te produis au festival d'Avignon. Tu as joué *Le Gardien* de Pinter à Aix-en-Provence, l'été dernier. Ils t'adorent. Mais ils ne t'adoreront plus si tu votes pour la sortie de l'Europe.

– Ça, c'est sûr, a renchéri Annick.

– À vrai dire, je crois même que tu n'auras plus le droit de travailler là-bas, a ajouté Thea.

– Le problème, c'est l'immigration. Elle est hors de contrôle. Je suis désolé, Dave, a-t-il dit, comme si j'étais moi-même un immigré. Je n'aime pas qu'on me dise ce que je dois faire – sauf quand c'est toi, ma chère, évidemment », et, sur un infime soulèvement de son chapeau adressé à Thea, il a quitté la salle.

« Quel vieil idiot », a soupiré Julia ; Thea avait un regard dur, désabusé, et je crois que nous pensions tous à ce que nous allions pouvoir lui dire le lendemain matin.

*

Et puis, la troupe qui se présente le lendemain à la répétition – dix heures, la « première heure » de l'acteur fatigué, l'humeur sinistre de la défaite et la pénombre prophétique. Gerald Manley Hopkins avait vu juste, évoquant un autre désastre :

l'espoir portait le deuil ; cela faisait douze heures qu'il avait disparu. Nous avions déjà vécu cela, pour certains d'entre nous, en 1983, et pire encore en 1987, mais c'étaient des défaites qui avaient pris effet immédiatement, lequel consistait à continuer comme avant. Le vote de la veille portait sur une action future, une dévastation qui resterait suspendue au-dessus de nos têtes, menaçante, pendant des années. Assez longtemps pour compter les mois, faire des projets, comme sous le coup d'une maladie mortelle. C'était quelque chose d'aussi personnel que cela que j'avais ressenti la veille au soir, en regardant la télé, et en la regardant de nouveau ce matin au réveil, en état de choc cognitif : que Giles avait gagné. Il était sur toutes les chaînes, interviewé chez lui, en studio, dans la rue. Il était très content, il était enchanté, mais ne souriait pas, pas tout à fait – ce qu'il nous laissait voir, c'était son impatience glaçante de s'atteler tout de suite à la tâche.

Quand Ted est arrivé, la conversation s'est tue, comme si nous étions les coupables. « Bonjour, tout le monde », a-t-il lancé sobrement, il a accroché son chapeau et s'est dirigé vers la machine à café. La victoire devait peser lourdement sur ses épaules. Et lorsqu'il a rejoint notre cercle lâche et s'est assis, il a semblé masquer l'éclat du succès sous une posture voûtée, confuse, coudes sur les genoux, en tenant sa tasse à deux mains.

« Nous commencerons directement à l'acte deux, a annoncé Thea. Cinq minutes ? » Elle était totalement professionnelle, nous avons regardé autour de nous, nous sommes levés en nous arrachant à la transe de notre stupéfaction, sommes passés devant Ted pour nous rendre aux toilettes, et chacun a fait ses petits étirements dans son coin, pas d'échauffement méthodique ce matin. Je papotais mes répliques comme à mon habitude, en arpentant la salle, comme si j'étais au téléphone dans la rue. L'acte deux s'ouvre sur un bref échange entre Annick, la nouvelle dirigeante visionnaire, et moi, son conseiller au fait des dernières technologies ; puis Ted entre en scène, et ils passent dix orageuses minutes ensemble, le flux et le reflux, la ruse et la force, de deux fortes personnalités de générations différentes enfermées ensemble. L'histoire se déroule dans un futur proche un peu plus brillant que celui que nous venions de nous représenter ; et comme c'est souvent le cas avec le jeu d'acteur, celui-ci recoupe çà et là, mais pas complètement, les préoccupations de nos autres vies. Je me soupçonne d'avoir laissé aujourd'hui ces ironies de la vie réelle colorer mon interprétation – Thea a légèrement plissé le front mais m'a laissé continuer. J'ai cédé la place à Ted, d'un grand geste affecté tandis qu'il entrait dans la pièce, puis je suis resté assis à les regarder, et ce qui est devenu insupportable, au bout de dix secondes, c'était la maestria de son jeu : sa maîtrise totale, dès la deuxième semaine de répétitions, à peine arrivé le matin, des couleurs et du timing, sa voix comme un orchestre, si souvent imitée qu'on en oublie son caractère unique, l'étrange manière agile qu'il a, pour un homme de son âge en surpoids, de s'emparer de l'espace nu et blanc de la pièce et de le façonner. Il faisait lourd aujourd'hui, un ventilateur balayant la scène de son ondulation silencieuse, dans un sens puis dans l'autre, dans l'éblouissement des néons ; mais Ted était déjà dans un théâtre. C'est (je suis sûr qu'il tenait vraiment à nous le rappeler) un grand acteur, riche d'une longue expérience, magnifiant une scène dans laquelle le *star power* d'Annick prend un tout autre tour, celui de la beauté et de l'avenir – et du fait d'être française. Pour l'heure, la pièce elle-même exige que nous nous entendions – deux ou trois comédiens ont avoué avoir pleuré hier soir, mais nous devons nous efforcer de retrouver un semblant d'unité après le premier choc de notre chagrin.

*

Le week-end suivant, notre avant-dernière visite à Crackers, pour nous occuper d'en vendre le contenu – non, la réalité était plus prosaïque : je veux dire que nous avions inscrit tout ce que nous ne voulions pas garder à la vente aux enchères mensuelle de la maison Morlands. Pour une fois, Richard a pris le volant et j'étais le passager, vaguement sidéré par les détails que je remarquais, corps de ferme, demeures imposantes et lointains clochers qui m'avaient échappé les deux ou trois cents fois où j'avais conduit sur cette route. Nous écoutions l'émission de musique classique *Record Review* à la radio – une discussion improvisée pour l'essentiel, désormais, loin des exposés concis et sans appel auxquels j'avais été habitué en grandissant. « Trop de "vous voyez" et de "genre" », estimait Richard, et j'ai acquiescé d'un ton bourru. Puis l'émission *Building a Library* de la BBC, consacrée ce jour-là au *Tallis Fantasia* de Vaughan Williams, et cela m'a quand même ramené en arrière : une grande rasade so British dans différentes versions, mélancolique, provocatrice, déterminée ou flâneuse, tandis que la campagne automnale défilait dehors. Plusieurs de ces versions, bien sûr, n'étaient pas anglaises mais des visions françaises, allemandes ou italiennes de ce que pouvait être l'identité anglaise, tantôt des murs de son, tantôt des voilages. Nous ne savions pas vraiment nous-mêmes laquelle nous préférions.

Les objets mis aux enchères étaient visibles pendant deux jours dans la salle d'exposition de la maison Morlands, qui ressemblait à une grange, avec l'odeur de fumier et de bêtes qui venait de la cour voisine où avaient lieu les ventes de bétail. « Et là, j'imagine, c'est les bêtes invendables ? s'est amusé Richard devant notre attirail offert à la vue de tous.

– Oh, regarde, me suis-je écrié, enthousiaste. La lampe sur pied. » La table de la salle à manger brillait d'un éclat hospitalier, les vieilles décolorations et les taches des verres de vin renversés se distinguant à peine. J'avais fondé de grands espoirs sur cette table, ainsi que sur les chaises et les antiquités chics d'Esme, la table de jeu de style Régence, la commode galloise ; mais Morlands m'avait prévenu que ce genre de mobilier n'avait quasiment plus aucune valeur – les jeunes ne veulent plus de ces vieilleries de nos jours. Le carton rempli de casseroles en aluminium corrodées, du hachoir et du mixeur, je ne voyais personne se jeter dessus ; et puis, il y avait les transats et l'abreuvoir à oiseaux du jardin, et le cadran solaire avec sa maxime SENSIM SINE SENSU, connue depuis l'adolescence – « Même si je n'ai jamais su précisément ce qu'elle signifiait, ai-je dit. Juste du charabia, à en croire Esme. » Richard l'a étudiée, elle n'est pas facile à déchiffrer. « Eh bien, c'est de Cicéron, n'est-ce pas ? a-t-il déclaré, avec un peu trop d'empressement. *De Senectute*. J'imagine que ça veut dire, genre… “lentement, sans même le sentir, nous vieillissons”.

– Genre ? ai-je répété.

– Je veux dire qu'il s'agit d'une traduction approximative », a-t-il répliqué, en me donnant une tape sur le poignet.

*

Dans la maison, il ne restait plus que les choses invendables, l'ensemble canapé-deux fauteuils hautement inflammable et les cinq lits. Et dans la chambre de maman, la tâche repoussée jusqu'au tout dernier moment, par sentimentalisme et indécision : les deux armoires pleines de ses vêtements. Je suis monté seul dans la chambre. Maman était morte depuis huit mois et ses cendres étaient désormais enterrées avec celles d'Esme, mais j'avais quand même l'impression d'être un intrus – toujours cette habitude idiote mais irrépressible de frapper en poussant la porte contre l'épaisseur miteuse de la moquette. Le matelas dépouillé était la chose la plus atroce, signal hospitalier d'un patient disparu. Le doux soleil d'été déclinait sur la vieille moquette verte, tachée et élimée, mais comme neuve sur les deux carrés qui avaient accueilli les placards de chevet. C'était la chambre de vieillesse où maman avait dormi seule pendant les quatorze dernières années de son existence – les couchers de bonne heure, les levers aux aurores malgré les somnifères. Il était difficile de s'en souvenir dans toute sa splendeur, de la colorer comme le lieu de sa vie la plus passionnée.

Au cours de sa dernière année, je l'entendais souvent marcher à trois ou quatre heures du matin. « C'est l'aube dès qu'on peut voir les veines sur ses mains, m'a-t-elle dit un matin, comme je lui apportais son thé. C'est l'une des rares choses que disait ton père dont je me souvienne.

– Oh, vraiment ? » ai-je dit d'un air indifférent, de peur qu'elle se referme comme une huître, pour lui faire sentir au contraire qu'elle allait devoir se livrer un peu plus pour faire ressortir l'intérêt de son propos.

« On peut dire qu'il était vraiment poétique. Ou observateur plutôt, peut-être, a-t-elle repris.

– Je vais tester ça moi-même, quand les oiseaux me réveilleront. Il y a un merle, par ici, qui se déclenche comme une alarme de voiture ! » Elle a souri, et bien sûr, ce que je ne pouvais m'empêcher de me représenter, c'étaient ses mains à lui et celles de maman dans la première lueur du jour, annonçant qu'il leur fallait se séparer. C'était, à sa manière discrète, la révélation d'une vie. « Quelles autres choses poétiques disait-il ? »

Maman a cligné des yeux en secouant la tête. « J'aimerais pouvoir m'en souvenir », a-t-elle soupiré. Et je me suis demandé si c'était seulement maintenant, à quatre-vingt-douze ans, qu'elle s'était souvenue de la remarque de mon père au sujet de l'aube, ou si elle y avait pensé de temps à autre pendant soixante-dix ans, mais avait gardé ça pour elle. À chaque visite, je coupais ses ongles qui poussaient si vite, et sentais comme je l'avais fait toute ma vie la chaleur de ses mains, inchangée, toutes tordues qu'elles étaient maintenant, au point qu'elle ne pouvait plus coudre et remplissait les cases des mots croisés de lettres maladroites, et les veines ressortaient bel et bien, épaisses et bleues, sur sa peau tachée.

J'ai refermé sans bruit la porte derrière moi et traversais la chambre avec une lourde détermination quand la sonnerie, en bas, a retenti. Richard n'est pas allé ouvrir, si bien que je suis descendu. C'était Jane Mew. « J'ai vu ta voiture, a-t-elle expliqué, et je ne pouvais pas m'en aller sans passer dire bonjour. Et aussi, je suppose, au revoir.

– Oh, Jane ! » me suis-je écrié, et je l'ai enveloppée d'un sourire triste – j'ai songé qu'elle n'aimerait sans doute pas que je la prenne dans mes bras. « C'est très gentil à vous. D'ailleurs, vous arrivez juste à l'heure pour un petit sherry » – ce qui l'avait poussée, devinais-je, en vertu d'une habitude qui avait la vie dure, à se présenter précisément à cette heure-là.

« S'il t'en reste une goutte, a-t-elle dit.

– Il y en a une demi-bouteille, que nous gardons pour les cas de force majeure.

– Eh bien… », a dit Jane, tapant ses bottines sur le paillasson et jetant un coup d'œil derrière moi, au moment de franchir le seuil, pour se préparer à la maison vide.

« Pour tout dire, vous tombez vraiment à pic – nous étions justement sur le point de trier les habits de maman.

– Richard est avec toi, c'est bien.

– Je n'ai pas arrêté de remettre ça à plus tard. Vous aurez peut-être des idées sur ce qu'il faut en faire.

– Je ne sais pas… Je pourrais jeter un coup d'œil, j'imagine.

– Bien sûr, ai-je poursuivi en entrant dans la cuisine, s'il y en a qui vous font envie…

– C'est gentil d'y avoir pensé, Dave. Mais nous n'étions vraiment pas faites pareil, ta mère et moi.

– Ah… » Impossible de le nier : maman avait toujours été très mince, tandis que Jane était petite et désormais extrêmement corpulente ; les pantalons de velours marron étaient sa tenue de prédilection, jamais confectionnés, je crois, par sa vieille amie. « Il y aura peut-être un foulard, ou quelque chose comme ça ? » La pensée de ces vêtements semblait l'inquiéter, mais elle ne voulait pas se dérober devant la tâche. Après avoir vidé son premier sherry, elle m'a suivi à l'étage pendant que Richard s'attaquait à la préparation du déjeuner.

Cette fois j'avais conscience, en ouvrant la porte de la chambre, du choc qu'allait être pour elle cette pièce nue – je suis entré le premier pour faire écran. « Ah, oui, a-t-elle bredouillé en balayant la chambre du regard.

– Vous êtes déjà entrée ici, n'est-ce pas ?

– Une ou deux fois, je crois.

– Laissez-moi vous montrer l'étendue du problème », ai-je dit, et j'ai traversé rapidement la pièce, cette fois, pour ouvrir en grand les portes de la première armoire encastrée, puis, d'un geste théâtral, celles de la seconde.

Jane est restée plantée là à contempler ce spectacle extraordinaire, jupes et robes tellement serrées sous la tringle que lorsque j'ai ouvert les portes, elles ont semblé relâcher un grand souffle et se déployer à l'intérieur de la chambre en un froufrou d'écarlate, de jaune moutarde et de violet, les couleurs osées de toujours. Jane a fixé ces habits pendant dix secondes, lèvres serrées, en pleine maîtrise de soi. Puis elle a soupiré : « Oh, mon Dieu… » et m'a gratifié d'un bref sourire pudique.

« Si vous préférez ne pas le faire, ai-je dit – je sentais qu'elle allait me faire craquer.

– Non, non, Dave – allons-y. C'est pour elle qu'on le fait. C'est le travail de toute sa vie. »

De sorte que Jane m'a été d'une grande aide, à sa façon, mais en tant que bonne amie de maman pendant plus d'un demi-siècle, elle était plus bouleversée que Richard ne l'aurait été. J'avais toujours eu de l'affection pour elle, car elle faisait partie du groupe des filles, mais depuis mon départ de la maison, nos conversations lorsque nous nous croisions ne portaient que sur ce que je faisais, moi, et j'avais fini par me la représenter, presque, comme une femme sans vie propre. Et voilà que nous étions brusquement intimes – je sentais, juste un peu, que je m'immisçais dans sa vie. « Je me souviens de celle-ci », a-t-elle dit en tendant le bras pour attraper une robe rouge et l'étaler sur son bras, afin que nous puissions l'admirer. « Elle avait une allure extraordinaire dedans.

– Elle est superbe, ai-je acquiescé. Je m'en souviens aussi. Elle l'avait confectionnée tout spécialement pour la fête, quand nous avons emménagé ici. Que pensez-vous que nous devrions faire de ces robes, Jane, surtout les plus belles ? » J'en ai décroché une autre, une robe d'été, ornée de feuilles vertes et bleues. « Je me rappelle l'avoir vue sur elle.

– Oui, tout à fait, a dit Jane. Et puis… » – sa silhouette courtaude tâtonnant, recouverte presque, entre deux robes froufroutantes – « … il y a aussi celle-là, sa spéciale moulante !

– Elle a porté ça ? me suis-je étonné.

– Si elle l'a portée !

– Eh bien, ça me fait plaisir… », ai-je bredouillé, et nous nous sommes souri. Nous avions atteint assez vite, grâce au sherry peut-être, cet état de fascination excitée pour les affaires d'un défunt, qui coexiste parfois avec le chagrin. Nous avons tout passé en revue, alors, riant et grimaçant, Jane se mouchant parfois. Les jupes et les robes étaient autant de fêtes, et de mariages, et de jours de semaine ordinaires, des grands succès usés jusqu'à la corde et un ou deux articles osés que même Jane ne l'avait jamais vue enfiler. Je me méfiais un peu de la rapidité de toute cette affaire, après huit mois d'attente. C'était comme lever le deuil.

« Ce que je ferais, Dave, je crois…, a-t-elle commencé après avoir trié les vêtements en tas ondulants sur le lit. Auriez-vous une grande valise ? Il faudrait mettre dedans tout ce que vous voulez sauver, deux valises peut-être, et vous les déposez dans une friperie haut de gamme. Pas celle d'ici, on ne voudrait pas que des inconnues se baladent en ville avec – moi pas, en tout cas. Et pas non plus dans une boutique proche de chez vous, à Londres. Déposez-les quelque part entre les deux.

– High Wycombe ? ai-je suggéré.

– Je crois qu'ils trouveraient de merveilleux foyers à High Wycombe », a dit Jane, si judicieusement que j'ai éclaté de rire.

Une partie des pantalons et des vestes étaient tachés, et Jane m'a dit de les mettre dans un sac poubelle. J'avais l'impression d'être un enfant qui avait besoin qu'on lui dise quoi faire, et qu'on lui en donne la permission. Quand je suis remonté à l'étage avec le sac, elle était agenouillée sur le plancher, et le profond tiroir au pied du placard, destiné je crois aux chaussures, était ouvert. « Tu as vu ça ? » a-t-elle demandé. Elle s'est penchée en se tournant vers moi, une fine étole de soie rouge posée en travers de ses bras, tel un habit de cérémonie, les couleurs aussi vives que si elle était neuve. « Il était là, sous ces vieux tricots.

– Son *longyi*, ai-je soupiré. Ça faisait cinquante ans que je ne l'avais pas vu. » Puis j'ai regardé Jane sortir d'une pochette en papier de soie le magnifique *gaung baung* que maman avait enroulé autour de sa tête et de la mienne certains soirs d'insouciance, rares, quand j'étais petit. Jane me l'a tendu, j'avais l'impression de le connaître et de ne pas le connaître, car il était ce qu'il avait toujours été, pas ce dont je me souvenais, même si, maintenant qu'il glissait entre mes mains, il ramenait avec lui l'ombre et l'éclat de ces jours que j'avais totalement oubliés, et qui, quatre ou cinq secondes plus tard, avaient de nouveau disparu.

« Ceux-là, a dit Jane, il faudra toujours les garder.

– Oh oui, bien sûr », ai-je dit, et je les lui ai rendus pour qu'elle me les emballe. Puis je l'ai aidée à se relever. « Maman ne vous a jamais parlé de la Birmanie, et de ce qui s'est passé là-bas ? » Je me sentais soudain mal à l'aise d'avouer ma propre ignorance et de lui demander, peut-être, de briser un secret.

« Eh bien c'était de la terrible solitude, David, qu'elle parlait parfois.

– Vraiment ?

– Elle avait fait tout ce chemin pour une raison, et puis elle s'est demandé ce qu'était cette raison. Si tu vois ce que je veux dire. »

J'ai réalisé tout à coup, finalement, que j'aurais vraiment dû poser la question directement à maman – ça, et un tas d'autres choses. « Elle ne parlait jamais de mon père ? »

Jane a réfléchi un long moment, à mon grand désarroi. « Bon, elle n'était pas amoureuse de lui ni rien – je suis désolée, Dave…

– Oh non, je vous en prie, Jane, vous n'avez pas à me ménager – je veux dire, ce n'est pas de mes sentiments qu'il s'agit.

– Eh bien… », a-t-elle dit, et elle m'a fixé dans les yeux, comme pour me signifier que c'était en soi un sujet qui aurait mérité qu'on s'y attarde, mais elle a poursuivi : « … donc elle se sentait seule, comme je le disais, et elle avait quoi, vingt-quatre ans ? Tu te souviens de ce que ça fait… », avec un sourire curieux, et j'ai dit : « Oh, oui, je m'en souviens…

– Et puis elle était à l'autre bout du monde… »

Je m'interrogeais encore sur maman – c'était une actrice redoutable, car tout le monde pensait qu'elle ne savait pas jouer la comédie. Dans les jeux de société comme *Contraband* ou *Cheat*, elle nous choquait souvent avec ses mensonges gagnants éhontés, alors qu'elle donnait l'impression d'avoir à peine compris les règles. « Vraiment, Avril, disait Esme, je n'avais pas idée que je vivais avec une fourbe aussi chevronnée. » Les manières discrètes et pressées de maman semblaient ne pas laisser le temps de planifier une tromperie, et même exclure toute aptitude à la mener à bien. J'ai dit : « Jane, ce n'était pas une espionne, n'est-ce pas ? Esme la taquinait souvent là-dessus en disant que c'était sûrement le cas – je comprends que ça puisse paraître logique, d'une certaine manière, mais je ne crois pas qu'elle l'ait été – et vous ?

– Eh bien… », a répondu Jane, clignant des yeux vers la fenêtre comme si ma question l'avait désarçonnée, puis me dévisageant, les yeux plissés : « Eh bien, *elle*, non. »

Elle a développé un peu, expliquant qu'elle ne connaissait pas tous les détails, la situation à Rangoon était assez complexe, mais c'était comme si elle parlait dehors, sous la fenêtre, ses lèvres s'agitaient mais seuls des sons étouffés en sortaient. Le plus étrange, c'est qu'il s'agissait là d'une de mes premières histoires, quand j'expliquais dans un dortoir ou lors d'une marche confidentielle dans les bois avec un ami l'absence inexplicable de papa, l'agent secret, le James Bond de Birmanie.

« Oui, je vois, ai-je soufflé.

– La raison pour laquelle elle ne nous a jamais parlé de lui, c'est qu'elle-même ne savait rien de cet homme. Je crois qu'elle l'a seulement vu deux ou trois fois. »

J'ai répondu : « Mais elle disait… », et puis j'ai éclaté de rire devant l'inutilité d'une telle protestation.

« Dès que leur petite aventure a été découverte, le type a tout bonnement disparu » – Jane a rejeté la tête en arrière avec un regard désabusé, comme pour dire à la fois *bon débarras* et *tu t'attendais à quoi ?*.

J'aurais voulu plaider la cause de ma mère, défendre une version de l'histoire un peu plus glorieuse. « Mais elle avait la photographie, ai-je dit. Dans le joli cadre. Ça voulait forcément dire quelque chose.

– Oui, j'imagine que c'est lui », a dit Jane.

Ce n'était pas le moment de me montrer cassant avec l'amie éplorée de maman, mais j'ai répliqué fermement : « Quand même, c'est écrit au dos, Jane. »

Elle a baissé les yeux, les a relevés, elle avait remarqué mon ton. « Oh, je crois qu'il pourrait très bien s'agir de ton père, Dave. Mais je doute que ce soit son nom. »

*

Pour la maison proprement dite, plusieurs offres sont arrivées le jour même de sa mise en vente, et le prix a grimpé pendant deux semaines, de manière bienvenue mais abstraite. Les appels de l'agent immobilier étaient empreints d'un enthousiasme que je ne pouvais égaler. Je n'avais jamais tellement aimé cette maison, même si elle avait été mon chez-moi pendant l'essentiel de ma vie, et que j'en connaissais le moindre placard, la moindre porte bloquée, le moindre recoin de plancher qui grinçait. Sans la présence de ma mère dedans, et des choses qu'elle y avait fabriquées, c'était plus que jamais un lieu qu'il me fallait quitter pour de bon.

« Reviendrons-nous jamais ici ? » ai-je demandé. Quand l'affaire a été conclue, une fois le délai exact écoulé, j'ai poussé les clés de Crackanthorpe Lodge dans la boîte aux lettres de Knight Frank, et suis resté là à contempler l'enveloppe gisant sur le paillasson, derrière leur porte vitrée verrouillée. Sur la vitrine, tenues par des fils quasi invisibles, des photos couleur de deux douzaines de maisons à vendre et à louer étaient suspendues, étincelantes, dans les airs. Pour la première fois de ma vie, je n'avais nulle part où me glisser dans cette ville. « Je suis sans abri, ai-je déclaré en remontant dans la voiture.

– Mm, a répondu Richard. Sauf qu'à la différence de la plupart des sans-abri, tu possèdes également une maison avec trois chambres à Kentish Town. Et tu viens juste de recevoir 845,700 £ sur ton compte en banque. »

J'ai cherché à tâtons une consolation dans tout cela, mais comme nous retraversions la place déserte puis partions à l'assaut de London Street, avec la perspective de deux heures de route devant nous, j'ai entraperçu çà et là, à travers les fenêtres, les portes qui se fermaient, des gens que je ne connaîtrais jamais et qui entamaient leurs soirées, comme ils l'avaient toujours fait et le font encore aujourd'hui.

33

Au mois de mars suivant, Cara a organisé un « rassemblement commémoratif » (pas une *messe*, insistait-elle, et certainement pas une *réunion*, Mark en avait connu bien assez au cours de sa longue existence). Elle m'a demandé si j'accepterais de lire un poème et nous avons échangé des propositions par textos pendant toute une semaine avant de tomber d'accord sur Yeats – grandiose, sombre et assez déconcertant, estimais-je, pour une bonne partie de ceux qui risquaient d'être là. « Certes, parmi les fleurs des pelouses d'un riche… » Mark, comme moi, avait son anthologie intime, je l'entendais encore me réciter ces vers trente ans plus tôt – nous les avions entonnés ensemble, presque en cadence, en nous regardant dans les yeux :

Si les objets sur quoi les plus grands des humains
Comptent le plus pour exalter ou pour bénir
Prennent notre grandeur avec notre amertume ?

Le « rassemblement » avait lieu dans l'auditorium du Cadogan Hall, à Londres, où je me suis trouvé au cœur d'une immense foule de gens qui m'étaient presque tous inconnus. J'ai repéré les directeurs de la Tate, du British Museum, du festival d'opéra de Glyndebourne… Les orateurs étaient assis au premier rang à des places réservées, certains accompagnés de leur conjoint, de leur compagne ou compagnon ; Richard, hélas, interlocutait ce jour-là à King's Lynn. J'étais placé à côté du célèbre peintre John Constable ; en attendant que la cérémonie commence, nous avons eu une conversation étonnamment sincère et émouvante au sujet de Lydia, qu'il avait beaucoup fréquentée lorsqu'il vivait à New York dans les années quatre-vingt. Nous étions d'accord sur le fait qu'elle devait beaucoup manquer à Cara, en particulier ce jour-là. Derrière nous, des rangées et des rangées d'invités discutaient eux aussi, sur une tonalité incertaine induite par cette salle, à mi-chemin entre le théâtre et la chapelle. Le programme imprimé était intitulé « Mark André Hadlow 1922-2016 / Une célébration », mais l'événement avait quelque chose des funérailles que nous avions tous ratées.

Tout le monde s'était certainement demandé si Giles prendrait la parole, mais il avait eu une inévitable réunion à Bruxelles à la même heure exactement. Il était très impliqué désormais, nous ne le savions que trop bien, dans des simulacres insultants de négociations avec les dirigeants de l'UE. Charles Pearson, le maître de cérémonie, s'est permis une plaisanterie discrète à ce sujet, elle a provoqué un rire amer et d'une impressionnante unanimité, qui a résonné longuement dans cet auditorium. Giles avait toutefois écrit une brève salutation, comme il l'appelait lui-même, que Pearson nous a lue – j'ai tambouriné un grondement assourdissant dans ma tête pour ne pas l'entendre. En outre, Laura Hadlow était venue, accompagnée de leur fils et de leur fille, que je n'avais vus jusqu'ici qu'à la télévision, adolescents inquiets qui tourbillonnaient dans le sillage de leur père à Brighton ou Blackpool ; ils allaient à présent sur leur trentaine, la fille avait le teint pâle de Laura, le garçon ressemblait de manière troublante à Mark. Ils étaient assis avec Cara, à droite près de la scène, compensant un peu l'absence criante de ses propres enfants.

J'ai appris beaucoup de choses des deux premiers orateurs, dont un collègue de Mark de la première heure, qui a décrit le contexte familial, un père dans les affaires et une mère française aussi glamour que difficile, qui avait sa propre carrière sur les planches : le mariage n'avait été ni heureux ni durable, mais Mark en avait hérité l'indéfectible conviction d'appartenir aux deux cultures. Eric Hadlow avait instauré le système des bourses qui portaient son nom, dans l'école privée de son fils – l'espace d'un instant, à ma grande surprise, je me suis empourpré, comme si tout le monde avait les yeux braqués sur moi. Puis une femme est montée sur scène, que j'avais parfois vue à la télévision en train de démolir les arguments économiques du gouvernement avec une sévérité laconique. Aujourd'hui, elle se montrait plus expansive, évoquant le génie des affaires de Mark, et ses actions philanthropiques sans cesse plus importantes, qui avaient justifié à elles seules, dans l'esprit du défunt, le fait de gagner d'aussi indécentes sommes d'argent. Cette impression de quasi-sainteté était d'autant plus crédible, venant d'une source aussi féroce. Ensuite, un jeune quatuor à cordes que Mark avait parrainé a joué une pièce de Haydn qui, dans sa vigueur, son inventivité et son bon sens, a paru confirmer ce que les deux précédents intervenants avaient dit au sujet de Mark. Je crois que nous comprenions tous, maintenant, à quel point la présence de Giles à cette cérémonie aurait été impossible.

*

Quand mon tour est venu, j'ai vu des gens jeter un œil sur le programme et me regarder, pour certains, avec stupéfaction, tendant l'oreille comme s'ils craignaient de ne pas m'entendre. (Personne n'a jamais eu de mal à m'entendre.) Mais d'autres, à l'évidence, me reconnaissaient, et j'avais l'impression qu'une partie d'entre eux étaient au fait de mon rôle dans cette histoire, et prenaient même plaisir à écouter et accepter cette personne racialement autre. J'avais mémorisé le poème pour le rendre plus immédiat, mais pour certaines personnes, c'est toujours un peu déroutant, elles se sentent soudain gênées et écoutent à peine ce que vous racontez. Si bien que j'ai tenu mon *Poèmes choisis de W.B. Yeats* dans ma main, afin d'ancrer et de formaliser leur expérience. Le recueil lui-même, quand je posais les yeux dessus, ressemblait pour moi à un rassemblement commémorant toutes ces années obscures durant lesquelles je l'avais possédé et lu, en y glissant des marque-pages.

Certes, parmi les fleurs des pelouses d'un riche,
Parmi le bruissement de ses coteaux plantés,
Sans pénible ambition la vie même déborde
Elle descend en pluie et le bassin s'écoule…

J'ai relevé les yeux et scruté les rangées de visages inclinés, les taches feutrées de rouge çà et là dans le motif dominant des costumes et des robes sombres, avec une question dans ma tête sur la place que j'avais pu avoir dans une vie pleine de ces centaines d'autres personnes. J'avais le sentiment d'être un intime, et en même temps d'être rejeté à la périphérie – j'étais un cas particulier pour Mark et Cara, avec des privilèges auxquels d'autres, qui les connaissaient beaucoup mieux et les fréquentaient tout le temps, n'avaient jamais pu prétendre. Et j'avais ce sentiment, vieux de cinquante ans, que Mark lui-même était juste et attentionné, mais un peu distant, tandis que Cara était celle dont les émotions étaient disponibles et changeantes.

Mais, le maître enterré, souris peuvent danser,
Le lointain descendant de la belle maison
Peut n'être que souris, malgré bronzes et marbres.

Ils ont encaissé, tous ces hauts personnages, comme ils y étaient obligés ; au nom de Mark aussi, et de l'art.

*

Ensuite, nous sommes passés dans un salon de réception lugubre, avec ses piliers métalliques peints en blanc et ses portes coupe-feu, mais le personnel était nombreux et attentionné, et nous n'avons pas tardé à remplir les lieux de notre brouhaha et de notre activité. J'ai fait glisser une flûte de champagne vers moi sur le plateau et observé les alentours, ne sachant où trouver interlocuteur à mon pied. J'aurais tant aimé que Richard m'accompagne. Plusieurs personnes m'ont félicité en passant, plusieurs autres n'en ont rien fait. Un vieux couple sympathique qui m'avait vu dans *Bajazet* s'est approché et nous avons parlé pendant quelques minutes. « Eh bien, nous allons vous laisser à vos admirateurs ! » ont-ils conclu, et ils se sont dirigés vers le buffet, me laissant seul. J'ai repéré le fils de Giles, alors qu'il jetait un coup d'œil par-dessus son épaule ; quelques instants plus tard, il s'est écarté de son groupe. « Bonjour, Mr Win ! m'a-t-il lancé. Merci infiniment pour vos mots, aujourd'hui.

– Ce n'étaient pas vraiment les miens, ai-je corrigé.

– Mais vous les avez lus si magnifiquement…

– C'est gentil, merci », ai-je dit, tandis qu'il ne cessait de me regarder en souriant. J'ai senti que j'avais pour lui l'intérêt de qui vient de se produire sur scène, et qui, avec un peu de chance, le refera peut-être. « Tu dois être… le petit-fils de Mark – tu lui ressembles tant. » Il avait vraiment les mêmes yeux, le même front, mais une bouche plus pleine, et comme un tressaillement qui se mêlait au charme, réflexe né peut-être d'avoir pour père Giles Hadlow.

Nous nous sommes serré la main et il a dit : « Oui, je suis David Hadlow. » L'espace sens dessus dessous d'une ou deux secondes, j'ai imaginé que Giles m'avait fait le plus touchant des compliments – fort timidement et de manière un peu humiliante.

« Je ne savais pas que tu t'appelais David…

– Oh, en l'honneur de mon parrain, David Harris… vous le connaissez ?

– Oui, bien sûr, je vois de qui tu parles », ai-je répondu. Il me semblait tout de même grotesque que Harris le Fasciste ait non seulement un prénom chrétien, mais le mien.

« Nous vous avons vu dans *Espace* à l'Almeida, l'été dernier, vous étiez génial.

– Oh, merci – c'était très amusant à jouer.

– Nous pensions que la pièce allait forcément se jouer ensuite dans le West End.

– Nous l'espérions aussi, ai-je avoué, discrètement. Mais Annick ne pouvait pas s'engager.

– Oui, je comprends, bien sûr…

– Vous allez souvent au théâtre ? » Voilà que je parlais comme la reine mère, déconnectée des us et coutumes de la jeunesse.

« Oui, énormément. En fait, mon compagnon est scénographe… », il a regardé autour de lui et a posé sa main sur le bras d'un jeune homme aux cheveux blonds décolorés qui discutait avec le groupe derrière lui. « Baby, a-t-il dit, je te présente David Win. »

Baby est resté bouche bée en nous rejoignant. « Bonjour, je m'appelle Jonny, a-t-il dit. Je suis tellement content de vous rencontrer ! », et il a esquivé ma main tendue pour jeter un bras autour de moi et m'embrasser au creux du cou. Peut-être était-il déjà ivre. « David m'a dit que vous étiez à l'école avec son père !

– Je sais…, ai-je soupiré. C'est extraordinaire, non ? » Il avait toujours la main sur ma taille. J'essayais de me représenter les relations de Giles avec son fils, et le petit ami de son fils : cordiales peut-être, mais tout aussi possiblement brutales. Je savais qu'il s'était abstenu lors du vote sur le mariage gay, sous le gouvernement Cameron – « Il ne m'appartient pas, avait-il déclaré dans l'émission *Question Time* de la BBC, de trancher dans une affaire aussi privée » : sa manière fuyante et pompeuse de dire non.

« Il était comment ? » a demandé Jonny, les yeux brillants.

Je me suis tourné vers David, qui semblait anxieusement curieux de ma réponse. « Je vous le dirai une autre fois, peut-être », ai-je dit, réponse diplomatique qui impliquait, en outre, l'idée de passer bientôt du bon temps avec ces deux jeunes gens, un dîner après un spectacle peut-être. Il y avait un vague sentiment de justice là-dedans, ou de vengeance.

« Ooh, OK… d'accord, a dit Jonny.

– Je ne sais pas si tu as eu l'occasion de passer du temps avec ton grand-père, ai-je dit à David.

– Eh bien… », a-t-il répondu, et maintenant, c'était lui qui hésitait au seuil d'un si vaste sujet. « Eh bien, énormément en fait. Nous allions souvent chez eux pour les vacances – ma mère nous emmenait.

– Oh, j'en suis très heureux.

– Oui, ils étaient merveilleux – évidemment ! C'était juste – vous savez…

– Oui, je sais, ai-je dit.

– Ah, mon chéri ! » s'est exclamé Jonny, et il l'a embrassé sur la joue. L'idée m'a soudain traversé l'esprit que Jonny avait peut-être pris quelque chose d'un peu plus fort que du champagne.

« Bref, nous n'allons pas vous retenir plus longtemps, a dit David, heureux mais un peu embarrassé par toute cette affection. Nous aimerions vous inviter un de ces jours – vous et votre mari. Si cela vous tente. »

L'espace d'un instant, j'étais de retour à Woolpeck, dans le long couloir carrelé de rouge où je serrais la main de Mark pour la toute première fois, en un temps où les mots que son petit-fils venait de prononcer étaient tout aussi inimaginables que marcher sur la lune. « Je sais que cela nous enchanterait tous les deux », ai-je répondu. Ils ont souri et hoché la tête, et ils sont repartis à travers cette foule de gens beaucoup plus vieux qu'ils connaissaient à peine.

*

Je me suis posté près du buffet, et j'ai persuadé la prudente serveuse de m'empiler un repas décent sur une assiette. Les chaises étaient prises par les nombreux invités qui en avaient besoin, de sorte que je me suis attaqué debout à ma salade de pommes de terre. Au bout de dix secondes, un vieil homme, très vieux, mais beau, le visage rose, s'est approché dans un fauteuil roulant poussé par son épouse exténuée mais enthousiaste. « Hello, hello », a-t-il lancé. J'ai senti que cet homme aimait faire la fête. « J'ai beaucoup aimé votre lecture.

– Merci, ai-je dit.

– C'était très bien. Très *clairement* lu. » Il m'a souri d'en bas. « *Keats*, a-t-il ajouté.

– Je crois en fait… n'était-ce pas plutôt Yeats ? est intervenue son épouse.

– Oui, c'était Yeats, ai-je confirmé.

– C'était Yeats, Mike » – et elle a secoué doucement son fauteuil.

« L'un des poèmes préférés de Mark, ai-je expliqué.

– Vous êtes acteur, n'est-ce pas ? Je suis sûr de vous avoir vu dans quelque chose.

– Oui, je suis acteur, ai-je répondu. David Win », et j'ai laissé tomber ma tête en avant, ayant les deux mains prises.

« Dans quoi avez-vous joué ?

– Eh bien… j'ai joué dans *La Guerre de Wingate*… ?

– Ça doit être ça. Eh bien, c'est formidable !

– Et vous êtes ? l'ai-je interrogé, l'air penaud.

– Oh… » – il a secoué la tête, comme si son nom était tellement insignifiant qu'il s'en souvenait à peine lui-même, puis a marmonné : « Je m'appelle… je m'appelle Mike… Mike Kidstow.

– Ah, ah ! » ai-je répondu, souriant de cet ajustement aussi soudain que vaste, l'importance révélée de ce vieil homme soigné et conscient de son charme, avec sa serviette, son assiette et son pouvoir accumulé – accumulé mais peut-être de pure forme aujourd'hui, pour une grande part, et sur le déclin. « Je sais que Mark et vous étiez des amis de longue date.

– J'étais à l'école avec Mark », a-t-il répondu, souriant de nouveau à la perspective de ce tas d'anecdotes qui allaient peut-être enfin trouver leur moment.

« À Bampton, vous voulez dire ?

– Tout à fait…

– J'ai étudié là-bas aussi. »

Maintenant il rayonnait, à travers sa propre surprise. « Donc nous sommes tous des Anciens de Bampton, a-t-il dit. Comme c'est drôle ! Bon, j'ai quatre-vingt-onze ans, donc j'avais deux ou trois ans de moins que Mark, mais nous sommes devenus de grands copains – vraiment très proches.

– Oui, je vois… », ai-je dit.

Son épouse a de nouveau secoué le fauteuil. « Ne te lance pas dans ces histoires, Mike, a-t-elle grondé.

– Maintenant, j'ai envie de connaître la suite ! ai-je protesté.

– Ne puis-je pas raconter… ? a dit Mike Kidstow, l'air perplexe. C'était il y a combien… soixante-dix-huit ans !

– Oh, raconte ce que tu veux, chéri. Je vais me chercher un autre verre. » Et elle s'est dirigée vers le buffet, vidant son verre en route.

« Bon… », a soupiré Mike, et je me suis accroupi avec mon assiette à côté de son fauteuil, que ce qu'il allait me dire reste entre nous ; nous étions des amis très proches. « Vous l'ignorez sans doute, mais ce cher vieux Mark – ah, Cara, Cara… ! »

Me retournant, je l'ai vue, sa canne dans une main et une flûte de champagne dans l'autre. « Oh, vous buvez un verre, ai-je dit, avec une sorte de culpabilité. C'est bien !

– Ah ça oui, j'en prends un, a-t-elle répliqué.

– J'étais en train de lui dire combien sa lecture de ce poème avait été magnifique, a dit Mike.

– Voudrais-tu bien m'aider un instant, David ? » a demandé Cara.

Je me suis redressé. « Bien sûr. Je suis vraiment désolé », ai-je dit, comme je lui emboîtais le pas, laissant lord Kidstow tout sourire, seul dans son fauteuil au fond de la salle. Je me demande encore ce qu'il voulait me raconter.

34

Nous rentrions en voiture du pays de Galles, et une idée d'abord vague a peu à peu enflé en l'espace de quatre ou cinq kilomètres, jusqu'à devenir une chance à ne pas laisser passer. C'était une belle journée venteuse – le vent soufflait violemment depuis des semaines, précipitant l'automne à travers champs et jardins, déshabillant les arbres qui, par des jours plus calmes, auraient pu se laisser admirer plus longtemps. J'ai ralenti pour tourner au carrefour après Swindon, et bientôt nous nous sommes retrouvés dans les étroites routes de campagne qui mènent à Shrivenham et à Woolpeck. Les Downs, à leur manière changeante, comme dans un rêve, ont d'abord fait profil bas, comme une défaillance de la mémoire. J'ai déclaré : « Si je vis aussi vieux que ma mère, j'ai encore vingt-trois printemps devant moi. » C'était ainsi que je m'étais rassuré bien des années plus tôt, au tournant de l'âge mûr – en me disant qu'il restait autant de temps devant moi que derrière, et le charme tenait encore malgré la disproportion sans cesse plus périlleuse entre hier et demain.

« Si l'on se fie à ce critère, moi, je n'en ai plus qu'un, a fait remarquer Richard. Où allons-nous ?

– Je me disais que nous pourrions peut-être passer un moment au sommet de la colline, je ne crois pas que tu aies jamais profité de cette vue. » Et, quatre ou cinq minutes plus tard, les flancs crayeux des Downs ont commencé à s'élever, occupant la partie basse du ciel, sublimement lointains et pourtant à portée de main, conférant une échelle nouvelle à tout ce qui se trouvait à leur pied – fermes et forêts et replis de la terre. Le Byre était en train de basculer dans l'ombre, le buisson épineux demeurant un jalon à mi-pente, et le sommet de la colline resplendissait là-haut, dans l'éclat du dernier soleil ; l'entaille sur le circuit des Rings se découpait clairement sur le fond bleu du ciel. C'était à peu de chose près la vue que Cara avait immortalisée dans le tableau que nous avions chez nous, et Richard a simplement dit : « Ah oui, je vois... »

Nous sommes entrés dans Woolpeck par une petite route qui se faufilait à travers le village depuis l'ouest et nous a conduits à un carrefour en T près d'une rangée de maisons mitoyennes des années trente, les logements sociaux d'antan, leurs jardins désormais noyés sous le gravier pour accueillir les voitures, leurs toits parés de l'éclat dernier cri de panneaux solaires. J'ai pris à droite d'instinct, mécontent pendant un moment de ne pas savoir où j'étais. Puis la route a décrit une courbe régulière vers la gauche, laissant derrière elle l'extrémité d'une grange et là-bas, à l'autre bout de la prairie, du côté de Richard, se dressait la ferme, avec ses trois pignons et le regard fixe de ses dix fenêtres, le même dépouillement qu'autrefois, et la sensation qu'on lui avait encore enlevé quelque chose. Mon esprit était absorbé par des impressions outrepassant les mots, et je me suis rangé sur le bas-côté à l'endroit où la haie était assez basse pour que nous puissions voir de l'autre côté. « Bon..., ai-je commencé, contemplant et hochant la tête. Mon Dieu... on dirait qu'ils se sont débarrassés du court de tennis ; autrefois, une immense haie se dressait juste derrière, et la grange aussi qui servait d'atelier à Cara – tout ça a disparu.

– Je vois..., a dit Richard. Écoute, nous ferions peut-être mieux de descendre de voiture » : ce que nous avons fait, et en étudiant la maison, j'ai eu l'étrange sensation que nous étions nous-mêmes observés. J'avais l'impression qu'un but inadmissible m'avait mené là, et quand une femme passant avec son chien a lancé : « Bonjour ! », à la manière des campagnes, que j'avais toujours connue en grandissant avant de l'abandonner à Londres, j'ai souri et continué de marcher, comme si cette maison ne nous concernait pas du tout. Mais bien sûr, elle était envoûtante, elle se détachait de tout le reste aujourd'hui car elle me possédait depuis le passé. Si son cadre semblait plus désolé et plus nu, sur la droite, au moins, l'image était encadrée par la double rangée de hêtres qui flanquaient l'allée, les dernières feuilles s'accrochant encore, les cimes aussi hautes que le toit de la grange, à l'arrière-plan.

« Ces arbres venaient tout juste d'être plantés la première fois que je suis venu ici, ai-je expliqué.

– Eh bien, c'était il y a près de cinquante ans, mon amour », a fait remarquer Richard.

Toute trace des Pollitt avait disparu – je l'ai tout de suite senti. Giles avait loué la ferme sous la forme d'un bail à long terme, et la maison avait l'allure ordinaire, non hantée, d'un endroit où une famille vaque à ses occupations sans penser à celle qui vivait là auparavant. Nous sommes arrivés devant le portail et avons jeté un long coup d'œil à l'intérieur. Il émanait des lieux une impression d'ordre, la sensation que cette vaste propriété était occupée avec fierté, mais sans le moindre sentimentalisme. Je sentais le mystère de son autonomie, elle était pratique mais privée, absorbée comme elle l'avait toujours été par ses propres affaires, qui n'étaient pas les nôtres. Tandis que nous regagnions la voiture, puis reprenions la route et montions aussi loin que possible, jusqu'au parking des randonneurs, j'ai tenté d'expliquer la présence de cet endroit dans mon esprit, sa fonction, lui qui était si habituel qu'il semblait instinctif, visité d'innombrables fois, de petites occasions mentales, des aperçus plus que des mots, même si certains mots en particulier avaient le pouvoir de l'invoquer : grillage, Clytemnestre, *Ploutocracy*. Quand j'entends parler encore aujourd'hui d'un *coup d'État**, c'est Ernest le taureau Hereford que je vois. La maison elle-même est le lieu où se déroulent immédiatement tous les romans que je lis ; tous les salons de théâtre où je parle en marchant entre canapé, table et tapis offrent, dans mon esprit seulement, une vue sur les collines illuminées des Downs à travers la fenêtre, il y a là un vestiaire que le public ne peut imaginer, et plus loin un court de tennis entouré d'une haute clôture, qui est comme le décor d'une scène à venir.

Nous sommes montés jusqu'aux Rings, à temps pour le coucher de soleil – penchés dans la brise excitante, formidable, plus violente que les vents de l'enfance –, sentiment d'inquiétude à couper le souffle devant notre nouveau climat, quelle qu'en soit la splendeur épisodique. Il était peu réjouissant, après une vie entière à braver ses peurs, de se retrouver confrontés à ces nouveaux défis, qui après notre mort seront aussi inéluctables pour ceux qui resteront que la mort elle-même. Des pensées aléatoires me traversaient, de simples images de l'intelligent David Hadlow, de la radieuse Nina Adeleke – dans la force de l'âge, tandis que le monde entier s'embrase. Mais pour l'heure, les derniers rayons du soleil, montant à travers la vallée, illuminaient les bois et les rangées de haies, les églises immémoriales, les voitures feux de route allumés, minuscules sur les lointaines routes de campagne, roulant vers la maison. « Nous ferions mieux de redescendre, a dit Richard, avant de nous envoler. » Je l'ai pris par le bras et nous avons tracé notre chemin, prudents d'abord puis dévalant le flanc herbeux, pentu, de la colline, avant de poursuivre vers la voiture.

Je l'ai vue une fois et je continuerai de la voir pendant le restant de mes jours, même si je ne la regarderai plus jamais. La prise de vue est en plongée, la lumière une flaque aux contours flous où des silhouettes s'avancent, enflent et projettent des ombres avant de fondre abruptement. J'ignore la vitesse de l'enregistrement, mais il a l'aspect saccadé d'une vidéo imperceptiblement accélérée, qui confère aux mouvements des passants une atmosphère de menace, projetée ou redoutée. Toute silhouette qui revient dans la lumière peu de temps après l'avoir quittée a l'air d'un criminel, juste avant ou après son crime. Depuis la position élevée de l'objectif, difficile de distinguer les visages des piétons qui portent une capuche ou un bonnet. C'est une sorte de format en couleur, même si l'effet, sur l'écran, est celui d'un noir et blanc du petit jour, et le son lui aussi est vague et fragmenté, crissement décalé des pneus d'une camionnette qui passe, voix qui se haussent en aboiements brisés, si tant est qu'on les entende.

Notre homme ne porte pas de capuche, il se déplace rapidement, mais avec un sens de son but et de sa direction pour le moins erratique, car il est ivre, trois fois la limite autorisée au volant, et il a sniffé plus d'un gramme de cocaïne au cours de la dernière demi-heure. Il se fiche bien des caméras de police, ou des mises en garde du gouvernement déconseillant de rencontrer d'autres personnes et même de sortir. Il y a très peu de circulation. L'homme traverse le champ de haut en bas, silhouette pâle et corpulente en jean et débardeur, malgré le froid de la nuit ; trente-huit secondes plus tard, d'après le chronomètre qui ne cesse de défiler en haut de l'écran, il revient, traverse la rue et pisse dans le petit jardin, côté rue, d'une maison aux fenêtres éclairées mais occultées par des rideaux. Il vient juste de reboutonner son pantalon quand il repère l'homme avec un sac de courses qui s'avance d'un pas vif depuis le haut de l'écran, et crie quelque chose que la police déterminera par la suite comme étant un simple : « Hé ! Connard ! » Cette deuxième silhouette, plus petite, porte un caban sombre et un pantalon blanc, un masque bleu sous le menton qu'il a dû retirer à la sortie du supermarché Sainsbury's Local. Il est agile et élégant dans ses mouvements, asiatique, peut-être, d'apparence. La confrontation dure douze secondes, que nous ne décrirons pas ici, dans un fracas incohérent, au point que les rideaux de la maison sur laquelle on vient de pisser s'ouvrent brusquement, une femme qui débarque à ce moment-là de l'autre côté de la rue se fige net et observe la scène pendant quelques instants horrifiés, avant de s'enfuir en courant. L'agresseur recule sur la chaussée pour contempler ce qu'il vient de faire, et envisage un moment de continuer encore. L'analyse de l'enregistrement suggère qu'il crie : « Putain de pédé de Chinetoque de merde » avant de se redresser, de tituber, de marcher puis de trottiner hors de vue. Tout cela s'est déroulé à cent trente mètres de la maison où j'écris ces mots, le 28 mars 2020.

Edie et Ken sont venus le lendemain – nous étions plantés dans le hall à quelques mètres de distance et j'ai fini par dire : « Oh, et puis merde ! », et Ken m'a serré dans ses bras pendant dix bonnes secondes, puis Edie a fait de même, suffoquant sous son masque. Il était en colère et dérouté, elle était inquiète pour moi, effrayée aussi, comme si cette violence sans entraves pouvait faire irruption ici à tout moment. J'ai vu qu'il fallait que je la réconforte et que je la rassure. Elle a entrepris de préparer un thé, mais le scotch était sorti avant que l'eau ne se mette à bouillir, et nous sommes passés au salon. Le fauteuil de David est resté vide d'une manière si respectueuse que je me suis levé pour m'y asseoir moi-même.

Ils voulaient en parler, « si tu en as envie, Rich' ». Que s'était-il passé ? Que savait-on ? Où se trouvait-il, déjà ? Le Royal Free Hospital, le Whittington, l'UCLH étaient submergés de patients en détresse, ou presque mourants, ou mourants pour de bon. C'est Cara Hadlow qui avait fait le nécessaire, fragile au téléphone, incapable de sortir quand bien même elle l'aurait voulu, du haut de ses quatre-vingt-dix-sept ans. Elle l'avait fait transférer par ambulance privée dans une petite clinique à Marylebone – Ken a froncé les sourcils et laissé échapper un soupir quand je lui ai raconté ça.

« Eh bien, Dieu merci, a-t-il dit.

– Et ils l'ont attrapé ? a demandé Edie. Le type qui a fait ça ?

– Ils l'ont retrouvé en moins d'une heure. C'est un voyou connu dans le quartier. Nous l'avons souvent vu en train de boire devant le Castle. Il nous avait déjà crié des trucs, à David et à moi.

– Coups et blessures volontaires, donc ? a dit Ken.

– Au minimum, ai-je répondu. Tentative de meurtre, peut-être ? Je devrais pourtant savoir, j'ai édité un livre sur tout ça, il y a quelques années. » Nous ignorions encore ce que les policiers découvriraient bientôt – que les mots prononcés exprimaient un mobile.

« C'est grâce à cette caméra devant le centre de recyclage que nous savons ce qui s'est passé. Vous savez, les gens grimpent dedans et piquent les trucs que leurs voisins ont balancés… » Je les ai regardés, bouche bée.

« Dave ne se souvient pas… ?

– Non, rien du tout pour l'instant, mais il est encore vraiment shooté par les médicaments, et en pleine confusion. »

*

Les premiers cas dans le pays avaient été enregistrés à la fin du mois de janvier, des ressortissants chinois, à York. La Chine était la source, aucun doute là-dessus, et au cours des deux mois suivants, les statistiques de la police indiquaient que le nombre de crimes haineux contre les Chinois avait triplé, les discours de haine en ligne contre les Asiatiques en général augmenté de 900 %. Sur les formulaires officiels et gouvernementaux, les Asiatiques non chinois étaient réunis sous l'appellation « Asie : Autre ». En l'espace de quelques semaines, l'histoire avait reculé d'un siècle.

Le 16 mars, on avait demandé aux plus de soixante-dix ans de rester chez eux, et plus tard ce jour-là, les théâtres avaient été fermés. Les représentations d'*Une histoire birmane* avaient débuté une semaine plus tôt au Dorfman, David y interprétait U Po Kyin, un petit rôle qui l'amusait beaucoup – il avait l'impression d'être né pour le jouer. De soir en soir, le public se faisait toujours plus clairsemé, des gens qui avaient acheté des places ne se présentaient pas. « C'est comme à l'époque du foutu Protectorate », a râlé David quand un message a confirmé qu'il n'y aurait pas de représentation le lendemain, et sans doute pas pendant des semaines.

« Tu n'as plus qu'à attendre la Restauration, lui ai-je fait remarquer. Souviens-toi, toutes ces obscénités…

– En dépit des apparences, mon chéri, a-t-il répliqué, je n'étais même pas né en 1660. »

Nous étions censés recevoir David Hadlow et Jonny pour dîner, le dimanche suivant, mais ils ont envoyé un texto pour dire qu'ils ne voulaient pas nous exposer au moindre risque. « Donc il n'y a pas que le gouvernement qui pense que je suis un vieux croulant, a dit David : David et Jonny aussi ! J'ai soixante et onze ans, pas quatre-vingt-onze ! » Un peu plus tard, nous sommes montés à l'étage pendant une heure, et il a fait valoir ses arguments d'une autre manière, très convaincante.

*

Au cours de sa première semaine d'hospitalisation, il était sous sédatifs, et en très piteux état. Le côté gauche de son visage était tellement abîmé que son œil ne s'ouvrait plus, et il avait une fracture au poignet droit. Il y avait des lésions internes avec complications, une rupture de la rate qu'on avait dû opérer immédiatement, et plusieurs autres problèmes que les médecins suivaient de près. J'ai pris l'habitude de sortir en voiture de notre rue silencieuse, de parcourir le quartier de Camden Town, entièrement bouclé, avec une interminable file de silhouettes masquées, à trois mètres les unes des autres, devant le supermarché Tesco pour acheter de quoi manger ; puis je traversais Marylebone Road et me garais où je voulais devant l'hôpital. Le prélèvement dans la gorge réalisé par une infirmière protégée derrière sa visière, l'attente du feu vert, et un sentiment de privilège, presque, d'avoir un problème qui n'était pas le Covid, tandis que je montais les marches.

La deuxième semaine, il avait repris ses esprits et écrivait des notes – *tapait* des notes, sur son téléphone, avec son pouce gauche (sa main droite était encore bandée et immobilisée par une attelle). Il n'avait toujours pas le moindre souvenir de l'agression, et c'était surtout son présent sous morphine qui le déroutait : « Ce matin, écrivait-il le quatrième jour, le professeur Marchant et les deux médecins subalternes qui l'accompagnaient étaient des poissons – debout, bien sûr, comme le Laquais-Poisson d'*Alice au pays des merveilles*, ou les poissons, dressés dans l'eau, auxquels saint Antoine adresse son sermon. Peut-être leurs masques et leurs écrans en plastique ont-ils renforcé l'illusion. C'était tout à la fois normal et délicieux – comme cette nuit à la discothèque Turnmills où j'avais pris Dieu sait quoi, et j'ai dit à Joey à quel point c'était génial que les danseurs soient tous déguisés en arbres, et il a souri en refermant sa main sur ma nuque. Les Médecins-Poissons étaient comme les danseurs, adorables, absolument pas effrayants. »

Quand je venais le voir, il me parlait de ses autres visiteurs, Esme était passée, John Gielgud aussi ; sa mère allait venir plus tard. La veille on l'avait emmené à une fête à la résidence royale de Sandringham House. « Grandiose, ai-je commenté. Tu as rencontré Sa Majesté ?

– Tu parles que je l'ai rencontrée, nous avons papoté des heures, elle n'est pas si grandiose que ça quand on apprend à la connaître. »

Pendant ses heures plus lucides, lorsqu'il n'avait pas besoin d'appuyer sur le bouton Morphine de sa perfusion, il s'enfonçait « comme un pêcheur de perles », disait-il, dans un passé profond, clair, sous les courants. Ces notes-là ont l'étoffe des rêves, aléatoires, frappantes et cryptiques à la fois. « Ne fais pas attention », m'a-t-il dit – il y avait pas mal de trucs sexuels dedans, des souvenirs de personnes comme Chris Canvey, qui semblent tout aussi vivantes et excitantes pour lui qu'elles l'étaient il y a quarante ou cinquante ans. Et il y a des fragments de pièces et de poèmes, des sonnets de Hopkins, « Felix Randal », « Lu dans les feuilles de la sibylle », presque parfaits, qui remontaient non pas comme un test de mémoire mais spontanément, disait-il : ils faisaient partie de lui, depuis toujours. Nous avons téléchargé l'application Shakespeare sur son portable, et quand il se redressait sur son lit, je m'asseyais à côté de lui pour lui donner la réplique, et il repassait les rôles qu'il avait joués, Jacques, Fabien, son fameux premier rôle : « Daignez, madame, m'écouter un moment... », « C'est ma célèbre vieille mémoire, mon chéri », disait-il, mais il était lui-même surpris de la voir fonctionner si bien. Ce que le professeur Marchant, qui joue du violoncelle dans un quatuor à cordes et traduit de l'italien à ses heures perdues, a trouvé surprenant et encourageant dans une certaine mesure, même si d'autres problèmes, sous observation constante et discrète, le préoccupaient beaucoup. « C'est bien de faire travailler son esprit », a-t-il dit. Ils l'ont de nouveau opéré ce soir-là, et il dormait quand je suis venu le voir tôt le lendemain matin. À un moment, il avait écrit de nouvelles notes sur son téléphone.

« C'est pour ton livre ? ai-je demandé, quand il a repris connaissance.

– Eh bien, il va falloir que je m'y remette quand je rentrerai à la maison, a-t-il dit. Ce qui, j'espère, arrivera bientôt. Mais pas cette semaine, je pense. »

Il est mort le lendemain matin – une hémorragie impossible à endiguer.

*

Puis cette affaire a fait la une des journaux, et David est devenu célèbre, non seulement pour avoir été agressé, mais d'une nouvelle manière, rétrospective : pour en optimiser l'intérêt, cette histoire exigeait de le rendre un peu plus célèbre qu'il ne l'était en réalité – « le fameux acteur métis », « David Win, la figure du monde du théâtre ». Depuis le seuil de ma maison, j'ai parlé à un journaliste planté devant le portail. J'ai bien vu que le mot « mari » était compliqué pour lui, à la manière suave dont il l'a prononcé, sourcils arc-boutés. Je lui ai dit que je ne pouvais rien lui dire. « Lisez son livre si vous voulez mieux connaître son travail », ai-je conclu. Assumant le cliché, j'ai demandé à la presse de « respecter ma vie privée » ; puis le déluge de décès a été tel dans les semaines qui ont suivi, et les manières normales de se retrouver et de discuter étaient tellement démantelées, que l'histoire de David a rapidement perdu de son attrait. Il y avait quatre semaines à attendre avant les funérailles, et ces derniers adieux de l'acteur à l'église St Paul de Covent Garden, que Dave avait évoqués sur le ton de la plaisanterie, mais en les espérant peut-être, ne risquaient plus d'arriver maintenant. Dix participants autorisés au maximum, membres du foyer et famille proche. Eh bien, David n'avait pas de famille proche, du moins, pas à sa connaissance. Son étudiant préféré, Calvin Leung, est venu, il a dormi à la maison et nous avons cuisiné ensemble : c'était inattendu mais réconfortant, et nous avons beaucoup parlé de lui ; j'ai vu, plus clairement, à quel point Calvin l'avait adoré. Je continuais de charger le téléphone de David, tandis que je parcourais jour après jour ses notes et ses messages, téléchargeant des photos dont j'avais faim mais qui, en même temps, m'effrayaient. À l'autre bout de la pièce, j'apercevais l'écran noir du portable sous la lampe, les baisers et les traces de mes doigts recouvrant les siennes sur le verre – qui s'animait, aussi brillant que la lampe, quand quelqu'un l'appelait, sans savoir.

Calvin était là, au crématorium de Finchley, et Ken et Edie sont venus me soutenir. David Hadlow avait demandé à être présent, il représentait sa grand-mère, et autre chose aussi, nous l'avons tous senti : une continuité après la grande interruption. Nous étions assis avec nos masques, un rang sur deux, dans la noble chapelle en briques, tandis que les haut-parleurs diffusaient une musique : Vaughan Williams semblait tout indiqué. Pas de cantiques ni de lectures pendant ce bref service sans dieu, mais quand les rideaux se sont refermés sur le cercueil, un enregistrement de David lui-même, sa *Tempête* sur Radio 3, « Maintenant voilà nos divertissements finis… », pendant lequel j'ai dû enfoncer le tissu noir de mon masque dans ma bouche pour étouffer mes sanglots.

*

J'ai fait des recherches sur David depuis sa mort, comme il prétendait que je le faisais déjà de son vivant – essayant de trouver des traces de lui dans les archives. Il existe peu de photos des spectacles de Terra, et il ne figure que sur deux d'entre elles : dans le fameux *Troïlus et Cressida*, en peintures de guerre et slip de sport, et dans une autre pièce que je n'ai pas pu identifier, où il est juste torse nu, un fusil à la main. Les feuilletons télé, eux aussi, se sont évaporés, même si David avait réussi à sauver un miraculeux transfert en VHS du premier épisode d'*Hibiscus Hotel*, où il joue bien sûr le réceptionniste. L'arrêt sur image permet de suivre au ralenti sa première apparition à l'écran, ces dix secondes pendant lesquelles il s'éloigne de la caméra, se retourne, et un sourire aimable se déploie sur ses traits. Il a l'air beaucoup plus jeune que ses vingt-deux ans, et il est beau, à un autre niveau que tous les autres acteurs du feuilleton ; je n'étais certainement pas la seule personne à souhaiter qu'il reste dans la pièce. Je clique et reclique sur le bouton pour figer chaque instant de ce sourire naissant, puis disparaissant ; alors je le fais trotter précipitamment en arrière, et il recommence. Ce simple geste se dilate en un événement épique, une série d'infimes changements musculaires qui se prolongent pendant de silencieuses minutes. Dans la scène à vitesse normale, avec sa déchirante brièveté, un homme hors champ dit : « Je veux parler au directeur », banal incident auquel ce pas nonchalant, ce demi-tour et ce sourire mythiques seront à jamais associés.

Le feuilleton *Jack and Jackie*, diffusé sur la chaîne ITV Granada, a été entièrement effacé, hormis un épisode qu'on peut voir sur YouTube, dans un noir et blanc chancelant : les Madge partent en vacances et découvrent que le personnage interprété par David, qu'ils connaissent du café où il travaille, au pays, est descendu dans la même pension. Jack Madge l'appelle « Thaï Pot », et le scénario abonde en propos racistes aimablement distillés, dont se délecte le public du studio. Il y a aussi une brève scène en extérieur, tournée sur la plage de Bournemouth – la première preuve que j'aie pu trouver sur pellicule de l'obsession des réalisateurs pour la nudité de David. On voit clairement qu'il aime ça, il y a quelque chose de presque indécent dans cette scène, ce que personne ne reconnaît avoir remarqué à l'époque. Tandis que les hommes se changent sous leurs serviettes, le regard de Jackie dérive du corps massif de son mari (joué par Trevor Downs), qui en ressort pudiquement, vers la silhouette sombre et élégante de David en maillot de bain, et là encore, l'arrêt sur image permet de saisir la comédie quasi invisible de la méfiance de cette femme et de son intérêt, la dilatation fugace de son œil.

Dans les reportages sur son meurtre, les chaînes nationales reprenaient un extrait de neuf secondes d'*Une histoire birmane*, et la chaîne d'actualité locale un extrait plus long de son apparition dans l'émission *Newsnight Review*, il y a dix ans, où il parle des questions raciales et du théâtre avec Bonnie Greer et Kwame Kwei-Armah. Il se dit optimiste eu égard aux derniers développements : « Je crois que nous avons assisté à un changement d'attitude, vaste et profond, aux quatre coins du pays. La prochaine génération regardera avec incrédulité les préjugés raciaux avec lesquels nous avons grandi. » Les autres invités lui accordent le respect dû à un acteur qui a depuis longtemps fait ses preuves, mais j'ai toujours le sentiment que le public ne connaissait pas son travail, qu'il n'a pas vraiment été apprécié à sa juste valeur.

*

J'ai gardé tous ses journaux intimes, couverts de cette minuscule écriture qui transforme tous ceux qui la voient en graphologues pleins de suffisance : David était anal, secret, perfectionniste, « tout concorde ». Par la suite, la netteté est avant tout un effet visuel, d'ordre et de minutie, mais les mots sont parfois presque impossibles à déchiffrer. David a consulté ces journaux lorsqu'il écrivait ses Mémoires, et des centaines de Post-it, griffonnés eux aussi de son écriture minuscule, froufroutent les pages de ces petits carnets bleus. David a dit un jour que ce travail impliquait des allers-retours constants entre « mémoire confiante » et « invention honorable ». La moindre bribe de dialogue datant d'il y a un demi-siècle ne peut être qu'une invention, hormis quelques phrases saillantes (que le temps et la répétition ont d'ailleurs pu ciseler, pour les rendre plus saillantes encore). Le mieux que les journaux contiennent, ce sont des phrases comme : « H a dit que "ça ne servait à rien d'être avec moi" si c'était pour que "je l'ignore et que je fasse la loi sur tout" » ; ce à quoi, près de quarante ans plus tard, David pouvait encore assurément concocter une réponse.

J'ai donc édité (sauvé, pas saccagé) ce que j'ai apparemment, il y a des années, désigné comme son *magnum opus* – le pendant inachevé du seul livre qu'il a publié de son vivant. J'ai à peine touché à ce qu'il a écrit, de peur de l'abîmer, nouvelle violence à son encontre. Pour une fois, j'hésite à faire mon boulot : donner à son texte une forme que j'ai imaginée moi-même, ou que j'imagine (moi qui le connais si bien) qu'il a imaginée. Il a beaucoup écrit, mais ce ne sont que des fragments de ce qu'il aurait pu exprimer.

C'était étrange de lire les récits détaillés de mon mari sur ses anciens amants ; étrange de l'imaginer dans sa chambre au-dessus de la mienne, en train de les écrire. Il est frappant que David s'en soit souvenu avec tant de précision, qu'ils n'aient pas été seulement ces épisodes gênants et à peine crédibles auxquels la plupart des gens ne pensent presque jamais et qu'ils évoquent encore moins volontiers. Terra était un espace de liberté pour les gays et les lesbiennes, si éprouvante qu'ait pu être par ailleurs cette expérience : il existait une vraie solidarité. Mais je sens quelque chose d'autre dans les récits de David consacrés à Chris Canvey et Hector Bishop : un sentiment de surprise, et de gratitude, même des décennies plus tard, que ces hommes l'aient aimé et désiré.

Quand le nouveau confinement a commencé à se profiler à la fin du mois d'octobre, la perspective de me retrouver une nouvelle fois seul dans cette maison à la tombée des nuits m'est devenue insupportable. J'ai demandé à Calvin s'il voulait emménager dans la chambre de David et former une bulle avec moi, une petite unité familiale. Les bibliothèques étaient fermées, et cette maison semblait être un endroit approprié pour poursuivre son travail sur le théâtre queer.

Il fait de son mieux pour me consoler – au cœur de la nuit, quand les trains de marchandises égrènent leur bruit de ferraille sur des kilomètres, non loin de la maison, et me jettent à nouveau dans une insomnie malvenue. Il est chaud et frais à parts égales – dort sans bruit, sans bouger. Formons-nous un couple bizarre, réuni par un amour commun pour une troisième personne que ni lui ni moi ne pouvons plus avoir ? La vérité, c'est que nous n'avons pas grand-chose d'autre en commun. Les vieux amis qui me rendent visite sur Zoom sont gentils avec lui, font des signes et l'interpellent quand ils le voient passer dans la pièce derrière moi ; ils l'interprètent comme un symptôme de mon chagrin, et attendent le moment où le plus dur sera derrière moi, où les règles seront assouplies et où les choses redeviendront plus ou moins ce qu'elles étaient avant. Calvin est à la fois solide et sans substance : il occupe de l'espace dans une pièce ou un lit, mais pour moi il est essentiellement un consolateur. Je crois que c'est la vérité, pour le moment.

Quand vous perdez votre mari à soixante-deux ans, les perspectives sont assez sombres. Vous le sentez, et vous savez que les autres le sentent chez vous. Mais enfin, je me dis que David avait soixante ans quand il m'a rencontré, et que ce qu'il appelait parfois les meilleures années de sa vie étaient devant lui. Grossière pensée de survivant, en contradiction avec le chagrin d'amour et le décorum du deuil.

David n'avait pas encore choisi de titre pour son livre, finalement – mais je me suis souvenu de l'idée qu'il avait mentionnée quand je lui avais posé la question, cette petite expression qu'il utilise une dizaine de fois, et qui semble latente dans bien d'autres endroits du texte. Je ne saurais dire, encore, si le pronom possessif est un réconfort ou un guet-apens.

SOURCES ET CRÉDITS

Chansons

P. 169 : « Tea for Two », composée par Vincent Youmans et Irving Caesar, paroles © Wb Music Corp., Irving Caesar Music Corp.

P. 278 : « World of Pain », composée par Gail Collins et Felix Pappalardi © Universal Music Publishing Group, Warner Chappell Music, Inc.

P. 280 : « We're Going Wrong », composée par Jack Bruce © Warner Chappell Music, Inc.

Théâtre

P. 82 et suivantes : Eschyle, *Agamemnon*, traduction de Leconte de Lisle, 1872.

Les citations de *La Nuit des rois* (p. 84 et s.) et d'*Antoine et Cléopâtre* (p. 473) de William Shakespeare sont tirées des traductions de François Pierre Guillaume Guizot de 1862 et 1864, Projet Gutenberg (Gutenberg.org), et révisées par le traducteur.

P. 292 : Ben Jonson, *Volpone*, traduction d'Auguste Defauconpret, Guérin et Cie Éditeurs, Paris, 1835.

P. 366 et suivantes : William Shakespeare, *Le Roi Lear*, traduction de Jean-Michel Déprats, Gallimard, « Folio », 1993.

Poésie

P. 258 : Gerard Manley Hopkins, « Traduit des feuilles de la Sibylle », traduction de Bruno Gaurier, in *Poèmes*, Éditions du Cerf, 2019.

P. 580, 582-583 : William Butler Yeats, « Méditation en temps de guerre civile », traduction de René Fréchet, in *Études irlandaises*, n° 10, 1985, p. 13-18.

DU MÊME AUTEUR

Aux Éditions Albin Michel

L'ENFANT DE L'ÉTRANGER, 2013

LA PISCINE-BIBLIOTHÈQUE, 2015

L'AFFAIRE SPARSHOLT, 2018

Chez d'autres éditeurs

LA LIGNE DE BEAUTÉ, Fayard, 2005

LES GRANDES TRADUCTIONS »
(extrait du catalogue)

VIOLA ARDONE
Le Train des enfants
Le Choix
Les Merveilles
traduits de l'italien par Laura Brignon

ALESSANDRO BARICCO
Châteaux de la colère, prix Médicis étranger 1995
Soie
Océan mer
City
Homère, Iliade
traduits de l'italien par Françoise Brun

ISHMAEL BEAH
La Petite Famille
traduit de l'anglais par Stéphane Roques

ANDREI BITOV
Les Amours de Monakhov
traduit du russe par Antonina Roubichou-Stretz
La Datcha
Un Russe en Arménie
traduits du russe par Christina Zeytounian-Beloüs

ELIAS CANETTI
Histoire d'une jeunesse, la langue sauvée, 1905-1921
Les Années anglaises
Le Livre contre la mort
traduits de l'allemand par Bernard Kreiss
Le Flambeau dans l'oreille, histoire d'une vie, 1921-1931
traduit de l'allemand par Michel-François Démet
Jeux de regard, histoire d'une vie, 1931-1937
traduit de l'allemand par Walter Weideli

VEZA ET ELIAS CANETTI
Lettres à Georges
traduit de l'allemand par Claire de Oliveira

ELIAS CANETTI ET MARIE-LOUISE MOTESIZKI
Amants sans adresse, correspondance 1942-1992
traduit de l'allemand par Nicole Taubes

GIUSEPPE CULICCHIA
Le Pays des merveilles
traduit de l'italien par Vincent Raynaud

DANIEL DEFOE
Robinson Crusoé
traduit de l'anglais par Françoise du Sorbier

DONATELLA DI PIETRANTONIO
Borgo Sud
L'Âge fragile
traduits de l'italien par Laura Brignon

ANTHONY DOERR
Toute la lumière que nous ne pouvons voir
traduit de l'anglais (États-Unis) par Valérie Malfoy

DAPHNÉ DU MAURIER
Rebecca
traduit de l'anglais par Anouk Neuhoff

EMUNA ELON
Une maison sur l'eau
traduit de l'hébreu par Katherine Werchowski

DAVIDE ENIA
Sur cette terre comme au ciel
La Loi de la mer
traduits de l'italien par Françoise Brun

TOM FRANKLIN
Braconniers
La Culasse de l'enfer
traduits de l'anglais (États-Unis) par François Lasquin et Lise Dufaux
Smonk
traduit de l'anglais (États-Unis) par Michel Lederer

FABIO GEDA
Le Dernier Été du siècle
traduit de l'italien par Dominique Vittoz

ESTHER GERRITSEN
Frère et sœur
traduit du néerlandais par Emmanuelle Sandron

DANA GRIGORCEA
La Dame au petit chien arabe
traduit de l'allemand par Dominique Autrand

JOÃO GUIMARÃES ROSA
Diadorim
traduit du portugais (Brésil) par Maryvonne Lapouge-Pettorelli

Sagarana
Mon oncle le jaguar
traduits du portugais (Brésil) par Jacques Thiériot

GEORG HERMANN
Henriette Jacoby
traduit de l'allemand par Serge Niémetz

JUDITH HERMANN
Maison d'été, plus tard
Rien que des fantômes
Alice
Au début de l'amour
Certains souvenirs
Une clarté dans le lointain
traduits de l'allemand par Dominique Autrand

EDWARD P. JONES
Le Monde connu
Perdus dans la ville
traduits de l'anglais (États-Unis) par Nadine Gassie

IAKOVOS KAMBANELLIS
Mauthausen
traduit du grec par Solange Festal-Livanis

YASUNARI KAWABATA
Récits de la paume de la main
traduit du japonais par Anne Bayard-Sakai et Cécile Sakai

La Beauté, tôt vouée à se défaire
traduit du japonais par Liana Rossi

Les Pissenlits
traduit du japonais par Hélène Morita

Première neige sur le mont Fuji
traduit du japonais par Cécile Sakai

YASUNARI KAWABATA ET YUKIO MISHIMA
Correspondance
traduit du japonais par Dominique Palmé

DANIELA KRIEN
L'Amour par temps de crise
L'Incendie
traduits de l'allemand par Dominique Autrand

GUYLA KRÚDY
L'Affaire Eszter Solymosi
traduit du hongrois par Catherine Fay

OTTO DOV KULKA
Paysages de la métropole de la mort
traduit de l'anglais par Pierre-Emmanuel Dauzat

MICHAEL KUMPFMÜLLER
La Splendeur de la vie
traduit de l'allemand par Bernard Kreiss

DORIS LESSING
Le Carnet d'or
Les Enfants de la violence
traduits de l'anglais par Marianne Véron

Journal d'une voisine
traduit de l'anglais par Marianne Fabre

Si vieillesse pouvait
traduit de l'anglais par Natalie Zimmermann

PRIMO LEVI
Le Système périodique
traduit de l'italien par André Maugé

Auschwitz, ville tranquille
traduit de l'italien par Louis Bonalumi, André Maugé,
René de Ceccaty et Martine Schruoffeneger

ÉDOUARD LIMONOV
Autoportrait d'un bandit dans son adolescence
traduit du russe par Maya Minoustchine

Journal d'un raté
traduit du russe par Antoine Pingaud

Le Petit Salaud
traduit du russe par Catherine Prokhorov

PAUL LYNCH
Un ciel rouge, le matin
La Neige noire
Grace
Au-delà de la mer
Le Chant du prophète
traduits de l'anglais (Irlande) par Marina Boraso

MICHAEL MAGEE
Retour à Belfast
traduit de l'anglais par Paul Matthieu

NORMAN MAILER
Les Nus et les Morts
traduit de l'anglais (États-Unis) par Clément Baude

DAVID MALOUF
Harland et son domaine
traduit de l'anglais (Australie) par Antoinette Roubichou-Stretz

Ce vaste monde, prix Femina étranger 1991
L'Étoffe des rêves
traduits de l'anglais (Australie) par Robert Pépin

Chaque geste que tu fais
Une rançon
L'Infinie Patience des oiseaux
traduits de l'anglais (Australie) par Nadine Gassie

THOMAS MANN
Les Confessions du chevalier d'industrie Felix Krull
Dr Faustus
traduits de l'allemand par Louise Servicen

SÁNDOR MÁRAI
Les Braises
traduit du hongrois par Marcelle et Georges Régnier

L'Héritage d'Esther
Divorce à Buda
Un chien de caractère
Mémoires de Hongrie
Métamorphoses d'un mariage
Le Miracle de San Gennaro
traduits du hongrois par Georges Kassai et Zéno Bianu

Libération
Le Premier Amour
L'Étrangère
La Sœur
Les Étrangers
Les Mouettes
Ce que j'ai voulu taire
La Nuit du bûcher
Dernier jour à Budapest
Journal (3 volumes)
traduits du hongrois par Catherine Fay

ALESSANDRO MARI
Les Folles Espérances
traduit de l'italien par Anna Colao

VALERIE MARTIN
Maîtresse
Indésirable
Période bleue
Le Fantôme de la Mary Celeste
traduits de l'anglais (États-Unis) par Françoise du Sorbier

JOHN MCGAHERN
Les Créatures de la terre et autres nouvelles
Pour qu'ils soient face au soleil levant
traduits de l'anglais (Irlande) par Françoise Cartano

Mémoire
traduit de l'anglais (Irlande) par Marie-Lise Marlière

STEVEN MILLHAUSER
La Vie trop brève d'Edwin Mulhouse, écrivain américain, 1943-1954, racontée par Jeffrey Cartwright,
prix Médicis étranger 1975, prix Halpérine-Kaminsky 1976
traduit de l'anglais (États-Unis) par Didier Coste

Martin Dressler, le roman d'un rêveur américain,
prix Pulitzer 1997
Nuit enchantée
traduits de l'anglais (États-Unis) par Françoise Cartano

Le Roi dans l'arbre
Le Lanceur de couteaux
traduits de l'anglais (États-Unis) par Marc Chénetier

ROHINTON MISTRY
Une simple affaire de famille
L'Équilibre du monde
traduits de l'anglais (Canada) par Françoise Adelstain

ARDA MORENO DURÁN
Retour à Pasaia
traduit de l'espagnol par Eric Reyes Roher

KALANIT OCHAYON
De la place pour un seul amour
traduit de l'hébreu par Catherine Werchowski

EMILIANO PODDI
Immersion
traduit de l'italien par Sophie Royère

ROSELLA POSTORINO
La Goûteuse d'Hitler
traduit de l'italien par Dominique Vittoz

Et moi, je me contentais de t'aimer
traduit de l'italien par Romane Lafore

CHRISTOPH RANSMAYR
La Montagne volante
Le Syndrome de Kitahara
Atlas d'un homme inquiet
Cox ou la course du temps
traduits de l'allemand par Bernard Kreiss

MORDECAI RICHLER
Le Monde de Barney
traduit de l'anglais (Canada) par Bernard Cohen

RAFFAELLA ROMAGNOLO
Bella Ciao
traduit de l'italien par Françoise Brun

DONAL RYAN
Le Cœur qui tourne
Une année dans la vie de Johnsey Cunliffe
traduits de l'anglais (Irlande) par Marina Boraso

Tout ce que nous allons savoir
Par une mer basse et tranquille
Soleil oblique
traduits de l'anglais (Irlande) par Marie Hermet

La vie est une chose étrange
traduit de l'anglais (Irlande) par Sabine Porte

BEATRICE SALVIONI
La Malnata
traduit de l'italien par François Bouillot

IVAN SCIAPECONI
40 manteaux et un bouton
traduit de l'italien par Romane Lafore

ARTHUR SCHNITZLER
Gloire tardive
traduit de l'allemand par Bernard Kreiss

ALEX SCHULMAN
Prochain arrêt
traduit du suédois par Anne Karila

HUBERT SELBY JR.
Last Exit to Brooklyn
traduit de l'anglais (États-Unis) par Jacqueline Huet
et Jean-Pierre Carasso

PAOLO SORRENTINO
Ils ont tous raison
traduit de l'italien par Françoise Brun

MADELEINE ST JOHN
Les Petites Robes noires
traduit de l'anglais (Australie) par Sabine Porte
Rupture et conséquences
traduit de l'anglais (Australie) par Anouk Neuhoff

DAVID SZALAY
Ce qu'est l'homme
Turbulences
traduits de l'anglais par Étienne Gomez

SOPHIE TOLSTOÏ
À qui la faute ? Réponse à Léon Tolstoï
traduit du russe par Christine Zeytounian-Beloüs

NICK TOSCHES
La Main de Dante
Le Roi des Juifs
traduits de l'anglais (États-Unis) par François Lasquin
Sous Tibère
Moi et le diable
traduits de l'anglais par Héloïse Esquié

DUBRAVKA UGRESIC
Le Ministère de la douleur
traduit du serbo-croate par Janine Matillon

IRENE VALLEJO
Carthage
traduit de l'espagnol par Bernadette Engel-Roux

ERICO VERISSIMO
Le Temps et le Vent
Le Portrait de Rodrigo Cambará
traduits du portugais (Brésil) par André Rougon

CAROLINE WAHL
22 longueurs
traduit de l'allemand par Dominique Autrand

ROHAN WILSON
Murmurer les noms des disparus
traduit de l'anglais (Australie) par Étienne Gomez

CHRIS WOMERSLEY
Les Affligés
La Mauvaise Pente
La Compagnie des artistes
traduits de l'anglais (Australie) par Valérie Malfoy

PAUL YOON
Autrefois le rivage
Chasseurs de neige
traduits de l'anglais (États-Unis) par Marina Boraso

Retrouvez toute l'actualité des éditions Albin Michel
sur notre site albin-michel.fr
et suivez-nous sur les réseaux sociaux.
Instagram : editionsalbinmichel
Facebook : Éditions Albin Michel
YouTube : Editions Albin Michel

Composition : IGS-CP
Impression : CPI Firmin Didot en mai 2025
Éditions Albin Michel
22, rue Huyghens, 75014 Paris
www.albin-michel.fr
ISBN : 978-2-226-49934-9
N° d'édition : 26193/01 – N° d'impression : 183784
Dépôt légal : août 2025
Imprimé en France